mtb

Alle handelnden Personen dieser Ausgabe sind frei erfunden.
Ähnlichkeiten mit lebenden oder verstorbenen Personen wären rein zufällig.

Der Preis dieses Bandes versteht sich einschließlich der gesetzlichen
Mehrwertsteuer.

*Umwelthinweis:*
Dieses Buch wurde auf chlor- und säurefreiem Papier gedruckt.

*Brenda Joyce*

# Wilde Rose der Highlands

Roman

Aus dem Amerikanischen von
Volker Schnell

MIRA® TASCHENBUCH
Band 25813
1. Auflage: Februar 2015

MIRA® TASCHENBÜCHER
erscheinen in der Harlequin Enterprises GmbH,
Valentinskamp 24, 20354 Hamburg
Geschäftsführer: Thomas Beckmann


Deutsche Erstveröffentlichung

Titel der nordamerikanischen Originalausgabe:
A Rose In The Storm

erschienen bei: HQN Books, Toronto

Published by arrangement with
Harlequin Enterprises II B.V./S.àr.l

Konzeption/Reihengestaltung: fredebold&partner gmbh, Köln
Umschlaggestaltung: pecher und soiron, Köln
Redaktion: Bettina Lahrs
Titelabbildung: Harlequin Enterprises S.A., Schweiz
Satz: GGP Media GmbH, Pößneck
Druck und Bindearbeiten: CPI books GmbH, Leck – Germany
Printed in Germany
Dieses Buch wurde auf FSC®-zertifiziertem Papier gedruckt.
ISBN 978-3-95649-104-7

www.mira-taschenbuch.de

## *1. KAPITEL*

*Loch Fyne, in den Highlands, 14. Februar 1306*

„Verdammt, es ist viel zu still."
Williams Stimme schnitt durch die Ruhe eines Nachmittags in den Highlands, doch Margaret hörte ihn nicht. Sie ritt neben ihm an der Spitze einer langen Kolonne von Rittern, Soldaten und Dienern durch den dichten Wald von Argyll und blickte unverwandt nach vorn.

Die Burg, Castle Fyne, erhob sich so plötzlich aus dem zerklüfteten Gebirgsmassiv und den verschneiten Hügeln über ihnen, dass man bei ihrem Anblick verblüfft blinzeln musste, weil man sie im ersten Augenblick für einen schwarzen Felsen halten konnte, wenn man aus dem Wald geritten kam. Aber in Wirklichkeit war Castle Fyne eine viele Jahrhunderte alte Festung, die über dem vereisten See regelrecht zu schweben schien; die unteren Mauern waren dick, die Türme und Zinnen ragten in den bleichen Winterhimmel. Der Wald, der den See und die Burg umgab, wirkte wie mit Puderzucker bestäubt, und die Berge im Nordwesten waren schneebedeckt.

Margaret holte tief Luft. Ihre Gefühle – vor allem tiefe Freude – hatten sie überwältigt.

Castle Fyne gehört endlich mir, dachte sie.

Früher einmal hatte es ihrer Mutter gehört. Mary MacDougall war auf der Burg geboren worden, und bei ihrer Hochzeit mit William Comyn war Castle Fyne ihre Aussteuer gewesen, was sie mit großem Stolz erfüllt hatte. Denn Castle Fyne war ein gewaltiges Geschenk. Die Festung lag am westlichen Ende der schottischen Grafschaft Argyll und bildete somit das Einfallstor am Solway Firth, jenem Meeresarm der Irischen See, der den nordwestlichsten Teil Englands vom südwestlichsten Schottlands trennte. Sie war umgeben von Ländereien, die dem Clan Donald und dem Clan Ruari gehörten und über die Jahrhunderte immer umkämpft gewesen waren. Die Burg war oftmals belagert worden, doch die MacDougalls hatten sie niemals aus der Hand gegeben.

Margaret erschauerte vor Stolz, denn sie hatte ihre Mutter angebetet, und nun würde diese mächtige Festung ihre eigene Aussteuer sein, die sie in ihre bevorstehende Hochzeit einbrachte. Doch die Beklemmung, die sie in den letzten Wochen und auch während dieser Reise heimsuchte, wollte nicht weichen. Mit dem Tod ihres Vaters war sie zum Mündel ihres mächtigen Onkels John Comyn geworden, dem Earl of Buchan. Und der hatte sie kürzlich unter die Haube gebracht. Sie war nun verlobt mit einem hoch angesehenen Ritter, dem sie noch nie begegnet war – Sir Guy de Valence –, und er war Engländer.

„Was für eine gottverlassene Gegend“, unterbrach ihr Bruder ihre Gedanken, während er sich wachsam umsah. „Das gefällt mir gar nicht. Es ist viel zu still. Keine Vögel.“

Sie schloss mit ihrer Stute zu William auf, ihrem einzigen noch lebenden Bruder. Plötzlich wurde ihr klar, dass er recht hatte, und sie fragte sich, ob diese Ruhe etwas zu bedeuten habe. Es raschelte auch nichts im Unterholz, keine Eichhörnchen, ganz zu schweigen von einem Fuchs oder einem Reh – es gab überhaupt keine Geräusche außer das Klappern des Zaumzeugs an ihren Pferden und ein gelegentliches Schnauben.

Ihre Anspannung stieg. „Wieso ist es so ruhig?“

„Irgendetwas hat das Wild verjagt“, erwiderte William.

Ihre Blicke trafen sich. Ihr Bruder war achtzehn – ein Jahr älter als sie – und so blond wie ihr Vater, nach dem er benannt war. Margaret hatte man versichert, sie würde ihrer Mutter Mary ähneln – sie war zierlich, ihr Haar eher rot als golden, ihr Gesicht herzförmig.

„Wir sollten uns beeilen.“ William zog plötzlich die Zügel straff. „Nur für den Fall, dass sich in diesen Hügeln nicht nur Wölfe herumtreiben.“

Margaret ritt rasch hinter ihm her und warf einen Blick hinauf zu der Burg hoch über ihnen. In wenigen Minuten würden sie hinter ihren massiven Wällen in Sicherheit sein. Margaret musste an den Frühling denken, wenn blaue und rosa Wildblumen unter den Burgmauern blühten. Sie erinnerte sich noch, wie sie durch diese Blumen gehüpft war, wo ein Bach geplätschert und ein Hirsch gegrast hatte. Sie lächelte und erinnerte sich an die sanfte Stimme ihrer Mutter, die sie wieder nach drinnen rief. Und an ihren stattlichen Vater, der mit rasselnden Sporen durch die große Halle schritt, gefolgt von ihren vier Brüdern, alle ganz aufgeregt und wild durcheinanderplappernd …

Sie schluckte ihre aufsteigenden Tränen hinunter. Wie entsetzlich sie ihren Vater vermisste, ihre Brüder und ihre geliebte Mutter! Wie viel ihr nun an ihrem Erbe lag! Und wie entzückt ihre Mutter Mary wäre, wenn sie wüsste, dass ihre Tochter nach Castle Fyne zurückgekehrt war.

Aber ihre Mutter hatte die Engländer gefürchtet und zugleich verachtet. Ihr ganzes Leben lang hatte ihre Familie mit den Engländern im Krieg gelegen, erst vor Kurzem war es zu einem Waffenstillstand gekommen. Was würde Mary davon halten, dass ihre Tochter Margaret nun eine arrangierte Ehe mit einem Engländer einging?

Verwirrt von ihren Gefühlen sah sie sich um nach den sechzig Männern und Frauen im Tross hinter ihr. Die Reise war schwierig gewesen, hauptsächlich wegen des Schnees und der Kälte des Winters. Ihr war klar, dass die Soldaten und die Dienerschaft es kaum noch erwarten konnten, endlich die Burg zu erreichen. Sie selbst hatte die Festung seit mindestens zehn Jahren nicht mehr aufgesucht, und auch sie sehnte sich nach den warmen Gemächern. Und zwar nicht nur, um ihre Erinnerungen aufzufrischen. Sie machte sich Sorgen um ihre Leute. Mehrere der Diener hatten bereits über erfrorene Finger und Zehen geklagt.

Sobald sie die Burg erreicht hatten, würde sie sich sofort um sie kümmern, so wie sie das immer bei ihrer Mutter beobachtet hatte.

Aber die Beklemmung der letzten Wochen wollte einfach nicht weichen. Es war ausgeschlossen, sich vorzugaukeln, dass sie sich wegen der bevorstehenden Hochzeit keine Sorgen machte. Sie wollte Dankbarkeit empfinden. Sie wusste, dass sie sich glücklich schätzen sollte. Ihr Onkel beherrschte einen großen Teil des schottischen Nordens, er hatte viel um die Ohren, und die Situation, in der sich seine Nichte nach dem Tod ihrer Eltern befand, hätte er gar nicht zur Kenntnis zu nehmen brauchen. Er hätte sie in einem abgelegenen Turm seines heimatlichen Balvenie vergessen und einen seiner Verwalter in Castle Fyne einsetzen können. Oder er hätte sie nach Castle Bain schicken können, die Burg, die William von seinem Vater geerbt hatte. Stattdessen hatte er sich zu einer vorteilhaften politischen Verbindung entschlossen – die nicht nur Margarets Rang deutlich erhöhen, sondern auch für die weitverzweigte Familie Comyn nur Gutes bringen würde.

Ein weiterer quälender Gedanke schoss ihr durch den Kopf, als sie die Stute auf dem schmalen Pfad hinauf zur Burg vorwärtstrieb. Auch ihr Onkel Buchan verabscheute die Engländer – bis zu dieser Waffenruhe hatte er viele Jahre lang Krieg gegen sie geführt. Die plötzliche Übereinkunft war ihr unbehaglich.

„Ich finde Castle Fyne wunderschön", sagte sie und hoffte, ganz ruhig und vernünftig zu klingen. „Auch wenn es seit Mutters Tod etwas vernachlässigt worden ist." Sie schwor sich, das ganze verrottete Holz und jeden beschädigten Stein sofort austauschen zu lassen.

„Bestimmt findest du das." William schnitt eine Grimasse und schüttelte den Kopf. „Du bist genau wie unsere Mutter."

Das war für Margaret das höchste Lob. „Mutter hat diesen Ort immer geliebt. Wenn es ihr möglich gewesen wäre, hier zu leben statt in Bain mit unserem Vater, dann hätte sie das getan."

„Mutter war eine MacDougall, als sie unseren Vater geheiratet hat, und als sie starb, war sie immer noch eine MacDougall", erwiderte William mit leichter Ungeduld in der Stimme. „Sie fühlte sich besonders zu diesem Land hingezogen, genau wie du.

Trotzdem bist du jetzt zuerst einmal eine Comyn, und du würdest viel besser nach Bain passen als zu diesem Haufen Felsen und Steine – auch wenn wir ihn brauchen, um unsere Grenzen zu verteidigen.“ Er musterte sie mit ernstem Blick. „Ich komme immer noch nicht dahinter, wieso du unbedingt hierher zurückkommen wolltest. Buchan hätte doch jeden hierhin schicken können. Er hätte sogar mich schicken können – ohne dich.“

„Als unser Onkel sich zu dieser Verbindung entschlossen hat, spürte ich das Verlangen, wieder zurückzukommen. Vielleicht nur, um es noch einmal mit den Augen einer Frau und nicht denen eines Kindes zu sehen.“ Sie erwähnte lieber nicht, dass sie schon immer nach Castle Fyne hatte zurückkehren wollen, seit ihre Mutter vor anderthalb Jahren gestorben war.

Margaret war in einer Zeit nicht enden wollender Kriege aufgewachsen. Sie konnte gar nicht mehr zählen, wie oft der englische König Edward in den wenigen Jahren ihres Lebens in Schottland eingefallen oder wie oft es unter der Führung von Männern wie Andrew Moray, William Wallace oder Robert Bruce zu Aufständen gekommen war. Drei ihrer Brüder waren im Kampf gegen die Engländer gefallen – Roger bei Falkirk, Thomas in der Schlacht beim River Cree und Donald in dem Massaker am Stirling Castle.

Nach Donalds Tod war ihre Mutter an einer heftigen Erkältung erkrankt. Der Husten war immer schlimmer geworden, dann war Fieber hinzugekommen, und sie hatte sich nicht wieder erholt. Im Sommer war sie dann einfach gestorben.

Margaret war klar, dass ihre Mutter nach dem Verlust dreier Söhne schlicht den Lebenswillen eingebüßt hatte. Und ihr Gatte liebte sie so sehr, dass er nicht in der Lage war, ohne sie weiterzuleben. Sechs Wochen später, an einem rotgoldenen Herbsttag, wollte ihr Vater auf die Jagd gehen. Bei der wilden Verfolgung eines Hirsches war er vom Pferd gestürzt und hatte sich das Genick gebrochen. Nach Margarets Ansicht war er absichtlich unvorsichtig gewesen – es war ihm egal, ob er lebte oder starb.

„Wenigstens haben wir jetzt Frieden", unterbrach sie das ungemütliche Schweigen.

„Haben wir das?", fragte William beinahe grob. „Nach dem Gemetzel am Stirling Castle hatten wir keine andere Wahl, wir konnten nur noch um Frieden betteln. Und wie Buchan sagte, müssen wir jetzt König Edward unsere Ergebenheit beweisen." Seine Augen blitzten vor Zorn. „Deshalb hat er dich einem Engländer vor die Füße geworfen."

„Aber das ist doch eine gute Verbindung", widersprach Margaret. Es stimmte schon, ihr Onkel Buchan hatte jahrelang Kriege gegen König Edward geführt, aber während der Waffenruhe wollte er seine Familie absichern, indem er eine solche Übereinkunft schmiedete.

„Aber sicher, eine herausragende Verbindung! Du wirst Teil einer noblen englischen Familie! Sir Guy ist der uneheliche Stiefbruder von Aymer de Valence, und Aymer hat nicht nur die Wertschätzung des Königs, er wird wahrscheinlich auch noch der nächste Lord Lieutenant, der höchste Vertreter des Königs in ganz Schottland werden. Wie schlau Buchan doch ist."

„Warum tust du mir das jetzt an?", rief sie erschüttert. „Ich habe eine Verpflichtung gegenüber unserer Familie, Will, und ich bin Buchans Mündel! Du willst doch bestimmt nicht, dass ich mich weigere?"

„Doch, ich möchte, dass du dich weigerst! Es waren englische Truppen, die unsere Brüder umgebracht haben."

William war schon immer sehr heißblütig gewesen und hatte noch nie zu den vernünftigeren jungen Männern gezählt. „Wenn ich in dieser Zeit des Friedens unserer Familie von Nutzen sein kann, dann werde ich das auch tun", sagte Margaret. „Ich werde ja wohl kaum die erste Frau sein, die einen früheren Feind aus politischen Gründen heiratet."

„Ah so, du gibst also zu, dass Sir Guy ein Feind ist?"

„Ich versuche nur, meine Pflicht zu erfüllen, Will. Im Land herrscht jetzt Frieden. Und Sir Guy hat die Möglichkeiten,

Castle Fyne auszubauen und zu verteidigen – dadurch kommen wir in die Lage, unsere Stellung hier in Argyll zu halten."

William schnaubte. „Und wenn man dich zum Galgen schicken würde? Da würdest du auch demütig hinaufsteigen?"

Ihre innere Spannung stieg. Natürlich würde sie nicht demütig zum Galgen hinaufsteigen – und zunächst hatte sie auch wirklich überlegt, ob sie sich nicht an ihren Onkel wenden sollte, um ihn von seinem Vorhaben abzubringen. Aber keine Frau in ihrer Lage würde so etwas jemals wagen. Schon allein die Vorstellung war wahnwitzig. Ihre Meinung wäre Buchan vollkommen gleichgültig, er würde nur wütend auf sie sein.

In den Jahren vor dem kürzlichen Friedensschluss hatten sehr viele Schotten ihre Titel und ihre Ländereien verloren, sie waren an die Krone gefallen und sollten den Verbündeten von König Edward übergeben werden. Buchan allerdings hatte nicht eine einzige Burg eingebüßt. Stattdessen verheiratete er seine Nichte mit einem bedeutenden Ritter. Wenn es da einen Handel gegeben hatte, dann war es ein guter Handel – und zwar für alle Beteiligten, auch für sie selbst.

„Aber, Meg – was willst du denn tun, wenn Sir Guy nach eurer Hochzeit beschließt, dich auf seinem Besitz in Liddesdale zu behalten?"

Margarets Herz machte einen Satz vor Entsetzen. Sie war auf Castle Bain geboren worden, das in der Mitte der Ländereien der Buchans gelegen war, mitten in den dichten Wäldern. Castle Bain war durch Erstgeburtsrecht an ihren Vater gefallen, und es war ihre Heimat. Auch in Balvenie, einer bedeutenden Festung im Osten, wo Buchan oft residierte, hatte die Familie viel Zeit verbracht.

Diese beiden Besitztümer der Familie Comyn waren sehr anders als Castle Fyne, aber sie waren genauso schottisch wie die Luft der Highlands, die sie nun einatmete. Die Wälder waren dicht und undurchdringlich. Die Berge waren schroff und felsig, die Gipfel erhoben sich majestätisch in schwindelnde Höhen.

Die Seen in den Tälern waren von verblüffender Klarheit. Der Himmel war immer von leuchtendem Blau und der Wind rau und kalt, egal zu welcher Jahreszeit.

Liddesdale dagegen befand sich im Grenzland – beinahe schon im Norden Englands. Die Gegend dort war flach, voller Dörfer, Bauernhöfe und Viehweiden. Nachdem er zum Ritter geschlagen worden war, hatte Sir Guy dort ein Lehen mit Herrensitz übereignet bekommen.

In England leben zu müssen, konnte sich Margaret überhaupt nicht vorstellen. Sie wollte nicht einmal darüber nachdenken. „Ich werde versuchen, ihm zu Gefallen zu sein, wenn er Castle Fyne aufsucht. Mit der Zeit, glaube ich, werden ihm wohl noch weitere Besitztümer als Lehen übergeben werden. Vielleicht wird es mir erlaubt sein, mich um alle seine Ländereien zu kümmern."

William warf ihr einen durchdringenden Blick zu. „Du magst ja eine Frau sein, Meg, und du magst auch so tun, als wärst du pflichtbewusst, aber wir wissen doch beide, dass du in einer Hinsicht genauso bist wie unsere Mutter: Wenn es dir passt, kannst du ganz schön störrisch sein. Niemals wirst du dich irgendwo in England niederlassen."

Margaret errötete. Sie hielt sich selbst überhaupt nicht für störrisch, sondern für nett und freundlich. „Über diese Brücke werde ich schreiten, wenn ich vor ihr stehe. Aber vorerst setze ich große Hoffnungen auf diese Verbindung."

„Ach was! Ich glaube, du bist darüber genauso erzürnt wie ich, und du hast auch genauso viel Angst davor. Du tust doch nur so, als wärst du darüber erfreut."

„Ich bin aber erfreut!" Ihre Stimme klang etwas zu scharf. „Wieso bedrängst du mich denn schon jetzt so? Bis Juni ist es noch Monate hin! Ich komme jetzt hierher zurück, um die Burg wieder instand zu setzen, damit Sir Guy wenigstens etwas Gefallen daran findet, wenn er sie zum ersten Mal erblickt. Willst du mich etwa entmutigen?"

„Nein – ich möchte dir keinen Kummer bereiten. Aber ich habe schon mehrmals versucht, mit dir darüber zu reden – entweder wechselst du das Thema oder du läufst davon. Verflucht noch mal! Ich habe meine Zweifel, was diese Verbindung betrifft, und da ich dich so gut kenne, bin ich sicher, dass auch du dich davor fürchtest." Sanft fügte er hinzu: „Und wir haben jetzt niemand mehr, wir haben nur noch einander."

Er hatte natürlich recht. Wenn sie den Mut aufbrachte, ganz ehrlich mit sich selbst zu sein, musste sie zugeben, dass sie bestürzt, voller Sorgen und ängstlich war. Aber sie verdrängte diese Gefühle.

„Er mag ja Engländer sein, aber er muss ein guter Mann sein, denn er wurde vom König für seine treuen Dienste zum Ritter geschlagen." Damit plapperte sie nur nach, was ihr Onkel ihr gesagt hatte. „Er soll auch sehr attraktiv sein." Sie versuchte zu lächeln, es gelang ihr aber nicht. „Er ist begierig auf die Verbindung, Will, und das muss doch ein gutes Zeichen sein." Er starrte sie nur an. „Meine Ehe wird doch an unserem Verhältnis nichts ändern", fügte sie hinzu.

„Natürlich wird sie das", sagte William matt. „Und was willst du tun, wenn dieser sogenannte Friedensschluss scheitert?"

Margaret wollte nicht zulassen, dass Furcht in ihr aufstieg. „Unser Onkel glaubt, dass der Frieden halten wird", brachte sie endlich hervor. „Um eine solche Ehe zu vereinbaren, muss er doch davon überzeugt sein, dass der Friede von Dauer sein wird."

„Kein Mensch glaubt an einen dauerhaften Frieden!" William fluchte. „Du bist nur das Pfand, Meg, damit unser Onkel seine Ländereien behalten kann, während fast alle anderen von uns ihre Titel und Ländereien wegen unseres angeblichen Verrats verloren haben. Vater hätte einer solchen Hochzeit niemals zugestimmt!"

Und wieder hatte William völlig recht. „Buchan ist nun unser Herr. Ich will nicht, dass er seine Ländereien verliert, Will."

„Ich doch auch nicht! Hast du nicht mitbekommen, wie unser Onkel und Red John letzte Woche eine ganze Stunde damit verbrachten, König Edward zu verfluchen und Rache für William Wallace zu schwören? Sie haben heilige Eide geleistet, die Engländer wieder aus dem Land zu vertreiben!“

Margaret war plötzlich ganz übel gewesen. Sie hatte stumm in einer Ecke gesessen, zusammen mit Isabella, Buchans hübscher junger Frau, und sie waren mit Stickereien beschäftigt gewesen. Dabei hatte sie ganz bewusst gelauscht – und jedes Wort verstanden.

Nun wünschte sie sich so sehr, sie hätte es nicht getan. Die großen Adeligen Schottlands waren erbost über die Demütigungen, die König Edward ihnen aufgezwungen hatte, indem er sie all ihrer Macht beraubte. Das Land würde nun von einem Engländer regiert werden, den König Edward ernannte. Jeder Leibeigene, Freibauer und Edelmann musste Abgaben und Steuern entrichten. Schottland musste zahlen für Englands Kriege mit Frankreich und den anderen fremden Mächten, mit denen der König im Streit lag. Er wollte die Schotten sogar dazu zwingen, in seinen Heeren zu dienen.

Aber der Todesstoß war die grausame Hinrichtung von William Wallace gewesen. Man hatte ihn von Pferden herumschleifen lassen, dann aufgehängt, noch lebend vom Strick geschnitten, um ihm die Eingeweide herauszureißen und ihn schließlich zu köpfen.

Jeder Schotte, ob Highlander oder aus den Tieflanden, ob Earl oder Bettler, Grundbesitzer oder Bauer, war entsetzt über dieses barbarische Ende des tapferen schottischen Rebellen. Und dafür forderte jeder Schotte nichts als Rache.

„Selbstverständlich ist meine Heirat aus politischen Gründen arrangiert worden“, argumentierte Margaret, aber sie war sich bewusst, wie matt ihre Stimme klang. „Kein Mensch heiratet aus Zuneigung. Ich habe nichts anderes erwartet als eine politische Verbindung. Schließlich sind wir jetzt Verbündete der Krone.“

„Ich sage doch gar nicht, dass du auf einer Liebesheirat bestehen solltest. Aber unseren Onkel kann man doch kaum einen Verbündeten von König Edward nennen! Hier geht es um mehr als um Politik. Er schmeißt dich einfach weg.“

Margaret könnte das niemals zugeben, aber wenn sie den Mut fände, klar über die Angelegenheit nachzudenken, würde sie ganz genauso empfinden – dass ihr Onkel sie lieblos und gedankenlos nur für seine eigenen Zwecke benutzte, dass sie beiläufig weggeworfen wurde, um ihm eben in diesem einen kurzen Augenblick von Nutzen zu sein, bis seine Ergebenheit und Untertanentreue wieder einem anderen galt.

„Ich möchte meinen Teil erfüllen, Will. Damit die Familie stark bleibt und in Sicherheit leben kann.“

William lenkte sein Pferd dicht an ihres heran und senkte die Stimme. „Er hat zwar keinen Anspruch auf den Thron, aber ich glaube, Red John wird irgendwann nach der Krone greifen, und wenn nicht für sich selbst, dann vielleicht für den Sohn von König Balliol.“

Margaret riss die Augen auf. Red John Comyn, Lord of Badenoch, war Anführer des ganzen Clan Comyn und Herr selbst über Buchan. Für sie war er so etwas wie ein weiterer Onkel, aber in Wahrheit nur ein entfernter Cousin. Was ihr Bruder da sagte, überraschte sie nicht – sie hatte selbst schon von derartigen Mutmaßungen gehört –, aber auf einmal wurde ihr klar, wenn Red John nach der Krone greifen sollte oder den anderen Edward, den Sohn des früheren schottischen Königs Balliol, auf den Thron setzen wollte, dann würde Buchan dabei sein Gefolgsmann sein. Und sie würde er einfach zurücklassen, weil sie als Gattin eines Engländers auf der anderen Seite stehen musste in dem großen Krieg, der dann ganz sicher entbrennen würde.

„Das sind doch nur Gerüchte“, wiegelte sie ab.

„Ja, nur Gerüchte. Aber jeder weiß, dass auch Robert Bruce noch immer nach der schottischen Krone schielt“, meinte

William erbittert. Die Comyns hassten Robert Bruce, so wie sie auch schon seinen Vater Annandale gehasst hatten.

Margaret bekam es mit der Angst zu tun. Wenn Red John und Robert Bruce gleichzeitig nach der Krone greifen sollten, würde es noch einen weiteren Krieg, einen schottischen Bürgerkrieg geben. Und sie wäre dann die Frau eines Engländers. „Wir können nur beten, dass der Frieden Bestand hat."

„Der wird niemals von langer Dauer sein. Und dann werde ich auch dich verlieren."

Sie war wie vor den Kopf geschlagen. „Ich heirate doch bloß, ich muss nicht in den Tower oder an den Galgen. Du wirst mich nicht verlieren."

„Dann verrate mir mal eines, Meg: Wenn der Krieg ausbricht und du ihm inzwischen ergeben bist – Sir Guy und auch Aymer de Valence –, wie willst du dann noch auch mir zur Seite stehen?" Mit einem Ausdruck von Zorn und Abscheu trieb William sein Pferd voran.

Margaret fühlte sich, als hätte sie ein Huf auf der Brust getroffen. Sie gab ihrer Stute die Sporen und eilte ihm nach. Sie war sicher, dass nicht Wut aus ihm gesprochen hatte, sondern die Angst.

Doch auch sie fürchtete sich. Wenn es einen neuen Krieg geben sollte, würde ihre Treue auf eine furchtbare Probe gestellt werden. Und früher oder später würde es einen weiteren Krieg geben – das wusste sie ganz genau. Der Frieden war nie von langer Dauer, schon gar nicht in Schottland.

Entsetzen überwältigte sie. Konnte sie gleichzeitig ihrer Familie und ihrem zukünftigen Gatten die Treue halten? Wie sollte das gehen? Wäre sie nicht verpflichtet, zuallererst zu ihrem Mann zu stehen?

Ihre Augen waren feucht geworden. Sie hob das Kinn und straffte die Schultern. Sie war jetzt eine erwachsene Frau, eine Comyn und eine MacDougall, sie war ihrer Familie verpflichtet – und auch sich selbst. „Wir werden niemals Feinde werden, Will."

Über die Schulter warf er ihr einen finsteren Blick zu. „Da sollten wir besser beten, dass irgendetwas passiert, was deine Heirat verhindert, Meg."

Plötzlich schloss Sir Ranald zu ihnen auf, einer von Buchans jungen Rittern, ein gut aussehender sommersprossiger Schotte von etwa fünfundzwanzig Jahren. „William! Sir Neil meint, er hätte oben auf dem Hügel einen Aussichtsposten in den Bäumen entdeckt!"

In Margaret stieg eine ganz neue Angst auf, während William bleich wurde und fluchte. „Ich wusste, dass es viel zu still ist! Ist er sicher?"

„Fast sicher – jedenfalls würde ein Posten das Wild verscheuchen."

Sir Ranald war vorausgeritten, blieb stehen und versperrte ihnen auf dem schmalen Pfad den Weg. Margaret fiel auf, dass der Wald, der sie umgab, nicht nur still war, sondern von geradezu unnatürlichem Schweigen erfüllt.

„Wer sollte uns denn beobachten?", flüsterte sie heiser. Aber das brauchte sie gar nicht erst zu fragen, denn sie wusste es ganz genau.

Das Land der MacDonalds begann gleich jenseits des Bergrückens, unter dem sie entlangritten.

Margaret sah Sir Ranald an, der ihren Blick grimmig erwiderte. „Wer sonst als ein MacDonald?"

Margaret erschauerte. Die Feindschaft zwischen der Familie ihrer Mutter und den MacDonalds reichte Hunderte von Jahren zurück. Der Sohn von Angus Mor, Alexander Og – bekannt als Alasdair –, war der Lord of Islay, und sein Bruder Angus Og war der Lord of Kintyre. Der uneheliche Stiefbruder der beiden, Alexander MacDonald, war bekannt als der Wolf von Lochaber. Die MacDougalls stritten sich seit Jahrhunderten mit den MacDonalds.

Margaret blickte hinauf zu den bewaldeten Hügeln. Sie konnte in den verschneiten Baumwipfeln nichts und niemanden entdecken.

„Wir sind nur fünfzig Mann stark“, stellte William grimmig fest. „Aber die Burg ist mit weiteren vier Dutzend Männern besetzt – hoffen wir wenigstens.“

„Vielleicht hat Sir Neil nur einen Jäger gesehen“, meinte Sir Ranald. „Master William, wir müssen Euch und Eure Schwester so schnell wie möglich hinter den Schutz dieser Mauern bringen.“

William nickte und warf Margaret einen Blick zu. „Wir sollten sofort zur Burg galoppieren.“

Falls die MacDonalds wirklich einen Angriff im Sinn hatten, dann mit wesentlich mehr als nur fünfzig Männern, also befanden sie sich in echter Gefahr. Margaret sah sich ängstlich um. Oben auf den Hügeln schien sich nicht ein einziger Zweig zu bewegen. „Also los!“, stimmte sie zu.

Sir Ranald stand schon in den Bügeln und wandte sich zu den Reitern und Zugwagen hinter ihnen um. Mit erhobener Hand trieb er den Tross zur Eile an.

William gab seinem Hengst die Sporen, und Margaret ritt hinterher.

Auch als sie die Außenbefestigungen passierten und sich dem Eingangsturm mit der hochgezogenen Zugbrücke näherten, blieb es vollkommen still. Dieses Schweigen machte Margaret so Angst, dass sie nicht sprechen konnte. Ein Bote war mit der Nachricht ihrer bevorstehenden Ankunft vorausgeschickt worden. Aber Boten konnte aufgelauert, Nachrichten konnten abgefangen werden – auch wenn angeblich Frieden im Lande herrschte. Doch dann tauchten Köpfe oben auf den Wällen der Burg auf, man konnte aufgeregte Stimmen vernehmen.

„Das sind Buchans Neffe und Nichte …“

„Lady Margaret und Master William Comyn …“

Der Tross war zum Stillstand gekommen, eingekeilt zwischen den äußeren Mauern. Sir Ranald legte die Hände an den Mund und blickte hoch zum Turm, wer immer dort auf Wachposten sein mochte. „Ich bin Sir Ranald of Kilfinnan, und ich habe Lady

Margaret Comyn und ihren Bruder Master William unter meinem Schutz. Senkt die Brücke für Eure Herrin!"

Noch mehr Stimmen von oben. Dann knirschte die Zugbrücke, als sie langsam herabgelassen wurde. Margaret bemerkte ein paar Kinder, die über die Zinnen lugten, sah sich um und blickte plötzlich einer älteren Frau beim Eingangsturm direkt in die Augen. Die Frau schaute überrascht, und Margaret lächelte unwillkürlich.

„Das ist Lady Marys Tochter!", rief die alte Frau.

„Mary MacDougalls Tochter!", schrie ein Mann noch aufgeregter.

Margaret spürte, wie ihr Herz wild hüpfte, als klar wurde, was hier geschah – diese guten Leute erinnerten sich an ihre Mutter, die sie geschätzt und geliebt hatten, und nun wurde sie selbst von ihnen allen willkommen geheißen. Tränen stiegen Margaret in die Augen.

Das hier waren ihre Leute, so wie auch Castle Fyne nun ihr gehörte. Sie begrüßten sie freudig, und im Gegenzug war es ihre Verpflichtung, für ihr Wohlergehen und ihre Sicherheit zu sorgen, denn sie war jetzt ihre Herrin.

Sie lächelte noch einmal und unterdrückte die Tränen. Oben auf den Wällen stieß jemand Jubelschreie aus, denen noch mehr Jubel folgte.

Sir Ranald grinste sie an. „Willkommen auf Castle Fyne, Mylady", neckte er.

Sie wischte sich über die Augen und riss sich zusammen. „Ich hatte ganz vergessen, wie sehr sie meine Mutter geliebt haben. Jetzt erinnere ich mich wieder daran, dass sie, als ich noch ein Kind war, hier immer so begrüßt worden ist, sogar mit Fanfaren."

„Das überrascht mich nicht. Sie war eine große Dame", sagte Sir Ranald. „Alle Welt hat Lady Mary geliebt."

William berührte ihren Ellbogen. „Du musst winken", sagte er leise.

Sie zuckte zusammen, aber dann hob sie vorsichtig eine Hand, und die Menge auf den Wällen und Zinnen sowie im Eingangsturm kreischte entzückt. Margaret geriet ganz außer Fassung und wurde rot. „Ich bin doch keine Königin."

„Nein, aber du bist ihre Herrin, und die Burg wird deine Aussteuer sein." William strahlte sie an. „Die Leute haben seit Jahren keine Herrin mehr im Haus gehabt."

Er bedeutete ihr, voranzureiten und den Tross über die Zugbrücke und in den Innenhof zu führen. Das verblüffte Margaret, sie wandte sich nach Sir Ranald um in der Erwartung, er würde ihr den Weg bahnen. Doch er grinste noch einmal und senkte ergeben das Haupt. „Nach Euch, Lady Margaret."

Margaret gab ihrer Stute die Sporen, die Menge jubelte wieder, als sie die Brücke überquerte und in den Innenhof ritt. Ihr Herz machte einen Satz. Sie brachte die Stute zum Stehen und stieg vor der hölzernen Treppe ab, die zum Haupteingang führte. Die Türen öffneten sich, und mehrere Männer eilten ihr entgegen, angeführt von einem großen grauhaarigen Schotten.

„Lady Margaret, wir haben Euch erwartet", sagte er. „Ich bin Malcolm MacDougall, ein entfernter Cousin Eurer Mutter und der Verwalter dieser Burg."

Er hatte nichts als das knielange Kriegerhemd der Highlander an, mit einem Schwert im Gürtel, und kniehohe Stiefel. Obwohl er keinen karierten Überwurf trug und seine Beine bloß waren, schien er sich nichts aus der Kälte zu machen, als er die Stufen herunterkam und vor ihr auf die Knie sank. „Mylady", sagte er mit Ehrerbietung. „Hiermit schwöre ich Euch meine Ergebenheit und Treue, über allem in der Welt."

Margaret erschauerte und holte tief Luft. „Ich danke Euch für Euren Eid und Eure Gefolgschaft."

Er erhob sich und sah sie offen an. „Ihr seid Eurer Mutter wie aus dem Gesicht geschnitten!" Dann wandte er sich um, um ihr seine beiden Söhne vorzustellen, beide jung, attraktiv und kaum älter als sie. Beide schworen ihr ebenfalls die Treue.

William und Sir Ranald traten hinzu, weitere Begrüßungsrituale wurden ausgetauscht. Sodann zog Sir Ranald sich zurück, um Sir Neil dabei zu helfen, den Männern ihre Unterkünfte zuzuweisen. William trat zu ihm, die beiden wisperten miteinander, offenbar absichtlich außer Hörweite. Margaret war für einen Moment abgelenkt, da sie unbedingt wissen wollte, was die beiden zu besprechen hatten.

„Ihr müsst erschöpft sein", sagte Malcolm zu ihr. „Wenn Ihr erlaubt, werde ich Euch Eure Gemächer zeigen."

Margaret warf William einen Blick zu – der noch immer in ein im Flüsterton geführtes, aber ernsthaftes Gespräch vertieft war. Sie war überzeugt, dass die beiden die Möglichkeit erörterten, ein feindlicher Späher könnte von dem Bergrücken aus ihre Ankunft beobachtet haben. „Zwar bin ich müde, doch in meine Gemächer möchte ich mich jetzt noch nicht begeben. Sagt mir, Malcolm, hat es in letzter Zeit irgendwelche Anzeichen von Unstimmigkeiten um Loch Fyne herum gegeben?"

Seine Augen wurden groß. „Meint Ihr, ob es Geplänkel mit der Nachbarschaft gegeben hat? Die gibt es immer. Letzte Woche war einer der Burschen von den MacRuaris hinter unserem Vieh her – dabei sind uns drei Kühe verlustig gegangen. Die Kerle sind dreist wie die Piraten, nutzen die offene See, tauchen auf und verschwinden wieder; wie es ihnen gefällt. Und am nächsten Tag haben meine Söhne einen Späher der MacDonalds erwischt, allerdings weiter im Osten. Aber um ehrlich zu sein: Es ist schon Monate her, dass sich irgendwelche MacDonalds bis hierher vorgewagt haben."

Sie versteifte sich. „Woher wollt Ihr wissen, dass es ein Späher aus dem Clan Donald war?"

Malcolm setzte ein finsteres Lächeln auf. „Wir haben ihn recht eindringlich zur Rede gestellt, bevor wir ihn wieder laufen ließen."

Der Gedanke gefiel ihr gar nicht, und sie erschauerte.

Er berührte sie am Arm. „Lasst mich Euch hineingeleiten,

Mylady, Ihr solltet an einem so kalten Tag, wenn wir kaum Sonne haben, nicht hier draußen stehen.“

Margaret nickte, und William tauchte wieder neben ihr auf. Sie sah ihn fragend an, doch er scherte sich nicht darum, sondern deutete auf die Treppe. Enttäuscht folgte sie Malcolm die Stufen hinauf.

Die Halle war ein weitläufiger, aus großen Steinquadern errichteter Raum mit einer hohen Balkendecke und einem Kamin an einer Wand. Ein paar schmale Schießscharten ließen etwas trübes Licht herein. Zwei riesige hölzerne Tische in der Mitte des Saales wurden auf beiden Seiten von langen Bänken flankiert, vor dem Kamin standen drei geschnitzte Stühle mit Kissen. An den Wänden lehnten Schlafpritschen. Eine Wand wurde von einem Wandteppich bedeckt, der eine Schlachtszene darstellte.

Margaret sog genießerisch die Luft ein. Der Boden war mit frischem Immergrün bedeckt, das in Lavendelöl getränkt war. Plötzlich erinnerte sie sich daran, dass der Raum auch nach Lavendel geduftet hatte, als sie in Kindertagen zum letzten Mal hier gewesen war.

Malcolm lächelte. „Lady Mary hat darauf bestanden, dass wir alle drei Tage frisches Immergrün auslegen, und Lavendel mochte sie besonders gern. Wir hatten gehofft, dass es Euch ebenfalls gefallen würde.“

„Habt vielen Dank“, erwiderte Margaret gerührt. „Das tut es.“

Die Diener, die sie auf ihrer Reise begleiteten, waren eifrig damit beschäftigt, mehrere große Truhen mit ihren persönlichen Besitztümern in den Saal zu schleppen. Margaret entdeckte ihre Dienstmagd Peg, die drei Jahre älter war als sie selbst. Sie kannte Peg schon fast ihr ganzes Leben, sie war eher eine gute Freundin als eine Magd. Margaret eilte auf sie zu. „Hast du dir Erfrierungen zugezogen?“, fragte sie und ergriff die eiskalten Hände des Mädchens. „Was machen deine Blasen?“ Margaret war wirklich besorgt.

„Ihr wisst doch, wie ich diese Kälte hasse!“, rief Peg zitternd aus. Sie hatte kastanienfarbenes Haar und war so groß und üppig, wie Margaret schlank und zierlich war. Peg trug einen schweren Wollumhang über ihrem fersenlangen Hemd, aber sie zitterte trotzdem. „Natürlich bin ich ganz durchgefroren, und die Reise war sehr lang, viel zu lang, wenn Ihr mich fragt!“

„Aber wir sind doch sicher angekommen – und das ist ja keine Kleinigkeit.“

„Natürlich sind wir sicher angekommen – es gibt doch jetzt keinen Krieg mehr“, spottete Peg. „Lady Margaret, Eure Hände sind eiskalt! Wir hätten viel früher unser Lager aufschlagen sollen! Ihr seid durchgefroren bis auf die Knochen, genau wie ich!“

„Vorhin ist mir kalt gewesen, aber ich bin nicht bis auf die Knochen durchgefroren, und ich freue mich so, wieder hier zu sein.“ Margaret sah sich noch einmal in dem Saal um. Beinahe erwartete sie, ihre Mutter lächelnd durch eine der Türen treten zu sehen.

Sie schüttelte diesen unsinnigen Gedanken ab. Aber noch nie hatte sie ihre Mutter so heftig vermisst.

„Ich werde in Euren Räumen Feuer machen“, sagte Peg entschlossen. „Wir können doch nicht zulassen, dass Ihr Euch ein Fieber holt, bevor Ihr Euren englischen Ritter heiratet.“

Margaret musterte ihre Dienstmagd missbilligend. Peg wünschte sich nichts sehnlicher, als dass ihre Herrin sich eine Erkältung holte und bei ihrer eigenen Hochzeit im Juni passen musste, das hörte sie sehr wohl heraus.

Aber das konnte Margaret ihr nicht übel nehmen. Peg war nun einmal eine echte Schottin. Sie hasste die MacDonalds und verschiedene andere gegnerische Clans, aber die Engländer hasste sie erst recht. Sie war entsetzt gewesen, als sie von Margarets Verlobung erfuhr. Und da sie generell kein Blatt vor den Mund nahm, hatte Peg eine ganze Weile Hasstiraden geschwungen, bis Margaret ihr befehlen musste, ihre Zunge im Zaum zu halten.

Obwohl auch Margaret Bedenken hatte, was ihre Heirat betraf, waren Pegs Ansichten alles andere als hilfreich.

„Ich glaube, die Gemächer meiner Mutter sind gleich über der Treppe da", sagte sie. „Das ist sicher eine gute Idee. Geh schon mal nach oben, mach ein Feuer und bereite alles vor. Und dann kümmere dich um das Nachtmahl."

Margaret war nicht besonders hungrig, aber sie wollte eine Weile in aller Ruhe ungestört durch das Zuhause ihrer Mutter schreiten. Also sah sie zu, wie Peg mit einem der jungen Burschen schimpfte, der eine der Truhen schleppte, und folgte den beiden dann die Treppe hinauf, die zum Nordturm führte, wo sich die Gemächer ihrer Mutter befanden.

Weil die Burg schon so alt war, hingen die Decken in den oberen Stockwerken ziemlich tief, deshalb mussten – anders als die zierliche Margaret – die meisten Männer die Köpfe einziehen. Im zweiten Stock warf sie nur einen kurzen Blick in ihr Zimmer, wo Peg bereits vor dem Kamin kauerte. Margaret stieg rasch weiter die Treppe hinauf, bevor ihre Magd Einwände äußern konnte. Vom dritten Stock ging es hinaus zu den Festungswällen.

Margaret trat aus dem Turm und ging hinüber zu der mit Zinnen bewehrten Mauer. Es war später Nachmittag und frostig kalt, die Sonne war hinter der grauen Wolkendecke nur zu erahnen. Margaret zog den dunkelroten Umhang fester um sich.

Der Ausblick von hier oben war überwältigend. Der See tief unter der Burg war an den Rändern von Eis bedeckt, aber die Mitte war nicht zugefroren. Sie wusste, dass manche der tapferen Schiffer selbst im tiefsten Winter noch versuchten, ihn zu überqueren. Am gegenüberliegenden Ufer war nichts als dichter Wald zu erkennen.

Sie blickte nach Süden zu dem Pfad, den sie vorhin hinauf zur Burg geritten waren. Schmal und steil wand er sich über dem See den Hügel hoch. Von hier oben reichte ihr Blick bis in das angrenzende Tal, wo der Wind die hohen Bäume des Waldes zauste.

Es war so schön, dass es ihr den Atem raubte. Sie rieb sich die

Arme, wild entschlossen, über ihre Rückkehr nach Castle Fyne nichts als Glück zu empfinden, selbst wenn ihre Heirat mit einem Engländer bevorstand.

Sie warf noch einmal einen genaueren Blick in das Tal – der Wald dort schien sich zu bewegen, als ob eine dichte Reihe von Bäumen den Hügel hinaufmarschieren würde, auf die Burg zu.

Plötzlich läutete über ihr eine Glocke. Margaret zuckte zusammen. Das sollte unverkennbar eine Warnung sein. Dann hörte sie eilige Schritte hinter sich. Männer kamen aus dem Turm gerannt, mit Bogen über den Schultern und Köchern voller Pfeile. Sie besetzten die Verteidigungsstellungen auf den Zinnen.

Margaret stieß einen Schrei aus, beugte sich über die Brüstung, blickte in das dicht bewaldete Tal – direkt auf das Heer, das hindurchmarschierte.

„Margaret! Lady Margaret!"

Jemand rief von drinnen nach ihr. Doch sie brachte keine Antwort heraus und konnte sich auch nicht mehr bewegen. Sie war völlig fassungslos, während die Glocken über ihr wie wahnsinnig läuteten.

Ihr drehte sich der Magen um. Es war nicht der Wald, der auf sie zumarschierte – es waren Hunderte von Männern, ein riesiges Heer, dunkle Banner flatterten im Wind …

Die Bogenschützen hatten ihre Stellungen eingenommen, um die Burg gegen die Angreifer zu verteidigen. Margaret rannte hinein, die steile, schmale Steintreppe hinab, beinahe wäre sie auf den glatten Steinen ausgerutscht, doch sie konnte sich gerade noch an der Wand abstützen.

William lief unten im Saal mit bleichem Gesicht auf und ab, eine Hand am Griff seines Schwertes. „Wir werden angegriffen! Da war doch so ein verdammter Späher, Meg, der beobachtet hat, wie wir hineingeritten sind. Bist du oben auf den Zinnen gewesen? Hast du erkennen können, wer da heranmarschiert?"

Ihr Herz hämmerte. „Die Farben habe ich nicht erkennen können. Aber die Banner sind dunkel – sehr dunkel."

Die Flaggen der MacDonalds waren blau und schwarz, mit roten Fransen.

„Ist es der Clan Donald?“, schrie sie.

„Das würde ich annehmen“, sagte er barsch. Auf seinen Wangen tauchten hellrote Flecken auf.

„Will!“ Sie packte ihn am Arm und merkte erst jetzt, wie heftig sie zitterte. „Ich habe nicht gezählt, aber um Gottes willen, es müssen Hunderte von Männern sein, die da auf uns zukommen! Die Fußtruppen passten nicht einmal auf den schmalen Pfad, über den wir geritten sind – sie kommen durch das Tal!“

Er stieß einen schrecklichen Fluch aus. „Ich lasse fünf von meinen besten Rittern bei dir zurück.“

Sie konnte gar nicht mehr klar denken – und sie hatte noch nie eine Schlacht erlebt oder sich in einer belagerten Burg befunden. „Was meinst du damit?“

„Wir werden sie zurückschlagen!“

„Du kannst dich doch nicht auf eine Schlacht einlassen! Du kannst Hunderte von Männern doch nicht mit unserem Dutzend Rittern und unseren paar Fußtruppen abwehren! Schon gar nicht kannst du fünf deiner Ritter bei mir lassen! Du wirst jeden Einzelnen von ihnen brauchen.“

„Seit wann verstehst du denn etwas vom Krieg?“, rief er empört. „Die Ritter der Comyns wiegen jeden MacDonald zehnmal auf.“

Sie konnte nur hoffen, dass er recht hatte. Peg kam herbeigelaufen, das Gesicht gespenstisch bleich. Margaret streckte eine Hand aus, ihre Dienstmagd umklammerte sie. „Es wird schon alles gut gehen“, hörte sie sich sagen.

Peg starrte sie aus entsetzten Augen an. „Alle sagen, dass es Alexander MacDonald sein soll – der mächtige Wolf von Lochaber.“

Margaret sah sie nur an und hoffte, sie hätte sich verhört.

Sir Ranald und Malcolm liefen in den Saal. „Wir müssen uns beeilen, William, vielleicht können wir sie in der Schlucht aufhalten. Lange können sie nicht mehr in breiter Front durch das Tal kommen. Sie werden bald hintereinander einen schmalen Pfad nehmen müssen, der auf den stößt, über den wir gekommen sind. Wenn wir unsere Leute rechtzeitig über der Schlucht in Stellung bringen, können wir sie einen nach dem anderen erledigen. Da kommen sie dann nicht mehr lebend heraus."

Es gab also noch Hoffnung? „Peg hat gesagt, es soll der Bruder sein – der Bastard."

William wurde noch blasser. Selbst Sir Ranald, der tapferste ihrer Ritter, starrte sie reglos aus aufgerissenen Augen an.

Einer von Malcolms Söhnen kam hereingerannt und bestätigte ihre schlimmsten Befürchtungen. „Es ist wirklich der Wolf", keuchte er. Seine Augen sprühten Feuer. „Der Bastard von Angus Mor, der Wolf von Lochaber, mit fünf- oder sechshundert Männern."

Margarets Herz klopfte so laut, dass sie gar nichts mehr hörte. Der Wolf von Lochaber war eine Legende. Jeder wusste Bescheid über Alexander MacDonald. Kein anderer Highlander war so grausam und erbarmungslos. Man sagte, er habe noch nie eine Schlacht verloren. Außerdem, so munkelte man, habe er noch nie einem Feind das Leben geschenkt.

Margaret war fast wahnsinnig vor Angst. Sie umklammerte Pegs Hand und dachte an eine der Legenden, die ihr zu Ohren gekommen waren.

Der zufolge wollte Alexander vor einigen Jahren seine Geliebte heiraten, die verwitwete Tochter des Lord MacDuff, der ihn jedoch abwies. Also belagerte er dessen Burg am Glen Carron in Lochaber. Als sich MacDuff schließlich ergeben musste, hatte er den Burgherrn gefangen genommen, ihn auf die Knie gezwungen und ihn zusehen lassen, wie er jeden einzelnen der Männer, die es gewagt hatten, gegen ihn zu kämpfen, kaltblütig und ohne Erbarmen hinrichten ließ. Sodann hatte er Glen Carron bis auf die Grundmauern niedergebrannt. Lord MacDuff selbst wollte er hängen, doch die Geliebte hatte um Gnade für ihren Vater gefleht. Darauf hatte der Wolf zwar das Leben seines zukünftigen Schwiegervaters verschont, nachdem dieser ihm Gefolgschaft schwören musste – doch nur, um ihn für viele Jahre einzukerkern. Gleich darauf hatte er seine Geliebte geheiratet, die jedoch ein paar Monate später im Kindbett starb.

Wenn es wirklich Alexander MacDonald war, der da mit Hunderten von Männern auf sie zumarschierte, würde er Castle Fyne einnehmen und zerstören.

„Was sollen wir nur tun?“ Niemals zuvor hatte Margaret eine solche Angst gehabt. Aber noch während sie die Frage aussprach, wurde ihr klar, dass sie völlig unsinnig war. Sie mussten die Festung verteidigen. Hatten sie nicht alles in allem etwa hundert Männer dafür zur Verfügung?

Sir Ranald blickte finster. „Wir haben nur zwei Möglichkeiten, Lady Margaret. Wir können uns ergeben, oder wir können kämpfen.“

Sie holte tief Luft. Kein Comyn und kein MacDougall käme jemals auf die Idee, sich kampflos zu ergeben.

„Wir werden ihn an der Schlucht aus dem Hinterhalt überraschen und ihn aufhalten“, schlug William vor. Entschlossen musterte er Sir Randal und die Übrigen, die inzwischen hinzugekommen waren: Sir Neil, Malcolm und dessen Sohn. „Haben wir mit einem solchen Hinterhalt Aussicht auf Erfolg?“

Sir Ranald und Sir Neil tauschten Blicke und zögerten. „Eine andere Hoffnung haben wir nicht“, meinte Sir Neil schließlich.

Margarets Herz krampfte sich vor Angst zusammen. Peg neben ihr schien leise zu stöhnen. Vielleicht waren all die Geschichten ja gar nicht wahr, vielleicht würde Gott ihnen zur Seite stehen – vielleicht würde der Wolf, nur dieses eine Mal, eine Niederlage erleiden.

„Dann werden wir das so machen“, ordnete William an. „Aber, Margaret – ich möchte, dass du sofort nach Bain zurückkehrst.“

„Du verlangst von mir zu fliehen?“

„Du wirst mit Sir Randal und Sir Neil von hier verschwinden. Wenn ihr gleich aufbrecht, seid ihr bald außer Gefahr."

In ihrem Kopf drehte sich alles – als ob man sie kopfüber herumschleudern würde. Sie konnte sich doch nicht einfach aus dem Staub machen! Sie betrachtete die Frauen und Kinder, die sich im Saal drängten. Alle Männer, selbst die ältesten, waren draußen auf den Zinnen und bereiteten sich auf die Schlacht vor.

Sir Ranald nahm sie am Ellbogen. „Er hat recht. Ihr müsst in Sicherheit gebracht werden. Dies ist Eure Burg, daher seid Ihr wertvoll als Braut – aber ebenso als Gefangene."

Ihr lief es kalt über den Rücken. Doch sie befreite sich. „Ich bin kein Feigling – und ich habe nicht vor, irgendjemandes Gefangene zu werden. Ich bin die Herrin dieser Festung! Ich kann unmöglich fliehen und Euch allein zurücklassen, um die Burg zu verteidigen. Was ist mit all den Männern, Frauen und Kindern hier? Die mich eben noch so freundlich willkommen geheißen haben?"

„Verflucht noch eins, Margaret, gerade deshalb musst du verschwinden – weil die Burg zu deiner Aussteuer gehört. Das macht dich so verdammt wertvoll!" William schrie sie jetzt an.

Am liebsten hätte sie ebenfalls geschrien. Doch sie blieb ganz ruhig. „Ihr geht jetzt und schlagt Alexander MacDonald zurück. Sorgt dafür, dass er es nie wieder wagt, uns hier anzugreifen! Lockt ihn in der Schlucht in einen Hinterhalt. Und bringt ihn um, wenn es geht!"

Peg schnappte nach Luft.

Aber Margaret hatte wieder einen ganz klaren Kopf. William würde mit allen verfügbaren Männern losreiten, um den berüchtigten Wolf von Lochaber aufzuhalten. Und wenn es ihnen möglich sein sollte, ihn zu töten, dann war dem eben so. Er war schließlich der Feind!

Sir Ranald wandte sich um. „Malcolm, schickt sofort jemanden zum Earl of Argyll und einen weiteren Mann zu Red John Comyn!"

Der Earl of Argyll – Alexander MacDougall – war der Bruder ihrer Mutter, er und Red John würden ihnen sicherlich sofort zu Hilfe eilen. Aber die Sitze beider Herren befanden sich mehr als einen Tagesritt entfernt. Und es konnte sein, dass sich gerade keiner von ihnen in seiner Residenz aufhielt; dann mussten die Boten weiterreiten.

Malcolm eilte davon. Margaret sah ihm nach. „Falls wir es mit dem Hinterhalt nicht schaffen", wandte sich Sir Ranald grimmig an sie, „braucht Ihr Leute, um die Burg zu verteidigen."

Sie verstand kaum, was er sagte, und sie bekam keine Luft mehr. „Was meint Ihr damit?"

William wandte sich an Sir Ranald. „Sollen wir uns mit unseren Begleitern auf die Lauer legen? Und die Besatzung der Burg hierlassen?"

Margaret versuchte, einen klaren Gedanken zu fassen. Warum wollten sie fünfzig Männer in der Burg zurücklassen? Gerade als ihr ein Licht aufging, sah Sir Ranald sie an. „Ihr müsst die Burg für eine Belagerung vorbereiten."

Sie schluckte. Sie verstand nichts von Schlachten und schon gar nichts von Belagerungen. Sie war doch nur eine Frau – und gerade mal siebzehn Jahre alt! „Ihr werdet nicht versagen!"

Er setzte ein merkwürdiges Lächeln auf – beinahe traurig, als würde er eher das Schlimmste erwarten, nicht das Beste. „Das haben wir auch nicht vor. Ich hasse es, Euch hier zurückzulassen, Lady Margaret, aber wir sind in der Minderzahl – Euer Bruder braucht mich."

Sie zitterte. Sie konnte nur beten, dass William und Sir Ranald es schafften, Alexander MacDonald abzuwehren. „Natürlich müsst Ihr William begleiten."

William legte eine Hand auf Sir Neils Schulter. „Bleibt bei meiner Schwester und beschützt sie – mit Eurem Leben, wenn es sein muss."

Sir Neil kniff die Lippen zusammen. Margaret begriff, dass er Seite an Seite mit William und Sir Ranald kämpfen wollte, doch er nickte. „Ich sorge dafür, dass ihr nichts zustößt“, sagte er rau.

Margaret kamen die Tränen. Wie konnte das alles nur passieren?

Malcolm eilte zurück in den Saal. „Ich habe Seoc Macleod und seinen Bruder losgeschickt. Niemand kennt diese Wälder besser als die beiden.“

Plötzlich musste Margaret daran denken, wie schlecht die Straßen waren, dick vom Schnee bedeckt. Argyll und Red John mochten gar nicht weit weg sein, aber mitten im Winter würde es nicht einfach werden, rechtzeitig zu ihnen vorzudringen.

„Wenn der Hinterhalt klappt, werden wir Argyll und Red John nicht brauchen“, sagte William und sah Margaret an. „Aber falls wir es doch nicht schaffen sollten und er die Festung belagert, dann liegt es an dir, ihn abzuwehren, bis unser Onkel und unser Cousin hier eintreffen.“

Sie sahen sich in die Augen. Margaret konnte nur bedauern, dass sie keinerlei Kampferfahrung besaß. William hingegen kämpfte seit seinem zwölften Lebensjahr gegen die Engländer. Er lächelte sie an. „Sir Neil wird dir nicht von der Seite weichen – und Malcolm auch nicht.“

Sie brachte ein furchtsames Nicken zustande. Dann fuhr sie sich mit der Zunge über die Lippen. „Du wirst es schaffen, William. Ich habe volles Vertrauen in dich. Gott wird Zeuge unseres Sieges sein. Du wirst MacDonald in der Schlucht vernichten.“

William küsste sie schnell auf die Wange, wandte sich ab und schritt rasch aus dem Saal, sein großes Schwert schlug gegen seine Schenkel. Buchans andere Ritter folgten, doch Sir Ranald rührte sich nicht von der Stelle, sondern musterte sie.

Margaret verschränkte die Arme. „Geht mit Gott, Sir Ranald.“

„Der Herr beschütze Euch, Lady Margaret.“ Er zögerte, als ob er noch etwas sagen wollte.

Margaret wartete, doch er nickte Sir Neil und Malcolm nur kurz zu, dann eilte er den anderen nach.

Margaret hörte, wie die schweren Türen ins Schloss fielen, und spürte, wir ihre Knie nachgaben. Sie wollte sich auf die nächste Bank sinken lassen, nur für einen kurzen Augenblick, als sie plötzlich bemerkte, wie alle Frauen und Kinder im Raum sie anstarrten. Absolutes Schweigen herrschte in dem großen Saal. Langsam wandte sie sich um und musterte die Gesichter aller Anwesenden – sie waren voller Furcht, aber auch voller Erwartung.

Sie alle brauchten jetzt ihren Zuspruch.

Doch was sollte sie sagen, da sie doch selbst solche Angst hatte? Ihr aller Leben lag offensichtlich in ihren ungeschickten Händen.

Margaret drückte das Rückgrat durch und straffte die Schultern. Sie lächelte entschlossen. „Mein Bruder wird den Wolf zurückschlagen“, sagte sie. „Doch wir werden uns trotzdem auf eine Belagerung vorbereiten. Zündet alle Feuer an. Holt die Fässer mit dem Öl aus den Kellern. Bringt Öl und Wasser zum Kochen.“ Peg starrte sie mit offenem Mund an, und Margaret wurde jetzt erst klar, dass sie ganz anders klang als sonst; sie hatte einen seltsam entschlossenen Befehlston angenommen.

Sie hob das Kinn. „Schichtet Haufen von Steinen und Felsbrocken auf und macht die Katapulte bereit. Sobald William mit den Rittern die Burg verlassen hat, zieht ihr die Zugbrücke hoch und verbarrikadiert sie.“

Zustimmendes Gemurmel erhob sich. Während alle davoneilten, um ihre Befehle auszuführen, konnte Margaret nur beten, dass William den Wolf von Lochaber davonjagen würde.

## 2. KAPITEL

Margaret blickte über die Zinnen und hatte das Gefühl, sie befände sich plötzlich an einem fremden Ort, in einer früheren grausameren Zeit. Die Befestigungsanlagen, die sie soeben abgeschritten hatte, wiesen keinerlei Ähnlichkeit mit einer der Burgen auf, auf denen sie sich in ihrem bisherigen Leben aufgehalten hatte. Zitternd zog sie den Umhang um ihren frierenden Leib.

Hinter den Wällen waren überall Schleudern und Katapulte verschiedener Größen aufgebaut, daneben Stapel von Felsbrocken und Steinen, Fässer mit loderndem Öl über Dutzenden von Feuerstellen. Alle Frauen der Burg waren da, und auch viele der Kinder – sie hatten die Felsbrocken und Steine nach Größe und Gewicht sortiert und die Feuer entzündet, andere wuselten mit Stapeln von Brettern auf den Armen hin und her. Zwar war die Zugbrücke längst hochgezogen, doch ein schmaler Nebenausgang des Nordturms war noch offen. Margaret war rechtzeitig genug eingefallen, dass ihnen Holz und Steine nicht ausgehen durften. Nicht bei einer Belagerung.

Die Bogenschützen kauerten hinter den Zinnen. Vermutlich ist es ein Glück, dachte Margaret, dass wir nur zwei Mauern zu verteidigen haben. Die Burg schmiegte sich an die Klippe über dem See, daher konnte sie von zwei Seiten gar nicht angegriffen werden. Die beiden dem Angriff ausgesetzten Wälle waren mit drei Dutzend Schützen besetzt, hinter jedem von ihnen stand eine Reihe Köcher mit Pfeilen. Ein weiteres Dutzend Kämpfer stand den Schützen zur Seite, bewaffnet mit Schwertern, Keulen und Morgensternen.

Margaret brauchte nicht zu fragen, wozu diese Kämpfer da waren. Zwar hatte sie noch nie einer Belagerung standhalten müssen, doch ein einziger Blick verriet ihr den Grund: Falls der Feind die Wälle erklimmen sollte, wären die Bogenschützen nicht mehr von Nutzen. Dann würde um die Einnahme der Burg Mann gegen Mann gekämpft werden.

Margaret blickte hinunter in das Tal, wo sich MacDonalds großes Heer versammelte. Seit drei Stunden war es nicht mehr weitermarschiert.

Bedeutete das etwa, dass William und Sir Ranald und ihre Ritter jeden einzelnen Feind, den der Wolf über den schmalen Pfad durch die Schlucht schickte, nach und nach erledigten? Sie konnte nur beten.

Sie hörte hinter sich ein Geräusch und drehte sich um. Malcolm lächelte ihr zu. Falls er Angst hatte, ließ er es sich nicht anmerken; aber schließlich verhielten sich alle unglaublich tapfer. Margaret war tief beeindruckt vom Mut ihrer Leute. Sie konnte nur hoffen, dass niemand merkte, wie wild ihr Herz schlug, wie schwindelig sie sich fühlte, wie verängstigt und nervös sie in Wirklichkeit war.

„Gibt es schon Neuigkeiten?“, flüsterte sie. Malcolm hatte vorhin zwei Späher ausgeschickt, um zu berichten, wie es mit dem Hinterhalt lief.

„Unsere Bobachter sind noch nicht zurück“, antwortete er. „Aber es ist ein gutes Zeichen, dass der Wolf seine Truppen nicht weiter vorrücken lassen kann.“

Sie erschauerte. Der Wolf galt als furchtbar jähzornig. Wenn jemand seine Pläne durchkreuzte, würde er vor Wut kochen. Es sei denn, er wäre tot.

Sie hoffte so sehr, dem wäre bereits so!

„Ihr solltet wieder hinuntergehen, Mylady“, sagte Malcolm sanft. „Ich weiß, Ihr wollt unsere Männer und Frauen ermutigen, aber hier draußen wird es sehr kalt, und wenn Ihr Euch erkältet, werdet Ihr sie alle stattdessen entmutigen.“

Margaret bemerkte, wie Sir Neil und ein älterer Highlander versuchten, ein beschädigtes Katapult wieder in Ordnung zu bringen. Peg stand dabei und teilte ihnen offenkundig mit, wie man es ihrer Ansicht nach am besten reparieren könnte. Unter anderen Umständen wäre Margaret darüber belustigt gewesen – Peg musste sich immer in alles einmischen. Außerdem stieg sie gern den Männern nach, und Sir Neil war äußerst gut aussehend mit seiner hellen Haut und dem dunklen Haar.

Er hatte sich als unermüdlich erwiesen. Sie kannte ihn nicht besonders gut, doch er ließ nie nach in seinem Bemühen um ihre Sicherheit und die Sicherheit der Burg.

Aber wenn sie der Belagerung nicht standhalten sollten, dann würden sie alle sterben.

Sie sah Malcolm an. „Ist das wirklich wahr?“ Sie sprach leise, damit niemand mithören konnte. „Dass der Wolf alle seine Feinde tötet? Dass er keinem das Leben schenkt?“

Malcolm zögerte, was ihr die wahre Antwort verriet. „Ich weiß es nicht“, sagte er und zuckte die Schultern, um sie von seiner Ahnungslosigkeit zu überzeugen.

Wie konnte eine solche Barbarei nur möglich sein? „Seid Ihr ihm schon einmal begegnet?“

Malcolm zuckte zusammen. „Ja, Mylady, das bin ich.“

„Ist er wirklich so eine Bestie, wie behauptet wird?“

Malcolm riss die Augen auf. „Gibt es solche Behauptungen? Er ist ein mächtiger Ritter, ein Mann von großem Mut und von großem Ehrgeiz. Es ist eine Schande, dass er unser Feind ist und nicht unser Freund.“

„Ich hoffe, er ist inzwischen tot.“

„Er fällt nicht auf einen Hinterhalt herein, dafür ist er viel zu schlau“, erklärte Malcolm rundweg. Dann sah er an ihr vorbei und erbleichte.

Margaret wirbelte herum, starrte hinunter in das Tal und schluckte. Das Heer da unten war wieder auf dem Vormarsch wie eine sich langsam aufbauende Welle aus lauter Soldaten. „Was hat das zu bedeuten?“, rief sie.

Bevor Malcolm etwas erwidern konnte, rannte Sir Neil an den Zinnen entlang, den rothaarigen Highlander und Peg im Schlepptau. „Lady Margaret“, sagte er, „einer unserer Posten ist zurück und wünscht mit Euch zu sprechen.“

Margaret brauchte das erstarrte Gesicht des Spähers nur anzusehen, um zu wissen, dass er nicht die Nachricht brachte, die sie erhoffte. Sie bekämpfte den Drang, ihn anzubrüllen, und hob eine Hand. „Ihr seid?“

„Coinneach MacDougall, Mylady.“

„Bitte tretet einen Schritt beiseite mit mir. Sir Neil, Malcolm, Ihr dürft Euch zu uns gesellen.“ Sie wusste, dass alle auf den Wällen sie nicht aus den Augen ließen, und ihr Herz hämmerte. Sie führte die drei Männer die schmale Treppe hinab in den Saal. „Was ist passiert?“ Sie achtete darauf, ruhig und vernünftig zu sprechen.

„Der Hinterhalt ist gescheitert, Mylady. Der Wolf und sein Heer rücken nun durch die Schlucht vor. Innerhalb der nächsten Stunde werden sie vor unseren Toren stehen.“ Coinneach stand die Bestürzung ins Gesicht geschrieben.

Ihr war klar, dass ihr jetzt nicht die Knie nachgeben durften. „Ist das sicher?“

„Ja. Mindestens ein Dutzend seiner Ritter kommen in diesem Augenblick durch den Hohlweg.“

Margaret starrte ihn an, ohne etwas zu sehen. „Was ist mit meinem Bruder? Und Sir Ranald?“

„Das weiß ich nicht, Mylady.“

Sie nahm an, dass keine Nachricht immerhin noch besser war als die Nachricht ihres Todes. Bitte, lieber Gott, dachte sie, lass sie noch am Leben sein!

Sie glaubte nicht, dass sie es überstehen könnte, ihren Bruder zu verlieren.

„Wisst Ihr denn, ob überhaupt noch welche von unseren Rittern am Leben sind?“, fragte sie.

„Ich habe gesehen, wie eine Handvoll Eurer Ritter in die Wälder geflohen ist, Mylady.“

Sie atmete schwer. „Sie werden zurückkommen, sobald es ihnen möglich ist.“ Daran hatte sie nicht den geringsten Zweifel.

„Wahrscheinlich ist es das Beste, wenn sie so schnell wie möglich zu Argyll oder Red John reiten“, meinte Sir Neil.

„Wir werden bald unter Belagerung stehen, aber dann können sie MacDonald von hinten angreifen."

Dann würden ihre Männer also doch nicht sofort zurückkehren. Sie unterdrückte ihre Enttäuschung und wandte sich wieder an Coinneach. „Und der Wolf? Alexander MacDonald? Ist er noch am Leben?"

„Das ist er – und er steht an der Spitze seiner Männer." In Coinneachs blauen Augen spiegelte sich die Angst.

Margaret wurde ganz schlecht.

Auf der Treppe waren laute Schritte zu hören. Peg kam mit weit aufgerissenen Augen herunter. „Unten vor der Außenmauer steht ein Mann mit einer weißen Fahne!"

Margaret wandte sich verwirrt an Malcolm. „Der Wolf hat einen Unterhändler vorausgeschickt, Mylady", sagte er schnell. „Da gibt es keinen Zweifel."

„Was kann er wollen?"

„Dass Ihr Euch ergebt?"

In der nächsten halben Stunde ging Margaret rastlos auf und ab, während sie darauf wartete, dass Sir Neil und Malcolm den Unterhändler entwaffneten und feststellten, dass er wirklich einer war, um ihn unbehelligt zu ihr zu bringen. Peg saß an einem der hölzernen Tische auf einer Bank und starrte sie fassungslos an. Margaret war an den gutmütigen Humor und das schnelle Mundwerk ihrer Magd gewöhnt, aber nicht an ihr ängstliches Schweigen.

Die Männer waren durch den schmalen Nebeneingang des Nordturms in die Burg gelangt und betraten nun den Saal. Zwischen Sir Neil und Malcolm stand ein riesiger Highlander in blauem, schwarzem und rotem Karo. Er war mittleren Alters, vollbärtig und schlank. Seine Schwertscheide war ebenso leer wie das Futteral an seinem Gürtel, in dem ein Dolch stecken sollte.

Als er sie erblickte, setzte er ein Lächeln auf, das alles andere als freundlich war. Margaret erschauerte.

„Margaret Comyn?“, fragte er.

Sie nickte. „Der Wolf schickt Euch?“

„So ist es. Mein Name ist Padraig MacDonald. Mir wurde aufgetragen, Euch mitzuteilen, Lady Margaret, dass er mit Euch verhandeln möchte. Falls Ihr dem zustimmt, wird er drei seiner Männer mitbringen, und Ihr könnt ebenfalls drei Eurer Männer als Begleitung haben. Sein Heer wird unterhalb Eurer Außenbefestigungen bleiben, der Treffpunkt kann direkt vor Eurer Mauer sein.“

Margaret starrte den Mann ungläubig an. Dann blickte sie zu Sir Neil und Malcolm. „Ist das eine Falle?“

„Verhandlungen sind nichts Ungewöhnliches“, sagte Malcolm. „Aber der Wolf ist gerissen – und er hält sich nicht an sein Wort.“

„Es ist eine Falle“, sagte Sir Neil entschlossen. „Ihr dürft Euch nicht darauf einlassen.“

Margaret konnte nicht einmal mehr schlucken. Sie wandte sich wieder an den Unterhändler. „Wieso will er verhandeln? Was will er von mir?“ Peg baute sich neben ihr auf, als wolle sie sie beschützen.

„Mir wurde aufgetragen, Euch Verhandlungen anzubieten, Lady Margaret, mehr weiß ich nicht. Worüber er zu reden wünscht, entzieht sich meiner Kenntnis.“

Verhandlungen unter Kriegern mochten nichts Ungewöhnliches sein, doch sie war kein Krieger, sie war eine Frau – jede Faser ihres Leibes riet ihr, nicht auf das Angebot einzugehen.

„Ihr könnt Euch nicht darauf einlassen“, wiederholte Sir Neil mit blitzenden blauen Augen. „Schneller, als Ihr blinzeln könnt, wird er Euch als Geisel nehmen, Mylady!“

Es war so schwer, zu einer Entscheidung zu kommen! Sie sah Sir Neil an. Dann blickte sie zu dem Unterhändler. „Tretet beiseite.“

Malcolm führte ihn am Arm außer Hörweite. Margaret, Peg und Sir Neil steckten die Köpfe zusammen. „Gibt es irgendeine

Möglichkeit", fragte sie schwer atmend, „dass ich da hinausgehe und wir ihn dann gefangen nehmen?"

Sir Neil konnte man an den Augen ablesen, dass er glaubte, Margaret wäre verrückt geworden.

„Lady Margaret!", keuchte Peg. „Das ist der Wolf! Er wird Euch niemals in die Falle gehen! Er wird Euch als Geisel nehmen, und was machen wir dann?"

Malcolm stieß wieder zu ihnen. „Denkt nicht einmal daran, Ihr könntet ihn hereinlegen, Mylady", sagte er.

Margaret warf einen Blick auf den Unterhändler, der sie höhnisch grinsend anstarrte. Was konnte er wissen, das sie nicht wussten? „Gibt es irgendeine Möglichkeit, dass wir verhandeln können, ohne dass ich in Gefahr bin, gefangen genommen zu werden?"

„Das ist einfach viel zu gefährlich", sagte Sir Neil schnell. „Ich habe Eurem Bruder geschworen, dass ich für Eure Sicherheit sorgen werde. Ich kann nicht zulassen, dass Ihr da draußen dem Wolf gegenübersteht."

„Lady Margaret, bitte! Ich bin bloß eine Frau, aber sogar ich weiß, dass das nur eine Falle sein kann!", rief Peg.

„Und selbst wenn es keine sein sollte, kann viel zu viel dabei schiefgehen." Im Vergleich zu den anderen klang Malcolm ganz ruhig.

Außerdem hatte er recht. Und Margaret hatte viel zu viel Angst davor, die sicheren Mauern ihrer Burg zu verlassen. Darüber hinaus würde sie den verfluchten Wolf doch niemals zum Rückzug überreden können! Sie straffte die Schultern und ging hinüber zu dem wartenden Highlander, der die Augen zusammenkniff.

Margaret bedachte ihn mit einem kalten Lächeln. „Sagt dem großen Wolf von Lochaber, dass Lady Comyn seinen Wunsch abgelehnt hat. Sie wird nicht verhandeln."

„Das wird ihn nicht erfreuen."

Sie schaffte es, nicht zu zittern. „Aber es ist Lady Comyns Begehren, zu erfahren, welches Anliegen er an sie richten möchte.

Somit ist es Euch erlaubt, hierher zurückzukehren, um ihr seine Antwort zu überbringen."

„Ich glaube nicht, dass er noch einmal den Wunsch verspürt, mich mit Euch sprechen zu lassen."

Was sollte das heißen? Würde der Wolf sofort angreifen? Sie sah dem Unterhändler in die Augen. Sein Blick ließ sie frösteln.

Eine Sekunde später geleiteten Sir Neil und Malcolm ihn hinaus. Kaum war er fort, sank Margaret auf einer Bank zusammen. Peg eilte zu ihr und ergriff ihre Hände. „Was sollen wir nur tun?"

Margaret konnte nicht mehr sprechen. Bereitete der Wolf sich schon auf den Angriff vor? Ganz sicher war er nicht mit seinem Heer gekommen, um sich dann einfach wieder zurückzuziehen! Und was war aus William und Sir Ranald geworden? Wenn sie doch nur wüsste, ob sie noch am Leben waren! „Vielleicht hätte ich doch mit ihm verhandeln sollen", hörte sie sich selbst sagen.

„Das hätte ich niemals zugelassen!", rief Peg unter Tränen. „Er ist ein verabscheuungswürdiger Mann, ganz Schottland weiß das!"

„Wenn du jetzt zu heulen anfängst, prügele ich dich windelweich!" Margaret schrie beinahe, und sie meinte jedes Wort ernst.

Peg setzte sich abrupt auf und verstummte. Die Tränen hörten auf zu fließen.

„Ich brauche dich doch, Peg", fügte Margaret leise hinzu.

Peg riss sich zusammen. „Soll ich Euch etwas Wein bringen?"

Margaret hatte keinen Durst, doch sie lächelte. „Ich danke dir." Sobald Peg gegangen war, erhob sie sich und atmete tief durch.

Oh Gott, was würde nun passieren? Konnte sie die Burg denn überhaupt verteidigen? Zumindest so lange, bis Unterstützung eintraf? Und was sollte geschehen, wenn niemand ihr zu Hilfe eilen würde?

Sicherlich würde Alexander MacDougall von Argyll, ihr Onkel mütterlicherseits, irgendwann kommen. Er verachtete alle

MacDonalds dieser Erde. Er würde die Burg unbedingt verteidigen wollen und sich in die Schlacht werfen.

Auch Red John Comyn würde ihr Verbündeter sein, sobald er wusste, was hier vor sich ging. Er war der Cousin und engste Vertraute ihres Onkels. Aber die Zeit, das war es, worauf es ankam. Beide mussten jetzt sofort die Nachricht von ihrer Notlage erhalten. Beide mussten jetzt sofort ihre Heere versammeln und in Marsch setzen.

Margaret hatte furchtbare Kopfschmerzen. Es waren so viele Entscheidungen zu treffen. Das Gewicht ihrer Verantwortung lastete schwer auf ihr. Es war kaum noch vorstellbar, dass sie in ihrem bisherigen Leben keine größeren Entscheidungen zu treffen gehabt hatte, als was sie anziehen oder zum Nachtmahl serviert bekommen wollte.

Von draußen waren eilige Stiefelschritte zu hören, die sie inzwischen als Sir Neils drängenden Marschtritt erkannte. Kaum war er hereingestürmt, wandte sie sich furchtsam zu ihm um. „Er steht an der Brücke, direkt vor den Mauern – und er wünscht Euch zu sprechen."

Sie erstarrte. „Wer?" Als ob sie es nicht wüsste!

„MacDonald", erwiderte Sir Neil mit blitzenden Augen.

Der Magen drehte sich ihr um, und ihr Herzschlag setzte aus. Es war erst eine Viertelstunde vergangen, seit der Unterhändler abgezogen war. Wenn der Wolf von Lochaber bereits jetzt vor ihren Toren stand, musste er schon die ganze Zeit dort gewesen sein.

Plötzlich hatte sie den Drang, sich wie ein trotziges Kind allem zu widersetzen. Sie wollte sich nur noch in ihrem Zimmer einschließen und alles vergessen.

„Ich kann Euch hinauf auf die Zinnen führen", sagte Sir Neil unverblümt.

Durch ihren umnebelten Kopf schoss ein Gedanke: Wenn Sir Neil so etwas vorschlug, dann musste er der Überzeugung sein, dass es sicher für sie war. Und wenn der Wolf sich bereit erklärte, mit ihr zu verhandeln, während er unten stand und sie oben im Schutz ihrer Mauern, dann durfte sie sich dem nicht verweigern. Sie rang um Atem. Dort oben, umgeben von ihren Rittern und den Bogenschützen, konnte sie in Sicherheit mit ihm sprechen. Sie nickte.

Aber als sie zur Treppe gingen, kam ihr plötzlich ein weiterer Gedanke, und sie hielt abrupt inne. Wäre er zu Füßen ihrer Festungsmauern nicht völlig ungeschützt?

Er stünde doch da wie eine Zielscheibe für ihre Bogenschützen.

Sie blickte mit neuer Hoffnung zu Sir Neil. „Können unsere Schützen ihn nicht töten, während wir reden?"

Sir Neil starrte sie entsetzt an. „Aber sie schwenken eine weiße Fahne!"

Was sie da vorschlug, war gänzlich unehrenhaft; es war ihr klar, dass Sir Neil so dachte. „Aber wäre es möglich?"

„Er wird einen Schild tragen, und er wird von seinen Männern umgeben sein. Das würde zweifellos kein leichter Schuss werden. Wollt Ihr wirklich eine Waffenruhe verletzen?"

Sie fragte sich, ob sie träumte. Sie dachte allen Ernstes darüber nach, eine Waffenruhe zu brechen und einen Mann ermorden zu lassen! So tief durfte sie niemals sinken.

Man hatte sie zur Edelfrau erzogen – einer Frau, die ihr Wort hielt, einer Frau von Ehre, von Freundlichkeit und Sanftmut, einer Frau, die ihre Pflicht erfüllte. Während einer Waffenruhe konnte sie auch einen Wolf von Lochaber nicht ermorden lassen.

Unsicheren Schrittes stieg sie die schmale Treppe hinauf, dicht gefolgt von Sir Neil. Als sie hinaustrat, war es eisig kalt und unheimlich still. Zwar dunkelte es noch nicht, aber die Sonne war nicht zu sehen. Die Bogenschützen, die Schwertkämpfer, sämtliche Frauen und Kinder, sie alle waren noch da. Doch es schien, als ob keiner von ihnen auch nur die leiseste Bewegung machte oder gar atmete.

Sir Neil berührte sie am Ellbogen, sie schritt über die steinernen Fliesen. Noch immer fühlte sie sich wie in einem schlechten Traum, und sie versuchte mit aller Kraft, ihren Verstand und ihre Gelassenheit zu bewahren, bevor sie mit ihrem schlimmsten Feind sprechen musste. Sie stand nur eine Handbreit von den Zinnen entfernt und blickte nach unten.

Zwischen den Außenmauern und dem Wald waren mehrere Hundert Männer versammelt. Ganz vorn die Fußtruppen hinter ihren Schilden, dahinter die Berittenen. Über der ersten Reihe wehte eine weiße Fahne, daneben ein riesiges schwarzblaues Banner mit einem roten Drachen in der Mitte.

Und dann erblickte Margaret ihn.

Der Rest seines Heeres verschwand aus ihrem Blickfeld. Völlig erstarrt konnte sie nur noch einen einzigen Mann erkennen – den Highlander, den man den Wolf von Lochaber nannte.

Alexander MacDonald war der Größte, der Mächtigste, der Finsterste von ihnen allen; er stand einige Schritte vor seinem Heer, aber inmitten der Reihen. Und er blickte zu ihr auf.

Schwarzes Haar fiel auf seine Schultern, Blut befleckte sein kariertes Kriegerhemd und seine Schwerter, ein Schild hing lose an einem muskelbepackten Unterarm, und er trug ein Lächeln zur Schau.

„Lady Comyn", rief er zu ihr hinauf, „Ihr seid so liebreizend, wie behauptet wird."

Sie erschauerte. Und er war genau das, was man von ihm erwartete – größer als die meisten, mit mächtigeren Schultern, muskulös vom jahrelangen Schwingen der Schwerter und der Äxte, Haar so schwarz wie das des Teufels. Sein Lächeln, kaum die Andeutung eines Verziehens der Lippen, ließ sie frösteln. Gebannt starrte sie auf ihn hinunter.

Da er weiter nichts sagte, sondern nur reglos ihren Blick erwiderte, errötete sie und fand endlich die Sprache wieder. „Für Schmeicheleien habe ich nichts übrig."

Das kalte Lächeln vertiefte sich. „Seid Ihr bereit, Euch mir zu ergeben?“

Ihre Gedanken rasten – was sollte sie darauf antworten? „Ihr werdet diese Festung niemals erobern. Mein Onkel ist bereits auf dem Weg, während wir hier sprechen. Desgleichen auch der große Earl of Badenoch.“

„Falls Ihr Euren Onkel von Argyll meint, auf den warte ich gern. Ich freue mich schon darauf, ihm den Kopf abzuschlagen“, rief er mit solch fröhlichem Behagen, dass sie sicher war, er meinte es tatsächlich ernst. „Und dass der mächtige Earl of Badenoch kommen wird, das bezweifle ich doch sehr.“

Was sollte das heißen? Sie erschauerte erneut. „Wo ist mein Bruder?“

„Er befindet sich in meinem Gewahrsam in Sicherheit, Lady Comyn, obwohl er einige Verletzungen erlitten hat.“

Sie war so erleichtert, dass sie sich an der Mauer abstützen musste, um aufrecht stehen bleiben zu können. „Er ist Euer Gefangener?“

„Das stimmt, er ist mein Gefangener.“

„Wie schwer ist er verwundet?“

„Er wird es überleben.“ Etwas besänftigend fügte er hinzu: „Einen so wertvollen Gefangenen werde ich doch nicht sterben lassen.“

„Ich möchte ihn sehen!“, rief sie.

Er schüttelte den Kopf. „Ihr befindet Euch nicht in einer Position, in der Ihr irgendetwas verlangen könntet, Lady Comyn. Ich bin hier, um über Eure Kapitulation zu verhandeln.“

Sie zitterte. Sie musste unbedingt wissen, wie schwer William verletzt war. Und sie wollte ihn sehen. Hatte Malcolm nicht gewarnt, der Wolf wäre ein Lügner? „Über eine Kapitulation werde ich nicht ein Wort verlieren, solange Ihr mir nicht bewiesen habt, dass mein Bruder noch am Leben ist!“

„Ihr vertraut meinem Wort nicht?“

Sie umklammerte eine der Zinnen. „Nein, Euer Wort allein genügt mir nicht."

„Ihr haltet mich also für einen Lügner." Er sagte das leise, doch es lag eine Herausforderung darin.

Margaret spürte, wie Sir Neil hinter ihr nach vorn trat. „Lasst mich meinen Bruder sehen, damit ich sicher bin, dass er noch lebt."

„Euer Verhalten ist gefährlich", erwiderte der Wolf. „Ich werde ihn Euch zeigen, nachdem Ihr Euch ergeben habt."

Sie atmete schwer.

Langsam kehrte sein Lächeln zurück. „Ich habe sechshundert Männer – Ihr habt nur ein paar Dutzend. Ich bin der größte Krieger im ganzen Land – Ihr seid nur eine Frau, und eine sehr junge noch dazu. Trotzdem bin ich bereit, Euch ein Angebot zu machen."

„Von einem Angebot habe ich bis jetzt noch nichts gehört", brachte sie hervor.

Das Lächeln wurde grausam. „Wenn Ihr Euch jetzt ergebt, steht es Euch frei, in Begleitung einer Eskorte abzureisen. Wenn Ihr Euch jetzt ergebt, dürfen auch Eure Leute gehen, wohin sie wollen. Wenn Ihr jedoch ablehnt, werden wir angreifen. Nach Eurer Niederlage wird keiner mehr am Leben sein."

Margaret schaffte es, nicht aufzuschreien. Was sollte sie darauf antworten? Sie hatte nicht vor, sich zu ergeben.

Wenn sie doch nur sicher sein könnte, dass Argyll und Red John bereits mit ihren eigenen gewaltigen Heeren auf dem Weg wären! Doch selbst wenn dem so sein sollte, wie lange konnte sie dem Angriff des Wolfs standhalten? Könnten sie durchhalten, bis Hilfe eintraf?

Denn wenn sie das nicht schaffen sollten, wenn er die Mauern überwand, würde er keinen Einzigen überleben lassen – das hatte er schließlich soeben selbst angekündigt.

„Haltet ihn hin", wisperte Sir Neil.

Margaret verstand sofort. „Ihr habt recht", rief sie nach unten. „Ihr seid der größte Krieger im ganzen Land, und ich bin eine

Frau von gerade einmal siebzehn Jahren." Sie sah ihm an, wie misstrauisch und aufmerksam er auf einmal wurde. „Ich kann so schnell keine Entscheidung treffen. Wenn ich Eure Gefangene wäre, und mein Bruder stünde hier an meiner Stelle, dann würde er sich nicht ergeben, dessen bin ich mir sicher."

„Glaubt Ihr wirklich, Ihr könntet mich hereinlegen?", rief er aufgebracht.

„Ich bin doch nur eine Frau. Ich würde mir niemals einbilden, ich könnte den mächtigen Wolf von Lochaber hereinlegen."

„Also wollt Ihr mich auf den Arm nehmen?"

Sie wünschte, sie hätte das Wort „mächtig" vermieden, und zitterte.

„Ich erwarte Eure Antwort, Lady Margaret."

Sie schluckte. „Ich brauche Zeit! Ihr werdet Eure Antwort morgen früh bekommen!" Bis dahin wäre vielleicht schon Hilfe eingetroffen.

„Ihr nennt mich einen Lügner und haltet mich für einen Narren? Lady Margaret, das ganze Land ist im Krieg. Robert Bruce hat Dumfries Castle eingenommen – und Red John Comyn ist tot."

Sie schrie auf, ihre ganze Welt stürzte auf einmal zusammen. „Jetzt lügt Ihr bestimmt!" Was er da behauptete, konnte einfach nicht wahr sein!

„Euer Earl of Badenoch starb in der Greyfriars Church in Dumfries, vor vier Tagen."

Sie wandte sich voller Unglauben um. Sir Neil wirkte genauso verblüfft wie sie. Konnte das Oberhaupt der Familie tatsächlich tot sein? Falls das stimmte, konnte Red John ihr nicht mehr zu Hilfe eilen. „Was soll das heißen – Red John ist gestorben? Er war bei bester Gesundheit!"

Der Wolf lächelte träge. „Ihr wollt also die Tatsachen wissen? Ich werde sie Euch sogleich mitteilen. Er wurde ermordet, Lady Comyn, von Robert Bruce, auch wenn der die letzten tödlichen Schläge nicht selbst ausführte."

Margarets Erschütterung kannte keine Grenzen. Hatte Robert Bruce wirklich Red John Comyn umgebracht?

Wenn das stimmte, dann befand sich das Land tatsächlich im Krieg!

„Bruce ist auf dem Vormarsch, Lady Comyn, und Euer Onkel MacDougall marschiert ebenfalls – allerdings in Galloway." Er blickte aus kalten Augen zu ihr hinauf. „Und wollt Ihr nicht wissen, wo Euer geliebter Sir Guy sich befindet?"

Sir Neil ergriff ihren Arm, als wolle er verhindern, dass sie zu Boden sank.

„Er ist auch in Dumfries gewesen, wohin er gesandt wurde, um den König zu verteidigen."

An ihren Verlobten hatte sie seit dem Morgen nicht mehr gedacht. Hatte Sir Guy in Dumfries gegen Robert Bruce gekämpft? Dann konnte er nicht mehr als zwei Tagesritte entfernt sein. Sie wusste nicht, worauf der Highlander hinauswollte, aber Sir Guy würde sicher zu ihrer Rettung herbeieilen. „Diese Festung gehört zu meiner Aussteuer. Sir Guy wird nicht zulassen, dass sie in Eure Hände fällt."

„Sir Guy kämpft immer noch gegen Bruce. Argyll stellt sich in Galloway zur Schlacht. Und der Earl of Badenoch ist tot. Damit sind alle Eure Hoffnungen begraben."

Nun brauchte sie wirklich Zeit zum Nachdenken – und um herauszufinden, ob seine Behauptungen der Wahrheit entsprachen. Sollten sie zutreffen, dann stand sie ganz allein, und Castle Fyne würde fallen.

„Es könnte sein, dass er lügt", sagte Sir Neil, doch sie hörte den Zweifel in seiner Stimme.

Sie sah ihm in die Augen und merkte jetzt erst, dass auch er inzwischen Angst bekommen hatte. Nun, ihr ging es nicht anders. Sie wandte sich wieder an den Highlander, der unter ihr an der Mauer stand. „Ich brauche ein paar Stunden, um mich zu entscheiden", sagte sie heiser.

„Eure Zeit ist um. Ich verlange eine Antwort, Lady Comyn."

Sie schüttelte den Kopf. „Ich will mich Euch nicht widersetzen."

„Dann nehmt mein großzügiges Angebot an und ergebt Euch."

Sie biss sich auf die Lippe, bis sie ihr eigenes Blut zu schmecken bekam. Sie spürte aller Augen auf sich – jeder Mann seines Heeres starrte sie von unten an, wie auch jeder Mann, jede Frau und jedes Kind hier oben auf den Zinnen. Sie meinte zu hören, wie Peg ihren Namen flüsterte. Und auch Sir Neil wollte unbedingt mit ihr sprechen. Doch sie blickte standhaft auf den Wolf von Lochaber hinab und dachte dabei an ihre Mutter – die mutigste Frau, die sie je gekannt hatte. „Ich kann Castle Fyne nicht aufgeben."

Er starrte reglos zu ihr herauf, während sich eine furchtbare Stille ausbreitete.

Keiner machte auch nur die kleinste Bewegung – nicht oben auf den Zinnen, nicht in seinem ganzen Heer.

Nur Margarets Brust hob und senkte sich mit unnatürlicher Heftigkeit, sie konnte nicht mehr normal atmen.

Plötzlich glitt ein Habicht über ihre Köpfe, stieg auf in den grauen Winterhimmel, und damit war der Bann gebrochen. Das Gesicht des Wolfs verzog sich vor Abscheu. Hinter ihm wurden seine Männer unruhig, Gemurmel erhob sich. Auch hinter Margaret war ein Wispern zu hören. Von oben wie von unten klang es gedämpft, beinahe ehrfürchtig.

„Ihr seid eine Närrin", sagte er endlich mit kalter Stimme.

Margaret glaubte nicht, dass sie die Kraft zu einer Erwiderung finden konnte. Sir Neil zuckte zusammen und packte sein Schwert. Sie musste ihn davon abhalten, den Kampf zu eröffnen. Dann blickte sie dem finsteren Highlander unter ihr wieder in die Augen. „Dies ist meine Festung. Ich kann und ich werde sie nicht aufgeben."

Sie sah, wie seine Augen blitzten. „Selbst wenn Ihr allein kämpfen müsst?"

„Es wird jemand zu unserer Rettung kommen."

„Niemand wird kommen. Falls Argyll doch noch kommt, ist die Burg bis dahin längst gefallen.“

Sie schluckte vor Angst, dass er damit recht haben könnte.

Es dauerte einen Augenblick, bis er wieder das Wort ergriff, seine Stimme war rau vor Zorn. „Lady Margaret, ich bewundere Euren Mut – aber eine solche Herausforderung kann ich mir nicht bieten lassen, nicht einmal von einer schönen Frau.“

Sie sah nur nach unten. Sie hatte ihm ihre Antwort gegeben, nun gab es nichts mehr zu sagen.

Auch ihm war das klar. Das Blitzen in seinen Augen war selbst aus dieser Entfernung furchterregend. „Was ich nun tun muss, bereitet mir kein Vergnügen.“ Er hob eine Hand, ohne die Augen von ihr zu nehmen. „Bringt die Rammböcke und die Katapulte nach vorn. Bei Morgengrauen werden wir mit der Belagerung dieser Burg beginnen.“ Er wandte sich ab und verschwand unter seinen Männern, in seinem Heer.

Margaret sank in Sir Neils Arme.

Peg schob ihr einen Becher mit Wein zu. Margaret leerte ihn gierig, sie brauchte jetzt unbedingt eine Stärkung. Sie saßen in dem großen Saal an einem der langen Tische. Die Nacht brach herein.

Und im Morgengrauen würde die Belagerung beginnen.

Sir Neil setzte sich neben sie, ohne um Erlaubnis zu fragen. Malcolm ließ sich gegenüber nieder. Peg heulte: „Ihr hättet Euch ergeben sollen, aber jetzt ist es zu spät dazu!“

Margaret spürte Pegs Entsetzen. Als sie von den Zinnen gestiegen war, hatte sie die Blicke der Männer und Frauen bemerkt – alle waren starr vor Angst. Wie sollte es auch anders sein?

Alexander MacDonald hatte geradeheraus angekündigt, was ihnen bevorstand. Wenn sie sich nicht ergaben und er die Burg einnahm, würde er keinem das Leben lassen.

Sie rieb sich die Arme, ihr war kalt bis auf die Knochen. Hätte sie sich doch ergeben sollen? Großer Gott, warum musste sie solch eine Entscheidung treffen?

Sie holte tief Luft und setzte den Becher ab. „Ist es möglich, dass er die Wahrheit sagt? Kann es möglich sein, dass Red John tot ist – und dass Robert Bruce das königliche Schloss von Dumfries eingenommen hat?"

Sir Neil war bleich und wirkte angeschlagen. „Bruce hat immer den Thron für sich beansprucht, aber von einer derartigen Verschwörung ist mir nichts bekannt."

„Nicht einmal der Wolf würde sich so etwas ausdenken", überlegte Malcolm. „Ich glaube, dass er die Wahrheit sagt."

Margaret konnte kaum begreifen, was da vor sich ging. „Bruce will den Thron von Schottland, der nach dem Friedensschluss eigentlich dem englischen König Edward zusteht? Und deshalb hat er Dumfries angegriffen?" Sollte das bedeuten, dass Sir Guy jetzt mit seinen Männern dort war? Schließlich diente Sir Guy dem König. Er wurde oft ausgesandt, um Schlachten für ihn zu schlagen. Hatte MacDonald deshalb behauptet, dass niemand ihr zu Hilfe kommen würde? Weil Sir Guy alle Hände damit zu tun hatte, seine eigenen Kämpfe für den König auszufechten?

Sir Neil schüttelte den Kopf. „Bruce ist vom Ehrgeiz zerfressen, aber Red John zu ermorden? Und das auf heiligem Boden?"

„Wenn der Wolf uns die Wahrheit gesagt hat", erwiderte sie, „wenn Red John wirklich ermordet wurde, dann wird Buchan vor Wut kochen." Die Comyns und die Bruces waren seit Jahrzehnten Rivalen, die schon lange um die Krone kämpften. Das letzte Mal hatten die Comyns gewonnen, als einer der Ihren, John Balliol, König von Schottland geworden war. „Und dann wird es einen schrecklichen Krieg geben." Sie fühlte sich entsetzlich bis in jede Faser ihres Wesens – solche Geschehnisse waren einfach zu viel für sie.

„Lady Margaret", sagte Malcolm, „wichtig ist nur eins: Wenn das wahr ist, wird Red John uns nicht zu Hilfe eilen – und Sir Guy auch nicht."

„Wir können uns doch immer noch ergeben!", schluchzte Peg.

Margaret achtete nicht auf ihre Magd. „Aber Argyll wird kommen, sobald er kann."

„Wenn das Land sich im Krieg befindet, hat er vermutlich gar keine Gelegenheit dazu", meinte Sir Neil grimmig. „Und MacDonald behauptet, er hätte die Mittel, ihn aufzuhalten."

Sie sah erst Sir Neil und dann Malcolm an. „Ich habe Angst. Ich bin unsicher. Also sagt mir in aller Offenheit, was soll ich tun?"

„Eure Mutter würde Castle Fyne bis zum Tode verteidigen", stellte Malcolm fest.

Sir Neil erhob sich. „Und ich werde Euch bis zum Tode verteidigen, Mylady."

Das, bei Gott, waren keine Antworten, die hoffnungsvoll stimmten.

„Aber, Mylady, wenn es Euer Wunsch ist, Euch doch zu ergeben, habt Ihr auch darin meine volle Unterstützung", sagte Malcolm.

Sir Neil nickte zustimmend. „Meine selbstverständlich ebenfalls. Und ganz egal, was MacDonald gesagt hat, Ihr könnt Euch jederzeit dazu entschließen – und verlangen, dass er sein Angebot einhält, das er Euch bereits zugesichert hat."

Was aber nicht bedeuten musste, dass der Wolf sich tatsächlich daran hielt. Er hatte sehr zornig gewirkt, als er sich von ihr abgewandt hatte.

Margaret schloss die Augen und versuchte, die Furcht abzuschütteln, die an ihr nagte. Sie stellte sich vor, wie sie MacDonald kommen ließ, um ihm die Schlüssel zur Burg zu übergeben. Und als sie das vor sich sah, wusste sie sofort, dass sie es niemals über sich bringen würde. Sie riss die Augen auf. Alle sahen sie an.

„Wir müssen kämpfen. Und beten, dass Argyll rechtzeitig zu unserer Rettung eintrifft", sagte sie und erhob sich. Wenn es zu einem Kampf kommen würde, musste sie in aller Augen stark sein, ganz gleich, wie groß ihre eigene Angst sein mochte.

Die Männer nickten finster. Peg fing wieder an zu schluchzen.

In dieser Nacht fand Margaret keinen Schlaf, denn sie wusste, was am Morgen auf sie zukommen würde. Da Peg ihr dauernd in den Ohren gelegen hatte, sie müsse sich ergeben, sie sei eine Wahnsinnige, wenn sie glaubte, sie könnte es mit dem Wolf von Lochaber aufnehmen, hatte sie die Magd aus ihrem Zimmer verbannt. Nun stand sie am einzigen Fenster und klappte die Läden weit auf. Der schwarze Himmel wurde langsam blaugrau. Der anrückende Morgen war von Rauch erfüllt. Sie hörte die gedämpften Stimmen der Männer und Frauen über ihr auf den Zinnen, die Feuer anzündeten, um das Öl zu erhitzen.

Sie konnte das Warten nicht mehr länger aushalten, aber gleichzeitig war sie auch noch nie so verzagt gewesen. Draußen waren Schritte zu hören, sie ergriff ihren Umhang, warf ihn sich über und eilte hinaus. Sir Neil stand mit einer Fackel in der Hand vor der Tür.

„Sind wir bereit?“, fragte sie.

„So bereit, wie wir nur sein können. Wenn sie versuchen, unsere Mauern zu erklimmen, werden wir sie mit siedendem Öl übergießen.“

In diesem Augenblick hörte sie ein schreckliches Geräusch, einen heftigen Stoß, gefolgt von knirschendem Holz.

„Es geht los“, sagte Sir Neil. „Sie wollen die ersten Tore der Außenbefestigungen mit Rammböcken einstoßen.“

„Werden die Tore brechen?“

„Irgendwann ja“, erwiderte er.

Margaret eilte an ihm vorbei zur Treppe, die hinauf zu den Zinnen führte. Er packte sie am Arm. „Ihr müsst da nicht hoch!“, rief er aus.

„Natürlich muss ich das!“ Sie schüttelte ihn ab, rannte nach oben und trat hinaus in den grauenden Morgen.

Von Dutzenden Feuerstellen stieg Rauch auf, der beißende Geruch siedenden Öls stieg ihr in die Nase. Der Himmel hellte sich immer mehr auf, Margaret erblickte Männer und Frauen, die reglos an den Zinnen standen.

„Was ist los?“, fragte sie.

Malcolm trat auf sie zu. „Sie bringen Leitern.“

Das musste Margaret selbst sehen. Sie ging an ihm vorbei und warf einen finsteren Blick nach unten.

Etliche Männer luden Leitern von Karren, die von Pferden oder Ochsen gezogen wurden, und legten sie an die Mauern an. Was die Männer dahinter taten, konnte Margaret nicht erkennen, aber vor der Außenbefestigung schoben Dutzende Männer einen Rammbock vorwärts. Sie hielt den Atem an, als das gewaltige Kriegsgerät auf Rädern gegen das Tor stieß.

Das Holz knirschte.

Entsetzt stellte sie fest, dass die Tore der Außenbefestigungen nicht mehr lange halten würden. Ihre Bogenschützen schickten einen ganzen Schwarm Pfeile zu den Angreifern an den Rammböcken. Zwei der Soldaten des Wolfs sanken zu Boden.

Doch sofort nahmen andere ihren Platz ein, während die Verwundeten nach hinten getragen wurden.

„Ihr seid hier nicht sicher“, rief Sir Neil. Sie sah weitere Pfeile, doch diesmal kamen sie von unten, waren auf ihre eigenen Bogenschützen gerichtet. Sir Neil riss sie auf die Knie, Pfeile flogen über sie hinweg und surrten gegen die Steine hinter ihnen.

„Ihr seid die Herrin dieser Burg“, sagte Sir Neil. Ihre Nasen berührten sich fast. „Ihr dürft Euch nicht hier oben aufhalten. Wenn Ihr verletzt oder, Gott behüte, wenn Ihr getötet werdet, gibt es niemanden mehr, der uns in die Schlacht führen kann.“

„Wenn es so weit kommt, müsst Ihr sie anführen.“ Dieses Mal hatte kein Pfeil sein Ziel getroffen, doch sie war keine Närrin. Sobald die Schützen des Wolfs bessere Stellungen einnehmen konnten, würden ihre Pfeile einige ihrer eigenen Schützen verwunden, vielleicht auch die Frauen, die sich gerade darauf vorbereiteten, das siedende Öl über die Eindringlinge zu schütten.

Während sie darüber noch nachdachte, hörte sie ein merkwürdiges, furchterregendes Pfeifen auf sich zukommen.

Instinktiv bedeckte Margaret ihren Kopf, Sir Neil schützte ihren Körper mit seinem eigenen. Ein Flugkörper landete bei dem Turm, aus dem sie gerade gekommen waren, und ging sofort in Flammen auf. Wieder hörte sie das Pfeifen; Steine und Feuer regneten auf die Zinnen herab. Zwei Männer rannten herbei, um die Flammen zu ersticken.

Margaret war nun auf Händen und Knien und blickte in Sir Neils blaue Augen. „Irgendwann müsst Ihr mir erzählen, was das ist."

Der Lärm der Belagerung wurde immer schlimmer. Das Stoßen der Rammböcke, das Kreischen der Flugkörper, das grelle Sirren der Pfeile. Hinzu kam das Wiehern der Pferde, die Schreie von getroffenen Männern und, am schlimmsten, das gequälte Aufheulen der Angreifer, deren Köpfe, Arme und Schultern von siedendem Öl verbrannt wurden.

Margaret stand nun im Südturm, nicht weit entfernt vom Eingangsturm und der Außenbefestigung, am Fenster im obersten Stock, von wo sie die Schlacht beobachten konnte. Bisher war kein Angreifer über die Zinnen gekommen, und auch die Tore hielten stand. Ihre Bogenschützen waren, wie sie erkannte, außerordentlich zielsicher, viele Angreifer auf den Leitern und an den Rammböcken waren von ihnen getroffen worden.

Aber nicht nur die Männer des Wolfs erlitten Verluste. Auch seine Schützen richteten Schreckliches an.

Sie hatte mit ansehen müssen, wie drei ihrer Männer von Pfeilen getroffen wurden. Der Wolf hatte Hunderte von Männern, sie höchstens noch fünfzig. Sie durfte nicht einmal mehr drei ihrer Schützen verlieren.

Er befehligte sein Heer, indem er zwischen seinen Männern nach vorn und wieder nach hinten ritt. Ständig war er von seinen Rittern und den Fußtruppen umgeben. Doch kaum hatte sie ihre Position am Fenster bezogen, da hatte sie ihn auch schon erspäht.

Selbst aus der Entfernung gab er eine eindrucksvolle Gestalt ab, mächtig und nie nachlassend in seinen Anstrengungen.

Noch nie hatte sie jemanden so sehr gehasst – und so sehr gefürchtet.

Sie weigerte sich, seinen Mut zu bewundern. Ihre Schützen versuchten vergeblich, ihn zu treffen.

„Wie könnt Ihr Euch das nur ansehen?“, fragte Peg.

Margaret wandte sich nicht zu ihr um. „Ich habe keine andere Wahl.“

„Eine Wahl hat man immer“, sagte Peg bitter.

Nun drehte sich Margaret um. „Du hast dich unmissverständlich ausgedrückt, Peg. Ich habe immer auf deine Ansichten Wert gelegt, aber jetzt sind sie nicht hilfreich.“

„Wir werden hier alle sterben!“ Peg brach in Tränen aus.

Margaret verzog das Gesicht und trat vom Fenster weg. „Wir werden nicht sterben.“ Sie nahm ihre Magd in die Arme. „Nicht, wenn mein Onkel Argyll zu unserer Rettung herbeieilt.“

Peg schniefte. „Ihr seid genauso tapfer wie Eure Mutter, und jetzt wird die ganze Welt das wissen.“

Margaret jedoch wusste, dass sie kein bisschen tapfer war – ihr war ganz schlecht vor Angst, aber das würde sie gegenüber ihrer Magd niemals zugeben.

Sie machte sich Sorgen, dass das Schlachtenglück sich wenden könnte. Die Stöße der Rammböcke kamen jetzt in kürzeren Abständen – immer mehr Männer schoben sie vorwärts, immer weniger wurden von Pfeilen getroffen. Auch stürzten immer weniger von den Leitern, und immer mehr kamen herauf. Weniger Pfeile flogen von den Zinnen nach unten, während der Hagel der Pfeile und seltsamen Flugkörper von unten zu einem nicht nachlassenden Angriff geworden war.

Einer ihrer Schützen stürzte von der Mauer, mit einem Pfeil in der Brust. Sie konnte es nicht mehr aushalten. Sie rannte aus dem Turm. Und dann hörte sie ein gewaltiges Krachen, das Geräusch von splitterndem Holz.

Margaret rannte hinaus auf die Zinnen, doch plötzlich blieb sie wie angewurzelt stehen und versuchte, sich von dem Chaos nicht überwältigen zu lassen. MacDonalds Männer hatten die Mauern fast schon erklommen. Dutzende Frauen schütteten siedendes Öl auf sie. Eine Flut an Pfeilen und Steinen hagelte auf sie nieder. Brandsätze landeten und gingen in Flammen auf.

„Sie haben die Außenbefestigung durchbrochen!", schrie jemand.

Eine Frau in Margarets Alter wollte einen Topf voll siedenden Öls auf einen Soldaten gießen, der fast schon vor ihr an den Zinnen stand. Sie warf den ganzen Kessel nach ihm, den er jedoch mühelos mit seinem Arm zur Seite stieß. Ein paar Spritzer trafen ihn, doch er grunzte nur. Dann packte er die Frau an den Haaren.

In seiner Hand blitzte ein Dolch auf.

Margaret dachte nicht groß nach. Sie stieß ihm ein Messer in den Rücken.

Er brüllte wütend auf und drehte sich um. Bevor sie noch einmal zustoßen konnte dieses Mal, um sich selbst zu verteidigen, hieb Sir Neil mit seinem Schwert zu. Der Mann riss entsetzt die Augen, dann brach er zusammen, beide Hände an den blutenden Bauch gepresst.

„Ihr dürft nicht hierbleiben!", rief Sir Neil.

Margaret beachtete ihn nicht, schnappte sich den Topf, den die Frau geworfen hatte, und rannte damit zur nächsten Feuerstelle. Dort hielt sie inne, weil sie gar nicht wusste, wie das siedende Öl in den Topf kommen sollte.

Die junge blonde Frau, deren Leben sie soeben gerettet hatte, hielt eine Kelle in der Hand, mit der sie das Öl in den Kessel füllte. Ihre Blicke trafen sich.

Margaret setzte ein entschlossenes Lächeln auf, wandte sich um und schleuderte das Öl einem weiteren Soldaten entgegen, der über die Zinnen drang. Aus den Augenwinkeln konnte sie sehen, wie Sir Neil in einen Schwertkampf mit einem Feind verstrickt war, sie tauschten furchtbare Hiebe aus.

Das siedende Öl hatte den Mann im Gesicht, am Hals und an den Schultern getroffen. Er stieß einen Schrei aus und stürzte von der Mauer.

Aber der nächste Kämpfer war schon hinter ihr. Sie wirbelte herum und schüttete ihm den Rest des Öls ins Gesicht. Der Mann stürzte zu Boden. Trotzdem schoss ihr ein Gedanke durch den Kopf: Das ist alles zwecklos. Wir werden nicht durchhalten können.

Doch genau das war es, was sie und die blonde Frau in den nächsten paar Minuten taten; vielleicht waren es auch die nächsten paar Stunden. Ein Eindringling nach dem anderen stürzte von den Leitern und über die Mauern, doch für jeden tauchte sofort ein nächster auf, den Sir Neil, Malcolm und ihre Männer mit ihren Schwertern, Keulen und Dolchen in Zweikämpfe verwickelten.

Margaret goss siedendes Öl über die Zinnen auf einen jungen Mann, der fast noch wie ein Knabe wirkte. Sie verfehlte ihn. Jetzt hing er auf seiner Leiter und grinste sie an, einen Dolch zwischen den Zähnen. Pfeile sausten über ihn hinweg und landeten hinter ihr.

Inzwischen hatte sie sich an das Dauerfeuer gewöhnt, sie zuckte nicht mehr zusammen, ging nicht einmal in Deckung. Sie warf Sir Neil, der an der Schulter blutete, einen Blick zu. „Beim ersten Turm werden sie gleich über die Mauer kommen", keuchte er. „Und wenn sie erst mal drin sind, lassen sie die Zugbrücke für die anderen herunter."

Sie starrte ihn bloß an.

„Es ist vorbei, wir haben verloren – Ihr müsst fliehen."

Ihre Blicke bohrten sich ineinander. Dann hob Sir Neil sein Schwert und schwang es über der Mauer. Der Knabe, der gerade die Zinnen erklimmen wollte, duckte sich und kletterte hastig wieder die Leiter hinunter.

Margaret konnte Sir Neil nur zu gut verstehen. Überall lagen Verwundete und Tote. Manche waren MacDonalds Leute, andere ihre eigenen Schützen und Schwertkämpfer. Aber auch Frauen waren darunter.

Margaret hatte noch nie etwas so Entsetzliches gesehen – und sie war auch noch nie so verzweifelt gewesen. „Gibt es irgendeine Möglichkeit, sie davon abzuhalten?“

„Nein. Wir haben die meisten unserer Schützen verloren.“

Sie holte mit letzter Anstrengung Luft.

„Es kann nicht mehr lange dauern, bis sie unsere Stellungen überall durchbrochen haben, Lady Margaret. Wir haben nicht mehr genug Männer, um sie noch bekämpfen zu können. Euer Pferd steht bereit. Ich werde Euch in Sicherheit bringen.“

Sir Neil ließ keine Widerrede mehr zu – er wollte sie in aller Eile wegbringen. Sie hatten den Kampf verloren.

Ihr war klar, dass sie dem Wolf nicht in die Hände fallen durfte. Aber sie blickte zu den Zinnen. Die Frauen waren immer noch damit beschäftigt, Öl zu erhitzen und über die Feinde zu gießen, aber sie waren mittlerweile völlig erschöpft. Die blonde Frau starrte sie an. Hatte sie etwas mitbekommen? Wusste sie, dass Sir Neil Margaret zur Flucht drängte? Ganz in ihrer Nähe verfügten ihre Männer nur noch über ihre Dolche. Und von ihren Bogenschützen waren lediglich vier übrig, doch sie schossen keine Pfeile mehr auf den Feind; auch sie starrten Margaret an, genau wie Malcolm.

Wie konnte sie jetzt die Flucht ergreifen? Wo der Wolf erklärt hatte, sie alle hinrichten zu wollen?

„Ich lasse meine Leute nicht im Stich“, hörte sie sich sagen.

Sir Neil schluckte.

Sie wollte das jetzt nicht erklären. Aber sie war verantwortlich für die Überlebenden.

Sie konnte sich nur noch dem Wolf ausliefern und um Gnade für ihre Leute flehen.

„Es ist Zeit, den Kampf einzustellen“, stellte sie kurz und bündig fest.

„Er wird Eure Kapitulation nicht mehr akzeptieren, Lady Margaret“, warnte Sir Neil, „jetzt, wo sein Sieg zum Greifen nahe ist.“

Großer Gott, konnte er damit recht haben? Sie verstand nichts von den Regeln der Kriegsführung. „Wenn wir uns jetzt ergeben, lässt er vielleicht später Gnade walten.“

Sir Neil sah sie entgeistert an. „Dann wäret Ihr seine Gefangene, Lady Margaret. Seine wertvollste Geisel! Das darf ich nicht zulassen. Ich habe mich für Eure Sicherheit verbürgt.“

Das war nicht zu leugnen – sie würde gefangen genommen werden. Doch in diesem Augenblick war Margaret klar, dass sie lieber den Rest ihres Lebens als Geisel verbringen wollte, als ihre Leute im Stich zu lassen, damit der Wolf von Lochaber sie töten konnte. Sie musste mit Zähnen und Klauen um ihre Leute kämpfen, bis er Gnade walten lassen würde.

Eine Schlacht war vorüber, doch die nächste hatte gerade erst begonnen.

„Hisst die weiße Flagge!“, befahl sie.

## 3. KAPITEL

Margaret blickte in den grauen Himmel und sah zu, wie die weiße Fahne der Kapitulation über dem Südturm gehisst wurde und sich langsam zu ihrer vollen Größe entfaltete.

Der Pfeilregen und der Hagel von Steinen und Brandsätzen hörte auf, doch ihr stiegen die Tränen in die Augen. Das Klirren der Schwerter verstummte ebenso wie das Sirren der Pfeile, das Pfeifen der Geschosse, die Schreie der Männer.

Castle Fyne war verloren. Der Wolf hatte gewonnen.

Ihre Brust verkrampfte sich vor Schmerz. Es war vorbei.

Vorsichtig sah sie sich um. Die meisten Frauen hatten die Schlacht um die Festung überlebt, aber nur vier der Bogenschützen und drei der Soldaten sowie Malcolm und Sir Neil. Ihr wurde ganz übel vor Bestürzung.

Sie wollte die Toten, die auf den Wällen lagen, lieber nicht zählen. Es gab viele Verwundete, die versorgt werden mussten.

Aber niemand rührte sich. Die Frauen standen da mit ihren Kesseln, die Schützen mit ihren Bögen. Malcolm und Sir Neil bauten sich neben ihr auf. Die Feinde hingen an den Leitern oder verharrten auf den Zinnen.

Auch unten und bei den Außenbefestigungen war es still geworden. Das feindliche Heer unter ihr gab keinen Laut von sich, und sie hörte einen Vogel zwitschern. Dann einen weiteren, und noch einen. Sie ließ den Blick über seine Hundertschaften gleiten und suchte nach dem Wolf.

„Wo bleibt er?“, wisperte sie.

„Da kommt er“, erwiderte Sir Neil.

Margaret blickte hinunter zu seinem Heer, konnte ihn jedoch immer noch nicht entdecken. „Sir Neil, Ihr müsst mich jetzt verlassen. Ihr müsst Buchan berichten, was hier geschehen ist.“

Sir Neil zögerte; er hatte geschworen, sie nicht im Stich zu lassen.

„Ihr müsst weg, ich befehle es Euch!“ Sie hatte keine Ahnung, ob die MacDougalls vorhatten, die Burg zurückzuerobern, aber Buchan würde mit Sicherheit vor Wut kochen und ein Heer zusammenstellen. Oder doch nicht?

„Wie Ihr befehlt“, sagte Sir Neil und lief auf den Nordturm zu.

Dann endlich hörte sie, wie Alexander MacDonald nach ihr rief. „Lady Comyn!“ Es klang barsch und unfreundlich.

Margaret umklammerte die Zinnen und beugte sich vor. Da war er; allein auf seinem grauen Hengst ritt er vor seinen Horden auf und ab. Anstelle der Angst machte sich Ekel in ihr breit und mischte sich mit einem unbändigen Zorn.

Dafür war sie dankbar.

Er brachte das Ross zum Stehen. Der Wind zerzauste sein langes dunkles Haar, während er zu ihr heraufblickte. Eine schreckliche Minute des Schweigens verging.

Margaret konnte seinen Gesichtsausdruck nicht erkennen, doch sie spürte, dass er wütend war.

„Nun ergebt Ihr Euch“, sagte er.

Selbst aus der Entfernung bohrten sich ihre Blicke ineinander.

„Ja.“ Sie zitterte und merkte, dass sie immer noch ihren Dolch umklammert hielt. Da stand er, gar nicht weit weg, und ihre Schützen befanden sich über ihm, doch sie starrte ihn nur an.

„Das hättet Ihr gestern Abend tun sollen.“

Sie musterte sein Gesicht. Er besaß hohe Wangenknochen und ein markantes Kinn. Vermutlich hätten die meisten Frauen ihn anziehend gefunden.

Sie betrachtete seine breiten Schultern. Sein Kriegerhemd war blutbefleckt. War er verwundet worden? Das hoffte sie sehr. Er hatte zwei Schwerter an seinem Gürtel, beide steckten in ihren Scheiden, sowie einen Dolch. An seinen linken Unterarm war ein Schild geschnallt. Seine Schenkel waren bloß, seine Stiefel verschmutzt.

Sie sah ihm wieder in die Augen. „Ich bin eine Frau, kein Krieger. Ich habe eine Entscheidung getroffen, doch sie hat sich als falsch erwiesen." Sie merkte, dass sie immer noch den Dolch umklammerte. Sie hob die Hand mit dem Dolch, damit er ihn sehen konnte, dann ließ sie ihn über die Zinnen fallen.

Der Dolch drehte sich mehrmals um sich selbst und blieb nicht weit von ihm entfernt in der Erde stecken.

„Nein, Lady Comyn, Ihr seid eine Kriegerin, das habt Ihr heute unter Beweis gestellt." Seine Augen blitzten. „Lasst Eure Männer die Tore öffnen."

Sie dachte an Sir Neil, der vielleicht im Moment durch den Nebeneingang am Nordturm schlüpfte, der gerade breit genug war für einen einzelnen Mann auf einem Pferd. Sie musste ihm für seine Flucht so viel Vorsprung wie möglich verschaffen. „Ich werde selbst herunterkommen und Euch das Tor öffnen", rief sie.

Seine Augenbrauen zogen sich zusammen.

„Mylord", fügte sie hinzu. Dann sah sie schnell weg.

Die ganze Festung war erschreckend still, als Margaret in den Innenhof hinabeilte. Nur das Weinen eines Säuglings war irgendwo zu hören, und das Schnauben der Pferde draußen. Malcolm kam mit ihr, vorbei an den Alten, den Frauen und Kindern, die sich vor der hochgezogenen Zugbrücke versammelten. Große Bolzen hielten sie an ihrem Platz. Alle waren da, um zuzusehen, wie Margaret die Brücke herabließ und ihre Niederlage eingestand.

Sie musste all ihre Kräfte zusammennehmen, um ruhig und würdevoll zu erscheinen – und furchtlos.

„Ihr dürftet nicht in der Lage sein, ganz allein die Bolzen zurückzuziehen", merkte Malcolm an.

Umso besser, dachte sie. Bis sie den verfluchten Wolf hereinlassen konnte, musste Sir Neil längst über alle Berge sein.

Margaret plagte sich mit dem ersten Bolzen. Am Ende musste Malcolm ihr doch helfen. Als alle Bolzen zurückgezogen waren, gingen sie zu der Seilwinde. Sie tauschten einen Blick. Margaret legte sich mit ihrem ganzen Gewicht in die Kurbel, die sich nicht von der Stelle bewegen wollte. Trotzdem versuchte sie es mehrere Minuten lang, bis ihr nichts anderes übrig blieb, als ein paar der ihr verbliebenen Männer herbeizuwinken. Ganz langsam senkte sich die Zugbrücke.

Margaret trat zurück, die Hände an den Seiten, die Fäuste geballt. Im Innenhof war es gespenstisch still, außer dem Quietschen der Brücke war nichts zu hören.

Als Erstes vernahm sie die Hufe der Pferde, die sich der Brücke näherten. Dann tauchte der graue Hengst auf der anderen Seite auf, der Wolf hoch zu Ross, ein Dutzend Ritter im Gefolge. Das hohle Getrappel auf der Brücke hallte von den Mauern wider, es war ohrenbetäubend.

Er kam aus dem Eingangsturm und brachte das Ross direkt vor ihr zum Stehen, sprang ab und schritt auf sie zu.

Margaret rührte sich nicht. Ihre Blicke bohrten sich ineinander. Sie konnte nur hoffen, tapfer und trotzig zu erscheinen, obwohl sie in Wahrheit voller Furcht war.

Er sah genauso aus, wie sie sich den Wolf von Lochaber vorgestellt hatte – ein mächtiger, unbezähmbarer Krieger, eine Legende schon zu Lebzeiten.

In seinen blauen Augen glühte eine Feindseligkeit, die ihr das Blut in den Adern gefrieren ließ. Er musterte sie von Kopf bis Fuß, dann streckte er seine Hand aus.

Sie griff nach ihrem Gürtel. Ihre Hand zitterte. Da sie nichts dagegen tun konnte, versuchte sie, einfach nicht darauf zu achten. Sie löste den großen Schlüsselring der Burg vom Gürtel und überreichte ihn. Wieder trafen sich ihre Blicke.

„Ganz Schottland wird von diesem Tag sprechen."

Zornbebend straffte sie die Schultern. Zum ersten Mal seit dem Bestehen der Burg war Castle Fyne gefallen. Zum ersten Mal seit Hunderten von Jahren war sie nicht länger eine Festung der MacDougalls.

„Ganz Schottland wird von der Herrin von Fyne und dem Wolf von Lochaber sprechen, und von der Schlacht, die sie gegeneinander ausgefochten haben", sagte er.

Sie erschauerte. Was wollte er damit ausdrücken?

Er ließ ihr Gesicht nicht aus den Augen. „Nur wenige Männer wagen es, den Kampf mit mir aufzunehmen. Die Barden werden Euren Mut besingen, Lady Margaret." Und dann senkte er das Haupt.

Zeigte er ihr damit seine Anerkennung? Sie konnte es nicht glauben. „Mir ist gleich, was Ihr von mir haltet." Sie konnte nur hoffen, die Worte nicht auszuspucken. „Aber ich trage Sorge für die Männer, Frauen und Kinder hier – und für die Verwundeten, die sogleich versorgt werden müssen."

Er kniff die Augen zusammen. „Euer Hass ist deutlich." Ein Augenblick verging. „Kommt mit mir." Er kehrte ihr den Rücken zu und marschierte quer über den Innenhof. Sein schwarzblau karierter Umhang wehte um seine Schultern. Die Menge blieb stumm.

Margaret zögerte, obwohl der Befehl unmissverständlich war. Sie sah, wie einige der Frauen sich verbeugten, als er an ihnen vorbeikam. Er bedachte sie mit einem knappen Nicken.

Margaret wurde klar, dass sie nun ganz vorsichtig agieren musste, um ihn zu bewegen, Gnade walten zu lassen. Sie musste verbergen, wie sehr sie ihn hasste. Langsam folgte sie ihm.

Er stand bereits im großen Saal und warf den Umhang ab. Peg und zwei weitere Frauen standen nervös herum. „Ich habe Hunger", rief er und marschierte hin und her. „Meine Männer auch. Lasst Essen und Wein bringen."

Margaret blieb reglos stehen, als ein Dutzend hochgewachsene Highlander den Saal betraten. „Die Gefangenen in die Kerker!", befahl er ihnen. „Auch die Verwundeten."

„Jawohl", sagte Padraig, der Bote, den er gestern zu ihr geschickt hatte.

„Jeden Raum durchsuchen. Stellt sicher, dass sich keiner mehr irgendwo verbirgt – und dass auch nirgendwo Waffen versteckt sind, die man gegen uns benutzen könnte."

Margaret wünschte, sie hätte daran gedacht, rechtzeitig Waffen verstecken zu lassen. Der Bote verließ mit vier weiteren Highlandern den Saal.

Sie merkte, dass der Wolf seine Aufmerksamkeit wieder auf sie richtete. „Ihr bleibt hier“, befahl er. Mit zwei seiner Männer ging er zur Treppe und sah nach oben. Dann winkte er drei weitere herbei und stieg mit ihnen hinauf.

Margaret warf Peg quer durch den Saal einen Blick zu. Doch drei dieser feindlichen Highlander waren noch da, um sie zu bewachen. Natürlich würde man sie ab jetzt nie mehr aus den Augen lassen, auch wenn sie keinerlei Möglichkeit zur Flucht hatte. Sie beschloss, die Wachposten nicht zu beachten. „Nahrung und Wein für ihn und seine Männer“, sagte sie zu den Frauen. „Tut euer Bestes, um ihn bei Laune zu halten.“ Peg nickte und eilte gehorsam mit den beiden anderen davon.

MacDonald kam wieder herunter, nachdem er die Zinnen inspiziert hatte. Er sprach mit seinen Männern. Sie hörte, wie er Wachen einteilte und Anweisungen gab, wie sein Heer in der Burg und außerhalb untergebracht werden sollte. Sie verschränkte die Arme und versuchte, nicht darauf zu achten. So viele seiner Männer würden innerhalb der Mauern ihrer Burg kampieren, aber Hunderte würden draußen ihr Lager aufschlagen. Der Aufwand an Wachen kam ihr übertrieben vor – befürchtete er einen Angriff, vielleicht von ihrem Onkel Argyll oder von Red John, falls die Nachricht von dessen Tod eine Lüge war?

„Ihr habt tapfer gekämpft – Ihr habt den Mut eines Mannes –, aber Ihr hättet Euch bereits gestern ergeben sollen.“

Sie versteifte sich. „Ich konnte mich nicht ergeben. Castle Fyne war die Festung meiner Mutter – und ist damit meine.“

„Habt Ihr ernsthaft geglaubt, Ihr könntet mich zurückschlagen?“

„Wenigstens so lange, bis mein Onkel eintrifft. Dies hier ist das Land der MacDougalls.“

„Es war einmal das Land der MacDougalls“, wies er sie zurecht. „Nun ist es das Land der MacDonalds.“

Sie holte geräuschvoll Luft. Nun hasste sie die MacDonalds genauso sehr, wie ihre Mutter sie gehasst hatte. „Lord Argyll wird niemals zulassen, dass Ihr mir diese Festung raubt“, sagte sie, als sie wieder sprechen konnte. „Und mein Onkel Buchan wird vor Wut kochen. Entweder wird der eine oder der andere oder beide zusammen werden Castle Fyne zurückerobern.“

„Falls sie angreifen sollten, werde ich sie vernichten.“

Sie verkrampfte sich, denn es war schwer, ihm nicht zu glauben. Wenn er so eine Feststellung traf ohne den geringsten Zweifel zuzulassen, schien es, als könne er mit bloßen Händen einen Berg verschieben. Trotzdem, er war auch nur ein Mensch; er war nicht der Held einer alten Sage, auch wenn man ihn bereits zu einer Legende gemacht hatte.

„Warum?“, fragte sie. „Warum dieser Angriff ausgerechnet jetzt?“ Sie wollte wissen, was ihn antrieb. „Eure Brüder sind Alasdair Og und Angus Og. Inseln in Hülle und Fülle auf dem offenen Meer befinden sich in Eurem Besitz. Hier in Argyll besitzt Ihr jede Menge an Ländereien. Seit Jahrhunderten liegt Castle Fyne an Euren Grenzen.“

Er verschränkte seine mächtigen Arme. „Ich wollte diese Festung schon immer haben“, sagte er leise, doch sein Blick ließ immer noch Wasser zu Eis gefrieren. „Wer immer diese Burg in seinem Besitz hat, kontrolliert die Verbindung zwischen Argyll und der See.“

„Ihr werdet einen Krieg heraufbeschwören.“

Er lachte. „Werde ich das? Wir sind im Krieg, solange ich mich erinnern kann, Ihr und ich – die MacDougalls und die MacDonalds.“

„Es geht also nur um den Verbindungsweg von der See ins Landesinnere? Oder geht es um Rache?“

„Ihr seid gewitzt, Lady Margaret. Natürlich dürsten wir nach Rache.“

Ihr wurde übel. „Ihr wollt also ausgerechnet jetzt Vergeltung an meinem Onkel üben? Wegen des Massakers am Clan Donald?

Selbst nach all diesen Jahren? Obwohl meine Tante Juliana zur Versöhnung Euren Bruder geheiratet hat?“ Sie merkte selbst, wie schrill ihre Stimme klang, als sie ihm die Heirat zwischen den verfeindeten Clans ins Gedächtnis rief.

Das kalte Lächeln verschwand aus seinem Gesicht. „Hier geht es um mehr als Rache, Mylady – ein Königreich steht auf dem Spiel.“

Damit spielte er auf Robert Bruce an; doch jedem Highlander, von dem sie je gehört hatte, ging Rache über alles andere. „Ihr habt gesagt, Ihr würdet Euch darauf freuen, gegen meinen Onkel zu kämpfen.“

„Das tue ich. Habe ich Euch nicht erzählt, dass im ganzen Land ein großer Krieg tobt? Dass Robert Bruce sich gegen König Edward erhoben hat? Dadurch ist Castle Fyne noch viel wichtiger geworden.“

Ihr hämmerte das Herz. Seit Jahren waren die MacDonalds dem englischen König zu Diensten gewesen, hatten seine Herrschaft über Schottland aufrechterhalten. Hatten sie ihm plötzlich die Gefolgschaft aufgekündigt? „Ihr rebelliert gegen König Edward? Auf einmal seid Ihr auf der Seite von Robert Bruce?“

„Wir reiten mit Bruce, Lady Margaret. Wir kämpfen mit Bruce. Bruce ist der nächste rechtmäßige König von Schottland. König Edward wird uns nicht länger beherrschen.“

War das Stolz in seinen Augen? Was, um Gottes willen, sollte das für sie und für ihre Familie bedeuten? „Und mein Cousin Red John Comyn, er ist wirklich tot?“

„Jawohl, er ist wirklich tot.“

Ihr Herz klopfte. „Und Bruce hat ihn ermorden lassen?“

Er nickte und sah sie mitleidlos an.

„Warum?“, rief sie. „Wieso sollte Robert Bruce den Earl of Badenoch umbringen lassen – und damit halb Schottland gegen sich aufbringen?“

„Er hatte nicht vor, ihn zu töten.“ Alexander ließ sie nicht aus den Augen. „Sie sind in Streit geraten. Christopher Seton hat sich in das Getümmel gestürzt, um Bruce zu verteidigen. In Wahrheit war es dann Roger de Kirkpatrick, der Euren Cousin dem Herrgott überantwortet hat.“

Margaret musste sich setzen. Ihre ganze Welt schien auf einmal auf den Kopf gestellt. Das Oberhaupt ihrer Familie war ermordet worden, und sein schärfster Gegner war auf dem Vormarsch und griff nach der Krone, die er sich mit kriegerischen Mitteln sichern wollte. Großer Gott, Robert Bruce befand sich in offenem Aufstand gegen England!

Und offenbar waren Alexander MacDonald und sein Clan nun seine Verbündeten.

Robert Bruce musste den Angriff auf Castle Fyne gutgeheißen haben. Die Familie Comyn war ihm schon immer feindlich gesinnt gewesen. Also würde er sich von ihren Burgen und Ländereien einverleiben, was er konnte. Außerdem würde es gut in seine Pläne passen, wenn sein Verbündeter MacDonald und nicht sein Feind MacDougall über die Hauptroute vom Süden und von den Inseln ins Innere von Argyll herrschte.

Margaret ließ sich erschüttert auf eine Bank sinken. Was hatte das alles zu bedeuten? Was würde es für Auswirkungen haben auf sie, auf ihre Familie, auf Castle Fyne? Besonders jetzt, da sie die Gefangene des Wolfs war?

Auf einen Schlag waren alle Bündnisse der letzten Jahre auf den Kopf gestellt. Er hatte gesagt, ihr Onkel Argyll würde ihr nicht zu Hilfe kommen. War das wirklich möglich? Er hatte die Engländer schon immer gehasst. Aber würde er sich und seine Familie mit dem Erzfeind verbünden – dem Clan Donald? Hieß das, dass ihre Familie nun unverbrüchlich an der Seite Englands stand?

Sie dachte über ihren anderen Onkel nach, Buchan – sicherlich war er empört über den Mord an seinem Cousin. Robert Bruce hatte er immer verachtet. Ihr mächtiger Beschützer würde nach Rache dürsten, da war sie ganz sicher. Niemals würde er einfach zusehen, wie Robert Bruce sich zum König von Schottland machte. Er hatte ganz andere Dinge zu tun, als Margaret zu retten.

Sie erschauerte. Was William gestern gesagt hatte, ging ihr nicht aus dem Kopf: Er wirft dich einfach weg!

Ihr Herz machte einen Satz, als sie an ihren letzten und einzigen Verbündeten dachte – Sir Guy.

Sie war ihm noch nie begegnet. Lediglich zwei Briefe hatten sie bisher ausgetauscht. Darin hatte er sich als höflicher Freier gezeigt, doch das hatte nichts zu bedeuten. Was für Auswirkungen hatte dieser Krieg auf ihre Heirat? Sir Guy stand in Diensten von König Edward, daran würde sich nichts ändern. Sir Guy würde ausgesandt werden, um gegen Robert Bruce zu kämpfen.

Hatte Sir Guy überhaupt noch den Wunsch, sie zu heiraten? Falls ja, würde er bestimmt versuchen, Castle Fyne zurückzuerobern!

Alexander MacDonald setzte sich ihr gegenüber.

In seiner Nähe zog sich ihr der Magen zusammen. „Was soll nun geschehen?"

Er nippte an seinem Wein. „Bruce marschiert seinen Feinden entgegen und ruft alle seine Verbündeten zusammen."

„Werdet Ihr Euch anschließen?"

Er hielt ihrem Blick stand. „Ich werde mich ihm anschließen, sobald ich dafür gesorgt habe, dass Castle Fyne gesichert ist."

Sie sagte ihm lieber nicht, dass Castle Fyne niemals sicher in seinem Besitz sein würde – jedenfalls nicht, solange sie am Leben war. „Wo ist Bruce denn jetzt?" Sir Guy gehörte vermutlich zum Heer des Königs, das gegen ihn in die Schlacht zog.

„Als ich Dumfries verließ, wollte er nach Castle Ayr reiten, während seine anderen Truppen sich aufmachten, um Tibbers, Rothesay und Inverskip anzugreifen.

Verzweiflung überwältigte sie. Auch auf Rettung durch Sir Guy konnte sie unter diesen Umständen nicht zählen.

„Ihr habt noch gar nicht nach Eurem zukünftigen Gemahl gefragt, Lady Margaret. Vermutlich hofft Ihr, er würde zu Eurer Rettung herbeieilen?"

Sie merkte sofort, dass das eine Falle war. Und sie schätzte es gar nicht, dass er ihre Gedanken erraten konnte. „Wie könnte er das? Er kämpft für den König. Wahrscheinlich ist er jetzt auf Castle Ayr."

„Sorgt Ihr Euch denn gar nicht um sein Wohlergehen? Möchtet Ihr nicht wissen, ob er verletzt ist?"

„Woher wollt Ihr wissen, ob er verwundet ist oder nicht?"

„Ich habe bei Dumfries gegen ihn gekämpft. Ihr werdet erfreut sein zu hören, dass er mit kaum einem Kratzer davongeritten ist." Er ließ sie nicht aus den Augen.

Mit einem Schlag wurde ihr bewusst, dass sie an das Wohlergehen ihres Verlobten keinen Gedanken verschwendet hatte. „Das freut mich", brachte sie heraus. Plötzlich musste sie Tränen hinunterschlucken. Es gab noch einen weiteren Grund, warum Sir Guy nicht zu ihrer Rettung herbeieilen würde – ohne Castle Fyne hatte sie keine Mitgift mehr und damit auch keinen Wert als Braut.

Panik stieg in ihr auf, die sie mühsam unterdrückte. Früher oder später würde Buchan Lösegeld für sie bezahlen. „Wann werdet Ihr Lösegeld für mich und William fordern?"

Er lehnte sich zurück, gegen die Wand. „Ich habe noch nicht entschieden, was ich mit Euch tun will."

Das überraschte sie. Dass er Lösegeld fordern würde, hatte sie einfach angenommen – es war die übliche Vorgehensweise in solchen Fällen. „Ich bin eine sehr wertvolle Geisel."

Er hätte diese Behauptung zurückweisen können, doch stattdessen sagte er: „Ihr seid kostbar, Lady Margaret. Ich muss mich noch entscheiden, wie ich Euren Wert am besten für mich nutzen kann."

Ihr drehte sich alles. Wenn er kein Lösegeld für sie verlangte, könnte sie für viele Monate, vielleicht sogar Jahre seine Gefangene sein. „Heißt das, ich soll Euer Pfand sein in den Kriegsjahren, die uns bevorstehen?"

„Möglicherweise", sagte er.

Sie war so bestürzt, dass ihr wieder die Tränen in die Augen stiegen. Außerdem war sie völlig erschöpft. Sie hatte in einer harten Schlacht gegen diesen Mann gekämpft, und es war der längste Tag ihres Lebens gewesen. Nun musste sie mit anderen Mitteln weiter gegen ihn kämpfen. „Was wird aus den Gefangenen? Und aus meinem Bruder?"

„Was soll damit sein?" Er rutschte auf der Bank herum und winkte nach mehr Wein.

Peg eilte herbei und füllte seinen Becher wieder auf.

„Wann kann ich William sehen? Ich möchte seine Wunden versorgen."

„Seine Wunden versorgen? Oder Pläne gegen mich schmieden?"

„Ich weiß nicht einmal, wie schwer er verletzt ist. Wo ist er?"

„Ich habe ihn in eine Kammer im Eingangsturm bringen lassen. Dort bleibt er, natürlich unter Bewachung."

Sie hatte auch nicht erwartet, dass man ihn zusammen mit den anderen in die Kerker gesteckt hatte, schließlich war er ein Edelmann. „Wann kann ich zu ihm?"

Er setzte dieses Lächeln auf, das sie so sehr hasste. Es wirkte so kalt. „Ihr könnt ihn nicht sehen, Lady Margaret. Weil ich es nicht erlaube."

Sie war fassungslos. „Ihr verweigert mir, mich um meinen Bruder zu kümmern, obwohl er verletzt ist?"

Er starrte sie an. „So ist es."

Sie schnappte nach Luft. „Ich habe drei meiner Brüder und meine Eltern verloren. Ich habe jetzt nur noch William, und ich flehe Euch an, Euch das noch einmal zu überlegen. Ich weiß ja nicht einmal, wie schwer er verletzt ist!"

„Ihr braucht bloß zu fragen, ich sage es Euch. Er hat eine klaffende Schwertwunde am Bein und einen Hieb auf den Kopf bekommen. Und seine Wunden wurden versorgt, wie es sich gehört."

„Aber ich weiß, wie man sich um Verletzte kümmert. Bitte – lasst mich zu ihm."

„Und Ihr gebt mir Euer Wort, dass Ihr keine Ränke gegen mich schmiedet? Dass Ihr nichts ausheckt, um mich zu Fall zu bringen?"

Sie verkrampfte sich. Selbstverständlich würden sie darüber reden, wie sie ihn zu Fall bringen könnten, verflucht!

„Genau das habe ich befürchtet."

Margaret war so erschüttert über seine Ablehnung, dass sie zu keiner Regung fähig war. „Und wenn ich Euch anflehe?"

„Dann wird Euer Flehen nicht erhört werden", beschied er ihr abschließend. „Setzt Euch, Lady Margaret, bevor Ihr noch stürzt."

Margaret zitterte vor Wut, doch sie wusste, dass sie jetzt ihre Zunge im Zaum halten musste – auch wenn sie nichts lieber tun würde, als ihm seine Grausamkeit vorzuwerfen. „Und was ist mit Euren anderen Gefangenen? Was soll aus meinen Schützen und Soldaten und aus Malcolm werden? Und aus Buchans Rittern, die Ihr bei der Schlucht gefangen genommen habt?"

Er erhob sich. „Sie werden alle morgen zur Mittagsstunde gehängt."

Sie schrie nicht auf. Sie hatte eine solche Antwort erwartet. Im Krieg wurden gefangene Feinde oft hingerichtet. Und er hatte sie gewarnt, dass er keinem das Leben lassen würde, wenn sie nicht schon vor der Schlacht kapitulierte. „Und wenn ich um Gnade für sie flehe? Wenn ich Euch anflehe, ihnen das Leben zu schenken?"

„Gnade", sagte er leise, „schwächt einen Krieger nur."

Sie holte Luft und starrte ihn an; er starrte reglos zurück. „Ich kann nicht zulassen, dass Ihr meine Leute umbringt."

„Ihr habt mir gar nichts zu befehlen. Ich bin hier der Herr und Meister."

Sie musste ihr Temperament zügeln. Und ihre Furcht überwinden. Sie musste diesen Kerl irgendwie dazu bringen, Gnade walten zu lassen. Margaret ließ den Blick auf den Tisch sinken, den sie so fest umklammerte, dass ihre Knöchel weiß wurden. Wie konnte sie ihn dazu bringen, von seinem Vorhaben abzulassen? „Mylord, vergebt mir. Ich bin nur eine Frau, und ich bin sehr erschöpft. Ich musste bisher noch nie eine Festung verteidigen. Ich war noch nie in eine Schlacht verwickelt, und ich bin auch noch nie belagert worden. Und ich war noch nie gezwungen, so viele Entscheidungen zu treffen, Entscheidungen, die von Männern gefällt werden sollten." Tränen stiegen ihr in die Augen, doch das war ihr ganz recht. „Ich habe noch nie so viel Angst gehabt! Eine Burg gegen eine Belagerung zu verteidigen, war wirklich das Letzte, das ich mir gewünscht habe – erst recht nicht gegen den Wolf von Lochaber!"

„Ihr wolltet Euch nicht ergeben", rief er ihr ihre Dummheit in Erinnerung.

„Ich war eine Närrin, doch ich bin nur eine Frau."

Er schüttelte langsam den Kopf. „Macht mir doch nichts vor, Lady Margaret, wir wissen beide, dass Ihr keine Närrin seid."

„Aber ich habe eine falsche Entscheidung getroffen!"

„Und dafür werdet Ihr den Preis bezahlen. Nur ein Narr lässt seine Feinde leben, damit sie später wieder gegen ihn kämpfen können – sie werden morgen Mittag hängen."

Es hatte alles keinen Sinn. Sein Entschluss stand unumstößlich fest. Sie begann am ganzen Körper zu zittern, die Wut brach aus ihr heraus. „Verflucht sollt Ihr sein!"

„Nehmt Euch in Acht!", warnte er sie.

„Nein!", rief sie unter Tränen. „Ich nehme mich nicht in Acht! Ihr habt mir meine Burg geraubt, und jetzt wollt Ihr meine Leute umbringen!"

„Ich habe Euch besiegt, Lady Margaret, in offener Schlacht. Die Beute gehört mir. Das ist nur gerecht."

„Nichts ist gerecht daran, dass der mächtige Wolf von Lochaber mich aus dem Nichts heraus angreift!" Ihr war klar, dass sie ihn nicht anschreien sollte, doch sie konnte sich nicht mehr zurückhalten. „Heute habt Ihr gewonnen, Wolf. Aber das hier ist meine Burg. Dies ist das Land der MacDougalls, und es wird immer das Land der MacDougalls bleiben, ganz gleich, was heute geschehen ist!"

„Im Krieg ändert sich alles."

„Ich werde niemals zulassen, dass Castle Fyne in Eurem Besitz bleibt!"

Er riss die Augen auf. „Was habt Ihr gesagt?"

Sie wusste, dass sie den Mund halten und ihre Wut bezähmen sollte. Sie durfte auch nicht vor ihm in Tränen ausbrechen. Aber sie konnte sich einfach nicht länger zusammenreißen. „Wenn sonst keiner gegen Euch kämpfen will, MacDonald, dann werde ich es tun!"

„Aber Ihr habt doch bereits gekämpft – und verloren."

„Ja, ich habe gekämpft, und ich habe verloren. Aber dabei habe ich viel gelernt. Nächstes Mal werde ich vorbereitet sein. Und seid versichert, es wird ein nächstes Mal geben."

„Wollt Ihr mir etwa drohen?"

„Ich lege hiermit einen Schwur ab: Ich werde Euch vernichten!" Sie war so überwältigt und so erschöpft, dass ihr die Knie nachgaben. Plötzlich glitt ihr der Boden unter den Füßen weg, der ganze Saal drehte sich …

Und dann wurde alles schwarz.

# 4. KAPITEL

Als Margaret die Augen öffnete, erblickte sie als Erstes Peg, die auf der Bettkante saß und ihr die Hand hielt. Dann sah sie Alexander MacDonald, der in der Tür stand und sie mit harter Miene musterte. Sie blinzelte, als ihr klar wurde, dass sie in Ohnmacht gefallen war und in ihr Schlafgemach getragen worden sein musste. Er wandte sich ab und ging davon.

Sie war so erschöpft, dass sie wieder in die Kissen zurücksank, anstatt aufzustehen.

„Ihr seid ohnmächtig geworden“, heulte Peg. „Das ist Euch noch nie passiert. Ihr habt heute gekämpft, als ob Ihr ein Mann wärt, dabei seid Ihr doch eine Dame!“

Margaret spürte, wie ihr aus Verzweiflung schon wieder die Tränen kamen. Aber er war nicht mehr da, also brauchte sie sie dieses Mal nicht hinunterzuschlucken. „Ach, Peg, was sollen wir nur tun? Morgen will er Malcolm und alle anderen hängen!“ Und das war ganz allein ihre Schuld.

Peg, die sonst immer so schwatzhaft war, saß einfach nur da. Ihr Gesicht war kreidebleich geworden.

Margaret merkte, dass ihr etwas Wichtiges durch den Kopf gehen musste, und setzte sich auf. „Was ist los?“

Peg schüttelte den Kopf. „Ihr habt ihn zuvor mit Pfeilen und Schwertern bekämpft, aber gerade wolltet Ihr mit Worten gegen ihn kämpfen, und das wird Eurer Sache nichts nutzen.“

„Er hat meine Burg erobert. Viele meiner Männer sind gefallen. Da konnte ich kaum ein Ständchen für ihn singen und ihm Zuckerwerk vorsetzen.“

Peg verdrehte die Augen. „Für so eine kluge Frau seid Ihr eine entsetzliche Närrin!“

„Was soll das heißen?“

„Dass er Euch die ganze Zeit angesehen hat, als wäret Ihr ein Leckerbissen und er wirklich ein Wolf. Er begehrt Euch.“

Margaret starrte sie entsetzt an. „Was willst du damit sagen?"

„Wenn Ihr ihm zu Gefallen seid, Mylady, würde er wahrscheinlich bis nach London und zurück für Euch laufen – oder sogar bis nach Rom!"

Ihr Herz raste. „Willst du damit vorschlagen, dass ich … mich mit ihm einlasse?" Sie brachte kaum die Worte heraus.

Aber war Verführung nicht ein Mittel, das Frauen seit Anbeginn der Zeit einsetzten?

Peg stand auf. „Ich bringe Euch Brot und Suppe", sagte sie, als habe sie die Frage nicht gehört.

„Nein, warte", bat Margaret aufgewühlt. „Glaubst du wirklich, ich könnte ihn davon abbringen, wenn ich … mit ihm schlafe?"

„Ja, das glaube ich – wenn Ihr voller Leidenschaft zärtlich zu ihm seid." Peg warf ihr einen Blick zu. „Wenn Ihr ihm ins Gesicht spuckt, könnt Ihr nicht erwarten, dass er morgen Euch zu Gefallen sein will und Gnade walten lassen wird!"

Margaret erschauerte. Sie musste unbedingt das Leben ihrer Männer retten. Aber könnte sie dazu ihren Körper einsetzen? Wäre sie überhaupt in der Lage, seine Berührung zu ertragen? Plötzlich sah sie ihn vor sich, wie er stolz und unbezwingbar vor den Mauern ihrer Burg gestanden hatte. Die meisten Frauen würden ihn sehr anziehend finden. Vielleicht würde sogar sie selbst ihn für sehr gut aussehend halten, wenn er nicht ihr Todfeind wäre. „Aber ich soll doch im Juni Sir Guy heiraten", brachte Margaret heraus.

Peg zuckte die Achseln. „Na und? Ihr findet die Vorstellung, einen Engländer heiraten zu müssen, doch sowieso abscheulich."

Margaret verzog das Gesicht. Peg war schonungslos ehrlich. „Ja, ich fürchte mich davor, einen Engländer heiraten zu müssen. Aber das ist etwas anderes als Hass. Wenn es auf dieser Erde einen Mann gibt, den ich hasse, dann ist es Alexander MacDonald."

„Das spielt doch keine Rolle. Habt Ihr nicht bemerkt, wie attraktiv er ist?"

Margaret starrte ihre Magd ungläubig an. „Nein", log sie. Ihr wurde kalt, sie zog die Decke hoch. Jetzt erst fiel ihr auf, dass sie sich in der kleinen Kammer neben ihren eigentlichen Gemächern befand. Die hatte wohl MacDonald für sich in Anspruch genommen. „Buchan wird auch erbost ein“, sagte sie lahm. Konnte Peg recht haben? Wäre sie in der Lage, den Wolf zu verführen, damit er ihr zu Willen sei? Könnte er so angetan sein von ihr, dass er davon absehen würde, morgen alle ihre Männer zu hängen?

„Natürlich wird er wütend sein – vielleicht sogar noch mehr als Sir Guy. Aber was gibt es sonst für eine Hoffnung, wenn Ihr Malcolm und die anderen retten wollt?“

Margaret stellte sich vor, wie ihr mächtiger Beschützer vor Wut toben würde. Das hatte sie schon einmal erlebt, und sie erschauerte. Sie hatte keine Ahnung, was er unternehmen würde, aber ganz sicher würde er ein solches Verhalten als Verrat betrachten.

„Was wollt Ihr tun?“, fragte Peg.

„Ich weiß es nicht – aber ich habe nicht viel Zeit, um darüber nachzudenken.“ Doch während sie es aussprach, wusste sie bereits, dass sie keine andere Wahl hatte. Gar nichts zu tun, kam erst recht nicht infrage. Sie musste noch einen Versuch wagen, ihren Bezwinger davon abzubringen, ihre Männer zu hängen.

Margaret glitt aus dem Bett. „Eins noch, Peg. Kannst du versuchen, in den Eingangsturm zu kommen und William zu sehen?“

Peg nickte. „Aber erst setze ich eine Suppe auf.“

Margaret wartete, bis sie weg war. Dann ging sie zur Tür und spähte in den engen Flur. Er war von Fackeln erleuchtet, die in Wandhaltern steckten. Ein großer Highlander saß auf einem Stuhl und lächelte höflich, als er sie erblickte.

Sie stand unter Bewachung.

Dann warf sie einen Blick in das Zimmer nebenan – ihre Gemächer. Alexander war nicht da, wahrscheinlich hielt er sich noch unten im Saal auf, und sie betrachtete das Bett, das mitten im Raum stand, und versuchte sich vorzustellen, wie sie in dieser Nacht zu ihm ging.

Doch sie konnte es sich nicht vorstellen.

Es dauerte eine gute Stunde, bis Peg mit einer Schüssel dampfender Suppe auf einem Tablett wiederkam. Obwohl Margaret krank war vor Sorge und nicht glaubte, auch nur einen Bissen hinunterwürgen zu können, spürte sie, kaum stiegen ihr die köstlichen Düfte der Hammelsuppe in die Nase, auf einmal einen nagenden Hunger.

Peg stieß die Tür mit der Hüfte zu; draußen saß noch immer der Wachposten. Sie setzte das Tablett aufs Bett.

„Vielen Dank“, sagte Margaret, griff nach einem Stück Brot und tunkte es in die Suppe. Es gab kein Messer, aber das war eigentlich nicht überraschend. „Ist er immer noch unten?“

„Die meisten seiner Männer sind mit dem Essen fertig und ziehen sich jetzt für die Nacht zurück. Er wird wohl gleich nach oben kommen.“ Peg sah sie fragend an.

Margaret hob die Schüssel und trank die Suppe. Als sie sie wieder abgesetzt hatte, meinte sie: „Ich habe gar keine andere Wahl. Ich kann nicht einfach herumsitzen und auf morgen warten und hoffen, dass Gott irgendein Wunder vollbringt und die Hinrichtungen verhindert.“

Peg nickte. „Ich finde, Ihr solltet zu ihm gehen. Vielleicht gefällt es Euch ja sogar, auch wenn er ein Feind ist.“

Darüber wollte Margaret nicht einmal nachdenken; es war sowieso höchst unwahrscheinlich. Sie tunkte Brot in die Suppe. „Hast du William sehen können?“

Peg zögerte. Margaret erschrak sofort und stellte die Schüssel weg. „Peg!“

„Ich habe ihn gesehen, Mylady, aber wir konnten nicht miteinander sprechen. Sie haben ihm Essen und Wasser gebracht, die Tür war offen.“

„Was ist mit ihm?“ Margaret versuchte, ihre Angst im Zaum zu halten.

„Er ist schwer verletzt. Sein ganzer Kopf ist verbunden, und das Tuch ist rot vor Blut. Der Verband an seiner Schulter auch. Er ist bleich wie ein Toter, und er lag völlig reglos da, ich weiß nicht, ob er bei Bewusstsein war.“

Margaret sprang aus dem Bett und lief aufgeregt hin und her. „Dieser verfluchte Wolf von Lochaber! Er hat gesagt, sie hätten seine Wunden versorgt. Ich muss mich um meinen Bruder kümmern!“

Peg packte sie am Arm. „Wenn Ihr ihn heute verführt, wird er Euch morgen alles erlauben – da bin ich ganz sicher!“

Doch wie konnte sie sich zu Alexander ins Bett legen, wenn er ihren Bruder gefangen hielt und seine Wunden nicht versorgen ließ? Großer Gott, sie war außer sich vor Wut!

„Ihr dürft ihn nicht spüren lassen, wie sehr Ihr ihn hasst“, warnte Peg.

Damit hatte sie natürlich recht. Margaret musste ihre Gefühle unter Kontrolle halten, so ungezügelt sie auch waren.

Peg umarmte sie. „Ich weiß, dass Ihr nervös seid und Euch Sorgen macht. Aber es gibt auch gute Neuigkeiten. Ich konnte mithören, wie die Wachen sich unterhalten haben. Sir Ranald gehört zu den Rittern, die nach dem Kampf durch die Schlucht fliehen konnten.“

„Dem Himmel sei Dank!“, rief Margaret aus. „Dann muss er fast einen Tagesritt Vorsprung vor Sir Neil haben.“ Sie glaubte jedoch nicht, dass Sir Ranald versuchen würde, sich bis zu Argyll oder Red John durchzuschlagen – er wusste ja bereits, dass andere Boten auf dem Weg waren. Und auf den Gedanken, die ganze Strecke zu Buchan auf sich zu nehmen, würde er wahrscheinlich gar nicht erst kommen. Am ehesten würde er versuchen, Fowliss zu erreichen; eine seiner Tanten war mit dem Earl of Strathearn verheiratet.

„Wollt Ihr den Rest auch hören?“, fragte Peg.

Margaret zuckte zusammen, denn Pegs Tonfall gefiel ihr ebenso wenig wie ihr bestürztes Gesicht.

„Sir Ranald hat keinen Tagesritt Vorsprung vor Sir Neil“, fuhr Peg grimmig fort.

„Was sagst du da?“ Sir Neil konnte doch nicht zu den Toten gehören!

„Sir Neil sitzt mit den anderen unten in den Kerkern – kurz nachdem er von hier fliehen wollte, hat man ihn erwischt."

Margaret machte ein paar unsichere Schritte zum Bett und ließ sich daraufsinken. Er war noch nicht tot, wofür sie Gott dankte, aber er würde morgen mit den Übrigen sterben – falls sie mit ihrem Vorhaben keinen Erfolg haben sollte.

Peg setzte sich neben sie, und sie umarmten sich. „Ihr könnt nicht zulassen, dass Sir Neil gehängt wird", sagte Peg leise. „Er ist noch so jung, sieht so gut aus und er ist Euch treu ergeben."

„Nein, das kann ich nicht zulassen." Sie sahen einander in die Augen, und da drang es ihr erst wirklich ins Bewusstsein – sie musste heute Nacht ihren Todfeind verführen, um ihre Männer zu retten. Sie hörte, wie nebenan die Tür geöffnet wurde.

Alexander hatte sich in die Gemächer begeben, die nun die seinen waren. Schlimmste Befürchtungen stiegen in ihr auf.

Sie lauschten beide angestrengt, wie er einige gedämpfte Worte mit dem Wachposten wechselte. Seine Stimme klang ganz gelassen.

Margaret rührte sich nicht und dachte, wie kalt und gefühllos doch dieser Alexander MacDonald war. Sie dachte an die Schlacht, die sie gegeneinander ausgefochten hatten, und an all die Legenden, die sie über ihn gehört hatte.

Konnte sie den Wolf von Lochaber wirklich betören und ihn damit hereinlegen? Konnte sie einen solchen Krieger mit den Mitteln einer Frau besiegen?

Hatten Frauen nicht seit Anbeginn der Zeit Männer verführt, um ihre eigenen Ziele zu erreichen?

Plötzlich fiel ihr etwas ganz Merkwürdiges ein. Sie musste daran denken, wie sehr ihre Eltern einander geliebt hatten, wie sie sich ganz offen davonstahlen, um sich einander hinzugeben.

Aber sie hatten eine ungewöhnliche Ehe geführt. Nur wenige verheiratete Paare hatten einander wirklich gern. Meist waren sie zwar tief verbunden, aber eher aus politischen und familiären Gründen – Liebe war eine ganz andere Angelegenheit. Es gab jede Menge heimliche Liebschaften, die sich oft nicht nur über die Politik und die Familie hinwegsetzten, sondern auch über den gesunden Menschenverstand.

Die Affäre, auf die Margaret sich einlassen wollte, war rein politischer Natur – eine Verführung, um das Leben ihrer Männer zu retten.

Sie erhob sich. „Wünsch mir Glück."

Peg ergriff ihre Hand. „Vergesst einfach, dass er ein Feind ist. Er ist groß und attraktiv – nur daran dürft Ihr denken."

Margaret wünschte, sie könnte das, doch es wollte ihr nicht gelingen. Während sie zur Tür ging, dachte sie an ihren Onkel Buchan. Wenn sie jetzt ihr Ziel erreichte, würde man sie wahrscheinlich für den Rest ihres Lebens in einem Nonnenkloster wegsperren. Aber sie musste ihre Leute retten.

Margaret öffnete die Tür, und der Posten draußen sprang auf. „Ich würde gern ein Wort mit Alexander wechseln", sagte sie mit all der Würde, die sie aufbringen konnte. Sie wartete gar nicht erst auf seine Antwort und achtete nicht auf seine Verblüffung, sondern schritt auf die offene Tür des Wolfs zu.

Er stand mitten im Raum und hatte gerade seine Stiefel abgestreift und den Schwertgürtel abgelegt. Der hing nun über der Lehne des einzigen Stuhls, die Stiefel standen auf dem Boden. Er stand barfuß auf einem Teppich aus Tierfell – im Winter waren die Steinböden eisig kalt. Mit den Händen am Leibgurt wandte er sich zu ihr um und sah ihr entgegen.

Margaret verharrte in der Tür. Sie sahen sich in die Augen, sein Blick flackerte kein bisschen; ganz ruhig stand er da – und höchst wachsam.

Sie wusste, dass sie errötete, ihre Wangen glühten. Ahnte er bereits, was sie vorhatte?

Es war auffallend still. Sie trat ein. Er beobachtete sie mit der Wachsamkeit, die man seinen Feinden vorbehielt, und er hatte noch nicht eine Bemerkung zu ihrem plötzlichen Erscheinen gemacht.

Margaret schloss die Tür hinter sich und wandte sich dem Wolf zu. „Seid Ihr gesättigt, Mylord? Hattet Ihr genug zu trinken?“

Langsam setzte er ein Lächeln auf, nahm den Gürtel ab und warf ihn aufs Bett. Margaret konnte den Dolch, der in seiner Scheide daran hing, nicht aus den Augen lassen.

„Ist es wirklich Euer Wunsch, ein solches Spielchen zu spielen?“, fragte er leise. Doch sein Blick glitt zu ihren Lippen.

Er begehrt mich tatsächlich, dachte sie verblüfft. Peg hatte recht. „Ich muss der Tatsache ins Auge sehen, dass ich Eure Gefangene bin, und somit in Eurer Obhut. Unter diesen Umständen sollten wir keine Gegner mehr sein.“ Sie glaubte, ganz ruhig zu klingen – eine erstaunliche Leistung!

Er behielt sein Lächeln bei, und so zynisch es sein mochte, machte es doch seine harten Züge weicher. Selbst sie musste zugeben, dass er ein bemerkenswerter Mann war. „Und nun möchtet Ihr mir Gesellschaft leisten?“

„Ich möchte alles tun, um unseren Aufenthalt so angenehm wie möglich zu gestalten“, sagte Margaret knapp. Es hatte keinen Sinn, ihn wie einen Narren zu behandeln, denn das war er ganz sicher nicht. Aber vielleicht glaubte er ihr, dass sie entschlossen war, das Beste aus der Situation zu machen – und in ihrer Gefangenschaft die Gelegenheit zu ergreifen, eine Affäre mit ihm zu beginnen.

Das Lächeln verschwand. „Für Lügner habe ich nichts übrig, Lady Margaret.“

Diese Warnung war unmissverständlich. „Eine Lügnerin bin ich noch nie gewesen“, sagte sie, was stimmte – doch jetzt log sie, dass sich die Balken bogen. „In den letzten Stunden konnte ich ein wenig nachdenken. Ich bin Eure Gefangene, mein Wohlergehen hängt ganz allein von Euch ab. Nur eine sehr dumme Frau würde weiter gegen Euch kämpfen wollen, Mylord.“

„Und anstatt zu kämpfen, wollt Ihr das Bett mit mir teilen?“

„Was ist daran so seltsam? Ihr seid nun hier der Herr und Meister, doch ich war einmal die Herrin dieser Burg."

Er starrte sie durchdringend an. Margaret blieb reglos vor der verschlossenen Tür stehen. Ihr Herz klopfte so laut, dass sie glaubte, er könne es hören. Ganz sicher durchschaute er ihr Spiel; ganz sicher wusste er, wie verängstigt und verzweifelt sie war.

Einen langen Augenblick lang blieb er stumm. Dann: „Ihr seid keine Dirne."

Wie recht er hatte. „Nein, ich bin keine unzüchtige Frau, Mylord, aber ich habe große Angst", sagte Margaret sanft. „Mein Onkel wird mir zürnen, weil ich seine Burg verloren habe. Und Sir Guy erst recht. Ich brauche einen neuen Beschützer."

„Sie werden erst recht wütend auf Euch sein, wenn sie erfahren, dass Ihr in meinem Bett geschlafen habt."

Auch damit hatte er vollkommen recht. Aber wieso hatte er dauernd etwas einzuwenden? Wollte er sie etwa zurückweisen? „Das müssen sie ja nicht wissen."

Er musterte sie. „Wenn Ihr in diesem Raum bleibt, wird jeder Bescheid wissen."

Margaret hatte sich nicht eingebildet, dass die Sache leicht sein würde, doch dass er Einwände erhob, hatte sie nicht erwartet, und sie konnte sich nicht vorstellen, warum er sie sich nicht einfach nahm, wie die meisten Männer das tun würden. Sie setzte ein schmales Lächeln auf und ging an ihm vorbei zum Bett.

Sein Blick folgte ihr, wachsam und misstrauisch.

„Ich brauche einen Beschützer", sagte sie mit dem Rücken zu ihm. Sie öffnete ihren Gürtel und hoffte, dass er nicht bemerkte, wie sehr ihre Hände dabei zitterten. Sie legte ihn neben seinen Leibgurt mit dem Dolch. Ganz leicht könnte sie ihn ergreifen.

„Euer Onkel wird Euch verstoßen und leugnen, dass Ihr von seinem Blute seid, wenn Ihr heute Nacht hier bleibt. Dann habt Ihr niemanden mehr, der Eure Ehre verteidigt."

Sie schüttelte den Kopf und zog ihr Gewand – einen Wappenrock – aus. Sie hörte, wie er scharf Luft holte. Nur noch mit einem dünnen Rock und dem Unterhemd bekleidet, blieb sie reglos stehen, ohne sich umzudrehen. „Ihr kennt Buchan nicht. Er wird mir den Verlust der Burg vorwerfen, auch, dass ich Euch hineingelassen habe, und vor allem, dass alle tot sind – ich habe große Angst." Das war natürlich gelogen. Buchan würde ihr niemals vorwerfen, dass es ihr nicht gelungen war, den großen Wolf zurückzuschlagen.

Er gab keine Antwort.

Sie fragte sich, was sie nun tun sollte. Sich weiter ausziehen? Wenn sie den Rock ablegte, würde sie nur noch in Schuhen und dem Unterhemd vor ihm stehen.

„Ich werde die Gefangenen nicht verschonen, Lady Margaret", sagte er leise, fast in ihr Ohr. „Falls das der Grund sein sollte, aus dem Ihr gekommen seid."

Er war ihr so nah, dass sein Atem an ihrem Ohr kitzelte. Er packte sie am linken Handgelenk, ihre Schulter prallte gegen seine Brust, und mit der anderen Hand umfasste er ihre Taille.

Ihr Herz machte einen Sprung. Was tat er da? Sie lag in seinen Armen. Aber war es nicht genau das, was sie wollte?

Hatte er wirklich gerade gesagt, dass er ihre Männer nicht verschonen wollte? Sie waren einander so nah, dass sie nicht mehr klar denken konnte. Margaret spürte seinen Atem an ihrem Ohr, seinen mächtigen Brustkorb, der sich an ihrem Rücken hob und senkte, seine männliche Hitze.

Ihr Herz raste. Ihre Nerven waren zum Zerreißen gespannt. „Habe ich Euch darum gebeten?", stieß sie hervor. „Ich komme aus freiem Willen, Mylord."

„Ihr kommt nicht aus freiem Willen. Ihr verachtet mich mit jedem Atemzug." Doch was er sagte, war nur ein raues Wispern, und seine Lippen glitten über ihr Ohr.

Sie keuchte, denn ein Glühen lief ihr über den Rücken und heiß kribbelte es an ihren Schenkeln. Begehrte sie den Wolf von Lochaber etwa? Er schlang seine Arme um sie, und sie konnte nicht mehr klar denken, sie spürte nur noch, wie stark und muskulös er war und wie heiß ihr wurde. „Nein“, brachte sie heraus. „Ich bin freiwillig gekommen, Mylord.“

Sein Griff an ihrer Hüfte verstärkte sich. „Ihr habt vor, mich am Morgen noch einmal um Gnade für Eure Männer anzuflehen. Deshalb wollt Ihr mich in meinem Bett aufsuchen – aus keinem anderen Grund. Doch auch wenn Ihr hierbleibt – meine Antwort wird dieselbe sein.“ Sie spürte seine Lippen an ihrem Ohr, fast wie das Streicheln einer Feder.

Sie bekam keine Luft und konnte sich auch nicht mehr bewegen. Sie sah nur noch Funken. Es war, als hätte er sie entzündet, das Feuer raste durch ihren ganzen Körper. Und sie spürte, wie erregt er war. An seiner Begierde konnte kein Zweifel bestehen. Sein Leib war hart und heiß.

Was sollte sie nur tun? fragte sie sich atemlos und voller Panik.

Alexander packte sie an den Schultern, zog sie an sich und küsste ihren Hals. In Margaret rauschte immer stärker das Begehren. Sie hatte das Gefühl, als würde ihr Unterleib in Flammen stehen, ihr wurde schwindelig vor Erwartung.

Seine Hand glitt von ihrer Schulter zu ihrer Brust, die er ganz umfasste, sodass ihre aufgerichteten Brustwarzen sich beinahe schmerzend zusammenzogen. „Also wollt Ihr trotzdem bleiben?“

Fast hätte sie ein „Ja!“ herausgeschrien. Aber wie kam sie dazu? Was dachte sie sich nur dabei? Schließlich war sie Lady Margaret Comyn, die Nichte des bedeutenden Earl of Buchan und sein Mündel – und sie war die Tochter von Mary MacDougall! Dieser Mann war ihr schlimmster Feind! Und morgen würde er ihre Leute so oder so hängen.

„Ich will bleiben – aber ich will auch meine Männer retten“, keuchte sie.

„Die könnt Ihr nicht retten.“ Er drehte sie mit einer heftigen Bewegung um, sie lag nicht länger in seinen Armen, und ihre Blicke trafen sich. Seine blauen Augen glühten vor Lust. Sie fragte sich, wie ihre eigenen Augen auf ihn wirkten. „Ich wünschte, Ihr wäret doch eine Dirne."

Sie machte atemlos einen Schritt zurück und rieb sich die Arme. Was, um Himmels willen, war da gerade geschehen? Sie fühlte sich noch immer heiß wie im Fieber und begann zu zittern. „Nein, ich bin keine Dirne", räumte sie ein und ihre Stimme klang heiser. „Aber ich dachte, ich könnte Euch verführen."

„Das könntet Ihr auch – wenn Ihr es wirklich wolltet."

Er klang seltsam, fast bedauernd. Er entfernte sich von ihr mit schnellen Schritten, und sie warf einen Blick auf seinen Gürtel mit dem Dolch. Die Klinge glänzte, aber Margaret hatte nicht den Mut, den Dolch zu ergreifen. Sie war keine Verführerin, aber auch keine Mörderin.

Plötzlich bemerkte sie, dass er sie beobachtete. Aber er schien überzeugt zu sein, dass sie niemals den Dolch packen und ihn gegen ihn führen würde, so wie er auch wusste, dass es ihr unmöglich war, sich einem beiläufigen Beisammensein hinzugeben, ganz gleich, wie groß das Begehren sein würde, das soeben zwischen ihnen aufgeflammt war.

„Ihr solltet Euch nicht um das Kriegsgeschehen kümmern, Lady Margaret. Und was mit den Gefangenen passiert, ist eine reine Sache des Krieges. Buchan wird Euch vergeben, dass Ihr die Burg verloren habt, er wird nichts anderes erwarten, als dass seine Männer gehängt werden. Aber er würde Euch niemals vergeben, mit dem Feind ins Bett gestiegen zu sein – und das kurz vor Eurer Hochzeit mit Sir Guy."

Sie hatte plötzlich den Eindruck, als versuche er, sie vor sich selbst zu schützen. Aber sie waren doch Feinde! Warum sollte er so etwas tun? „Meine Männer sind mir wichtiger als die Zustimmung meines Onkels. Aber das spielt jetzt keine Rolle mehr. Meine Männer werden so oder so gehängt, und ob es jetzt noch zu einer Hochzeit kommen wird, das bezweifele ich sehr."

„Warum glaubt Ihr das? Buchan braucht Sir Guy jetzt mehr als je zuvor. Und Sir Guy wird Castle Fyne jetzt erst recht haben wollen."

„Aber Ihr habt mir Castle Fyne geraubt", schrie sie. „Ich besitze jetzt nichts mehr."

„Sir Guy ist ein Mann von großem Ehrgeiz, genau wie sein Bruder Aymer. Ich bin überzeugt, dass er diese Festung zurückerobern will, und seine Braut mit dazu."

Margaret hätte ihm gern geglaubt. Nur, selbst wenn Sir Guy Castle Fyne angreifen sollte, wie konnte er gegen einen solchen Gegner jemals etwas ausrichten? Und ihren Männern half das auch nicht mehr – die würden dann schon lange tot sein. Ihr Versuch, sie mit ihrer Verführungskunst zu retten, war gescheitert, das wurde ihr nun langsam klar. Übelkeit stieg in ihr auf.

„Ihr solltet das Kriegsgeschehen den Männern überlassen", wiederholte Alexander. „Und nun solltet Ihr aus meinem Zimmer verschwinden. Gute Nacht."

Sie hatte nicht das Geringste erreicht. Und diesen MacDonald würde sie nie verstehen. Warum hatte er sich nicht einfach genommen, was sie ihm so bereitwillig dargeboten hatte? Die meisten Männer hätten sich eine solche Gelegenheit nicht entgehen lassen, besonders weil es einen Keil zwischen sie und Sir Guy treiben würde, was nur zu Alexanders Vorteil sein konnte. Dass er ein Ehrenmann sein könnte, wollte sie sich gar nicht erst vorstellen. Sie sollte aus diesem Zimmer eilen – doch sie tat es nicht. „Die meisten Männer hätten meine Avancen nicht zurückgewiesen."

„Ich bin nicht wie die meisten Männer."

„Aber warum? Wieso habt Ihr mich von meiner Torheit abgebracht? Was habt Ihr damit erreicht?"

Sein Blick blieb standhaft. „Am Morgen hättet Ihr mich nur noch mehr gehasst."

Das stimmt, dachte sie, aber was sollte ihn das kümmern? Margaret musste sich eingestehen, dass Alexander MacDonald nicht einfach nur ein schlichter, blutdürstiger Krieger war, der nichts als seinen eigenen Vorteil im Sinn hatte. Er war ein gerissener und umsichtiger Mann – ein würdiger Gegner. Sie war sich nicht sicher, welchen Ehrgeiz er noch hegte außer seinem Wunsch, Castle Fyne zu beherrschen und damit den Weg von der See ins Innere von Argyll zu kontrollieren.

Eins allerdings war nicht zu bestreiten: Sie wusste nun, dass er sie begehrte. Und schlimmer noch, Peg hatte auch recht damit, dass ein Teil von ihr es genossen hatte, in seinen Armen zu liegen. Konnte sie die gegenseitige Anziehungskraft irgendwie zu ihrem Vorteil nutzen? Ohne dabei ihre Ehre aufs Spiel zu setzen?

Margaret ging zum Bett und hob ihre Kleider auf. Dann drehte sie sich zu ihm um. „Ich hatte nicht erwartet, Eure Umarmung zu genießen", sagte sie finster.

In seinen Augen war Misstrauen zu erkennen.

„Wir sind Feinde, Ihr habt mir meine Burg geraubt, und morgen wollt Ihr meine Männer hängen. Und doch haben wir beide unsere Umarmung genossen."

Er sah sie lange an. „Ihr seid noch sehr jung, Lady Margaret, und unerfahren. Das Leben ist voller Überraschungen. Besonders in Zeiten des Krieges." Er zögerte. „Aber ich bin erfreut, dass es Euch in meiner Gegenwart gefällt. Ihr könnt versichert sein, dass weitere Überraschungen auf uns beide warten."

Wie selbstsicher er klang, dachte sie. „Nein. Auf diese Art werden wir niemals wieder zusammen sein, wenn es das ist, was Ihr im Sinn habt."

Sein Blick wurde abschätzend. „Niemals? Das ist ein recht willkürliches Wort, das ich selten benutze."

Sie wollte nicht mit ihm streiten, nicht hier, allein mit ihm in seinen Gemächern, mitten in der Nacht, während ihr Blut noch raste. „Ihr seid ein MacDonald. Allein dadurch seid Ihr schon mein schlimmster Feind. Aber wenn Ihr die Männer hängt, für die ich Verantwortung trage, dann werdet Ihr zu meinem Erzfeind."

„Ihr seid eine Frau", sagte er schnell, doch seine Züge verhärteten sich. „Ihr habt es nicht nötig, Euch Erzfeinde zu machen oder für irgendetwas Rache zu schwören."

„Da liegt Ihr völlig falsch."

„Ihr erstaunt mich, Lady Margaret, mit Eurer Verwegenheit." Er lächelte nicht, und er wirkte auch nicht gerade erfreut. Hatte sie ihn doch ein wenig aus der Fassung gebracht?

„Es ist nicht meine Absicht, Euch zu erstaunen, Alexander, doch ich bin die Tochter meiner Mutter."

„Ja, das seid Ihr allerdings", räumte er grimmig ein.

Margaret fragte sich, ob er ihre Mutter gekannt haben konnte. „Aber so muss es nicht sein. Wir müssen nicht zu Erzfeinden werden." Das war vermutlich ihr letzter Versuch.

„Ihr habt beschlossen, dass wir das bereits sind", erwiderte er finster. „Morgen werden sie hängen."

Sie wandte sich um, wollte zur Tür, doch sie blieb noch einmal stehen. „Auch ich bin draußen auf den Zinnen gewesen. Auch ich habe gegen Euch gekämpft."

Er verschränkte seine muskulösen Arme und sah sie kalt an.

„Ihr solltet auch mich morgen hängen lassen."

„Das werde ich nicht tun."

Sie zitterte vor Wut, doch sie konnte den Blick nicht abwenden. „Weil ich so eine wertvolle Geisel bin? Mit meiner Mitgift und alledem?"

„Weil Ihr eine wertvolle Geisel seid – und eine Frau."

„Wie könnt Ihr nur so grausam sein?"

„Ich liebe mein Leben."

Sie drückte ihre Kleider an ihre Brust. Für einen kurzen Augenblick verstand sie ihn, sie konnte ihn nicht hassen. Genau wie sie kämpfte er um sein Leben und für das der Männer, für die er verantwortlich war. Er war ein gefürchteter, aber auch angesehener Krieger, und das völlig zu Recht. Doch dann war der Augenblick vorbei.

„Ihr solltet jetzt gehen, Lady Margaret."

Sie schüttelte den Kopf. „Mein Bruder ist schwer verletzt. Er ist der Letzte aus meiner Familie, der noch am Leben ist. Ich muss mich um ihn kümmern – bitte.“

„Ihr könnt morgen seine Wunden versorgen.“ Er ging zur Tür, öffnete sie und trat beiseite.

Sie war völlig verblüfft über seine plötzliche Einwilligung. „Ihr lasst mich zu ihm?“

„Dieses eine Mal werde ich es Euch erlauben.“

Margaret nickte und stürzte in Tränen aufgelöst an ihm vorbei.

Margaret zog die Felldecke höher und sah aus dem Fenster, als der nächtliche Himmel langsam grau wurde. Obwohl sie so erschöpft war, hatte sie unruhig und nur wenig geschlafen – dabei hätte sie einen tiefen, erholsamen Schlaf gebraucht, um sich den Herausforderungen eines neuen Tages stellen zu können. Aber wann immer sie einnickte, hatte sie von gehängten Männern geträumt und war sofort wieder hochgeschreckt.

Weil es so kalt war, hatte sie ihr Bett mit Peg geteilt. Doch Margarets Ruhelosigkeit hatte die Dienstmagd irgendwann veranlasst, sich mit ihrer Decke auf den Boden zu legen. Nun streckte Peg sich und gähnte.

Aus dem Raum nebenan waren Geräusche zu hören. Auch Alexander hatte sich erhoben. Sie verscheuchte die Gedanken an ihre nächtliche Begegnung mit aller Kraft. An das aufflammende Begehren in seinen Augen wollte sie nie wieder erinnert werden.

Aber er hatte ihr zugestanden, ihren Bruder sehen zu dürfen. Als Peg anfangen wollte, ihr das lange Haar zu flechten, sprang Margaret aus dem Bett, griff nach ihrem Umhang und eilte zur Tür. Alexander kam gerade aus seinem Zimmer, und ihre Blicke trafen sich.

„Guten Morgen“, sagte er, ohne zu lächeln. Dann deutete er auf den Wachposten. „Alan wird Euch zu William bringen, sobald Ihr es wünscht.“

„Ich bin jetzt schon bereit, vielen Dank", rief sie. „Kann Peg mitkommen und mir helfen?"

Er sah zur Seite. „Von mir aus." Zu Alan sagte er: „Sie darf die Wunden ihres Bruders versorgen, aber lass sie keinen Augenblick allein." Er nickte ihr zu und ging nach unten.

Gleich darauf folgten die beiden Frauen Alan durch die Burg und über den Innenhof. Der Wachmann trug sogar Margarets kleine Truhe, in der sie ihre Kräuter und Tränke aufbewahrte. Draußen war es eisig kalt, sie konnten den Hof gar nicht schnell genug überqueren. Die Pferde in den Ställen wurden gerade gefüttert; außer den paar Männern, die das erledigten, war niemand zu sehen. Margaret und Peg betraten den Turm und eilten die steile Wendeltreppe hinauf.

Vor einer verschlossenen Tür hockte ein Highlander auf einem Bottich. Alan sagte etwas zu ihm, und er öffnete den Frauen die Tür.

William lag auf einer schmalen Pritsche, und Margaret musste einen entsetzten Aufschrei unterdrücken.

Er schien zu schlafen – aber er konnte auch bewusstlos sein. Er hatte offenbar sehr viel Blut verloren, die Verbände um seinen Kopf und seine Brust waren rot und durchweicht. Er selbst war leichenblass. Margarets Sorge steigerte sich ins Unermessliche.

„Will!" Sie kniete neben ihm nieder und ergriff seine Hände.

„Ich hole heißes Wasser und eine Lauge", sagte Peg.

„Bring auch saubere Tücher mit", bat Margaret, ohne ihren Bruder aus den Augen zu lassen.

Seine Lider flatterten, sie hielt seine Hand und strich ihm übers Gesicht und rief erneut seinen Namen. „Mein lieber Bruder, ich bin es, Margaret. Wach auf!"

William stöhnte und sah sie aus verschwollenen Augen an. „Meg?"

„Du bist wach! Ich werde mich jetzt um dich kümmern." Sie hatte große Angst, Entzündungen vorzufinden, als sie ihm die

Verbände abnahm. Sie könnte es nicht aushalten, wenn William an einem Fieber stürbe.

„Wo bin ich? Was ist passiert?“, fragte er heiser.

„Der Wolf hat Castle Fyne erobert. Wir sind seine Gefangenen.“

Er riss die Augen weit auf. „Bist du verletzt?“

„Nein, und er wird mir auch nichts tun – ich bin seine Geisel. Aber ich habe die Schlacht verloren, Will, und diese Burg ist jetzt in seinen Händen.“ Von den bevorstehenden Hinrichtungen wollte sie ihm lieber nichts erzählen. Er war verletzt, und er brauchte all seine Kräfte, um wieder gesund zu werden.

„Wir werden sie ihm wieder abnehmen. Buchan wird kommen, oder vielleicht auch Sir Guy.“ Doch er hatte kaum die Kraft, seine Augen offen zu halten. „Er hat dir wirklich nichts getan?“

„Mach dir um mich keine Sorgen – ich stehe unter Bewachung, aber ansonsten behandelt man mich mit dem größten Respekt.“ Das ist nicht einmal gelogen, dachte sie.

„Ich kenne dich doch – starrsinnig und trotzig.“ Er öffnete die Augen wieder und sah sie ernst an. „Widersetze dich ihm nicht, Meg. Warte, bis Buchan kommt.“

Irgendwie brachte sie ein Lächeln zustande. Vom Tode ihres Cousins Red John Comyn würde sie ihm erst später erzählen, auch vom Aufstand des Robert Bruce. Wegen solcher Dinge sollte er sich jetzt keine Gedanken machen. „Ich widersetze mich ihm nicht.“ Auch das war – für den Augenblick – die Wahrheit.

Er musterte sie zweifelnd. „Wahrscheinlich schmiedest du schon Fluchtpläne. Lass das lieber sein. Warte, bis wir gerettet werden, Meg.“ Seine Stimme war so schwach, dass sie sich vorbeugen musste, um ihn zu verstehen. „Haben wir es geschafft, einen Boten auszusenden, bevor die Burg gefallen ist?“, flüsterte er mit geschlossenen Augen.

Sie war sich bewusst, dass Alan hinter ihr lauerte und jedes Wort belauschte. „Kurz vor der Belagerung hat Malcolm zwei junge Schotten losgeschickt.“

„Das ist gut!“ Er riss die Augen auf und klang auf einmal sehr zuversichtlich. „Früher oder später werden Argyll und Buchan kommen.“

Margaret, die immer noch seine Hand hielt, brachte ein Lächeln zustande. „Du sollst jetzt nicht reden, sondern ruhen und Kräfte sammeln.“ Endlich kam Peg wieder herbeigeeilt, mit Lauge, einem Kessel Wasser und frischen Tüchern. „Ich reinige jetzt deine Wunden und wechsle die Verbände.“

William antwortete nicht, und Margaret machte sich an die Arbeit.

Zwei Stunden später hastete Margaret in den großen Saal, wo Alexander mit seinen Männern versammelt war, die gerade ihr Frühstück beendeten. Die beiden langen Bänke waren voll besetzt. Auf den Tischen lagen Brotreste, Fischgräten und Fleischknochen. Eine wilde, zügellose Unterhaltung war im Gang, die jedoch sofort verstummte, als sie eintrat und alle Blicke auf sich zog.

Sie verlangsamte ihren raschen Schritt. Auch Alexander, der am Kopfende eines Tisches saß, musterte sie mit undurchdringlichem Gesichtsausdruck.

Sie näherte sich ihm und knickste.

„Wie geht es Eurem Bruder?“

„Nicht gut.“ Sie hielt seinem Blick stand, ohne zu lächeln. „Er hat viel zu viel Blut verloren. Ich habe die Wunden gesäubert, doch ich bin sehr besorgt. Er ist sehr geschwächt, Mylord, und obwohl noch keine Entzündung aufgetreten ist, wissen wir beide, dass es jederzeit dazu kommen kann. Die nächsten Tage werden entscheidend sein.“

„Tut mir leid, dass er verwundet worden ist.“

Sie verkrampfte sich, denn sie war sich ziemlich sicher, dass ihr Bruder ihm völlig gleichgültig war, außer vielleicht als weitere nützliche Geisel. „Ich kenne mich sehr gut mit Kräutern und Tränken aus. Meine Mutter hat mir beigebracht, viele Krankheiten und Kriegsverletzungen heilen zu können. Jetzt kann ich nur hoffen, dass ich mit meinen Salben nicht zu spät gekommen bin."

Er betrachtete sie. „Soll das ein Vorwurf sein? Einer meiner Wundärzte hat sich gestern um ihn gekümmert, Lady Margaret, und wie Ihr selbst gesagt habt, haben sich seine Wunden nicht entzündet."

Sie hatte es tatsächlich anklagend gemeint, doch damit würde sie nicht das Geringste erreichen. „Ich bin Euch dankbar, dass Ihr jemanden habt kommen lassen, um seine Wunden zu säubern und zu verbinden. Ich bin Euch dankbar, dass Ihr ihn nicht einfach habt sterben lassen."

„Ihr seid und bleibt eine miserable Lügnerin. Ihr seid überhaupt nicht dankbar, sondern krank vor Angst."

In diesem Augenblick spürte auch sie diese Angst, die ihr fast die Kehle zuschnürte. „Ich habe bereits drei Brüder verloren, die ich sehr liebte und schätzte. Ich kann William nicht auch noch verlieren!"

„Und ich hoffe, dass es so weit nicht kommt. Wollt Ihr Euch nicht setzen, Lady Margaret?"

Sie hatte keinen Hunger, aber das war nicht der einzige Grund, weshalb sie sich auf keinen Fall an seinen Tisch setzen wollte. In ihrem Kopf blitzte eine Erinnerung daran auf, wie sie gestern Nacht in seinen Armen gelegen hatte. Allein der Gedanke war entsetzlich. „Ich hoffte, ich könnte meine Männer noch einmal sehen – bevor Ihr sie hängt."

Er bedachte sie mit einem finsteren Lächeln. „Das will ich Euch erlauben, aber wenn Ihr glaubt, Ihr könntet im letzten Augenblick noch einen Aufstand anzetteln, schlagt Euch das aus dem Kopf. Dann sterben sie eben durchs Schwert, mir ist das gleichgültig."

„Nach einem Aufstand in letzter Minute steht mir nicht der Sinn", rief sie. „Obwohl ich mir sehr wünschte, ich wäre zu so etwas in der Lage."

Sein forschender Blick machte sie nervös. „Ich dachte, wir wären letzte Nacht zu einer Art Übereinkunft gekommen."

Sie erschauerte. Für einen Augenblick hatte sie einen kraftvollen, attraktiven und anziehenden Mann in ihm gesehen, sogar eine gewisse Bewunderung empfunden, doch davon war nun nichts mehr übrig.

„Wir sind zu gar keiner Übereinkunft gekommen. Ihr seid mein Bezwinger, ich bin Eure Gefangene, mein Bruder könnte in Eurer Obhut sterben, und Ihr wollt meine braven Männer töten."

Er stand abrupt auf. „Ich bringe Euch zu den Kerkern." Er winkte vier Männer herbei, die so schnell aufsprangen, dass ihre Schwerter klirrend an die Tischkanten schlugen. Dann zeigte er auch noch auf Alan.

Alexander schritt voran, gefolgt von Margaret, seine fünf Männer direkt hinter ihr. Ihr Herz raste wie verrückt. Es musste gegen acht Uhr morgens sein. In vier Stunden, oder sogar noch weniger, würden Sir Neil, Malcolm und die anderen sterben müssen.

Unten in den Kerkern gab es kaum Tageslicht. Nur an einer Wand befanden sich zwei kleine vergitterte Fenster, hoch oben über den Köpfen der Gefangenen. Brennende Fackeln waren in den Boden gerammt worden, der hier aus festgetretener Erde bestand. Es gab nur eine einzige große Zelle, in der sich die Gefangenen drängten, davor standen zwei Wachposten. Hier unten war es noch wesentlich kälter als oben.

Alexander blieb plötzlich stehen, und Margaret, unmittelbar hinter ihm, wäre beinahe in ihn hineingerannt. Die beiden Posten sprangen auf.

„Öffnet die Tür!", sagte Alexander zu ihnen. Der rostige Schlüssel drehte sich mit einem Knirschen im Schloss.

Margaret war schon in den Kellern von Castle Bain und Balvenie gewesen – aber noch nie in einem Kerker. Auch diese Keller waren dunkel und feucht, aber es gab wenigstens Steinboden – das hier war alles sehr viel schlimmer. Es stank nach Urin und Fäkalien, und sie glaubte, auch Blut riechen zu können.

Sie war völlig verzweifelt. Das war alles ihre Schuld!

Sir Neil, Malcolm und die anderen waren aufgestanden und starrten sie an. Waren ihre Blicke vorwurfsvoll? Sie hätte es nicht anders verdient.

Alexander sah sie an. „Ihr dürft jetzt hineingehen."

Margaret erwiderte seinen Blick, doch ihr war ganz beklommen zumute. Wie konnte sie ihren Männern in die Augen sehen? Wussten sie überhaupt, dass sie bald hängen sollten?

Plötzlich sagte Alexander: „Margaret, Ihr müsst das nicht tun."

Sie verfluchte ihre Feigheit – schließlich war nicht sie es, die heute gehängt werden sollte. Und seinen Tonfall mochte sie gar nicht, er klang viel zu vertraulich. Aber sie wollte sich jetzt nicht streiten. Sie trat in die Zelle und wandte sich sofort an Sir Neil und Malcolm. „Alles in Ordnung?"

„Lady Margaret, Ihr dürft nicht hier sein!", japste Sir Neil.

Sie eilte zu ihm und ergriff seine Hände. Auch er war verwundet worden, wie sie erkannte, an der Schulter, doch die Wunde war verbunden, und es war kaum Blut zu sehen. „Ihr seid verletzt! Was ist passiert?"

„Mylady – ich habe versagt!" Er umklammerte ihre Hände. „Ich flehe um Vergebung. Ich sollte dafür sorgen, dass Ihr in Sicherheit seid, doch ich habe versagt. Ich sollte Hilfe holen, doch ich wurde gefangen genommen!" Tränen stiegen ihm in seine blauen Augen. „Ich habe Euch im Stich gelassen."

„Sir Neil, Ihr könnt mich niemals im Stich lassen." Damit war es ihr vollkommen ernst. „Ihr seid der tapferste Ritter, den ich je gesehen habe. Ihr habt unermüdlich für mich gekämpft. Ich möchte Eure Wunde sehen!"

„Das ist bloß ein Kratzer", erwiderte er wegwerfend. „Lady Margaret, geht es Euch gut? Seid Ihr verletzt?" Mit vor Wut blitzenden Augen blickte er an ihr vorbei, zu Alexander.

Ihr war gar nicht klar gewesen, dass Alexander immer noch hinter ihnen stand, sie ganz unverhohlen beobachtete und belauschte. Wenn Blicke töten könnten, würde er jetzt tot umfallen.

„Ich wurde gut behandelt, Sir Neil, um mich müsst Ihr Euch keine Sorgen machen."

Er musterte sie, um festzustellen, ob sie die Wahrheit sagte. Als er sich dessen sicher war, fuhr er fort: „Ich werde mich immer um Euch sorgen. Ich bin Euer Vasall, und Ihr seid meine Herrin."

Sie hätte ihn am liebsten umarmt, doch das wäre völlig unpassend gewesen. Stattdessen klammerte sie sich an seine Hände, während er die ihren küsste. „Bitte vergebt mir, Lady Margaret. Ich muss wissen, dass Ihr mir mein Versagen verziehen habt, bevor ich sterbe."

„Da gibt es nichts zu verzeihen." Sie ließ ihn los und wandte sich an Malcolm. „Ihr seid nicht verletzt?"

Er nickte. „Ihr solltet nicht hier sein, Lady Margaret. Die Kerker sind kein Ort für eine Dame."

Sie musterte die anderen Soldaten und Bogenschützen in der Zelle. Keiner von ihnen schien verletzt zu sein, wofür sie Gott dankte. „Aber ich bin gekommen, weil ich mit euch allen sprechen muss."

Sie holte tief Luft. „Ich habe euch alle ins Verderben gestürzt. Ich wollte mich dem großen Wolf von Lochaber nicht ergeben, obwohl ich doch nur eine junge und unerfahrene Frau bin. Mein Stolz als eine MacDougall war grenzenlos. Der Stolz ließ mich annehmen, wir könnten das Unmögliche vollbringen – ein weit überlegenes Heer zurückschlagen und den mächtigen Wolf besiegen." Sie musste die Tränen niederkämpfen.

„Mylady, wir alle wollten kämpfen", sagte Malcolm.

„Und das würden wir wieder tun, wenn wir noch einmal die Wahl hätten", rief Sir Neil.

„Jawohl", stimmten alle anderen im Chor zu.

Sie schüttelte den Kopf. „Hätte ich mich ergeben, wäret ihr jetzt alle frei", sagte sie heiser. „Aber jetzt seid ihr die Gefangenen des Wolfs."

Niemand sagte ein Wort. Alle warteten gespannt auf ihre nächsten Anweisungen. Sie konnte nicht fassen, dass sie ihr immer noch Folge leisten wollten.

„Ich verdiene euch gar nicht, und ganz sicher taugte ich nicht dazu, euch anzuführen. Der Wolf hat mir vorher gesagt, dass er keinen verschonen würde, wenn ich mich nicht ergebe. Das hätte ich bedenken müssen, als ich mich zum Kampf entschloss. Aber ich habe es nicht getan." Sie unterbrach sich, doch es war alles andere als eine Kunstpause. Sie brachte kaum über die Lippen, was sie jetzt sagen musste.

„Ich habe ihn angefleht, von seinem Vorhaben abzulassen. Doch das wird er nicht tun."

Niemand rührte sich. Aber es schien auch keinen zu überraschen.

„Ihr wart der beste Anführer, den ein Ritter sich nur wünschen kann, Mylady", sagte Sir Neil. „Und ich würde Euch jederzeit wieder in jede Schlacht folgen."

„Jawohl, ich ebenfalls", fügte Malcolm hinzu. „Ihr seid die große Dame von Fyne!"

„Auch ich würde Euch folgen, Mylady", beteuerte einer der Bogenschützen. „Wir alle würden Euch folgen, einer großen Dame wie Eure Mutter, in jede Schlacht – oder wo immer Ihr uns hinführt!"

Alle stimmten zu.

Margaret konnte das Ausmaß ihrer Ergebenheit nicht fassen. Noch nie war sie so berührt und erschüttert gewesen. Sie wirbelte herum und starrte Alexander an.

Er stand da, reglos wie eine Statue, kaum eine Armlänge von ihr entfernt, mit undurchdringlichem Gesicht.

„Ich kann die Schuld meines eigenen Versagens nicht ertragen!", schrie sie ihn an. „Wenn Ihr sie hängt, MacDonald, dann müsst Ihr mich auch hängen!" Niemals in ihrem Leben hatte sie etwas so ernst gemeint.

Sie hörte, wie einige der Männer hinter ihr nach Luft schnappten.

Alexander verzog keine Miene. „Ihr werdet nicht hängen, Lady Margaret. Das habe ich gestern schon gesagt, und dabei bleibt es.“

Ehe sie ihm widersprechen konnte, wurde sie von Sir Neil unterbrochen. „Werft Euch nicht vor ihm zu Boden, Lady Margaret. Erniedrigt Euch nicht. So ist nun einmal der Krieg. Im Krieg sterben Männer. Ich bin bereit zu sterben. Wir alle sind bereit, für Euch zu sterben.“

Margaret unterdrückte die Tränen nicht mehr. Sie konnte nicht zulassen, dass ihre Männer sterben mussten – sie würden ihr erneut in jede Schlacht folgen … Sie würden ihr überallhin folgen …

In diesem Augenblick hatte sie eine Eingebung – es war furchtbar, doch sie glaubte zu wissen, wie sie das Todesurteil für ihre Männer aussetzen konnte.

„Ihr würdet mir überallhin folgen?“, vergewisserte sie sich.

„Jawohl“, riefen alle.

Zitternd wandte sie sich wieder ihrem Bezwinger zu, dessen Augen sofort schmal wurden. „Ihr habt gestern eine Menge Männer verloren“, sagte sie.

„Das stimmt“, gab er misstrauisch zu.

„Meine Männer haben ihre Ergebenheit unter Beweis gestellt – und ihren Kampfesmut.“

Er wartete schweigend.

„Sie werden das Knie vor Euch beugen, Mylord, und nun Euch die Treue schwören, wenn Ihr sie am Leben lasst.“

Er starrte sie aus großen Augen an. Sie konnte fast sehen, wie seine Gedanken rasten.

„Sie werden in jeder Schlacht zu Euch stehen, Mylord, und wir sind im Krieg. Ihr braucht jeden Mann, den Ihr bekommen könnt.“

Er ließ sie nicht aus den Augen. „Und Ihr, Lady Margaret? Werdet auch Ihr das Knie vor mir beugen, werdet auch Ihr mir Gefolgschaft schwören?“

Sie holte Luft und wagte es nicht, wegzusehen – was sie sowieso nicht gekonnt hätte. Es war, als wäre die Zeit stehen geblieben.

Dies war, ohne jeden Zweifel, der entscheidende Moment. Sie musste das Leben ihrer Männer retten. Aber sie war auch eine Comyn und eine MacDougall. Konnte sie dem Wolf von Lochaber die Treue schwören? Dem Clan Donald?

Ihr war, als wäre ihr das Gehirn eingefroren. Und es gab jetzt keine Sekunde Zeit zum Nachdenken. Sie wusste nur, wenn sie sich weigerte, würde er ihre Männer hinrichten, wenn sie zustimmte, würde er sie am Leben lassen.

„Jawohl", sagte sie.

Sir Neil stieß einen Schrei aus. „Mylady! Das könnt Ihr nicht tun!"

Sie schluckte heiße Tränen hinunter und dachte an ihre Mutter. Als sie antwortete, sah sie Sir Neil nicht an – sie hatte nur Augen für Alexander. „Doch, ich kann, und ich werde es tun. Wir sind im Krieg, Sir Neil, und im Krieg wechseln Männer ständig die Seiten. Warum sollte ich das nicht auch können?" Doch sie fühlte, wie eine Träne ihr über die Wange rann. Ihre Mutter würde gutheißen, was sie tat. Da war sie einfach ganz sicher. Trotzdem war ihr übel, denn wenn sie Alexander MacDonald diese Ehre erwies, würde ihr die eigene Familie zum Feind werden.

Darüber durfte sie jetzt nicht nachdenken.

„Bringt sie zur Mittagsstunde hinauf in den Innenhof", befahl Alexander den Wachen. „Die Gefangenen werden ihre Eide vor mir ablegen – wie auch Lady Margaret Comyn." Er sah ihr direkt in die Augen. Seine eigenen glühten vor Zorn.

Margaret war bestürzt. Wieso war er plötzlich so wütend?

Doch Alexander machte auf dem Absatz kehrt, marschierte aus der Zelle, an den Kerkern entlang, und verschwand auf der Treppe.

Margaret verschränkte die Arme und blickte ihm nach. Aller Augen waren auf sie gerichtet.

## 5. KAPITEL

„Ihr wollt dem Wolf von Lochaber die Treue schwören?“ Peg klang ungläubig, feindselig und voller Abscheu.

Es war jetzt Mittag. Margaret blickte in den Innenhof. Ihre Männer waren bereits versammelt – Malcolm, Sir Neil, die Bogenschützen und die Soldaten. Sie standen unter schwerer Bewachung.

Die Sonne stand hoch an einem blauen, wolkenlosen Himmel, die Bergkuppen in der Ferne waren von Schnee bedeckt. Aber sie hatte keinen Blick für die Schönheiten der Landschaft, denn Margaret fühlte sich sterbenskrank. Im Magen, im Herzen – und in ihrer Seele.

Sie warf Peg, die sich neben ihr aufbaute, einen Blick zu. „Er lässt sie am Leben, wenn ich es tue.“

Pegs Augen sprühten Funken. „Eure Mutter hat die MacDonalds verachtet! Wir alle verachten sie!“

Margaret drehte sich der Magen um. Was sollte sie nur tun? Wäre sie wirklich bereit, vor Alexander MacDonald auf ein Knie zu sinken und zu schwören, ihm und nur ihm allein die Treue zu halten als ihrem Lehnsherrn, für den Rest ihrer Zeit auf dieser Erde?

„Mutter hätte alles getan, was nötig ist, um ihre Männer zu retten“, wisperte sie.

„Sie hat die MacDonalds gehasst!“, schrie Peg.

Sie hat den Clan Donald sogar noch mehr gehasst als die Engländer, das stimmte. Aber Margaret war überzeugt, dass ihre Mutter die eigenen Interessen für das Leben der Männer, die so tapfer für sie gekämpft hatten, geopfert hätte – so wie Margaret das nun tat.

„Ihr könnt doch nicht gegen Eure eigene Familie in den Krieg ziehen! Ihr müsstet gegen jeden einzelnen Comyn und jeden einzelnen MacDougall kämpfen. Und was ist mit William?

Er würde so etwas niemals zulassen, Lady Margaret, wenn er nicht so krank wäre!“

„Still jetzt! Das reicht!“ Doch unglücklicherweise war jedes Wort ihrer Magd wahr. Alexander befand sich im Krieg mit ganz England und halb Schottland – und damit auch mit der gesamten Familie Comyn. Es würde nicht lange dauern, bis ihre Heere aufeinandertrafen, das eine auf der Seite von Robert Bruce, während das andere ihm entgegentrat. Und was sollte sie dann machen?

Würde sie hier auf Castle Fyne warten, bis die Nachricht vom Ausgang der Schlacht eintraf, die ihre Familie gegen ihren Lehnsherrn ausfocht?

Sie verkrampfte sich, als Alexander aus dem Eingangsturm kam. Er gab eine stolze Gestalt ab, groß, das schulterlange dunkle Haar flatterte im Wind, der Umhang wehte hinter ihm her, beide Schwerter schlugen ihm gegen die Schenkel. Die steife Brise presste das Kriegerhemd an seine mächtige Brust. Er wirkte genauso unbezwingbar wie beim ersten Mal, als sie ihn erblickt hatte.

Sie dachte an seinen älteren Bruder, den Lord of Islay. Alasdair Og hatte ihre Tante mütterlicherseits geheiratet, trotz des Hasses zwischen den beiden Clans. Über dieses Paar hatte sie so viele Geschichten gehört, dass man unmöglich sagen konnte, was davon wahr sein mochte. Eine dieser Legenden besagte, Alasdair hätte Juliana mitten in der Nacht aus ihrem Bett entführt, trotz ihrer heftigen Gegenwehr – und noch vor Sonnenaufgang hätten die beiden geheiratet. Anderen Erzählungen zufolge war es Liebe auf den ersten Blick gewesen; Juliana sei gegen den ausdrücklichen Befehl ihres Vaters um Mitternacht davongaloppiert, um mit Alasdair Og durchzubrennen – und hätte damit ihr Leben riskiert. Wieder andere behaupteten, die Ehe sei während eines kurzen Waffenstillstands zwischen den Clans arrangiert worden.

Falls Juliana anfangs diese Verbindung tatsächlich nicht gewollt hat, dachte Margaret, dann haben wir eine Menge gemeinsam. Aber hier ging es ja nicht um eine Ehe. Sie schwor Alexander lediglich Gefolgschaft, in Zeiten des Krieges wie des Friedens, für alle Zeit, solange sie lebte. Juliana hatte den Feind heiraten müssen; sie musste mit ihm schlafen und ihm Kinder gebären.

Sie merkte plötzlich, dass sie Alexander anstarrte und dass er ihr Starren erwiderte.

„Oh ja, er gibt schon einen tollen Kerl ab", stichelte Peg voller Zorn. „Wollt Ihr ihm deshalb Gefolgschaft schwören? Eure eigene Familie verraten? Ist letzte Nacht doch etwas passiert? Sehnt Ihr Euch nach seiner Umarmung?"

Margaret war so wütend, dass sie kaum noch Luft bekam. „Wie kannst du es wagen! Ich dachte, wir wären Freundinnen. Ich versuche nur, das Richtige zu tun! Das fällt mir auch nicht leicht."

„Aber es ist nicht das Richtige!", rief Peg aus. „Ihr seid eine große Dame! Aus dem Hause Comyn! Sonst denkt Ihr doch immer so viel nach. Aber diesmal nicht. Ich glaube, er hat Euch den Kopf verdreht. Was ist mit Buchan? Habt Ihr überhaupt an Euren Onkel gedacht? Das hier wird Buchan Euch niemals verzeihen!"

Ihr Onkel würde sie verstoßen, ebenso Sir Guy, daran hatte Margaret keine Zweifel, und dann hätte sie niemanden mehr als Beschützer, niemanden mehr außer den mächtigen Wolf.

„Geht wenigstens zu William", flehte Peg, „und sagt ihm, was Ihr zu tun beabsichtigt."

Margaret zog den Umhang fest und lief die Stufen hinab, auf Alexander zu, der bei seinen Wachposten stand. Als er sich zu ihr umdrehte, war sie nicht in der Lage, ein Lächeln aufzusetzen.

„Es ist Mittag. Ich werde Euch zuerst die Ehre erweisen."

„Nein. Ihr geht beiseite und seht zu, bis es zu Ende ist."

Sie zuckte zusammen. Warum bestand er darauf, dass sie als Letzte an die Reihe kam?

Er wandte sich ab. „Schafft den ersten Mann her."

Einer ihrer Bogenschützen trat vor, bloßen Hauptes und ohne Waffen. Er sank auf ein Knie, legte die Hände aneinander wie im Gebet, dann streckte er sie aus. „Mylord Alexander, mächtiger Wolf von Lochaber, ich, Duncan MacDougall von Ardvaig, verspreche Euch im Namen meines Glaubens, jetzt und für alle Zeit, solange ich lebe und atme, ein Euch treu ergebener Mann zu sein, Euch niemals Schaden zuzufügen, und wenn ich diesen Schwur nicht halten sollte, so strecke Gott mich nieder."

Alexander ergriff seine Hände. Würdevoll sagte er: „Ich, Alexander aus dem Clan Donald, Sohn des Angus Mor, Herr von Glencarron, Coll und nun auch von Castle Fyne, erhöre deinen Schwur der Gefolgschaft. Du darfst dich erheben, Duncan, und so nimm denn deine Waffen auf und geselle dich zu meinen Männern."

Duncan erhob sich lächelnd, Alexander legte ihm ebenfalls lächelnd den Arm um die Schultern. Sodann trat der nächste Schütze vor, sank auf ein Knie und wiederholte den Schwur.

Margaret stand im Hintergrund, irgendwo hinter Alexander, und schaute zu, wie er von jedem ihrer Männer die vollständige Unterwerfung entgegennahm. Sie dachte an ihre toten Eltern, ihre Onkel, ihren Verlobten. Sie dachte an ihre toten Brüder und an William, der noch lebte, aber nichts von dem ahnte, was hier vor sich ging. Sie dachte an Alasdair Og und an Lady Juliana.

In Schottland herrschte niemals Frieden. Jeder der Landherren, ob klein oder groß, hatte seine Rivalen; jeder Clan hatte Freunde und Feinde. Väter verloren ihre Söhne, und Ehefrauen verloren ihre Gatten. Die Bündnisse wechselten mit einem einzigen Atemzug. Witwen ehelichten die Bezwinger ihrer Männer. Täglich tobten Schlachten. Es mochte um gestohlene Kühe gehen – oder um geraubte Kronen.

Die Verhältnisse im Land änderten sich ständig. War das nicht gerade wieder der Fall? Die Comyns hassten die Engländer – doch nun würden sie gegen Robert Bruce an ihrer Seite kämpfen. Dieser große Anführer, Alexander MacDonald, hatte einst in der Wildnis der westlichen Inseln die Gesetze König Edwards aufrechterhalten. Jetzt kämpfte er gegen denselben König, in der Hoffnung, einen neuen krönen zu können.

Margaret kämpfte heiße Tränen nieder. Bündnisse wechselten, und nun befand sie sich in einem Krieg gegen ihre beiden Familien, die MacDougalls und die Comyns. Es fühlte sich an, als wäre ihr Herz entzweigebrochen.

Sir Neil trat vor, doch er sah nicht Alexander an, sondern sie. Margaret wischte sich verlegen die Tränen ab und wünschte, sie hätte einer solchen weiblichen Schwäche nicht nachgegeben. Sie erwiderte Sir Neils besorgten Blick und brachte es irgendwie zuwege, stolz ihr Kinn zu recken.

Sir Neil achtete nicht auf Alexander, der sie beide gespannt musterte. „Mylady, seid Ihr sicher?“, fragte er. „Es ist noch nicht zu spät, Eure Meinung zu ändern.“

Wenn Sir Neil ihm nicht die Ehre erwies und Gefolgschaft schwor, würde er auf der Stelle gehängt werden. Das würde Margaret niemals zulassen. „Ich bin nach wie vor derselben Überzeugung, Sir Neil.“ Sie sprach so entschlossen, wie sie konnte, doch nicht einmal sie selbst konnte das Beben in ihrer Stimme überhören. Schlimmer noch war, dass ihr wieder heiße Tränen in den Augen brannten.

Sir Neil sah sie zweifelnd an. Margaret trat vor und ergriff seinen Arm. „Bitte. Wir kämpfen nun für den Wolf und für Bruce, und wir werden einen Schotten auf den Thron Schottlands setzen.“

Seine Augen flackerten. Er mochte nicht viel von Robert Bruce halten, doch einen Gedanken teilte er mit ihr – jeder Schotte auf dem Thron war besser als König Edward.

Sir Neil setzte ein finsteres Lächeln auf und drehte sich zu Alexander um. „Ich erbitte Eure Vergebung, Mylord“, sagte er.

„Sie sei Euch gewährt“, erwiderte Alexander, und Margaret fragte sich, warum seine hohen Wangenknochen sich dabei etwas röteten.

Sir Neil kniete nieder, streckte die Hände aus und schwor Alexander Treue für den Rest seines Lebens, anderenfalls möge Gott ihn niederstrecken. Alexander ergriff seine Hände und nahm den Schwur entgegen. Als Sir Neil sich wieder zu voller Höhe aufgerichtet hatte, ließ Alexander seine Hände los. Er legte ihm nicht den Arm um die Schultern, wie er es zuvor bei allen anderen getan hatte. Für einen langen Augenblick starrten die beiden Männer sich an – als wären sie Gegner, nicht Verbündete.

„Solange Ihr mir ergeben bleibt, werde ich Euch gut behandeln", sagte der Wolf.

„Mir ist gleich, wie Ihr mich behandelt. Sie ist meine Herrin, sie müsst Ihr gut behandeln", erwiderte Sir Neil.

„Nehmt Eure Waffen auf und gesellt Euch zu meinen Männern", sagte Alexander ruhig. Doch beide warfen Margaret einen Blick zu.

Margaret nickte, und der Ritter stapfte davon. Einer der Soldaten MacDonalds begrüßte ihn mit einem Grinsen, ergriff seinen Arm, und gemeinsam schritten sie quer über den Innenhof zum Nordturm, wo die Waffen aufbewahrt wurden.

„Er ist Euch sehr treu ergeben."

Sie hielt seinem Blick stand. „Ich weiß gar nicht, warum. Erst vor sechs Monaten ist er in die Dienste meines Onkels getreten. Ich kenne ihn nicht besonders gut, doch nach den letzten Tagen kann ich versichern, dass er überaus treu, tapfer und stark ist."

„Es ist immer gut, einen treu ergebenen Ritter zu haben", meinte Alexander. Dann wandte er sich ab und winkte ungeduldig; es fehlten nur noch Malcolm und Margaret.

Doch ihr war nicht ganz klar, was seine Worte zu bedeuten hatten. Offenbar meinte er, es wäre ein Glück für sie, dass Sir Neil ihr so treu ergeben war. Aber er war doch jetzt gar nicht mehr ihr Ritter.

In ihrem Magen gärte es. Gleich wäre sie selbst an der Reihe. War sie wirklich fähig, ihre Familie zu verraten? Sie hatte keine andere Wahl. Sie hatte genau das versprochen, und Alexander hielt seinen Teil der Vereinbarung ein.

Malcolm hatte sich vor Alexander aufgestellt, und noch bevor er das Wort ergriff, wurde Margaret klar, dass es Schwierigkeiten geben würde. Seine Schultern waren verkrampft, sein Kopf trotzig erhoben und seine grauen Augen sprühten Funken.

Alexanders besonnene Ruhe verschwand sofort; seine Hand fuhr zu seinem Schwert. „Ihr wollt mir nicht die Ehre erweisen?"

„Niemals werde ich Euch Gefolgschaft schwören, MacDonald." Malcolm spuckte die Worte geradezu aus.

„Hängt ihn", sagte Alexander regungslos. Margaret schnappte nach Luft.

Sie eilte nach von. „Malcolm, Ihr werdet sterben, wenn Ihr den Schwur nicht leistet!"

Seine Augen glühten. „Ich bin ein MacDougall, Lady Margaret, und ich sterbe frohen Herzens – als ein MacDougall!"

Sie wand sich. Doch sie wusste, er würde seine Überzeugung niemals ändern. „Oh, Malcolm! Es war doch nur meine Schuld! Ich hätte ihm die Burg sofort übergeben müssen!"

„Nein, Mylady, Ihr wart sehr tapfer, und ich bin stolz darauf, Euch gedient zu haben, selbst in der Niederlage. Ich werde auch nicht darüber richten, wozu Ihr Euch am heutigen Tage entschlossen habt. Ich weiß, es ist vor allem Euer Wunsch, das Leben Eurer Männer zu retten. Aber ich kann mich nicht gegen meine Brüder und Cousins stellen … nicht einmal für Euch."

Margaret begann zu weinen.

Zwei von Alexanders Männern packten Malcolm und fesselten ihm die Hände auf dem Rücken. Sie marschierten mit ihm über den Hof, am Hauptgebäude vorbei. Am Ende des Burghofs war ein Galgen errichtet worden.

Malcolm marschierte stolz und ungebeugt zwischen den beiden Soldaten. Margaret sah ihnen nach, bis sie blind war vor lauter Tränen.

„Ihr habt heute nur einen einzigen Mann verloren – und nicht Ihr, er selbst hat die Entscheidung getroffen."

Wütend fuhr sie zu ihm herum. „Ihr könnt ihn trotzdem am Leben lassen!"

„Das kann ich nicht."

In Wahrheit konnte sie sogar verstehen, warum er Malcolm nicht verschonen konnte, aber sie hasste ihn trotzdem dafür.

Sich selbst hasste sie für ihre Tränen. Dafür, sich nicht ergeben zu haben, als er ihr die Gelegenheit dazu geboten hatte, und für das, was sie nun hinter sich bringen musste. Margaret sank auf beide Knie, wischte sich das Gesicht ab, legte die Hände wie zum Gebet aneinander, bevor sie sie ausstreckte. Sie bekam keine Luft mehr. Tief aus ihrer Brust wollte ein Schluchzen aufsteigen.

Er ergriff ihre Hände. „Steht auf." Und er zog sie hoch, bis sie vor ihm stand.

„Was tut Ihr da?" Sie riss ihre Hände los. „Ich habe meinen Schwur noch nicht geleistet!"

„Euch werde ich keinen Eid abnehmen."

Zunächst war sie so bestürzt, verzweifelt und auch wütend, dass sie gar nichts verstand und ihn nur durch ihren Tränenschleier anstarrte. Er erwiderte ihren Blick mit unbeweglichem Gesicht, und auf einmal begriff sie, was hier vor sich ging. „Ihr wollt mich hintergehen? Soll das ein Betrug sein? Ihr habt versprochen, ihnen das Leben nur dann zu lassen, wenn auch ich Euch meine Treue schwöre."

„Ich nehme Euch keinen Eid ab, Lady Margaret", wiederholte er in diesem kalten Ton, den sie so hasste und der so endgültig wie das Wort Gottes klang.

„Betrug!", schrie sie ihn an. „Ihr habt meine Männer betrogen! Sie sind meinem Befehl gefolgt!"

Er sah einfach an ihr vorbei. „Holt ihre Magd und bringt sie weg", sagte er.

Ihre Männer hatten Alexander nur die Treue geschworen, weil sie es ihnen befohlen hatte – und weil sie erwarteten, sie würde das Gleiche tun! Es war ein Ding der Unmöglichkeit, von ihnen zu erwarten, dass sie ihm die Treue schworen, und es dann selbst nicht zu tun.

Margaret sank wieder auf die Knie, streckte ihre Hände aus und sah zu ihm auf. „Ich, Lady Margaret Comyn von Castle Fyne, Tochter von Mary MacDougall, Nichte des Earl of Buchan, schwöre Euch, Alexander MacDonald, Herr von Castle Fyne, Sohn des Lord of the Isles, hier und jetzt meine Treue, solange ich lebe – so wahr mir Gott helfe; sollte ich lügen, möge er mich niederstrecken!"

„Steht auf!", herrschte er sie an. „Ich nehme den Eid nicht an!"

Sie machte mit beiden Händen eine Geste des Verfluchens. „Bastard!"

„Stellt sie auf die Füße, und dann weg mit ihr!", rief er grimmig.

Margaret wurde von hinten ergriffen. „Lasst mich los!", schrie sie und wand sich, doch ihre Arme wurden festgehalten. Mit tiefstem Hass starrte sie Alexander an. Er hatte sie hereingelegt.

Eiskalt erwiderte er ihren Blick.

Ein dumpfes Poltern war zu hören.

Margaret erstarrte. Langsam drehte sie den Kopf und erblickte Malcolm, der am Galgen baumelte; die auf dem Rücken gefesselten Arme zuckten.

Sie würgte vor Entsetzen und wandte das Gesicht ab. Jemand riss sie vorwärts und packte sie an den Schultern.

Margaret bemerkte, dass Alexander sie davor bewahren wollte, mit ansehen zu müssen, wie Malcolm starb. Sie weinte trotzdem.

Margaret kniete bei William und hielt seine Hände, obwohl er nicht bei Bewusstsein war. Sie konnte nicht aufhören zu weinen. Ihr Herz war ein für alle Mal gebrochen. Alles war verloren.

Castle Fyne war verloren, ihre Männer waren verloren, und Malcolm war bereits gehängt worden. Der verfluchte Wolf von Lochaber hatte sie und ihre Männer hereingelegt.

Was auch sonst! Wie hatte sie ihm nur glauben können! Gleich zu Beginn hatte man sie gewarnt, er sei schlau und hinterhältig, man könne ihm nicht trauen. Sie jedenfalls würde ihm niemals wieder auch nur ein Wort glauben.

Warum hatte er sich geweigert, ihren Treueschwur anzunehmen? Sie war so bestürzt, dass ihr nicht ein einziger Grund dafür einfallen wollte.

Die Hände ihres Bruders in den ihren, lehnte sie die Wange auf die Pritsche und hätte sich am liebsten zu ihm gelegt. Aber er war verletzt, die Pritsche war schmal, sie wollte seinen Schlaf nicht stören. Sie fühlte sich so einsam! Sie brauchte Trost, von wem auch immer, doch es war niemand da, der ihr Trost spenden konnte.

Als ihre Tränen schließlich versiegten, rollte sie sich völlig erschöpft auf dem Boden neben der Pritsche zusammen. In dieser Kammer gab es keine Teppiche, die Steine waren eiskalt, doch das machte ihr nichts aus. Ihr war völlig gleichgültig, ob sie lebte oder starb.

Als sie von starken Händen ergriffen und auf mächtige Arme gehoben wurde, hatte sie keine Kraft mehr, um noch dagegen anzukämpfen.

Alexander brachte sie in ihr Zimmer, legte sie aufs Bett und ließ sie dort zurück.

Als Margaret erwachte, drang helles Licht durch das einzige Fenster. Sie war verblüfft, denn es musste bereits Nachmittag sein. Verwirrt versuchte sie, sich aufzusetzen. Sie fühlte sich seltsam schwach, als wäre sie lange Zeit krank gewesen. Und plötzlich fiel ihr alles wieder ein.

Sie sank zurück aufs Bett, erinnerte sich an die Belagerung, an ihren Bezwinger, an ihre Männer, die ihm die Ehre erwiesen hatten, daran, wie Malcolm gehängt worden war. Völlig erstarrt lag sie lange Zeit da.

Wieso hatte Alexander sie persönlich in ihre Kammer getragen? Warum hatte er ihren Treueschwur nicht angenommen?

Sie war so schwach und so hungrig, dass sie nicht klar denken konnte. Margaret versuchte noch einmal, sich aufzusetzen, und fühlte sich ganz benommen.

Besorgt ließ sie sich Zeit – sie durfte nicht auch noch krank werden. Castle Fyne war gefallen, sie hatte ihre Männer verloren, aber das Land befand sich im Krieg. Robert Bruce kämpfte gegen die Engländer und griff nach Schottlands Krone. Doch Castle Fyne konnte zurückerobert werden. Noch vor Beginn der Belagerung hatte Malcolm Boten ausgesandt. Hatte einer von ihnen sein Ziel erreicht?

Und wo steckte Sir Ranald? Der würde sie niemals im Stich lassen!

Margaret setzte die Füße auf den Boden und zitterte vor Anstrengung. Jemand hatte ihr die Schuhe abgestreift, sie lagen vor dem Bett, doch sie achtete nicht darauf. Als sie aufstand, konnte sie sich kaum auf den Beinen halten, stolperte zur Tür, wollte sich an der Klinke festhalten, doch die Tür schwang auf, und sie sank auf die Knie.

„Ihr seid erwacht!“, rief Alan erleichtert und sprang auf. „Lasst mich Euch helfen.“

„Rührt mich nicht an“, wehrte sie ihn ab. Sie zog sich an der Klinke hoch. Wie konnte sie so schwach sein, wo sie doch gerade jetzt ganz stark sein musste?

Alan eilte davon.

Margaret sammelte ihre Kräfte und hoffte, Peg würde erscheinen, um ihr zu berichten, was geschehen war – und wie sie die Zukunft angehen sollten. Doch sie hörte Alexanders entschiedenen Schritt auf der steinernen Treppe und fuhr zusammen.

Er erschien, gefolgt von Peg. Ihre Blicke trafen sich.

Sie konnte kaum atmen. „Warum bin ich so schwach? Was ist passiert?“

„Ihr habt drei ganze Tage geschlafen, und Peg sagte, Ihr hättet seit der Belagerung nichts mehr gegessen.“

Sie spürte, wie ihr Magen sich schmerzvoll zusammenzog. „Wie geht es William?“

„Er ist noch sehr geschwächt, doch die Wunden heilen. Sie haben sich nicht entzündet“, versicherte Alexander. „Und Ihr, wollt Ihr Euch jetzt den Tod holen? Mitten im Winter barfuß auf den kalten Steinen zu stehen?“

„Das habe ich nicht vor.“ Als ob ihm das etwas ausmachen würde – andererseits war sie als Geisel von großem Wert für ihn.

„Ich bin erfreut, das zu hören.“ Er wandte sich an Peg. „Hol ihre Schuhe.“

Peg tat, wie ihr befohlen. Margaret schlüpfte hinein, ohne ihn aus den Augen zu lassen. „Wieso habt Ihr mich betrogen? Warum habt Ihr meinen Eid nicht angenommen? Ich könnte jetzt Eure Vasallin sein.“

„Wollt Ihr nicht herunterkommen und mit mir speisen?“, fragte er, ohne auf ihre Fragen zu antworten.

„Ich würde lieber sterben, als mit Euch zu speisen“, sagte sie kalt.

„Ich bin nicht so dumm, Euch dazu einladen zu wollen. Ich weiß, dass Ihr mich hasst. Aber Ihr müsst essen.“

„Ich bin Eure Geisel, also wollt Ihr, dass ich am Leben bleibe. Ich sollte mich zu Tode hungern, nur um Euch einen Strich durch die Rechnung zu machen.“ Das meinte sie ganz ernst. Es würde ihr große Befriedigung verschaffen, seine Pläne zu durchkreuzen, auf welche Art auch immer.

Peg schnappte nach Luft. Sein Blick wurde eiskalt. „Euer Trotz wird Euch nichts nutzen, und Ihr seid klug genug, das zu begreifen.“ Er wandte sich ab. „Gib ihr was zu essen.“ Er polterte die Treppe hinunter.

Peg eilte herbei und ergriff ihre Hand. „Wie könnt Ihr ihm trotzen? Er ist jetzt unser Herr und Gebieter.“

„Ich kann es – denn mein Herr wird er niemals sein“, erwiderte Margaret. „Geht es William wirklich besser?“

„Er ist wach und seine Wunden haben sich nicht entzündet.

Aber er hat so viel Blut verloren, dass er immer noch sehr schwach ist. Er fragt ständig nach Euch. Oh, Mylady, ich habe mir solche Sorgen um Euch gemacht!"

Margaret lächelte grimmig. Zumindest war ihr Bruder auf dem Weg der Besserung, wofür sie Gott dankte. Sie beachtete Alan nicht, der wachsam neben seinem Stuhl stand. „Und Sir Neil? Wie geht es ihm?"

Peg zuckte zusammen. „Auch er ist sehr besorgt um Euch, Lady Margaret. Das sind wir alle."

Das musste sie erst überdenken. „Aber MacDonald hat mir nicht erlaubt, ihm Gefolgschaft zu schwören. Sind sie nicht wütend deswegen?"

Peg zögerte. „Das glaube ich nicht. Ich glaube, sie sind erleichtert."

Margaret verzog das Gesicht. Doch sie konnte sich vorstellen, dass Peg recht hatte.

„Sie sind alle damit beschäftigt, die Befehle des Wolfs auszuführen", fuhr Peg fort. „Sie müssen die Befestigungsanlagen wieder instand setzen. Unsere Truppen kommen ganz gut mit seinen Männern zurecht. Es scheint ihnen nichts auszumachen, dass sie jetzt zu ihnen gehören."

Das konnte sie kaum glauben. „Gibt es irgendwelche Neuigkeiten? Wie läuft der Krieg zwischen Robert Bruce und den Engländern? War etwas von Buchan zu hören oder vielleicht sogar von Sir Guy?"

Peg senkte die Stimme. „Ich konnte nur einmal mithören, wie der Wolf mit Padraig gesprochen hat – Bruce ist von Glasgow nach Castle Ayr gezogen."

Margaret war so schwach und hungrig, dass sie keinen Sinn darin erkennen konnte. „Sonst hast du nichts gehört? Was soll das denn bedeuten? Warum sollte Bruce dorthin ziehen?"

„Um Absolution für seine Sünden zu bekommen." Peg hob die Schultern. „Das habe ich jedenfalls gehört. Schließlich hat er Red John in einer Kirche ermorden lassen!"

„Er kann dafür unmöglich die Absolution erhalten", sagte Margaret. „Er wird bestimmt vom Papst exkommuniziert werden – wenn das nicht längst geschehen ist. Wenn wir doch nur wüssten, ob Buchan und Sir Guy überhaupt informiert sind, dass Castle Fyne gefallen ist! Peg, wir müssen mehr über den Kriegsverlauf in Erfahrung bringen!"

„Schon gut, alles zu seiner Zeit, aber im Augenblick hat seine Lordschaft recht, Ihr müsst essen, Lady Margaret, damit Ihr wieder zu Kräften kommt – wenn es immer noch Euer Wunsch ist, gegen ihn zu kämpfen."

Peg hatte recht, sie musste wieder zu Kräften kommen und brauchte all ihren Verstand. „Peg, ich bin eine Comyn und die Tochter meiner Mutter. Ich werde kämpfen, bis Castle Fyne wieder mein ist – oder bis ich tot bin."

Peg wurde rot. „Ich hatte nicht angenommen, dass Ihr Eure Meinung ändern würdet. Aber Ihr solltet nicht vom Tod reden."

Margaret nickte. Sie war siebzehn, und über den Tod wollte sie so bald nicht wieder nachdenken. Nebeneinander gingen sie die Treppe hinunter, Peg stützte sie am Ellbogen. Der Saal war leer. Peg setzte Margaret an einen der langen Tische und eilte davon, um eine Mahlzeit zu besorgen.

Margaret sah sich um. Das Immergrün am Boden war weder ausgewechselt noch mit Lavendelöl besprenkelt worden. An den Wänden, wo die Pritschen der Männer bis zum Abend lehnten, lag etwas Abfall herum, und auf den Tischen verdarben Lebensmittelreste.

Normalerweise hätte sie sofort Befehle erteilt, den Fußboden und die Tischplatten zu schrubben und neues Immergrün hereinzubringen. Aber das war jetzt nicht ihre Angelegenheit, sie würde keinen Finger rühren, um irgendetwas in der Burg zu verbessern.

Peg kam mit Brot, Käse und kaltem Kalbfleisch zurück. Margaret war am Verhungern und schlang gierig und schweigend alles in sich hinein. Dann dankte sie Peg und erhob sich. „Ich werde mir mal die Burg anschauen", sagte sie. „Ich möchte sehen, was er so treibt." Sie überließ es Peg, den Tisch abzuräumen, und ging hinaus.

An der Schwelle hielt sie erstaunt inne, denn im ganzen Innenhof summte es geschäftig wie in einem Bienenkorb, und oben auf den Zinnen war genauso viel los. Die Festung hatte während der Belagerung schweren Schaden genommen, und nun waren überall Männer bei der Arbeit, sägten Holz, schwangen Hämmer, legten Fundamente. Die Mauern wurden mit Lehm und Steinen verdichtet; offenbar waren die Steine vom Land herangeschafft worden. Die beschädigte Zugbrücke war herabgelassen, mehrere Männer kauerten darauf, nagelten neue Bretter fest und befestigten frische Stränge. Die Tore der Außenbefestigungen standen offen, mit dicken Stämmen wurden die durch die Rammböcke entstandenen Beschädigungen beseitigt.

Andere Männer schleppten aus den Kellern große Fässer, die mit Seilzügen zu den Zinnen hochgezogen wurden. Noch mehr Männer drängten in die Burg hinein, mit von Pferden gezogenen Karren, auf denen sich Steine und Brennholz stapelten.

Margaret stieg die Stufen hinunter. Ihr wurde klar, warum der Wolf als solch bedeutender Kriegsherr galt. Er war immer auf alles vorbereitet. Offenkundig waren diese ganzen Arbeiten schon seit Tagen im Gange; und ebenso offenkundig bereitete er die Burg auf einen Angriff vor.

Bilder der Belagerung stiegen vor ihrem inneren Auge auf, von Männern, die auf Leitern die Mauern erklommen, von Pfeilen und Brandsätzen, von ihren Bogenschützen, die das Feuer erwiderten, von den Frauen, die siedendes Öl von den Zinnen auf die Angreifer schütteten. Ihr wurde übel.

Sie wollte so eine Belagerung nie wieder erleben; doch wenn die Burg wieder befreit werden sollte, brauchte sie nichts dringender als eben einen solchen Angriff.

Der Krieg machte ihr jetzt viel mehr Angst als zuvor, denn nun war Krieg etwas ganz anderes für sie als nur eine abstrakte Vorstellung. Ihr Blick glitt über den belebten Burghof, dann hinaus zu den Außenbefestigungen. Sie wollte wissen, wo der Wolf steckte. Da sie ihn nirgends entdecken konnte, sah sie hinauf zu den Zinnen.

Ihr Herz setzte aus. Da oben stand er. Umgeben von einer Menge Leute, denen er Befehle erteilte. Die Schwerter und den Umhang hatte er abgelegt, der Wind zerzauste sein dunkles Haar und ließ seinen mächtigen Oberkörper unter dem flatternden Kriegerhemd ahnen.

Wie kraftvoll er erschien! War sie eigentlich wahnsinnig, sich einzubilden, sie könnte ihn besiegen?

Er blickte zu ihr herab.

Sofort wandte sie das Gesicht ab.

„Lady Margaret!"

Doch das war die Stimme von Sir Neil, der auf sie zueilte, in Stiefeln und Kriegerhemd, einen Dolch an der Seite und einen Hammer in der Hand. Er lächelte, und sie lächelte zurück. „Ich hörte, dass Ihr erwacht seid", rief er aus. „Wir haben uns solche Sorgen um Euch gemacht."

„Das tut mir leid." Sie sah ihn fragend an. „Wie geht es Euch, Sir Neil?"

Er wurde ernst. „Ganz ehrlich? Ich verabscheue die Hinterhältigkeit des Wolfs, Mylady, aber als Anführer taugt er etwas. Er ist streng, aber gerecht. Er lässt uns schwer schuften, aber er gibt uns genug zu essen."

„Ihr habt ihm Gefolgschaft geschworen, also müsst Ihr jetzt für ihn sprechen." Irgendwie schaffte sie es, zu lächeln, obwohl ihr überhaupt nicht danach zumute war.

„Ich bin immer noch da, um Euch zu beschützen", erwiderte Sir Neil. „Ein Schwur hebt den anderen nicht auf."

Margaret beschloss, nicht darauf hinzuweisen, dass das Unsinn war. „Das ist ja alles sehr eindrucksvoll", sagte sie mit einem Blick in die Runde. „Erwartet er einen baldigen Angriff?"

„Davon hat er nichts gesagt, aber ich lasse ihn nicht aus den Augen und vermute daher, dass dem so ist. Er treibt uns dauernd an bei den Ausbesserungen, und wenn wir nicht Holz sägen oder Steine schleppen, üben wir draußen in den Feldern den Kampf auf Pferden und mit Schwertern." Er berührte sanft ihren Kragen. „Sir Guy soll sich auf dem Marsch befinden."

Ihr Herz hämmerte. „Marschiert er hierher?"

„Das weiß ich nicht, Mylady. Doch er soll Castle Ayr schon vor Tagen verlassen haben, als es an Robert Bruce fiel."

Marschierte Sir Guy wirklich auf sie zu? Falls er die Burg angriff, konnte er sie auch erobern? Sein Ruf war eindrucksvoll, wenn auch nicht so eindrucksvoll wie der des Wolfs. Würde ihm sein Bruder Aymer de Valence zu Hilfe kommen? Dann konnten sie vielleicht einfach aufgrund ihrer großen Überzahl gewinnen.

„Wie stark sind Alexanders Truppen eigentlich?", fragte sie.

„Hier stehen jetzt fünfhundert Mann. Aber er hat auch die Unterstützung seiner Brüder. Ich habe gehört, dass er noch Hunderte mehr Männer um sich sammeln kann, Mylady."

„Das können die Engländer auch", beschied sie ihm kurz und bündig.

Bei ihrem Tonfall fuhr Sir Neil zusammen.

Von oben rief Alexander: „Gebt acht, was Ihr Euch wünscht."

Sir Neil errötete.

Ganz langsam wandte sie sich um. „Wie könnte ich etwas anderes wünschen als Eure Vernichtung?"

„Wenn ich geschlagen werde, fällt Castle Fyne zum zweiten Mal – dabei könnte es leicht zerstört werden."

Margaret war bestürzt. „Es ist eine mächtige Festung – wollt Ihr mir erzählen, es könnte dem Boden gleichgemacht werden?"

„Keine Festung ist unzerstörbar, Mylady, nicht in diesen Tagen mit Belagerungsgerät und Rammböcken."

„Sir Guy würde Castle Fyne niemals zerstören. Schließlich steht unsere Hochzeit bevor."

„Eine zerstörte Burg kann man wieder aufbauen."

Sie erschauerte. „Wird Sir Guy wirklich angreifen?" Sosehr sie das herbeisehnte, hatte sie doch auch Angst davor. Schließlich hatte sie gerade erst eine Belagerung überlebt, und sie hoffte bei Gott, nicht noch einmal eine aushalten zu müssen.

„König Edward würde es gern sehen, wenn er über diese Festung herrscht", erwiderte Alexander. „So wie Robert Bruce es gern sieht, dass sie nun mein ist."

Die strategische Bedeutung ihrer heimischen Burg in diesem Krieg machte Margaret plötzlich Angst; gleichzeitig fand sie Trost in dem Gedanken, dass Alexander früher oder später einen Angriff von Sir Guy erwartete.

Der Posten auf einem der Türme stieß einen Warnruf aus. Margaret erstarrte vor Schreck.

Alexander lachte. „Wir werden noch nicht angegriffen. Ein Reiter kommt."

Plötzlich stieg Hoffnung in ihr auf. Konnte das ein Bote von Buchan sein? Oder von Argyll oder Sir Guy? Vielleicht überbrachte jemand eine Forderung nach ihrer sofortigen Freilassung!

„Es ist einer meiner Späher, der Nachrichten vom Krieg bringt."

Der Späher war ungefähr in ihrem Alter, hatte langes blondes Haar und Sommersprossen auf der Nase. Als er auf seinem schnaubenden Ross in den Hof ritt, wurde er von Alexander und Padraig auf das Wärmste begrüßt. Sie führten ihn sofort ins Hauptgebäude.

Margaret brauchte nicht zweimal zu überlegen, sie lief rasch hinterher. Zum ersten Mal fragte sie sich, was für eine Beziehung Alexander und Padraig miteinander verbinden mochte. Er vertraute dem braunhaarigen Highlander offenbar. Nicht zum ersten Mal hatte sie die beiden zusammen beobachtet; vielleicht war Padraig sein Bevollmächtigter.

Sie versammelten sich an einem der langen Tische. Die Mägde wuselten umher, um dem Jungen Essen und Wein zu bringen und das Feuer im Kamin zu entfachen. Margaret zögerte an der

Tür in der Erwartung, entdeckt und von Alexander hinausgeschickt zu werden. Doch er sah nur kurz in ihre Richtung, bevor er dem jungen Burschen eine Hand auf die Schulter legte. „Wie geht's, Seoc?“

Seoc grinste. „Sehr gut, Mylord, und ich weiß viel über den Krieg zu berichten.“

Margaret konnte kaum etwas verstehen. Sie hätte sich gern etwas näher herangeschlichen, traute sich jedoch nicht. Die Männer standen eng beieinander, Seoc berichtete, die anderen lauschten gespannt. Außer den Ortsnamen Rothesay und Inverskip bekam sie nichts mit.

„Wollt Ihr Euch nicht zu uns gesellen?“, fragte Alexander mit einem Seitenblick.

Margaret war sicher, tiefrot im Gesicht zu sein, als sie näher trat. „Wieso erlaubt Ihr mir das?“

„Weil Ihr die Herrin von Fyne gewesen seid und das Land sich im Krieg befindet“, sagte er schlicht und ließ sie nicht aus den Augen.

Sie kam nicht dahinter, was er damit bezweckte. Sollte das heißen, dass er sie über den Verlauf des Krieges in Kenntnis setzen wollte? Das erschien ihr unwahrscheinlich.

Alexander wandte sich wieder dem jungen Burschen zu. „Was sonst noch?“

„Bruce hat Dalswinton ohne Schwierigkeiten eingenommen“, sagte Seoc, „und Christopher Seton hat Castle Tibbers erobert.“

Margaret unterdrückte einen Aufschrei. Dalswinton war ein Bollwerk der Comyns, das einmal dem ermordeten Red John gehört hatte.

Padraig reichte dem Jungen lächelnd einen Becher Wein, den er in einem Zug leerte. „Boyd ist auch ein guter Mann, wie Seton.“ Er sah zu Alexander auf. „Dumfries, Ayr, Rothesay, Inverskip und Dalswinton. Ein guter Anfang.“

Alexander warf Margaret einen Blick zu. „Castle Fyne hast du vergessen.“

Auch Padraig blickte zu ihr. „Ich wollte nur höflich sein."

Margaret rührte sich nicht. Robert Bruce ist auf dem Vormarsch, dachte sie mit einem Anflug von Panik. Konnte ihn überhaupt noch jemand aufhalten?

„Ich habe noch mehr zu berichten", sagte der Junge mit vollem Mund. „Joan, die Witwe von Red John, ist jetzt in Berwick. Sie bittet ihren Bruder um Hilfe, um Rache für ihren Mann zu nehmen."

Margaret fühlte mit Joan de Valence, die sie ein wenig kannte. Red John hatte die ältere Schwester von Aymer schon vor Jahren geheiratet, als Margaret selbst noch ein kleines Kind gewesen war. Solche Verbindungen waren allgemein üblich. Doch während der Herrschaft des Königs John Balliol hatte Joan den Kontakt zu ihrem Bruder weitgehend abgebrochen, denn zu dieser Zeit war den Comyns und den MacDougalls im Norden Schottlands viel Macht zugefallen, und sie hatten ständig im Krieg gegen König Edward gelegen.

Und nun suchte sie Unterstützung bei ihrem englischen Bruder. Die Comyns und die MacDougalls waren jetzt vereint in dem Bemühen, Rache für Red John zu nehmen und Robert Bruce daran zu hindern, die Krone zu rauben – vielleicht sogar, ihn zu vernichten.

Aber was war mit Sir Guy? Konnte sie Seoc nach ihm fragen?

„Aymer de Valence wird seiner Schwester gern helfen", sagte Alexander nachdenklich. „Und falls nicht, würde König Edward es ihm befehlen."

Margaret war erstaunt über seinen Tonfall. Er klang, als würde er den englischen König persönlich kennen.

Alexander stellte die Frage an Seoc, doch er sah Margaret dabei an. „Was ist mit Sir Guy de Valence, seinem unehelichen Bruder?"

Auch Seoc sah sie an; offensichtlich wusste er, dass sie dessen Verlobte war. „Er hat den Firth of Clyde überquert, Mylord, und befindet sich jetzt in Glen Lean."

Margaret rang um Luft. Sir Guy war höchstens ein oder zwei Tagesritte entfernt!

Alexander starrte sie an. „Gebt acht, Lady Margaret, Euer Eifer, meiner Gastfreundschaft zu entfliehen, wird allzu deutlich." Bevor sie etwas erwidern konnte – nicht dass sie eine Antwort bereit gehabt hätte –, wandte er sich wieder an den Jungen. „Und seine Streitmacht?"

„Er hat elfhundert Männer, Mylord, davon zweihundert Ritter zu Pferd."

Sir Guys Heer ist deutlich in der Überzahl, dachte Margaret.

Alexander bedachte sie mit einem unergründlichen Lächeln. „Dann steht uns also wieder eine Schlacht bevor."

Freute er sich auf eine Auseinandersetzung mit Sir Guy, obwohl seine eigenen Truppen zahlenmäßig unterlegen waren? Margaret konnte es nicht glauben.

Alexander wandte sich wieder an Seoc. „Morgen reitest du zu meinem Bruder nach Dunaverty. Berichte all dies Angus, auch, dass ich Castle Fyne eingenommen habe. Sag ihm, er soll sichergehen, dass seine Festung auf den Krieg vorbereitet ist."

„Jawohl, Mylord." Seoc hatte inzwischen seinen Teller geleert.

„Und bitte ihn um fünfhundert Männer – und außerdem um so viele Reiter, wie er entbehren kann."

Seoc nickte wieder. „Wenn Ihr wünscht, kann ich sofort aufbrechen, Mylord. Ich bin nicht müde."

Alexander lächelte und klopfte ihm auf die Schulter. „Ich wäre sehr erfreut, wenn du heute Nacht reiten könntest."

Seoc strahlte über das Lob des Wolfs.

Padraig trat hinzu. „Ich bin stolz auf dich", sagte er. „Kann ich noch kurz mit dir sprechen, bevor du gehst?"

„Selbstverständlich, Vater."

Margaret hatte nicht gewusst, dass die beiden Vater und Sohn waren. Padraig und Seoc setzten sich an den anderen Tisch und unterhielten sich in gedämpftem Ton.

„Was plagt Euch, Lady Margaret?“

Sie rief sich in Erinnerung, dass sie mit etwas Glück in wenigen Tagen befreit wäre, wenn es Sir Guy gelang, Castle Fyne zurückzuerobern. Doch sie war sehr nervös. „Ich mag den Krieg nicht, nicht einmal, wenn er für eine gute Sache geführt wird“, brachte sie schließlich hervor.

„Sir Guy wird mich niemals besiegen, Mylady.“

Sie schnappte nach Luft. „Ich habe gehört, dass Ihr noch nie eine Schlacht verloren habt – aber es gibt für alles ein erstes Mal. Und diesmal seid Ihr zahlenmäßig unterlegen. Diesmal ist Gott auf unserer Seite, nicht auf Eurer – denn Ihr habt mir mein Eigentum geraubt.“

„Ich bin ganz im Gegenteil der Auffassung, dass Gott sehr zufrieden mit mir ist, da ich Robert Bruce auf den Thron setzen will“, erwiderte Alexander.

„Bruce hat einen Menschen auf heiligem Boden ermorden lassen!“

„Er hat den entscheidenden Schlag nicht selbst geführt, und er ist der Nächste in der rechtmäßigen Thronfolge.“

„Mir ist das Schicksal von Königen völlig gleichgültig!“, rief sie. „Mir ist nur diese Burg wichtig, die meine Mutter mir hinterlassen hat.“

„Wenn also Eure Wünsche wahr werden, werde ich besiegt, und Castle Fyne gehört wieder Euch – und im Juni werdet Ihr heiraten.“ Er sah sie durchdringend an.

Dem konnte sie nichts entgegensetzen.

„Ich kann mir Euch nicht als eine englische Ehefrau vorstellen“, sagte er sanft.

Sie zuckte zusammen. „Ich werde nie eine englische Ehefrau sein – nur die Ehefrau eines Engländers.“

Er lachte freudlos. „Das ist doch dasselbe. Wenn Ihr Sir Guy heiratet, werdet Ihr seine Frau, und Ihr verliert all Eure Rechte – Ihr seid dann genauso englisch wie er, verstrickt in seine Kriege, gegen Bruce, gegen mich.“

Margaret erwiderte nichts, denn was er da gesagt hatte, waren in der Tat ihre schlimmsten Befürchtungen.

Sein Blick verhärtete sich. „Glaubt Ihr wirklich, er könnte mich besiegen?"

Margaret zog den Umhang fester um sich. Eine weitere grauenvolle Schlacht stand bevor – mitten in einem fürchterlichen Krieg. Sie hatte Angst, aber nicht nur vor der bevorstehenden Belagerung. Sie konnte einfach ihre widerstreitenden Gefühle nicht einordnen. „Ich werde für Eure Niederlage beten."

„Und auch für meinen Tod?"

„Für den Tod eines Menschen bete ich niemals." Aber hatte sie ihm nicht vor der Belagerung den Tod gewünscht?

Sie sollte ihm auch jetzt den Tod wünschen – doch das konnte sie einfach nicht. Erschüttert flüsterte sie: „Wann wird Sir Guy angreifen?"

„Gar nicht, Mylady. Ich breche bei Sonnenaufgang auf."

„Was?"

„Er wird diese Burg nicht angreifen, weil ich ihm zuvorkomme – bei Loch Riddon."

# 6. KAPITEL

Während der Himmel sich über den Hügeln und Wäldern draußen verdunkelte, ging Margaret in ihrer Kammer auf und ab. Als Peg hereinschlüpfte, eilte sie zu ihr. „Sir Guy marschiert hierher“, rief Margaret. „Offenbar will er Castle Fyne befreien.“

Peg erbleichte. „Dann gibt es wieder eine Belagerung?“

„Alexander hat vor, sich ihm bei Loch Riddon entgegenzustellen – und dort selbst der Angreifer zu sein, nicht der Angegriffene.“ Deshalb also ist er ein so erfolgreicher Krieger, dachte sie grimmig und ging wieder auf und ab. Man musste nicht viel vom Krieg verstehen, um zu wissen, dass der Angreifer meist im Vorteil war.

„Da bin ich aber froh, dass uns eine weitere Belagerung erspart bleibt“, sagte Peg. „Und Ihr bekommt vielleicht wirklich noch Euren englischen Gatten.“

Margaret musterte sie scharf – sie klang so komisch. Peg hielt nicht viel von dieser Ehe, und das hatte sie auch schon in aller Deutlichkeit verkündet.

Seit ihrer Ankunft auf Castle Fyne war so viel geschehen – Margarets ganzes Leben war auf den Kopf gestellt. Sie war immer eine pflichtbewusste Frau gewesen, als Tochter wie als Nichte. Natürlich wollte sie tun, was ihr Onkel angeordnet hatte. Sie hatte Glück, dass er eine so gute Ehe für sie arrangiert hatte, das war ihr vollkommen klar. Doch auch sie hatte ihre Zweifel, was diese Hochzeit mit Sir Guy betraf, obwohl er sich als derjenige erweisen könnte, der sie befreite.

Plötzlich fragte sie sich, ob ein kleiner Teil von ihr, irgendwo ganz tief in ihr drin, seine Niederlage herbeisehnte.

Dann würde es diese Verbindung niemals geben.

„Will er morgen bei Tagesanbruch aufbrechen?“, unterbrach Peg ihre Gedanken.

Sie fuhr zusammen. „Ja.“ Margaret schüttelte diese abstrusen Gedanken ab. Schließlich wollte sie vor allem Castle Fyne zurückhaben, selbst wenn das hieß, einen Engländer heiraten zu müssen. Sie war die Herrin von Castle Fyne, und das war wichtiger als alles andere.

Margaret griff nach ihrem Umhang. „Ist er immer noch unten im Saal?"

Peg zögerte, schien unsicher. „Ja. Wieso?"

„Ich möchte mit William sprechen. Wenn da nicht dieser Posten vor der Tür wäre, könnte ich einfach warten, bis es dunkel ist, und mich in sein Zimmer stehlen. Aber da Alan da ist, muss ich um Erlaubnis bitten."

„Die wird er Euch verweigern", sagte Peg, setzte sich aufs Bett und streifte ihre Schuhe ab. Sie begann, ihr Haar zu lösen.

Das befürchtete Margaret ebenfalls. „William muss wissen, was vorgeht, und ich muss es ihm sagen, nun, da es ihm besser geht." Auch hatte sie vor, sich ihm anzuvertrauen.

„Vielleicht solltet Ihr Euch lieber zu Bett begeben und ruhen. Mit William könnt Ihr ein anderes Mal sprechen." Peg sah sie nicht an und kämmte ihre Locken.

Ihr Verhalten kam Margaret seltsam vor. „Stimmt etwas nicht?"

„Nein." Die Dienstmagd lächelte, doch es wirkte gezwungen.

Irgendetwas machte ihr zu schaffen, doch Margaret schob es beiseite. Peg würde ihr sicher bald erzählen, was los war; sie konnte nie ein Geheimnis für sich behalten. Margaret öffnete die Tür und hörte, wie Alexander die Treppe heraufkam.

Beide kümmerten sich nicht um Alan, der auf seinem Stuhl hocken blieb. „Wärt Ihr so freundlich, mir zu erlauben, meinen Bruder zu besuchen, ehe ich mich zu Bett begebe?"

„Nein." Er ging einfach an ihr vorbei in seine eigenen Gemächer, wo bereits ein Feuer im Kamin knisterte.

Ihr sank das Herz. Mit finsterem Blick folgte sie ihm bis zur Schwelle, betrat das Zimmer jedoch nicht. Er legte seinen Leibgurt mit dem Dolch ab. An das letzte Mal, als er das tat, wollte sie gar nicht denken. „Ich möchte mich selbst davon überzeugen, dass es ihm besser geht."

„Ihr wollt mit ihm Eure Flucht aushecken, während ich weg bin.“ Er sah sie kurz an, bevor er sich setzte und seine Stiefel auszog.

„Aber Ihr habt doch Alan als Wachposten abgestellt. Wenn wir irgendetwas aushecken sollten, berichtet er Euch das.“

„Wenn Ihr Französisch redet, wird er nichts verstehen. Und dann erfahre ich nicht, was Ihr vorhabt.“ Französisch war die Sprache des schottischen und englischen Adels. Während Alexander nahezu fließend Französisch sprach, konnten seine Männer offenbar nur Englisch und Gälisch. „Ihr seid schlau genug, während meiner Abwesenheit Eure Flucht in die Tat umzusetzen, und das kann ich nicht zulassen.“

„Aber wie sollten wir das denn schaffen?“, rief sie. „William ist noch lange nicht in der Lage, sich mitten im Winter durch die Wälder zu schlagen.“

Er musterte sie. „Da könnte ich mir schon ein oder zwei Möglichkeiten vorstellen – und so schlau, wie Ihr seid ... werdet Ihr irgendwann auch darauf kommen.“

Sie fragte sich, ob eine Flucht wirklich möglich wäre, solange er nicht da war. Aber sie konnte William nicht zurücklassen. „Ich werde meinen Bruder nicht hierlassen“, versicherte sie ihm. „Und das kann ich Euch schwören.“

„Deshalb sollte ich Euch im Moment vertrauen? Morgen breche ich zur Schlacht auf, Lady Margaret, und darum steht mir jetzt nicht der Sinn nach einer Auseinandersetzung mit Euch. Meine Entscheidung ist endgültig.“

Sie wusste, wann es keinen Sinn hatte. Margaret versuchte gar nicht erst zu lächeln, als ihre Blicke sich trafen. Plötzlich musste sie an seine Frau denken – die Geliebte, die er geheiratet hatte und die dann im Kindbett gestorben war. War er ihr gegenüber jemals freundlich, aufmerksam und rücksichtsvoll gewesen? Hatte er ihr jemals etwas befohlen, um es später zurückzunehmen?

Das bezweifelte sie doch sehr.

„Gute Nacht, Lady Margaret“, sagte er.

Sie würdigte ihn keiner Antwort und kehrte in ihr Zimmer zurück. Peg stand barfuß da und legte sich ihren Überwurf um. „Ich muss schnell nach unten“, sagte sie.

Margaret fand das merkwürdig, doch sie nickte nur und blies die Kerzen nacheinander aus. Das Feuer im Kamin ließ sie an, damit es nicht zu kalt wurde. Sie stieg ins Bett und kuschelte sich unter die Decke. Peg eilte hinaus.

Margaret war nicht wütend, denn sie hatte nichts anderes erwartet. Irgendwie konnte sie sogar verstehen, warum er ihre Bitte ablehnte.

Sie befürchtete schon, nachgiebig gegenüber dem Feind zu werden. Nicht nur, dass sie sich kaum dazu durchringen konnte, Sir Guys Sieg herbeizuwünschen, verstand sie nun auch noch, wieso Alexander nicht wollte, dass sie ihren Bruder besuchte. Aber wenigstens heilten Williams Verletzungen.

Die Augen fielen ihr zu; offenbar fand sie ganz leicht in den Schlummer, obwohl sie tagelang nichts anderes getan hatte, als zu schlafen. Sie war immer noch überwältigt und erschöpft. So vieles war geschehen – und nun stand eine weitere Schlacht bevor … und vielleicht hätte sie bald ihre Freiheit wieder.

Ein Geräusch weckte sie. Margaret umklammerte die Decke und starrte mit großen Augen in die Finsternis. Mitten in der Nacht so plötzlich aufgeweckt zu werden war beängstigend, und sie brauchte einen Moment, um wieder ruhig zu werden. Niemand fing mitten in der Nacht eine Belagerung an. Wahrscheinlich hatte sie nur geträumt. Trotzdem hörte ihr Herz nicht auf zu rasen.

Als sie sich gerade wieder entspannen wollte, merkte sie, dass niemand neben ihr lag. Sie setzte sich auf. „Peg?“, flüsterte sie. Die Glut im Kamin gab nur wenig Licht. Peg lag auch nicht auf dem Boden, wohin sie sich manchmal verzog, wenn Margaret im Schlaf zu unruhig war.

Margaret sank zurück und hüllte sich in die Decke. Von nebenan hörte sie das kehlige Stöhnen einer Frau.

Sie spürte, wie ihre Wangen glühten. Alexander hat eine Frau im Bett, dachte sie verblüfft. Aber warum sollte sie das überraschen? Männer verbrachten nun mal die Nächte mit ihren Geliebten. Es war kaum zu erwarten, dass er während seiner Feldzüge enthaltsam lebte.

Margaret hielt sich die Ohren zu, um das nicht mit anhören zu müssen.

Es schien wieder still geworden zu sein, doch Margaret wollte die Hände nicht von den Ohren nehmen. Schließlich tat sie es doch. Sie war ganz steif vor Anspannung, konnte sich aber nicht erklären, wieso. Sie wusste nur, dass sie aufgebracht war.

Ihr konnte doch egal sein, was Alexander trieb oder wen er sich in sein Bett holte.

Langsam fragte sie sich doch, wo ihre Magd stecken mochte.

Dann hörte sie ein dumpfes Geräusch, noch eins und noch eins, der Rhythmus war unmissverständlich. Margaret zog die Decke über den Kopf, während die Frau vor Lust keuchte. Margaret steckte den Kopf unter das Kissen, aber die lauter werdenden Lustschreie der Frau waren nicht zu überhören. Margaret warf das Kissen weg, drückte die Hände gegen die Ohren und knirschte mit den Zähnen. Es dauerte lange, bis es drüben wieder still wurde, und noch länger, ehe sie endlich wieder einschlief.

Margaret stand am Feuer, das sie selbst geschürt hatte, und wärmte sich die Hände. Es musste noch mindestens eine Stunde dauern, bis es hell wurde. Als die Liebenden nebenan endlich zur Ruhe kamen, war sie doch noch eingenickt, aber es schien ihr, als hätte sie nur wenige Minuten geschlummert. Und nun war sie zu aufgeregt, um weiterzuschlafen – und zu wütend.

Die Tür wurde langsam geöffnet, und Peg spähte herein.

In Margaret stieg die Wut hoch. „Hast du Angst, hereinzukommen? Ah, warte, es ist kurz vor Morgengrauen, und du hast Angst, weil du mich verraten hast!“

Peg trat mit weit aufgerissenen Augen ein. „Aber Mylady!“

„Erspar mir das!“, wies Margaret sie zurecht. Sie ergriff eine Binse, zündete sie im Kamin an und hielt sie vor Pegs Gesicht. Sogleich wünschte sie, sie hätte das bleiben lassen.

Peg glühte und war wunderschön. Ihre Wangen waren gerötet, ihre Augen leuchteten, ihr Haar war lose und zerzaust – sie sah ganz so aus, als hätte ihr jemand großes Vergnügen bereitet.

„Wie kannst du es wagen, dich ihm hinzugeben und dann wieder hierherzukommen!“

Peg stiegen die Tränen in die Augen. „Ich hatte keine andere Wahl, Mylady!“

„Eine Wahl hat man immer, und wir wissen doch beide, dass er dich nicht vergewaltigt hat!“

„Er hat mich nicht vergewaltigt, aber eine Wahl hatte ich trotzdem nicht, ich schwöre es!“

„Ich habe doch gehört, wie sehr du es genossen hast“, keuchte Margaret. „Du bist meine Dienstmagd! Er hat mir schon meine Burg geraubt! Wir sind seine Gefangenen! Was stimmt mit dir nicht?“

Peg weinte. „Als Ihr krank wart, hat er mich kommen lassen. Ich wollte nicht bei ihm sein, das schwöre ich, aber, Mylady, er weiß, wie man einer Frau Freude macht!“

Margarets Wangen brannten wie Feuer. Sie versetzte Peg eine saftige Ohrfeige; das Klatschen hallte in der Stille der Nacht. „Er ist mein Feind!“

„Ich weiß“, heulte Peg. „Es tut mir leid.“

Margaret zitterte vor Wut. Doch als Peg weinend auf dem Bett zusammenbrach, konnte Margaret selbst nicht fassen, dass sie ihre Magd geschlagen hatte. Sie ballte die Fäuste. „Wenn du mich lieben würdest, wäre es dir nicht im Traum eingefallen, mit ihm zu schlafen. Das hätte dir deine Ehre gar nicht erlaubt. Wenn du mich lieben würdest, hättest du ihn wütend abgewiesen, als er nach dir verlangte.“

„Ich bin doch auch erst zwanzig Jahre alt, Mylady. Ich kann mir nicht helfen, aber mir fällt schon auf, wie gut manche Männer aussehen. Habt Ihr nicht selbst auch bemerkt, wie gut aussehend der Wolf ist? Er ist der große Wolf von Lochaber! Jede Frau sehnt sich nach seiner Aufmerksamkeit!“

„Er ist ein MacDonald, Peg, oder hast du das vergessen?“

Peg zögerte, doch ihre Wangen glühten. „Ich will Euch nicht anlügen. Zuerst habe ich ihn gehasst. Sowieso ändert das alles doch gar nichts – ich bin und bleibe Eure Dienstmagd.“

„Im Gegenteil, dadurch ändert sich alles.“ Margaret konnte kaum Luft holen. „Wann hat das denn überhaupt angefangen?“

Peg errötete noch mehr. „In der Nacht, nachdem Ihr zusammengebrochen seid.“

Margaret war fassungslos, doch sie fand ihre Stimme wieder. „Wenn er noch einmal nach dir verlangt, wirst du dich ihm verweigern. Falls du den Wunsch hast, jemals mit mir nach Bain zurückzukehren.“

Peg schrie auf.

„Du kannst nicht uns beiden die Treue halten“, sagte Margaret.

„Aber ich bin Euch treu ergeben, Lady Margaret, für immer, wie könnt Ihr nur daran zweifeln? Das Bett mit ihm zu teilen ändert daran nicht das Geringste!“

„Du hast mir nicht richtig zugehört. Wenn du noch einmal das Bett mit ihm teilst, stehst du nicht länger in meinen Diensten – dann kannst du hierbleiben und ihm zu Diensten sein.“ Ihr war ganz schlecht.

Peg rührte sich nicht. Ihre Augen waren so weit aufgerissen, dass sie in dem finsteren Raum ganz weiß erschienen.

Margaret hörte, wie nebenan die Tür geöffnet und wieder geschlossen wurde. Sie ballte die Fäuste.

Peg fuhr sich mit der Zunge über die Lippen. „Ein Nein lässt er nicht gelten. Er wird nicht zulassen, dass ich mich ihm verweigere.“

„Dann bleibst du eben hier in seinen Diensten oder gehst mit ihm zurück auf seine Inseln.“ Sie wollte kein weiteres Wort darüber verlieren.

Margaret wandte sich ab und trat hinaus in den Korridor. Ein Teil von ihr hätte am liebsten den Verlust ihrer Freundin und so vertrauten Dienstmagd beweint, doch ein anderer Teil konnte einen solchen Verrat nicht zulassen. Alan musste ihre Auseinandersetzung mit angehört haben, denn er stand wachsam da. Margaret beachtete ihn nicht, sondern schritt mit gestrafften Schultern hinter Alexander die Stufen nach unten.

Der große Saal war hell erleuchtet. Brennende Fackeln steckten in Wandleuchtern, in beiden Kaminen brannten Feuer. Etwa drei Dutzend Ritter, die in dem Saal geschlafen hatten, saßen bereits an den langen Tischen. Die Mägde von Castle Fyne waren eifrig damit beschäftigt, ihnen ihr Frühstück zu bringen.

Sie stockte. Jeder Highlander hatte sein Schwert am Gürtel, die Schilde waren neben der Tür gestapelt. Niemand sagte etwas. Sie alle schaufelten ihr Mahl in sich hinein, um sich für den langen, schweren Tag zu stärken, der ihnen bevorstand.

Sie blickte an ihnen vorbei. Alexander hatte sich nicht gesetzt. Er stand am Kopf einer der Tafeln und sah sie direkt an.

Er zog in die Schlacht. Eigentlich sollte sie ihm den Tod wünschen – weil sie Castle Fyne wiederhaben wollte, und weil er ihre Freundschaft zu Peg zerstört hatte.

Aber sie brachte es nicht über sich. Ihr Herz zog sich zusammen.

Inzwischen wusste sie aus eigener Erfahrung, was ein Krieg bedeutete. Alexander mochte ein noch so großer und mächtiger Krieger sein, es brauchte nur einen treffsicheren Pfeil oder einen entscheidenden Schwerthieb, und er wäre nicht mehr.

„Ich würde gern kurz unter vier Augen mit Euch sprechen", sagte sie sehr leise.

Seine Augen flackerten, als er auf sie zutrat. „Möchtet Ihr nach oben gehen? Oder lieber nach draußen?"

Oben war Peg. „Nach draußen."

„Das dachte ich mir." Er berührte sie am Ellbogen, als wolle er sie hinausgeleiten. Margaret zuckte zurück.

Mit durchgedrücktem Rückgrat eilte sie ihm voraus, doch er überholte sie und öffnete die Tür für sie. Sie blieben oben auf der hölzernen Treppe stehen, die in den Innenhof führte. Margaret zitterte vor Kälte. Der Himmel im Osten fing gerade erst an, grau zu werden, in der Schwärze des Westens blitzten die Sterne über ihnen.

Sie sah ihm in die Augen. „Nun habt Ihr mir auch noch meine Magd weggenommen."

„Das lag nicht in meiner Absicht."

„Nichtsdestotrotz ist es genau das, was Ihr getan habt. Eine Dienstmagd, deren Loyalität meinem Feind gehört, kann ich nicht behalten."

Er musterte sie einen langen Augenblick. „Dem kann ich nur beipflichten. Eure Magd muss Euch treu ergeben sein, nicht mir. Aber ich habe sie Euch nicht weggenommen. Eure Magd hat einen gesunden Appetit. Sie ist eine Dirne. Ihr Wesen ist alles andere als makellos. Sie hätte sich mir einfach verweigern können, aber das hat sie nicht getan. Für Euch ist sie sowieso nicht gut genug."

Mit einer solchen Antwort hatte Margaret nicht gerechnet. „Ich kenne Peg, seit wir Kinder waren. Sie war mir mein Leben lang eine gute Freundin. Ihr habt doch gewusst, dass sie in meinen Diensten steht."

„Sicher, aber ich wusste auch, dass sie zu mir ins Bett springen würde, wenn ich darum bitte – sie ist Euch keine wahre Freundin, Lady Margaret."

Margaret war bestürzt. Konnte er damit recht haben? Sie hatte Peg immer für eine wahre und treue Freundin gehalten. „Aber musstet Ihr ausgerechnet sie darum bitten? Hättet Ihr Euch nicht irgendeine andere aussuchen können?"

„Ich habe nicht viel darüber nachgedacht. Wenn Ihr mir deshalb grollen wollt, dann ist dem eben so. Aber Ihr solltet sie bestrafen und sie dann fortschicken."

Sie war völlig verwirrt. „Wieso schlagt Ihr Euch auf meine Seite? Sie ist doch Eure Mätresse!"

Er hob die Brauen. „Sie hat mir für ein oder zwei Nächte das Bett gewärmt – sie ist nicht mehr als ein flüchtiges Vergnügen, Lady Margaret, doch bestimmt keine Mätresse.“ Nach einer Pause fügte er hinzu: „Es hat beinahe den Anschein, als wäret Ihr eifersüchtig.“

„Das wohl kaum.“ Doch indem sie das sagte, spürte sie einen merkwürdigen Stich. „Ich bin wütend, und ich bin auch traurig. Wegen Eurer Gier nach Vergnügen habe ich eine Freundin verloren.“

Plötzlich streifte er seinen Umhang ab und legte ihn ihr um die Schultern. „Manchmal stellen sich die vermeintlich schlechten Dinge erst im Nachhinein als Segen heraus. Es ist besser, dass Ihr jetzt von ihren Schwächen erfahrt, bevor Ihr dadurch in ernste Bedrängnis geraten könnt.“

Margaret sah zu ihm auf. Machte er sich etwa Sorgen um sie? Kümmerte es ihn, dass ihre Magd sich als von zweifelhafter Treue erwiesen hatte?

Und konnte er recht haben? War es wirklich besser, dass sie jetzt erfahren musste, wie leicht es Peg fiel, sie zu verraten, als zu einem späteren Zeitpunkt? Castle Fyne war belagert und eingenommen worden, und Schottland befand sich in den Klauen des Krieges. Es hätte durchaus dazu kommen können, dass sie Peg in ihrer Bedrängnis um Hilfe in einer wichtigen Angelegenheit bat und dann keine Ahnung hatte, dass Peg sich als nicht verlässlich erweisen könnte. Schließlich hatte Margaret vor, sich in Williams Zimmer zu schleichen. Würde Peg davon etwas ausplaudern? Wenn Alexander sie nach seiner Rückkehr aus der Schlacht direkt danach fragen würde, vielleicht im Bett – würde sie es für sich behalten können? „Vermutlich ist es wirklich besser, dass ich jetzt schon von ihrer wahren Natur erfahren musste, aber Ihr könnt kaum von mir verlangen, dass ich Euch auch noch dankbar bin für Eure Rolle in dieser Angelegenheit.“

Er lächelte. „Der Gedanke wäre mir nie gekommen. Ihr seid

eine starke und tapfere Frau – da braucht Ihr auch starke und tapfere Verbündete."

Der Duft seines Umhangs stieg ihr in die Nase. Sie roch Holz, Feuer, das Meer – und einen Mann.

Er lächelte nun nicht mehr und musterte sie scharf. „Sir Neil ist ein besserer Verbündeter. Ihm könnt Ihr vertrauen."

Sie zog den Umhang enger um sich. Warum sagte er ihr das? Wieder hatte sie das seltsame Gefühl, dass ihm etwas an ihr lag. Aber das war ausgeschlossen. „Wieso solltet Ihr mir so etwas raten?"

Er zögerte. „Ich hege Bewunderung für Euch, Lady Margaret, aber Ihr seid noch sehr jung und unerfahren. Und Ihr habt nun keinen Beschützer mehr."

„Aber Ihr könnt doch nicht einfach in diese Rolle schlüpfen. Ihr könnt niemals mein Beschützer sein, nicht einmal in diesem Augenblick – Ihr seid mein Feind."

Sein Blick verfinsterte sich. „Wir stehen in einem Krieg auf unterschiedlichen Seiten, aber Ihr seid nicht mein Feind."

Sie holte Luft und ließ ihn nicht aus den Augen. Sie konnte diesen Mann nicht verstehen, aber er klang entschlossen. Mit einem Mal kam ihr der Gedanke, wenn er ihre Burg nicht angegriffen hätte, dann könnten sie Freunde sein, selbst wenn sie in einem Krieg auf unterschiedlichen Seiten standen. Doch davon sagte sie kein Wort.

„Und Ihr befindet Euch in meiner Obhut. Wenn ich Euch einen Rat geben kann, dann werde ich das tun." Seine Stimme war weich geworden. „Ich muss gehen, Lady Margaret." Er zögerte und sah sie durchdringend an. „Es würde mich sehr freuen, wenn ich wüsste, dass Ihr mir nicht den Tod wünscht."

Sie versteifte sich. Er zog in den Krieg. Er könnte besiegt, vielleicht sogar getötet werden. Eine solche Aussicht sollte sie mit Freude erfüllen. Doch in ihr waren nur Schrecken und Sorge.

Sie wählte ihre Worte mit äußerster Sorgfalt. „Ich kann Euch nichts Gutes wünschen, Alexander."

Er gab keinen Ton von sich, doch sie meinte, in seinen Augen Enttäuschung erkennen zu können.

„Doch ich wünsche Euch auch nichts Schlechtes", fügte sie hinzu.

Margaret schaute in den Saal, der völlig verlassen wirkte.

Schon vor Stunden war Alexander auf seinem grauen Hengst aus der Burg geritten, gefolgt von seinen vierzig Rittern hoch zu Ross. Margaret hatte an einem Fenster gestanden und zugesehen, wie sie durch den Eingangsturm und die Außenbefestigungen davongaloppierten, die Farben der MacDonalds wehten über ihnen. Außerhalb der Burgmauern hatte sich der Rest seines Heeres angeschlossen, erst mehrere Reihen Berittener, dann Hunderte und Aberhunderte von Fußtruppen.

Sie hatte sich nicht von der Stelle gerührt, bis er in den Wäldern verschwunden war, und dann hatte sie noch weitere zwei Stunden dagestanden, bis sie auch die Nachhut seines Heeres nicht mehr sehen konnte. Erst dann hatte sie sich vom Fenster abgewandt.

Und nun blickte sie in den leeren Saal. Beinahe war ihr, als würde etwas fehlen. Fast erwartete sie das Klappern der Hufe, das Klirren der Schwerter und Schilde, wenn Alexander und seine Männer wieder in die Burg marschierten.

Aber sie würden noch lange nicht zurück sein. Vielleicht hatte Alexander schon am Nachmittag angegriffen – der Marsch bis zur Nordspitze des Sees dauerte nur ein paar Stunden –, vielleicht hatte er aber auch beschlossen, die Nacht abzuwarten und morgen in aller Frühe anzugreifen. Margaret wünschte, sie hätte ihn danach gefragt. Doch seinen Schlachtplan hätte er ihr sowieso nicht verraten – unabhängig davon, was er ihr anvertrauen mochte, sie blieb sein Feind.

Peg kam mit einem Tablett in den Saal und warf ihr einen scheuen Blick zu. Noch bevor Alexander davongeritten war, hatte Margaret sie in die Küche verbannt, wo sie den ganzen Tag über den Kochtöpfen schuften musste, um für ihre Sünden Buße zu tun. Während der letzten Stunden war es Margaret gelungen, den Schmerz über Pegs Verrat zu unterdrücken. Doch zu dieser späten Stunde war das nicht mehr so einfach.

Fast ihr ganzes Leben lang hatten sie einander nahegestanden. Erinnerungen stiegen in ihr auf an die Zeiten, als sie beide noch Kinder waren – wie sie barfuß durch blühende Wildblumen stürmten oder zusammen ohne Sattel auf einem Pferd ritten und hinunterfielen oder wie sie in einem plätschernden Bach über feuchte Steine hüpften.

Zusammen waren sie zu Frauen herangewachsen, hatten die Erlebnisse und Herausforderungen dieser Jahre bewältigt. Gemeinsam hatten sie gelacht und geweint. Peg hatte Margaret immer zur Seite gestanden, als ihre Brüder nicht aus dem Krieg heimkehrten, als ihre Mutter Mary erkrankte und verschied, als ihr Vater zur Jagd ausritt, um nicht mehr wiederzukehren ... Als Margaret die Nachricht erhielt, dass ihr Onkel Buchan für sie eine Ehe mit einem englischen Ritter arrangiert hatte, da war es Peg gewesen, die sie stützte und ihr hinaufhalf in ihr Zimmer, denn Margaret war überwältigt vor Entsetzen.

Der dumpfe Schmerz war den ganzen Tag in ihrer Brust zu spüren gewesen, doch nun wurde er erdrückend.

„Wollt Ihr nichts essen?“, fragte Peg, unterwürfig im Ton und im Verhalten.

Margaret erwiderte den Blick und nickte. Peg war von der persönlichen Dienstmagd einer großen Dame zu einer schlichten Küchenmagd degradiert worden – wahrlich ein tiefer Fall. Doch in Margaret wollte keine Befriedigung darüber aufkommen. Ein Teil von ihr hasste es, Peg so sehen zu müssen. Dieser Teil hätte sie gern umarmt und ihr vergeben und sie wieder bei sich aufgenommen – und ihr vertraut.

Auf der anderen Seite jedoch wusste Margaret es besser. Sie konnte nicht einfach über Pegs Verrat hinwegsehen oder so tun, als wäre nichts passiert. Sie musste darauf achten, nicht noch einmal so hintergangen zu werden. Da hatte Alexander ganz recht.

„Wollt Ihr mir denn nicht vergeben?“, fragte Peg. „Ich glühe vor Hitze, ich bin schmutzig und müde, ich habe den ganzen Tag schwer gelitten, wie es Euer Wunsch war.“

Margaret sah ihr in die Augen. „Selbst wenn ich dir vergebe, kann ich dich nicht wieder aufnehmen.“

„Wie könnt Ihr nur so grausam sein?“, heulte Peg.

„Ich bin nicht grausam. Du bist mir treubrüchig gewesen.“

Peg schüttelte den Kopf. „Eure Mutter hätte mir längst vergeben! Sie hätte alles verstanden!“

Margaret legte das soeben ergriffene Messer wieder hin. Sie konnte nicht zulassen, dass Peg ihre Mutter benutzte, um für sich einen Vorteil herauszuschlagen. „Du hast mich hintergangen. Ich kann dir nicht mehr trauen. Deshalb kannst du nicht mehr meine persönliche Dienstmagd sein.“

„Wenn Ihr einmal einen Mann begehrt, dann seid Ihr auch nicht mehr so edel!“ Peg rannte aus dem Saal.

Margaret hätte heulen können vor Schmerz und Trauer, doch stattdessen griff sie zum Weinkelch. Irgendwann würde der Wein den Schmerz betäuben.

Einige Zeit später betrat eine andere Magd den Saal, ein kleines dunkelhaariges Mädchen mit sehr heller Haut, eine der Küchenmägde, sie war etwa in Margarets Alter. Sie fragte, ob sie das Tablett abräumen könne.

„Ja, ich bin fertig.“

Die Magd zögerte. „Mylady, Ihr habt nichts gegessen. Ihr müsst etwas essen, um wieder zu Kräften zu kommen.“

Sie klang ganz wie Peg – als ob es ihr wirklich etwas bedeuten würde. „Wie ist dein Name?“

„Eilidh, Mylady“, erwiderte sie mit einem Lächeln.

Margaret versuchte, ein paar Bissen hinunterzuwürgen, während die Magd die übrigen Tische abräumte. Eilidh war überaus eifrig und schien voller Energie zu stecken. Margaret beobachtete sie aufmerksam. „Du bist bei der Belagerung draußen auf den Zinnen gewesen und hast Feuer gemacht, um Öl zu erhitzen“, sagte sie leise.

Eilidh, die gerade den Tisch abwischte, sah auf. „Ja, Mylady, genau wie meine Schwester, meine Mutter und meine Neffen. Wir haben Euch auch da draußen gesehen.“

Margaret erhob sich. „Ich kann dir nicht genug für deine Tapferkeit danken, Eilidh.“

„Der Mann meiner Schwester ist einer von Euren Bogenschützen, Mylady – Ihr habt ihm das Leben gerettet, als Ihr ihm befohlen habt, Alexander MacDonald Gefolgschaft zu schwören. Wir sind Euch alle sehr dankbar.“ Sie lächelte schüchtern. „Wir sind so froh, dass unsere Herrin wieder zurück ist.“

Offenkundig meinte sie das ganz ernst. „Es tut mir so leid, dass ich versagt habe“, sagte Margaret. „Es tut mir leid, dass wir Castle Fyne verloren haben.“

„Ihr habt nicht versagt, Mylady. Meine Großmutter hat Eurer Mutter gedient, bis sie mit Master Comyn verlobt wurde und uns verließ. Großmutter meint, Ihr wäret genau wie Eure Mutter – tapfer und freundlich. Wie hättet Ihr gegen den mächtigen Wolf bestehen können? Niemand wirft Euch etwas vor, Mylady.“

Ich werfe es mir selber vor, dachte Margaret. Doch sie sagte: „Eilidh, möchtest du gern meine Dienstmagd sein, solange ich hier bin? Ich habe keine mehr, doch ich brauche dringend eine.“

Das kleine Gesicht strahlte vor Freude. „Ich wäre sehr gern Eure private Dienstmagd, Mylady.“

„Dann geh nach oben und richte mein Zimmer für die Nacht her. Die Tische kann eine andere säubern.“ Margaret lächelte.

Das junge Mädchen eilte nach oben, um dem Befehl Folge zu leisten, und Margaret ging in die Küche, um letzte Anweisungen für die Nacht zu erteilen. Peg hockte mit zwei anderen Frauen an einem Tisch und wirkte mürrisch und trotzig. Margaret beachtete sie nicht und befahl, die Küche aufzuräumen.

Oben hatte Eilidh bereits das Feuer im Kamin angefacht, jetzt erhitzte sie Wasser für ein Bad. Über dem Feuer hingen Kohlepfannen, um Margarets Bett anzuwärmen. Sie hatte sogar daran gedacht, einen Becher mit heißem Wein hinaufzubringen. Diese Magd war offenbar ganz begierig, ihr zu dienen. Margaret war sicher, eine kluge Wahl getroffen zu haben. Die Trauer um Peg und deren Verrat war schon fast vergessen, und sie wollte gerade ihre Gewänder ablegen, als es klopfte.

Margaret hatte keine Vorstellung, wer zur Schlafenszeit vor ihrer Tür stehen mochte. Sie riss sie auf und fand Alan vor, der sie merkwürdig ansah. „Mylady, ich störe Euch nur ungern, aber der Wolf hat zwei Boten geschickt."

„Gibt es Neuigkeiten? Hat es eine Schlacht gegeben?"

Alan hielt ihrem Blick stand. „Unser Herr hat an diesem Nachmittag angegriffen, nicht bei Loch Riddon, sondern bei Cruach nan Cuilean", berichtete er. „Die Engländer steckten in einem Hohlweg in der Falle und haben schwere Verluste erlitten, doch es gelang ihnen zu entkommen."

Sie konnte es nicht fassen. „Es ist schon vorbei? Der Wolf hat gesiegt?"

„Nein, Mylady, am Morgen werden die Heere wieder aufeinandertreffen. Beide sind für die Nacht in ihre Lager eingerückt, jedes auf der anderen Seite des Berges."

Sie wurde misstrauisch. „Sonst will er uns nichts mitteilen?" Warum sollte Alexander zwei Männer losschicken, nur um sie davon in Kenntnis zu setzen, dass nichts entschieden war? Oder hatte das einen ganz anderen Zweck?

Alan wurde puterrot und senkte die Stimme. „Unser Herr hat den Wunsch, dass Eilidh heute Nacht zu ihm kommt."

Für einen Augenblick begriff Margaret überhaupt nichts mehr.

„Er konnte ja nicht wissen, Lady Margaret", sagte Alan schnell, „dass Ihr sie gebeten habt, Euch zu Diensten zu sein, und ich muss ihm seinen Willen erfüllen."

Margaret konnte es nicht glauben. Zuerst befahl er Peg in sein Bett, und nun auch noch ihre neue Magd? Konnte der Mann denn nicht eine einzige Nacht enthaltsam bleiben?

Sie war zerrissen zwischen Zorn und Entsetzen. „Entschuldigt mich“, sagte sie schneidend zu Alan und knallte ihm die Tür vor der Nase zu.

Eilidh brach bereits in Tränen aus. „Ich will das nicht, Mylady! Ich bin nicht wie Peg. Ich möchte nur Euch dienen, für immer!“

„Sei still“, forderte Margaret. „Lass mich nachdenken.“ Fast war sie schon entschlossen, ihm wieder die verfluchte Peg zu schicken – die hätte vermutlich auch noch Spaß daran. Sie ging auf und ab. Er war doch im Krieg! Wie konnte er sich da eine Frau kommen lassen? Es war nicht zu glauben!

Aber jetzt musste sie damit fertigwerden. „Eilidh – bist du schon einmal bei ihm gewesen?“

Das Mädchen nickte und schien sich zu schämen.

Margarets Entsetzen wurde noch größer. Sollte sie sich nun auch noch deshalb Sorgen machen? Es ging sie nichts an, was er tat, oder mit wem er es tat! „Hat er dir wehgetan?“, fragte sie brüsk. Das musste sie einfach wissen.

„Natürlich nicht.“ Eilidh errötete. „Er ist ein furchterregender Herr, aber wehgetan hat er mir nicht.“ Hastig setzte sie hinzu: „Ich will aber nicht wieder zu ihm müssen!“

Margaret spürte, dass sie das vollkommen ernst meinte. Aber Eilidh war doch noch so jung. „Eilidh – hat er dir deine Jungfräulichkeit genommen?“

Eilidh schüttelte heftig den Kopf. „Ich war keine Jungfrau, Mylady, aber bevor Ihr schlecht von mir denkt: Ich war einmal sehr verliebt. Er wurde im letzten Jahr getötet, als Leute aus dem Clan Ruari hierherschlichen, um unser Vieh zu stehlen.“

Margaret war erleichtert, auch wenn sie Eilidhs Verlust nachfühlen konnte.

Heute hatte es eine Schlacht gegeben, die nicht gut für Sir Guy ausgegangen war, doch auch Alexander hatte nicht gesiegt.

Morgen würden die Heere wieder aufeinandertreffen – und für diese Nacht wollte Alexander eine Bettgefährtin.

So viele verschiedene Möglichkeiten rasten ihr durch den Kopf, dass sie für einen kurzen Moment ganz überwältigt war.

Sie war Sir Guy noch nie begegnet. Was, wenn sie an Eilidhs Stelle ging? Vielleicht hätte sie Gelegenheit, ihn von fern zu sehen?

Auf jeden Fall wäre sie dann ganz in der Nähe des Schlachtfelds. Vom Ausgang der Schlacht würde sie sofort erfahren.

Und in Eilidhs Schuhen würde sich vielleicht eine Möglichkeit zur Flucht ergeben. Sie konnte Hilfe holen und nach Castle Fyne zurückkehren, um William zu befreien.

Auf einmal war sie ganz aufgeregt. Peg war groß und üppig. Für Margaret wäre es ganz unmöglich, so zu tun, als wäre sie Peg, selbst verborgen unter einer Kapuze und einem Umhang. Aber Eilidh war, wie sie selbst, eine zierliche Frau. Es war, als habe das Schicksal ihr endlich eine Gelegenheit verschafft.

„Gib mir deine Sachen“, sagte Margaret. „Alle, jetzt gleich.“

## 7. KAPITEL

Margaret konnte nicht aufhören zu zittern. Seit drei Stunden saß sie nun schon auf dem Pferd und folgte Alexanders beiden Reitern auf einem ausgetretenen Weg, den zuvor sein ganzes Heer genommen hatte. Die Fackel des ersten Reiters warf flackerndes Licht. Die Nacht war still bis auf das Getrappel der Hufe auf dem gefrorenen Boden, das Klirren des Zaumzeugs und das gelegentliche Schnauben der Pferde. Die Männer sagten nichts. Hin und wieder rief eine Eule. Einmal glaubte Margaret, in der Ferne einen Wolf heulen zu hören.

Noch nie war sie mitten in der Nacht in einem finsteren Wald unterwegs gewesen, und sie konnte nur hoffen, dass ihr so etwas in Zukunft erspart bliebe. Sie wollte gerade fragen, wie weit es noch war, als der Weg eine scharfe Kehre machte und sie aus dem Wald ritten.

Margaret rang nach Luft. Sie hatten die Pferde auf einer Anhöhe zum Stehen gebracht. Unter ihnen war die Nacht von Dutzenden von Lagerfeuern erleuchtet. Es war so hell, dass man sogar die Anordnung der Zelte erkennen konnte. Über dem Lager stand die Mondsichel am Himmel, umgeben von funkelnden Sternen. Nach stundenlangem Ritt durch finsteren, dichten und verschneiten Wald war der Anblick überwältigend.

Ihr Herz raste.

„Gleich wird dir ganz warm werden“, bemerkte einer der Männer lüstern.

Margaret würdigte ihn keiner Antwort. Die Pferde trotteten den Hügel hinunter, bereits den Duft des Heus in den Nüstern, das auf sie wartete. Margarets Herz wollte nicht aufhören zu klopfen. In wenigen Augenblicken würde sie Alexander von Angesicht zu Angesicht gegenüberstehen.

Sie machte sich nichts vor – er würde gar nicht erfreut sein, sie zu sehen. Aber mitten in der eiskalten Nacht konnte er sie kaum wieder zurückschicken.

Einige Minuten ritten sie durch das Lager, bis sie ein Zelt erblickte, das dreimal so groß war wie die übrigen und über dem ein großes Banner mit einem roten Drachen wehte.

Sie erschauerte, doch dieses Mal nicht vor Kälte.

Die Pferde kamen zum Stehen, die beiden Männer sprangen aus dem Sattel. Margaret achtete darauf, dass ihre Kapuze nicht verrutschte, die ihre Stirn und ihren Mund verdeckte. Nur ihre Nase und die Augen waren zu sehen.

Ein Soldat half ihr vom Pferd. Sie folgte den beiden Männern zu der Türklappe des Zeltes und konnte nur mit Mühe die Fassung wahren. Einer der Männer rief etwas, und sie hörte Alexanders Antwort.

Der Mann hob die Türklappe für sie. „Du sollst reinkommen, du weißt ja, dass er auf dich wartet." Er zwinkerte ihr zu.

Margaret beachtete ihn nicht und trat in das Zelt.

Hinter ihr wurde die Tür fallen gelassen.

Drinnen war es warm. Das Zelt bestand aus mehreren Lagen von Tierhäuten, um die Kälte draußen zu halten, einige Fackeln brannten, die nicht nur für Licht, sondern auch für Wärme sorgten. Durch ein Loch oben in der Mitte entwich der Rauch. Der Boden war mit Fellen bedeckt. An einem Ende befand sich ein niedriger Tisch mit einer Holzbank, am anderen eine Pritsche.

Sie merkte, dass er bereits geschlafen hatte. Er stand neben der Pritsche, nur mit seinem Kriegerhemd bekleidet, das ihm ohne Gürtel bis über die Knie reichte. Sein Haar war zerzaust. Die Felldecken hatte er offenbar gerade erst zur Seite geworfen. Sie wagte kaum, ihm in die Augen zu sehen.

Doch schließlich sah sie auf, ohne die Kapuze zurückzuschlagen.

Ihre Blicke trafen sich.

Er kann unmöglich ahnen, dass ich nicht Eilidh bin, dachte Margaret. Er sagte immer noch nichts, seinen Blick konnte sie nicht deuten. Wahrscheinlich würde er kochen vor Wut, wenn er den Schwindel entdeckte.

Margaret schlug die Kapuze zurück. In seinem Gesicht veränderte sich nichts – sie musste erkennen, dass er keineswegs überrascht war, sie zu erblicken.

„Nun habt Ihr also doch den Wunsch, meine Geliebte zu werden?“

Sie holte Luft. Wollte er sie verspotten? „Könnt Ihr durch Kapuzen und Kutten hindurchsehen?“

„Eure Augen haben Euch verraten, Lady Margaret.“ Plötzlich bewegte er sich so schnell, dass ihr keine Zeit für eine wie auch immer geartete Gegenwehr blieb. Sie erkannte nur seinen entschlossenen Gesichtsausdruck. Im nächsten Augenblick lag sie auch schon in seinen Armen, ihre Nasen berührten sich fast.

„Nun?“, begehrte er zu wissen. „Kommt Ihr schließlich doch noch freiwillig zu mir?“

Er klang gefährlich, doch sie war darauf vorbereitet, dass er wütend auf sie sein würde. Außerdem hatte er an diesem Tag eine Schlacht geschlagen. Er roch nach Moschus, nach Schweiß und sogar nach Blut. Sie wusste, was Krieg in einem Mann anrichten konnte, und ihr wurde bange. „Nein.“

„Nicht? Also soll das wieder eins Eurer Spielchen sein?“

Er war zornig und sprach voller Hohn. Beinahe wäre ihr herausgerutscht, dass sie keinerlei Spielchen im Sinn hatte, sondern endlich Sir Guy sehen und überdies morgen umgehend wissen wollte, wie die Schlacht ausgegangen war. Aber seine mächtigen Hände umklammerten immer noch ihre Schultern. Sie erinnerte sich nur zu gut, was bei seiner letzten Umarmung geschehen war, und wollte sich befreien.

„Bitte lasst mich los“, flüsterte sie heiser.

„Warum? Wir haben heute eine Schlacht gefochten, Männer sind gestorben, und Ihr seid zu mir gekommen.“

Er küsste sie. Seine Lippen waren hart und ließen keinen Widerspruch zu. Margaret erstarrte. Er küsste sie so leidenschaftlich, dass sie zu keiner Bewegung fähig war.

Aber es war weder unangenehm noch schmerzhaft. Das Blut raste durch ihre Adern, ihr Herz hämmerte. Wieder spürte sie dieses Gefühl des Unausgefülltseins in ihrem Unterleib. Und ihr Widerspruch erstarb, bevor er ausgesprochen war. Beinahe hilflos legte sie die Arme um seine Schultern.

Sein Kuss wurde gierig.

Auf einmal war sie der größten Versuchung ausgesetzt – seinen Kuss zu erwidern, sich in seine Umarmung zu schmiegen.

Doch während ihre Haut glühte, das Blut in ihren Adern hämmerte und sie einen hohlen Schmerz im Bauch empfand, war sie doch zu einem letzten vernünftigen Gedanken fähig: Sie musste diesen entsetzlichen Kuss beenden, bevor noch mehr daraus wurde – etwas, das nicht wiedergutzumachen wäre. Sie entzog sich ihm.

„Wollt Ihr nicht endlich zugeben, dass Ihr mich wollt?“ Er atmete schwer und umfasste ihre Hüfte.

Sie konnte nicht mehr denken, spürte nur noch das wilde Begehren in ihrem Inneren. Der Kuss war wie eine Urgewalt gewesen, ein Vorbote von noch so viel anderem.

Sie versteifte sich und wollte ihn von sich stoßen. Zu mehr durfte es auf keinen Fall kommen!

Er verstärkte seinen Griff, sodass sie ihm nicht entweichen konnte. „Warum seid Ihr hierhergekommen, Lady Margaret? Wir wissen doch beide, dass Ihr nicht hier seid, um Euch in mein Bett zu legen.“

Sie ließ den Blick von seinen dunklen Augen zu der Pritsche wandern. Dann erst wurde ihr klar, was sie da tat, und sie sah ihm hastig wieder ins Gesicht. Sie trat zurück, und dieses Mal ließ er sie los.

„Nein. Ich bin nicht gekommen, um Eure Mätresse zu werden.“ Sie fühlte sich ganz benommen.

Er blieb reglos, nur die Fäuste ballte er. „Was für ein Jammer.“

Sie ignorierte es. „Ich kam, um Sir Guy zu treffen.“

Sein Gesicht verhärtete sich.

„Wir sind uns noch nie begegnet, haben nur Briefe ausgetauscht. Ich bin genauso zierlich wie Eilidh. Es schien eine ausgezeichnete Gelegenheit zu sein. Schließlich liegt meine Zukunft in seinen Händen."

„Eure Zukunft liegt in meinen Händen."

Sie erschauerte. „Wie Ihr wollt", sagte sie langsam. „Ich bin Eure Gefangene, also kann ich Euch nicht widersprechen."

Er warf ihr einen gedehnten und sehr seltsamen Blick zu. Dann ging er langsam um sie herum. „Da seid Ihr ein sehr großes Risiko eingegangen, Euch zu verkleiden und mitten in der Nacht durch den verschneiten Wald zu reiten. Wie kamt Ihr auf den Gedanken, ich würde Euch Sir Guy treffen lassen?"

„Falls es Friedensverhandlungen geben sollte, hoffte ich, dabei sein zu dürfen; wenn nicht, könnte ich vielleicht aus der Ferne einen Blick auf ihn werfen."

Er blieb stehen und verschränkte die Arme. „Und was um alles in der Welt würde es Euch bringen, an Verhandlungen teilzunehmen oder Sir Guy aus der Ferne zu sehen?"

„Aber ich habe ihn noch nie gesehen!"

„Ihr wollt also nur sicherstellen, dass Euer zukünftiger englischer Gatte nicht wie eine Kröte aussieht? Oder glaubt Ihr, Ihr könntet seine Liebe entfachen? So heftig, dass er für immer für Eure Belange eintritt?"

Sie errötete. Natürlich war ihr klar, dass es ihrer Sache nicht schaden konnte, wenn Sir Guy sie anziehend finden sollte. Dann würde er vielleicht mehr Entschlossenheit an den Tag legen, um sich sie und Castle Fyne zu eigen zu machen.

„Wer weiß", fügte Alexander höhnisch hinzu, „womöglich glaubt Ihr sogar, es könnte sich eine Gelegenheit ergeben, ihm eine Botschaft zukommen zu lassen – oder auch zu fliehen."

Sie wusste, dass ihre Wangen glühten, denn er war ihr auf die Schliche gekommen. Sie hatte in der Tat überlegt, ob sie nicht einen Wachposten bestechen könnte, um Sir Guy die Nachricht von ihrer Ankunft zu überbringen. Sie hatte sich auch der trügerischen Hoffnung hingegeben, er könnte ihr daraufhin zur Flucht verhelfen. Vorsichtig sagte sie: „Wenn ich könnte, würde ich fliehen. Fliehen ist meine Treuepflicht. Das wisst Ihr."

Er musterte sie ungläubig. „Ihr könnt nicht entkommen, nicht einmal aus diesem Lager."

Er klang so entschieden, dass sie ihm jedes Wort glaubte. Plötzlich stieg Verzweiflung in ihr auf. Ein angespanntes Schweigen entstand.

Er betrachtete sie finster, ging zu dem niedrigen Tisch und goss zwei Becher Wein ein. „In einem Krieg gibt es keinen Platz für eine Frau."

„Was wird morgen geschehen?"

Mit einem Becher in der Hand trat er zu ihr. „Es wird noch eine Schlacht geben, und dieses Mal habe ich die Absicht, Sir Guy bis zurück nach England zu jagen." Er reichte ihr den Becher.

„Mein Schicksal steht auf dem Spiel, Alexander", erwiderte sie.

Er starrte sie lange an. „Man könnte glauben, Ihr seid gekommen, um Euer Schicksal zu entscheiden."

„Auf Castle Fyne herumzusitzen und zu warten, während mein Schicksal zwischen Euch und Sir Guy in der Schwebe hängt, schien mir auch nicht sehr einfallsreich zu sein."

„Ich kann nicht glauben, dass Ihr wirklich auf einen Sieg von Sir Guy hofft."

„Auf Euren Sieg kann ich ja wohl kaum hoffen."

„Das ist keine Antwort."

„Natürlich hoffe ich auf Sir Guy. Ich will Castle Fyne wiederhaben." Zumindest der letzte Satz war ernst gemeint.

„Ihr wünscht Euch also tatsächlich einen englischen Gatten?" Er hob seinen Becher und leerte ihn in einem Zug.

Da sie darauf keine vernünftige Antwort wusste, hielt sie lieber den Mund.

„Nun, da werde ich Euch nicht zu Gefallen sein können. Sir Guy wird morgen nicht siegen." Er ging zurück zum Tisch und füllte seinen Becher auf. Margaret spürte, dass er zornig war.

Sie nippte an dem Wein und versuchte, ihre Bestürzung zu verbergen. Nur musste sie leider befürchten, dass er richtigliegen könnte. „Werdet Ihr ihn wissen lassen, dass ich hier bin? Oder gibt es einen Grund, das nicht zu tun?“

„Warum sollte ich so etwas tun? Mir fällt kein einziger vernünftiger Grund ein, wieso ich Euch Sir Guy präsentieren sollte.“

Sie fuhr sich mit der Zunge über die Lippen. „Und wenn ich Euch als Freund darum bitte?“

„Ihr behauptet doch ständig, dass wir Feinde wären. Auf einmal sollen wir Freunde sein?“

„Ihr behauptet, wir wären keine Feinde.“

Er musterte sie durchdringend.

„Ihr werdet nie mein Feind sein“, sagte er abschließend. „Aber Ihr solltet Euch in Acht nehmen, Lady Margaret. Mit meiner Laune steht es heute Nacht nicht zum Besten.“

„Aber genau das versuche ich doch!“, rief sie. „Ihr wisst, dass ich Euch nichts Böses wünschen kann, obwohl ich doch für Eure Niederlage und Euren Untergang beten sollte!“

Noch ein langer Blick, dann leerte er den Becher. „Ihr hättet auf Castle Fyne bleiben sollen.“

„Wahrscheinlich – aber jetzt bin ich hier. Sei es nun zum Guten … oder zum Schlechten.“

Sie rieb sich die Arme. Gerade noch hatte sie in den seinen gelegen. Aber daran durfte sie gar nicht denken, weder jetzt noch später. Aus dem Verlangen, das offenbar wie aus dem Nichts zwischen ihnen aufloderte, konnte nichts Gutes erwachsen.

Stattdessen musste sie über das Morgen nachdenken, denn der morgige Tag könnte für sie einen Neuanfang bedeuten – falls Sir Guy Alexander besiegte, könnte das zur Befreiung von Castle Fyne und zu ihrer eigenen Freiheit führen.

„Ich muss wissen, was morgen geschehen wird“, sagte sie und sah zu ihm auf. „An meiner Stelle würdet Ihr genauso empfinden. Kann ich die Schlacht beobachten?“

„Ihr werdet hierbleiben, und zwar unter Bewachung – weit

weg von irgendwelchen Kampfhandlungen und ohne jede Fluchtmöglichkeit."

Kannte er sie wirklich so gut?

„Und übrigens, Margaret, diese beiden Kerle werden morgen bestraft werden, weil sie solche Narren sind."

Das entsetzte sie sofort. „Ihr könnt doch nicht sie bestrafen! Bestraft mich."

„Über das Schicksal der beiden Männer hättet Ihr nachdenken sollen, bevor Ihr ihnen vorgemacht habt, Ihr wäret Eilidh", meinte er kurz angebunden.

„Ich könnte es nicht ertragen, wenn Ihr ihnen etwas antut."

„Sie hatten den Befehl, Eilidh zu mir zu bringen. Indem sie stattdessen Euch brachten, haben sie Euer Leib und Leben aufs Spiel gesetzt."

Sie verschränkte die Arme. Hatte sie denn ganz vergessen, wie unbarmherzig er sein konnte?

„Gefällt es Euch immer noch, hier zu sein?", fragte er schroff.

„Wollt Ihr ihnen eine Lektion erteilen oder mir?"

„Ihr hättet wirklich eine Lektion nötig, Lady Margaret, denn ich werde nicht immer da sein, um Euch vor Euren eigenen Dummheiten zu bewahren. Euer Mut ist bewundernswert, aber leider völlig fehlgeleitet. Es wird noch der Tag kommen, wo Euer Mut Euch in große Gefahr bringt."

„Was kümmert Euch das?"

„Ihr braucht einen Beschützer, Lady Margaret."

„Ihr klingt ja fast, als würdet Ihr glauben, Ihr könntet dieser Mann sein."

Er hielt ihrem Blick stand. „Ich will, dass Ihr meine Mätresse seid."

Sie rang nach Luft. Hatte er wirklich gerade von ihr verlangt, seine Geliebte zu werden?

„Ja, wir sind im Krieg. Ja, wir sind Erzfeinde – eine MacDougall und ein MacDonald. Aber mein Bruder hat Juliana MacDougall geheiratet. Ihr braucht einen Beschützer, Lady Margaret."

Sie war fassungslos. „Ich kann doch nicht Eure Mätresse werden!“

„Wegen des Krieges? Oder wegen Sir Guy? Oder gar wegen Buchan? Oder in Wahrheit, weil Ihr Euch davor fürchtet, eigentlich mich zu wollen?“

Sie schluckte. „Ja“, brachte sie schließlich hervor. Sie konnte unmöglich seine Mätresse werden, wegen des Krieges, wegen Sir Guy, wegen ihrer Familie – und wegen dieser Anziehungskraft zwischen ihnen.

„Wir könnten diese Nacht gemeinsam verbringen. Ich könnte in jeder Hinsicht Euer Beschützer sein. Ich würde Euch schützen vor Buchans Rage und Sir Guys Zorn. Ihr wäret wieder die Herrin von Castle Fyne.“ Sein Blick wurde fragend. „Und Ihr müsstet niemals die Gattin eines Engländers werden.“

Es war beinahe, als würde er um ihre Hand anhalten – was natürlich Unsinn war. Eine Ehe mit ihm hätte sie auch niemals in Betracht gezogen, denn das wäre noch schlimmer als eine heimliche Liebschaft. Sie waren Erzfeinde, und es herrschte Krieg. Sie war seine Gefangene – und sie war einem anderen versprochen.

Aber selbst wenn sie nicht Sir Guy versprochen wäre, würde sie niemals mit dem Mann schlafen, der ihr Castle Fyne geraubt hatte. Einen solchen Verrat konnte sie ihrer Familie unmöglich antun.

„Ich suche mir eine andere Pritsche – Ihr könnt meine nehmen.“ Er warf sich seinen Umhang um die Schultern. An der Türklappe hielt er noch einmal inne. „Euch ist schon klar, dass ich ihn möglicherweise umbringen muss?“

Sie prallte zurück. „Warum solltet Ihr Sir Guy umbringen müssen?“

Er kniff die Augen zusammen. „Weil er mir im Wege steht.“

Sie zitterte. Bestimmt meinte er damit, dass Sir Guy zwischen ihm und Castle Fyne stand, nicht zwischen ihm und ihr.

Alexander verschwand in der Nacht.

Margaret musste doch noch eingeschlafen sein. Mit einem Ruck wachte sie auf, sah zum Zeltdach hoch und wurde sich bewusst, dass sie auf Alexanders Pritsche unter seinen Felldecken lag.

Nachdem er gegangen war, war es ihr unmöglich, in den Schlaf zu finden. Sie war unter seine Decken geschlüpft, ganz überwältigt von seinem Geruch und dem, was noch von seiner Gegenwart zurückgeblieben sein mochte. Sie hatte geglaubt, er würde gleich mit einer weiteren Pritsche wieder das Zelt betreten, doch sie blieb allein. So erschöpft sie auch war, ihre Gedanken kreisten unaufhörlich um das merkwürdige Gespräch, diesen Kuss und die bevorstehende Schlacht.

Aber irgendwann war sie dann doch eingenickt. Nun konnte sie hören, wie das Lager draußen zum Leben erwachte; zweifellos bereitete das Heer sich auf die Schlacht vor. Margaret schlug die Decken zur Seite, machte Gebrauch von einem Nachttopf, kämmte sich das Haar mit den Fingern und flocht es. Auf dem Tisch stand ein kleiner Wasserkrug, sie wusch sich das Gesicht und spülte den Mund aus.

All dies in größter Eile, während die Geräusche der Männer und der Pferde draußen immer lauter wurden. Ihr Herz raste. Heute herrschte Krieg.

Margaret legte ihren Umhang an, warf einen Pelz über und trat hinaus. Der Morgen war grau, aber hell, im ganzen Lager summte es emsig wie in einem Bienenstock, Männer liefen hin und her, Pferde wurden gesattelt und Karren beladen, doch sie erblickte Alexander sofort.

Er stand mit drei anderen Männern zusammen, neben der Feuerstelle vor seinem Zelt. Er trug ein Kettenhemd, seine Beine waren gepanzert, der grobe Umhang war an den Schultern befestigt. Bei ihm waren Padraig und ein weiterer Highlander, genauso herausgeputzt, und der dritte Mann war ein englischer Ritter in Rüstung.

Ein paar Schritte entfernt stand ein weiterer Engländer in Rüstung, der das Pferd des Ritters am Zaum hielt. Hatte Sir Guy einen Boten zu Alexander geschickt? Warum?

Margaret fragte sich, ob Sir Guy irgendwie von ihrer Anwesenheit hier im Lager erfahren haben konnte und nun ihre Freilassung verlangte.

Alexander hörte oder spürte, wie sie sich näherte, und wandte sich um. Er musterte sie von oben bis unten; an diese Gepflogenheit von ihm gewöhnte sie sich langsam.

„Guten Morgen", sagte er höflich. „Habt Ihr gut geschlafen?"

„Ausgezeichnet", log sie. Dann sah sie den englischen Ritter offen an. Er hatte seinen Helm abgenommen, sie blickte in dunkle Augen in einem zerfurchten und blassen Gesicht.

„Mein Gegner bittet um Verhandlungen", erklärte Alexander.

Ihre Augen wurden groß.

„Offenbar hegt er gewisse Befürchtungen hinsichtlich einer zweiten Schlacht." Alexander warf ihr einen bedeutungsvollen Blick zu und baute sich mit seinem mächtigen Körper zwischen ihr und dem Engländer auf. „Sagt Sir Guy, dass ich unserer Begegnung mit Spannung entgegensehe."

Der Engländer nickte und marschierte hinüber zu seinem Pferd, ohne Margaret auch nur eines Blickes zu würdigen. Während er aufstieg, sank ihr das Herz – er hatte nicht die geringste Ahnung, wer sie war. Also wusste auch Sir Guy nichts von ihrer Anwesenheit, schon gar nicht hatte er ihre Freilassung verlangt. Die beiden Reiter galoppierten davon.

Alexander redete schnell auf Padraig ein, und zwar in der Muttersprache des Landes. Auch Margaret war des Gälischen mächtig, doch sein Dialekt war ihr fremd – sie schnappte nur wenige Brocken auf. Padraig nickte und eilte mit dem anderen Highlander davon.

Alexander wandte sich langsam zu ihr um. „Sowohl er wie auch ich bringen ein Dutzend Ritter mit. In einer Stunde treffen wir uns in dem Tal südlich des Berges."

Ohne nachzudenken, ergriff Margaret seine Hand. „Ihr müsst mir erlauben, mitzukommen!"

„Damit er wegen Eurer Schönheit und Klugheit in unsterblicher Liebe entbrennt?“ Er riss seine Hand los.

„Das wäre ein Segen, das will ich gar nicht abstreiten, aber Ihr wisst längst, dass es nicht mein Wunsch ist, Eure Gefangene zu bleiben“, sagte sie. „Aber Ihr wollt doch sicher auch weiteres Blutvergießen vermeiden? Ihr wollt doch nicht, dass er nun Castle Fyne belagert? Vielleicht kann ich irgendwie von Nutzen sein.“

„Ihr werdet von Nutzen sein, Lady Margaret, und ich habe auch schon entschieden, auf welche Weise. Wie es sich herausstellt, gefällt es mir durchaus, dass er Euch zu sehen bekommt – aber zu meinem Nutzen, nicht zu Eurem.“ Er schritt zu seinem Zelt.

Er würde ihr erlauben, bei den Verhandlungen dabei zu sein – und sie würde zum ersten Mal den Mann zu Gesicht bekommen, den sie im Juni heiraten sollte! Um Gottes willen, was bezweckte er damit? Ihre Hochstimmung verflog sofort wieder. Voller Sorge eilte sie ihm nach.

Vor seinem Zelt schärfte Alexander sein riesiges Schwert an einem Stein. Sie blieb stehen und sah zu. Die Klinge knirschte, als er sie über den Stein zog. Er richtete sich auf und steckte das Schwert entschlossen in die Scheide. Sodann zog er das Schwert an seiner Rechten und schärfte es auf dieselbe Weise.

Ihn zu beobachten, wie er sich auf die Schlacht vorbereitete, war furchterregend. „Auf welche Weise soll ich Euch von Nutzen sein?“ Sie war selbst verwundert, wie zittrig ihre Stimme klang.

„Ihr müsst rasch etwas essen, wir brechen gleich auf“, sagte er und schritt an ihr vorbei.

Offenkundig hatte er nicht vor, auf ihre Frage zu antworten. Sie folgte ihm, doch er lief so schnell, dass sie nicht mithalten konnte. Er befahl jemandem, ihr etwas zu essen zu geben, sie fand sich wieder mit Brot und Käse in der Hand, und er war verschwunden. Ein junger Schotte etwa in ihrem Alter sah sie an.

Margaret erwiderte den Blick, ohne zu lächeln. Um sie herum waren Alexanders Truppen eifrig zugange, Karren wurden beladen. Nur langsam ging ihr auf, was nun bevorstand: Sie befand sich nicht nur in einem Heerlager kurz vor der Schlacht, sie sollte auch gleich dabei sein, wenn die beiden Heerführer sich trafen – der eine ihr noch unbekannter Verlobter, der andere ihr Bezwinger. Ihre Anspannung war schon gestiegen, als sie zusah, wie Alexander seine Schwerter an dem Stein schärfte; nun wurde sie unerträglich.

„Ich bin Dughall“, sagte der blonde Bursche. „Ihr solltet besser essen. Der Wolf hat es befohlen.“

Margaret nahm ein paar Bissen, nicht weil sie hungrig war, sondern weil sie wusste, dass ihr ein langer Tag bevorstand. Dughall sagte weiter nichts; er starrte sie nur ganz offen an, als wäre sie eine seltsame Rarität. Sie fragte sich, ob Dughall wohl wusste, wer sie war.

Er reichte ihr einen Weinschlauch.

Sie schüttelte den Kopf. „Ich würde lieber Wasser trinken.“

„Das Wasser hier ist nicht mehr trinkbar.“

Margaret erkannte, dass das Wasser des Flusses vom Unrat des Heeres verunreinigt war, also ergriff sie den Schlauch und trank, so viel sie konnte. Der Wein war mit Wasser verdünnt worden und nicht so stark, wie sie befürchtet hatte.

Dann hörte sie das Klappern der Hufe auf dem gefrorenen Boden und blickte an Dughall vorbei.

Alexander saß auf seinem grauen Schlachtross und führte den Reiterzug an. Vor ihr brachte er das Pferd zum Stehen und blickte aus kalten, blauen Augen zu ihr herab.

Ihr Herz setzte aus. Er war jetzt ganz Krieger, der nur seinen Sieg im Sinn hatte. Es war kaum zu glauben, dass sie sich gestern Nacht ganz vernünftig mit ihm hatte unterhalten können – sich gar hatte von ihm küssen lassen.

Andererseits wusste sie ja längst, wie unbarmherzig und gerissen er war. Auch wenn er jetzt zu Verhandlungen aufbrach, so verfolgte er dabei doch nur seine eigenen Ziele. Man konnte ihn nicht leicht hinters Licht führen. Das hatte sie selbst herausfinden müssen.

Als er gestern aus Castle Fyne zur Schlacht aufgebrochen war, war sie nicht in der Lage gewesen, ihm Böses zu wünschen. Und auch jetzt brachte sie es nicht übers Herz. Trotzdem betete sie für Sir Guys Triumph.

Er ließ sie nicht aus den Augen. „Wir brechen auf, Lady Margaret. Ihr könnt aufsitzen."

Hinter ihm saß Padraig auf einem rotbraunen Ross und führte eine kleine graue Stute am Zügel, offenbar ihr Reittier. Dahinter drängte sich ein Dutzend Highland-Ritter, alle in Pelz und Rüstung.

Margaret stopfte die Brot- und Käsereste in die Tasche ihres Umhangs und eilte zu der Stute. Mit beiden Händen nahm sie Padraig die Zügel ab, als er fragte: „Könnt Ihr reiten?"

Margaret nickte.

Alexander wirbelte sein Pferd herum und ritt in einem schnellen Trab los; die übrigen Männer folgten.

Es war inzwischen gut zwei Stunden nach Sonnenaufgang, doch der Tag blieb grau. Margaret blickte in den Himmel. Wahrscheinlich wird es schneien, dachte sie erschauernd. *Ist das für die bevorstehende Schlacht gut oder schlecht?*

Davon hatte sie schlicht und einfach keine Ahnung. Als sie das Lager hinter sich ließen, fiel der Schatten des Cruach nan Cuilean über sie, was den Morgen noch dunkler und kälter machte.

Sie war so nervös, dass sie Magenschmerzen bekam und ihr der Kopf wehtat. Margaret fragte sich, was Sir Guy im Sinn haben mochte. Wollte er wirklich einen Waffenstillstand aushandeln, nach einer einzigen Schlacht? Er konnte doch Castle Fyne nicht bereits aufgegeben haben – oder seine Verlobte. Oder wollte er Alexander eine Falle stellen?

Falls sie in einen Hinterhalt gerieten, würde auch sie zu den Opfern gehören, das wurde ihr schlagartig klar. Sir Guy konnte ja nicht wissen, dass sie zu Alexanders Begleitung gehörte. Jedenfalls würde sie bald herausfinden, was Sir Guy vorhatte – und auch, welche Ziele Alexander verfolgte.

Auf einmal konnte sie in der Ferne die heranreitenden Engländer sehen. Über ihnen wehten zwei Banner. Die Banner sowie die Ritter auf ihren Pferden wurden deutlicher erkennbar, als sie sich näherten. Ein Banner war die rote Flagge des englischen Königshauses, das andere die blau-weiße der großen Familie de Valence.

Ihr Herz hämmerte. Noch waren die Ritter nicht eindeutig auszumachen. Ihre Visiere waren hochgeklappt. Sie fragte sich, welcher von ihnen Sir Guy war.

Als nur noch wenige hundert Meter zwischen ihnen lagen, riss Alexander mit einer heftigen Bewegung den Arm hoch und brachte seinen Trupp zum Stehen. Auch Sir Guys Männer hielten an.

Margaret blieb mitten unter den Männern, während Alexander und Padraig langsam im Schritt vorwärtsritten. Zwei Engländer kamen ihnen entgegen.

Als sie die beiden englischen Ritter musterte, schien ihr das Herz zu zerspringen, denn der eine war ziemlich untersetzt, also musste der andere Sir Guy sein. Sein Bart war schon grau. Er war von mittlerer Größe und Statur und besaß jenen dunkleren Teint, der unter den Franzosen weit verbreitet war. Obwohl er sein Pferd in einiger Entfernung von ihr zum Stehen brachte, konnte sie erkennen, dass er ein recht stattlicher Mann war.

Sie starrte ihren zukünftigen Gatten an, doch er war sich natürlich ihrer Anwesenheit nicht im Geringsten bewusst. Er konnte ja nicht wissen, wer sie war. Und sie wusste nicht, was sie denken sollte.

„Guten Morgen, Sir Guy“, sagte Alexander kühl. „Es tut mir leid, dass wir uns unter solchen Umständen begegnen müssen.“

„Euch tut es leid?“ Sir Guy klang wütend und ungläubig. „Niemandem tut das mehr leid als mir!“

Margaret war verwirrt. Das klang ja, als ob die beiden einander bereits kannten.

„Ich musste immer lachen, wenn jemand Euch als den Wolf bezeichnet hat, Alexander. Ich lachte in mich hinein, wenn ich Geschichten darüber hörte, wie hinterhältig Ihr seid!“ Sir Guy ritt im Kreis um Alexander und Padraig herum, sein Pferd warf den Kopf hoch. Der andere Ritter rührte sich nicht. „Doch Ihr seid genauso, wie die Leute es behaupten, verflucht! Ihr hättet bei Inverary oder Lachlan angreifen können – stattdessen habt Ihr meinen Besitz angegriffen!“

Sie kennen sich tatsächlich, dachte Margaret fassungslos. *Und er bezeichnet Castle Fyne jetzt schon als seinen Besitz?*

„Castle Fyne ist eine sehr wichtige Festung, Sir Guy. Sie beherrscht einen Teil des Meeresarms, den größten Teil des Sees und vor allem den Weg ins Innere von Argyll. Außerdem liegt sie direkt an unserer Grenze ... Einen besseren Ort für einen Angriff konnte ich mir gar nicht vorstellen.“

„Ihr seid ein kaltherziger Bastard“, erwiderte Sir Guy.

Margaret zuckte zusammen, doch Alexander schien belustigt. „Buchan wird Eurer Zukünftigen sicher ein anderes Stück Land als Aussteuer mitgeben. Er besitzt doch jede Menge Land oben im Norden.“

„Aber meine Ländereien liegen im Süden, und das wisst Ihr ganz genau. Ich werde Euch das nie verzeihen, Alexander, und Buchan auch nicht!“ Sir Guy zerrte vor Wut heftig am Zügel, und sein Hengst stieg hoch.

„Mir tut es leid, dass wir uns in diesem Krieg auf gegnerischen Seiten befinden.“ Alexander blieb ganz ruhig – so ruhig, dass man unmöglich sagen konnte, ob er das ernst meinte oder nicht.

„Ihr seid ein Wahnsinniger! Den König zu verraten und mit Bruce gemeinsame Sache zu machen! Wenn er geschnappt wird, hängt man ihn, und seine Ländereien fallen an König Edwards edelste Ritter. Ihr werdet neben ihm hängen, und auch Eure Ländereien sind verwirkt.“

„Weder Bruce noch ich werden in die Hände des Königs geraten. König Edward wird sich niemals mit den Lords of the Isles anlegen – er braucht mich und meine Brüder, um die Kontrolle über die Äußeren Hebriden nicht zu verlieren."

„‚Niemals' ist ein gewaltiger Begriff – den solltet Ihr besser nicht verwenden."

„Wenn Ihr nur gekommen seid, um zu toben und zu wüten, verschwenden wir unsere Zeit."

Sir Guy brachte sein Pferd neben Alexander zum Stehen, sodass sich ihre Schultern fast berührten. „Wir haben Seite an Seite gekämpft. Wir haben unser Mahl, den Wein und die Frauen miteinander geteilt. Wir waren einmal Freunde. Deshalb hielt ich es für angebracht, Euch wissen zu lassen, dass ich Euch niemals vergeben werde. Ihr werdet für Euren Verrat an mir und unserem Lehnsherrn teuer bezahlen."

„Wenn Ihr glaubt, ich wäre Euch für eine solche Warnung dankbar, könnt Ihr Euch das aus dem Kopf schlagen. Vor allem solltet Ihr gründlich nachdenken, bevor Ihr Drohungen ausstoßt – denn ich habe Eure Braut."

Sir Guy war fassungslos, und Margaret konnte einen Aufschrei nicht unterdrücken.

„Liegt Euch an ihr überhaupt etwas?", fragte Alexander kalt. „Ihr habt Euch gar nicht nach ihrem Wohlbefinden erkundigt."

Sir Guy sah an ihm vorbei. Margaret erschauerte, als ihre Blicke sich trafen.

Sir Guy sog scharf mit einem fast zischenden Geräusch die Luft ein. Er trieb sein Pferd an, vorbei an Alexander und Padraig, auf sie zu.

Margaret wusste, dass sie rot angelaufen war. Das also war Alexanders Plan – er wollte Sir Guy in Rage versetzen!

Sie erkannte, dass ihr Onkel ihr nichts vorgelogen hatte – er war wirklich ein stattlicher Mann. Doch seine grauen Augen blickten ungläubig.

Die Barden, die Margaret oft besungen hatten, betonten immer ihr langes, lockiges, rotgoldenes Haar. Sie schob die Kapuze zurück, löste ihre geflochtenen Zöpfe, doch sie sah dabei zur

Seite. Es lag eigentlich nicht in ihrer Absicht, sittsam zu erscheinen – nur hatte sie auf einmal entsetzliche Angst.

Dieser Mann sollte also ihr Gatte werden. Und wenn ihr eines klar geworden war, dann, dass er ein ungestümes Temperament besaß.

„Lady Margaret?" In seiner Stimme lag die gleiche Fassungslosigkeit wie in seinem Blick.

Sie riss sich zusammen und sah ihm in die Augen. Woher kam diese schreckliche Ahnung, dass er weder freundlich noch mitfühlend war? „Ja, Sir Guy, ich bin Lady Margaret – Eure Versprochene."

„Mein Gott, er hat Euch hierhergebracht!"

Margaret biss sich auf die Lippe, bis sie Blut schmeckte. Sie wollte nicht, dass Sir Guy herausfand, dass sie eine List gebraucht hatte, um sich in Alexanders Heerlager zu schleichen. Sie warf Alexander einen Blick zu. Er beobachtete sie, doch erleichtert stellte sie fest, dass er ihr Geheimnis nicht verraten würde.

„Ich bin sehr traurig, dass wir uns auf diese Weise kennenlernen müssen", brachte sie hervor.

„Hat er Ihnen wehgetan?", begehrte Sir Guy zu wissen.

„Nein."

Sir Guy musterte sie scharf. „Warum errötet Ihr, Lady Margaret?", fragte er.

„Weil Ihr mich anstarrt, als ob ich zwei Köpfe hätte!", rief sie aus. Aber sie musste daran denken, wie Alexander sie gestern Nacht geküsst hatte. Sie musste Sir Guy gar nicht näher kennenlernen, um zu wissen, dass er vor Wut kochen würde, sollte er das je herausfinden.

„Ich starre, weil Ihr noch schöner seid als Euer Abbild oder als Euer Onkel Euch geschildert hat."

Sie atmete schwer. „Dann seid Ihr also erfreut?"

Er schüttelte den Kopf. „Ihr seid hinreißend, Lady Margaret. Aber ich bin gar nicht darüber erfreut, dass Alexander Castle

Fyne angegriffen hat, dass Ihr jetzt seine Geisel seid, und dass er Euch hierhergebracht hat!"

Sie wusste nicht, ob sie nicht doch enthüllen sollte, dass sie aus eigenem Entschluss in sein Lager geritten war. Ihr Gefühl riet ihr, die Wahrheit lieber für sich zu behalten. „Es tut mir furchtbar leid, dass Castle Fyne verloren ist, Mylord. Aber Ihr sollt wissen, wie tapfer meine Leute gekämpft haben, um es zu verteidigen."

Er riss die Augen auf. „Das ist gar kein Märchen?"

„Was für ein Märchen, Mylord?"

„Ganz Schottland spricht über die Herrin von Fyne, die es gewagt hat, ihre Burg gegen den mächtigen Wolf von Lochaber zu verteidigen. Ich habe das nicht geglaubt."

Freute er sich darüber? Sie konnte es nicht sagen. „Ich glaubte, keine andere Wahl zu haben. Ich wusste damals nichts von dem Aufstand von Robert Bruce. Ich dachte, Hilfe wäre schon unterwegs, und wir könnten den Wolf abwehren, bis mein Onkel Buchan oder mein Onkel Argyll zu unserer Rettung eintreffen würden."

„Ihr seid eine Frau! Ihr seid erst siebzehn! Ihr konntet doch niemals eine Belagerung zurückschlagen!" Er klang gleichzeitig wütend und fassungslos. „Warum hat Euer Bruder nichts unternommen?"

„Mylord, mein Bruder zog mit anderen Rittern los, um den Wolf am Ausgang der Schlucht zu stellen, und in der Hoffnung, ihn zurückschlagen zu können, bevor er unsere Mauern erreicht! So war niemand mehr da, um die Verteidigung der Burg zu befehligen. Ich bin die Tochter von Mary MacDougall. Es war meine Pflicht, Castle Fyne zu verteidigen."

Er starrte sie an, und sie fühlte sich sehr unbehaglich. „Ihr hättet den Befehl einem Eurer Ritter übertragen sollen. Keine Frau ist in der Lage, eine Schlacht zu schlagen. Und Ihr solltet nicht hier sein, in seinem Heerlager." Er wirbelte sein Pferd zu Alexander herum.

Kaum wandte er ihr den Rücken zu, holte sie tief Luft und

sah schnell zu Alexander. Er warf ihr einen Blick zu, den sie nicht deuten konnte.

„Ich verlange, dass Ihr sie sofort freigebt! Sie braucht mit diesem Krieg nichts zu tun zu haben", sagte Sir Guy entschlossen.

„Ich kann sie nicht freigeben. Sie ist die Herrin von Castle Fyne und die Nichte des Earl of Buchan." Alexander sprach ganz ruhig. „Sie ist eine wertvolle Geisel, Sir Guy, aber das wisst Ihr ja."

Margaret wusste, dass seine Worte die pure Provokation waren, auch wenn seine Stimme völlig leidenschaftslos klang.

„Wir waren einmal Freunde!", rief Sir Guy aus und lenkte sein Ross wieder um Alexander und Padraig herum. „Und wenn ich Euch bitte, sie freizulassen, weil sie eine Dame ist, und obwohl Ihr ein wilder Schotte seid, so weiß ich doch, dass Ihr einen Funken Ehrgefühl im Leib habt!"

Alexander setzte dieses halbe, freudlose Lächeln auf, das Margaret so gut kannte. „Und was bekomme ich dafür?"

Sir Guy stoppte das Pferd.

„Überlasst Ihr mir Castle Fyne? Werdet Ihr Euch zurückziehen?"

Margaret war entsetzt. Würde Alexander sie freigeben, wenn er dafür Castle Fyne bekam?

„Niemals", schnaubte Sir Guy.

„Das habe ich auch nicht angenommen."

Sir Guy fluchte. „Wie viel Lösegeld wollt Ihr haben?"

Alexander kehrte Margaret die Seite zu. Nun sah er sie kurz an. „Ich verlange kein Lösegeld."

Sir Guy schluckte so zornentbrannt, dass er nicht sprechen konnte.

„Für Lösegeld ist sie viel zu wertvoll", sagte Alexander leise, ohne sie anzusehen. Sein Blick war auf Sir Guy gerichtet.

„Ihr verfluchter heidnischer Schotte! Sie gehört mir! Castle Fyne gehört mir! Ich werde Euch vernichten, Alexander, oder dabei zugrunde gehen."

„Dann werdet Ihr zugrunde gehen."

Sir Guy wandte sich voller Wut an Margaret. Sie rutschte unruhig im Sattel hin und her.

„Bringt Euch nicht in Gefahr“, sagte er.

Sie schaffte es, zu nicken.

Aber er wartete erst gar nicht ab und galoppierte bereits zurück zu seinen Männern. „A de Valence!“, schrie er, sein Kriegsruf. „Für König Edward!“

Seine Ritter brüllten denselben Kriegsschrei, „A de Valence! Für König Edward!“ Geschlossen machten sie kehrt und galoppierten davon.

Margaret konnte sich kaum im Sattel halten. Das also war ihr zukünftiger Gatte. Ihr wurde ganz übel. Er war von so heißblütigem Naturell, doch er machte sich nichts aus ihr – überhaupt nichts. Ihm war nur wichtig, dass sie ihm Castle Fyne einbrachte. Und es erboste ihn, dass man ihm die Burg und die Braut geraubt hatte.

Eine starke Hand packte sie am Arm und stützte sie. „Werdet Ihr vom Pferd fallen?“

Sie sah zu Alexander auf. Gern hätte sie mit einem Scherz dem Augenblick die Schwere genommen, doch sie schaffte es nicht.

„Ich wäre sehr stolz, wenn Ihr jemals den Kampf aufnehmen würdet, um etwas zu verteidigen, das mir gehört“, sagte er sanft.

Margaret begann zu zittern. Sie fühlte sich noch schlechter als vorhin.

Er sah zu seinen Männern und hob die Stimme. „Bringt sie zurück nach Castle Fyne. Stellt sicher, dass ihr nichts passieren kann.“

Margaret fuhr zusammen. Er wollte sie wieder wegschicken – während er selbst in die Schlacht zog. „Lasst mich bleiben! Ich werde Euch schwören, dass ich nicht versuche, zu fliehen!“

Er hatte kaum noch einen Blick für sie übrig. „Ihr kehrt zurück nach Castle Fyne.“ Dann richtete er sich in den Steigbügeln auf und brüllte: „A Bruce! A Donald! A Alasdair!“

Und seine Männer wiederholten den Kriegsruf.

Und die Felsen und Wälder des Cruach nan Cuilean schienen zu erbeben.

## 8. KAPITEL

„Was ist los mit Euch, Mylady? Ihr habt kaum etwas gesagt, seit Ihr wieder hier seid."

Margaret saß im großen Saal am Tisch. Der junge Dughall und ein weiterer Schotte hatten sie vor zwei Tagen zurück nach Castle Fyne eskortiert. Eilidh hatte soeben mit besorgtem Blick ein Servierbrett mit verschiedenen Speisen vor sie hingestellt. Peg war damit beschäftigt, an einem anderen Tisch die Wachen zu bedienen, und wandte sich nun um.

Wie sehr Margaret sich nach einer Vertrauten sehnte! Die letzten beiden Tage hatten sich endlos hingezogen. Dauernd musste sie an ihren kurzen Aufenthalt in Alexanders Kriegslager denken – und an die Verhandlung mit Sir Guy. Auch ihre Zukunft als Sir Guys Ehefrau wollte ihr nicht aus dem Kopf gehen, oder die Schlacht, die vielleicht immer noch in der Nähe von Loch Riddon tobte.

„Seit zwei Tagen haben wir nun schon keine Nachricht erhalten", sagte sie. „Ich würde so gern wissen, was passiert ist … und erfahren, ob Sir Guy siegreich war."

Als sie aufbrach, bereiteten sich beide Heere gerade auf die Schlacht vor. Margaret wollte endlich deren Ausgang wissen.

Sir Guy hatte geschworen, Alexander zu vernichten.

Ihr Herz klopfte heftig vor Sorge und Furcht. Ihr war klar, dass sie sich auch um Alexanders Wohlergehen sorgte – sie wünschte inständig, dass er nicht in der Schlacht verletzt worden war. Aber es war ihre Pflicht, auf Sir Guys Sieg zu hoffen. Sie musste ihm treu ergeben sein. Ihr Onkel würde Sir Guy bei seinem Vorhaben, Alexander zu besiegen und Castle Fyne zurückzuerobern, unterstützen. Das Gleiche würde auch William tun, wie alle übrigen ihrer Verwandten aus den Familien Comyn und MacDougall. Dieses ständige Warten in Ungewissheit, wer gewonnen und wer verloren hatte, war nicht auszuhalten!

Sie sah Sir Guy vor sich, wie er sie aus seinen grauen Augen anstarrte, fassungslos und voller Missbilligung. Was sie unternommen hatte, um Castle Fyne zu verteidigen, schien er nicht sehr zu schätzen. Sie hatte ihren ganzen Mut zusammennehmen müssen, um die Forderung des Wolfs abzulehnen, ihm die Burg zu übergeben. Sie verstand überhaupt nichts von Belagerungen und hatte sehr schnell lernen und improvisieren müssen. Sie war sogar selbst auf die Zinnen gestiegen und hatte gemeinsam mit ihren Bogenschützen und Soldaten und den anderen Frauen gekämpft.

Er missbilligte das.

Sie war völlig entgeistert gewesen. Keine Frau hegte den Wunsch, ihren zukünftigen Gatten zu verärgern! Jede Frau gab sich der Hoffnung hin, dem Mann, den sie einmal heiraten sollte, zu gefallen.

Schlimmer noch war, dass Sir Guy Castle Fyne bereits als sein Eigentum betrachtete. Doch ihre Verbindung war noch nicht vollzogen – und bis zur Hochzeit gehörte Castle Fyne einzig und allein ihr. Die Burg war ihre Aussteuer, wie sie auch schon die ihrer Mutter gewesen war. Wie konnte Sir Guy darüber reden, als ob die Festung bereits ihm gehörte?

Aber wenn er nun triumphierte und Alexander besiegte und Castle Fyne zurückeroberte, dann würden sie heiraten, wie es vorgesehen war. Er würde nicht nur Castle Fyne besitzen, sondern auch sie.

Sie wollte tapfer bleiben, doch sie war von Furcht erfüllt. Sein heißblütiges Naturell, sein Mangel an Respekt und seine Missbilligung ihrer Person wollten ihr nicht aus dem Kopf gehen. Sie hatte Angst vor dem Mann, den sie im Juni heiraten sollte.

Ihr war klar, dass sie ihre zukünftige Ehe nicht mit der Beziehung vergleichen durfte, die ihre Eltern gepflegt hatten. Aber das Bild drängte sich ihr immer wieder auf. Ihr Vater hatte nie eine Missbilligung gegenüber ihrer Mutter erkennen lassen. Und dann kam ihr ein geradezu abtrünniger Gedanke: Alexander hatte ihre Handlungen niemals missbilligt. Ganz im Gegenteil.

Es war regelrecht eine Verlockung, auf Alexanders Sieg zu hoffen.

Doch sie durfte ihrem Verstand niemals erlauben, sich in eine derartige Richtung zu bewegen. Sie musste sich in Erinnerung rufen, welche Vorteile eine Verbindung mit Sir Guy für sie und ihre ganze Familie bringen würde.

„Der Wolf hat noch nie eine Schlacht verloren“, sagte Eilidh vorsichtig.

Margaret, aus ihren Gedanken gerissen, starrte sie an. „Sein Heer ist zahlenmäßig unterlegen, Eilidh. Vielleicht wird er dieses Mal besiegt.“

„Wir werden die Nachricht erhalten, sobald die Schlacht vorüber ist.“ Eilidh lächelte ihr aufmunternd zu. „Neuigkeiten fliegen schneller als die Vögel. Wir werden bald erfahren, wer siegreich blieb, Mylady.“

Damit hatte Eilidh sicher recht – schon bald würde einer der beiden vor den Burgmauern erscheinen, und das wäre dann der Sieger. Aber welcher von beiden würde es sein?

„Sir Guy hat ein riesiges Heer. Wahrscheinlich steht er jeden Augenblick vor unseren Wällen.“ Aber das Lächeln war aus Eilidhs Gesicht verschwunden. „Und dann seid Ihr wieder frei.“

Eilidh wollte ihr Mut machen, das wusste Margaret. Doch das war ein hoffnungsloses Unterfangen, da ihr so vieles schwer auf den Schultern lastete und es nur Ungewissheiten gab. „Ja, wenn Sir Guy triumphiert, werde ich frei sein. Ich mache mir bloß Sorgen, das ist alles.“ Sie ergriff ein Messer und schob geistesabwesend ihr Essen auf dem Brett hin und her. Sie musste daran denken, wie Alexander sie oft musterte – eindringlich und nachdenklich –, wenn er versuchte, hinter ihre Gedanken zu kommen. Als ob es ihm wirklich etwas bedeutete, was in ihr vorging. In seinem Lager schien er sich sogar um ihr Wohlergehen zu sorgen.

Sir Guy würde wahrscheinlich niemals auch nur eine Überlegung darauf verschwenden, was sie beschäftigte. Aber sie durfte diese beiden Männer nicht miteinander vergleichen. Daraus konnte nichts Gutes erwachsen.

Eilidh blieb zögernd neben ihr stehen. „Ihr müsst essen, Mylady. Ihr seid doch schon leicht wie eine Feder! Ihr wollt doch nicht krank werden."

„Du hast recht. Ich muss essen, und ich sollte auch etwas Wein trinken. Sorgen bringen gar nichts."

Erfreut eilte Eilidh davon, um Wein zu holen. Während sie ihn in Margarets Becher goss, stapfte Peg aus dem Raum.

Margaret sah ihrer alten Freundin nach und verzog das Gesicht. Der Schmerz über ihren Verrat hatte bereits nachgelassen, also hatte Alexander vermutlich recht, sie hatten sich in Wahrheit niemals so nahegestanden, wie sie sich das vorgestellt hatte. Aber Peg war wütend, das verhieß nichts Gutes.

„Eilidh, ich möchte, dass du mir weiter zur Verfügung stehst. Selbst nach dieser kurzen Zeit habe ich das Gefühl, mich ganz auf dich verlassen zu können."

„Wirklich?" Eilidh riss vor Überraschung den Mund auf.

„Wirklich." Lächelnd ergriff Margaret ihre Hand. Sie hatte das junge Mädchen sehr ins Herz geschlossen. „Ich werde dich sogar mit in meine Heimat im Norden nehmen, falls ich je dorthin zurückkehren sollte."

„Ach, ich bin Euch ja so dankbar, Mylady! Meine Heimat ist Castle Fyne, aber ich möchte Euch immer zu Diensten sein! Ich bin so stolz, der Herrin von Fyne dienen zu dürfen!"

Bevor Margaret etwas erwidern konnte, hörte sie draußen laute Schritte. Sie verkrampfte sich und umklammerte die Tischkante. Dughall platzte in den Saal.

Ein Blick in sein vor Ekstase entzücktes Gesicht verriet ihr alles.

Der Wolf hatte gewonnen!

„Der Wolf kehrt zurück, Lady Margaret!", rief er. „Sein Heer ist auf dem Weg, seine Ritter stehen bereits vor den Außenbefestigungen, mit ihm an ihrer Spitze, und sein Banner weht stolz im Wind!"

Wie benommen erhob sie sich. Es gab keinen Zweifel an der Welle der Erleichterung, die sie überflutete.

Alexander hatte Sir Guy besiegt.

Sie konnte nicht abstreiten, dass sie tatsächlich erleichtert war. Doch über ihre Gefühle wollte sie jetzt lieber nicht nachdenken. Er kehrte mit seinem Heer zurück.

„Ist er verletzt?"

„Das glaube ich nicht!", rief Dughall aus, drehte sich um und rannte wieder hinaus.

Ihr Herz hämmerte. „Wir werden sehr viele Männer versorgen müssen", sagte sie zu Eilidh und holte tief Luft. „Lass Fleisch und Käse und mehrere Weinfässer aus dem Keller holen. Es wird auch Verwundete geben. Die Mägde sollen Tücher bringen, so viele, wie sie finden können. Macht Wasser heiß. Und meine Kräutertruhe – bringt sie sofort zu mir in den Saal!" Sie raffte ihre Röcke und eilte hinaus, ohne auf Antwort zu warten. Sie lief die Treppe hinauf zu den Zinnen.

Das Land lag in kaltem und grauem Zwielicht, ein paar Schneeflocken rieselten hernieder. Ein paar der Ritter und Bogenschützen, die zur Verteidigung der Burg zurückgelassen worden waren, sowie viele der Frauen waren bereits versammelt und beugten sich winkend und jubelnd über die Brüstung. Margaret rannte an ihren Leuten vorbei und versuchte, über ihre Köpfe hinweg einen Blick auf das heimkehrende Heer zu erhaschen. Der lang gezogene Tross, der sich langsam aus dem Wald die kurvige Straße hinaufwand, war kaum zu erkennen. Die Vorhut, die bereits unten an den Mauern stand, konnte sie nicht sehen. Sie beschleunigte ihren Schritt.

Margaret rannte den Eingangsturm hinauf und dann zur nächsten Brüstung und blickte hinunter auf die Außenbefestigungen.

Ein paar pelzbehangene Highlander auf schwarzen Rössern ritten heran, gefolgt von einem Dutzend weiterer Krieger, von denen einer die Flagge der MacDonalds trug. Das dunkelblaue und schwarze Banner mit dem roten Drachen in der Mitte flatterte hoch über ihren Köpfen im Wind.

Mitten in dem Reiterzug erblickte sie Alexanders grauen Hengst und klammerte sich an die Brüstung.

Sie hatten die Außenbefestigungen bereits passiert und näherten sich der Zugbrücke, die herabgelassen wurde.

Alexander war so groß, dass sein Kopf und seine Schultern die anderen Männer überragte, sein schwarzes Haar wehte im Wind.

Sie merkte, dass ihr die Tränen über die Wangen liefen. Ich bin ganz überwältigt, dachte sie. Legte sie etwa ein unpassendes Interesse an dem mächtigen Wolf von Lochaber an den Tag?

Ihr war vollkommen klar, wie treubrüchig allein der Gedanke war, dass sie Sir Guy jetzt vielleicht doch nicht heiraten musste. Sie blieb ganz still stehen, bis Alexander auf der Zugbrücke war und beinahe direkt unter ihr durch den Eingangsturm ritt. Sie brauchte Zeit, um sich zusammenzureißen.

Dann ging sie etwas langsamer zurück zum Nordturm. Während sie die Treppe hinunterschritt, konnte sie im großen Saal bereits die Männer hören, die sich rau und lärmend unterhielten. Sie klangen sehr zufrieden mit sich.

Unten sah sie sich um. Etwa drei Dutzend Ritter waren in dem Saal versammelt. Fast alle waren blutbefleckt, einige hatten Verbände, einer wurde auf eine Pritsche gelegt. Kein einziger schien unversehrt zu sein, doch alle grinsten breit, hoben ihre Becher, die von den Mägden eilig gefüllt wurden. Öfter erhob sich sogar Lachen. Die Frauen umgarnten sie hemmungslos, und die Männer sonnten sich in ihrer Aufmerksamkeit.

Alexander stand mit Padraig und Sir Neil bei einem der Kamine, beide schienen unverletzt. So viele Leute befanden sich zwischen ihr und dem Trio, dass sie ihn nicht klar ausmachen konnte, doch auch Alexander schien nicht viel abbekommen zu haben.

Auf einmal wandte er sich um, und ihre Blicke trafen sich.

Margarets Herz machte einen Satz.

Er sagte etwas zu den beiden Rittern und kam auf sie zu.

Sie erkannte, dass er humpelte. Sein Kriegerhemd war blutbefleckt, und sein Waffenrock war steif und von Schmutz und Ruß geschwärzt. Margaret konnte regelrecht spüren, wie sie bleich wurde.

Er legte seinen Pelzüberwurf ab und entblößte mächtige Muskeln. „Lady Margaret."

„Ihr seid verletzt."

„Ein oder zwei Kratzer."

Sein wegwerfender Ton machte sie wütend. „Jeden Tag sterben Männer, wenn sich ihre Wunden entzünden."

Er lächelte ein bisschen. „Am Ende sorgt Ihr Euch doch noch um mich?"

Sie zitterte. „Ich habe bereits gesagt, dass ich Euch nichts Schlechtes wünsche."

„Das ist also ein Ja?"

Wurde sie etwa rot? „Ihr habt Euch um mich gekümmert, und im Gegenzug werde ich Euch nicht sterben lassen." Sie wirbelte herum. „Peg! Schaff sofort heißes Wasser, Seife und meine Kräutertruhe herbei, dazu Tücher und mehr Wein."

„Margaret", sagte er.

Sie wandte sich wieder ihm zu. War er etwa belustigt? „Wäret Ihr froh, wenn ich mich nicht um Euch kümmern würde?"

„Ganz und gar nicht. Euer Willkommen hier erfreut mich sehr."

Wir bewegen uns auf gefährlichem Boden, dachte sie. „Dann interpretiert Ihr zu viel in schlichtes Mitgefühl hinein, Mylord."

„Vielleicht." Er hob die Schultern. „Vielleicht auch nicht."

Ihre Wangen glühten. „Wollt Ihr Euch bitte setzen? Wenn Ihr stürzt, bin ich viel zu schwach, um Euch aufzufangen."

Er brach in Lachen aus. Es klang warm und angenehm. „Ich werde schon nicht zu Boden gehen, Lady Margaret."

„Nein, natürlich nicht. Dafür seid Ihr viel zu stark, selbst wenn Ihr viel Blut verloren habt."

Das Lächeln schwand aus seinem Gesicht, und er musterte sie mit diesem eindringlichen Blick, der ihr inzwischen vertraut war. „Das Blut, das Ihr an mir erblickt, ist nicht von mir."

Sie stutzte und betrachtete ihn genauer. An seinen Schenkeln gab es ein paar Kratzer, die jedoch auch von dornigen Zweigen stammen konnten, und an einem Arm hatte er eine Abschürfung. „Ihr seid gar nicht verletzt?"

„Ich bin nicht verletzt."

Jetzt erst wurde ihr klar, wie erleichtert sie wirklich war. Er streckte eine Hand aus, um sie zu stützen, denn sie zitterte am ganzen Körper. Sie sah auf, und wieder trafen sich ihre Blicke. „Ich bin sehr erfreut", sagte er langsam, „dass Ihr Eure Sorge nicht mehr verhehlt."

Was sollte sie dazu sagen? „Ihr müsst erschöpft sein. Bitte, setzt Euch doch. Peg! Wo bleibt der Wein?"

Er ließ sich auf der Sitzbank nieder und wurde ernst. „Die Schlacht hat fast die ganzen zwei Tage gedauert. Sehr viele Männer sind verwundet, Lady Margaret, und Dutzende haben den Tod gefunden."

Sie setzte sich neben ihn, beide Hände sittsam im Schoß gefaltet. „Ich nehme an, Ihr wart siegreich?"

„Ja, aber der Preis war hoch."

Ihre Gedanken rasten. Er hatte gesiegt, sie blieb also seine Gefangene.

„Ihr habt noch gar nicht nach Sir Guy gefragt."

Sie lächelte finster. „Ich habe dafür gebetet, dass ihm nichts zustößt", log sie. „Was ist mit ihm?"

„Sir Guy hat eine geringfügige Verletzung an der Schulter erlitten – doch er wird den Kampf wieder aufnehmen können." Endlich nippte er an dem Becher, den Peg ihm reichte.

Auch darüber war Margaret natürlich erleichtert. Natürlich spürte sie auch eine gewisse Sorge für den Mann, den sie heiraten sollte. „Dann danke ich Gott, dass er nicht ernstlich verwundet wurde."

Das schien ihn leicht zu verwirren. „Nun, jedenfalls hat er Glück, dass er den Arm nicht verloren hat."

„Ihr wart Zeuge, als er verwundet wurde?"

„Ich habe ihm den Schlag versetzt, Lady Margaret."

Plötzlich fiel ihr wieder ein, dass er angekündigt hatte, Sir Guy vielleicht umbringen zu müssen. Sie konnte sich vorstellen, wie diese beiden Männer mit Schwertern aufeinander losgingen, jeder mit der Absicht, den anderen zu töten, und sie erschauerte.

Alexander leerte den Becher, offenbar sehr zufrieden mit sich.

Margaret füllte auf und fragte vorsichtig: „Ihr habt ihn Euch mit Absicht als Gegner ausgesucht? Ihr wolltet ihn umbringen?"

„Hat er nicht geschworen, mich zu vernichten?"

Sie war überzeugt davon, dass Alexander bewusst nach dem gegnerischen Heerführer Ausschau gehalten hatte, um ihn zu töten, wenn es ihm möglich war.

„Er wird den Kampf wieder aufnehmen – mit noch mehr Truppen des Königs."

Sie musterte ihn. „Seid Ihr sicher?"

Schweigen machte sich breit. „Er will Castle Fyne unbedingt haben", sagte Alexander endlich.

Margaret zuckte zusammen und sah zur Seite. Alexander war scharfsinnig, und er war Zeuge ihres ganzen Austauschs mit Sir Guy gewesen. Genau wie sie selbst hatte er erkannt, dass sie Sir Guy nicht das Geringste bedeutete, er war lediglich auf die Aussteuer erpicht, die sie mit in die Ehe brachte. Sie erinnerte sich, wie zornig er während der Verhandlung geworden war. „Ja, ich kann mir vorstellen, dass er zurückkommt – er muss sehr wütend sein."

„Wütend oder nicht, Castle Fyne ist sehr wichtig. König Edward will die Strecke ins Innere von Argyll unter seiner

Kontrolle haben – und deshalb will er, dass Sir Guy Herr von Castle Fyne ist."

Sie versteifte sich. „So wie Robert Bruce will, dass Ihr der Herr von Castle Fyne seid?"

„Genau."

Margaret starrte auf ihre Hände. Was für Auswirkungen der Krieg auf sie selbst haben würde, wurde ihr jetzt erst richtig klar. Castle Fyne befand sich mitten in den Auswirkungen des Krieges, und sie dadurch auch. Ihr Schicksal würde sich dadurch entscheiden, woher der Wind wehte.

„Betet Ihr nun für Sir Guys Rückkehr?"

Langsam sah sie auf. „Es ist meine Pflicht, ihm treu ergeben zu sein."

Er schnaubte; schließlich wussten sie beide, dass das keine Antwort auf seine Frage war. „Klar, und Ihr seid so pflichtbewusst, wie eine Frau nur sein kann."

Sofort sah sie in seine blauen Augen. Wenn er wüsste, wie treubrüchig sie im tiefsten Innern bereits war, wie sehr sie ihre Zukunft infrage stellte, würde er nicht so reden. „Jawohl, ich habe vor, meine Pflicht zu erfüllen."

Er leerte den Becher. „Und was haltet Ihr nun von ihm, Lady Margaret? Endlich seid Ihr dem Mann begegnet, den Euer Onkel für Euch ausgesucht hat."

Sie stand auf. „Wir trafen uns nur für einen kurzen Augenblick unter sehr schwierigen Umständen."

Er hob den Becher, den Peg erneut füllte. „Es gibt Frauen, die ihn sehr ritterlich und edel finden – schließlich fließt das Blut von zwei Königshäusern in seinen Adern."

Sir Guy war sowohl mit den Königen von England als auch jenen von Frankreich verwandt. „Er scheint tapfer und ehrenhaft zu sein."

„Und wenn Ihr ihn verletzt vorfinden würdet, dann würdet Ihr Euch genauso um ihn sorgen, wie Ihr das bei mir tun wolltet?"

Sie fuhr zusammen. „Natürlich würde ich das.“

„Aber sicher – weil es nämlich Eure Pflicht wäre.“ Er erhob sich und überragte sie. „Könnt Ihr Euch um meine verletzten Ritter kümmern? Wir müssen uns bald den Truppen von Robert Bruce anschließen.“

Margaret war noch damit beschäftigt, seinen spöttischen Tonfall zu verkraften. „Ihr wollt Euch Bruce anschließen?“

„Bruce braucht seine besten Männer, um Ländereien in seinen Besitz zu bringen, seine Feinde zu vernichten und alle in die Flucht zu schlagen, die ihn aufhalten wollen. Ich bin einer seiner besten Männer. Da kann ich ja wohl schlecht hier herumlungern.“

Sie war ganz entgeistert. Wie hatte sie nur auf den Gedanken kommen können, Alexander würde es sich hier auf Castle Fyne gemütlich machen? Draußen tobte der Krieg. Bruce war auf dem Vormarsch. Er nahm so viele Burgen und Festungen ein, wie er nur konnte, so wie Alexander Castle Fyne für ihn eingenommen hatte. Wenn er die bedeutenden schottischen Earls und Kriegsherren nicht hinter sich hatte, konnte er auch nicht nach Schottlands Krone greifen. Für den Kampf gegen König Edward brauchte er ein riesiges Heer und alle seine besten Heerführer – also brauchte er auch den mächtigen Wolf.

„Wann werdet Ihr aufbrechen?“, brachte sie heraus.

„Wenn meine Truppen vollzählig sind. Ich werde hundert von meinen besten Rittern und Bogenschützen hier zurücklassen – genug, um jeden Angreifer zurückzuschlagen, auch Sir Guy oder selbst Buchan.“

„Habt Ihr irgendetwas von Buchan oder von Argyll gehört?“ Beide mussten inzwischen erfahren haben, dass Castle Fyne gefallen war. Und dass sie und William hier als Geiseln gehalten wurden.

„Buchan plant seine Rache an Bruce, und Argyll unterstützt einen seiner Cousins gegen einen meiner Brüder. Wahrscheinlich wissen beide, dass Castle Fyne gefallen ist – doch keiner von ihnen wird demnächst hier auftauchen, um Euch zu befreien.“

In Margaret stieg Verzweiflung auf. „Also bleibe ich auf unbestimmte Zeit Eure Gefangene.“

„Aber Ihr werdet Euch in Sicherheit befinden.“

Wieder trafen sich ihre Blicke. „Ich sollte Eure Abschürfungen mit einer Salbe behandeln.“

Er lachte. „Dafür gibt es keinen Grund, Lady Margaret. Wenn Ihr Euch bitte um meine Ritter kümmern würdet?“

Sie zögerte einen Moment, doch als sie sich abwenden wollte, hielt er sie am Arm fest. „Was ich Euch mitteilen musste, bedrückt Euch.“

Sie zitterte und machte sich los. „Ich habe von meinen beiden Onkeln erwartet, dass sie mir zu Hilfe eilen würden.“

„Kommt, Margaret, wir wissen doch beide, dass es nicht das ist, was Euch bedrückt.“

Er hatte die Fähigkeit, sie ständig aus der Fassung zu bringen. „Ich hasse den Krieg. Er bringt nur Tod und Verderben.“

Er musterte sie, und sie hatte das Gefühl, dass er endlich merkte, wie verängstigt sie war – aber nicht nur wegen ihres eigenen Schicksals.

„Geht jetzt“, sagte er.

Margaret war klar, dass sie Alexander besser meiden sollte. Sie wollte ihn nicht dauernd mit Sir Guy vergleichen, doch genau das tat sie, sobald sie seine Stimme hörte oder einen Blick auf ihn erhaschte. Sie wollte ihn weder bewundern noch sich um ihn sorgen. Also beschloss sie, einfach nicht mehr an den Krieg zu denken, in den er ziehen wollte.

Aber das war gar nicht so leicht, während sie jeden Tag zusehen musste, wie seine Verwundeten sich langsam erholten und die übrigen Ritter für den Kampf gedrillt wurden. Ein Blick aus egal welchem Fenster genügte, um ihr den Krieg in Erinnerung zu rufen. Hier auf Castle Fyne mochte sie bis auf Weiteres außer Gefahr sein, doch Alexander wollte bald mitten hinein in die Wirrungen des Krieges marschieren.

In einer Hinsicht hatte sich ihre Gefangenschaft verändert: Es war ihr nun erlaubt, William jeden Tag für eine Stunde zu besuchen. Alexander hatte nichts darüber verlauten lassen, aus welchem Grund er seine Meinung geändert hatte, doch sie glaubte, es läge an der Zuneigung, die zwischen ihnen mittlerweile entstanden war.

Williams Wunden waren vollständig verheilt, er wollte unbedingt ihre Flucht planen. Voller Ungeduld brannte er darauf, sich ihrem Onkel Buchan anzuschließen und gegen Bruce in den Krieg zu ziehen. Da immer ein Wachposten dabei war, konnten sie nicht offen über solche Dinge reden. Doch William war ein begabter Künstler, man hatte ihm das Zeichnen erlaubt, und manchmal gelang es ihm, ihr eine in seinen Zeichnungen verborgene Notiz zukommen zu lassen.

Seit der Schlacht von Cruach nan Cuilean war mindestens eine Woche vergangen, als sie eines Abends bei Kerzenlicht in ihrem Zimmer nähte. Zuvor hatte sie William besucht, und sie machte sich Sorgen – William hatte ihr mit den Augen zu verstehen gegeben, dass er mit ihr sprechen wollte. Margaret war überzeugt, er hatte irgendeinen Plan ausgeheckt. Sie sollte den Wachposten mit einem Schlaftrunk betäuben, damit sie sich ungestört unterhalten konnten. Sie stach sich mit der Nadel in den Zeigefinger und schrie auf.

„Wie habt Ihr es denn fertiggebracht, Euch selbst zu stechen?"

Sie fuhr zusammen, ihr Blick fiel auf die Tür, die auf einmal offen war. Alexander stand da.

Er lächelte ein bisschen. „Ihr seid viel zu geschickt, um so einen dummen Fehler zu machen. Ich frage mich, welche Gedanken Euch durch den Kopf gehen und Euch ablenken."

Sie legte die Stickerei beiseite und fühlte sich plötzlich furchtbar angespannt. Alexander war so groß, dass er fast den ganzen Türrahmen ausfüllte.

„Ihr seid mir aus dem Weg gegangen – versucht gar nicht erst, das abzustreiten." Er betrat das Zimmer, und sie erkannte, dass er eine von einer Schnur gehaltene Papierrolle in der Hand hatte.

„Ist das ein Sendschreiben?"

„Buchan hat euch geschrieben." Alexander lächelte noch immer schmal. „Mir hat er auch geschrieben, sich nach Eurem Wohlbefinden erkundigt – und Eure Freilassung verlangt."

Sie erhob sich unsicher, atemlos vor Aufregung. „Habt Ihr ihm geantwortet?"

„Nein." Er ließ seinen Blick über sie gleiten – statt ihrer üblichen Gewänder trug sie nur ein schlichtes Hemd mit einem Gürtel. „Ihr seht aus wie ein Highland-Mädel."

Beinahe wäre sie vor lauter Ungeduld von einem Fuß auf den anderen gehüpft. „Das bin ich ja schließlich auch. Was werdet Ihr ihm schreiben, Alexander?"

Er reichte ihr die Schriftrolle. „Ich werde sein Verlangen ablehnen, Margaret. Die Zeit ist noch nicht reif für Eure Freilassung."

„Wird die Zeit denn jemals reif dafür sein?"

„Das weiß ich nicht."

Sie setzte sich wieder und streifte die Schnur ab. „Habt Ihr den Brief gelesen?"

„Nein, aber das werde ich noch. Das wird er von mir erwarten", fügte er unnötigerweise hinzu.

Margaret hörte kaum zu.

*19. Februar 1306*
*Meine liebe Nichte Margaret,*

*ich habe die Nachricht von der Belagerung und dem Fall von Castle Fyne erhalten. Durch Deinen Mut bei der Verteidigung der Burg stehst Du bei mir in allerhöchster Achtung. Mein Bruder wäre sehr stolz auf Dich, wenn er noch unter uns weilen würde, desgleichen auch die große Lady Mary. Hätte ich von der Belagerung gewusst, wäre ich dir*

*sofort zu Hilfe geeilt, doch leider hat mich die Nachricht erst kürzlich erreicht.*
*Du musst auch jetzt großen Mut aufbringen. Das Land befindet sich im Krieg. Robert Bruce will nach der Krone Schottlands greifen. Falls Du es noch nicht weißt: Er hat unseren Cousin Red John in einer Kirche in Dumfries ermordet. Wir ziehen in die Schlacht, Margaret, denn wir können nicht zulassen, dass Bruce den Thron besteigt, und wir müssen den Mord an unserem Cousin rächen. Während ich dies schreibe und Dich um Geduld bitte, versammele ich unsere Truppen und unsere Verbündeten. Wir werden für England kämpfen, um Schottland von einem bitteren und gewissenlosen Feind zu befreien.*
*Ich habe MacDonald um Deine und Williams Freilassung gebeten. Jedoch weiß das ganze Land, von welch unschätzbarem Wert Du als Geisel bist, deshalb kann ich nicht davon ausgehen, dass er Dich tatsächlich freilässt. Fest steht, dass er an Castle Fyne festhalten wird, wenn es ihm möglich ist. Ich habe ihm andere Ländereien im Austausch angeboten, aber er hat abgelehnt. In den herrschenden Kriegszeiten zwischen Königen und Verrätern wird es schwierig sein, ein Heer aufzustellen, um Dich zu befreien.*
*Ich weiß jedoch, dass Du eine starke und stolze Frau bist und in der Lage sein wirst, die Gefangenschaft in seinen Händen zu ertragen. Falls es nicht anders gelingt, wirst Du auf eine Niederlage des Wolfes warten müssen, bis Du Deine Freiheit wiedererlangst. Aber verliere nie die Hoffnung. Der Tag wird kommen. Sei versichert, dass Du nicht vergessen bist.*
*Du bist ein Segen für die ganze Familie Comyn. Sir Guy lässt schön grüßen, wie wir alle.*

*Möge Gott über Dich wachen*
*Dein Onkel John Comyn, Earl of Buchan*

Margaret konnte kaum fassen, was dieses Schreiben bedeutete. Man ließ sie im Stich!

„Keine guten Nachrichten?“

Sie warf Alexander das Papier zu. Sie fühlte sich, als ob ihr Onkel sie geschlagen hätte. Nein, er hatte sie nicht geschlagen – er hatte sie weggeworfen. „Er wird nicht kommen. Weder um uns zu befreien noch um Castle Fyne zurückzuerobern.“

Alexander las den Brief.

„Ich soll Geduld haben. Ich soll nicht die Hoffnung verlieren.“

Er sah auf. „Wollt Ihr das behalten?“

Bittere Tränen stiegen ihr in die Augen. „Verbrennt es.“

Er ging zum Kamin und ließ das Papier in die Flammen fallen. Dann sah er sie an. „Ich will Euch ja keine falschen Hoffnungen machen. Aber wenn er vorhätte, anzugreifen, dann würde er das niemals ankündigen.“

„Er hat es nicht vor. Ich kenne meinen Onkel gut. Er erwartet von mir, hier als Eure Gefangene abzuwarten, bis Ihr besiegt seid oder der Krieg auf andere Weise endet. Aber er wird niemals aufhören, oder?“ Sie wischte sich die Tränen aus den Augen.

„Und nun tut Ihr Euch selber leid?“

Sie blinzelte. „Ja, ich tue mir selber leid“, sagte sie nach einer Weile. „Ich bin nur eine Frau, und Ihr seid der mächtige Wolf von Lochaber. Ganz allein kann ich nicht länger gegen Euch ankämpfen, Alexander.“

„Aber ich will doch gar nicht gegen Euch kämpfen, Margaret. Das wollte ich noch nie.“

„Lasst das! Ich bin immer noch Sir Guy versprochen.“ Auf einmal wurde ihr klar, dass diese Verbindung jetzt sogar noch wichtiger geworden war.

„Obwohl er nur eine einzige Verwendung für Euch im Sinn hat?“ Er war verletzend.

Sie erhob sich. „Ich habe nicht den Wunsch, über Sir Guy zu reden.“

„Das wollt Ihr nie. Doch ich will jetzt über ihn reden."
Sie schüttelte den Kopf.
„Wann werdet Ihr endlich eingestehen, dass er sich Euch gegenüber grob und unerträglich verhalten hat? Er hat Euch beleidigt, Ihr verdient etwas Besseres."
„Es ist spät. Ihr solltet jetzt gehen."
„Ich will aber nicht gehen." Er verschränkte die Arme vor der Brust, als hätte er vor, noch sehr lange in ihrem kleinen Zimmer stehen zu bleiben. „Glaubt Ihr, nicht über ihn zu reden würde an der Wahrheit irgendetwas ändern? Glaubt Ihr, mir aus dem Weg zu gehen würde irgendetwas ändern?"
Sie beschloss, so zu tun, als ob sie keine Ahnung hätte, wovon er redete – obwohl sie es natürlich ganz genau wusste. „Die Wahrheit ist, dass ich einem englischen Ritter versprochen bin, der den Ruf hat, ehrenvoll und tapfer zu sein. Und da meine Familie jetzt für den König von England kämpft, ist das eine ausgezeichnete Verbindung."
„Die Wahrheit ist: Ihr seid eine große Dame, viel zu gut für Sir Guy. Und Ihr seid ein Highland-Mädel, genau wie Eure Mutter. Ihr gehört zu einem Highlander, oder zumindest zu einem Schotten."
„Verlangt nicht wieder, Eure Geliebte zu werden!", schrie sie ihn an.
„Ich bin doch kein Narr! Ich weiß, dass Ihr treu seid, solange es geht – bis es keinen Grund mehr dafür gibt."
Es dauerte einen Augenblick, bis sie begriff. „Bringt Sir Guy nicht um, Alexander. Nicht meinetwegen."
Er lächelte, doch es war ein frostiges Lächeln. „Bei der Verhandlung hätte ich ihn beinahe getötet. Er hat Euch beleidigt. Das gefiel mir nicht. Mir kochte das Blut."
Sie war verblüfft. Davon hatte sie nichts geahnt – er war ein Meister darin, seinen Zorn zu verbergen.
„Und wenn er tot ist, habt Ihr keinen Grund mehr, ihm weiterhin treu ergeben zu sein."

„Ihr habt doch den Brief gelesen!“, rief sie aus. „Wir sind im Krieg! Wir kämpfen jetzt an der Seite der Engländer, gegen Euch, gegen Bruce. Ob Sir Guy nun am Leben bleibt oder nicht!“

„Ihr zieht die Herrschaft des Königs von England jener von Robert Bruce vor?“ Er musterte sie. „Eines Tages werdet Ihr Bruce begegnen, und das wird Eure Meinung ändern – und auch Eure Treue.“ Er ging zur Tür, wandte sich jedoch noch einmal um. „Dass Ihr mir aus dem Weg geht, ändert nichts an den Küssen, die wir tauschten, oder daran, dass ich Euch begehre – und dass Ihr mich ebenfalls begehrt.“

Sie erschauerte.

„Ich bin ein geduldiger Mann, Lady Margaret, und das soll Euch eine Warnung sein.“

Margaret würdigte ihn keiner Antwort.

## 9. KAPITEL

„Lady Margaret! Lady Margaret!"

Margaret sprang aus dem Bett. Sie hatte sich am Nachmittag ein wenig ausgeruht, weil sie in der Nacht so schlecht geschlafen hatte. Eilidh eilte ins Zimmer, bleich und mit weit aufgerissenen Augen.

„Ihr müsst auf die Zinnen!"

„Was ist los? Was ist passiert?"

„Es ist Bruce! Er steht mit seinem Heer vor den Toren!"

Margaret erschauerte – was wollte er mit seinem Heer in Castle Fyne? Sie lief die Treppe hinauf zu den Zinnen. Die meisten Bewohner der Burg beugten sich bereits über die Brüstung, um das Spektakel der Ankunft von Robert Bruce zu verfolgen.

Sie schob sich an den Männern, Frauen und Kindern vorbei und erblickte Dutzende von Reitern, die den Weg vom Wald heraufkamen. Riesige gelbe Banner mit roten Flecken wehten über ihnen. Fußtruppen konnte sie nicht sehen.

Von hinten legte sich ein Arm um sie. Margaret wusste sofort, dass es Alexander war. Sie wirbelte herum und war bestürzt über seine verhärtete Miene.

„Bruce bleibt heute Nacht hier und vielleicht noch eine weitere", sagte er finster.

„Warum?", fragte sie, immer noch entsetzt.

Er würdigte sie keiner Antwort. „Ihr müsst in die Küche und dafür sorgen, dass dort ein Mahl bereitet wird, das dem nächsten König von Schottland angemessen ist."

Margaret wurde klar, wieso Alexander so angespannt und entschlossen wirkte. Er war ein Vasall von Robert Bruce. Er erwartete, dass Bruce sein neuer König sein würde. Er war nicht länger der Herr von Castle Fyne; das war nun Robert Bruce, solange er sich hier aufhielt.

„Selbstverständlich", sagte sie schnell. „Er wird sehr erfreut sein, Alexander, das garantiere ich."

Seine Augen flackerten, vielleicht vor Erleichterung. Sonst veränderte sich sein Ausdruck nicht. „Noch etwas: Ihr müsst in der Küche bleiben oder in Eurem Zimmer – den großen Saal dürft Ihr nicht betreten."

Es dauerte einen Moment, bis sie es begriff. Es war ihr untersagt, sich in der Nähe von Robert Bruce aufzuhalten. Wieso? Ihr wurde klar, dass sie ihre nächsten Feldzüge im Krieg gegen König Edward planen wollten, sie würden aushecken, wie sie den Thron von Schottland an sich reißen könnten. Und sie war der Feind.

„In dieser Angelegenheit werdet Ihr mir gehorchen, ohne Fragen zu stellen", sagte Alexander grob.

Sein Ton war furchterregend – auch wenn sie in Wahrheit keine Angst mehr vor ihm hatte. „Ich werde in der Küche oder in meinem Zimmer bleiben", sagte sie leise. „Ihr könnt also frei besprechen, was Ihr zu besprechen habt."

„Gut." Er blickte hinab auf die sich nähernden Truppen. „Sein Heer wird mit jedem Tag, der vergeht, größer." Er klang sehr zufrieden.

Angst stieg in ihr auf. Bis jetzt konnte sie nur die paar Dutzend Ritter der Vorhut erkennen.

„Er hat viele Hundert, die ihm folgen", erklärte Alexander. „Das reicht noch nicht, um Krieg gegen England und seine ganze Macht zu führen, aber während er durch Schottland marschiert, zieht er die Waffen und die Männer der Heere ein, die er besiegt, und viele schließen sich ihm von sich aus an. In Kürze werden wir viele Tausend Mann stark sein."

Sie warf einen Blick auf die erste Reihe der Ritter. Jetzt konnte sie auch Hunderte von Männern zu Fuß hinter ihnen ausmachen, all die Wagen und Karren. Sogar die roten Flecken in den gelben Bannern konnte sie erkennen – sie entpuppten sich ebenfalls als ein roter Drache, der sich aufbäumte, als wolle er die Flagge, auf der er prangte, zerfetzen.

„Geht jetzt hinein", sagte Alexander.

Margaret zögerte; sie spürte, dass es hier noch um etwas anderes ging, doch sie hatte schlicht keine Ahnung, was das sein könnte.

Alexander stürmte vor ihr die Treppe hinunter, wo ihr Eilidh und Peg begegneten. Rasch erteilte sie ihnen ihre Aufträge. Beide waren gleichzeitig bestürzt und aufgeregt, denn Robert Bruce galt im ganzen Land als Legende.

Während Margaret ein köstliches Mahl zusammenstellte, rasten ihre Gedanken. „Kannst du bitte sofort mit den Vorbereitungen beginnen?", bat sie Peg.

Peg warf ihr einen Blick zu, als ob sie ahnte, dass das ein Vorwand war, doch dann nickte sie und eilte davon. Margaret zog Eilidh in ihr Zimmer und schloss die Tür. „Für dich habe ich noch einen weiteren Auftrag."

Eine leise Stimme in ihrem Kopf wisperte ihr zu, sich lieber nicht in die Angelegenheiten mächtiger Männer einzumischen, doch Margaret achtete nicht darauf. „Bruce führt Krieg gegen König Edward, und wir sind Verbündete des Königs. Castle Fyne wurde mir geraubt, Alexander ist unser Feind." Sie ergriff die Hand der Magd. „Ich möchte, dass du dir kein Wort von dem entgehen lässt, was bei Tisch besprochen wird."

Eilidh riss entsetzt den Mund auf. „Ich soll spionieren?"

„Wir müssen so viel herausfinden, wie wir können, Eilidh, ich verlasse mich auf dich."

Eilidh war fassungslos. „Und wenn ich erwischt werde?"

Spätestens seit Malcolm gehängt worden war, wussten alle, wie unbarmherzig Alexander sein konnte. „Wenn sie wirklich unter sich sein wollen, werden sie jedem den Zugang zum Saal verwehren." Margaret konnte nur hoffen, dass ihr Lächeln ermutigend war. „Mich hat Alexander aus dem Saal verbannt, deshalb brauche ich dich."

Eilidh nickte, doch sie schien verängstigt.

Margaret drückte ihr beruhigend die Hand. Sie war sich nicht sicher, ob Neuigkeiten vom Krieg ihr Schicksal beeinflussen würden, aber diese Männer verschworen sich in ihrem Saal, an ihrem Tisch – da musste sie wissen, was besprochen wurde.

In der Küche war es so heiß, dass Margaret den Überwurf abgelegt und die Ärmel ihres blauen Gewandes hochgekrempelt hatte. Ihr Haar hatte sie zu einem Zopf geflochten, doch die Hitze war unerträglich. Schweiß rann ihr in die Augen und ins Dekolleté.

Jeder Ofen glühte, Kälber, Hühner und Lämmer wurden geröstet, Brote und Kuchen gebacken, Hafer gekocht. In der ganzen Küche herrschte hektische Betriebsamkeit.

Brot, Wein, Käse und Räucherfisch wurden serviert. Eilidh kam mit einem leeren Tablett zurück, ihre Wangen waren gerötet.

Margaret eilte zu ihr und nahm ihr das Tablett ab. „Und?“

Ihre Augen waren weit aufgerissen in ihrem kleinen Gesicht. „Er ist so mächtig, Mylady, und so stattlich, ganz wie ein König.“

Margaret war Robert Bruce noch nie begegnet, aber viele Geschichten waren über ihn in Umlauf seit den Zeiten, da er als junger Man an der Seite von William Wallace ritt; damals schon wollten sie König Edward vertreiben. Er hatte den Ruf, nicht nur ein großartiger Kämpfer und brillanter Befehlshaber, sondern ein gut aussehender Edelmann und, trotz einer zweiten Ehe, ein großer Freund der Frauen zu sein. „Was hast du mitbekommen?“

„Sie reden von Kriegen und Schlachten, Mylady, das war ganz verwirrend.“

Margaret war enttäuscht, aber Peg kam gerade mit einem leeren Tablett herein, deshalb schenkte sie Eilidh ein Lächeln. „Hol weitere Speisen und hör nicht auf zu lauschen“, sagte sie leise. Bei dem Krach in der Küche konnte niemand mithören.

Peg kam auf sie zu, großer Respekt lag in ihrem Blick. „Er ist ein guter Mann, Mylady. Ich glaube, er wird unser neuer König sein.“

Margaret wusste, dass sie Peg nicht mehr trauen durfte, aber die Magd liebte es, zu klatschen. „Hast du gehört, worüber sie geredet haben?“

„Ja. Bruce kann Galloway nicht unterwerfen – von dort kommt er gerade. Er verflucht die Kelten, weil sie starrsinnig auf ihrer Unabhängigkeit beharren. Seine Truppen haben Tibbers verloren, und als Nächstes will er nach Dumbarton marschieren.“

„Also haben sie Boden verloren – da müssen sie doch kochen vor Wut.“

„Im Gegenteil, sie prahlen und schwärmen von einer tollen Zukunft – sie sind sicher, diesen Krieg zu gewinnen“, sagte Peg.

Margaret war verwundert über das Selbstvertrauen der Rebellen. Sie glaubten tatsächlich, König Edward besiegen zu können!

„Es gibt noch weitere Nachrichten, Mylady: Sie haben neue Verbündete gewinnen können – die Earls of Atholl und Lennox.“

Margaret starrte Peg verblüfft an. Der Earl of Atholl, John Strathbogie, war ein guter Freund ihrer Familie – er würde sich niemals gegen ihren Onkel stellen. Sie konnte es nicht glauben.

Plötzlich stieg ihr ein beißender Geruch in die Nase. „Um Gottes willen! Irgendwas brennt an!“ Sie eilte zu einem Ofen und half, eine Lammkeule herauszuziehen, bevor sie ungenießbar war, und beobachtete aus den Augenwinkeln, wie die beiden Mädchen mit vollen Tabletten wieder in den Saal gingen.

Danach nippte Margaret an einem Becher Wein und wischte sich den Schweiß aus dem Gesicht.

Eilidh tauchte atemlos wieder auf. „Bruce bricht morgen bei Tagesanbruch wieder auf.“

„Hier.“ Margaret reichte ihr etwas Wein. Sie wusste nicht, ob sie über den plötzlichen Aufbruch erfreut sein sollte oder nicht. Bruce hatte den ganzen Haushalt durcheinandergebracht, aber wenn sie heute Nacht nicht irgendetwas herausfinden konnte, war alles umsonst gewesen.

Eilidh setzte den Becher ab. „Er ist auf dem Weg nach Scone, Mylady, um nach der Krone zu greifen."

Margaret verschluckte sich am Wein. „Jetzt schon?", rief sie aus.

Die Magd nickte, doch Margaret wollte es nicht glauben. Es war der fünfte März. In einer Woche könnte er in Scone sein. Plötzlich wurde ihr einiges klar. Er marschierte nach Scone und nahm dabei jede Burg ein, die am Wege lag – einschließlich Dumbarton. Wenn er Anspruch auf die Krone erhob, würde er Verstärkung brauchen, denn diese Tat würde den größten Krieg mit England auslösen, den das Land bisher gesehen hatte. Die Krönung eines Königs von Schottland war eine sehr traditionelle Zeremonie. Eine große Zahl an Earls und Bischöfen musste anwesend sein. Diese mussten lange vor der Krönung einberufen werden.

Hatte Bruce wirklich vor, sich in wenigen Monaten die Krone aufzusetzen – oder gar schon in ein paar Wochen? „Haben sie schon ein Datum für die Krönung festgesetzt?"

Eilidh war ganz bleich geworden. „Ich glaube, sie haben vom fünfundzwanzigsten März geredet", flüsterte sie nervös, „aber ich bin nicht sicher, da waren sie sich nicht ganz einig."

Margaret erstarrte, doch ihr Herz raste. Wenn eine Krönung bereits für den fünfundzwanzigsten März festgesetzt war, musste sie diese Information sofort ihrem Onkel zukommen lassen. „Wenn du wieder reingehst, musst du ganz genau zuhören – wenn sie ein Datum festlegen, müssen wir das wissen."

Eilidh nickte, doch sie hatte Tränen in den Augen. „Werden sie ihn wirklich krönen, Lady Margaret?"

„Das weiß ich nicht. Warum waren sie sich nicht einig?"

„Der Wolf fragte nach dem Stein von Scone, und Bruce wurde wütend. Warum, weiß ich nicht."

„König Edward hat vor Jahren den Stein von Scone geraubt – er ist ein wichtiger Bestandteil der Zeremonie." Sie war sich nicht sicher, ob eine Krönung ohne dieses zeremonielle Relikt überhaupt rechtsgültig sein würde.

Peg eilte wieder herein, wie Eilidh die Augen weit aufgerissen. „Mylady, sie sprechen von einer Krönung!“, flüsterte sie hektisch. „Sie rufen Schottlands Earls und Bischöfe zusammen!“

Also sollte es wirklich geschehen – Robert Bruce würde den Thron besteigen.

„Mylady! Bald werden wir wieder einen König haben!“

Margaret bemerkte, dass Peg ganz aufgeregt war. Sie rief ihr lieber nicht in Erinnerung, dass Bruce der Todfeind ihrer Familie war.

Aber Peg trat noch näher und senkte die Stimme, dass sie kaum noch zu verstehen war. „Sie reden von Isabella“, flüsterte sie.

Margaret erstarrte. „Aber nicht von meiner angeheirateten Cousine?“ Isabella war die junge und zauberhafte Frau von Buchan – und eine gute Freundin.

Peg nickte und sah sie eindringlich an.

„Warum sollten sie von Isabella reden?“, rief Margaret.

„Bei der Krönungszeremonie muss eine bestimmte Tradition eingehalten werden. Der Earl of Fife muss den neuen König von Schottland zum Thron führen, wo er ihm die Krone aufs Haupt setzt. Aber sie haben keinen Earl of Fife.“

Isabellas jüngerer Bruder Ed war der Earl of Fife – doch er befand sich seit einiger Zeit in König Edwards Gewahrsam. Eigentlich war er eine königliche Geisel. Isabella war die Countess of Fife, und nach der Hochzeit mit Margarets Onkel auch die Countess of Buchan.

Margaret hatte nicht gewusst, dass dies Bestandteil der Krönungszeremonie war. Aber sie war auch noch nie bei der Krönung eines Königs von Schottland dabei gewesen. „Wenn Bruce die Tradition wirklich einhalten will, wie will er das denn anstellen? Den jungen Ed kann er doch unmöglich aus England kommen lassen.“

„Bruce glaubt, Isabella könnte ihm an seiner statt die Ehre erweisen.“

Margaret riss den Mund auf. „Er muss wahnsinnig sein. Isabella ist jetzt die Countess of Buchan. Sie steht gegen Bruce, nicht für ihn. Glaubt er, er könnte sie zwingen, Hochverrat zu begehen?"

„Ich weiß es auch nicht, Mylady, und ich bin genauso überrascht wie Ihr."

Zorn stieg in ihr auf. Isabella war ihr eine gute Freundin. Sie waren sich vor zwei Jahren erstmals begegnet, als Isabella noch die Braut ihres Onkels gewesen war. Sie war nur zwei Jahre älter als Margaret, daher hatten sie einiges gemeinsam, aber noch wichtiger war, dass sie sich etwas einsam fühlte, nachdem sie Fife verlassen musste. Auch war sie einigermaßen eingeschüchtert von ihrem wesentlich älteren und so mächtigen Gemahl – Margarets neuem Beschützer. Und weil Margaret ebenfalls von dem Earl ziemlich eingeschüchtert war, waren sie rasch zu Freundinnen geworden.

Sie mussten bald dahinterkommen, dass Isabella niemals eine Rolle in der Krönungszeremonie übernehmen würde. Oder wussten sie das bereits, aber es kümmerte sie nicht? Wären sie imstande, sie zu entführen und dann zu zwingen, bei der Krönung von Robert Bruce an die Stelle ihres Bruders zu treten?

Margaret musste wissen, was Bruce vorhatte und ob ihrer Freundin dabei eine Rolle zugedacht war. Und falls Isabella sich in Gefahr befand, musste sie sie warnen.

„Ich habe genug davon, mich hier in der Küche zu verstecken", verkündete sie mit plötzlicher Entschlossenheit. Sie würde sich nicht länger vor Bruce verbergen. Sie entflocht ihren Zopf, schüttelte das Haar aus, legte die Schürze ab, richtete ihren goldenen Gürtel und strich die Röcke glatt. Wenn sie unbedingt den Raub der Krone aushecken wollten, dann war dem eben so – Margaret wollte jedenfalls dabei sein.

„Mylady, der Wolf hat Euch verboten, den Saal zu betreten", protestierte Eilidh.

„Das hat er. Aber ich kann mich da nicht hineinschmuggeln – Alexander würde mich sofort erkennen. Und deshalb gehe ich ganz offen hinein. Schließlich bin ich die Herrin dieser Burg, da ist es mein Recht, meinen Gast zu begrüßen."

Margaret ging aus der Küche, doch ihr Puls raste. Während sie sich dem Saal näherte, hörte sie Stimmen von drinnen, laut, rau und sehr männlich. Jetzt konnte sie auch die Highlander im Saal erkennen. Außerdem erblickte sie ziemlich viele englische Ritter, was sie etwas überraschte – doch Bruce war der Earl of Carrick, da musste er auch englische Vasallen haben. Alle schienen sehr guter Dinge zu sein, die Mägde servierten fast nur noch Wein, denn das Mahl war vorüber. Sie ließ den Blick über den Saal schweifen und erblickte Bruce und Alexander.

Einen Augenblick zögerte sie an der Schwelle, nicht weil ihr der Mut fehlte, sondern um den Mann abzuschätzen, der so kühn war, nach Schottlands Krone zu greifen und sich gegen die ganze Macht Englands zu erheben. Er saß neben Alexander mit dem Rücken zur Wand und hatte ihr sein Profil zugekehrt.

Er war genauso groß wie Alexander, um einiges größer als die meisten anderen Männer, mit breiten Schultern und mächtigen Armen, die daran gewohnt waren, Schwerter und Äxte zu schwingen. Selbst auf die Entfernung konnte sie erkennen, dass seine Gesichtszüge kraftvoll, doch nicht unangenehm waren. Sein Haar war schulterlang und rötlich braun. Gekleidet war er eher wie ein Engländer, er trug einen langärmeligen blauen Mantel und ein ärmelloses braunes Hemd, der rote Überwurf war an einer Schulter befestigt. Plötzlich wandte er sich von Alexander ab, als würde er ihre Gegenwart spüren, und ihre Blicke trafen sich.

Margaret erschauerte. Er sah genauso aus, wie sie ihn sich vorgestellt hatte – ein großer Krieger, ein mächtiger Mann, der Earl of Carrick und möglicherweise Schottlands nächster König.

Sie schritt vorwärts, so würdevoll, wie es ihr nur möglich war. Doch Beklemmung stieg in ihr auf. Alexander hatte sie entdeckt.

Sie achtete darauf, ihn nicht anzusehen – doch sie spürte sein unverhohlenes Missfallen.

Margaret verharrte vor ihrem Tisch, und Bruce erhob sich mit leuchtenden blauen Augen. Er lächelte. „Lady Margaret, wie ich annehme?"

Margaret vollführte einen tiefen Knicks. „Ich heiße Euch in meinem Zuhause willkommen."

Er lächelte noch breiter und musterte sie von Kopf bis Fuß. Das war recht unverfroren – er machte nicht einmal den Versuch, seinen forschenden Blick zu verbergen. „Die Gerüchte werden Euch nicht gerecht. Ihr seid noch schöner als Eure Mutter."

Margaret war verwirrt und aufgeregt, weil er sie einer so offenen Überprüfung unterzogen hatte, und auch, weil sie fühlte, dass noch viel tiefer gehende Bewertungen im Spiel waren. Sie wagte es nicht, Alexander direkt anzusehen, aber aus den Augenwinkeln bekam sie mit, wie wütend er war. „Ihr seid meiner Mutter begegnet?", fragte sie Bruce.

„Nur bei einer einzigen Gelegenheit. Aber ich bin sehr erfreut, dass Ihr Euch entschlossen habt, uns Gesellschaft zu leisten. Ich war begierig darauf, die mutige Herrin von Castle Fyne kennenzulernen." Er forderte sie mit einer Geste auf, ihm gegenüber Platz zu nehmen.

Margaret trat näher und konnte Alexanders Blick nicht mehr ausweichen. Er betrachtete sie mit kalten Augen, die ankündigten, dass sie für ihre trotzige Haltung bitter würde bezahlen müssen.

„Habt Ihr wirklich alle Eure Pflichten erledigt, Lady Margaret?", fragte er kühl.

„Ich habe mein Bestes getan, um sicherzustellen, dass unsere Gäste angemessen verköstigt wurden." Sie schenkte ihm ein Lächeln und wandte sich rasch wieder an Bruce. „Ich hoffe, Ihr wart nicht allzu unzufrieden mit dem Mahl, das ich euch bereiten ließ."

„Ich könnte keinen Bissen mehr hinunterbekommen, daher bin ich sehr zufrieden." Er blickte kurz zu Alexander und wandte sich wieder ihr zu. „Und ich bin immer bester Laune, wenn eine schöne Frau zugegen ist."

Margaret setzte sich beiden Männern gegenüber auf die Sitzbank und errötete kein bisschen. „Dann bin ich erfreut, Euch gut zu Diensten gewesen zu sein, Mylord."

Er sank wieder auf die Bank und lachte. „Seid Ihr das wirklich, Lady Comyn?"

Er betonte ihren Nachnamen. „Ich habe nicht den Wunsch, Euch zu missfallen." Im Augenblick stimmte das sogar. „Aber ich bin neugierig. Wie kommt es, dass Ihr meiner Mutter begegnet seid? Die MacDougalls und die Bruces sind schließlich seit ewigen Jahren verfeindet."

„Wir sind uns während eines Waffenstillstands begegnet – bei einer Hochzeit. Ich war damals noch viel jünger, etwa in Eurem Alter." Er lächelte. „Ich war sofort verliebt, doch Eure Mutter leider nicht. Ich glaube, ich habe sie gefragt, ob sie mit mir in die Wälder reiten will. Sie hat mich ins Gesicht geschlagen."

Das glaubte Margaret ihm aufs Wort, und als sie sich vorstellte, wie ihre Mutter den jungen Bruce wegen seiner Unverfrorenheit ohrfeigte, war sie sehr erleichtert, dass ihn das mittlerweile so amüsierte. „Meine Mutter war bereits in meinen Vater verliebt, so seltsam Euch das erscheinen mag."

„Eure Mutter war eine Frau von großer Loyalität. Da Ihr nach ihr kommt, nehme ich an, dass Ihr das ebenfalls seid."

Sie wusste nicht genau, wie sie darauf reagieren sollte oder ob das ein Test war, und zögerte. Ihr Blick wanderte zwischen den beiden Männern hin und her. „Ich bin genauso loyal wie meine Mutter", sagte sie schließlich. „Ich hoffe, in jeder Hinsicht nach ihr zu kommen."

Bruce lächelte und wandte sich an Alexander, der sehr steif neben ihm saß und mit den Fingern auf den Tisch trommelte. „Ihr müsst ja ganz entzückt von Eurer Geisel sein, Alexander.

Dabei habt Ihr nicht ein Wort über sie verloren, außer über ihren Mut während der Belagerung."

Alexander lächelte freudlos. „Ich finde, dass Lady Margaret vieles ist – aber entzückend ist sie nicht, zumindest nicht in meiner Gegenwart."

„Nun ja, Ihr habt ihr ihre Burg geraubt – und damit ihre Aussteuer. Außerdem ist sie eine MacDougall und auch noch eine Comyn – und Ihr seid einer ihrer größten Feinde."

„Ich betrachte Lady Margaret nicht als Feind – jedenfalls normalerweise nicht." Alexander warf ihr noch einen finsteren Blick zu.

„Und doch bin ich aus irgendeinem Grunde überzeugt, dass sie Euch als Feind empfindet – so wie sie auch mich als Feind betrachtet. Habe ich nicht recht?"

Margaret fühlte sich nicht wohl in ihrer Haut. „Ich bin hier eine Gefangene. Für so etwas wie Feindschaft habe ich gar keine Zeit, ich muss mich um mein Überleben kümmern."

Bruce lachte. „Gut gegeben!", rief er aus. „Sie ist überaus bezaubernd", sagte er zu Alexander, „und das kann Euch nicht entgangen sein. Auch ist sie ungewöhnlich schön – doch Ihr habt ihre Schönheit nicht ein einziges Mal erwähnt."

„Ich war sicher, ihre Schönheit würde Euch nicht entgehen, Robert." Alexander griff nach seinem Becher. „Daher bestand dazu gar keine Veranlassung."

Margaret spürte plötzlich, dass es zwischen den beiden Männern Spannungen gab, und war beunruhigt.

„Es wäre mir ganz sicher entgangen, wenn man sie in der Küche vor mir versteckt gehalten hätte", sagte Bruce leichthin.

Ihre Beunruhigung wuchs. Wollte Alexander sie nicht nur von Bruce fernhalten, damit sie über ihre Schlachtpläne reden konnten, sondern auch aus ganz anderen Gründen? Bruce versuchte gar nicht erst zu verbergen, wie sehr sie ihm gefiel – und alle Welt wusste, wenn es um die Damenwelt ging, war er ein echter Kenner.

„Lady Margaret weiß gar nicht, was verstecken bedeutet, nicht wahr, Lady Margaret?“, knurrte Alexander.

„Ich habe mich nicht in der Küche versteckt.“ Sie wollte die Spannung lösen. „Ich hatte gehofft, mit Euch speisen zu können, Mylord“, sagte sie zu Bruce, „aber so ein großes Mahl vorzubereiten in so kurzer Zeit, das hat mich aufgehalten.“

„Es war ein langer Ritt von Galloway, daher bin ich für jede Annehmlichkeit dankbar, ebenso wie jeder meiner Männer. Hat Alexander Euch gestattet, eine Nachricht an Buchan zu senden?“

Ihre Beunruhigung verwandelte sich in Angst. Sie sah zu Alexander, der sie warnend anstarrte. Worauf wollte Bruce hinaus?

Sie schluckte. „Nein, aber ich habe kürzlich eine Mitteilung von ihm erhalten.“

Bruce hob die Brauen. „Und wart Ihr erfreut, von Eurem teuren Onkel zu hören?“

Sie wusste, wie sehr Buchan Bruce hasste, ebenso wie ihr ermordeter Cousin Red John ihn verabscheut hatte. Bruce schien das nichts auszumachen, doch das konnte eine Finte sein. „Natürlich hatte ich gehofft, von ihm zu hören.“

„Doch Ihr habt kein Lächeln im Gesicht, meine Teure, also müsst Ihr unglücklich sein. Falls er es Euch nicht geschrieben hat, dann verrate ich es Euch selbst: Er ist viel zu sehr damit beschäftigt, Rachepläne gegen mich zu schmieden, Lady Margaret, als dass er sich um Euch kümmern könnte.“

Margaret versuchte, ein Lächeln aufzusetzen. Ihre mühsam hochgezogenen Mundwinkel fühlten sich grässlich falsch an. „Er muss die Interessen der ganzen Familie im Auge behalten.“

„Aber davon seid Ihr doch ein bedeutender Teil, als wertvolle Geisel – und als wertvolle Braut.“

Das alles behagte ihr ganz und gar nicht. Sie sah Alexander an, und der schien nun zu grinsen. Sie hatte ein merkwürdiges Gefühl, als hinge sie an einem Haken, wirbelte im Wind, in dem Bewusstsein, gleich losgeschnitten zu werden – um auf den Boden zu stürzen.

„Buchan befindet sich in diesem Augenblick in Liddesdale. Mit seinen Freunden Mowbray und de Umfraville plant er den Krieg gegen mich.“ Bruce nippte am Wein, völlig selbstzufrieden, wie es schien. „Solange Sir Guy sich nicht zu einem weiteren Angriff auf uns aufrafft, werdet Ihr Euch, wie ich fürchte, auf eine längere Gefangenschaft einrichten müssen. Und falls Sir Guy wieder den Kampf gegen uns aufnimmt, muss er natürlich gewinnen.“

Sie verschränkte die Hände im Schoß und warf Alexander einen Blick zu. Er blieb ganz ruhig und erwiderte ihren Blick eine Zeit lang. Ihr war nicht entgangen, dass Bruce den Plural verwendet und „uns“ gesagt hatte, anstatt lediglich Alexander zu erwähnen. „Alexander hat klargestellt, dass er mich jetzt nicht austauschen will. Und mein Onkel hat mich darauf hingewiesen, dass ich in diesen Kriegszeiten viel Geduld aufbringen muss. Ich habe mich bereits darauf eingerichtet, viel länger als Geisel hierbleiben zu müssen, als ich es mir je erträumt habe.“

Bruce erhob seinen Becher zu einem Salut. „Ihr seid außergewöhnlich tapfer, aber das habt Ihr ja bereits bei der Belagerung unter Beweis gestellt. Wisst Ihr, die Kunde von Eurer Verbindung mit Sir Guy hat mich doch sehr überrascht.“

Ihre Anspannung wurde nachgerade unerträglich.

„Euer Onkel – und Euer Vater – haben beide ihr Leben damit verbracht, gegen die Engländer zu kämpfen, mit der Familie Eurer Mutter an ihrer Seite. Es stimmt schon, im letzten Jahr wurde zwischen uns allen ein Waffenstillstand geschlossen – und auf einmal wählt Buchan Sir Guy für Euch aus.“

Alexander stellte den Becher heftig auf den Tisch. Margaret fuhr zusammen. „Das ist alles Politik“, sagte er.

„Sicher, aber einen lebenslangen Feind zu heiraten? Ich kann mir das nicht vorstellen.“ Bruce füllte seinen und Alexanders Becher wieder auf, dann einen dritten, den er ihr reichte.

Sie ergriff ihn, trank jedoch nicht. „Hat sich das nicht als eine ausgezeichnete Verbindung erwiesen? Ihr erhebt Euch gegen die

Engländer, und wir finden uns ganz fest im Lager von König Edward wieder."

Bruce riss die Augen auf. „Hurra! Schon wieder gut gegeben, das muss ich sagen!"

Margaret hatte nicht das Gefühl, irgendetwas gut gemacht zu haben. Tatsächlich fühlte sie sich nicht wohl, und sie bedauerte sehr, Alexanders Anweisung missachtet und den Saal betreten zu haben. Sie warf ihm einen Blick zu. Warum musste Bruce unbedingt darauf hinweisen, dass sie nichts als ein Pfand in den politischen Spielchen ihres Onkels war? Warum musste er andeuten, dass sie ihrem Onkel nichts bedeutete, und er sie zum Vorteil der Familie verschacherte? Wollte er einen Stachel in ihr Herz treiben? Oder ihre Treue ins Wanken bringen?

„Mögt Ihr keinen Wein, Lady Margaret?", fragte er.

Sie nahm einen kleinen Schluck. „Doch, sehr." Am liebsten wäre sie sofort von diesem Tisch geflohen – allein der Gedanke, Robert Bruce überlisten zu können, war der reinste Wahnsinn gewesen. „Werdet Ihr noch länger bei uns verweilen, Mylord?"

„Ich ziehe morgen in den Kampf." Er grinste. „Macht Euch das glücklich?"

„Ich habe lediglich gefragt, um zu wissen, welche Mahlzeiten ich vorbereiten soll."

„Und Ihr gebt mir auch keine Antwort." Er lächelte noch immer, und sein Blick flackerte nicht.

„Ihr könntet der nächste König von Schottland sein. Eure Anwesenheit hat bedeutende Auswirkungen auf unseren Haushalt."

„Ich werde der nächste König von Schottland sein", sagte er leichthin. „Bevor Ihr Euch entfernt, müsst Ihr mir noch eins verraten. Wie geht es eigentlich der Countess of Buchan?"

Margaret, die sich gerade erheben wollte, erstarrte. Wieso erkundigte Robert Bruce sich nach Isabella? „Zuletzt habe ich sie in Balvenie gesehen, bevor wir nach Castle Fyne aufgebrochen sind. Sie war wie immer, Mylord, in bester Stimmung."

Er musterte sie einen Augenblick. „Ihr seid doch etwa im gleichen Alter. Seid Ihr befreundet?“

Was war das denn für eine Frage? „Wir sind Freundinnen.“

„Dann müsst Ihr doch wissen, warum sie oben in Balvenie bleibt, während ihr Gemahl sich mit seinen Männern im Süden gegen mich verschwört.“

„Ich habe keine Ahnung, wieso sie nicht mit ihm in den Süden gezogen ist.“

Bruce lehnte sich zurück und blickte zu Alexander. „Besser im Norden als im Süden“, sagte er.

Margaret war entsetzt. Was sollte diese Bemerkung bedeuten?

„Wir frühstücken vor Morgengrauen, Lady Margaret, doch nur leichte Speisen, denn wir haben einen langen und schweren Ritt vor uns“, sagte Bruce.

Das war eine ziemlich abrupte Entlassung. Aber Margaret war sehr erleichtert.

„Lass meine Gemächer für Robert Bruce bereiten“, ordnete Alexander an.

Bruce würde direkt neben ihrer kleinen Kammer schlafen? Sie sagte zu sich selbst, dass sie das nicht beunruhigen sollte, aber es klang hohl. Sie nickte und sah Alexander an, der jedoch nicht aufblickte.

Beide Männer schwiegen. Sie wollten, dass sie verschwand, damit sie über ihren Krieg und die Krönung reden konnten.

Margaret machte einen Knicks und eilte davon. Eine schreckliche Befürchtung stieg in ihr auf. Robert Bruce hatte sich nach Isabella erkundigt, weil er sie in seinem verfluchten Griff nach der Krone gegen ihren eigenen Mann einsetzen wollte.

Die Küche war gesäubert, die Öfen kalt. Stille war in die Burg eingekehrt, fast alle schliefen. Seit dem abendlichen Mahl waren mehrere Stunden vergangen, und Margaret war völlig erschöpft.

Doch ihr Verstand wollte einfach nicht zur Ruhe kommen. Sie hatte so viel Neues erfahren, doch sie wusste nicht, was für

Schlüsse sie daraus ziehen sollte. Dass Alexander ihr erlauben würde, an Isabella zu schreiben, bezweifelte sie doch sehr.

Und morgen würde er wegen ihres Ungehorsams mit ihr schelten, da war sie ganz sicher, vielleicht würde er sie sogar züchtigen.

Aber wenn auch nur die geringste Gefahr bestand, dass ihre Freundin zur Geisel von Robert Bruce werden könnte, dann musste sie sie warnen. Morgen würde sie William besuchen, wie jeden Tag. Wenn er einen Fluchtplan hatte, wurde es Zeit, dass sie davon erfuhr.

Margaret ging nach oben in ihr Zimmer. Sie war so müde, dass sie nicht länger nachdenken wollte. Sie wollte sich weder wegen Isabella noch wegen Bruce Sorgen machen und auch nicht über Fluchtpläne grübeln. Für all das wäre morgen auch noch Zeit.

Aber als sie im oberen Stockwerk ankam, verkrampfte sie sich. Sie hatte keine Ahnung, wann Robert Bruce in Alexanders Gemächern zu Bett gegangen war, und keinen Grund zu der Annahme, er könnte sie irgendwie belästigen, aber Angst hatte sie doch. Ganz Schottland wusste, dass er seiner Frau ständig untreu war.

Seine Tür war zu, doch ihre stand offen. Eilidh hatte das Feuer im Kamin geschürt, es knisterte. Die Pelzdecke auf dem Bett war einladend zurückgeschlagen. Die Müdigkeit überwältigte sie.

Doch die andere Tür wurde geöffnet, noch bevor sie ihr Zimmer betreten konnte. Margaret erstarrte, als er in den Flur hinaustrat.

Er lächelte.

Sie zitterte.

„Am Abend vor der Schlacht kann ich nie schlafen.“

„Das tut mir leid“, brachte sie heraus. Er trug lediglich seine Braies – jene knielangen Leinenhosen, die der englische Adel bevorzugte. Er war ein sehr muskulöser Mann, der Körper von Narben bedeckt. Sie wollte nicht zu seinem nackten Brustkorb blicken.

Eilidh kam aus ihrem Zimmer und riss erschrocken den Mund auf.

„Warum habt Ihr Angst vor mir?“, fragte Bruce ganz ruhig. „Wegen Alexander? Oder weil ich Euer König sein werde?“

Margaret war wie gelähmt. Was sollte sie darauf erwidern? „Ganz Schottland spricht von Euch, Mylord. Ihr seid eine Legende, und das aus gutem Grund.“

Er grinste und lehnte sich gegen die Wand. „Fahrt fort, Lady Margaret.“

„Es ist überall bekannt, Mylord, dass Euch die Damen gefallen, und Ihr gefallt ihnen auch.“

Er lachte. „Und was soll daran falsch sein?“

Sie wollte nicht darauf hinweisen, dass er verheiratet war. „Ich bin einem anderen versprochen.“

Sein Lächeln erstarb. „Ja, das seid Ihr – ein armes Reh mit großen, unschuldigen und vertrauensvollen Augen, das zur Schlachtbank geführt wird.“

Margaret war fassungslos. „Ich bin stolz darauf, meine Pflicht zu erfüllen.“

„Ihr solltet eine andere Politik verfolgen.“ Er klang plötzlich rau.

Sie erstarrte.

„Ich werde der neue König von Schottland sein. Ich werde mich an meine Freunde erinnern. Sie werden alle reich belohnt werden.“

Sie brauchte nicht zu fragen, wie er seine Feinde zu behandeln gedachte. Sollte das eine Drohung sein?

„Ihr wisst schon, Lady Margaret, dass ich für Eure Freilassung sorgen kann?“

Sie starrte ihn an. Eine solche Bemerkung konnte kaum bedeutungslos sein.

„Alexander ist mein Vasall“, fuhr er fort. „Ich bin sein Lehnsherr, und ich werde sein König sein. Wenn ich ihm befehle, Euch freizugeben, wird er das tun. Wenn ich ihm befehle, Euch Castle Fyne zurückzugeben, wird er gehorchen.“

Margaret hörte ihren Puls in den Ohren rasen. Sie fürchtete beinahe, dass Bruce es auch hören konnte. Sie wusste, welche Macht er besaß – zumindest über jene, die ihm folgten.

Sie fragte sich, ob Alexander ihm wirklich gehorchen würde, wenn er ihre Freilassung befahl. Da konnte sie durchaus nicht sicher sein.

„Warum sagt Ihr mir das?“, flüsterte sie.

Seine Züge wurden weich, und er lächelte sie an. „Ich sage Euch das, weil ich Euch mag, Lady Margaret, wie ich auch Eure Mutter gemocht habe. Ich bewundere Mut und Stolz, Treue und selbst Trotz, in Männern wie in Frauen – sogar bei meinen Feinden.“

Sie schluckte. Wollte er auf ein Verhältnis hinaus? Wenn sie ihm heute Nacht zu Willen war, dann würde er ihr ihre Freiheit schenken und ihr sogar die Burg wieder übergeben? „Ihr bietet mir meine Freiheit an? Was müsste ich dafür tun, um freigelassen zu werden und Castle Fyne zurückzubekommen?“

„Nein, ich biete Euch nicht im Austausch für eine Nacht in meinem Bett Eure Freiheit an.“ Sein Grinsen wurde breiter. Er schien höchst amüsiert. „Nicht dass ich Euch nicht begehre. Aber ich befinde mich im Krieg mit England. Bald werde ich Dumbarton angreifen. Alexander wird sich mir in Kürze anschließen. Ich brauche ihn an meiner Seite, denn er ist einer meiner besten Truppenführer.“

Margaret wurde von Erleichterung überwältigt. Bruce machte ihr keine Avancen – er prahlte bloß mit seiner Macht. Doch auf einmal ergriff sie die Bestürzung. Alexander würde mit ihm in den Krieg ziehen!

„Wann wird Alexander aufbrechen?“

„Wenn es ihm morgen gelingt, hier den Standort zu sichern, erwarte ich von ihm, dass er übermorgen losreitet“, sagte Bruce. „Ich komme nicht dahinter, ob seine Abreise Euch erfreut oder bestürzt, Lady Margaret.“

Sie holte Luft und schaffte es, zu lächeln. „Sie erfreut mich, denn ich bin seine Gefangene." Sie war selbst entsetzt, wie verlogen sich das in ihrem Innern anfühlte.

Bruce lachte. Dann sah er an ihr vorbei zur Treppe, und sein Lächeln veränderte sich.

Margaret drehte sich um und erblickte Peg an der Treppe, die errötete und einen Knicks machte. „Mylord."

Bruce lächelte ihr zu, verabschiedete sich mit einem Senken des Kopfes von Margaret und verschwand in seinen Gemächern.

Margaret ging langsam in ihr Zimmer und nahm kaum wahr, dass Eilidh sie dort erwartete. Robert Bruce war furchterregend und mächtig, und auf einmal wurde ihr klar, dass er vielleicht tatsächlich den Thron erringen und eines Tages König sein könnte.

Sie erschauerte. Wenn dieser Tag kommen sollte, wollte sie nicht zu seinen Feinden zählen!

Peg stand in der Tür. „Mylady? Seid Ihr zornig, wenn ich zu ihm gehe?"

Margaret starrte sie an. „Nein. Wenn er jemals König von Schottland wird, dann wird das nur gut für dich sein."

Peg schien erleichtert und ging. Margaret schlüpfte in ihr Bett, während sich Eilidh auf eine Pritsche legte. „Gute Nacht, Mylady."

„Gute Nacht." Margaret legte sich auf die Seite und rollte sich zusammen. Wie sehr sie den Krieg hasste! Doch Bruce liebte ihn, Alexander liebte ihn, Narren, die sie waren. Aber sie wollte sich jetzt keine Sorgen mehr machen, nicht um Alexander oder sonst jemanden. Trotzdem sah sie ihn ständig auf dem Schlachtfeld vor sich, mit erhobenem Schwert, das Haar im Wind, die Banner von Robert Bruce flatterten … Die Bilder verfolgten sie bis in den Schlaf.

## 10. KAPITEL

Margaret spähte verstohlen in den großen Saal. Die Männer von Bruce frühstückten hastig, um so schnell wie möglich aufbrechen zu können. Und Alexander war mitten unter ihnen. Wie gestern Abend saßen er und Bruce nebeneinander an der Wand und unterhielten sich leise, während sie aßen. Sie waren so in ihre Unterhaltung vertieft, dass keiner von beiden aufsah.

Einen besseren Augenblick konnte es nicht geben. Margaret rannte schnell an der Schwelle vorbei, in der Erwartung, dass Alexander ihr gleich befehlen würde, stehen zu bleiben, doch er tat es nicht. Schwer atmend eilte sie den Korridor entlang.

Sie war lange vor Morgengrauen aufgestanden, um den Frauen in der Küche zu helfen. Alexander hatte sie noch nicht zu sich bestellt, aber sie wusste, das würde noch kommen. Gleich nachdem Bruce mit seinem Heer weg sein würde, rechnete sie damit. Bei Tageslicht betrachtet, erwartete sie etwas viel Schlimmeres als bloß einen Tadel wegen ihres Ungehorsams. Sie konnte sich vorstellen, wie er sie bestrafen würde – zum Beispiel, indem er ihr den täglichen Besuch bei ihrem Bruder verbot.

Deshalb musste sie jetzt noch einmal mit William sprechen, falls das tatsächlich der Fall sein sollte.

Sie musste ihm so viel erzählen; und sie musste unbedingt seine Meinung hören.

Im Südturm verspeiste der Wachposten gerade ein Stück Brot mit Käse. Er nickte ihr zu und erhob sich langsam.

„Guten Morgen." Sie lächelte ihm zu. Die Posten wechselten oft, und obwohl sie inzwischen alle kannte, dauerte es einen Moment, bis ihr sein Name wieder einfiel. „Duncan."

„Lady." Er schloss auf und öffnete die Tür.

William ging auf und ab und war sehr überrascht, sie so früh schon zu sehen. Er brachte nicht einmal einen Gruß heraus.

„Letzte Nacht ist Bruce gekommen – und jetzt brechen sie bereits wieder auf?"

Sie wusste natürlich, dass der Posten in der Tür jedes Wort mithörte, und lächelte ihrem Bruder zu. „Ich bin genauso überrascht wie du. Er reitet nach Dumbarton, William. Es gibt viel zu erzählen."

Einen Augenblick stand er stumm da. Dann griff er sich plötzlich an die rechte Seite, schrie auf und brach zusammen. Margaret und der Posten rannten gleichzeitig los. Sie ließ ihn William auffangen, drehte sich um und leerte den Inhalt einer kleinen Ampulle in Duncans Weinbecher.

Das dauerte nur eine Sekunde, dann rannte sie zu William. „Was ist los?"

„Weiß ich auch nicht, um Gottes willen!" William saß auf der Pritsche und hielt sich die Seite. „Da war ein entsetzlicher Schmerz. Aber jetzt geht es wieder."

„Das wollen wir mal hoffen." Duncan ging wieder zur Tür. Er hatte sein Brot fallen lassen und stieß es mit dem Fuß durch den Gang wie einen Ball. Da er den Rest seines Frühstücks verloren hatte, griff er nach dem Becher und trank den Wein aus.

In fünf Minuten musste er bewusstlos sein. Zufrieden wandte Margaret sich wieder zu ihrem Bruder. „Alexander stationiert auf Castle Fyne hundert seiner besten Männer."

„Er will die Burg also halten, falls Sir Guy oder Buchan angreifen? Verdammt! Mit einer solchen Besatzung kann Castle Fyne leicht verteidigt werden. Was gibt es sonst noch Neues, Meg?" William war ganz gespannte Aufmerksamkeit.

„Bruce ist aus Galloway gekommen. Doch dort hat er keine Unterstützung finden können."

William nickte finster und erlaubte sich ein schmales Lächeln. „Die Kelten werden weder ihn noch sonst jemanden jemals unterstützen, es sei denn, es wäre einer von ihnen."

Margaret warf Duncan, der bereits gähnte, einen Blick zu. „Von unserem Onkel habe ich einen Brief bekommen."

William riss die Augen auf. Auch er blickte zu Duncan. „Was schreibt er denn?"

„Er bereitet den Krieg gegen Bruce vor. Er hofft, uns freikaufen zu können, aber Alexander sagt, darauf nicht eingehen zu wollen. Er sagt, ich sei zu wertvoll – sogar Bruce ist dieser Ansicht. Will, wir werden hier eine lange Zeit als Gefangene verbringen müssen."

William warf ihr einen süffisanten Blick zu. Sie war sicher, dass er bereits einen Plan hatte. „Du wirst immer sehr wertvoll sein, denn jeder Mann, der dich heiraten wird, hat damit legitimen Anspruch auf Castle Fyne, das er an seine Söhne weitergeben kann." Nach einer Pause fragte er: „Bist du Bruce begegnet?"

Sie nickte. „Er ist ein sehr starker Mann. Ich habe es nicht für möglich gehalten, dass irgendjemand sich gegen England erheben und gewinnen könnte, aber vielleicht schafft es Bruce sogar."

„Nein. Das wird niemals geschehen. Ich werde das nicht zulassen – Buchan auch nicht –, und König Edward schon gar nicht."

Sie hörten ein Geräusch und drehten sich um. Duncan lag bewusstlos auf dem Boden. William lachte. „Das hast du prima gemacht, Meg." Er sprang auf, rannte zur Tür und zog Duncan herein. Dann schloss er die Tür von innen ab.

„Will! Bruce marschiert nach Scone – um sich dort krönen zu lassen!", rief Margaret.

William fluchte. „Er hat schon immer den Thron gewollt. Genau wie sein Vater."

Margaret ergriff seinen Ärmel. „Er könnte vorhaben, Isabella zu entführen. Peg hat mitgehört, wie Bruce und Alexander darüber redeten. Offenbar muss der Earl of Fife bei der Krönungszeremonie irgendeine Rolle spielen, und sie kommen natürlich nicht an den jungen Ed heran. Also überlegen sie, ob Isabella an seine Stelle treten könnte. Und Bruce hat mich nach ihr gefragt. Ich mache mir sehr große Sorgen. In letzter Zeit habe ich nicht mehr an Flucht gedacht, aber wir müssen Isabella warnen."

„Ich habe einen Plan“, sagte William. „Und jetzt ist genau der richtige Zeitpunkt.“

„Aber wie könnten wir denn fliehen? Ich stehe nicht mehr unter Bewachung, aber irgendjemand ist immer in meiner Nähe, jemand hat immer ein Auge auf mich – außer jetzt im Augenblick, als ich das Chaos im großen Saal genutzt habe, um dich zu sehen. Und du stehst ständig unter Bewachung!“

William trat ans Fenster und winkte sie heran. Margaret eilte zu ihm und sah hinaus.

Etwa hundert Ritter trabten gerade auf ihren Pferden durch die Außenbefestigungen und den Weg in den Wald entlang, während die Sonne aufging und die Szene in ihr helles Licht tauchte. Der Tag war klar, am Himmel standen nur ein paar flockige weiße Wolken. Bruce war an der Spitze seiner Truppen zu sehen. Selbst aus der Entfernung gab er eine eindrucksvolle Gestalt ab, sein großes gelb-rotes Banner wehte stolz über ihm. Der Anblick war ernüchternd und gleichzeitig furchteinflößend.

„Der Weg ist nicht mehr als ein schmaler Pfad, da wird es Stunden dauern, bis sein ganzes Heer abgerückt ist“, sagte William. „Wie viele Männer hat er?“

„Das weiß ich nicht.“

„Der Wolf hat fünfhundert, oder?“

Sie sah ihn ernst an. Er wandte sich zu ihr um, stand nun mit dem Rücken zum Fenster und der in den Himmel steigenden Sonne. „Ja, fünfhundert, aber vielleicht werden es noch mehr, wenn sein Bruder ihm ein weiteres Heer schickt.“

„Und er wird in zwei Tagen aufbrechen? Übermorgen?“

„Nein. Wie ich es verstanden habe, bricht er morgen auf, aber mit ihm selbst habe ich nicht gesprochen.“ Sie erschauerte. Sie spürte ihre Enttäuschung darüber, dass Alexander sie verlassen wollte, um sich Bruce anzuschließen. „Was hast du denn vor?“

„Wir werden aus dem Nordtor schlüpfen. Von da ist es nur ein kurzes Waldstück bis zum Weg. Wir werden uns seinem Heer anschließen, wo man uns niemals entdecken wird.“

Jede Festung hatte eine oder mehrere kleine Türen, durch die nicht mehr als ein Mann passte, manchmal sogar zu Pferd. Ihre Gedanken rasten. „Aber du stehst unter Bewachung."

„Lass mir den Schlaftrunk da – ich werde ihn ihm selbst verabreichen. Und dann werde ich die Sachen des Wachmanns anziehen. Du musst dich auch verkleiden. Du hast gerade gesagt, dass heute Morgen im Saal das Chaos geherrscht hat. So ist das immer, wenn ein Heer aufbricht."

Sie begann zu begreifen, doch sie erschauerte. „Selbst wenn wir es bis zum Nordtor schaffen, dort steht auch eine Wache."

„Da könnte Peg von Nutzen sein – oder zweifelst du an ihrer Fähigkeit, einen Mann abzulenken?" Er lächelte.

Konnte das tatsächlich klappen? So recht wollte sie es nicht glauben. Zwar konnte sie sich mit Sicherheit in einer Verkleidung davonschleichen; zum Nordtor zu kommen wäre nicht sehr schwierig. Und Peg konnte den einzelnen Posten dort ablenken. Dafür würde sie ihr eine Belohnung versprechen. Und wenn sie erst einmal die Burg verlassen hatten, konnten sie in den Wald rennen.

Dann dachte sie an Alexander, und das ernüchterte sie.

Er würde vor Wut kochen, wenn sie floh – und wäre vielleicht sogar enttäuscht.

Sie rief sich in Erinnerung, dass sie ihm nie ihr Wort gegeben hatte, nicht irgendwann einen Fluchtversuch zu wagen. Es war sogar ihre Pflicht, zu fliehen, jetzt erst recht. Sie war seine Gefangene, und Bruce strebte nach der Krone. Vor allem musste Isabella gewarnt werden, falls Bruce sie gegen ihren Willen dazu zwingen wollte, Verrat zu begehen.

Williams Plan könnte gelingen. Wenn sie sich unter Alexanders Leute mischen konnten, würden sie bestimmt nicht auffallen. Und wenn sie erst einmal in Dumbarton waren, könnten sie Freunde aufsuchen, die ihnen bestimmt helfen würden, zu Buchan zu gelangen, falls er sich noch im Süden aufhielt, oder nach Balvenie im hohen Norden zurückzukehren.

„Und was, wenn ich dir keinen neuen Schlaftrunk bringen kann?“, fragte sie gedehnt. „Ich habe Grund zu der Annahme, dass Alexander mir keinen weiteren Besuch bei dir gestatten wird.“

William zuckte die Achseln. „Ich habe mich mit all den Wachmännern angefreundet. Ich bin nicht mehr geschwächt, aber das wissen sie nicht. Ich werde dem Posten von hinten etwas über den Kopf ziehen. Ich verschwinde von hier, Margaret, und kehre zu Buchan zurück, denn wir sind im Krieg, und ich muss kämpfen!“

In diesem Augenblick erinnerte er sie an ihren Vater. William war noch sehr jung – nicht einmal zwanzig –, aber er war stolz und entschlossen und überaus attraktiv. Sie merkte, dass sie nickte. „Dann müssen wir jetzt über die letzten Einzelheiten reden, denn vielleicht bekommen wir dazu keine Gelegenheit mehr.“

„Alexander wird auch gleich nach dem Frühstück aufbrechen. Genau wie Bruce wird er zusammen mit seinen Rittern als Erster losreiten. Exakt zwei Stunden später treffen wir uns am Nordtor. Peg lenkt den Posten ab, wir schlüpfen aus der Burg, rennen in den Wald und schließen uns dem Rest des Heeres an, wenn es aufbricht.“

Margaret nickte und verschränkte die Arme. War sie etwa enttäuscht? Sie sollte doch begeistert darüber sein, dass sie endlich einen Fluchtplan hatten – einen, der sogar gelingen könnte.

„Und, Margaret, wenn einer von uns es nicht schafft, muss der andere sich durchschlagen.“

Sie fuhr zusammen. „Das höre ich nicht gerne.“

Er hob eine Hand. „Wir haben keine andere Wahl. Wir müssen Isabella warnen und Buchan sagen, was Bruce vorhat, damit man ihn aufhalten kann, bevor er Scone erreicht. Wir flüchten morgen.“

Margaret schlich langsam wieder zum Saal zurück. Ihr war kalt, sie zog den Überwurf fest um sich. Sie wusste selbst nicht, warum sie von Williams Plan nicht begeistert war. Morgen konnten sie vielleicht mit ihrer Flucht Erfolg haben; dann wären sie endlich frei! Denn es war wirklich ein guter Plan, und sie könnten sogar im Vorteil sein, da Alexander ihr inzwischen ausreichend vertraute, um ihr eine gewisse Bewegungsfreiheit zu gestatten.

War das das Problem? Dass er ihr etwas Vertrauen entgegenbrachte und dass sie das wusste? Sicher, sie standen in feindlichen Lagern, doch trotzdem hatte sich eine merkwürdige Freundschaft zwischen ihnen entwickelt. Sie empfand einen gewissen Respekt, ja sogar Bewunderung für ihn. Sie war seine Gefangene, doch sie wusste genau: Vor allen anderen Feinden würde er sie beschützen. Vielleicht sogar vor Bruce.

Großer Gott, was stimmte nicht mit ihr? Solange sie in diesem Krieg auf gegnerischen Seiten standen, konnten sie niemals Freunde sein – das durfte sie nicht vergessen. Er war und blieb der Feind, und es war ihre Pflicht, einen Fluchtversuch zu wagen.

Morgen wäre sie vielleicht schon auf dem Weg, verborgen mitten in seinem großen Heer, mit dem er in den Krieg zog. Er würde Dumbarton angreifen und dann jeden weiteren Feind, der sich Bruce auf seinem Marsch nach Scone in den Weg stellte. Während sie nach Balvenie zurückkehrte. Dort würde sie Isabella umarmen und warnen und ihren Onkel und Sir Guy anflehen, Castle Fyne zurückzuerobern. Bis zu ihrer Hochzeit im Juni würde sie wahrscheinlich oben im Norden bleiben. Und Alexander stand an der Seite von Robert Bruce im Kampf um Schottlands Krone, die sie erst erobern und dann verteidigen mussten.

Im Korridor wankte sie, zu bestürzt, um noch weitergehen zu können. Ach, wie sehr sie diesen Krieg hasste! Sie hasste überhaupt alle Kriege! Drei ihrer Brüder hatte sie bereits in der

Schlacht verloren, und kürzlich erst so viele ihrer Bogenschützen und Soldaten sowie Malcolm. Sie begann zu zittern. Einen kurzen Moment hatte sie fast an Robert Bruces Erfolgsaussichten geglaubt, doch das hatte eher mit seiner persönlichen Präsenz zu tun. So beeindruckt war sie jetzt nicht mehr von ihm. Bruce war auch nur ein Mann, und darüber hinaus ein Schotte; König Edward von England würde er niemals besiegen!

Entweder würde er ruhmreich auf dem Schlachtfeld den Tod finden oder unrühmlich durch die Hand des Henkers.

Und Alexander würde sein Schicksal teilen. Sie konnte sich nicht vorstellen, dass man ihn verschonen würde. Wenn Alexander nicht in der Schlacht fiel, würde man ihn neben seinem Anführer hinrichten. Und wenn es ihm doch gelingen sollte, König Edward zu entkommen, würde er als Gesetzloser in den Wäldern hausen …

Das sollte ihr eigentlich nichts ausmachen. Sie wollte nicht, dass es ihr etwas ausmachte.

„Irgendwie glaube ich nicht, dass Ihr nach mir sucht."

Es riss sie aus ihren finsteren Gedanken, als sie Alexanders Stimme vernahm. Er lehnte in der Tür zum großen Saal, ganz lässig – in seinem Gesicht war nichts zu lesen. Doch sein Blick war hart.

Es dauerte einen Augenblick, bis sie mit schwankender Stimme etwas sagen konnte. „Guten Morgen, Mylord. Bruce hat uns verlassen?"

„Ich bin sicher, dass Ihr das längst wisst."

„Ja, ich habe gesehen, wie er aufbrach."

„Ihr habt meinen eindeutigen Befehl missachtet, Lady Margaret. Ich bin ganz und gar nicht erfreut."

„Ich konnte die Gerüchte nicht mehr aushalten", flüsterte sie.

„Was für Gerüchte? Was für eine Ausrede ist das denn?", wollte er voller Zorn wissen.

„Die Gerüchte vom Krieg. Die Gerüchte von einer bevorstehenden Krönung. Er marschiert nach Scone? Und dort wird er dann gekrönt?", rief sie erschauernd. Ihre Fäuste waren geballt. „Und Ihr brecht morgen auf, um in den Krieg zu ziehen?"

„Wenn er König wird, dann wird er in Scone gekrönt", sagte Alexander, wieder ruhiger geworden. Aber seine Augen glühten noch immer. „Und ich breche morgen auf."

„Um Dumbarton anzugreifen. Und dann jeden Verbündeten von König Edward auf dem Weg nach Scone?"

„Eure Mägde haben also gestern Abend hinter uns herspioniert."

Tränen stiegen ihr in die Augen. „Bitte lasst Isabella in Ruhe."

„Ihr wisst zu viel, Lady Margaret."

„Ihr habt sowieso vor, mich zu bestrafen, nicht wahr? Ja, meine Mägde haben einiges mitgehört. Aber Bruce selbst hat mir erzählt, dass Ihr nach Dumbarton marschiert. Den Rest konnte ich mir zusammenreimen. Großer Gott, Alexander – Ihr zieht in den Krieg gegen das ganze Heer von König Edward!"

Er musterte sie, dann fing er an zu lächeln. „Lady Margaret, habt Ihr etwa Angst um mich? Sogar noch mehr als zuvor?"

Sie bekam kaum noch Luft. „Mir sollte das völlig gleichgültig sein. Das weiß ich. Es macht mir in Wirklichkeit nichts aus. Aber ich kann Euch auch nichts Übles wünschen!"

Sein Lächeln wurde breiter.

„Das findet Ihr lustig? Ihr habt Spaß daran, einen rechtmäßigen König zu bekämpfen, um einen unrechtmäßigen auf den Thron zu setzen?" Sie wollte ihm ins Gesicht schlagen, so wie ihre Mutter einmal Bruce geschlagen hatte. „Das ist nicht irgendeine dumme Blutfehde wegen ein paar gestohlener Rinder! Das ist ein richtiger Krieg, der von einem Möchtegernkönig gegen einen großen König ausgefochten wird!"

„Um Schottland wurde schon oft gekämpft." Er lächelte immer noch.

„Wieso? Warum reitet Ihr an der Seite von Robert Bruce? Vor sechs Monaten wart Ihr noch der Vasall von König Edward."

„Ihr macht Euch wirklich Sorgen um mich."

Sie wollte das abstreiten. Aber das gelang ihr nicht einmal vor sich selbst. „Ich habe Euch nichts Schlechtes gewünscht, als Ihr gegen Sir Guy gekämpft habt, und das tue ich auch jetzt nicht. Ich mag Eure Gefangene sein, doch Ihr habt mich anständig behandelt."

Er gab ein kurzes Lachen von sich. „Was Ihr Euch für Mühe gebt, Eure Zuneigung zu mir zu verbergen!"

„Ich empfinde keine Zuneigung für Euch!", schrie sie.

Er musterte sie. „Ich wäre sehr enttäuscht", sagte er schließlich, „wenn Ihr mir jemals Übles wünschen würdet."

Darauf fiel Margaret keine Antwort ein. Das Ausmaß ihres Unbehagens war ihr selbst nicht klar. Sie wünschte, er hätte sich niemals der Sache von Robert Bruce angeschlossen. Sie wünschte, er würde nicht morgen in den Krieg ziehen – und sie wünschte sogar, dass sie nicht mit William einen Fluchtversuch wagen würde.

Er stemmte sich von der Mauer weg. „Wir sind vom Thema abgekommen. Für Eure Befehlsverweigerung könnt Ihr keine Entschuldigung vorbringen."

Sie holte Luft. „Mir ist klar, dass Ihr zornig seid."

„Ich wollte Euch nur beschützen, Lady Margaret. Ihr solltet nicht in Gefahr geraten."

Sie hatte also recht gehabt. Er hatte sie tatsächlich von Bruce fernhalten wollen, aber nicht nur, damit sie über ihre Kriegspläne reden konnten. „Was wollt Ihr tun?"

Ihre Blicke trafen sich. „Es bereitet mir keine Freude, aber Ihr haltet Euch auf Eurem Zimmer auf, bis ich etwas anderes entscheide."

Sie verkrampfte sich. Wie sollte sie flüchten, wenn sie in ihrem Zimmer bleiben musste? „Wenn ich Euch versichere, dass es mir leidtut und wenn ich das wirklich ernst meine – würdet Ihr dann noch einmal darüber nachdenken?"

„Nein."

Margaret lag im Bett und starrte an die Decke. Es war spät, die ganze Burg lag in tiefem Schlummer, es war unglaublich still. Nur der Wind war draußen in den Bäumen zu hören, und irgendwo heulte ein einsamer Wolf.

Sie konnte nicht einschlafen. Den ganzen Tag hatte sie in ihrem Zimmer verbringen müssen, mit Dughall als Wachposten vor der Tür. Eilidh war nicht erlaubt worden, sich um sie zu kümmern. Dughall hatte ihr die Mahlzeiten gebracht. Ihr Fenster ging nach Norden, deshalb konnte sie den Innenhof nicht sehen, aber den ganzen Tag hatte sie Schritte und Stimmen gehört, als Alexanders Männer die Festung mit Proviant für die Zeit seiner Abwesenheit versorgten. Und später hatte sie ihre Stimmen beim Abendessen aus dem großen Saal gehört.

Da sie niemand zum Reden und nichts zu tun hatte, hatte sie sich ihre Näharbeit vorgenommen, aber auch das erwies sich als nicht hilfreich. Sie machte sich viel zu große Sorgen.

Zu fliehen war ihr nun nicht mehr möglich. William musste es allein versuchen. Und morgen würde Alexander in den Krieg ziehen.

Warum musste er an der Seite von Robert Bruce reiten? Warum musste er gegen die ganze Macht von England in den Krieg ziehen? Was, wenn er nicht aus der Schlacht heimkehrte? Oder der danach? Sie konnte sich hundertmal erzählen, dass er ein großer Krieger war, dem niemand etwas anhaben konnte, aber drei ihrer Brüder waren schon im Krieg gefallen. Sie wusste besser als jeder andere, wie sinnlos ein Krieg war. Und wie unberechenbar das Schicksal. Männer wie Alexander lebten und starben durch das Schwert, nur wenige erreichten ein hohes Alter. Sie konnte nur hoffen, dass sein Schicksal ihn nicht schon in Dumbarton ereilte …

Und dann marschierten sie nach Scone, um sich die schottische Krone zu sichern. Es würde mehr Schlachten geben, als man zählen konnte, vor und nach der Krönung.

Plötzlich hörte sie Schritte auf der steinernen Treppe. Sie setzte sich auf, denn das konnte nur Alexander sein. Ihre Kammer war von dem im Kamin züngelnden Feuer erleuchtet. Würde er ihr wenigstens erlauben, ihm morgen alles Gute zu wünschen?

Was waren die Männer doch für Narren, dass sie den Krieg auf die leichte Schulter nahmen!

Und sie war eine Närrin, dass ihr etwas an ihm lag, obwohl sie doch Feinde waren!

Sie hörte, wie seine Tür ging, ließ sich zurück aufs Bett sinken und starrte wieder an die Decke. Wenn ihr doch nur auch so viel an Sir Guy läge! Aber wer konnte das schon wissen? Vielleicht würde es eines Tages dazu kommen, aber im Augenblick war es nicht der Fall.

Irgendwie war Alexander zu einem wichtigen Bestandteil ihres Lebens, irgendwie war er sogar der Mittelpunkt ihres Lebens geworden. Aber er hatte sie gefangen genommen. Irgendwann würde er nicht mehr so wichtig sein.

Dennoch hatte sie beinahe das Gefühl, er wäre der Berg in der Mitte ihrer Welt, ein Berg, den sie weder aus dem Weg schieben noch überwinden konnte. Der Berg, der immer dablieb, dessen Gegenwart auf alle Ewigkeit gesichert war.

Sie musste über sich selbst lachen. Er war wirklich wie ein Berg, aber doch kein unbeweglicher Bestandteil der Landschaft – er war lediglich ein Mann. Wenn er sterben sollte, würde sie traurig sein, aber sie würde ihre Trauer überwinden wie sie auch die Trauer über den Tod ihrer Brüder und ihrer Eltern hinter sich gelassen hatte.

„Aber ich will nicht, dass er stirbt."

Margaret zuckte zusammen, als sie merkte, dass sie das laut ausgesprochen hatte.

Sie schlüpfte aus dem Bett, barfuß und nur mit dem Nachthemd bekleidet. Morgen würde er aufbrechen, und vorhin hatte sie ihm nicht eingestehen wollen, dass er ihr etwas bedeutete.

Sie warf sich den Pelzumhang über die Schultern, schlich

zur Tür, unfähig, den Impuls zu bekämpfen. Den Tag über war die Tür nicht verschlossen gewesen, und das war sie auch jetzt nicht. Sie öffnete, und Dughall sprang sofort auf die Füße. „Lady Margaret?“

Er war fassungslos, aber sie hatte ja auch kaum etwas an. „Ich möchte mit Alexander reden“, sagte sie unsicher. Auf eine Antwort wartete sie gar nicht erst. Sie ging zu seiner Tür und öffnete sie.

Er sprang aus dem Bett, den Dolch in der erhobenen Hand, bereit zum Angriff.

Sie erstarrte und ließ vor Überraschung den Umhang von den Schultern gleiten.

Sein Blick wirkte verwirrt; sofort kniff er die Augen zusammen. Dann legte er den Dolch aufs Bett und sah sie mit warmen Augen an. „Margaret.“

Es überraschte sie nicht, dass er allein war. Sie war überzeugt, dass er seit der Schlacht von Cruach nan Cuilean allein schlief.

Vor einigen Sekunden noch hatte sie nicht gewusst, was sie sagen sollte, doch jetzt war es ganz leicht. „Ich will nicht, dass Ihr sterbt.“

Seine Augen wurden größer. Das Zimmer war vom Feuer im Kamin nur schwach erleuchtet. Er trug lediglich ein langes Hemd, und im schummrigen Licht konnte man ein wenig durch den Stoff sehen. Wie alle Highlander trug er nichts darunter.

Er ließ seinen Blick langsam über sie gleiten. „Ich habe nicht vor, in nächster Zeit zu sterben.“

„Das haben meine drei Brüder auch gedacht.“

„Aber ich bin der Wolf von Lochaber“, sagte er leise.

„Alexander … ich mache mir Sorgen um Euch.“ Endlich war es heraus – nicht nur ihm, auch ihr selbst gegenüber.

„Das macht mich glücklich.“ Er trat zu ihr und legte ihr eine Hand auf die Schulter. Seine Augen glühten, doch es lag auch eine Frage in ihnen. Er blickte an ihr vorbei. „Du kannst uns allein lassen, Dughall.“

Margaret drehte sich nicht um, aber sie konnte hören, wie der Junge fortlief. Sie merkte, dass sie Alexanders mächtigen Brustkorb anstarrte. In der Mitte wuchs dunkles Haar. Seine Brustwarzen waren aufgerichtet.

„Wie groß sind Eure Sorgen?“, fragte er sanft.

„Ich will nicht, dass mir etwas an Euch liegt. Wir sind Feinde!“

„Ich wünsche Euch nicht zum Feind, weder jetzt noch jemals irgendwann.“

„Ich habe Angst, dass Ihr nicht aus dieser Schlacht zurückkehrt“, wisperte sie.

„Ich werde zurückkommen, Margaret, wenn Ihr auf mich wartet, da könnt Ihr sicher sein.“

„Alexander – wie kann ich das?“, flehte sie.

„Ihr könnt es, weil Euch etwas daran liegt. Bündnisse ändern sich ständig.“ Er drückte ihr die Lippen auf den Mund, ganz leicht, wie die Berührung einer Feder.

Das Begehren stieg wie eine Explosion in ihr auf. Sie umklammerte seine Schultern, ihr ganzer Körper stand in Flammen, und als ihre Arme sich um ihn schlossen, verstärkte er den Kuss.

Sie schmiegte sich an ihn; noch nie hatte sich etwas so richtig angefühlt. Sein mächtiger Körper umschloss sie fast. Ihre Brüste pressten sich an seine muskulöse Brust, und sie konnte spüren, wie seine Männlichkeit sich steinhart gegen ihren Bauch drückte. Sie stöhnte. Er öffnete ihr mit der Zunge die Lippen. Er umfasste ihre Hinterbacken und hob sie hoch.

Margaret schlang die Beine um ihn, und er drückte sie mit dem Rücken gegen die Wand. Sie klammerte sich an ihn, erwiderte den Kuss, blind vor dem Verlangen ihres Körpers und ihres Herzens. Im nächsten Augenblick drang er in sie ein, und beide schrien auf.

Margaret fuhr verwirrt aus dem Schlaf hoch. Zuerst wusste sie nicht, wo sie war. Von vielen Fellen bedeckt blickte sie an die Decke, in dem Bett, das einmal ihres gewesen war, in den Gemächern, die nun ihm gehörten … Alexander.

Verblüfft holte sie Luft. Jede Menge Bilder rasten ihr durch den Kopf, und in jedem einzelnen lag sie in seiner heißen Umarmung, brennend vor Verlangen oder gefangen in Ekstase. Sie setzte sich auf und lief rot an. Er hatte sie mit solcher Leidenschaft geliebt, so viele Male, und sie hatte seine Leidenschaft erwidert, genauso wild, genauso schamlos.

Sie hatte den Drang verspürt, zu ihm zu gehen, doch sie hatte nicht vorgehabt, sich in seine Arme zu werfen. Aber irgendwie war sie in seinem Bett gelandet – und als sie erst einmal dort war, war ihr nicht ein einziges Mal der Gedanke durch den Kopf geschossen, von dort wieder zu flüchten.

Als sie sich umsah, merkte sie, dass er nicht mehr da war.

Lieber Himmel, er war doch nicht etwa in den Krieg gezogen, ohne Auf Wiedersehen zu sagen? Die Fensterläden standen offen. Draußen war es noch dunkel – der Himmel im Osten wies erst einen hellen Streifen auf. Nein, es war noch nicht Morgen, er konnte noch nicht fort sein!

Sie wollte sich jetzt nicht mit dem aufhalten, was geschehen war. Sie sprang aus dem Bett und fand das Nachthemd auf dem Fußboden. Es war zerrissen, was sie erneut erröten ließ. Sie warf es sich über. Barfuß und ohne Überwurf verließ sie das Schlafgemach.

Dughall war zum Glück nicht da. Doch von der letzten Nacht hatte er etwas mitbekommen. Sie erstarrte.

Im Juni sollte sie Sir Guy heiraten. Sie war Lady Margaret Comyn – verfeindet mit Robert Bruce und jedem MacDonald in Schottland. Und sie hatte letzte Nacht mit Alexander geschlafen.

Und Dughall wusste davon.

Die Tür zu ihrem Zimmer war geöffnet. Sie warf einen Blick hinein. Eilidh stand da und lächelte ihr entgegen. „Ihr holt Euch noch den Tod, wenn Ihr fast nackt draußen herumsteht", warnte sie.

Vor Bestürzung und Furcht zog sich ihr das Herz zusammen. Eilidh wusste es also auch. Margaret huschte ins Zimmer, schloss die Tür hinter sich, und Eilidh reichte ihr ein neues Hemd und einen Überwurf. „Ich erkläre nichts", sagte Margaret brüsk, zog das zerrissene Nachthemd über den Kopf und das frische an. „Aber du musst mir Geheimhaltung schwören, Eilidh, einen heiligen Eid, beim Leben deiner Mutter, dass du niemals irgendjemandem erzählen wirst, wo ich war und was ich getan habe." Sie fügte nicht hinzu, dass ihr Leben davon abhängen könnte.

Denn nun musste sie an ihren mächtigen Beschützer denken. Wenn ihr Onkel je von ihrer Untreue erfahren sollte, würde er sie in die Verbannung schicken. Daran hatte sie nicht den geringsten Zweifel.

Eilidh erbleichte. „Mylady, ich würde Euch niemals verraten. Und ich freue mich sehr für Euch. Wir alle wissen, wie sehr seine Lordschaft Euch begehrt, schon seit der Belagerung."

Margaret starrte sie ausdruckslos an. Nahmen alle an, Alexander hätte sie seit dem Augenblick begehrt, als er Castle Fyne einnahm?

„Ich hoffe, er war ein angenehmer Liebhaber", fügte Eilidh leicht schüchtern hinzu. „Ihr seht jedenfalls sehr zufrieden aus, Mylady. Heute habt Ihr eine schöne Farbe im Gesicht."

Margaret nahm an, dass sie schon wieder rot geworden war. „Hilf mir, mir das Haar zu flechten." Die Einzelheiten ihrer Nacht mit Alexander wollte sie lieber für sich behalten. Als Eilidh ihr einen blassblauen Umhang reichte, fiel ihr Blick auf einen ganzen Stapel Kleider, die auf dem Bett lagen. „Was ist das?"

Eilidh griff nach der Haarbürste. „Ihr habt gestern nach diesen Sachen verlangt", sagte sie in gesenktem Ton.

Ihre Verkleidung. Heute sollte sie einen Fluchtversuch unternehmen.

Margaret rang um Atem und zog entschlossen den wollenen Umhang über den Kopf und richtete die langen Ärmel. Während Eilidh begann, ihr das Haar zu bürsten, legte sie den Gürtel um. Ihr Herz klopfte wild.

Wenn er es schaffte, wäre William in zwei Stunden am Nordtor. Und würde sie dort erwarten.

Sie konnte nicht klar denken. Aber ihr Herz schien vor Widerspruch fast zu zerspringen.

Konnte eine einzige Nacht ihr Leben verändern?

„Beeil dich“, schnappte sie.

Eilidh versteifte sich, denn Margaret erhob sonst nie die Stimme, und flocht ihr das Haar rasch zu einem langen Zopf. Margaret wandte sich zu ihr und ergriff ihre Hand. „Es tut mir leid, Eilidh. Aber ich bin furchtbar unsicher, was ich tun soll.“

Eilidh lächelte. „Ich weiß, Mylady.“

Begriff sie das wirklich? Aber wie konnte eine einzige Nacht alles verändern? Weder ihr Name noch ihr Geburtsrecht oder ihre Treuepflicht oder der Krieg waren davon betroffen. Margaret umarmte Eilidh kurz und eilte aus dem Zimmer, die Treppe hinunter.

Vor der Tür zum großen Saal zwang sie sich, langsamer zu gehen. Sie hörte die Stimmen der darin versammelten Ritter, das Klappern der Teller, das Klirren der Schwerter.

An der Schwelle hielt sie inne.

Alexander trug bereits seine Schwerter. Er stand mit Padraig zusammen, sie unterhielten sich hastig. Sie wusste, dass er gleich aufbrechen wollte – das erkannte sie an seinen gestrafften Schultern und der Art, wie er dastand. Sein ganzer Körper schien unter Anspannung zu stehen, aber unter einer ganz anderen Anspannung als gestern Nacht.

Sie errötete. Bilder stiegen in ihr auf … die Hitze in seinen Augen, der Schwung seines Mundes … sie spürte wieder die Kraft in seinen Armen, die Härte seines Körpers. In seinen Armen hatte sie sich ganz klein, aber völlig sicher gefühlt – und hochwillkommen.

Er bemerkte sie und starrte sie an. Offenbar hatte er die Unterhaltung mitten im Satz abgebrochen.

Was Padraig veranlasste, sich ebenfalls umzudrehen und sie anzustarren.

Ihr Herz machte einen Satz. Sie fragte sich, wie viele seiner Männer Bescheid wussten, und Furcht stieg in ihr auf. Buchan durfte niemals davon erfahren. Und Sir Guy auch nicht.

Alexander ließ Padraig stehen und kam mit raschen Schritten auf sie zu, bis er vor ihr stand. Sein Gesicht wurde weich. Er sagte nichts, doch er musterte sie mit fragendem Blick.

„Ich wollte Euch Auf Wiedersehen sagen, Alexander, und viel Glück wünschen", brachte sie rau heraus.

Sein Blick blieb fragend. „Bedauerst du, was passiert ist?"

Sie zögerte, doch es war ihr nicht möglich, den Blick abzuwenden. „Ich hatte noch keine Zeit, darüber nachzudenken."

„Ich bedaure es jedenfalls nicht."

Wieder machte ihr Herz einen Satz. Sie wünschte so sehr, dass er sie nicht verlassen musste … dass sie keine Feinde mehr wären … und dass sie nicht einem anderen Mann versprochen wäre. Dann merkte sie, dass auch sie nichts bedauerte – wie könnte sie auch? „Ich bin sehr froh", flüsterte sie, „dass wir diesen Augenblick miteinander teilen konnten."

Er lächelte. „Es war mehr als nur ein Augenblick."

Sie erschauerte. „Alexander? Dadurch verändert sich aber nichts. Du ziehst in den Krieg – wie auch meine Familie –, und wir kämpfen für verschiedene Könige."

„Die letzte Nacht", sagte er ruhig, „verändert alles."

Ihr Herz machte einen weiteren Satz. Aber sie hatten kaum noch Zeit. „Verändert es etwas an meinem Namen? Ich bin Margaret Comyn. Ändert es etwas daran, wer mein Onkel ist und wer mein Bruder? Ändert es etwas daran, dass ich im Juni Sir Guy heiraten werde?"

„Sir Guy könnte dich zurückweisen, wenn er davon erfährt." Er sah sie scharf an.

„Er darf niemals davon erfahren! Und mein Onkel auch nicht. Buchan würde mich für den Rest meines Lebens in einen Turm sperren, wenn er davon wüsste."

„Margaret, ich weiß, dass du deinen Onkel fürchtest – und

das solltest du auch. Aber hier kann er dir nichts tun. Solange du unter meinem Schutz stehst, kann er dir nichts antun."

Margaret begriff, dass er recht hatte – doch sie hatte einen Fluchtversuch vor. „Dughall muss zur Geheimhaltung verpflichtet werden", sagte sie.

„Das ist er bereits." Er musterte sie. „Aber um deine Mägde musst du dich selber kümmern."

„Ich weiß."

Er blickte über die Schulter in den Saal. „Ich würde gern noch länger mit dir reden, besonders über dieses Thema, aber ich kann nicht. Wir brechen auf. Es wird Zeit."

Ihr Herz raste. „Wann wirst du zurückkommen?"

„Das weiß ich nicht. Wahrscheinlich wird es Monate dauern. Auch wenn Bruce den Thron bestiegen hat, wird der Krieg weitergehen. König Edward wird viele Niederlagen erleiden müssen, bis er einsieht, dass er Schottland verloren hat. Genau wie dein Onkel Buchan."

„Ich hasse diesen Krieg!", sagte sie mit schwankender Stimme. „Bruce hat gesagt, dass der Krieg lange dauern wird."

„Wir kämpfen um den Thron. Solche Dinge werden nicht so rasch entschieden."

„Ich will dich wiedersehen, Alexander. Bitte lass dich nicht umbringen."

Seine Augen funkelten. „Dann wirst du mich wiedersehen. Gott beschütze dich, Margaret."

Sie sahen sich in die Augen, dann wandte er sich um und ging zurück, die Schwerter schlugen gegen seine Schenkel. Margaret rieb sich die Arme. „Gott beschütze dich", sagte sie heiser.

Dann merkte sie, dass alle sie anstarrten. Padraig, Sir Neil, die Übrigen. Erschrocken drehte sie sich um, vor Angst, dass ihr ihre Gefühle im Gesicht stehen könnten.

Sie hörte, wie sie aufbrachen, die Stiefel polterten auf dem Steinboden und draußen im Innenhof. Margaret sagte sich, dass sie nicht ein solches Gefühl von Verlust empfinden durfte.

Peg trat in den Saal. „Margaret?“

Margaret sah sie an. Peg wollte wissen, ob sie wirklich einen Fluchtversuch unternehmen wollte.

Alexander war weg. Es würde Monate dauern, bis er wiederkam. Eine Nacht änderte nichts daran, wer er war oder wer sie war.

Sie hatte Sir Guy und ihre Familie verraten, aber das änderte nichts an ihrer Loyalität. Außerdem konnte sie mit dem, was sie jetzt wusste, nicht als Alexanders Gefangene auf Castle Fyne bleiben.

„Sei in zwei Stunden am Nordtor“, sagte Margaret.

Als Alexander mit seinen Rittern losgeritten war, hatten zahllose Neugierige den ganzen Innenhof gefüllt, doch nun war es ruhig geworden. Margaret hielt auf der Treppe inne. Eilidh war hinter ihr, beide in Verkleidung.

Sie hatten die Hauben über den Kopf gestülpt, beide trugen lange Kutten. Sie sahen aus wie ganze normal Highland-Mädchen. Doch Margaret blieb weiterhin auf den Stufen stehen.

Es wäre besser gewesen, dachte sie, wenn wir unseren Fluchtversuch unternommen hätten, als Alexander mit seinen Rittern gerade abzog. Es war ein riesiges Spektakel gewesen – die ganze Burg hatte zugesehen und gewinkt. Jetzt war es zu still auf dem Innenhof. Ein paar Männer und Frauen trieben Kühe vor sich her, ein Zimmermann reparierte eine Tür. In einer Ecke spielten ein paar Kinder, und zwei Soldaten bewachten den Eingangsturm. Auf den Zinnen standen die Bogenschützen, auf allen Türmen standen Wachposten.

Sie wusste, dass Alexanders riesiges Heer aus dem außerhalb der Burgmauern errichteten Lager marschierte, aber von hier konnte sie nichts sehen. Stattdessen fühlte sie sich allen Blicken preisgegeben.

Ihr Puls raste. Sie sagte sich, dass niemand sie erkennen würde, schon gar nicht von den Zinnen da oben, und ging weiter, gefolgt von Eilidh. Wenn der Fluchtversuch Erfolg haben sollte, dann mussten sie es genau jetzt probieren.

Sie durfte nicht eine Sekunde darüber nachdenken, was sie vorhatte – sondern sie musste es einfach tun. Margaret eilte über den Hof zu den nördlichen Wällen.

Da stand Peg und kokettierte mit dem Highlander, der den Nordausgang bewachte. Peg war ganz begierig gewesen, ihr zu helfen, sofern sie mitkommen und wieder nach Hause durfte. Margaret erblickte William, der ebenfalls verkleidet herbeieilte, und war sehr erleichtert.

Er war sorgsam darauf bedacht, Abstand zu halten, damit niemand sie als zusammengehörige Gruppe erkennen konnte, doch sie konnte sehen, dass seine Augen vor Aufregung glänzten. Sie setzte ein Lächeln auf, aber seine Aufregung konnte sie nicht teilen.

Peg sank in die Arme des Highlanders. Sie küssten sich wild, begrapschten einander heftig, drückten sich an die Mauer – langsam weg von der Tür.

Über ihnen begann eine Glocke zu läuten.

Sie haben unser Verschwinden bemerkt, dachte Margaret verblüfft. Entweder hatte jemand bemerkt, dass sie nicht mehr da war oder dass William nicht mehr in seiner Zelle saß.

William fluchte und sah zurück. Und Margaret erblickte Padraig oben auf den Zinnen über dem großen Saal.

Er starrte nach unten, genau zu William.

Die beiden schienen sich anzusehen. Margaret konnte Padraigs Gesicht aus der Entfernung nicht erkennen, aber seine Haltung veränderte sich – er erstarrte vor Überraschung.

„Er hat mich erkannt!“, schrie William. „Rennt los!“

Aber gerade als Margaret loslaufen wollte, ließ der Highlander von Peg ab und blickte hoch zu den Zinnen. Dort zeigte Padraig auf William und rief etwas hinunter.

Margaret stand mit Eilidh wie angewurzelt da, denn an dem Posten kam sie jetzt nicht mehr vorbei. Er rannte auf sie zu, und für einen Augenblick glaubte Margaret, er wolle sie packen, doch er lief an ihr vorbei zu William.

William rannte vor ihm davon, weg vom Nordausgang. Dann hörte sie plötzlich ein schreckliches Geräusch – ein Geräusch, das sie hasste und fürchtete.

Das Zischen eines Pfeils.

William schrie auf.

Margaret würgte vor Entsetzen, als William zu Boden stürzte, mit einem Pfeil in der Schulter. „Will!"

Mit vor Schmerz verzogenem Gesicht sah er zu ihr auf. „Renn endlich los, verdammt noch mal, renn los!"

Margaret wollte ihn nicht verletzt liegen lassen, doch Eilidh riss an ihrer Hand. Der Posten hatte sich auf William gestürzt, und Peg hatte das Tor aufgemacht, das nicht mehr bewacht war, und es wurde auch von niemandem beobachtet.

So schnell wie möglich, aber ohne zu rennen, gingen sie auf die schmale Tür zu, und als sie hinausschlüpften, blickte sie noch einmal zurück. William konnte sie nicht mehr sehen, er war von Soldaten umringt. Peg schlug die Tür zu.

Draußen blieben sie einen Moment stehen und sahen sich an. War William ernsthaft verletzt? „Ich muss zurück", sagte Margaret.

„Nein!" Peg ergriff ihre Hand. „Ich glaube nicht, dass sie uns bemerkt haben."

Margaret wurde klar, dass sie recht haben könnte, denn aus dem Inneren der Burg drangen keine aufgeregten Rufe. Wenn man sie bemerkt hätte, würden doch sicher Alarmschreie und laut gebrüllte Befehle zu hören sein.

Und der dichte, beinahe undurchdringliche Wald war nur ein paar Schritte entfernt. Auf seiner anderen Seite war das marschierende Heer zu hören, auch wenn davon nichts zu sehen war.

„Los!", sagte sie entschlossen.

Sie rannten. Einen Augenblick später waren sie unter den Bäumen, preschten durch das Gestrüpp, Zweige und Nadeln zerkratzten ihre Hände und ihr Gesicht, verfingen sich in ihrem Haar. Davon ließ Margaret sich nicht aufhalten und merkte, dass Eilidh und Peg direkt hinter ihr liefen. Sie rannten weiter über den hart gefrorenen Boden und hörten nur noch ihren eigenen keuchenden Atem.

Margaret hob eine Hand und ließ sich gegen einen Baum sinken. Alle drei rangen heftig nach Luft.

Margaret lauschte, ob Verfolger zu hören waren. Wenn Padraig und seine Männer ihre Flucht bemerkt hatten, könnten sie leicht ihre Spur bis in den Wald aufnehmen. Der Wald selbst jedoch war dafür zu dicht. An manchen Stellen taute der Boden und war schlammig, an anderen jedoch hart gefroren. Aber wenn jemand die Spur in den Wald fand, konnte er leicht erraten, was sie vorhatten – sich unter den Tross von Alexanders Heer zu mischen.

Aber es war nichts zu hören, es gab keine Verfolger. Konnte es wirklich sein, dass ihre Flucht noch gar nicht bemerkt worden war?

„Ich glaube nicht, dass wir verfolgt werden", flüsterte Peg.

„Wahrscheinlich hast du recht", wisperte Margaret zurück. Sie tauschten einen Blick. Margaret hob eine Hand, damit alle still blieben. Dann schlichen sie vorsichtig nach Süden.

Vielleicht eine halbe Stunde später erreichten sie den anderen Waldrand. Und da, direkt vor ihnen, zog Alexanders Heer den schmalen Pfad entlang.

# 11. KAPITEL

Über ihnen erhob sich Balvenie, eine massive Festung aus rotem Stein.

Margaret zügelte ihre Stute. Auch Peg und Eilidh hatten ihre eigenen Pferde, ebenso wie die drei Ritter in ihrer Begleitung. Sie blickte hinauf zu den Mauern auf dem Hügel, zu den Türmen, die in den blauen Himmel ragten.

„Balvenie“, flüsterte sie fassungslos. Erst vor drei Tagen war sie in Alexanders Bett erwacht, und nun war sie wieder zu Hause.

Unter ihnen schäumte der Fluss Spey rasch zwischen den bewaldeten Hügeln hindurch. Das eiskalte Wasser floss über vereiste Felsen. Aber der Schnee taute überall. Hier und da war schon frisches Gras zu sehen, und Disteln mit kleinen, noch verschlossenen Blüten wuchsen unmittelbar vor den mächtigen Mauern der Burg.

„Ich unterrichte die Wachen, dass wir angekommen sind“, sagte einer der Ritter. Er gab seinem Ross die Sporen und ritt in leichtem Galopp den Hügel hinauf.

„Wir sind zu Hause“, rief Peg lachend. „Ich hätte nie geglaubt, das noch einmal erleben zu dürfen!“

Margaret erwiderte das Lachen nicht. Sie freute sich, wieder sicher in Balvenie angekommen zu sein, die größte und am besten zu verteidigende Burg ihres Onkels. Doch in die Freude mischte sich Bedauern, zum Teil darüber, dass Castle Fyne in Feindeshand blieb und William dort immer noch gefangen gehalten wurde. Und insgeheim wusste sie genau, war da noch viel mehr.

In ihrem Innersten wurde die Freude über ihre Heimkehr von der Nacht verdorben, die sie in Alexanders Armen verbracht hatte.

In manchen Augenblicken am Tage, vor allem aber in ihren Träumen in der Nacht war die Leidenschaft wieder da, die sie miteinander geteilt hatten. Sie musste auch an andere Gelegenheiten denken, in denen er ihr als machtvoller Krieger erschienen war. Aber sie wollte unter keinen Umständen an ihn denken! Und sie wollte auch nicht daran erinnert werden, dass sie ihren Onkel und ihren Verlobten verraten hatte.

„Es ist so groß", wisperte Eilidh mit ehrfürchtig aufgerissenen Augen.

„Sehr groß", stimmte Margaret zu und trieb ihre Stute auf dem schlammigen Weg den Hügel hinauf. Die Mägde folgten, während die beiden Highlander neben ihr ritten.

Zwei Tage hatten sie sich im Tross von Alexanders Heer versteckt gehalten, doch als in der Nähe von Dumbarton ein Lager aufgeschlagen wurde, hatten sie sich davongestohlen. Peg hatte es irgendwie geschafft, sie in das königliche Schloss dort einzuschmuggeln, wo Margaret vom Schlossherrn, John of Menteith, wärmstens empfangen wurde. Da er bereits wusste, dass das Schloss am nächsten Tag angegriffen werden würde, hatte er keine Zeit verloren und sie sofort mit drei Rittern als Eskorte weitergeschickt. Sie waren im schwindenden Licht des späten Nachmittags angekommen, und nur wenige Stunden später, als das Land zwischen Tag und Nacht lag, waren sie wieder aufgebrochen.

Margaret sah, wie die Tore geöffnet wurden, und hörte überraschte Ausrufe von den Zinnen. Die Nachricht von ihrer Ankunft verbreitete sich. Sie blickte nach oben, wo die Gesichter vieler Männer, Frauen und Kinder auftauchten, die ihr zuwinkten, überglücklich über ihre Rückkehr. Sie lächelte und winkte zurück, aber in ihrem Innern war sie traurig.

Sie hatte zu ihm gesagt, dass eine Nacht nichts verändern würde, aber offenbar war nach dieser einen Nacht doch eine ganze Menge anders. Ein merkwürdiges, aber beständiges Gefühl der Enttäuschung konnte sie nicht abschütteln. Langsam fragte sie sich, ob sie die Nacht mit Alexander nicht doch bedauerte. Jedenfalls war sie nicht länger unschuldig. Sie hatte etliche Treueschwüre gebrochen und fühlte sich sehr erwachsen, eine Frau, die über ihre Jahre hinaus gealtert war.

Sie ritten durch die Außenbefestigungen und über die Zugbrücke. Als Margaret in den gepflasterten Innenhof einritt, wurde die breite Tür des großen Saales geöffnet. Isabella kam heraus, ihr Pelzumhang und ihr rotes Gewand wehten hinter ihr her. „Margaret!"

Margaret hielt ihr Pferd an. Isabella kam die Treppe herunter. Sie war eine große schlanke Frau von neunzehn Jahren mit überraschend heller Haut und dichtem, braunem Haar, ihre Augen waren von einem überwältigenden Blau. „Du bist wieder da!", rief sie strahlend.

Einer der Ritter half Margaret beim Absitzen, und bevor ihre Füße den Boden berührten, schloss Isabella sie in die Arme. „Hat es einen Freikauf gegeben?", rief sie. „John hat gesagt, er glaube nicht, dass man dich auslösen könnte."

Margaret ergriff ihre Hand. „Es gab keinen Freikauf. Wir sind geflohen. Es ist kalt hier draußen. Können wir hineingehen?"

Isabella nickte mit großen Augen, und gefolgt von den anderen eilten sie hinein.

Der Saal war voller Tische und Stühle, an den Wänden hingen Bildteppiche. Der Boden war hier nicht mit Immergrün, sondern mit Teppichen ausgelegt. In zwei großen Kaminen brannte Feuer.

„Du musst mir alles erzählen", rief Isabella aus. „Aber zuerst: Wie konntest du dem Wolf von Lochaber entkommen?"

„Der Plan stammte von William. Wir haben uns in einer Verkleidung durch eine Seitentür gestohlen und haben uns dem Tross von Alexanders Heer angeschlossen, als er gerade aufbrach. Aber William wurde entdeckt und schon im Innenhof gefangen genommen, und er ist auch jetzt noch ein Gefangener. Wir sind mit dem Heer bis nach Dumbarton gezogen. Niemand hat uns auch nur einen zweiten Blick zugeworfen."

„Alexander?" Isabella hob die Brauen. Sie zog Margaret zu ein paar Stühlen vor einen der Kamine.

Margaret verkrampfte sich. „Alexander MacDonald – der Wolf von Lochaber."

„Es kommt mir merkwürdig vor, dass du ihn beim Vornamen nennst. Aber schließlich bist du viele Wochen seine Gefangene gewesen – beinahe einen ganzen Monat. Setz dich doch zu mir, Margaret. Möchtest du einen Becher Wein? Du musst erschöpft sein nach deiner Reise durch halb Schottland! Und ich habe dich so vermisst!"

Margaret hatte Isabella auch vermisst. „Natürlich setze ich mich zu dir – wir haben uns so viel zu erzählen."

Isabella lächelte, und sie nahmen Platz. „Peg, bring uns bitte Wein. Und bereite ein Festmahl vor! Wir müssen Margarets sichere Heimkehr feiern!"

Peg eilte davon, Margaret reichte Eilidh ihren Überwurf, seufzte und streckte die Beine aus.

„Habt ihr euch angefreundet?", fragte Isabella.

Margaret zuckte zusammen. „Ich verstehe nicht."

„Du nennst ihn Alexander – wenigstens ein bisschen müsst ihr euch angefreundet haben."

Sie konnte nur hoffen, dass sich ihre Wangen nicht verfärbt hatten – zumindest fühlten sie sich warm an. Aber sie wusste, dass die Frage ganz unschuldig gemeint war. Isabella konnte kaum vermuten, dass sie eine Affäre gehabt hatten. „Ich weiß gar nicht, wann ich angefangen habe, ihn beim Vornamen zu nennen, aber er ist und bleibt der Feind. Er ist ein MacDonald."

Isabella musterte sie. „Du musst ihn hassen", sagte sie endlich. „Er hat dich gefangen gehalten, William ist immer noch sein Gefangener, und er hat dir Castle Fyne geraubt."

„Sir Guy hat bereits versucht, es zurückzuerobern. Zweifellos wird er es ein weiteres Mal versuchen. Und nun, da ich wieder zu Hause bin, werde ich an Argyll schreiben und ihn um Unterstützung bitten."

„Du willst den Verlust der Burg also nicht hinnehmen?", rief Isabella aus.

„Natürlich nicht. Würdest du das?"

„Ich würde nicht an die Verwandtschaft schreiben und sie bitten, für mich in den Krieg zu ziehen. Aber mir wäre auch nie der Gedanke gekommen, überhaupt den Versuch zu unternehmen, die Burg zu verteidigen. Du bist so mutig!"

„Das war allerdings eine närrische Entscheidung, Isabella. Weil ich beschlossen habe, zu kämpfen, statt mich zu ergeben, mussten viele tapfere Männer sterben."

„Er muss furchtbar wütend auf dich gewesen sein", sagte Isabella nach einer kurzen Pause. „Wenn ich mich jemals John auf diese Weise widersetzen würde, würde er mir schrecklich wehtun. Hat der Wolf dich bestraft?"

Margaret rieb sich die Arme. Die meisten Männer hätten solchen Widerstand, selbst wenn er von einer Frau kam, voller Zorn streng bestraft. „Nein, er wollte mich nicht bestrafen. Er war wütend, aber doch auch vernünftig. Ich habe in seiner Gewalt nicht sehr leiden müssen."

Isabella blinzelte. „Ein Krieger, der vernünftig ist? Reden wir von demselben Mann? Ist er denn nicht so wie die Geschichten, die über ihn in Umlauf sind?"

Margaret lächelte ein bisschen. „Er ist genau wie die Legende, Isabella. Stark, tapfer und mächtig, ein großer Krieger. Ich habe mich gefragt, ob er wohl je in einer Schlacht besiegt werden würde."

„Das klingt ja fast, als würdest du ihn bewundern!"

Margaret zögerte. „In gewisser Hinsicht habe ich tatsächlich angefangen, ihn zu bewundern. Auf jeden Fall habe ich großen Respekt vor ihm."

Isabella kniff die Augen zusammen. „Ist er so dunkel und anziehend, wie behauptet wird?"

Margaret beschloss, zu heucheln. „Dunkel ist er, aber dass er anziehend ist, habe ich nicht bemerkt."

Peg brachte ein Tablett mit zwei Bechern Wein, die sie den beiden reichte, und Margaret dankte ihr. Sie nippte. Das Ausmaß ihrer Lüge war ihr durchaus bewusst. In ihren Augen war Alexander einer der anziehendsten Männer, denen sie je begegnet war.

„Wenn er so mächtig ist, wie du sagst, wirst du Castle Fyne vielleicht nie zurückbekommen."

Margarets kurzes Wohlbehagen schwand. „Das befürchte ich auch. Er hat dort eine starke Besatzung zurückgelassen."

Isabella gab einen rauen Ton von sich. „John ist sehr ergrimmt über den Mord an Red John und verbringt seine ganze Zeit damit, den Feldzug gegen Bruce vorzubereiten. Aber von dir ist mein Gemahl ganz begeistert. Seit wir von der Belagerung und deiner tapferen Verteidigung erfahren haben, prahlt er regelrecht mit dir. Du kannst mir glauben, dass er dich sehr hoch schätzt."

„Er ist aber nicht da, oder?"

„Nein. Er ist schon vor Wochen aufgebrochen, um mit allen unseren Freunden zu reden, Truppen aufzubauen, den Krieg vorzubereiten – er kämpft an der Seite von König Edward!" Ihr Blick verfinsterte sich. „Sein Hass auf Bruce ist unermesslich."

Isabella dachte so gut wie nie an Politik, aber sie verachtete die Engländer, so wie die ganze Familie es tat.

„Ich habe Neuigkeiten vom Krieg, Isabella. Ich muss unbedingt mit meinem Onkel sprechen. Es ist sehr wichtig."

„Kannst du ihm schreiben?"

„Nein. Ich muss mit ihm persönlich sprechen." Sie wollte das Treffen zwischen Bruce und Alexander nicht in einem Brief schildern, der von beinahe jedem abgefangen werden konnte.

„Dann musst du tatsächlich etwas von Bedeutung in Erfahrung gebracht haben." Isabella nippte gleichgültig an ihrem Wein und schien nicht besonders neugierig darauf zu sein.

„Das ist es wirklich." Dieser Zeitpunkt war genauso gut wie jeder andere, um offen mit ihrer Freundin zu reden. „Robert Bruce hat eine Nacht auf Castle Fyne verbracht."

Isabella setzte sich überrascht auf, wobei sie etwas Wein verschüttete. Ihr ganzes Verhalten hatte sich mit einem Schlag verändert. Jetzt war sie sehr interessiert. „Du bist ihm begegnet?"

„Ja, ich habe ihn getroffen."
„Wie ist er denn so?"
Margaret war verwundert. Die Frage kam ihr merkwürdig vor – ebenso wie Isabellas weit aufgerissene Augen. „Er ist ein mächtiger Lehnsherr. Und hochmütig genug, um anzunehmen, er könne König werden."
Isabella lächelte. „Ich bin ihm mal in Fife begegnet, vor meiner Ehe."
„Das wusste ich gar nicht."
„Auch da war er schon hochfahrend und arrogant. Auch als ich schon verheiratet war, habe ich ihn noch einmal gesehen, in Lochmaben und später in Dalswinton. Er ist ein aufgeblasener Gockel."
Margaret musterte sie scharf. „Er hat sich nach dir erkundigt, jetzt begreife ich langsam warum; mir war nicht klar gewesen, dass ihr euch begegnet seid, sogar mehr als einmal."
„Er hat sich nach mir erkundigt?" Das schien Isabella offenbar zu freuen. „Also erinnert er sich an mich?"
Margaret ergriff ihre Hand. Dachte Isabella, Bruce würde sich an sie erinnern, weil sie eine schöne junge Frau war? „Ich weiß nicht, ob er sich daran erinnert, dass ihr euch begegnet seid, aber er weiß, wer du bist. Und das macht mir große Sorgen." Sie beugte sich vor und senkte die Stimme. „Er marschiert auf Dumbarton – und dann nach Scone. Dort wird er bald gekrönt werden."
Isabellas Augen wurden noch größer. „Er wird unser König werden, Margaret, da bin ich ganz sicher."
Margaret fuhr zusammen. Das war nicht das, was sie erwartet hatte. „Er kann unmöglich König Edward besiegen, Isabella. Es ist schon Wahnsinn, davon auch nur zu träumen."
„Wieso nicht? Er ist der Nächste in der Thronfolge. Und wir können nicht mehr lange unter dem Joch der Engländer bleiben. Gott muss endlich einmal auf unserer Seite sein."
War das wirklich ihre hübsche junge Freundin, die da sprach?

Isabella brachte nie eine Meinung zum Ausdruck, schon gar nicht in Angelegenheiten des Staates oder der Politik. Margaret konnte es nicht fassen. „Du hast den Wunsch, dass Bruce König wird?"

Sie zögerte. „Er ist der Nächste in der Thronfolge – das weiß jeder."

Margaret konnte nicht einschätzen, was das Zögern bedeuten sollte. „Dein Gatte wird ihn bis ans Ende seiner Tage bekämpfen."

Sie errötete. „Ja, das wird er."

„Isabella! Da ist noch mehr. Bruce hat davon gesprochen, dass er bei seiner Krönung deinen Beistand braucht."

Sie riss den Mund auf.

Margaret erklärte hastig, worum es ging. „Anscheinend spielen die Earls of Fife traditionsgemäß eine Rolle bei der Krönung eines jeden schottischen Königs. Aber dein Bruder ist als Geisel in England, den kann er nicht kommen lassen. Er hat mit Alexander über die Möglichkeit gesprochen, ob du bei der Zeremonie nicht an seine Stelle treten könntest. Du bist schließlich immer noch die Countess of Fife."

Isabella war tiefrot geworden. Und sie war sprachlos.

„Ich bin gekommen, um dich zu warnen", sagte Margaret.

„Mich zu warnen? Ich … ich bin entzückt, dass du mir das erzählt hast!"

Isabella freute sich darüber?

„Aber wie komme ich nach Scone, um ihm bei der Krönung zur Seite zu stehen?"

Margaret schoss hoch. „Bist du wahnsinnig? Ich wollte dich vor ihm warnen!"

Auch Isabella erhob sich. „Ich fände es großartig, wenn er König würde! Ich würde ihn gern dabei unterstützen."

Margaret starrte sie entsetzt an.

Mit leuchtenden Augen rief Isabella aus: „Ich muss ihm eine Nachricht zukommen lassen! Dass ich ihm auf jede Art, die mir möglich ist, helfen werde! Oder sollte ich einfach aufbrechen und mich nach Scone begeben?“

Margaret packte sie am Arm. „Buchan steht gegen Bruce! Er wird dich verbannen, wenn du dich jemals auf die Seite von Bruce stellst!“

Isabella schüttelte energisch den Kopf. „Das ist mir ganz gleich, Margaret. Soll er toben, wie er will, mir ist das egal. Bruce soll unser neuer König werden!“

„Seit wann willst du dich in die Politik einmischen? Wenn du so etwas tust, ist deine Ehe ruiniert.“

Isabella sah sie ganz ruhig an. „Dann ist meine Ehe eben ruiniert.“

Für den Rest des Abends schnitten sie das Thema nicht mehr an, doch am nächsten Morgen, als Margaret ein seit Langem notwendiges Bad nahm, verharrte Isabella an der Schwelle zu ihren Gemächern. „Margaret? Können wir miteinander reden?“

Margaret war nur von einem Handtuch bedeckt und hielt einen Lappen in der Hand. Sie lächelte und reichte Peg den Lappen. Nach der verstörenden Unterhaltung hatten sie gestern nicht mehr viel miteinander gesprochen. Margaret hatte sich nach dem Abendessen sofort zurückgezogen, denn sie war völlig erschöpft. „Natürlich. Guten Morgen.“

Isabella warf Peg einen Blick zu. „Kannst du uns warmen Gewürzwein bringen? Ich helfe Margaret beim Anziehen.“

Es soll also ein vertrauliches Gespräch werden, dachte Margaret mit einigem Entsetzen. Peg verschwand, und Isabella wartete, bis ihre Schritte nicht mehr zu hören waren. „Bist du wütend auf mich?“, brach es aus ihr heraus.

Margaret trocknete sich Arme und Beine ab. „Warum sollte ich wütend auf dich sein?“

„Du bist die großherzigste Frau, die ich kenne. Ich habe Angst, dich enttäuscht zu haben.“

Margaret legte das Handtuch weg und streifte ihr Gewand über. „Ich liebe dich, Isabella, ganz gleich, was du sagst oder tust. Du hast mich gestern nicht enttäuscht – aber eine gehörige Überraschung war das schon."

„Bitte sage meinem Mann nichts davon!", rief Isabella aus. „Er darf nicht erfahren, dass ich mir Bruce als unseren neuen König wünsche!"

Margaret erkannte die Angst in Isabellas Gesicht – und war froh darüber. Wenigstens spürte sie, was es für Auswirkungen haben könnte, wenn sie sich gegen ihren Mann stellte. „Ich würde dich nie auf diese Weise hintergehen", sagte Margaret, und das meinte sie ganz ernst. „Aber ich kann nur beten, dass du deine Meinung änderst und deinen Gemahl in dieser Sache unterstützt – in seinem Krieg gegen Robert Bruce. Als seine Gattin ist das deine Pflicht, Isabella."

„Ich bin nie so ehrenvoll gewesen wie du", sagte Isabella leise.

Margaret fühlte sich schuldig – sie war längst nicht so ehrenvoll, wie Isabella glaubte. „Dir ist doch sicher klar, dass du niemals Bruce bei der Krönung zur Seite stehen kannst. Das wäre ein Verrat an deinem Ehemann."

Isabella lächelte finster.

Plötzlich hörten sie draußen Rufe vom Wachturm.

Margaret fuhr zusammen. Niemand würde es wagen, Balvenie anzugreifen. Dazu war die Festung viel zu mächtig. Außerdem wurden so weit im Norden selten Schlachten ausgetragen.

Aber irgendjemand musste sich nähern. Sie lief mit Isabella zum einzigen Fenster.

Die Läden waren geöffnet. Es war ein sonniger, fast schon frühlingshafter Tag. Der Schnee war zum größten Teil geschmolzen. Und bewaffnete Reiter näherten sich.

Die rot-schwarz-goldene Flagge von Buchan wehte stolz über ihnen.

„John kommt heim", keuchte Isabella angespannt. Sie war bleich geworden und lächelte nicht.

Margaret kniff die Augen zusammen. Vor anderthalb Jahren war ihr Vater gestorben, kurz nach seinem Tod war sie nach Balvenie gekommen. Etwa sechs Monate zuvor war Isabella Buchans Frau geworden. Da Buchan sich oft hier aufhielt, hatte sie Isabella und ihren Gatten häufig zusammen gesehen. Ihr war die Ehe der beiden ganz normal erschienen.

Aber nun kamen ihr Zweifel.

Sie erinnerte sich, wie Isabella am entgegengesetzten Ende des langen Tisches gesessen und höflich jedem Wort ihres Gemahls gelauscht hatte. Nach dem Essen verließen die beiden die Gesellschaft, ohne ein einziges Wort zu wechseln, doch Buchan hatte immer eine Hand an die Hüfte seiner Frau gelegt. Margaret dachte daran, wie Isabella ihn immer begrüßte, wenn er von Staatsangelegenheiten oder einem Jagdausflug heimkehrte. Buchan war gewöhnlich ausgelassen, Isabella ziemlich spröde. Doch wenn er fort war, hallten die Räume wider von ihrem Lachen.

Bisher hatte Margaret nicht über die Art ihrer Ehe nachgedacht und wusste auch nicht, warum ihr jetzt solche Gedanken kamen. Isabella war von lebhaftem Wesen, aber in Anwesenheit ihres charismatischen, stattlichen und deutlich älteren Mannes war sie für gewöhnlich still.

„Wir sollten hinuntergehen, um sie zu begrüßen", sagte Isabella mit leicht geröteten Wangen.

Dem konnte Margaret nur zustimmen.

Sie standen auf der obersten Stufe der Treppe vor dem Haupttor und erwarteten den Earl und seine Männer. Zwar schien der Tag freundlich, doch es war erst Anfang März und es wehte ein kalter Wind. Beide Frauen zitterten, da sie keine Umhänge trugen.

Der Earl ritt mit zwei Dutzend Highland-Rittern in den Hof. Er war ein großer Mann mit dunklem Haar – manchmal nannte man ihn Black John –, und er führte die Truppen auf einem schwarzen Streitross an. Er wirkte machtvoll, und er war auch machtvoll; schon vor dem Tod seines Cousins hatte er die Hälfte des schottischen Nordens beherrscht. Nun war er das alleinige Oberhaupt der ganzen Familie Comyn, und keine andere Familie hatte so viel Besitz im Norden.

Die Pferde wie die Reiter waren von Schlamm bedeckt. Buchan brachte sein Pferd vor der Treppe zum Stehen. Sein Gesicht erhellte sich, als er die Frauen erblickte, und er stieg mit einem breiten Lächeln ab.

„Margaret!“ Er eilte die Treppe hinauf und schloss sie in die Arme.

Margaret stiegen die Tränen in die Augen. Ihm lag viel an ihr, daran gab es keinen Zweifel. Als er von ihr ließ, setzte sie ein Lächeln auf. „Guten Morgen, Onkel.“

Er hob ihr Kinn an und musterte sie fragend. „Wir haben das Gerücht gehört, du seist geflohen, aber das konnten wir nicht glauben.“

„Ich bin tatsächlich geflohen. Das ist eine etwas wilde Geschichte.“

„Also traf das … Gerücht doch zu!“ Er betrachtete sie voller Bewunderung. „Das hätte ich gleich wissen sollen. Du bist genau wie deine Mutter!“ Dann strahlte er Isabella an. „Meine Gattin! Was bist du für ein hübscher Anblick!“

Isabella lächelte, und Buchan zog sie in seine Arme. Margaret sah genau zu. Er küsste sie, und sie wandte den Blick ab. Es gab keinen Zweifel, dass Buchan seine schöne junge Frau vergötterte.

Margaret riss den Mund auf, als sie Sir Ranald erkannte, der zwei Pferde am Zügel hielt und sie angrinste.

Sie flog die Stufen hinab. „Sir Ranald! Ich habe gehört, dass es Euch bei dem Gemetzel in der Schlucht gelungen ist, dem Wolf zu entkommen!“

„Ich konnte fliehen und bin sofort nach Badenoch geritten – nur, um dort von dem Mord zu erfahren.“ Sein Lächeln erstarb. „Mylady, wie geht es Euch? Wir haben die Schlacht verloren und mussten es Euch überlassen, Castle Fyne zu verteidigen! Ich habe gehört, wie tapfer Ihr gewesen seid – und wie viele Männer wir verloren haben."

Sie zögerte, aber es war unsinnig, zu lügen. „Ich kann nur hoffen, nie wieder einer Belagerung ausgesetzt zu ein, Sir Ranald. Meine Männer waren unglaublich tapfer und die Frauen auch, aber in Wahrheit hat niemals die Hoffnung bestanden, den Wolf zurückschlagen zu können."

„Dem Himmel sei Dank, dass Ihr fliehen konntet."

Margaret ergriff seine Hand. Sie wollte etwas erwidern, als sie den Mann wiedererkannte, der hinter Sir Ranald stand. Sie spürte, wie sie erstarrte.

Sir Guy verbeugte sich tief. „Mylady."

Ihr Herz hämmerte. Sir Guy war nach Balvenie gekommen!

Sir Guy, den sie im Juni heiraten sollte – und den sie gerade erst mit einem anderen Mann betrogen hatte.

Sie schluckte und schaffte es irgendwie, zu Atem zu kommen. Dann setzte sie ein Lächeln auf, schritt langsam die Treppe hinab und sah ihm in die Augen. „Sir Guy! Ich bin sehr erfreut, dass Ihr hier seid."

Mit seinen grauen Augen musterte er sie von Kopf bis Fuß. Noch immer lächelte er nicht. „Heute Abend werde ich beten und Gott danken, dass Er Euch während Eurer Qualen beschützt hat."

Sie biss sich auf die Lippe und nickte. „Vielen Dank."

Sie wäre seinem fragenden Blick gern entkommen. Plötzlich stieg Angst in ihr auf, dass er ihre Geheimnisse erraten und ihre Untreue vermuten könnte. „Ich schulde Euch Abbitte, Lady Margaret, für mein grobes Benehmen bei unserem ersten Aufeinandertreffen."

Sie wurde stutzig. „Ihr schuldet mir keinerlei Abbitte."

„Ich war entsetzt, Euch auf dem Schlachtfeld zu erblicken – und in den Händen meines schlimmsten Feindes. Ich fürchte, das hat mir den Kopf vernebelt. Manche halten mich für ritterlich, doch Ihr dürftet anders von mir denken, nachdem wir uns unter so finsteren Umständen kennenlernen mussten. Ich hoffe, mich in den nächsten Tagen rehabilitieren zu können." Er senkte den Kopf.

Bedauerte er sein Verhalten wirklich? Wenn dem so war, sollte sie erfreut, ja sogar beeindruckt sein! Margaret berührte kurz seinen Ärmel. Über seinem braunen Wappenrock trug er eine eiserne Rüstung. „Darüber braucht Ihr gar nicht nachzudenken." Sie lächelte. „Habt vielen Dank für Eure Entschuldigung, aber sie war nicht notwendig."

„Ihr seid so freundlich wie Ihr schön seid."

Er war ein attraktiver Mann, mit breiter Nase und hohen Wangenknochen. Alexander hatte gesagt, viele Frauen fänden ihn anziehend und ritterlich, und natürlich floss das Blut der französischen und englischen Könige in seinen Adern. Anspannung stieg in ihr auf. Würde auch sie ihn anziehend finden? Und wieso machte ihr diese Vorstellung zu schaffen? Warum verfolgte sie plötzlich das Bild von Alexander?

„Margaret!", rief ihr Onkel. „Wir wollen zusammen frühstücken, dann kannst du uns alles über deine Flucht erzählen."

Margaret drehte sich um, beinahe erleichtert, dieses Gespräch hinter sich gebracht zu haben. „Natürlich, Onkel."

Isabella ging, um die Zubereitung des Frühstücks zu überwachen, und Margaret fand sich am Tisch in der Gesellschaft ihres Onkels sowie Sir Guy, Sir Ranald und einem Dutzend weiterer Ritter wieder, von denen sie einige kannte; die übrigen Männer waren Engländer und standen eindeutig unter dem Befehl von Sir Guy. Wein, Brot und Käse wurden serviert, und die Männer langten herzhaft zu. Margaret hatte keinen Hunger, sie spielte mit ihrem Becher und sah verstohlen zu Sir Guy hinüber.

Ihr Herz klopfte – nicht weil sie ihn begehrte, sondern weil sie seine Frau werden würde. Bisher hatte er sich ritterlich verhalten. Aber ihren ersten Eindruck von ihm konnte sie nicht abschütteln. Sie befürchtete, ihre ursprüngliche Meinung von ihm könnte doch die richtige sein.

Isabella kehrte an den Tisch zurück und setzte sich neben ihren Gatten. Er schenkte ihr ein knappes Lächeln und wandte sich an Margaret. „Nun? Wirst du uns deine Geschichte erzählen?"

Margaret riss ihren Blick von Sir Guy los. „Da gibt es nicht viel zu erzählen. Wir hatten uns verkleidet wie ganz gewöhnliche Mädchen und haben uns aus der Burg gestohlen, als das Heer des Wolfs gerade aufbrach. Dann haben wir uns unter den Tross gemischt. Das war ganz leicht, und so sind wir mitgezogen, bis vor Dumbarton das Lager aufgeschlagen wurde. Meine Magd Peg hat uns ins Schloss gebracht. John of Menteith hat uns wärmstens empfangen und uns eine Eskorte mitgegeben, mit der wir sicher hier angekommen sind."

„Wie schlicht sich solche Tapferkeit aus deinem Munde anhört", sagte Buchan. „Wie geht es William?"

„Er wurde von einem Pfeil getroffen, als er mit uns fliehen wollte. Kannst du einen Boten schicken, der sich nach seinem Zustand erkundigt?"

„Das werde ich noch heute tun." Buchan schob seinen Teller von sich.

„Gibt es Neuigkeiten vom Krieg? Ist Dumbarton an Bruce gefallen?", fragte Margaret.

„John of Menteith weigerte sich, sich zu ergeben, und Bruce zog sich zurück."

Sie fragte sich, wo Alexander sich jetzt aufhalten mochte. Sie wollte sich nach ihm erkundigen – und nach Castle Fyne. Sollte sie es wagen? „MacDonald hat eine starke Besatzung auf Castle Fyne zurückgelassen."

„Das hörte ich. Doch habt keine Sorge – bis zu unserer Hochzeit im Juni wird Castle Fyne wieder unser sein."

Sie versteifte sich. „Ihr habt also neue Angriffspläne?"

„Die arbeite ich mit meinem Bruder aus. Wir holen uns Castle Fyne zurück, Lady Margaret, daran dürft Ihr keine Zweifel zulassen."

Dabei hatte sie ganz große Zweifel. „Aymer wird seine Truppen schicken, um an Eurer Seite zu kämpfen?"

„Er wird mir Männer zur Verfügung stellen." Er ließ sie nicht aus den Augen. „Ihr stellt eine Menge Fragen."

„Ich will Castle Fyne wiederhaben." Sie wandte sich hastig an ihren Onkel. „Bruce war auf Castle Fyne, Onkel, wenn auch nur für eine einzige Nacht."

Buchan verschluckte sich an seinem Wein. „Mein Gott! Hast du etwas in Erfahrung bringen können?"

Es lag ihr auf der Zunge, zu erzählen, dass es am fünfundzwanzigsten März eine Krönung geben könnte. Aber wenn sie das herausposaunte – und das Datum überdies das richtige war –, würden Bruce und seine Verbündeten von König Edward angegriffen werden. Alexander würde angegriffen werden. Sie rutschte auf ihrem Platz herum. Sie konnte nicht einmal sicher sein, dass Eilidh das richtige Datum mitbekommen hatte. „Er marschiert nach Scone, um sich dort krönen zu lassen."

„Das weiß bereits die ganze Welt!", rief Buchan aus.

Sir Guy warf ihr einen Blick zu. War der Blick wirklich so merkwürdig, wie sie ihn empfand?

„Dort sollen sich viele Earls versammeln, und ich hörte, dass auch Lennox und Atholl zugegen sein werden." Sie merkte, wie Isabella sie anstarrte. Sie erwiderte den Blick nicht.

„Atholl wird da niemals hingehen", sagte Buchan. „Du musst dich verhört haben, Margaret."

„Ich habe es auch nicht selbst gehört – ich habe meine Mägde hinter Bruce und MacDonald herspionieren lassen", erwiderte Margaret.

„Ihr seid sehr gerissen", meinte Sir Guy nachdenklich.

Sie zuckte zusammen und starrte ihn an.

„Ich kenne Atholl gut. Genau wie wir steht er gegen Bruce." Buchan blieb fest. „Er ist einer von uns."

Sir Guy lächelte. „Wir haben überall unsere Spione – sogar unter den besten Freunden von Bruce. Wir werden herausfinden, ob Atholl unser Freund ist oder nicht – und wir werden erfahren, wann Bruce die Krone rauben will."

Margaret fragte sich, ob Alexander wusste, dass es im Heer von Bruce Spione gab.

„Bruce wird gefangen genommen, und dann wird er gehängt." Sir Guy leerte seinen Becher und setzte ihn heftig auf den Tisch auf. „Wie alle seine verdammten Freunde auch."

Margaret hoffte, dass sie sich nicht anmerken ließ, wie sehr sie das alles abstieß.

„Wir werden unsere Rache nehmen, Lady Margaret, das schwöre ich."

„Ich mag diese Blutfehde nicht, Sir Guy", brachte sie heraus.

Er hob die Brauen. „Ihr vertretet eine andere Auffassung als ich?"

„Ich habe Angst! Zwei große Männer – und jeder will den anderen umbringen!"

Er erhob sich, stand breitbeinig da, ein Krieger, bereit zum Angriff. „Er hat Castle Fyne überfallen und Euch gefangen genommen. Dabei waren wir vor gar nicht langer Zeit noch Freunde! Dieser Schurke kennt keine Ehre. Ich werde ihm schon beibringen, was Rache ist."

Sir Guy kochte vor Wut – seine Augen blitzten. Sie beschloss, nichts zu erwidern.

„Ihr, Lady Margaret, habt doch sicher auch den Wunsch, Euch an ihm zu rächen?"

Sie verkrampfte sich. Was sollte sie darauf sagen? „Ich verabscheue den Krieg. Ich habe schon so viele Kriege erlebt, dass ich sie gar nicht mehr zählen kann. Krieg bringt nur Tod und Verwüstung. Daher habe ich nicht den Wunsch nach Rache, denn auch die bringt nur Tod und Verwüstung."

„Dann werdet Ihr Eure Ansichten ändern müssen, Mylady. Wenn ich auf Rache sinne, dann hat Euch das zu erfreuen."

Sie sah hinab auf ihre Hände. Die meisten Männer dachten so wie Sir Guy, das sollte sie eigentlich nicht stören. Doch das tat es. „Natürlich", murmelte sie.

Er kniff die Augen zusammen. „Ich werde dafür sorgen", sagte er nach einem Augenblick, „dass Ihr neben mir steht, wenn wir den Wolf hängen."

Sie erschauerte, und als sie aufsah, befürchtete sie, dass ihr die Angst ins Gesicht geschrieben stand.

Endlich war es Abend geworden. Margaret hatte das Gefühl, dass dies einer der längsten Tage ihres Lebens gewesen war. Langsam stieg sie die Treppe hinauf. Den ganzen Tag war es ihr nicht gelungen, die Anspannung abzuschütteln. Nun sehnte sie sich nach der Ruhe ihres Zimmers.

Mehr als ein Dutzend Mal hatte sie Sir Guy dabei ertappt, wie er sie eindringlich musterte. Sein hintergründiges Starren brachte sie ganz aus der Fassung. Sie hatte keine Ahnung, was er denken mochte, aber sie hatte das schreckliche Gefühl, er könnte Verdacht schöpfen.

Aber schlimmer war, dass er ihr nicht gefiel – nicht ein bisschen. Tatsächlich konnte sie ihn nicht einmal leiden. Und sie wusste nicht, wie sie daran etwas ändern sollte. Sie wusste überhaupt nicht, was sie tun sollte.

William hatte sie einmal gefragt, ob sie, wenn man sie zum Galgen schickte, lammfromm hinaufsteigen würde. Das hatte sie verneint. Doch ihre bevorstehende Ehe fühlte sich jetzt schon an wie der Galgen. Margaret blieb im Korridor vor ihrer Tür an einem Fenstersims stehen. Am nächtlichen Himmel funkelten zahllose Sterne.

Wenn sie Sir Guy heiratete, würde er ihr vorschreiben, was sie zu denken hatte. Und was sie tun sollte. Und wenn sie seinen Erwartungen in irgendeinem Punkt nicht entsprach, würde er sie tadeln. Da war sie sicher.

Brachte sie den Mut auf, es sich einzugestehen? Sie wollte diese Ehe nicht länger eingehen.

Sie dachte an Alexander und spürte einen schmerzlichen Stich, als ob sie ihn vermisste. Aber sie durfte ihn nicht vermissen. Es war falsch, dass sie sich mit ihm eingelassen hatte. Selbst wenn sie Sir Guy niemals heiraten sollte – Alexander war und blieb ein Todfeind, der ihren Bruder und Castle Fyne in seiner Gewalt hatte.

Sollte sie es wagen, mit ihrem Onkel über diese Ehe zu sprechen? Er war zurzeit ganz begeistert von ihr. Konnte sie ihn irgendwie dazu bringen, die Verbindung wieder zu lösen?

Margaret wusste genau, dass sie das gar nicht erst versuchen durfte. Nun, da die Familie Comyn an der Seite von König Edward gegen Bruce kämpfte, war diese Ehe sogar noch wichtiger als je zuvor.

Vor Verzweiflung konnte sie sich fast nicht mehr rühren. Beinahe wäre sie in Tränen ausgebrochen. Doch sie hielt das Gesicht hinaus in die kühle Nachtluft.

„Ich hoffe, dass Ihr an mich denkt."

Sie war so versunken in ihre schmerzlichen Gedanken gewesen, dass sie Sir Guy nicht hatte kommen hören. Langsam und voller Furcht wandte sie sich um. „Ich habe Euch nicht gehört."

Er lächelte und baute sich neben ihr auf. „Ich bin Soldat, Lady Margaret. Wenn ich mich nicht an Euch anschleichen könnte, wie soll es mir dann jemals gelingen, den Feind zu überraschen?" Langsam ließ er seinen Blick über sie gleiten.

Margaret zog den wollenen Überwurf enger um ihre Schultern.

„Ist Euch kalt?" Er legte ihr die Hände auf die Schultern.

Margaret verkrampfte sich. Seine Hände glitten ihre Arme hinab, er richtete den Überwurf für sie.

Ihr Körper fühlte sich an wie in einem Schraubstock. Sie mochte die Berührung dieses Mannes überhaupt nicht.

Er ließ die Hände sinken. „Ihr fürchtet mich“, sagte er leise.

„Wir sind uns noch sehr fremd“, sagte sie langsam.

„Das ist nicht dasselbe.“ Er ließ seine Fingerspitzen über ihr Kinn gleiten. „Ihr seid so schön. Ich bin entzückt.“

Sie zwang sich, völlig reglos dazustehen, doch am liebsten wäre sie zurückgewichen. „Es ist spät“, sagte sie.

„Wirklich?“ Seine Finger glitten über ihren Hals. „Ihr seid erst siebzehn. Noch so jung. Aber die meisten Frauen sind in diesem Alter längst verheiratet ... und sind sehr gewandt, was ihre Beziehungen zu Männern angeht.“

„Ich aber nicht.“ Endlich machte sie einen Schritt zurück, doch die Wand hielt sie auf.

„Ihr seid mir ein Rätsel“, sagte er.

Beinahe hätte sie sich verschluckt. Brachte sie den Mut auf, ihm eine monströse Lüge aufzutischen? „Mylord?“

„Manchmal, wenn ich Euch anschaue, erblicke ich eine Frau, die Erfahrungen weit über ihre Jahre hinaus gemacht hat. Dann wieder denke ich, Ihr seid eine ganz unschuldige Frucht, reif zum Pflücken.“

Sie musste unbedingt dieser Begegnung ein Ende setzen. „Ich habe keine Ahnung, weshalb Ihr mich auf zwei so verschiedene Weisen seht, Sir Guy. Es ist spät. Ich bin müde. Auch Ihr müsst müde sein. Wir sollten uns nun voneinander verabschieden.“

Er lächelte. „Aber ich breche morgen früh wieder auf, Lady Margaret. Wir werden uns wahrscheinlich für einige Zeit nicht wiedersehen – vielleicht sogar bis zu unserer Hochzeit im Juni. Und ich genieße es sehr, in Eurer Gegenwart zu sein.“

Morgen würde er wieder weg sein. Vor Erleichterung knickten ihr die Knie ein.

Er fing sie auf, indem er ihre Arme umfasste und sie an sich zog. „Den ganzen Tag habe ich auf einen Kuss gewartet.“

Sie wollte sich ihm verweigern, doch das durfte sie nicht.

Sir Guy drückte sie an seinen harten Leib und bedeckte ihre Lippen mit seinem Mund.

Margaret spürte, wie ihr die Tränen kamen. Sie rührte sich nicht. Sie ließ ihn mit ihren Lippen spielen, bis sein Kuss fordernder wurde. Erst dann versuchte sie, ihn von sich zu schieben. „Halt!"

„Warum?" Er ließ schwer atmend von ihr ab. „Lasst uns in Eure Kammer gehen, Lady Margaret. Legt Euch zu mir. Wir werden heute Nacht unsere Verlobung besiegeln."

Sie schrie auf. „Mein Onkel hat eine englische Hochzeit vorbereitet – in einer Kirche!"

„Aber ich will nicht mehr warten." Er ergriff ihr Gesicht mit beiden Händen. „Wenn Ihr mich willig in Euer Bett lasst, ist es vollbracht."

Sie machte den Mund auf, um sich ihm zu verweigern, konnte jedoch nicht sprechen, weil er sie wieder küsste.

Wut stieg in ihr hoch. Margaret hieb auf seine Schultern ein, erst einmal, dann zweimal. Er ließ verblüfft von ihr ab und sah sie aus großen Augen an. „Ihr weist mich zurück?"

„Wir sind noch nicht verheiratet!" Sie wand sich aus seinem Griff, schlüpfte unter seinem Arm hindurch und ergriff die Flucht.

Er war fassungslos. „Was macht das schon für einen Unterschied, ob wir die Verlobung heute Nacht besiegeln oder im Juni heiraten?"

„Wenn mein Onkel uns jetzt schon verheiratet sehen wollte, hätte er das so eingerichtet."

„Ihr wollt also nur loyal sein? Oder habt Ihr Angst? Habt Ihr Angst davor, Euch einem Mann hinzugeben?"

Margarets Gedanken rasten. „Ich werde meinen Onkel nicht hintergehen. Ich bin sein Mündel. Ich werde tun, was er von mir verlangt."

Sir Guy begann zu lächeln. „Wenn Ihr mir genauso treu ergeben seid, dann werde ich ein sehr glücklicher Ehemann sein."

Margaret zitterte am ganzen Körper. „Es ist Zeit, uns zu verabschieden, Sir Guy."

Er kam eilig auf sie zu, packte ihre Schultern und drängte ihr einen weiteren Kuss auf. „Heute werde ich Euch Eure Verweigerung vergeben, weil Ihr in Treue zu Buchan steht. Aber ich erwarte die gleiche Treue mir gegenüber, wenn wir verheiratet sind.“ Er streichelte ihre Wange. „Gute Nacht, Margaret.“ Abrupt wandte er sich ab und ging hastigen Schrittes die Treppe hinunter.

Margaret rannte in ihr Zimmer, knallte die Tür hinter sich zu und schloss ab. Sie sank aufs Bett und brach in Tränen aus. Was sollte sie nur tun?

Die Wahrheit hatte sie nun erkannt. Sie hatte Angst vor Sir Guy – und sie verachtete ihn.

## 12. KAPITEL

Margaret sollte ihren Onkel im großen Saal aufsuchen. Besorgt lief sie durch die Burg. Sie konnte sich nicht vorstellen, was er von ihr wollte.

Plötzlich tauchte Isabella auf und lief im Gleichschritt neben ihr her. „Wo willst du hin?“, fragte sie. „Mein Gatte ließ mir ausrichten, dass er mich sofort zu sprechen wünscht.“

Margaret zuckte zusammen. „Nach mir hat er auch verlangt.“

Isabella war entsetzt. „Er weiß Bescheid! Hier gibt es überall Spione. Jemand hat uns belauscht, als wir uns unterhalten haben!“

Margaret ergriff ihren Arm, um sie zu beruhigen. „Isabella, wenn er erfahren hätte, was du gesagt hast, hätte er das uns beiden sofort nach seiner Ankunft vorgehalten.“ Und Buchan war nun schon seit fünf Tagen hier – es war der achtzehnte März. Sir Guy war vor vier Tagen nach Berwick aufgebrochen.

Dort würde er sich wieder seinem Heer und seinem Bruder Aymer anschließen, die Bruce eine Schlacht aufzwingen und ihn vernichten wollten. Inzwischen wusste die Welt, dass Bruce durch ganz Schottland zog, so viele Festungen eroberte und so viele Feinde unterwarf, wie er konnte, im Aufstand gegen König Edward, um selbst Schottlands König zu werden.

Es gab so unzählige Gerüchte und Geschichten, und in allen wurde Robert Bruce als großer Held verklärt. Die kleineren Burgen widerstanden ihm nicht länger – im Gegenteil, sie öffneten ihre Tore für ihn. Von überall schlossen sich ihm neue Truppen und Ritter an. Man sagte, er würde in jedem Dorf, durch das er zog, freudig begrüßt. Die Bauern und die Fischer versorgten sein wachsendes Heer. Frauen und ihre Kinder zogen ihm nach, als wäre er ein verführerischer Dudelsackspieler.

König Edward kochte vor Wut. Sein Kammerherr hatte Bruce den klaren Befehl erteilt, von seinem Treiben abzulassen. Doch Bruce verweigerte den Befehl.

„Hoffentlich hast du recht“, brachte Isabella heraus. „Aber was kann er von uns beiden wollen?“

„Das werden wir gleich herausfinden.“ Es gab noch weitere Gerüchte. Angus Og MacDonald sollte demnach für Bruce ins Feld gezogen sein. Aber über Alexander war nicht auch nur ein gewispertes Wort zu vernehmen.

Margaret musste sich endlich einmal nach ihm erkundigen. Zog er immer noch mit Bruce durchs Land? Oder hatte er von Bruce einen anderen Auftrag bekommen? War er vielleicht sogar nach Castle Fyne zurückgekehrt?

Inzwischen musste er von ihrer Flucht erfahren haben, denn die lag schon fast zwei Wochen zurück. Sie konnte sich nicht im Geringsten vorstellen, wie er auf die Nachricht, dass sie aus Castle Fyne geflohen war, reagiert haben mochte – am Morgen nach ihrer leidenschaftlichen Nacht.

Buchan stand mit zwei seiner treuesten Ritter, die er beim Eintreten der Frauen umgehend wegschickte, vor dem Kamin. Margaret lächelte ihm zögerlich zu. „Wir sind sehr neugierig, Onkel, warum du wünschst, uns beide zu sprechen.“

„Ihr müsst eure Sachen packen“, sagte er, ebenfalls lächelnd. „Wir brechen auf zur Grafschaft Aberdeen.“

Margaret war verblüfft. „Darf ich fragen, was vorgeht?“

„Natürlich darfst du das. Ich habe ein Zusammentreffen mit Sir John Mowbray, Sir Ingram de Umfraville sowie den Earls of Menteith und Atholl.“

Margarets Gedanken rasten. Hatte Bruce nicht erwähnt, ihr Onkel habe sich bereits in Liddesdale mit Mowbray und Umfraville getroffen? Nun wollte er nach Aberdeenshire, um weiter mit ihnen zu beraten, wie sie am besten gegen Bruce vorgehen sollten. Und sie würde ihn begleiten.

Sie war begeistert. Sie hatte keine Ahnung, wieso sie dabei sein sollte, aber war das wichtig? Wenn sie erst einmal dort war, würde sie viel mehr über den Kriegsverlauf erfahren. Dort würde sie vielleicht auch etwas von Alexander hören.

„Du hast den Wunsch, dass auch ich mitkommen soll?“, fragte Isabella mit großen Augen.

„Ich ziehe es immer vor, dich an meiner Seite zu haben, meine Liebe“, erklärte Buchan. „Aber die Wahrheit ist: Meine treuen Freunde wissen, dass Margaret als MacDonalds Gefangene mit Bruce zusammengetroffen ist, als er auf Castle Fyne übernachtete. Sie möchten selbst mit ihr sprechen.“ Noch immer lächelnd warf er Margaret einen Blick zu.

In Margaret stieg Beklemmung auf. Mowbray war der Schutzherr der schottischen Grenzmarken zu England, und Umfraville war ein bedeutender Baron, berühmt für seine jahrzehntelangen Kriege gegen England. Menteith hatte sich geweigert, Dumbarton zu übergeben – und Bruce hatte beschlossen, weiterzuziehen. Auch der Earl of Atholl hatte den größten Teil seines Lebens damit verbracht, gegen die Engländer zu kämpfen. Sie kannte ihn gut.

Das waren alles mächtige Männer, die man nicht leicht hinters Licht führen konnte.

Sie sollte ihnen alles mitteilen, was sie über Bruce und seine Pläne hatte in Erfahrung bringen können. Daran konnte es keinen Zweifel geben.

Bisher hatte sie für sich behalten, dass die Krönung vielleicht schon in einer Woche stattfinden sollte. Ihr war klar, dass diese Unterlassung einen Verrat bedeutete. Sie hatte Angst, dass zumindest einer dieser Männer Verdacht schöpfen könnte, wenn sie auch nur einen falschen Schritt machte.

„Eigentlich möchte ich, dass du Margaret begleitest“, sagte Buchan zu Isabella. „Aber wir werden nicht lange fortbleiben. Bis zum Wehrturm von Strathbogie ist es nur einen Tagesritt.“

Diese Wehrtürme waren Befestigungen zu beiden Seiten der schottisch-englischen Grenze, und Strathbogie war der Sitz des Earl of Atholl.

Isabella setzte ein Lächeln auf, doch es geriet so falsch, dass Margaret sofort wusste, dass sie in Wahrheit nicht mitkommen wollte. „Wie du wünschst", sagte Isabella mit süßer Stimme. Dann wandte sie sich an Margaret. „Gehen wir packen?"

Margaret zögerte. „Ich komme gleich nach. Ich möchte Onkel John erst noch nach Castle Fyne fragen."

Isabella nickte und ging. „Da hat sich nichts Neues ergeben, Margaret. Ich habe noch keine Nachricht über deinen Bruder erhalten. MacDonald ist bisher nicht dorthin zurückgekehrt, und ich glaube, das wird er so bald auch nicht. Er ist immer noch bei Bruce – sie haben gerade den River Forth überquert. Vermutlich möchtest du wissen, dass Sir Guy mit einem Heer von zweitausend Männern Berwick verlassen hat. Er hat vor, sich Bruce frontal entgegenzustellen, während Aymer ihn umgehen will. Früher oder später wird Bruce ihnen in die Falle gehen, da kannst du ganz sicher sein."

Alexander war also immer noch bei Bruce. Sie mussten unbedingt wissen, dass ein großes englisches Heer ihnen eine Schlacht aufzwingen wollte, um sie zu vernichten!

„Was ist? Ich sehe doch, dass du noch etwas fragen möchtest."

„Hast du etwas davon gehört, was MacDonald gesagt hat, als er von meiner Flucht erfuhr? Ich habe Angst, dass er sehr wütend ist und seinen Zorn an den Leuten von Castle Fyne oder an meinem Bruder auslassen könnte."

„Soviel ich hörte, hat er kein Wort von sich gegeben. Er soll eine steinerne Miene aufgesetzt haben. Jedenfalls muss er überrascht gewesen sein, dass eine kleine schwache Frau ihn überlisten konnte."

Was hatte eine derart teilnahmslose Reaktion zu bedeuten? Sollte das heißen, dass ihre Flucht ihm gar nichts ausmachte?

Sie war bestürzt. Seit der gemeinsamen Nacht mit ihm dachte sie ein bisschen zu oft an ihn, und sie hatte angenommen, auch er würde an sie denken. Nun hatte sie Angst, dass er ihr Beisammensein schon vergessen haben könnte. War das möglich? Sie hatte doch oft den Eindruck gehabt, dass sie ihm etwas bedeutete, zumindest ein bisschen. Aber wenn ihre Flucht ihm gleichgültig war, hatte sie sich das offenbar nur eingebildet.

„Stimmt etwas nicht?“, fragte ihr Onkel.

Sie setzte rasch ein Lächeln auf. „Nein, alles in Ordnung. Aber ich würde gern erfahren, dass es William gut geht.“

„So wie ich“, sagte ihr Onkel. „Möchtest du sonst noch etwas bereden?“

Sie sollte jetzt ihre bevorstehende Eheschließung mit Sir Guy ansprechen. Es konnte keinen besseren Zeitpunkt geben. Doch stattdessen holte sie tief Luft und lächelte. „Nein, natürlich nicht.“

Obwohl die Wege schlammig waren, kamen sie leicht nach Strathbogie, ein Ritt von lediglich acht Stunden. Atholl höchstselbst begrüßte sie und führte sie in seinen Saal.

John Strathbogie, Earl of Atholl, war ein großer, attraktiver Mann von vierzig Jahren, mit lohfarbenem Haar, das immer zerzaust war. Margaret kannte ihn seit ihrer Kindheit – vor zehn Jahren hatte er an der Seite ihres Vaters und ihres ältesten Bruders bei Dunbar gekämpft, wo er das Pech hatte, gefangen genommen und in den Londoner Tower geworfen zu werden. Wie viele andere Earls hatte man ihn erst freigelassen, als er sich bereit erklärte, in Flandern für König Edward zu kämpfen.

Bruce und Alexander nahmen an, er würde sie unterstützen. Margaret wusste nicht, was sie glauben sollte. Ihr war klar, dass Atholl die Engländer hasste, auch wenn er König Edward alle Ehre erwiesen hatte. Seine Tochter war mit einem der Brüder von Robert Bruce verheiratet.

Aber sie konnte sich nicht vorstellen, dass er ihren Onkel hintergehen wollte. Atholl und Buchan waren alte Freunde. Aber es war klar, dass beide Seiten ihn für ihren Verbündeten hielten; eine von beiden musste er auf jeden Fall verraten.

Er schloss Buchan wärmstens in die Arme und küsste Isabella die Hand. „Ihr werdet mit jedem Tag schöner, Mylady“, schmeichelte er.

Isabella errötete und lächelte, offenkundig entzückt.

„Hallo, Margaret.“ Sie wollte ihn höflich begrüßen, doch er zog sie in seine Arme. „Also ist aus dem kleinen Mädchen eine entschlossene Frau geworden, die gegen den Wolf von Lochaber kämpft, ihre Gefangenschaft übersteht und dann auch noch die Flucht wagt.“ Er lachte und ließ sie los. „Falls wir hier mal belagert werden sollten, kann ich nur hoffen, dass meine Gattin sich auch als so tapfer erweist. Da hast du ein Beispiel gesetzt.“

„Ich war gar nicht tapfer, ich hatte furchtbare Angst.“

„Und bescheiden bist du auch noch“, neckte er.

Atholl führte sie zum Tisch, wo andere sie erwarteten. Man begrüßte sich und nahm Platz, die Frauen zusammen am Ende des Tisches.

„Diese Beratungen müssen geheim bleiben“, erklärte Buchan. „Bruce darf nicht erfahren, was wir vorhaben.“

Alle Männer murmelten ihre Zustimmung. Die Frauen taten so, als würden sie nicht zuhören.

„Wie war die Reise?“, fragte Marjorie, Atholls Frau, eine hübsche Blonde und die Tochter des Earl of Mar.

Margaret sagte, es sei schnell gegangen, doch sie lauschte, was die Männer sagten, während Marjorie ihre Aufmerksamkeit Isabella zuwandte. Mowbray, den jungen Schutzherrn der Marken, kannte sie nicht, und Menteith hatte sie nach ihrer Flucht nur kurz in Dumbarton getroffen. Aber die Mutter von Ingram de Umfraville war eine Comyn gewesen, und er selbst galt als Legende. Mittleren Alters hatte er sein Leben dem Krieg gegen England gewidmet. Es war ein Schock gewesen zu erfahren, dass er Bruce sogar noch mehr hasste als König Edward und nun an Englands Seite kämpfte.

Umfraville schlug mit der Faust auf den Tisch. „Bruce hat einen Mann unseres Blutes ermordet. Ich habe einen Eid bei Gott geschworen, dass er für seinen Verrat und sein Sakrileg bezahlen wird. Ganz gleich, wie sehr ich König Edward verachte, Bruce muss für das bezahlen, was er getan hat.“

„Hört, hört", rief Atholl kämpferisch.

„Wenn Bruce König werden sollte, würde er uns alle vernichten – das hat er geschworen", sagte Menteith. „Seine Bedingungen bei Dumbarton waren eindeutig: Ich sollte mich entweder ergeben und sein Freund werden oder kämpfen und die Folgen tragen."

„Er stößt keine leeren Drohungen aus", bemerkte Umfraville. „Ich kenne ihn, seit er ein Junge war. „Und jeder, der einen Mord in einer Kirche begeht, kennt keinen Gott und weiß nichts von Ehre."

Nun drehte sich das Gespräch über den Charakter von Robert Bruce, und alle stimmten darin überein, dass er keine Gnade kennen würde, sollte er jemals König werden.

„Und wir sind sein größter Feind. Das waren wir schon immer", warf Buchan ein. „Wenn Bruce den Thron besteigt, wird er jeden einzelnen Comyn im ganzen Land vernichten wollen."

Margaret spürte, dass Buchan wirklich glaubte, was er sagte. Aber stimmte das überhaupt?

Sie musste daran denken, wie unbarmherzig Alexander gewesen war, als er Castle Fyne erobert hatte. Er war bereit gewesen, alle ihre Männer zu hängen. Und er hatte keine Sekunde gezögert, Malcolm aufzuknüpfen.

Im Krieg kannten Männer wie Bruce und Alexander tatsächlich keine Gnade. Daran konnte es keinen Zweifel geben.

Und sie war ebenfalls eine Comyn.

„Bruce muss aufgehalten werden, bevor sein Heer so groß wird, dass wir es nicht mehr ohne gewaltige Schwierigkeiten besiegen können", sagte Mowbray gerade. „Das Volk liebt ihn. Es jubelt ihm zu, wenn er durch die Dörfer marschiert. Das Gerede, er sollte König von Schottland werden, wird immer vernehmlicher! Dass er tatsächlich das Recht dazu hätte! Wenn wir ihn bis zum Sommer nicht aufhalten können, dann, fürchte ich, wird dieser Krieg endlos dauern."

Schweigen senkte sich über den Tisch. Margaret bemerkte, dass auch alle Frauen jetzt genau zuhörten, ihre Gesichter waren bleich geworden.

„Wir werden ihn lange vor dem Sommer aufgehalten haben", sagte Buchan endlich. „Die ganze Macht Englands kann Bruce gar nicht besiegen."

„Ich würde gerne mit Lady Margaret sprechen", sagte Umfraville und sah sie offen an. „Ich habe Gott gedankt, Lady Margaret, dass Er Euch bei der Belagerung durch den Wolf beschützt und Euch bei Eurer Flucht geholfen hat."

Margaret errötete. „Ich danke Euch."

„Wie viele Männer hatte MacDonald, als er von Castle Fyne aufgebrochen ist, Mylady?", fragte Umfraville. „Ich möchte die Zahl möglichst genau wissen."

Margaret bekam kaum noch Luft. Jetzt musste sie auf jeden Fall die Wahrheit sagen! „In die Schlacht gegen Sir Guy ist er mit sechshundert Mann gezogen, glaube ich. Seinen Bruder hat er um fünfhundert weitere Krieger gebeten. Ob er die zur Verfügung gestellt bekommen hat, weiß ich allerdings nicht."

Die Männer nickten und ließen sich das durch den Kopf gehen.

„Wenn MacDonald nur etwa tausend Männer hat, ist sein Heer das kleinere", sagte Atholl. „Wir sollten es einkreisen und vernichten."

Margaret starrte ihn an und konnte nur hoffen, dass ihr niemand ihre Furcht ansah. Sie wünschte inständig, sie könnte Alexander eine Warnung zukommen lassen.

„Erzählt uns von Bruces Aufenthalt auf Castle Fyne", forderte Umfraville sie auf.

Ihr Herz machte einen Satz. „Ich habe meinem Onkel bereits alles gesagt, was ich darüber weiß." Ihr war klar, dass sie jetzt ganz eindeutig log. Das mögliche Datum der Krönung hatte sie ebenso wenig verraten wie das Vorhaben, bei der Zeremonie Isabella an die Stelle ihres Bruders treten zu lassen.

„Erzählt uns trotzdem noch einmal alles, woran Ihr Euch erinnert, Margaret.“ Atholl bedachte sie mit einem freundlichen Lächeln.

Ihr Herz klopfte wild. Sie konnte nicht wissen, auf wessen Seite Atholl wirklich stand. „Meine Mägde haben ihnen beim Abendmahl nachspioniert. Sie machten sich wegen der Krönung Sorgen. Es fehlt offenbar ein wichtiger Stein – und der Earl of Fife befindet sich in der Hand König Edwards.“

„Sie werden ihn ohne den Jungen krönen müssen“, meinte Buchan.

„Wurde auch über ein Datum für die Krönung gesprochen?“, fragte Umfraville scharf.

Sie hielt seinem finsteren, hitzigen Blick stand. Wenn sie Alexander vor Gefangennahme und Tod bewahren wollte, musste sie lügen. „Nein.“

„Wen wollen sie bei der Zeremonie dabeihaben?“

Sie wich Atholls Blick aus. „Daran erinnere ich mich nicht mehr.“

„Lennox, hast du gesagt“, rief Buchan ihr ins Gedächtnis. „Und Atholl, hast du gesagt.“

Atholl riss die Augen auf, als alle ihn ansahen. Dann fing er an zu lachen.

„Wirklich?“ Sie rutschte auf dem Sitz herum. „Ich weiß es nicht mehr – es ist so lange her. Aber an meinen Eindruck von Robert Bruce erinnere ich mich noch ganz genau.“

Nun blickten sie alle an.

„Er wirkt so königlich und mächtig! Jedermann weiß, dass er allein nicht gegen England kämpfen und gewinnen könnte. Doch in seiner Gegenwart fragte ich mich, ob es ihm nicht vielleicht doch gelingen könnte, König von Schottland zu werden.“ Mit voller Absicht wollte sie die Männer ablenken, indem sie sie in Wut versetzte.

Für eine kurze Zeit schwiegen alle, bis schließlich jemand voller Zorn mit der Faust auf den Tisch schlug. Es war ihr Onkel.

Die Tischplatte bebte, Wein wurde verschüttet. „Er wird niemals unser König sein!"

Nun gerieten sie heftig in Streit – alle Männer redeten gleichzeitig. Margaret brannten die Wangen, als sie zu Atholl blickte.

Er musterte sie scharf, sah jedoch sofort zur Seite.

Verdächtigte er sie der Doppelzüngigkeit? Oder gar des Verrats? Was sollte dieser merkwürdige Blick bedeuten?

Stand er selbst nun auf der Seite von Buchan – oder von Bruce?

Unter dem Tisch ergriff Isabella ihre Hand. Irgendwie brachte Margaret es fertig, ihr ein Lächeln zu schenken, obwohl ihre Gedanken rasten. Sie wandte sich flehend an ihren Onkel. „Ich habe schreckliche Kopfschmerzen wegen dieses Geredes vom Krieg. Darf ich mich entschuldigen?"

„Ich glaube, wir sind so weit fertig – jedenfalls für den Augenblick. Aber, Margaret, vielleicht möchten sie dir morgen noch weitere Fragen stellen, ehe wir wieder aufbrechen."

Margaret nickte und erhob sich. Auch Isabella sprang auf. „Mein Gemahl? Darf ich ebenfalls nach oben gehen?"

„Soll ich Euch Eure Gemächer zeigen?" Marjorie erhob sich ebenfalls. Auch sie schien erleichtert, sich vom Tisch zurückziehen zu dürfen.

Während sie Marjorie und Isabella die Treppe hinauffolgte, dachte Margaret über das nach, was sie soeben in Erfahrung gebracht hatte: Sie wollten versuchen, Alexanders Heer von der Hauptstreitmacht von Robert Bruce zu isolieren, um es dann zu vernichten.

„Marjorie? Ich muss einem dringenden Bedürfnis nachgeben", sagte sie.

Marjorie warf ihr über die Schulter ein Lächeln zu, während sie mit Isabella um die Ecke bog.

Margaret drehte sich um und hastete die Wendeltreppe wieder hinab. Sie eilte zur Schwelle des großen Saals, überschritt sie jedoch nicht. Stattdessen drückte sie sich mit klopfendem Herzen an die Wand und versuchte zu lauschen.

Die Männer sprachen laut genug, um das eine oder andere Wort mithören zu können. Sowohl der Name von Bruce wie auch der von Alexander wurde mehrmals erwähnt. Und der Krönungsort Scone.

„Was macht Ihr hier?“ Sir Ranald packte ihren Arm.

Sie riss den Mund auf und starrte ihn. Er hatte einen harten Ausdruck im Gesicht.

Doch er wartete gar nicht erst auf ihre Antwort. „Ihr müsst nach oben gehen, Lady Margaret, bevor Buchan Euch erwischt.“

Sie versuchte, sich in aller Eile eine nachvollziehbare Erklärung für ihr heimliches Lauschen einfallen zu lassen.

„Nun geht schon“, drängte er.

Margaret floh.

Margaret wollte gerade ins Bett steigen, als Isabella das ihr zugewiesene Zimmer betrat.

Sie war verblüfft. Es war inzwischen sehr spät geworden, doch wenn Isabella mit ihr reden wollte, mussten die Männer immer noch unten mit ihren Plänen beschäftigt sein.

„Du hast mir vielleicht eine Angst eingejagt“, sagte sie und schloss die Tür hinter sich. Sie trug nur eine lange, lose gebundene Chemise, das Haar noch geflochten.

Margaret wusste, dass es um ihre Befragung gehen musste, die erst vor einer Stunde zu Ende gegangen war. „Ich wollte nicht enthüllen, was Bruce mit dir vorhat. Aber nachdem du nun gesehen hast, von welchem Zorn die Männer da unten erfüllt sind, ist dir doch sicher klar geworden, dass du niemals in sein Vorhaben, den Thron zu rauben, einwilligen darfst.“

„Wenn er kommt, um mich zu holen, werde ich mit ihm gehen“, sagte Isabella.

„Wie kommst du auf den Gedanken, dass er selber kommen würde? Du hast doch hoffentlich nicht eine Botschaft von ihm erhalten?“

Isabella errötete. „Wie hätte er mir denn ein Wort zukommen lassen sollen? Aber wenn er mich in Scone dabeihaben will, brauche ich Pferde und eine Eskorte, um dorthin zu gelangen. Er muss kommen oder jemanden schicken."

Margaret war voller Zweifel. Hatte Isabella vielleicht doch eine Nachricht von Bruce oder einem seiner Freunde bekommen? Wäre das überhaupt möglich?

„Was ist mit dir, Margaret?" Isabella setzte sich auf das Bett, vor dem Margaret noch stand. „Bist du jetzt auch für Bruce?"

„Wie kommst du denn darauf?" Aber hatte sie nicht soeben ihren Onkel und seine Verbündeten hintergangen? Indem sie nicht alles sagte, was sie wusste?

Sie hatte es nicht getan, um Bruce zu unterstützen, sondern um Alexander zu schützen.

Isabella sah sie ruhig, aber fest an. „Du hast ihnen nicht alles gesagt, was du weißt. Du hast ihnen weder gesagt, dass es bereits einen Zeitpunkt für die Krönung gibt, noch dass ich neben Bruce stehen soll, wenn er die Krone aufs Haupt gesetzt bekommt."

„Ich bin gegen Bruce!", rief Margaret. Aber sie war voller Zweifel – und ihre Handlungen bewiesen ja auch das Gegenteil.

Sie konnte sich nicht mit ihrem ganzen Wesen gegen Bruce stellen, solange Alexander an seiner Seite stand, das wurde ihr jetzt klar. Sie konnte es einfach nicht.

„Aber wenn du es verraten hättest", sagte Isabella, „dann würde Buchan mich sofort unter Bewachung stellen, und ich hätte niemals die Möglichkeit, nach Scone zu gelangen. Wenn du es verraten hättest, würden sie eilig nach Scone aufbrechen, um ihm dort eine Falle zu stellen."

Margarets Herz hämmerte. Sie wusste nicht, was sie sagen sollte.

Isabella stand auf, ihre Blicke trafen sich. „Ist es Bruce?", fragte sie leise. „Du bist ihm ja begegnet. Hat er dich davon überzeugt, dass seine Sache gerecht ist?"

Margaret fuhr sich mit der Zunge über die Lippen. „Nein."

Isabella schüttelte den Kopf. „Er hat ein Auge für die Damen. Und du bist so schön. Er muss mit dir geflirtet haben. Hat er vielleicht sogar versucht, dich in sein Bett zu bekommen? Und er ist ein sehr anziehender Mann. Er hat dich dazu gebracht, deine Familie zu hintergehen, nicht wahr, Margaret?"

„Das hat er nicht!", schrie sie, von echtem Entsetzen erfüllt. „Er hat ein bisschen geflirtet, aber das tun die meisten Männer. Und er wollte mir wirklich den Eindruck vermitteln, dass es von Vorteil für mich wäre, die Seite zu wechseln – aber ich habe abgelehnt. Ich bin Buchan treu ergeben. Ich bin eine Comyn!"

Isabella musterte sie eindringlich. „Ich glaube dir. Aber nach deinen Handlungen zu urteilen, bist du nicht so loyal meinem Gatten gegenüber, wie du vielleicht selber glaubst." Sie schritt zur Tür, doch dann kam sie rasch zurück und drückte ihr einen Kuss auf die Wange. „Gute Nacht, Margaret. Ich danke dir, dass du mein Geheimnis bewahrt hast."

Der Wind fegte durch die Bäume am Wegesrand, der Himmel war grau, und es sah nach Regen aus. Margaret, in einen Pelz gehüllt, ritt neben Isabella. Die Pferde hoben und senkten eifrig die Köpfe. Buchan und Sir Ranald ritten voran, der Rest der Eskorte folgte. Es war Nachmittag, und sie waren nur noch wenige Meilen von zu Hause entfernt.

„Mir ist kalt bis auf die Knochen", sagte Isabella mit klappernden Zähnen.

Margaret fror genauso, doch bevor sie etwas sagen konnte, rief Sir Ranald einen Befehl und hob eine Hand; alle Reiter brachten ihre Pferde zum Stehen. Ein anderer Reiter kam in vollem Galopp auf sie zu.

Buchan nickte, und Sir Ranald gab seinem Pferd die Sporen und galoppierte ihm entgegen, beide trafen sich in einiger Entfernung und waren nicht mehr klar erkennbar. Einen Augenblick unterhielten sie sich, um dann gemeinsam auf die Truppe zuzureiten.

Als sie näher kamen, erkannte Margaret einen von Buchans Männern in dem anderen Reiter. Sir Ranald berichtete: „Der Wolf von Lochaber hat am River Spey sein Lager aufgeschlagen, nicht weit von Balvenie."

Margaret hätte beinahe aufgeschrien. Fassungslos starrte sie ihn an. Was wollte Alexander in der Nähe von Balvenie?

Sir Ranald ritt zu Buchan und reichte ihm ein gerolltes Papier. „Dies lässt er Euch zukommen, Mylord."

Sie fühlte sich wie betäubt, als sie zusah, wie ihr Onkel von seinem Hengst sprang und das Papier ergriff. Auch Sir Ranald stieg ab, und Buchan gab ihm die Zügel seines Pferdes. Er löste die Schnur, entrollte das Papier und begann zu lesen.

Margaret bemerkte, dass sie die Luft anhielt. Was konnte der Wolf wollen? Wenn er lediglich eine Nachricht geschickt hätte, würde sie annehmen, dass es um William oder eine Lösegeldforderung ginge. Doch er hatte am Flussufer sein Lager aufgeschlagen, direkt an ihrem Weg.

Es war nicht zu glauben!

Buchans Gesicht verzog sich vor Fassungslosigkeit. Er wirbelte herum und sah zu ihr auf.

Fürchterliche Anspannung stieg in ihr auf. „Was ist? Was geht vor?", brachte sie heraus.

„Er will William austauschen gegen dich – als seine Braut."

Für einen Augenblick konnte Margaret ihm nicht folgen.

Buchan zerriss voller Zorn das Papier.

„Er bittet um meine Hand?", keuchte sie, als es ihr zu dämmern begann.

Buchan war tiefrot im Gesicht. „Dieser Schuft! Er will seinen Anspruch auf Castle Fyne deutlich machen! Wenn er dich heiratet, stellt niemand mehr seine Herrschaft über die Festung infrage!"

Margaret taumelte im Sattel. Sie merkte, wie Isabella eine Hand ausstreckte und sie am Arm berührte. Sie konnte sie nicht ansehen, sondern starrte ihren Onkel an.

Alexander hielt um ihre Hand an!

Anstelle von Sir Guy konnte sie Alexander heiraten.

Ihr Herz machte einen Satz. Für einen Augenblick war sie erleichtert.

„Er sagte, er erwarte Eure Antwort, Mylord“, sagte der Reiter.

Buchan wandte sich ab. „Zur Hölle mit ihm! Meine Antwort ist Nein! Sag ihm, ich erwarte eine Lösegeldforderung für meinen Neffen, und er wird meinen Zorn zu spüren bekommen, wenn er keine stellt.“

Margaret klammerte sich am Sattel fest, und ihre Stute stampfte mit den Hufen, als würde sie die Anspannung ihrer Reiterin spüren. Was war ihr da nur gerade durch den Kopf geschossen?

Ihr ganze Familie hasste Alexanders Familie; die beiden Clans waren nicht nur Gegner, sie waren Todfeinde.

Und ein Krieg tobte, in dem die Comyns gegen Bruce und Alexander standen.

Selbstverständlich war eine Heirat ganz unmöglich. Er war der Feind!

Und er hatte nur wegen Castle Fyne um ihre Hand angehalten.

Der Reiter galoppierte zurück Richtung Norden, wo Alexanders Lager war; bald würde er ihm mitteilen, dass ihr Onkel seinen Antrag ablehnte.

Sie fing an zu zittern. War sie wirklich enttäuscht? Wenn dem so war, dann musste sie verrückt geworden sein.

Buchan sah sie an. „Du wirst Sir Guy heiraten, das weiß er doch.“ Er sprang wieder auf sein Pferd. „Nach Balvenie“, brüllte er, immer noch von Zorn erfüllt.

Margaret sah ihm nach, wie er davongaloppierte. Sie wusste, dass sie hinterherreiten musste, doch sie saß wie betäubt regungslos im Sattel.

„Kommt, Lady Margaret, es wird bald regnen“, sagte Sir Ranald an ihrer Seite.

Sie zuckte zusammen, weil er sie aus ihren Gedanken gerissen hatte. Den ganzen Tag war sie seinen Blicken ausgewichen, nachdem er sie gestern Nacht beim Lauschen ertappt hatte. Nun war sie überrascht, dass er sie so freundlich ansah.

Sie holte tief Luft. „Ja, wir müssen uns beeilen, damit wir da sind, bevor es regnet."

Buchan, nun von seinen Männern umgeben, schritt noch immer zornerfüllt im großen Saal auf und ab. Margaret wagte, quer durch den Saal zu huschen. Zu ihrer Erleichterung sah er sie nicht. Sie lief die Treppe hinauf zu ihrem Zimmer. Drin lehnte sie sich gegen die Tür und atmete schwer.

Was sollte sie jetzt bloß tun?

Alexander war nur wenige Minuten entfernt, Buchan hatte eine Verbindung zwischen ihnen ausgeschlagen, und das völlig zu Recht.

Sie kreuzte die Arme vor der Brust. Wenn sie doch nur klar denken könnte! Doch sie hatte nur einen einzigen Gedanken: Wie anders ihr Leben wäre, wenn sie Alexander statt Sir Guy heiraten könnte.

Peg rauschte mit weit aufgerissen Augen in den Raum. „MacDonald hat um Eure Hand angehalten? Und sein Lager ist am River Spey?"

Margaret nickte. Plötzlich fiel ihr William ein, den man freilassen würde, wenn Buchan dieser Verbindung zugestimmt hätte. *Armer Will!*

„Er ist ein MacDonald", sagte Peg. „Der Feind der Familie Eurer Mutter. Aber Sir Guy ist Engländer – nicht zuletzt auch ein Feind."

„Wir stehen jetzt auf der Seite der Engländer."

„Aber für wie lange?", rief Peg herausfordernd.

Margaret hob hilflos die Schultern. „Peg, wir sind im Krieg."

„Für wie lange?", wiederholte Peg unnachgiebig.

Bevor Margaret etwas erwidern konnte, erschien Isabella an der Schwelle. „Du bist ganz weiß im Gesicht. Was ist passiert?"

Margaret biss sich auf die Lippen. „Ich hätte nie gedacht, dass er um meine Hand anhalten würde."

Isabella trat ein und schloss die Tür hinter sich. „Was hast du denn gedacht?"

Margaret verkrampfte sich. Isabella hatte Verdacht geschöpft. Aber die Wahrheit durfte sie niemals erfahren, das war viel zu gefährlich. „Ich hatte gedacht, wir würden irgendwann gegen ihn in den Kampf ziehen und Castle Fyne zurückerobern", sagte sie endlich.

„Doch er hat entschieden, dass eine Ehe besser wäre als der Krieg. Das ist ja sehr interessant – aber schließlich bist du sehr schön. Ist er verliebt?"

„Ich bezweifele sehr, dass Alexander sich jemals in eine Frau verliebt, Isabella."

„Er war verliebt in diese Mätresse, und er hat darum gekämpft, sie zu seiner Frau machen zu können – diese Frau, die im Kindbett gestorben ist."

„Das ist doch nur eine Legende."

„Jeder weiß, dass es die Wahrheit ist."

Margaret verschränkte die Arme. „Er ist nicht verliebt in mich. Er will nur Castle Fyne sicher unter seine Herrschaft bekommen."

„Du scheinst aber sehr verstört zu sein, Margaret."

Damit hatte Isabella allerdings recht. Margaret war noch nie in ihrem Leben so durcheinander gewesen. Sie konnte Alexander unmöglich heiraten, und das hatte mehr mit dem Krieg um Schottlands Krone zu tun als mit der uralten Feindschaft zwischen ihren Clans.

*Ich wäre stolz auf Euch, wenn Ihr jemals den Kampf aufnehmen würdet, um etwas zu verteidigen, das mir gehört.*

Sie erstarrte, denn sie hatte Alexanders Stimme so deutlich gehört, als ob er neben ihr stünde. Er bewunderte sie. Er achtete sie. Diese Worte hatte er zu ihr gesagt, nachdem Sir Guy sie gerügt hatte, weil sie Castle Fyne verteidigt hatte.

Alexander hatte ihre Vorgehensweise geschätzt. Sir Guy nicht.

Und wenn Alexander sie berührte, stieg sofort Begehren in ihr auf; wenn Sir Guy sie berührte, empfand sie nichts als Abscheu.

„Empfindest du etwas für den Wolf von Lochaber, Margaret?“ Isabella ergriff ihre Hand.

Margaret machte einen Satz, als hätte sie sich verbrannt. „Natürlich nicht!“ Sie spürte, wie die Hitze in ihre Wangen stieg.

Auf einmal hörte sie von unten die laute Stimme ihres Onkels. Wenn sie sich nicht täuschte, hatte er ihren Namen gebrüllt.

Isabella erbleichte und ließ ihre Hand los.

Margaret eilte zur Tür. Draußen traf sie auf Eilidh, die ihr entgegenrannte. „Der Earl wünscht Euch zu sehen“, rief sie, bleich und voller Angst.

„Margaret!“, schrie Buchan erneut.

Irgendetwas musste vorgefallen sein. Vielleicht eine weitere Nachricht von Alexander? Genauso von Furcht erfüllt wie die anderen Frauen, hob Margaret ihre Röcke und hastete die Treppe hinunter, dicht gefolgt von Isabella und ihren Mägden.

Buchan lief auf und ab, schon wieder rot vor Zorn im Gesicht. Als er sie erblickte, blieb er stehen, die Arme in die Hüften gestemmt „Du kennst ihn, nicht wahr?“, rief er. „Du musst ihn sehr gut kennen!“

Hatte jemand sie verraten? Peg? Dughall? Sprach Buchan jetzt von ihrer Untreue?

„Nun?“, verlangte er zu wissen und kam mit großen Schritten auf sie zu. „Was will er nun wieder? Er hat soeben ein Aufeinandertreffen verlangt!“

Beinahe wäre sie in Ohnmacht gefallen, so erleichtert war sie. Isabella hielt sie fest und sagte in scharfem Ton: „John! Sie ist völlig verstört! Du darfst sie nicht anschreien.“

Er sah seine Gemahlin an. „Ich bin selber verstört.“ Aber er schrie wenigstens nicht mehr.

Margaret kam zu Atem und riss sich zusammen. „Ich kann mir auch nicht vorstellen, was er will. Aber er hält William gefangen.“

Ihre Gedanken rasten. Er hatte William in seiner Gewalt, und er wünschte ein Treffen mit Buchan. „Du musst darauf eingehen!" Sie senkte die Stimme. „Onkel, kannst du nicht mit ihm reden? Vielleicht kannst du Wills Freilassung erreichen."

„Natürlich werde ich mit dem Schuft reden – er hat deinen Bruder, und er hat Castle Fyne." Er wirbelte zu Sir Ranald herum. „Sag ihm, wir treffen uns in zwei Stunden bei den roten Felsen. Er kann zehn Männer mitbringen, keinen einzigen mehr. Ich mache es genauso. Dann stelle hundert von unseren besten Soldaten und fünfzig Ritter bereit. In einer Stunde brechen wir zu den roten Felsen auf."

Sir Ranald eilte davon. Margaret versuchte, das Zittern zu unterdrücken. „Du willst ihn täuschen – und in einen Hinterhalt locken?"

Buchan musterte sie scharf. „Ich werde ihm mit zehn Rittern gegenübertreten, genau wie angekündigt, weil ich wirklich wissen will, was er jetzt noch von mir will. Aber meine Truppen werden in der Nähe sein, falls er vorhaben sollte, uns auf irgendeine Weise zu täuschen. Er hat hier ein Lager mit zweihundert Mann aufgeschlagen. Ich kann kein Treffen mit ihm riskieren, ohne wenigstens ein kleines Heer in der Hinterhand zu haben."

„Ich möchte mit dir kommen", verlangte Margaret.

„Warum solltest du so etwas wollen?"

Doch er hatte den Vorschlag nicht sofort zurückgewiesen. „Er hat William in seiner Gewalt. Und meine Burg. Ich möchte auch hören, was er zu sagen hat." Mit plötzlicher Kühnheit berührte sie ihn am Arm. Auf einmal war nichts anderes mehr wichtig; sie musste Alexander wiedersehen. „Mein Onkel! Ich habe fast bis zum Tode gekämpft, um meine Aussteuer zu verteidigen. Ich habe einen ganzen Tag lang gegen ihn gekämpft und siedendes Öl auf seine Männer geschüttet. Einen seiner Männer habe ich erstochen. Ich habe mir das Recht verdient, dich zu begleiten. Wenn du mit ihm verhandelst, kann ich vielleicht von Nutzen sein."

Buchan riss die Augen auf. Ein schreckliches Schweigen senkte sich herab. Kein Mensch im ganzen Saal rührte sich. Vielleicht war sie zu kühn gewesen, zu weit gegangen – sie war doch nur eine Frau!

Schließlich sagte Buchan: „Du hast dir in der Tat sehr viele Rechte erworben, Margaret."

Sie nickte, wagte aber nicht zu atmen.

„In Wahrheit möchte ich sogar, dass du mit uns zu den roten Felsen reitest."

Der heftige Regen hatte aufgehört, doch der Himmel war dunkel; fast schon schwarze Wolken kündigten an, dass es weiteren Regen geben würde. Margaret ritt hinter ihrem Onkel, mit Sir Ranald an ihrer Seite. Die Pferde tasteten sich vorsichtig einen schmalen, schlammigen Pfad zum Fluss hinab.

Von Weitem erblickte sie eine Gruppe schemenhafter Gestalten, kaum auszumachen unter dem dunklen Himmel, doch dann waren Pferde und Männer zu erkennen. Nun konnte sie auch die roten Felsbrocken sehen, die den Treffpunkt bezeichneten, und die weißen Schaumkronen des angeschwollenen Flusses, der sturzflutartig durch das Tal rauschte.

Und endlich entdeckte sie Alexander.

Er saß auf seinem grauen Ross, vor seinen Rittern, weder Pferd noch Reiter bewegten sich.

Margaret spürte, wie ihr Herz einen Satz machte und wild zu klopfen begann. Beinahe drei Wochen lang hatte sie ihn nicht gesehen, und sie konnte den Blick nicht von ihm abwenden. Ihre Wangen fingen an zu brennen.

Auch er starrte ihr unverwandt entgegen. Da war sie sicher – obwohl sie seine Augen noch nicht erkennen konnte …

Er hatte um ihre Hand angehalten, doch sie hatte keine Ahnung, was er wirklich über ihre Flucht dachte.

Langsam kamen sie näher, der Boden war gefährlich glitschig unter den Hufen ihrer Pferde. Ihr Onkel hielt endlich sein

Pferd an, nur wenige Schritte von Alexander entfernt. Margaret brachte ihre Stute neben ihm zum Stehen.

Ihre Blicke trafen sich. Alexander hatte einen harten Gesichtsausdruck, doch gleichzeitig wirkte er teilnahmslos – man konnte unmöglich ahnen, was in ihm vorgehen mochte. Er nickte ihr knapp zu.

Merkwürdigerweise schien in der kleinen Geste eine zu große Vertraulichkeit zu liegen, und Margaret verkrampfte sich und warf ihrem Onkel, der sie beide nicht aus den Augen ließ, einen Blick zu. Sie erwiderte das Nicken nicht, sie ließ nicht einmal erkennen, dass sie den Gruß bemerkt hatte. Plötzlich hatte sie große Angst, ihr Onkel könnte erraten, was sie miteinander geteilt hatten.

Buchans hitziger Blick ruhte auf Alexander. „Ihr haltet meinen Neffen und meine Burg in Eurer Gewalt – und mich habt Ihr dazu gebracht, mitten in einem Sturm mein behagliches Heim zu verlassen. Was wollte Ihr von mir, MacDonald?"

Alexanders Blick blieb kühl. „Ich schlage vor, dass Ihr noch einmal über meinen Antrag nachdenkt, Buchan."

„Da gibt es nichts nachzudenken! Ich habe von einem solchen Handel doch nichts zu gewinnen!"

Margaret war entsetzt – es konnte doch nicht sein, dass William für ihren Onkel ein Nichts war!

„Ich habe auch nicht angenommen, dass Euch an Eurem Neffen viel liegt. Ihm geht es gut, nebenbei. Er ist wütend, aber gesund."

Margaret wurde für einen Augenblick von Erleichterung überwältigt.

„Mir liegt sehr viel an William", schnaubte Buchan. „Habt Ihr mich deshalb bei diesem Wetter hierherkommen lassen? Um mich zu verhöhnen, weil ich mich weigere, Euch meine Nichte zu überlassen? Um mir vorzuwerfen, dass ich mich nicht um meinen Neffen sorge?"

„Ich habe Euch hergebeten", sagte Alexander, der Margaret dabei ansah, „um Euch ein weiteres Angebot zu unterbreiten."

Sie erstarrte. Ihre Blicke trafen sich. Er wollte etwas Zusätzliches für sie anbieten?

Alexander riss seinen Blick von ihr los und wandte sich an ihren Onkel. „Ich füge Glen Carron Castle dem Angebot hinzu."

Buchan war verblüfft.

Margaret begann zu zittern. Als ihr Onkel nichts erwiderte, glaubte sie schon, ihr Onkel würde tatsächlich darüber nachdenken, sie für ihren Bruder und eine Burg auszutauschen – und Alexander zu überlassen.

„Nachdem ich die Burg dem Erdboden gleichgemacht hatte, habe ich sie wiederaufgebaut – es ist nun eine sehr gut zu verteidigende Festung", fuhr Alexander fort. „Und wie Ihr wisst, grenzt sie genau an die Ländereien der Badenochs."

Fassungslos starrte Margaret ihren Onkel an, der wiederum Alexander betrachtete und wirkte, als würde er Berechnungen anstellen. Sie konnte beinahe sehen, wie seine Gedanken rasten.

Er dachte wirklich über einen solchen Austausch nach! Vielleicht wird er tatsächlich darauf eingehen, dachte sie, fast außer sich. Ein Teil von ihr war darüber ganz bestürzt – dass er so leicht dazu überredet werden konnte, sie dem Feind zu überlassen –, doch ein anderer Teil war regelrecht verzweifelt.

Alexander würde einen guten Gemahl abgeben, da war sie sicher, sie würde es bestimmt genießen, in seinen Armen zu liegen und ihm Kinder zu gebären … Aber, großer Gott, was dann? Er würde in den Krieg ziehen gegen ihren Bruder, ihren Onkel, ihre Cousins …

„Im Juni soll sie Sir Guy heiraten", sagte Buchan plötzlich. „Tretet Castle Fyne und Glen Carron an mich ab, dann übergebe ich sie Euch als Eure Braut."

Margaret spürte, wie ihr Herz einen Satz machte. Ihr fassungsloser Blick wanderte von ihrem Onkel zu Alexander und wieder zurück.

Er wollte sie tatsächlich austauschen – aber nur für William und zwei Burgen, eine davon Castle Fyne.

Alexander sah sie an – sie glaubte, Mitleid in seinen Augen aufflackern zu sehen. Aber als er wieder das Wort ergriff, war sein Ton hart, kalt und entschlossen. „Ich werde Castle Fyne nicht aufgeben."

Buchan setzte einen wilden und gleichzeitig höhnischen Ausdruck auf. „Ihr haltet Euch wohl für einen großen Herrn? Meine Nichte wäre eines Königssohnes würdig, und sie wird einen Mann von königlichem Blut heiraten – nicht einen Highlander von den äußeren Inseln, der nicht einmal richtig Französisch kann."

„Ihr wollt mich beleidigen?" Alexander lächelte, kühl und belustigt.

Margaret lief es kalt über den Rücken; bitte nicht! flehte sie leise.

Er sah kurz zu ihr – als hätte er ihre innersten Gedanken vernommen. Dann richtete er seinen furchterregenden Blick auf ihren Onkel. „Ihr solltet noch einmal darüber nachdenken, mich abzulehnen. Bestimmt wollt Ihr Euch nicht meinen Zorn zuziehen."

„Ihr wollt mir drohen?"

„Ich habe William in meiner Gewalt, ich habe Castle Fyne in meiner Gewalt – und nun bin ich hier, in Balvenie."

Buchan zuckte zusammen. „Was habt Ihr vor, Wolf?"

„Ich verspreche Euch große Verluste." Er zog die Zügel straff. Sein Hengst schnaubte und stampfte. Er wandte sich an Margaret. „Geht es Euch gut?"

Sie erstarrte. Er wagte es, sie unmittelbar anzusprechen?

„Lady Margaret", wiederholte er. „Geht es Euch gut?"

Sie wusste, dass sie nicht antworten durfte, dass sie wegschauen musste, aber sie konnte nicht tun, was ihre Pflicht war. „Ja", flüsterte sie, „mir geht es gut."

Er trieb den grauen Hengst auf Buchan zu. „Meine Gefangene ist mir ans Herz gewachsen, Buchan. Sorgt gut für sie."

Buchan wurde tiefrot. „Wenn wir Euch kriegen, Wolf, werde ich Euch persönlich das Haupt abschlagen und es auf eine Lanze aufspießen!“

Alexander lachte ihn aus.

„Aufhören!“, wollte Margaret rufen, doch es war nur ein Flüstern, heiser und zu leise. Wie konnten sie es nur so weit kommen lassen?

Sir Ranald griff warnend nach ihrem Handgelenk.

„Und wenn Eure Lieblingsburg nur noch eine Ruine sein wird und Sir Guy tot ist, dann werde ich sie mir zur Braut nehmen“, verkündete Alexander.

Margaret war entsetzt.

Alexander warf ihr noch einen glühenden Blick zu, wirbelte sein Pferd herum und trieb ihm hart die Sporen in die Flanken. Der Hengst wieherte und bäumte sich auf, dann galoppierte Alexander davon. Seine Ritter folgten.

Auf einmal war niemand mehr an den roten Felsen und am Flussufer außer Buchan, seinen Männern und Margaret.

„Ich werde ihn umbringen.“ Er sah sie voller Wut an.

Beinahe wäre sie zusammengezuckt. Er weiß alles, dachte sie. Doch sie zeigte keine Regung.

„Wenn er dich wirklich haben will, machst du mir damit mehr Ärger, als du wert bist!“ Damit gab auch er seinem Pferd die Sporen und galoppierte den schlammigen Hügel hinauf.

Margaret stand kurz vor einem Zusammenbruch. Sir Ranald fing sie auf, bevor sie in Ohnmacht fallen konnte, zog sie von ihrer kleinen Stute und auf sein größeres Pferd. „Mylady! Ich bringe Euch sicher nach Hause.“

Heiße Tränen liefen ihr über die Wangen. Margaret, nun in Sir Ranalds Armen, nickte.

## *13. KAPITEL*

Als Sir Ranald Margaret in ihr Zimmer brachte, schürte Eilidh gerade das Feuer. Margaret zitterte am ganzen Körper. Auf dem gesamten Heimweg hatte es wie aus Kübeln gegossen, und sie war völlig durchnässt. Aber sie zitterte nicht vor Kälte. Sie stand nicht wegen des Regens kurz vor einem Zusammenbruch.

Eilidh erbleichte. „Mylady?"

„Das war ein anstrengender Nachmittag", sagte Sir Ranald. „Du musst sie in trockene Gewänder stecken, sie vor den Ofen setzen und ihr warmen Wein bringen."

Margaret war tief erschüttert und voller Panik.

Hegte Buchan den Verdacht, dass sie und Alexander Liebende geworden waren?

Aber es war noch viel schlimmer. War Alexander entschlossen, sie zu heiraten, egal welche Folgen das haben mochte – und würde er zu diesem Zweck ihren Onkel angreifen?

„Bitte setzt Euch, Lady Margaret", sagte Sir Ranald freundlich, „bevor Ihr noch stürzt."

Margaret wurde zu dem einzigen Stuhl geführt, der vor dem Kamin stand. Sie sank auf den Sitz und schaffte es, zu Sir Ranald aufzusehen und ein Lächeln aufzusetzen. „Vielen Dank, Sir Ranald. Mir geht es gut."

„Euch geht es überhaupt nicht gut." Seine grünen Augen musterten sie forschend. Plötzlich fiel er auf ein Knie und ergriff ihre Hände. „Ich möchte Euch beschützen, Lady Margaret! Ich möchte Euch helfen! Aber wenn Ihr hier ein gefährliches Spiel spielt, dann müsst Ihr mir davon erzählen."

Was mochte in Sir Ranalds Kopf vorgehen? Darüber hatte sie noch gar nicht nachgedacht. Und was mochten die übrigen Männer, die an den roten Felsen mit dabei gewesen waren, wohl von dem Aufeinandertreffen halten? Aber Sir Ranald hatte sie schon in Strathbogie beim Lauschen ertappt, und gerade hatte er ihren Blickwechsel mit Alexander mitbekommen.

Während sie ihn unsicher anblickte, eilten Peg und Isabella herein.

„Was ist passiert?", rief Isabella. „John schwört, den Wolf bei ihrer nächsten Begegnung zu ermorden. Er kocht vor Wut, und betrunken ist er auch schon!"

Margaret sah Sir Ranald an. „Wir unterhalten uns ein anderes Mal, wenn ich Zeit zum Nachdenken hatte." Wenn Sir Ranald ihr Verbündeter sein wollte, würde sie ihn als solchen akzeptieren, denn sie brauchte jetzt dringend Verbündete. Aber sie würde ihn nicht zu ihrem Vertrauten machen.

Er nickte und verließ den Raum.

Peg verschloss hinter ihm die Tür. „Lady Margaret?", hauchte sie mit weit aufgerissenen Augen.

Margaret konnte ihr Elend nicht länger verhehlen. Sie verbarg das Gesicht in den Händen, versuchte das Schluchzen zu unterdrücken. Alexander hatte sich entschieden, dass er sie heiraten musste, egal was es kostete und wie viel Leid er damit über andere brachte. Sie wusste nicht, was er damit bezweckte, außer Castle Fyne für den Rest seines Lebens zu behalten und dann an seine Söhne zu vererben.

Aber was war mit ihr und ihren Wünschen?

Das Zimmer schien wild zu schwanken, wie ein Boot auf stürmischer See.

Buchan hatte Alexander sowieso schon gehasst, und nun steigerte sich sein Hass ins Unermessliche. Sie waren schon vor diesem Krieg aus vielerlei Gründen Feinde gewesen, doch nun waren sie ganz persönliche Todfeinde geworden. Alexander hatte Buchan gedroht, und Buchan hatte seinerseits Drohungen ausgestoßen. Es war so gut wie sicher, dass am Ende einer von beiden sterben musste.

Isabella schloss sie in die Arme. „Was hat er getan?"

Sie wischte sich das Gesicht ab und versuchte, ihre Fassung wiederzufinden. Dann sah sie in Isabellas besorgt blickende

Augen. „Er hat einen weiteren, besseren Antrag gemacht. Und als Buchan ablehnte, drohte er, Buchan und alle seine Burgen zu vernichten."

„Nein, ich meinte, was hat mein Mann getan?", sagte Isabella. „Er ist wütend auf dich – das hat er mir selbst gesagt. Ich schätze, du bist wegen ihm den Tränen nahe."

Margaret holte tief Luft. „Er hat erwogen, mich auszutauschen, nicht nur für William, sondern auch für Castle Fyne und eine weitere Burg."

Isabella war bestürzt. „Das tut mir sehr leid. Aber er liebt dich wirklich, Margaret."

„Er würde mich dem Feind überlassen, wenn der Handel ihm ausreichend vorteilhaft erschiene." Der Schmerz in ihrer Brust fühlte sich an wie ein Messerstich. „Er würde mich übergeben, ohne einen zweiten Gedanken darauf zu verschwenden." Hatte er sie nicht auch schon im Stich gelassen, als sie auf Castle Fyne als Geisel festgehalten wurde?

Und hatte William nicht schon längst drauf hingewiesen, dass eine Heirat mit Sir Guy jenseits jeder Schicklichkeit lag? Dass sie weggeworfen wurde wie ein Ding von geringem Wert, ein Ding ohne Gefühle?

Sie hatte sich geweigert, das zu glauben, doch es war die Wahrheit. Ihr Vater hätte sie niemals so behandelt. Seit ihrer Geburt hatte er sie genau so geliebt, wie sie war. Auch er hätte für sie eine Ehe angestrebt, die angemessen wäre, aber er hätte doch darauf geachtet, dass ihr auch etwas an ihrem zukünftigen Gatten lag. Daran hatte Margaret keine Zweifel.

Ihr Vater würde sie niemals einfach so verschachern, nicht einmal in diesen Zeiten, wo ein Königreich auf dem Spiel stand.

„Wenn ihm das einen mächtigen Verbündeten einbrächte, dann würde er sich natürlich auf einen Tausch einlassen – du bist schließlich nur eine Frau." Isabella umschloss ihre Hände. „Wir sind alle austauschbar, Margaret. Das musst du doch wissen."

Margaret hatte gar nicht gewusst, dass Isabella so viel von

der Welt verstand. „Und was, wenn Alexander noch ein drittes Angebot unterbreitet? Wenn er so viel bietet, dass Onkel John nicht länger ablehnen kann?"

„Glaubst du denn, das könnte er tun?", fragte Isabella überrascht.

„Ich hatte überhaupt keine Angebote erwartet!", rief Margaret aus.

Isabella zögerte. „Tatsache ist, wenn Sir Guy es nicht schafft, Castle Fyne zurückzuerobern, hast du keinen Wert mehr für ihn – aber für Alexander wärst du ein großer Gewinn."

„Der Wolf ist ihr verfallen", sagte Peg und trat vor. „Er ist Margaret schon seit dem Moment verfallen, als er Castle Fyne erobert hat."

Isabella sah Margaret ungläubig an. „Ist das wahr?"

„Er ist mir doch nicht verfallen", wiegelte Margaret ab und erhob sich. Doch sie bedauerte es nicht, dass Peg ihre Ansicht hinausposaunt hatte, und fragte sich, ob sie nicht doch recht haben könnte. „Helft mir bitte aus meinen Kleidern."

Eilidh eilte zu der Truhe, um frische Gewänder zu holen; dann zogen sie ihr zu zweit die nassen Sachen aus. Isabella sah zu. „Margaret, der Wolf hat bereits unter Beweis gestellt, dass er bereit ist, sehr viel auf sich zu nehmen, um die Frau, die er will, zu seiner Gemahlin zu machen."

Margaret schlüpfte in eine trockene Chemise und einen Überwurf. Peg begann, ihr das nasse Haar zu entflechten. „Ihr habt recht", sagte sie zu Isabella. „Er ist unnachgiebig."

Isabella musterte sie. „Ist er denn abstoßend?"

Margaret lachte beinahe hysterisch auf. Sollte sie es wagen, ihrer Freundin alles zu beichten?

„Er ist sehr anziehend", flüsterte Eilidh, und Peg nickte zustimmend.

Isabella stutzte, und Margaret fuhr zusammen. „Er ist wirklich anziehend – und außerdem hat er gesagt, er würde Sir Guy umbringen, wenn es nicht anders ginge."

„Selbst wenn du schon verheiratet wärst, würde ihn das nicht davon abhalten?“

„Nein.“ Sie sah Isabella in die Augen. Selbst wenn sie mit Sir Guy verheiratet wäre, Alexander würde trotzdem noch hinter ihr her sein, das war ihr jetzt klar.

Auch Isabella begriff es und wurde rot. „Am Ende, Margaret“, meinte sie gedehnt, „könnte er dein Retter sein.“

Margaret schüttelte den Kopf. „Bitte sag so etwas nicht.“

„Er hat dir Castle Fyne geraubt, und du kannst nur hoffen, dass Sir Guy es zurückerobert. Aber wenn er dich heiratet, dann bist du wieder die Herrin von Castle Fyne.“

Margaret konnte nicht schlafen. Sie starrte an die Decke, an der sich das Mondlicht brach. Am Morgen war ihr Onkel mit einem großen Heer aufgebrochen.

Buchan würde es nach Süden führen, um sich mit den nordwärts marschierenden Truppen von König Edward zu vereinigen. Sie wollten Bruce aufhalten, der von Ost nach West quer durch Schottland zog.

Der Krieg ging ihr nicht aus dem Kopf. Wollte Bruce sich wirklich in nur vier Tagen krönen lassen? Oder würde Aymer de Valence, der jetzt den größten Teil des englischen Heeres befehligte, rechtzeitig erfahren, dass Bruce auf Scone marschierte, und ihn irgendwie aufhalten? Sie rollte sich auf die Seite und kuschelte sich ans Kopfkissen. Wenn Bruce entschlossen war, sich krönen zu lassen, würde der Versuch, ihn davon abzuhalten, eine Schlacht auf Leben und Tod bedeuten, davon war sie überzeugt.

Sie erschauerte. Seit dem Aufeinandertreffen bei den roten Felsen hatte sie getan, was möglich war, um Buchan aus dem Weg zu gehen. Buchan war mit seinen Kriegsvorbereitungen beschäftigt, daher war das nicht allzu schwierig gewesen. Doch sie wusste, dass er nun ganz und gar nicht mehr zufrieden war mit ihr.

Konnte Alexander ihr tatsächlich verfallen sein? Müsste sie das nicht wissen? War ihm denn nicht klar, wie zerstörerisch seine ehrgeizigen Bestrebungen für sie waren – und für ihre ganze Familie?

Furcht stieg in ihr auf. Wenn sie doch nur wüsste, ob Atholl und die Übrigen wirklich vorhatten, die Heere von Bruce und Alexander voneinander zu isolieren und zu vernichten. Wenn sie da sicher sein könnte, würde sie ihm eine Nachricht zukommen lassen. Egal was passierte – selbst wenn sie am Ende doch Sir Guy heiraten musste –, sie wollte nicht, dass Alexander starb.

Tränen stiegen ihr in die Augen. Sie umklammerte das Kissen und fiel endlich in einen unruhigen Schlaf.

Auf einmal war sie hellwach und von Entsetzen erfüllt – eine Hand lag auf ihrem Mund, sodass sie nicht schreien konnte, und ein Arm war wie ein Schraubstock um ihre Hüfte geschlungen. Sie wurde an eine muskulöse männliche Brust gedrückt. Ein Mann war in ihrem Zimmer – in ihrem Bett!

„Nicht schreien, Margaret. Ich tu dir nichts."

Alexander.

Sie sah auf und blickte in seine durchdringenden Augen, während er ihren Mund losließ und seinen Griff um ihren Körper lockerte. Ihr Herz überschlug sich.

„Wenn du doch schreist, wird dich niemand hören. Die Wache ist für die nächsten Stunden ausgeschaltet."

Endlich begriff sie, was er getan hatte – er hatte sich in eine feindliche Festung gewagt, in der es wimmelte von Buchans besten Männern! „Alexander! Bist du wahnsinnig? Wenn sie dich schnappen, hängen sie dich!"

Langsam setzte er ein Lächeln auf. „Ah, es hat sich nichts verändert. Du kannst mir immer noch nichts Böses wünschen."

Sie erstarrte bei dem Bewusstsein, sich wieder in seinen Armen zu befinden – überwältigt davon, seine harten Muskeln an ihrer weichen Haut zu spüren, überwältigt von dem Geruch nach Mann und Wald, überwältigt von dem Wissen, dass er ihretwegen hier war. „Ich kann dir nichts Böses wünschen.“ Sie atmete schwer und konnte sich kaum beherrschen, sein Gesicht zu berühren. Doch sie durfte sich nicht so verhalten, als ob sie Liebende wären. Denn sie waren keine Liebenden – diese eine Nacht war schon so lange her! „Du darfst nicht hier sein.“

„Ich kann und ich bin es.“ Er lächelte nicht mehr. „Du weißt doch, was für ein Mann ich bin. Ich sage niemals etwas, das ich nicht genau so meine. Ich nehme dich mit, Margaret, und dann wirst du meine Frau.“

Ihre Gedanken überschlugen sich. „Du willst mich zwingen, dich zu heiraten?“

„Ich glaube nicht, dass dazu Zwang notwendig ist“, sagte er sanft. Sein Blick glitt über ihre Lippen.

In Margaret loderte das Begehren, doch sie rührte sich nicht.

Er sah ihr in die Augen, die Lippen leicht geschürzt. „Erzähl mir nicht, dass du Sir Guy immer noch treu ergeben bist.“

„Ich verachte Sir Guy.“

Er lächelte. „Das solltest du auch.“

„Aber meinen Onkel kann ich nicht verraten, indem ich dich heirate.“

„Komm, wir müssen gehen. Darüber können wir später reden.“ Er stand auf und zog sie mit hoch. „Zieh dich an.“

Margaret lief zu ihrer Kleidertruhe. „Wo gehen wir hin?“

„Nach Scone.“

Margaret erstarrte.

„Da willst du doch sicher dabei sein. Du willst doch bestimmt Isabella zur Seite stehen – sie wird eine Freundin brauchen.“

Margaret zitterte am ganzen Körper. *Er ist nur wegen Isabella nach Balvenie gekommen!* Ihre Gedanken überschlugen sich. „Alexander! Wenn du mich unbedingt entführen musst, dann sei dem so. Aber lass die arme Isabella in Ruhe! Zwing sie nicht, ihren Gatten zu verraten. Bitte!“

Er blieb unerbittlich. „Zieh dich an Margaret. Rasch!“

Sie zitterte immer heftiger, doch sie tat, was er verlangte. Sie holte ihre Kleider aus der Truhe. Die ganze Zeit konnte sie an nichts anderes denken, als dass er nicht wegen ihr hier war, zumindest nicht ausschließlich, obwohl sie keinen Zweifel daran hatte, dass er sie wirklich heiraten wollte, falls sie dem jemals nachgeben würde. Er war auch hier, um Isabella zu entführen und sie zum Verrat an ihrem Mann zu zwingen – zum Hochverrat an König Edward.

Sie drehte sich zu ihm um. „Wegen Hochverrats wird man gehängt."

„Isabella wird in Sicherheit sein."

„Buchan wird sie persönlich hängen!", schrie sie. „Und wenn nicht, dann wird König Edward sie hängen lassen!"

Er packte sie an den Schultern und schüttelte sie. Sein Blick war hart. „Ein paar von den Wachen haben wir umgebracht, aber die übrigen werden bald wieder zu sich kommen."

Sofort fiel ihr Sir Ranald ein, der zurückgelassen worden war, um auf sie aufzupassen. „Sir Ranald? Sag mir, dass du ihn nicht getötet hast!"

„Zieh dich endlich an."

Er hatte sich wieder in den Mann verwandelt, den sie so oft gefürchtet und gehasst hatte, den Mann, der niemals nachgab, wenn er ohne die geringsten Skrupel seine eigenen Ziele verfolgte. Sie wandte sich ab von ihm und bemerkte erst jetzt, dass die Tür sperrangelweit aufstand. Der Gang war von Fackeln erleuchtet. Einer der Männer ihres Onkels lag zusammengekrümmt auf dem Boden. Sie konnte nicht erkennen, ob er tot oder nur bewusstlos war.

Sie kehrte Alexander den Rücken und zog das knöchellange Nachthemd über den Kopf. Rasch streifte sie ihr Gewand und den Überwurf über. Margaret war jung und klug, sie konnte mit solchen politischen Ränkespielen fertigwerden. Doch Isabella verdiente es nicht, als politisches Faustpfand missbraucht zu werden.

Buchan würde sie bis ans Ende der Welt verfolgen, da war sie sicher. Falls Isabella aus freiem Willen bei der Krönung von Robert Bruce half, würde er sie für diesen Treuebruch einen entsetzlichen Preis bezahlen lassen.

Alexander nahm ihr den Gürtel ab. „Du zitterst, als ob du Angst vor mir hättest."

„Ich fürchte dich", sagte sie und sah auf. „Aber im Augenblick habe ich Angst um Isabella, nicht um mich selbst."

Er reichte ihr die weichen Reitstiefel. „Wann wirst du mir endlich vertrauen? Wenn ich dir sage, dass wir dafür sorgen, dass ihr nichts zustößt, dann tun wir das auch. Bruce ist nicht wie Buchan. Er belohnt jene, die ihn unterstützen." Er packte sie am Arm und führte sie auf den Gang.

Margaret bemerkte erleichtert, dass die herumliegenden Männer eindeutig bewusstlos und nicht tot waren. Doch Sir Ranald war nicht unter ihnen.

Isabellas Gemächer, die sie sonst mit ihrem Gatten teilte, waren am anderen Ende des Gangs. Die Tür stand offen, und sie kam gerade herausgerannt, die Wangen gerötet, die Augen glänzten vor Begeisterung. „Margaret! Du kommst auch mit?" Sie klang überrascht und erfreut, und sie lächelte.

„Isabella, geh nicht freiwillig mit diesen Männern mit!", rief Margaret. „Wenn es je eine Zeit gab, zur Besinnung zu kommen, dann jetzt!"

„Ich bin durchaus bei Sinnen", erwiderte Isabella. „Oh, Margaret, sei doch glücklich! Bruce wird in Scone zum König gekrönt!"

Wie konnte sie sie nur davon abbringen? „Du musst innehalten und über die Folgen von dem nachdenken, was du vorhast! Was ist mit deiner Ehe? Du führst eine gute Ehe, Buchan liebt dich. Aber er wird vor Zorn kochen und dir niemals vergeben."

Isabella setzte ein störrisches Gesicht auf. „Das ist mir ganz gleich."

„Das meinst du nicht ernst", rief Margaret aus. „Das kannst du doch nicht ernst meinen!"

„Ich meine das vollkommen ernst. Mir liegt überhaupt nichts an John! Wirst du mitkommen? Bitte, Margaret, ich brauche dich dort!"

„Ich habe keine Wahl, aber ich werde meinen Onkel und meine Familie niemals verraten, Isabella. Wenn ich mitkomme, dann nur unter Zwang." Doch noch während sie das sagte, spähte sie hinüber zu Alexander und merkte selbst, wie hohl ihre Worte klangen.

„Aber sicher ist das so! Aus irgendeinem Grund, hinter den ich nie gekommen bin, bist du meinem Gemahl schrecklich treu ergeben."

„Er ist mein Onkel. Er und William sind alles, was ich noch habe!" Margaret unternahm einen letzten Versuch, sie von ihrem selbstmörderischen Vorhaben abzubringen. „Ist dir klar, dass du Hochverrat begehst, wenn du Bruce diese Krone aufs Haupt setzt?" Darüber hatten sie noch nie gesprochen.

Isabella hob stolz das Kinn. „Dann sei es so. Ich bin die Countess of Fife!"

„Du bist die Countess of Buchan und die Gattin des Earl of Buchan!"

Hinter ihnen war ein Geräusch zu hören, und Margaret drehte sich um. Oben auf der Treppe stand einer von Alexanders Männern und gab ihm Zeichen. Alexander nahm sie beim Arm. „Sie hat sich schon vor langer Zeit dazu entschlossen, Margaret, und selbst wenn du sie dazu bringen könntest, ihre Meinung jetzt noch zu ändern, würde ich sie mitnehmen – so wie ich dich mitnehme."

Margaret sah ihm in die Augen und erkannte, dass sein Entschluss feststand. Angeführt von zweien seiner Männer liefen sie den Gang entlang, Alexander selbst dicht hinter Margaret und Isabella. Im großen Saal sah Margaret sechs Ritter reglos am Boden liegen, einer von ihnen war Sir Ranald.

Sie schrie auf, denn die meisten waren eindeutig tot. Unter dem Kopf eines der Ritter war eine große Blutlache. Margaret hastete zu Sir Ranald, der ganz bleich im Gesicht war, und legte ihm die Finger an die Kehle.

Es dauerte einen Augenblick, bis sie merkte, dass sie dort seinen Puls spüren konnte, stark und regelmäßig. Erleichterung überkam sie. Als ein Schatten über sie fiel, sah sie auf. „Das ist Sir Ranald. Er ist mir sehr wichtig."

„Ich werde es mir merken." Alexander beugte sich herab und zog sie hoch. „Seid jetzt ganz still", sagte er zu ihr und Isabella.

Sie eilten hinaus in die Nacht. Im Innenhof war es gespenstisch ruhig. Dann tauchte ein Dutzend von Alexanders Männern aus dem Schatten auf, so lautlos wie Wölfe auf der Jagd. Von oben ertönten keine Warnrufe.

Sie warf einen Blick hinauf zu den Wachtürmen. Dort schien niemand zu sein. Margaret befürchtete, dass die Wachen alle tot waren.

Einen Augenblick später stahlen sie sich durch eine schmale Seitentür, wo Dutzende Reiter und noch mehr Pferde sie in der Dunkelheit erwarteten.

Es war bereits Mittag, als Alexander die Hand hob und den Reiterzug zum Stehen brachte.

Sie waren die ganze Zeit in schnellem Trab geritten, seit sie Balvenie mitten in der Nacht verlassen hatten. Margaret und Isabella waren dicht nebeneinander geblieben, immer eingerahmt von zwei Rittern. Etwa fünfzig Highlander gehörten zu dem Trupp. Neun, vielleicht sogar zehn Stunden mussten seit ihrem Aufbruch vergangen sein. Nun befanden sie sich tief in einem dichten Wald, doch die ehemaligen Wildpfade, die sie benutzten, hatten sich inzwischen offenbar in Wege für Schlachtrösser verwandelt. Zunächst waren sie so schnell wie möglich durch die Nacht galoppiert, aber bei Tagesanbruch sah es so aus, als ob alle Verfolger weit zurückliegen mussten, und Alexander hatte zu einem Trab verlangsamt. Nun drehte er sein Pferd zu ihnen um. „Wir werden hier rasten, bis die Dunkelheit einbricht“, sagte er.

Margaret war erleichtert. Sie war ganz steif, wund und erschöpft – doch in Wirklichkeit war sie seelisch noch mehr mitgenommen als körperlich. Während des ganzen Ritts waren Gespräche nicht erlaubt gewesen, sie hatte jede Menge Zeit zum Nachdenken gehabt.

Sie schaffte es einfach nicht, wegen ihrer Entführung echtes Entsetzen zu empfinden. Aber für Isabella befürchtete sie weiterhin das Schlimmste. Sie hoffte immer noch, sie davon überzeugen zu können, nicht an der Krönung teilzunehmen.

Sie warf ihr einen Blick zu. Isabella war blass und wirkte genauso erschöpft. Margaret konnte es kaum erwarten, endlich vom Pferd steigen zu können. Vermutlich ging es Isabella nicht anders.

Alexander war bereits abgesprungen und hatte Dughall die Zügel übergeben. Nun trat er zu Isabella und lächelte zu ihr hoch. „Wie fühlt Ihr Euch, Mylady?“

„Ich weiß wirklich nicht, ob ich mich noch auf den Beinen halten kann“, räumte sie ein. „Mir tun alle Glieder weh.“

Er fasste sie um die Hüfte und half ihr aus dem Sattel. Als Isabellas Füße den Boden berührten, sank sie ihm entgegen. Alexander richtete sie auf, doch für einen Augenblick hatte sie in seinen Armen gelegen.

Margaret sah zu und fühlte sich unangenehm berührt. Ihr Verdruss wurde noch größer, als Isabella ihm ein Lächeln schenkte und sich bedankte.

Margaret tat so, als würde sie nicht zur Kenntnis nehmen, wie Alexander sie zu einer für sie bereitgelegten Pritsche führte, um die bereits ein Zelt für sie errichtet wurde. Ohne dass ihr jemand geholfen hätte, glitt sie mit einigen Schwierigkeiten vom Sattel, das Gesicht vor Schmerz verzogen. Von hinten ergriff Alexander ihren Arm. „Wenn du kurz gewartet hättest, hätte ich dich auch heruntergehoben.“

Margaret musterte ihn und riss ihren Arm los. Doch die Berührung spürte sie noch lange. Kein anderer Mann konnte sie mit einer schlichten Berührung derart in Erregung versetzen. Sie war sich seiner Präsenz sehr bewusst.

Aber das war schließlich schon die ganze Nacht so gewesen. Sie hatte sich immer wieder dabei ertappt, wie sie seinen Rücken anstarrte, während er den Trupp anführte und nicht ein Mal zögerte. So furchterregend die Nacht auch war, hinter seinem stolz erhobenen Kopf und seinen breiten Schultern hatte sie sich ganz sicher gefühlt.

Doch derartige Gedanken sollte sie sich besser nicht erlauben. Ihr Verschwinden musste längst bemerkt worden sein. Sir Ranald musste ihnen folgen, so schnell er konnte. Buchan war sicher auch bereits benachrichtigt worden.

„Du schienst völlig damit beschäftigt gewesen zu sein, dich um Isabella zu kümmern“, sagte sie ohne zu lächeln.

„Bist du etwa eifersüchtig? Dazu besteht nicht der geringste Anlass, Margaret.“

„Ich möchte auch nicht eifersüchtig sein, Alexander, ebenso wenig, wie ich etwas für dich empfinden will.“ Sie zuckte die Achseln. Über manche Gefühle hatte man eben einfach keine Macht.

„Aber du empfindest etwas.“ Da sie nichts erwiderte, sagte er: „Du solltest etwas essen und dann schlafen. Wenn es dunkel ist, reiten wir weiter – die ganze Nacht hindurch.“

Sein Blick war undurchdringlich, doch sie konnte nicht wegschauen. Schließlich hatte sie ihn schon so lange nicht mehr gesehen. Doch sie musste ihre Zuneigung zügeln. „Jemand wird uns verfolgen.“

„Soll das eine Warnung sein?“

Wollte sie ihn damit warnen? „Sir Ranald ist mir treu ergeben.“

„Selbstverständlich ist er das. Ich bin auf alles vorbereitet, Margaret. „Sechs von meinen Männern sind weit hinter uns – wenn sie Verfolger entdecken, werde ich sofort benachrichtigt.“

„Könnten sie uns schnappen?“

„Das ist unwahrscheinlich. Wir haben alle ihre Pferde aus den Ställen gejagt. Die müssen sie erst mal wieder einfangen, bevor sie sich an die Verfolgung machen können. Außerdem sind wir die ersten Stunden sehr schnell geritten, und ich habe eine ungewöhnliche Route gewählt. Wir sind nicht unbedingt auf dem kürzesten Weg unterwegs.“ Er bedeutete ihr, sich in dem Zelt zu Isabella zu gesellen.

Margaret rührte sich nicht von der Stelle. „Wie lange wird es dauern, bis wir Scone erreichen, Alexander?“

„Das hängt davon ab, ob wir wirklich verfolgt werden und ich vielleicht noch verschlungenere Wege einschlagen muss. Außerdem hängt es auch von dir und Isabella ab. Ich glaube nicht, dass ihr beide in der Lage seid, heute Nacht wieder genauso lange zu reiten.“

„Soll er wirklich am fünfundzwanzigsten gekrönt werden?“

Alexander runzelte die Stirn. „Warum sollte ich über irgendetwas überrascht sein, was du sagst oder tust, Margaret? Ich wusste längst, dass du uns ausspioniert hast, als Bruce auf Castle Fyne war.“

„Ich war deine Gefangene. Da war es meine Pflicht, so viel herauszufinden, wie ich konnte.“

„Und wird das jetzt auch wieder deine Pflicht sein?“ Sein Blick war hart und finster.

„Ich wünschte, es wäre nicht so!“

„Das heißt also, deine Antwort lautet Ja.“ Er marschierte voller Zorn und Abscheu davon.

Sie sah ihm nach. Sie wollte sich nicht mit ihm streiten. Aber was erwartete er denn sonst von ihr? Ihre Familie befand sich im Krieg mit Robert Bruce. Natürlich war es ihre Pflicht zu spionieren, wenn sie sich im Feindeslager befand!

Das musste ja nicht heißen, dass sie alles weitergab, was sie in Erfahrung brachte.

Margaret ging langsam auf Isabella zu, die die Auseinandersetzung mit weit aufgerissenen Augen verfolgt hatte. Sie ging neben ihr in die Knie.

„Seid ihr Liebende?"

Margaret zuckte zusammen.

„Du hast mein Geheimnis bewahrt, also werde ich deines hüten."

„Das ist nicht anständig von dir", keuchte Margaret.

„Wieso nicht? Wir sind doch Freundinnen. Du hast mir geholfen – vielleicht habe ich einfach nur den Wunsch, auch dir zu helfen."

Isabella die Wahrheit zu erzählen war das Letzte, was Margaret im Sinn hatte. Sie hatte viel zu viel Angst, so etwas könnte Isabella unabsichtlich über die Lippen kommen. „Ich muss mich für einen Moment zurückziehen."

„Ich glaube, ich weiß die Antwort längst, Margaret", sagte Isabella.

Nun bekam Margaret auch noch Kopfschmerzen, wo ihr doch schon der ganze Leib wehtat. Alle Blicke der Männer verfolgten sie, als sie aus dem hastig aufgeschlagenen Lager schritt, und ihr wurde bewusst, dass sie unter Bewachung stand. Es würde ihr nicht einmal erlaubt sein, in den Wald zu gehen, um ihre einfachsten menschlichen Bedürfnisse zu erledigen ... Oder um erneut zu flüchten.

War sie wieder Alexanders Gefangene? Irgendwie glaubte sie nicht, dass er sie wirklich gegen ihren Willen festhalten wollte.

Dughall hatte sich vom Feuer erhoben und folgte ihr, doch in taktvollem Abstand.

„Ich gehe nicht weit", sagte sie über die Schulter.

„Gut." Er lächelte. „Ich muss trotzdem mit Euch gehen. Aber keine Sorge, Lady Margaret, ich drehe mich um, damit Ihr tun könnt, was sein muss."

Ein wenig Zorn stieg in ihr auf, doch Dughall konnte sie nichts vorwerfen – wenn jemand Schuld hatte, dann Alexander.

Sie hatte sowieso keinen Fluchtversuch im Sinn. Isabella brauchte sie jetzt. Und sie musste sich mit Alexander einmal gründlich aussprechen. Es schien, als hätten sie einander sehr viel zu berichten. Sie wusste nur nicht genau, wo sie anfangen oder was sie überhaupt sagen sollte oder wie sie eine längere Unterhaltung ohne Zorn und Vorwürfe hinter sich bringen könnte.

Sie huschte hinter ein paar Bäume. Dughall hielt Abstand, und sie fand ein stilles Plätzchen, um sich zu erleichtern.

Dann schritt sie in eine kleine Lichtung, fand einen abgeflachten Felsen und setzte sich darauf. Dughall lehnte in der Nähe des Lagers an einem Baum und behielt sie im Auge. Sie massierte sich die Schläfen, zog die Knie an die Brust und schlang ihre Arme darum.

Was sollte sie jetzt nur tun?

Alexanders entsetzliche Anziehungskraft auf sie war ungebrochen. Ihr lag einfach sehr viel an ihm. Nachdem sie diese eine Nacht miteinander verbracht hatten, hatte sich dadurch nichts verändert. Doch nun war das ganz anders.

Sir Guy wollte sie auf keinen Fall heiraten. Alexander hatte sie gewaltsam entführt; solange sie in seiner Gewalt war, konnte sie Sir Guy nicht heiraten und dafür war sie durchaus dankbar. Doch Alexander hatte beschlossen, sie selbst zu ehelichen, und das widersprach all ihren festen Überzeugungen. Wenn es je dazu kommen sollte, würde sie jeden Treueschwur brechen – ihre Loyalität würde einzig Alexander gehören.

„Willst du dich nicht ausruhen?“, hörte sie Alexander fragen.

Ein wenig atemlos sah sie ihn an und ließ die Beine über die Kante des Felsens baumeln. „Das werde ich gern tun, nachdem wir Gelegenheit hatten, uns auszusprechen.“

„Ich würde auch gern mit dir reden, Margaret“, sagte er sehr ernst. „Wir haben das Bett miteinander geteilt, und am Morgen danach hat du mich verlassen und bist geflohen.“

Sie konnte seinem forschenden Blick nicht ausweichen. Er schien so bedrückt, und sie fühlte sich schuldig. „William hatte sich einen sehr guten Plan ausgedacht, von dem wir annehmen konnten, dass er funktionieren würde. Eigentlich wollte ich dich nicht verlassen. Aber Peg hatte mitgehört, was ihr mit Isabella vorhabt. Ich musste sie warnen."

„Ich habe dir vertraut."

Sie zuckte zusammen. „Ich musste fliehen. Das war meine Pflicht, Alexander."

„Hast du nur deshalb mit mir geschlafen, um mich abzulenken, damit ihr fliehen konntet?", fragte er und sah ihr unmittelbar in die Augen.

Sie riss den Mund auf. „Wie kannst du so etwas nur von mir denken?"

„Ich wäre ein Narr, wenn ich die Möglichkeit nicht in Erwägung zöge."

„Ich bin in jener Nacht zu dir gekommen, weil ich Angst hatte, dass du in den Krieg ziehst und vielleicht nie wieder zurückkehrst. Ich hatte keine Ahnung, dass es so weit kommen würde. Ich wollte dir doch nur sagen, dass ich dich gegen mein besseres Wissen lieb gewonnen hatte, unter Missachtung meiner Treueschwüre."

„Als man mir – noch am selben Morgen – die Nachricht von deiner Flucht überbrachte, war das, als würde mir eine Axt die Brust zerschmettern."

„Es tut mir leid!", rief sie aus.

Er hob ihr Kinn an. „Das glaube ich dir sogar, aber ich glaube auch, dass du noch einmal fliehen würdest, wenn du könntest."

„Von hier? Wo ich nicht einmal weiß, wo ich bin? Nein. Ich kann Isabella auch jetzt noch nicht zurücklassen."

Er musterte sie. „Isabella hat uns erwartet – du hast sie ja gewarnt. Aber Buchan hast du nicht gewarnt. Wenn du das getan hättest, wäre es mir niemals möglich gewesen, in Balvenie einzudringen. Warum hast du das nicht getan?"

Sie errötete. „Ich konnte Isabella nicht verraten, nachdem sie mir gesagt hatte, wie begierig sie darauf ist, Bruce zu helfen."

„Du hast sie also über deinen Onkel gestellt."

Sie zögerte. „Sie ist nicht von meinem Blut, aber sie ist meine Freundin."

„Blutsbande sind immer stärker als Freundschaft."

Damit hatte er recht. Sie hatte Isabella über ihren Onkel gestellt. „Ich wollte sie schützen."

„So wie du glaubst, mich zu beschützen?"

Sie fuhr hoch. Doch bevor sie fragen konnte, was er damit meinte – voller Angst, was er meinen könnte –, sagte er: „Du weißt, dass Bruce am fünfundzwanzigsten gekrönt wird. Wie hast du das erfahren?"

„Eilidh glaubte, gehört zu haben, wie ihr das Datum erwähnt habt, Alexander."

„Hast du Buchan davon erzählt?" Sein Blick war forschend.

„Nein. Dazu konnte ich mich nicht überwinden. Eilidh war sich sowieso nicht sicher."

„Aber warum nicht? Die ganze große Familie Comyn hasst Bruce. Und du bist eine Comyn. Wieso nicht, Margaret?", drängte er. „Oder empfindest du schließlich doch eine andere Treuepflicht?"

Margaret sprang auf. „Ich empfinde keine andere Treuepflicht! Ich war nur nicht sicher, ob das Datum überhaupt stimmte!"

„Sag mir die Wahrheit. Verrate mir den wahren Grund, warum du Buchan nicht erzählt hast, wann wir Bruce krönen wollen."

Sie holte tief Luft. „Wenn ich es ihm gesagt hätte, hätte er euch an diesem Tage in Scone in einen Hinterhalt gelockt – und du wärst auch mit Bruce dort gewesen. Ich hatte Angst um dich."

Er legte ihr eine Hand auf die Schulter und zog sie an sich. „Also empfindest du doch eine andere Treuepflicht."

„Tu mir das nicht an, Alexander. Ich will nicht, dass wir Feinde sind, doch wir können niemals etwas anderes sein." Doch wie konnten sie Feinde sein, wenn sie nur in seinen Armen liegen wollte?

„Wir haben aufgehört, Feinde zu sein, als wir das Bett miteinander teilten."

Er war so entschlossen. Und sie wusste, wenn er zu etwas entschlossen war, war es unmöglich, ihn davon abzubringen. „Ich bin schon wieder deine Gefangene! Das macht uns zu Feinden."

„Du bist hier nur eine Gefangene, wenn du das sein willst." Er packte ihre andere Schulter und zog sie in seine Arme. „Ich bin überzeugt, dass du tief in deinem Innern längst eine ganz andere Treuepflicht empfindest, aber so störrisch wie du bist, weigerst du dich, dir das einzugestehen."

Wenn das stimmte, musste sie ihm alles erzählen, was sie in Erfahrung gebracht hatte. „Alexander, ich muss dir etwas sagen. Buchan und seine Verbündeten wollen dein Heer von der Hauptstreitmacht von Bruce isolieren. Sie hoffen, dich zuerst allein vernichten zu können."

Seine Augen leuchteten. Ihr war klar, er dachte, dass er schließlich doch recht hätte – dass sie längst eine andere Treuepflicht empfand. „Bist du sicher?"

Sie nickte. „Aber weitere Einzelheiten kenne ich nicht."

Er hob ihr Kinn. „Siehst du, Margaret? Jetzt willst du mich warnen."

„Ja, ich warne dich. Kann ich nicht meiner Familie treu ergeben bleiben und trotzdem versuchen, dich zu schützen?"

Er schüttelte den Kopf mit einem seltsamen zärtlichen Leuchten in den Augen. „Vielleicht für einen Tag oder zwei oder sogar zehn. Aber am Ende wirst du dich entscheiden müssen. Am Ende wird es heißen, ich – oder sie."

Ich werde niemals in der Lage sein, meine Familie zu verraten, dachte sie voller Panik. Aber sie konnte Alexander auch niemals mit Absicht ins Verderben rennen lassen. „Warum kannst du das nicht verstehen? Buchan und William sind alles, was mir von meiner Mutter, von meinem Vater und von meinen Brüdern noch geblieben ist!" Doch seine Hand streichelte nun ihren Rücken, und Begehren stieg in ihr auf.

Er nahm ihr Gesicht in seine mächtigen Hände. „Für den richtigen Preis würde Buchan dich mir verkaufen. Und William würde alles verstehen – wenn du ihm sagst, dass du mich liebst."

Sie erstarrte. Was hatte er da gerade gesagt?

Er schien enttäuscht, dass sie nichts erwiderte. „Gibst du denn nie einen Zoll nach?", stöhnte er. „Sag mir, dass ich dir noch etwas bedeute. Sag mir, du bist froh darüber, dass ich nach Balvenie gekommen bin. Sag mir, dass du meine Frau werden willst."

Ihr Herz hämmerte. „Ich kann dich niemals heiraten."

„Du kannst", sagte er sanft. „Du wirst es auch."

„Ich habe immer nur Angst um dich. Ich habe Angst, dass du durch das Schwert umkommst."

„Ich werde so sterben wie mein Vater, auf dem Schlachtfeld, mit dem Schwert in der Hand, doch in der Gnade Gottes", sagte er scharf. „Aber wenn du auf mich wartest, wird das nicht so bald geschehen."

Sie umfasste sein Gesicht. „Ist das ein Schwur?"

„Ja, das ist ein Schwur, Margaret."

Ihr Herz machte einen riesigen Satz. Eine einzige Frage blieb: Was wäre wenn? Dann küsste er sie heftig, mit einer Begierde, die sich in den letzten Wochen aufgestaut hatte, und es gab keine Gedanken, kein Zögern mehr. Es gab nur noch Empfindungen – sein entflammter Körper, ihre straffe, glühende Haut, das beiderseitige Begehren. Und es gab auch Gefühle – Erleichterung und Begeisterung.

Sie hatte fast schon vergessen, wie es war, in seinen Armen zu liegen. Sie hatte den Rausch des betäubenden Entzückens, des aufsteigenden Begehrens fast schon vergessen. Ihrer beider Lippen aufeinandergepresst, ließ Margaret ihre Hände über seinen Rücken gleiten.

Abrupt ließ er von ihr ab. „Ich habe dich vermisst", sagte er mit glühenden Augen.

„Ich habe dich auch vermisst", erwiderte sie atemlos.

Sein Lächeln war gleichzeitig wild und zufrieden. Plötzlich hob Alexander sie hoch, schob sich mit ihr in den Wald und legte sie nieder auf ein Bett aus Tannennadeln. Er verharrte vor ihr in der Hocke und sah sie fragend an. Und Margaret streckte den Arm aus und zog ihn auf sich.

Ihre Lippen trafen sich, während er nach dem Saum ihres Kleides griff. Augenblicke später stöhnte Margaret auf, als er in sie eindrang und überall Sterne zu explodieren schienen …

## 14. KAPITEL

Margaret lag in Alexanders Armen, ihre nackten Körper eng ineinander verschlungen. Sie lag ganz still, weil sie Angst hatte, dass mit der kleinsten Regung die Wirklichkeit wieder von ihr Besitz ergreifen würde. Sie wollte ihn nur festhalten und von ihm gehalten werden. Sie wollte an nichts anderes denken als daran, wie wunderbar es gewesen war.

Sie schloss die Augen und küsste seine Brust. „Du bist ein großartiger Liebhaber, Alexander."

„Und woher willst du das wissen?"

Sie sah zu ihm auf. Dann berührte sie sein raues Kinn. „Ich weiß das, weil ich so begeistert bin." Aber da ihr Herz jetzt wieder normal schlug, spürte sie die kalte Brise am Rücken und erschauerte.

Er zog ihren Überwurf über sie beide. „Gibst du es endlich zu, froh zu sein, dass ich nach Balvenie gekommen bin, um dich zu holen?"

Sie kuschelte sich an ihn, ihre Wange an seine Brust gedrückt. „Es ist schamlos von dir, ausgerechnet jetzt so eine Frage zu stellen."

„Ich weiß, wann der Sieg mein ist, Margaret."

Nun ja, er war ein Krieger. Als Krieger wusste er, wann er zuschlagen musste. Er wusste genau, in diesem Augenblick war sie so zufriedengestellt, dass sie einfach Ja sagen musste. „Ja, Alexander, ich bin froh, dass du nach Balvenie gekommen bist."

Er küsste sie. „Auf Befehl von Bruce bin ich wegen Isabella gekommen", sagte er. „Aber vor allem bin ich wegen dir gekommen, Margaret." Sein Blick verfinsterte sich. „Buchan hat nur seine eigenen Ziele im Sinn. Und Sir Guy ist vom Ehrgeiz zerfressen."

Sie zitterte. Sie wollte an nichts anderes denken als an die letzte Stunde. Der Wirklichkeit wollte sie nicht ins Gesicht sehen, wenn sie ihr nur aus dem Weg gehen konnte, nur noch ein kleines bisschen. „Du bist auch voller Ehrgeiz, Alexander."

„Das stimmt", sagte er barsch. „Aber mir liegt etwas an dir. Die anderen wollen dich nur als ihr Faustpfand einsetzen."

„Über diese Dinge will ich jetzt nicht nachdenken", flüsterte sie. Aber es war schon zu spät, nach dem kurzen Augenblick der Glückseligkeit hielt die Wirklichkeit sie wieder in ihrem eisernen Griff.

„Es tut mir leid. Ich wollte dich nicht bekümmern."

Rasch setzte sie ein Lächeln auf. „So bekümmert bin ich nun auch wieder nicht." Und sie drückte sich enger an ihn.

„Das ist gut", sagte er und verstummte. Er hielt sie in den Armen, doch sie spürte, dass er genauso ins Grübeln gekommen war wie sie.

In seinen Armen fühlte sich alles so richtig an, obwohl es doch so entsetzlich falsch war. Selbst gegenüber ihrem Onkel hatte er eingeräumt, dass sie ihm etwas bedeutete. Zwischen ihnen gab es eine große Zuneigung – und vor allem so viel Leidenschaft. Doch sie achtete ihn auch und bewunderte ihn sogar. Er war ein Mann von Mut und Ehre, und er war gerecht. Und er hatte unter Beweis gestellt, dass er auch sie achtete.

So viele Gefühle überwältigten sie – Verwirrung, Angst, aber auch Freude sowie ein anschwellendes Gefühl, das sich verdächtig nach Liebe anfühlte.

Oh Gott! Sie durfte sich nicht in Alexander verlieben!

„Margaret. Was ist los?"

Sie musste sich vor Panik plötzlich geschüttelt haben.

„Sir Guy wird uns beide umbringen, wenn er je davon erfährt, und mein Onkel wird mich von all seinen Ländereien verbannen."

Er setzte sich auf und half ihr, sich ebenfalls aufzusetzen. Dann richtete er den Überwurf um ihre Schultern und bedeckte ihre Brust, weil ihm ihre Schamhaftigkeit bewusst wurde.

„Wenn du mich heiratest, bist du immer in Sicherheit."

„Ich will jetzt nicht mit dir streiten."

Er musterte sie. „Früher oder später wirst du schon noch nachgeben, Margaret."

„Hat man dir bei der Verfolgung deiner ehrgeizigen Ziele jemals den Weg durchkreuzt, Alexander?"

„Nein." Er hielt ihrem Blick stand.

Und nun war sie sein ehrgeiziges Ziel. Plötzlich fiel ihr seine im Kindbett verstorbene Frau ein. „Hast du wirklich Glan Carron Castle belagert nur um der Frau willen, die du heiraten wolltest?"

Vorsichtig sah er sie an. „Damals war ich jung und jähzornig."

„Dann ist es also wahr?"

„Es steckt ein bisschen Wahrheit darin", sagte er, noch immer vorsichtig.

Mit einem Ruck richtete sie sich auf. „Du willst über deine Frau nicht sprechen, Alexander? Hast du sie so sehr geliebt?"

Auch er setzte sich gerade hin. „Wahrscheinlich schon. Es ist schwer, sich jetzt noch daran zu erinnern. Das ist so lange her, Margaret. Ich war voller Zorn – ich wollte in den Krieg ziehen und meinen Clan rächen."

„Wie meinst du das?" Margaret fragte sich, wie er vergessen konnte, ob er sie geliebt hatte oder nicht.

„Das Massaker am Clan Donald war erst ein paar Monate her. Ihr Vater hat daran teilgenommen. Ich wollte Rache – egal was für eine Rache –, also habe ich sie mir ins Bett geholt. Sie wurde meine Geliebte, und sie trug mein Kind unter dem Herzen. Also beschloss ich, sie zu heiraten." Er zuckte die Achseln. „Glen Carron ist eine schöne Burg, ich wollte die Festung haben. MacDuff lehnte das ab. Ich habe die Burg belagert, sie erobert und ihn gefangen genommen, bis er der Heirat zugestimmt hat."

Margaret konnte ihr Entsetzen über diese gleichmütig hingeworfenen Worte kaum verbergen. Das klang nicht so, als ob er seine Frau je geliebt hätte. Die Verbindung war nur zustande gekommen, weil er seinen Clan rächen wollte.

„Warum fragst du nach so lange vergangenen Dingen?“

Sie versuchte, gleichgültig zu erscheinen. „Der Legende nach trugst du eine unsterbliche Liebe für sie in dir.“

Er lachte rau. „Vielleicht tat ich das sogar, damals.“ Er lächelte nun nicht mehr und sah sie unverwandt an. „Die einzige Frau, für die ich jetzt etwas empfinde, ist die Frau vor mir.“

Sie errötete. „Wir sollten zurückgehen, bevor jemand etwas ahnt.“

„Sie ahnen längst etwas, Margaret, wir sind seit über einer Stunde weg.“ Doch er stand auf.

Sie sprang auf die Füße. „Es darf keinen Klatsch über uns geben, der Buchan und Sir Guy zu Ohren kommt.“

Er reichte ihr ihre Kleider, doch er antwortete nicht. Sollte das heißen, dass derartiger Klatsch Buchan und Sir Guy so oder so bald erreichen würde?

Margaret sah zu, wie er seinen Gürtel mit den Schwertern umlegte. Sie war zerrissen zwischen ihrem Begehren und ihrer Furcht. Sie hatte Angst vor dem Ausmaß ihrer Gefühle für ihn.

Sie wollte sich nicht in Alexander MacDonald verlieben. Das wäre eine schreckliche Wendung des Schicksals. Denn wenn sie jemals sicher sein sollte, dass sie ihn wirklich liebte, dann würde sie bestimmt entscheiden müssen, wem ihre Treue gehörte – ein für alle Mal.

„Du hast gesagt, William würde es verstehen, wenn ich ihm erzähle, was ich fühle.“ Sie schüttelte den Kopf. „Ich glaube, da liegst du falsch. Er wird vor Wut kochen.“

Alexander trat zu ihr. „Es gibt nur einen Weg, das herauszufinden.“

Margaret riss den Mund auf. „Du bringst mich zu ihm?“

„Falls er dir seinen Segen gibt, willigst du dann ein, meine Frau zu werden?“

„Selbst wenn er das täte – wir sind im Krieg!“

„Wenn wir nicht im Krieg wären, dann würdest du mich heiraten?“

Margaret erstarrte. Diese Antwort war sie ihm schuldig. Sie war sie sich selber schuldig.

In diesem Augenblick begriff sie, dass sie, wenn der Krieg plötzlich zu Ende wäre, ihren Onkel anflehen würde, Alexander als ihren Gatten zu akzeptieren und die Fehde zwischen ihren Clans zu beenden.

„Ich würde zunächst versuchen, jedermann Wiedergutmachung zukommen zu lassen. Aber ja, Alexander, wenn wir nicht im Krieg wären, hätte ich den Wunsch, dich zu heiraten", sagte sie.

Er lächelte sie zufrieden an.

„Aber wir sind im Krieg! Die Situation ist ausweglos, Alexander."

„Glaubst du? Ich denke das nicht."

*26. März 1306 – Scone Abbey*

Die Abtei von Scone tauchte so plötzlich aus dem Nebel auf, dass ihre Pferde unruhig wurden.

Margaret ritt zwischen Alexander und Isabella. Vor ihnen führten drei Highlander den Zug an. Die Pferde waren so überrascht vom unvermittelten Anblick des hellen Gebäudes vor ihnen, dass sie scheuten. Margarets Stute stellte sich auf die Hinterbeine, als im Wachturm der Abtei die Glocken zu läuten begannen.

Alexander ergriff die Zügel und beruhigte die stampfende Stute, während die Glocken weiter läuteten.

Margaret blickte zu Isabella, um sicherzugehen, dass mit ihr alles in Ordnung war. Auch ihr Pferd stand nun still, Dughall hatte in die Zügel gegriffen. Die drei Reiter an der Spitze der Truppe hatten ebenfalls ihre Rösser angehalten.

„Scone", sagte Alexander leise.

Margaret war noch nie in Scone gewesen, schon gar nicht in der viele Jahrhunderte alten Abtei. Die massiven Mauern schienen endlos, über ihnen erhob sich ein großer Turm, oben darauf noch ein Spitzturm. An der Fahnenstange wehte eine gelbe Flagge mit einem roten Drachen in der Mitte.

„Es ist bereits geschehen“, sagte Alexander. „Bruce ist unser König.“

Gebannt starrte Margaret die Flagge an. Sie waren zu spät gekommen. Ein fürchterlicher Sturm hatte sie fast einen ganzen Tag lang aufgehalten. Trotzdem war Bruce gestern gekrönt worden.

Sie blickte zu ihrer Freundin, die ebenfalls auf die Flagge starrte, Fassungslosigkeit in den Augen. Plötzlich wurde Margaret klar, was es bedeutete, das Robert Bruce wie geplant am fünfundzwanzigsten März gekrönt worden war: Isabella hatte nicht an der Zeremonie teilgenommen; sie hatte weder ihren Gemahl noch ihren König verraten.

Bevor sie darüber in Jubel ausbrechen konnte, stand Alexander in den Bügeln und gab den etwa fünfzig Männern hinter ihnen ein Zeichen. Dann warf er ihr einen Blick zu und ritt an Isabellas Seite. „Countess, wenn Ihr mich begleiten wollt?“

Margaret sah zu, wie Isabella und Alexander gemeinsam den Weg entlang weiterritten. Ihr behagte das gar nicht. Das Tor des Eingangsturms öffnete sich langsam. Plötzlich erinnerte sie sich an die einschüchternde Präsenz von Robert Bruce. Würde er wegen der Verspätung zornig auf Alexander sein?

Margaret ritt langsam an der Seite von Dughall in die Abtei. Das Getrappel der Hufe hallte im Torbogen wider.

Margaret hatte ein gespenstisches Gefühl. Sie blickte an die gewölbte Decke und fühlte sich wie in einer Falle.

Dughall grinste sie an. „Bloß gut, dass wir hier nicht der Feind sind.“

Aber sie war eben doch der Feind und erschauerte.

Dann waren sie im Innenhof und sahen wieder Tageslicht. Der Hof war randvoll mit Zelten, an den Wänden waren Pferde angebunden. Doch so voll er auch war, das ganze Heer von Bruce hatte der Hof nicht aufnehmen können – nur seine wichtigsten Leute.

Alexander und Isabella ritten zu den Stufen eines mächtigen Gebäudes in der Mitte. Dort standen ein paar Männer, um sie zu begrüßen.

Margaret erkannte Robert Bruce sofort und verkrampfte sich. Er überragte alle anderen in einem dunkelroten, hermelinbesetzten Umhang. Er hatte eine Brosche an der Brust, und der Knauf seines Schwertes war mit Juwelen besetzt. Er war von ebenso edel gekleideten Adeligen umgeben – darunter der Earl of Atholl.

Ihr zog sich der Magen zusammen. Also hatte ihr Gefühl sie nicht getrogen. Atholl hatte Buchan in jener Nacht bei sich zu Hause verraten. Atholl stand in Wahrheit auf der Seite von Robert Bruce.

Alexander war abgestiegen und half Isabella vom Pferd. Doch Margarets Augen klebten an Atholl, und als er ihren Blick erwiderte, lächelte er und verbeugte sich.

Margaret erwiderte das Lächeln nicht. Nach so vielen Jahren der Freundschaft hatte Atholl ihren Onkel verraten. Sie fragte sich, ob Buchan inzwischen davon wusste. Und was Atholl wohl von ihr und Alexander hielt.

Bruce eilte die Stufen herab. „Alexander! Ihr habt mir die Countess of Fife gebracht!“, rief er aus.

Alexander sank auf ein Knie. „Euer Majestät“, sagte er. „Ich habe mit Freude und Stolz Euren Befehl erfüllt.“

„Erhebt Euch, Ihr könnt mir auch morgen noch Eure Ehre erweisen. Ich hatte keinen Zweifel daran, dass Ihr sie hierherbringen würdet.“

„Der Sturm hat uns aufgehalten“, sagte Alexander. „Dafür entschuldige ich mich.“

„Für den Willen Gottes braucht Ihr Euch nicht zu entschuldigen.“

Margaret war erleichtert, dass er offenbar trotz der Verspätung nur glücklich über ihre Ankunft war. Plötzlich kam eine wunderschön in Rot und Gold gekleidete und mit erlesenem Schmuck ausstaffierte Frau aus dem Gebäude, das geflochtene

Haar von einem goldenen Reif gehalten. Die Frau war wesentlich jünger als Bruce, aber älter als Margaret oder Isabella, vielleicht Ende zwanzig. Sie sah Bruce und Isabella an, ohne zu lächeln. Margaret war überzeugt, dass es sich um seine zweite Ehefrau Elizabeth de Burgh handelte.

„Countess!", dröhnte Bruce. Margarets Aufmerksamkeit wurde wieder auf Bruce und Isabella gelenkt. Er ergriff ihre Hände. „Willkommen an meinem Königshof."

Isabella strahlte. „Euer Majestät!" Mit errötetem Gesicht wollte sie einen Knicks machen.

Er zog sie an beiden Armen hoch und hielt sie fest. „Verbeugt Euch nicht vor mir, Isabella – Ihr seid ja noch genauso schön."

Ihre Augen glänzten. „Danke Rob… Euer Majestät."

Margaret war entsetzt. Isabella war Robert Bruce verfallen. Es stand ihr regelrecht ins Gesicht geschrieben. Das erklärte auch den finsteren Ausdruck seiner Gattin.

„Ich bin entzückt, dass Ihr kommen konntet, Isabella. Ich brauche Euch dringend."

„Ich konnte es nicht erwarten, endlich hier zu sein und Euch meine Unterstützung bei der Krönung anzubieten", rief sie voller Ernst. „Von diesem Tage habe ich lange geträumt."

In Margaret stieg Verzweiflung auf. Isabella verstand nichts von der Welt, auch wenn Margaret das in Balvenie für einen kurzen Moment angenommen hatte. Ihre Freundin war jung und kokett, sie war leicht zu beeindrucken und impulsiv. Aber vor allem war sie in Robert Bruce verliebt.

„Willst du ewig im Sattel bleiben?", neckte Alexander sie.

Sie zuckte zusammen. Alexander hatte jedoch so leise gesprochen, dass niemand es hörte.

Aber Margaret konnte Bruce und Isabella nicht aus den Augen lassen. „Ihr werdet mir eine große Hilfe sein. Wir waren ganz verzweifelt, als Ihr gestern nicht eingetroffen wart und ich trotzdem gekrönt wurde. Aber wir werden morgen noch einmal eine Krönungsmesse abhalten." Er ließ seinen Blick über alle Anwesenden gleiten. „Morgen auf dem Caislean Credi wird mich die Countess of Fife zu meiner Krone geleiten!“, rief er laut der Menge zu.

Und die Menge jubelte voller Beifall.

Isabella blickte in Anbetung zu Bruce auf.

Margaret sah an ihm vorbei. Seine Gemahlin stand mit versteinertem Gesicht oben auf der Treppe, von mehreren Adelsfrauen umgeben. Sie war reglos wie eine Statue und offenkundig alles andere als erfreut.

Alexander legte Margaret eine Hand aufs Knie.

Sie holte tief Luft. So bestürzt und verängstigt sie auch war – wegen Isabella, die anscheinend doch noch von Bruce als Figur im Spiel benutzt werden sollte –, so löste Alexanders bloße Berührung vielerlei Gefühle in ihr aus. Sie fragte sich, was sie jetzt tun sollten. Etwa ihre heimliche Liebschaft fortführen? Ein wahnwitziger Teil von ihr erhoffte sich das.

Aber wenn es je herauskäme, wäre sie dem Untergang geweiht.

Er lächelte sie an, ergriff ihre Hand und zog sie vom Pferd. Margaret landete in seinen Armen.

„Es wird alles gut“, sagte er leise und ließ sie los.

„Lady Comyn.“

Margaret erstarrte, als sie die Stimme von Robert Bruce vernahm. Langsam wandte sie sich um und wünschte, er hätte sie nicht bemerkt.

Er lächelte, doch seine Augen lächelten nicht mit. Sofort sank sie in den tiefsten Knicks, den sie je vollführt hatte. „Euer Majestät“, sagte sie mit gebeugtem Kopf.

„Ihr dürft Euch erheben“, sagte Bruce und musterte sie scharf.

Sie war eine Comyn und damit seine Feindin – doch nun hielt sie sich an seinem Hof auf. In ihrer Furcht trat sie näher zu Alexander.

„Es ist doch noch Lady Comyn? Oder habt Ihr Alexander geehelicht?“

Margaret wusste nicht, was sie sagen sollte. „Mein Onkel hat Alexanders Antrag abgelehnt, Euer Majestät."

„Und Ihr selbst, Lady Comyn? Habt auch Ihr seinen Antrag abgelehnt?"

Sie holte tief Luft. Wenn sie einräumte, dass sie seinen Antrag ablehnte, was würde Bruce dann tun? Wenn sie zugab, dass sie weiterhin ihrer Familie die Treue hielt, würde er sie dann einsperren?

„Lady Margaret hat entschieden, zunächst mit ihrem Bruder sprechen zu wollen", sagte Alexander an ihrer Stelle. Er sprach beiläufig, als würde er lediglich über den Sturm reden. „Wenn er ihr seinen Segen gibt, wird sie ihrem Onkel trotzen und mich heiraten."

So etwas hatte sie nie gesagt, doch sie war schlau genug, den Mund zu halten.

„Gut." Bruce baute sich breitbeinig vor ihr auf. „Auf Castle Fyne habe ich Eure politische Einstellung hingenommen. Aber jetzt habe ich für so etwas keine Geduld mehr. Ich habe Alexander die Erlaubnis zu dieser Ehe erteilt. Je früher Ihr ihn heiratet, umso besser wird es sein – für Euch, für ihn ... und auch für mich."

Er drohte ihr also. Sie nickte und senkte den Kopf, aber innerlich war sie erschüttert und verängstigt.

„Lady Margaret", herrschte er sie an.

Sie zuckte zusammen und sah auf.

„Nehmt Euch in Acht. Spione kann ich hier nicht gebrauchen."

Sie versuchte, sich nichts anmerken zu lassen. Glaubte er, sie wollte ihn ausspionieren? Wollte sie das?

„Sie wird nicht herumschnüffeln", sagte Alexander.

„Wenn sie es doch tut, wird sie einen hohen Preis dafür bezahlen, gleichgültig, wie sehr sie Euch am Herzen liegt. Ich schlage vor, dass Ihr sie sorgfältig vor sich selbst schützt." Dann setzte er ein Lächeln auf. „Kommt, wir wollen mit der Feier meiner

Krönung fortfahren." Bruce wandte sich um, bedeutete Isabella, ihn zu begleiten, und stieg rasch die Stufen hinauf.

Margaret sah den beiden nach. Er legte einen Arm um seine Frau – die Königin. Isabella schien verdutzt zu sein über diese Geste, doch sie hatte keine andere Wahl, als ihm und seiner Frau zu folgen. Sie verschwanden nach drinnen, und mit ihnen das Gefolge aus Rittern, Höflingen und Hofdamen.

Margaret begann zu zittern. „Ich gehöre zu seinen Feinden, Alexander."

Er legte seinen Arm um sie. „Nein. Du gehörst zu mir." Sein Gesicht war entschlossen. „Mach bloß keine Dummheiten! Ich kann dich beschützen, aber nicht, wenn du Hochverrat begehst."

Sie nickte. Sie hatte nicht den Wunsch, jemals zur Gefangenen von Robert Bruce zu werden.

An der Seite von Alexander betrat Margaret die Haupthalle der Abtei. Sie war sich völlig darüber im Klaren, in welcher Situation sie sich hier befand, und war furchtbar angespannt. Sie war die Nichte des Earl of Buchan und eine Feindin des Königs. Und sie war die einzige Feindin, die hier anwesend war. Jedermann in der Abtei würde sie für eine Verräterin halten.

Und nun, da Bruce zum König von Schottland geworden war, hielt sie sich an seinem ersten Hof auf. Hastig sah sie sich um. Der Saal war voller edler Damen und Herren. Die Königin und ihre Hofdamen setzten sich an das Ende eines langen Tisches. Isabella gehörte dazu, und Marjorie, die Frau von Atholl.

Die Frauen unterhielten sich leise, doch Isabella nahm nicht am Gespräch teil – ihr Blick ruhte auf Bruce.

Margaret beobachtete sie finster. Es würde nicht lange dauern, bis jeder hier in Scone Bescheid wusste. Sie bemerkte, dass auch Elizabeth Isabella beobachtete. Der Blick der Königin war voller Abscheu.

Margaret schaute zum anderen Ende des Saales. Bruce war von Edelmännern umgeben, darunter Atholl. Sie hatten sich vor dem einzigen Kamin versammelt. Diener reichten jedem einen Becher Wein. Andere Anhänger des Königs standen in Gruppen beisammen, jeder schien angeregt und erfreut zu sein.

Alexander beugte sich zu ihr herab. „Ich muss dem König meine Aufwartung machen, Margaret. Ich werde herausfinden, wo man dich während unserer Anwesenheit hier unterbringen will."

Am liebsten hätte sie ihn gebeten, bei ihr zu bleiben, doch sie konnte sich gerade noch zurückhalten. „Wie lange werden wir denn hierbleiben?"

„Bruces Aufenthalt wird von kurzer Dauer sein. Wenn er es sich nicht anders überlegt hat, marschiert er am Montag ab."

„Und du?"

Er hielt ihrem Blick stand. „Ich ziehe mit ihm, aber darüber sprechen wir später." Er warf ihr einen bedeutungsvollen Blick zu und schritt hinüber zu Bruce.

In nur zwei Tagen würde er wieder in den Krieg ziehen! Und was würde ab Montag ihr Schicksal sein? Wohin sollte sie gehen?

Er hatte zu Bruce gesagt, dass sie sich nach Castle Fyne begeben würde, um mit William zu sprechen. Oder war das nur eine List gewesen, um Bruce zu beruhigen?

Margaret zog ihren Überwurf enger um sich und sah zu, wie er mit Bruce sprach. Dann gesellte sich eine der Damen zu ihr. Sie hatte goldenes Haar und blaue Augen, doch sie lächelte nicht. „Ich bin Lady Seton, die Gattin von Christopher Seton. Robert hat mich gebeten, Euch Eure Gemächer zu zeigen, Lady Comyn."

Margaret betrachtete sie überrascht und dachte sofort: Sie kann mich nicht leiden. Den König hatte sie „Robert" genannt und so gleich klargestellt, wie vertraut sie mit ihm war. Und war Christopher Seton nicht in Dumfries dabei gewesen, als Red John ermordet wurde? „Nennt mich bitte Lady Margaret", sagte sie vorsichtig.

„Wir Ihr wünscht. Ihr könnt mich Lady Christina nennen. Wie merkwürdig, dass Ihr hier seid.“ Sie schritt aus dem Saal.

Margaret folgte ihr. Ihr fielen mehrere Entgegnungen ein, doch sie behielt sie alle für sich. Diese Frau war mit einem der Ritter verheiratet, die Bruce am nächsten standen. Also waren sie eindeutig verfeindet.

Schweigend stiegen sie eine schmale Treppe hinauf. Christina ging an mehreren Türen vorbei, bis sie zu einem kleinen Zimmer voller Pritschen und Truhen kamen. Margaret spürte einen Stich und wünschte, Peg und Eilidh wären bei ihr und nicht in Balvenie, wo sie zurückgeblieben waren, als Alexander sie und Isabella entführte.

Christina blieb neben der Tür stehen und deutete in das Zimmer. „Hier werdet Ihr schlafen, Lady Margaret. Zwar ist die Abtei sehr groß, doch Robert hat einen riesigen Hofstaat, deshalb sind wir heillos überfüllt.“

Margaret bemerkte, dass Christina die gleichen harten blauen Augen hatte wie Bruce. „Seid Ihr seine Schwester?“

„Wusstet Ihr das nicht?“ Sie war überrascht, blieb aber kühl.

Margaret setzte ein Lächeln auf. „Es gibt da eine gewisse Ähnlichkeit.“

Christina verschränkte die Arme vor der Brust. „So sagt man. Wie dem auch sei, ich gehe wieder hinunter. Ihr könnt Euch hier ausruhen, oder Ihr könnt Euch zu uns gesellen.“ Sie zuckte die Achseln, als sei ihr das vollkommen gleichgültig.

Margaret berührte ihren Ärmel. „Ich stelle keine Bedrohung für Euch dar.“

Christinas Blick war eiskalt. „Wirklich nicht? Ihr seid die Nichte des Earl of Buchan und sein Mündel. Ich bin die Gattin von Christopher Seton und die Schwester von König Robert. Ihr seid sehr wohl eine Bedrohung. Ihr solltet nicht hier sein, Lady Margaret.“

„Ich glaube, Isabella sollte auch nicht hier sein, um diese Wahnsinnstat zu begehen.“

„Denkt nicht einmal daran, sie gegen uns beeinflussen zu können."

Margaret erstarrte. Ihr wurde klar, dass Christina genauso ehrgeizig wie ihr Bruder war. Sie wollte ihn zum König gekrönt sehen, egal was für Folgen das haben mochte.

„Sofern Ihr nicht vorhabt, den Wolf zu heiraten und meinem Bruder Eure Ehre zu erweisen, solltet Ihr zurück zu Buchan gehen, wo Ihr hingehört." Christina wandte sich abrupt um und ging.

Margaret konnte sich nicht mehr auf den Beinen halten. Sie ließ sich auf die nächste Pritsche sinken.

Christina Seton hasste sie, so viel stand fest. Aber schließlich gehörte Margaret zu den größten Feinden ihres Bruders, wenn auch nicht aus Überzeugung, sondern durch Abstammung.

Sie wollte nicht wieder hinuntergehen. Jeder würde sie mit Misstrauen und Ablehnung betrachten, außer Isabella und Alexander.

Vielleicht hatte Christina Seton sogar recht. Margaret musste sich entscheiden. Entweder Alexander heiraten – oder zurück nach Balvenie gehen.

Die Messe war fast vorbei. Margaret saß neben Isabella hinter der Königin und ihren Hofdamen auf der einen Seite des Mittelgangs der prächtigen Abteikirche. Auf der anderen Seite saß Bruce mit allen Männern. Es gab keinen einzigen freien Platz mehr, und hinter der letzten Reihe standen die Soldaten des Königs.

Die Gläubigen erhoben sich, doch Margaret blieb reglos sitzen. Gespräche und vereinzeltes Lachen erfüllten die uralte Kirche. Die Damen vor ihr schwatzten fröhlich; nur die Königin sagte nichts. Auf der anderen Seite benahmen sich die Herren geradezu ausgelassen. Besonders Bruce war guter Laune. Er lächelte seiner Gemahlin zu und winkte Isabella heran.

Isabella lächelte siegessicher und eilte zu ihm.

Margaret beobachtete sie ausdruckslos. Gestern war sie von

Isabella ferngehalten worden. Vermutlich hatte Christina Seton entschieden, dass alles andere gefährlich sein könnte. Doch sosehr sie sich um Isabellas Schicksal sorgte, musste sie sich vor allem um ihre eigene Zukunft Gedanken machen. Denn sie und Alexander hatten nicht einen Moment für sich gehabt, in dem sie sich ernsthaft hätten unterhalten können. Morgen würde er wieder in den Krieg ziehen, und sie hatte keine Ahnung, ob er sie nach Hause schicken wollte. Aber sie konnte ja kaum am Hof des Königs bleiben.

Sie erhob sich und schaute hinüber zu Alexander, der träge und entspannt und mit einem frohen Lächeln im Gesicht dastand. So verhielt er sich äußerst selten; sie konnte nicht anders, als ihn offen anzustarren. Trotz ihrer unbehaglichen Situation begann ihr Herz zu rasen. Wenn er morgen aufbrechen wollte, mussten sie heute Nacht noch Zeit miteinander verbringen.

Er unterhielt sich mit Marjorie und Atholl, doch er erwiderte ihren Blick sofort und sein Lächeln erstarb. Sie glaubte, dass er dasselbe wollte wie sie: Sie mussten einige Zeit für sich alleine sein.

Die Gemeinde schob sich langsam nach draußen. Sie würden nun alle von der Abtei hinübergehen zum Caislean Credi, dem Krönungshügel, und dort würde Robert Bruce ein zweites Mal gekrönt werden.

Margaret kam als eine der Letzten aus der Kirche, und auf dem Innenhof trat Alexander zu ihr und schritt neben ihr her. Er nahm ihren Arm. „Wie hast du gestern Nacht geschlafen?"

„Verblüffend gut, wenn man bedenkt, dass ich mich damit abgefunden habe, tatenlos zuzusehen, wie Isabella ihre Ehe zerstört." Sie wollte nicht zugeben, wie schwer der Aufenthalt bei Hof für sie war, umgeben von Feindseligkeit und Verdächtigungen.

„Aber sie krönt heute den König von Schottland." Seine Augen blitzten. „Damit wird die Countess of Fife ihren Platz unter den Legenden dieses stolzen Landes erringen."

Margaret gab darauf keine Antwort, denn sie glaubte nicht, dass es von Vorteil für ihre Freundin wäre, Teil einer Legende zu werden. Schweigend folgten sie der Menge den Hügel hinauf. Bruce und die Königin waren in Purpur und Gold gekleidet und saßen auf schönen weißen Rössern.

Auf dem Hügel hatte sich eine große Menschenmenge versammelt; Männer, Frauen und Kinder waren aus ganz Schottland angereist, um die zweite Krönung des schottischen Königs zu verfolgen. Margaret und Alexander stellten sich in die erste Reihe, wo Atholl, seine Frau und die anderen Adeligen standen. Margaret entdeckte Christina neben einem stattlichen Mann mit goldfarbenem Haar. Sie hielten sich an den Händen, unterhielten sich leise und lächelten. Christina wirkte vollkommen verändert – sanft und hübsch –, und es war beinahe unmöglich, sich in Erinnerung zu rufen, wie kalt und abweisend sie gestern gewesen war.

Robert Bruce stand allein mitten auf dem Hügel, nicht weit von einem Thron entfernt. Er wirkte überaus königlich in seiner roten und goldenen Gewandung, den Kopf stolz erhoben, die blauen Augen leuchtend.

Elizabeth, die Königin, stand etwas entfernt von ihm neben dem Bischof von Glasgow, der eine Robe enthüllte, die lange Zeit für einen solchen Anlass aufbewahrt worden war. Elizabeth wirkte so unbeteiligt wie immer, sah jedoch in ihrem roten, hermelinbesetzten Gewand beinahe schön aus. Sie blickte zu ihrem Gatten. Man konnte unmöglich ahnen, was in ihr vorgehen mochte.

Isabella wartete bei den übrigen Bischöfen. Sie sah betörend schön aus in ihrer weißen Robe, das dunkle Haar gelöst, die Wangen gerötet, und sie hatte einen goldenen Reif in der Hand.

Die Menge war verstummt. Bischof Wishart trat mit einem Schwert in der Hand auf den König zu. Margaret hielt den Atem an. Sie blickte zu Alexander, der genauso hingerissen war wie sie – und alle anderen.

Bischof Wishart reichte Robert das Schwert und legte ihm die uralte Robe um die Schultern. Dann zitierte er den Eid, den Bruce leisten musste, um König von Schottland zu werden. Bruce hielt den Kopf gesenkt.

„Und von diesem Tage an wirst du König Robert I. sein, König von jedem in Schottland Geborenen." Wishart sah sich nach Isabella um.

Margaret holte tief Luft. Bruce sah auf, und Isabella schritt auf ihn zu.

In der Menge erhob sich ein Wispern und Tuscheln. Isabellas Augen strahlten vor Aufregung; noch nie war sie so schön gewesen. Es war fast, als wäre sie aus einem Traum auferstanden – wie ein Engel. Die blauen Augen von Robert Bruce brannten vor Leidenschaft.

Isabella stand vor ihm, sie sahen sich direkt an. Dann ergriff sie seine Hand, es wirkte beinahe schüchtern, und er lächelte ihr zu. Errötend geleitete sie ihn einige Schritte bis zum Thron.

Margaret lief es kalt über den Rücken. Sie blickte zur Königin.

Deren Gesicht blieb gänzlich ausdruckslos.

Bruce setzte sich und richtete seine Robe. Isabella setzte ihm den Reif auf das Haupt.

Die Menge tobte vor Begeisterung, doch Margaret spürte die Kälte nun auch in ihren Armen. Alexander, Atholl und die übrigen Adeligen tobten ebenfalls.

Sie schlang die Arme eng um ihren Oberkörper und hatte das Gefühl, von einer Lawine mitgerissen zu werden. Doch eigentlich war es gar nicht so furchterregend …

Ein Barde mit einer Pergamentrolle in der Hand trat nach vorn. Lächelnd las er den ganzen, Jahrhunderte zurückreichenden Stammbaum seines Königs vor, Könige aus längst vergangenen Zeiten, von denen Margaret noch nie gehört hatte, wurden genannt.

Alexander legte seinen Arm um sie.

Verblüfft sah Margaret ihn an. Er grinste breit. Der Barde hatte seine Litanei beendet, und der Bischof rief: „Robert, König der Schotten!“

Die Menge erwiderte: „König Robert von Schottland!“ Margaret schmiegte sich an Alexander.

Tränen stiegen ihr in die Augen. War es nicht viel besser, einen schottischen König zu haben, als unter der Fuchtel des englischen Königs Edward zu stehen?

„König Robert! König Robert, der Bruce!“, skandierte die Menge.

Alexander umfasste plötzlich Margaret an der Hüfte und hob sie hoch.

„Was machst du da?“, rief sie. Er wirbelte sie herum wie in einem Tanz, und auch viele Männer und Frauen begannen wild zu tanzen.

Er setzte sie wieder ab und legte ihr die Hände auf die Schultern. „Willst du mit mir feiern?“ Seine Augen leuchteten.

Ihr Herz machte einen Satz. Sie wusste genau, was er meinte. „Ja.“

Er grinste sie an. Dann zog er sie an seine Brust und küsste sie.

Nachdem er von ihr abgelassen hatte, schnappte Margaret nach Luft. Plötzlich merkte sie, dass der Earl of Atholl sie anstarrte. Er lächelte ein bisschen und wandte sich dann an den König und die Königin von Schottland.

Sie verkrampfte sich. Er wusste, dass sie und Alexander Liebende waren. Wenn er immer noch vortäuschte, ein Verbündeter von Buchan zu sein, würde er ihm davon erzählen. Doch er stand an der Seite von Bruce – er selbst hatte Buchan verraten –, und sie wusste das. Vielleicht würde er es nicht so eilig haben, sein Wissen weiterzugeben.

Alexander legte seinen Arm um Margaret, und sie näherten sich Bruce, der nun bei seiner Frau stand. Neben ihm befand sich auch Isabella, sie alle waren von den übrigen Hofdamen und Höflingen umgeben. Bruce ergriff die Hand seiner Frau und küsste sie.

Dann sagte Robert Bruce sehr laut, damit es jeder hören konnte: „Von diesem Tage an bist du die Königin und ich bin der König von Schottland."

Seine Frau riss die Augen auf. „Wirklich? Ich dachte, wir spielen nur König und Königin, wie kleine Kinder."

Margaret schnappte nach Luft.

Bruce setzte ein finsteres Gesicht auf. „Du bist die Königin, Elizabeth", grollte er, „und ich bin der König von Schottland."

Elizabeth lächelte und schwieg.

Alexander warf Margaret einen so vielversprechenden Blick zu, dass ihr die Luft wegblieb. Dann zog er sie hinter ein paar Bäume. Margaret umfasste seine Schultern, und sie küssten sich in wilder Begierde.

Eng umschlungen sanken sie auf ein Bett aus Gras und Tannennadeln, oben auf dem Hügel konnten sie die Menge hören, die in fröhliches Gelächter ausbrach. Alexanders Zunge tanzte in Margarets Mund. Sie erwiderte den Kuss mit aller Leidenschaft, fast blind vor Verlangen. Wie sehr sie ihn doch in Balvenie vermisst hatte! Und irgendwie vermisste sie ihn immer oder schon wieder, denn ihr war bewusst, dass sie nicht mehr viel Zeit für ein Zusammensein hatten.

Die Menge, die soeben die zweite Krönung von Robert Bruce verfolgt hatte, zerstreute sich langsam. Die Gespräche und das Lachen wurden lauter, als die Edelherren und ihre Frauen, die Bauern und die Soldaten den Hügel herabkamen. Gleich würden sie an ihnen vorbeikommen, doch es ahnte ja keiner, dass sie hier verborgen unter den Bäumen lagen.

Alexander schob ihr die Röcke hoch. „Beachte sie einfach nicht", flüsterte er.

Seine Berührungen waren sicher und geschickt, und Margaret rang nach Luft. Dann waren die Herren so nah, dass sie ihre Unterhaltung verstehen konnte.

„Die Königin ist furchtbar wütend auf Bruce", sagte ein Mann.

Alexander rührte sich nicht und lauschte, genau wie sie.

„Er hat sie zur Königin von Schottland gemacht, da sollte sie doch erfreut sein“, erwiderte eine vertraute Stimme. Es war Atholl.

Margaret erstarrte. Alexander hielt sie fest. Sie konnte die Menschen an den Bäumen vorbeigehen sehen, hinter denen sie versteckt lagen. Drei Männer waren ganz dicht, Atholl, Lennox und ein weiterer, den sie bereits gesehen hatte, doch sie wusste nicht, um wen es sich handelte. Ein Teil von ihr wollte wissen, was sie redeten, ein anderer Teil befürchtete, entdeckt zu werden, und ein dritter Teil wollte nicht, dass Alexanders Zärtlichkeiten aufhörten.

„Bruce macht, was er will“, sagte Lennox. „Und Isabella ist ja wirklich sehr anziehend.“ Er lachte.

„Ich kenne Isabella gut“, erwiderte Atholl. „Aber ich kenne auch Buchan. Ich mache mir Sorgen um sie.“

„Die Königin wird sie nicht sehr lange dulden“, sagte der dritte Mann. „Doch solange sie Bruces Favoritin ist, kann sie ihr nichts antun.“

„Und wie lange wird das sein?“, fragte Lennox.

„Sie hat ihr Leben riskiert, um ihm die Krone aufs Haupt zu setzen – das wird Bruce ihr nie vergessen“, sagte Atholl mit Entschiedenheit.

Dann waren die drei Männer weg.

Alexander bewegte sich über ihr. Margarets Blick wanderte zu seinem angespannten Gesicht.

„Wie kannst du nur in diesem Augenblick abgelenkt sein?“, fragte er leise.

„Du hast doch auch gelauscht“, brachte sie heraus.

Er lächelte. Margaret versagte der Atem, als er langsam in sie eindrang und dabei genau auf jede ihrer Reaktionen achtete. Sie ließ ab von allen Gedanken, gab sich dem unerhörten Genuss hin. Dann bäumte sie sich unter ihm auf und unterdrückte einen Aufschrei.

„So ist es besser“, keuchte er leise.

Später, nachdem er ein befriedigtes Knurren von sich gegeben hatte, hielt er sie fest umklammert. Er rollte auf den Rücken und zog sie mit sich. Margaret lag ganz still auf ihm und wartete, bis ihr Herz wieder normal schlug. Alexander küsste sie auf die Schläfe.

Sie holte tief Luft. Endlich konnte sie wieder klar denken. Außer ihrem keuchenden Atem und dem Zwitschern der Vögel über ihnen war nichts zu hören. Margaret warf einen Blick auf den Weg vom Hügel zur Abtei. Dort war niemand mehr zu sehen.

„Machst du dir Sorgen um Isabella?“, fragte er, die Lippen noch immer an ihrer Schläfe.

„Natürlich. Du hast sie ja gehört. Man tratscht schon über sie. Irgendwann wird der Klatsch Buchan zu Ohren kommen. Wenn der König sie irgendwann fortschickt, habe ich große Angst um sie.“

„Er ist ein Mann von außerordentlicher Loyalität. Die Leute, die ihn unterstützen, belohnt er immer großzügig. Im Augenblick mag sie seine Geliebte sein, aber Lennox hat recht, er wird niemals vergessen, was sie heute für ihn getan hat.“

Sie wünschte, sie könnte davon auch so überzeugt sein wie Lennox und Alexander, doch sie hatte ihre Zweifel. Im Augenblick mochte Bruce Isabella belohnen wollen. Aber wie sah das in einem Jahr aus – oder gar in zehn Jahren? „Ich frage mich, ob der Ehrgeiz des Königs nicht größer ist als seine Dankbarkeit.“

Alexander schob sie von sich und setzte sich auf. „Das ist eine gefährliche Bemerkung, Margaret. Es würde bedeuten, dass er jene im Stich lässt, die ihn unterstützt haben, sobald das seinem Ehrgeiz dienlich ist.“

Genau das hatte sie zum Ausdruck bringen wollen. Bestürzung überkam sie. Aus Isabellas Taten konnte nichts Gutes erwachsen, davon war Margaret überzeugt. Isabellas Ehe war ruiniert und ihr Schicksal ungewiss. Dann fiel ihr der furchtbare

Augenblick ein, als Atholl ihr bei der Zeremonie in die Augen gesehen hatte. „Ich glaube, Atholl weiß über uns Bescheid."

„Und wenn?"

„Er war viele Jahre mit meinem Onkel befreundet – mindestens seit ich ein Kind war. Was ist, wenn er es ihm erzählt?"

„Wenn er nach Strathbogie zurückkehrt, wird er Buchan kaum einladen. Und du kennst ja auch Atholls Geheimnisse."

„Ich hoffe, dass du recht hast", sagte sie. „Aber wenn er es seiner Frau erzählt hat? Isabella hat uns auch schon in Verdacht. Sie ist so schrecklich naiv – sie könnte unabsichtlich etwas ausplappern."

Er musterte sie fragend. „Ich habe doch gesagt, dass ich dich beschützen werde. Und genau das habe ich auch vor. Wenn du bei mir bleibst, spielt es keine Rolle, was Buchan weiß oder nicht weiß."

Margaret erwiderte seinen standhaften Blick. Falls sie nach Balvenie zurückkehrte, wäre er nicht in der Lage, sie vor Buchans Zorn zu schützen. „Aber wie lange kann ich denn noch bei dir bleiben? Du ziehst morgen wieder mit Bruce in den Krieg."

Alexander erhob sich geschmeidig. Er streckte die Hand aus und zog Margaret auf die Füße. „Wir marschieren nach Norden, auf Dundee", stimmte er zu.

Sie erschauerte, sah plötzlich grauenvolle Bilder von Schlachten vor sich, alle mit Alexander in der Mitte. „Gott, wie sehr ich es hasse, wenn du in den Krieg ziehst."

„Ich bin nun mal ein Krieger."

Sie sahen sich lange in die Augen. Was sollte sie tun? Durfte sie überhaupt fortgehen, wenn sie das wünschte? Sie glaubte nicht, dass Alexander sie gegen ihren Willen festhalten wollte. „Und was wird aus mir? Wohin soll ich morgen gehen?"

„Bruce schickt die Frauen nach Aberdeen. Dort oben im Norden werden sie in Sicherheit sein."

„Befürchtet er, die Königin und ihre Hofdamen könnten dem Feind in die Hände fallen?"

„Das ist möglich. Er muss für ihre Sicherheit sorgen. Du könntest bei Königin Elizabeth bleiben, Margaret."

Er sagte das, als würde er lediglich einen Vorschlag machen. „Lässt du mir denn eine Wahl?"

Alexander wandte den Blick ab. „Wenn du bei der Königin bleibst, musst du weder Buchan noch Sir Guy gegenübertreten."

Er wich ihr aus. Doch sie glaubte nicht, dass er sie zu irgendetwas zwingen würde. Und das hieß, dass sie tatsächlich eine Wahl hatte – sie könnte bei der Königin und ihrem Hofstaat bleiben oder nach Balvenie zurückkehren. „Selbst wenn die Königin mir erlauben würde, mich ihrem Gefolge anzuschließen, wie soll das gehen? Bruce traut mir nicht. Die Hofdamen trauen mir nicht. Ich bin eine Comyn, ich bin der Feind. Außerdem müsste ich König Robert meine Ehre erweisen." Sie erinnerte sich an das, was Christina Seton gesagt hatte – entweder das, oder sie musste Alexander heiraten.

„Wenn ich für dich spreche, wird man dir erlauben, dich dem Hofstaat von Königin Elizabeth anzuschließen", sagte er. „Und bei den Hofdamen könntest du auf mich warten."

Margaret fühlte sich hin- und hergerissen. Sie wollte auf Alexanders Rückkehr warten. Doch was dann? Sollte sie einfach ihre Treuepflicht gegenüber ihrem Onkel, ihrem Bruder und der ganzen Familie Comyn brechen?

Sollte sie bei Königin Elizabeth bleiben, bis dieser schreckliche Krieg endlich vorüber war, während ihre Familie auf der anderen Seite kämpfte?

„Auch Isabella bleibt bei der Königin", sagte Alexander plötzlich. „Das ist ihr Wunsch, da sie ja nicht mehr nach Hause kann. Möchtest du nicht am Hof bleiben, um Isabella zu beschützen?"

Margaret war durchaus klar, dass Alexander sie genau dazu bringen wollte. Und sie wollte wirklich nicht nach Balvenie zurück. Doch die Vorstellung, zum Hofstaat der Königin zu gehören, entsetzte sie – selbst wenn sie dort Isabella beschützen konnte. Was würde ihre teure Mutter nur unter solchen Umständen tun? In solchen Zeiten? „Du willst mich überzeugen, dass ich mich selbst dafür entscheide, zu bleiben. Und dazu benutzt du Isabella."

„Das stimmt, ich versuche dich davon zu überzeugen, bei der Königin und ihren Hofdamen zu bleiben", gab er offen zu. „Ich möchte, dass du dort bist – und auf mich wartest."

Sie war wirklich in Versuchung. Aber er verlangte sehr viel. „Du erwartest schon wieder von mir, meinen Treueschwur zu brechen", sagte sie langsam. „Aber wenn ich bleibe, dann werde ich nicht länger deine Geliebte sein. In Wirklichkeit bittest zu mich, zu bleiben – und dich zu heiraten."

„Ich habe kein Hehl daraus gemacht, was ich wirklich möchte", sagte er rau. „Wie wirst du dich also entscheiden, Margaret?"

Sie fühlte sich, als würde sie am Rande eines gefährlichen Abgrunds stehen. Nur noch ein winziger Schritt, und sie würde nach unten stürzen – aber in welches Schicksal? „Wahrscheinlich ist es am besten, wenn ich erst einmal nach Balvenie zurückkehre."

„Erst einmal?" Er war wütend und zugleich fassungslos. „Du willst deinem verfluchten Onkel die Treue halten?", rief er aus. „Du willst Sir Guy heiraten?"

„Es geht doch nicht nur um Buchan", schrie sie. „Und Sir Guy kann ich jetzt nicht mehr heiraten, das weißt du doch!" Noch während sie es aussprach, wurde ihr klar, dass das wirklich ihren innersten Gefühlen entsprach. Sie konnte den Engländer nicht heiraten. „Vielleicht wird dieser verfluchte Krieg ja bald vorbei sein." Sie streckte die Hand nach ihm aus.

Doch er wich ihr aus. „Buchan wird nie zulassen, dass du die Verlobung löst." Er sprach mit großer Schärfe. „Aber wie du willst! Wenn es dein Wunsch ist, nach Balvenie zurückzukehren, dann tu das."

Er machte auf dem Absatz kehrt und marschierte davon.

Es war spät, und das ausgelassene Gelage im großen Saal der Abtei ging dem Ende zu. Das Feuer im Kamin erlosch langsam, die Soldaten gingen zu ihren Pritschen, die überall auf dem Boden standen. Einige wenige Frauen und Männer blieben beim Wein an den Tischen sitzen, doch wie der König und die Königin hatte sich der größte Teil des Hofstaats bereits zurückgezogen.

Margaret war völlig erschöpft; sie hatte die Feierlichkeiten eigentlich schon vor Stunden verlassen wollen, doch wegen Alexander war sie geblieben.

Morgen würde Bruce mit seinem Heer nach Norden aufbrechen, und die Frauen würden sich nach Aberdeen unter die Obhut seines Bruders begeben. Sie selbst würde mit ihnen reiten, doch sobald sie die Stadt erreicht hatten, würde man Margaret mit einer Eskorte nach Hause bringen.

Dies war ihre letzte Nacht am Hofe des Königs, und sie war sehr erleichtert. Aber es war auch ihre letzte Nacht mit Alexander.

Er unterhielt sich seit geraumer Zeit mit Atholl, und sie hatte keine Ahnung, worüber sie sprechen mochten. Er hatte nicht ein einziges Mal zu ihr geblickt, daher wusste sie, wie wütend er auf sie sein musste.

Sie fragte sich, ob er ihr später ein Zeichen geben würde, damit sie diese letzte Nacht miteinander verbringen konnten.

Ihr schmerzte das Herz. Ihn zu verlassen fiel ihr heute viel schwerer als beim ersten Mal. Dafür mochte sie ihn viel zu sehr.

Außerdem hatte sie Angst vor ihrer Rückkehr nach Balvenie – und der unvermeidlichen Auseinandersetzung mit ihrem Onkel.

Isabella war auch noch da, sie hatte ein wenig zu viel Wein getrunken. Nachdem sie eine Weile vergeblich versucht hatte, sich mit den Hofdamen zu unterhalten, kam sie nun zu Margaret herüber. Sie seufzte. „Du starrst schon den ganzen Abend Alexander an."

Margaret spürte, wie sie rot wurde. „Ich kehre nach Balvenie zurück, Isabella. Ich will Buchan davon überzeugen, dass du gezwungen wurdest, gegen deinen Willen an der Krönung teilzunehmen."

Isabella zuckte die Achseln. „Dafür würde ich meinen Atem nicht verschwenden, Margaret, aber du bist eine treue Freundin." Auch sie blickte zu Alexander. „Wieso gibst du nicht zu, dass du ihm völlig verfallen bist? Warum gibst du ihm nicht nach? Was ist falsch daran, einen großen Krieger zu heiraten, der dafür sorgen kann, dass du und deine Ländereien in Sicherheit sind?"

Margaret verkrampfte sich. Was würde Isabella erst sagen, wenn sie wüsste, wie groß die Versuchung in Wirklichkeit war? „Mir liegt sehr viel an Alexander, aber meine Mutter hat mich zur Treue erzogen. Wie kann ich sie jetzt vergessen?"

Isabella schüttelte energisch den Kopf. „Deine Mutter ist tot, Margaret, aber du bist sehr wohl am Leben!"

Margaret machte sich gar nicht erst die Mühe, ihr zu erzählen, dass das Vermächtnis ihrer Mutter noch sehr lebendig war und das auch immer bleiben würde. Sie blickte zu Alexander, der jetzt mit Christopher Seton sprach. Er hatte eine Menge Wein getrunken, und endlich lächelte er einmal. Aber sie machte sich nichts vor; er war immer noch zornig auf sie.

Ein Knappe klopfte Isabella auf die Schulter, und Isabella wirkte sehr erleichtert. „Wollt Ihr bitte mit mir kommen, Countess?", fragte der Junge höflich.

Bruce schickt nach ihr, dachte Margaret verwundert. *Und das, obwohl auch seine Königin oben ist.*

„Ich muss gehen", sagte Isabella und umarmte sie. Ihre Augen leuchteten. Dann stürzte sie davon, den Knappen im Schlepptau.

Margaret konnte es nicht fassen. Legten der König und seine Geliebte denn gar kein Taktgefühl an den Tag?

Christina Seton blieb vor ihr stehen. Sie lächelte nicht. „Ihr habt wirklich ein ungeheures Glück."

„Es ist spät, Lady Christina. Können wir uns ein andermal unterhalten?"

„Mein Bruder ist ein Narr, dass er Euch zu Buchan zurückkehren lässt, nachdem Ihr hier bei uns gewesen seid! Aber irgendwie hat Alexander es geschafft, ihn davon zu überzeugen, dass Ihr uns nicht schaden werdet. Ich glaube nicht eine Sekunde daran!“

Margaret bemerkte, dass Christina nicht hasserfüllt, sondern verängstigt war. „Ich weiß doch gar keine Geheimnisse, die ich verraten könnte“, versuchte sie sie zu beruhigen.

„Ich komme jeden Tag um vor Sorge um meinen Gemahl und meinen Bruder.“ Sie wirbelte herum und eilte davon.

Margaret biss sich auf die Lippe, auf einmal voller Mitgefühl und Verständnis. Wie sollte es auch anders sein? Sie selbst machte sich genauso viele Sorgen um Alexander. Gerade als sie das dachte, ergriff er von hinten ihren Arm.

Sie drehte sich um. Ihr Herz raste. „Dass ich gehe, bedeutet nicht, dass mir nichts an dir liegt.“

„Eines Tages wirst du begreifen, dass du längst eine andere Treuepflicht empfindest und jetzt eine Lüge lebst.“ Er blickte finster und lächelte nicht. „Wir können nur hoffen, dass es dann nicht zu spät ist.“

Sie ergriff seine Hand. „Ist es wahr? Du musstest Bruce überzeugen, mich gehen zu lassen?“

„Er will, dass wir heiraten.“ Er blickte auf ihre verschlungenen Hände. „Er hält mich für einen Narren.“

„Wie hast du es dann geschafft, ihn zu überreden?“

„Er braucht mich und meine Männer. Er braucht auch meine Brüder und ihre Heere.“ Er verstärkte den Griff um ihre Hand. „Ich will nicht böse auf dich sein, denn ich kenne dich so gut. Es ist spät. Lass uns schlafen gehen. Wir brechen morgen in aller Frühe auf.“

Ihr Herz raste noch immer. Selbst eine so erhebliche Meinungsverschiedenheit schmälerte die Zuneigung und Anziehungskraft zwischen ihnen nicht. Aber wir haben kaum noch Zeit, dachte sie und drückte seine Hand. Sie wagte nicht zu fragen, wann sie ihn wohl wiedersehen würde.

Jemand rief Alexanders Namen, dann fiel die Tür ins Schloss. Der Sohn von Padraig und ein Bote, Seoc, eilten durch den Saal.

Sie erstarrte. Kamen sie etwa aus Castle Fyne?

„Was ist los?“, fragte Alexander beunruhigt.

Seoc war verschmutzt und durchnässt und atmete schwer. „Mylord! Castle Fyne wird angegriffen!“

Unter Margaret schwankte der Fußboden. *Sir Guy greift doch noch an!*

„Ist es Sir Guy?“, wollte Alexander wissen.

„Ja, er hat zwei- oder dreitausend Männer und etwa einhundert Ritter!“

Margaret bekam keine Luft mehr. Sir Guy war alles andere als ein Dummkopf. Wahrscheinlich wusste er, dass sie bei Alexander war, vielleicht sogar, dass sie sich bei dem neuen König von Schottland in Scone aufhielt.

Alexander lief an ihr vorbei zur Treppe. Margaret eilte ihm nach und wäre beinahe gestolpert. Er wartete nicht auf sie. Sie raffte ihre Röcke und folgte ihm.

Oben versperrten ihm zwei riesige, schwer bewaffnete Highlander den Weg.

„Ich muss den König sprechen!“, sagte Alexander. „Es gibt wichtige Nachrichten.“

Margaret blieb keuchend hinter Alexander stehen. Einer der Wachposten klopfte an eine verschlossene Tür. „Euer Majestät, ein Bote ist eingetroffen. Alexander MacDonald sagt, er muss Euch sprechen.“

Es dauerte eine Weile. Doch dann wurde die Tür geöffnet und Bruce erschien, barfuß und nur mit einem Hemd bekleidet. Margaret blickte an ihm vorbei in ein erleuchtetes großes Zimmer. Auf dem Bett lag Isabella, unter der Decke offenkundig nackt, das lange Haar war gelöst und floss um ihre entblößten Schultern.

Margaret hatte jetzt keine Zeit, sich darüber Gedanken zu machen, doch sie war sehr bestürzt.

„Was geht hier vor?“, fragte Bruce mit blitzenden Augen.

„Sir Guy greift Castle Fyne an, mit zwei- oder dreitausend Männern. Habe ich die Erlaubnis, gegen die Belagerung vorzugehen und die Festung zu verteidigen?“ Alexander sprach schnell und scharf.

„Ihr habt meine Erlaubnis. Und, Alexander – sorgt dafür, dass wir Castle Fyne nicht an die Engländer verlieren!“, sagte Bruce rau.

Alexander erwiderte nichts, doch Margaret wusste, dass er nicht nur die Burg verteidigen wollte; er wollte Sir Guy töten. Zitternd trat sie einen Schritt vor und nahm all ihre Kühnheit zusammen. „Nimm mich mit.“

Beide Männer starrten sie an. Alexander schien fassungslos, doch Bruce stand die Berechnung ins Gesicht geschrieben.

Unter den forschenden Blicken waren ihre Nerven bis zum Zerreißen gespannt. „Castle Fyne gehört mir – es ist das Erbe meiner Mutter. Ich muss mit Alexander dorthin!“ Sie flehte den König an.

Sie merkte, dass Alexander Einspruch erheben wollte. Doch bevor er etwas sagen konnte, hob der König eine Hand.

Dann schritt er an Alexander vorbei. Was er sagte, war für Alexander bestimmt, doch sein unbarmherziger Blick war nur auf Margaret gerichtet. „Besiegt Sir Guy – tötet ihn, wenn Ihr könnt – und nehmt Lady Margaret mit Euch.“ Er setzte ein Lächeln auf. „Das ist schließlich ihr Zuhause, und dort sollte sie auch sein.“

## 15. KAPITEL

Am von Kieseln bedeckten Ufer des Loch Riddon schlugen sie ihr Lager auf, über ihnen ragten die felsigen Gipfel des Cruach nan Cuilean in die Höhe. Zwei Tage und zwei Nächte waren sie ohne Pause durchgeritten. Der Wald reichte fast bis ans Ufer, sodass nur ein langer schmaler Landstreifen für das Lager zur Verfügung stand. Margaret war so erschöpft, dass sie sich kaum auf den Beinen halten konnte. Am Waldrand bauten Dughall und ein weiterer Bursche Alexanders Zelt auf. Überall bereiteten sich die Männer rasch auf die Nacht vor. Margaret achtete nicht auf die vielen Zelte, die Lagerfeuer, die Pferde, die getränkt, die Pfeilspitzen und Schwerter, die überall geschärft wurden. Sie starrte den Berg an.

Sir Guy hatte Castle Fyne angegriffen.

In diesem Augenblick stand ihr Heim erneut unter Belagerung.

Sie rieb sich die Arme, es wurde kühl. Wie schon die ganzen beiden Tage vorher fühlte sie sich im Herzen ganz krank. Die Vorstellung, dass ihre Burg an Sir Guy fallen könnte, war entsetzlich. Sie hatte endlich beschlossen, dass sie ihn auf keinen Fall heiraten würde, ganz gleich, wie sehr Buchan eine solche Verbindung wünschte oder wie groß der Nutzen für die Familie Comyn wäre. Aber wenn er die Festung eroberte, was sollte dann aus ihr werden?

Eigentlich sollte sie sich über wichtigere Dinge Gedanken machen als über ihre eigene bedeutungslose Zukunft. Doch wenn Castle Fyne fiel, würde Buchan niemals zulassen, dass sie die Verlobung mit Sir Guy löste.

Sie blickte zu Alexander, der sich mit einigen seiner besten Leute unterhielt. Seit dem überstürzten Aufbruch aus Scone hatte er denselben wild entschlossenen Ausdruck im Gesicht. Er wollte Castle Fyne auf keinen Fall verlieren.

Aus irgendeinem Grund fiel ihr seine verstorbene Frau ein. Er hatte selbst gesagt, dass er sich nur aus Rache mit ihr eingelassen hatte. Er war nicht wegen ihr in die Schlacht gezogen, sondern wegen Glen Carron, einer Festung, die er unbedingt haben wollte.

Sie war überzeugt, dass Alexander viel an ihr lag. Aber wenn Castle Fyne fiel, würde er sie auch dann noch zur Frau haben wollen? Wollte er sie überhaupt zur Frau nehmen? Schließlich war sie ja bereits seine Geliebte, und ohne Castle Fyne könnte sie nichts in die Ehe einbringen.

Am Ende hatte sie keine Wahl. Dieser Gedanke machte ihr am meisten zu schaffen. Wenn Sir Guy die Burg eroberte, wäre sie einer unglaublichen Dringlichkeit ausgesetzt, ihn zu heiraten …

Die Schatten wurden länger. Alexander hatte seine Männer fortgeschickt und kam auf Margaret zu. Sie blickte hinauf zum Cruach nan Cuilean und erinnerte sich an das letzte Mal, als sie in der Nähe des Berges gewesen war. Niemals würde sie vergessen, wie Alexander dort um sie – und um die Burg – gegen Sir Guy gekämpft hatte. Und wie das geendet hatte, das würde sie auch niemals vergessen – voller Hass, mit wilden Drohungen. Sir Guy hatte geschworen, Alexander zu töten. Seitdem war der Wunsch nach Rache nur noch größer geworden. Sir Guys Hass war weiter gewachsen. Und auch Alexander hatte geschworen, Sir Guy zu töten.

Es war zu einer Blutfehde geworden.

Sie hatte Angst vor dem, was geschehen mochte, wenn sie erneut auf dem Schlachtfeld aufeinandertrafen – vielleicht schon morgen.

Alexanders Zelt war jetzt errichtet, darüber wehte sein Banner. Als er zu ihr trat, gaben ihre Knie nach.

Er fing sie auf. Sein Blick war besorgt. „Ich wünschte, du wärst nicht hier!“, rief er aus. „Nur Robert konnte auf den Gedanken kommen, dich mit mir zu schicken.“

„Ich bin müde. Ein bisschen Ruhe, dann geht es mir wieder gut.“ Doch sie wusste selbst, dass das eine Lüge war. Sie hatte viel zu viel Angst vor dem nächsten Tag. Sie hatte überhaupt Angst vor der Zukunft!

„Ich kann mich jetzt nicht um dich kümmern, Margaret, doch mir bleibt nichts anderes übrig." Er ließ sie los und sah grimmig an ihr vorbei, als könnte er jetzt schon am Horizont den Feind erblicken.

Sie musterte ihn. Seine Gedanken kreisten um Sir Guy und Castle Fyne, nicht um sie. „Bruce will uns verheiraten, obwohl Castle Fyne angegriffen wird", sagte sie leise.

Er sah sie wieder an. „Das liegt in jedermanns Interesse, Margaret, auch in deinem."

Darüber wollte sie jetzt nicht mit ihm streiten. Sie hatte keine Ahnung, ob er recht hatte oder nicht. Doch die Versuchung, seinen Antrag anzunehmen, wurde immer größer. Wenn sie es tat, war sie für Sir Guy nicht mehr erreichbar, ganz gleich, was weiter geschehen würde. Buchan konnte sie dann auch nicht mehr zu einer anderen Ehe zwingen.

Sie wünschte, ihre Mutter wäre noch am Leben und könnte ihr einen Rat geben.

„Du musst dich ausruhen. Geh ins Zelt und leg dich hin, Margaret, ich habe noch sehr viel zu tun."

„Wie kann ich mich ausruhen, wenn ich mir so große Sorgen mache?"

„Ich werde die Engländer zurückschlagen", sagte er entschlossen. „Sir Guy ist ein Feigling, das wirst du morgen erkennen."

Wieder musste sie daran denken, wie sehr diese beiden Männer einander hassten. „Wenn man doch nur verhandeln könnte!", rief sie. „Wenn es doch nur eine Möglichkeit gäbe, all dieses Blutvergießen zu verhindern!" Und wenn sie doch nur verhindern könnte, dass Alexander und Sir Guy einander von Angesicht zu Angesicht gegenübertraten. Sie wusste genau, wie unwahrscheinlich das war.

„So ist der Krieg. Ich muss Castle Fyne befreien." Noch nie war ihr sein Blick so hart und finster erschienen.

Sie sah unglücklich zu ihm auf.

„Komm schon, Margaret! Wir wissen doch beide, dass du ihn nicht mehr heiraten willst. Wir wissen beide, dass du die Burg zurückhaben willst."

In diesem Augenblick erkannte sie, was ihr Herz wirklich begehrte. Endlich war ihr klar, dass sie den Wunsch hegte, Alexander möge Sir Guy besiegen und ihre Burg befreien. „Ja", flüsterte sie.

„Von uns allen weißt du am besten, wie erpicht Sir Guy auf Castle Fyne ist. Ganz gleich, wie groß mein Heer ist, er wird sich nicht ergeben. Da gibt es nichts zu verhandeln." Alexanders Gesicht war entschlossen, sein Ton endgültig. „Warum macht dir das so zu schaffen?"

„Du sagst immer die Wahrheit." Sie brachte kein Lächeln zustande. „Was geschieht, wenn die Schlacht nicht gut läuft?"

„Sie wird gut laufen." Er war unnachgiebig. „Ich habe Castle Fyne erobert, es gehört mir. Und ich will dich, Margaret, als meine Frau. Ich werde beides bekommen."

Sie hielt seinem Blick stand. In diesem Augenblick war es ihr unmöglich, sich vorzustellen, dass er sein Ziel nicht erreichen könnte.

Alexander versteifte sich plötzlich. Margaret bemerkte, dass er den Geräuschen der hereinbrechenden Nacht lauschte, und dann hörte auch sie, dass ein Reiter herangaloppierte. Wer konnte das sein?

Der Reiter näherte sich aus Westen, wo Castle Fyne lag.

„Ich habe heute Morgen Späher vorausgeschickt", sagte Alexander. Er lief auf den Reiter zu, dessen Pferd jetzt an den Zelten vorbeitrottete.

Margaret folgte ihm rasch, konnte aber nicht Schritt mit ihm halten. Aus einer anderen Ecke des Lagers tauchte Padraig mit weiteren Highlandern auf. Alexander ergriff die Zügel des Spähers.

Margaret raffte ihre Röcke und rannte los. Als sie bei den Männern anlangte, hatte Alexanders Gesicht sich verfinstert. „Was ist los? Was ist passiert?"

Seine blauen Augen brannten. „Wir kommen zu spät."

„Was soll das heißen?", schrie sie.

„Er ist schon vor Stunden durch die Tore gebrochen. Castle Fyne ist gefallen."

Margaret war, als würde ihre Brust durchbohrt. Ihre Gedanken rasten.

Sir Guy hatte Castle Fyne schließlich doch erobert. Ihr wurde ganz übel, und sie fing an zu zittern. Großer Gott, was sollte sie denn jetzt machen? Sie konnte ihn unmöglich heiraten, nicht einmal für ihre Familie, nicht einmal, um ihr Erbe zurückzubekommen! Aber er hatte sie nun in eine Lage versetzt, die ihr vielleicht keine andere Wahl mehr ließ. Sie zuckte zusammen, Tränen stiegen ihr in die Augen.

„Ich werde dich nicht zu ihm lassen." Alexander sprach rau, hatte sich jedoch in der Gewalt. Es war als Warnung gemeint. „Du wirst auch nicht nach Balvenie zurückkehren."

Sie atmete schwer. Zu Sir Guy wollte sie unter keinen Umständen! Aber wollte Alexander ihr nun die Freiheit nehmen?

Sie rieb sich die Schläfe, um sich über diese neue schreckliche Lage klar zu werden. „Werden wir jetzt eine Belagerung beginnen? Du hast die Burg ja schon einmal belagert – und sie erobert."

Er zögerte einen Moment. „Wir haben die Burg belagert, als sie nur eine Besatzung von vierzig oder fünfzig Männern hatte. Doch Sir Guy hat ein ganzes Heer."

Langsam wurde ihr klar, was das bedeutete. „Du willst keine Belagerung wagen?" Sie konnte es nicht fassen.

„Dazu habe ich keine Zeit."

„Was soll das heißen?"

Alexander trat zu ihr. „Ich sollte die Burg verteidigen – und mich dann sofort wieder Bruce anschließen. Er braucht mich und mein Heer oben im Norden."

„Also kehrst du Castle Fyne den Rücken zu? Du lässt zu, dass Sir Guy triumphiert?"

„Ich lasse gar nichts zu“, erwiderte er scharf. „Ich hatte vor, seine Flanke anzugreifen, während seine Hauptstreitmacht mit der Belagerung beschäftigt ist. Aber die Burg ist zu schnell gefallen. Eine Belagerung würde Wochen dauern – oder sogar Monate. Bruce hat weder Wochen noch Monate. Sobald sich die Nachricht von seiner Krönung verbreitet, wird König Edward jeden Mann, den er auftreiben kann, nach Norden schicken. Dann fängt der Krieg um Schottlands Krone erst richtig an.“

Sie verschränkte die Arme, konnte es immer noch nicht fassen. Nun würde Buchan sie zwingen, Sir Guy zu heiraten. Und währenddessen wäre Alexander damit beschäftigt, an der Seite von Robert Bruce um die Krone zu kämpfen. Wo sollte sie nur hin? Doch an den Hof von Königin Elizabeth?

„Es gibt noch schlimmere Nachrichten.“

Sie zuckte zusammen, wagte kaum, ihn anzusehen.

„Dein Bruder ist bei der Belagerung verwundet worden.“

Sie riss den Mund auf. „William ist verletzt?“

„Jawohl.“

Margaret begann zu zittern. William war schon wieder verwundet! Ihr einziger noch lebender Bruder, den sie seit über einem Monat nicht mehr gesehen hatte … Furcht stieg in ihr auf. „Oh Gott – wie schwer ist er verletzt?“

„Sehr schwer.“

Sie konnte sich nicht bewegen und brachte sekundenlang kein Wort heraus. „Liegt er im Sterben?“

Alexander verzog das Gesicht.

Sie schlug ihm mit aller Kraft auf den Arm, sodass ihr die Hand wehtat. „Sag es mir!“, schrie sie. „Liegt er im Sterben?“

„Ich weiß es nicht“, brüllte er zurück. „Aber er ist so schwer verletzt, dass die Möglichkeit besteht!“

Sie schlug noch einmal zu, diesmal schwächer, und fing an zu weinen.

Aber sie wusste, was sie zu tun hatte, was nun ihre Pflicht war. „Ich muss zu ihm.“

Er packte sie am Arm. „Dann wird Sir Guy dich nicht wieder gehen lassen, du bist dann seine Gefangene – und wirst seine Frau."

Sie schnappte nach Luft. Natürlich hatte er recht. Sir Guy würde sie gegen ihren Willen festhalten und ihr Schicksal bestimmen, sie müsste seine Frau werden.

Doch wenn William sterben sollte, ohne dass sie ihn noch einmal gesehen hatte, könnte sie sich das bis an ihr Lebensende nicht verzeihen. „Lass mich gehen", brachte sie heraus. „Gib mir ein Pferd. Bring mich zu meinem Bruder."

Er ließ sie los. Noch einmal sah er sie mit undurchdringlichem Gesicht an. Dann wandte er sich an seine Männer. „Bringt sie nach Castle Fyne."

Jetzt erst wurde ihr klar, was hier wirklich passierte. Tränen liefen ihr über die Wangen. „Alexander", flüsterte sie.

Doch er hatte ihr bereits den Rücken zugekehrt und marschierte davon.

Da vorn lag Castle Fyne. Am Waldrand hielten sie ihre Pferde an, die Burg lag über ihnen auf dem Berg. Die Glocken im Wachturm begannen zu läuten.

Margaret war übel. Sie waren sofort aufgebrochen, denn sie wollte nicht bis zum Morgen warten. Bei Tagesanbruch konnte William schon tot sein.

Es war keine Zeit gewesen, einen Boten vorauszuschicken oder sonst irgendetwas zu tun, außer aufs Pferd zu steigen und loszureiten. Der Abend dämmerte bereits, die Mondsichel stieg in den violetten Himmel über der Burg auf.

Ein Dutzend Highlander begleitete sie. Margaret ritt auf ihrer Stute in der Mitte, Alexander auf seinem grauen Hengst voran. Seit ihrem Entschluss, an Williams Seite zu eilen – und sich damit Sir Guy auszuliefern –, hatte er kein Wort mehr mit ihr gesprochen.

Wenn sie nicht so viel Angst um ihren Bruder hätte, wäre sie zu Tode erschrocken über das, was ihr Handeln nach sich ziehen konnte, nicht nur für sie selbst, sondern auch für ihre Beziehung zu Alexander. Aber sie wusste, dass sie unbedingt zu William musste und er nicht sterben durfte. Sie hatte sonst niemand mehr auf dieser Welt!

Alexander drehte sich zu ihr um, doch er sah sie nicht an. „Von hieraus musst du allein weiterreiten. Sag den Wachen, wer du bist."

Er sagte das so teilnahmslos, dass sie zusammenzuckte. Es klang, als habe er für sich beschlossen, dass sie ihm nicht länger wichtig war. Sie sah ihn an, doch er wich ihrem Blick aus.

Sie hob die Zügel an. „Alexander."

Er gab seinen Männern ein Zeichen, sie wendeten ihre Pferde, um nach Loch Riddon zurückzureiten. „Du solltest dich beeilen, bevor es ganz dunkel wird", sagte er und trieb seine Männer mit einem Winken an.

„Alexander!", schrie sie. Aber sie wusste nicht, was sie noch sagen sollte, denn das Einzige, was ihr einfiel, war absolut unangebracht: Ich liebe dich!

„Viel Glück." Er gab seinem Hengst die Sporen und galoppierte davon.

Sie schaute ihm nach, ganz allein, nicht weit von den Außenbefestigungen von Castle Fyne entfernt. Er hatte sie nicht ein einziges Mal angesehen, und das tat ihr furchtbar weh.

Aber was hatte sie denn anderes erwartet? Sie wollte in eine Burg reiten, die sich in der Gewalt von Sir Guy befand. Natürlich passte ihm das ganz und gar nicht.

Aber wenn ihm etwas an ihr lag, hätte er dann nicht zum Abschied irgendetwas zu ihr sagen müssen?

Alexander hatte inzwischen zu seinen Männern aufgeschlossen, doch plötzlich hielt er noch einmal an, wandte sein Pferd um und schaute zu ihr.

Vor lauter Tränen konnte sie kaum etwas sehen. Beinahe hätte sie ihren dringenden Wunsch, William zu sehen, aufgegeben und wäre zu ihm galoppiert.

Aber wenn William sterben musste? Sie würde es sich nie verzeihen, wenn sie ihn jetzt im Stich ließ, und sie war sicher, ihre Mutter würde genauso handeln, wenn sie noch am Leben wäre.

Margaret hob ihre Hand.

So saßen sie auf ihren Pferden und sahen einander an, es schien eine Ewigkeit zu dauern. Dann wirbelte Alexander sein Pferd herum, galoppierte in den Wald und entschwand ihrem Blick.

Sie bekam kaum Luft vor Trauer, starrte reglos auf die Stelle, wo sie ihn zuletzt gesehen hatte. Doch dann nahm sie ihren ganzen Mut zusammen. Es war vorbei, nun wurde es Zeit.

Margaret wendete ihr Pferd und trieb es an zu einem raschen Trab den Berg hinauf, direkt zu auf Castle Fyne. Über den Zinnen tauchten Bogenschützen auf. Die Glocke läutete noch immer.

Tränen liefen Margaret über die Wangen. Jetzt schon vermisste sie Alexander. Sie würde ihn immer vermissen.

Aber sei's drum. Margaret wischte sich das Gesicht mit dem Ärmel trocken, dann zog sie die Haube vom Kopf, um ihr ungewöhnliches rotgoldenes Haar zu enthüllen. Von den Zinnen waren Rufe zu hören. Man hatte sie erkannt.

Als sie die Außenbefestigungen erreichte, war das Haupttor bereits geöffnet worden. Einige bewaffnete Ritter galoppierten aus dem Eingangsturm über die Zugbrücke und durch die Außenbefestigungen auf sie zu.

Sie trugen Rüstungen, waren schwer bewaffnet, hatten die Visiere heruntergeklappt. Margaret brachte ihre Stute zum Stehen. Ihr Herz klopfte voller Furcht.

Ein Dutzend Ritter umringte sie. Einer von ihnen klappte sein Visier hoch. Es war Sir Guy, und er starrte sie verblüfft an. „Lady Margaret!“

Sie fuhr sich mit der Zunge über die Lippen. „Sir Guy. Guten Abend. Ich komme, um William zu besuchen. Ist er noch am Leben?“

Er musterte sie aus weit aufgerissenen Augen. „Ja, er lebt

noch. Ist das eine Falle?“ Er ließ den Blick über die Gegend hinter ihr schweifen.

„Nein, das ist keine Falle – ich bin allein“, erwiderte sie knapp.

Seine Augen wanderten zurück zu ihr. „Er hat Euch gehen lassen?“

„Bitte – können wir nicht später darüber reden? Ich möchte unbedingt meinen Bruder sehen.“

Er bedachte sie mit seinem forschenden Blick – und sie hatte auf einmal das Gefühl, hier nicht sonderlich willkommen zu sein. Sie verkrampfte sich. Sie hatte keine Zeit gehabt, darüber nachzudenken, ob er sie einer Affäre mit Alexander verdächtigen könnte. Immerhin wussten inzwischen sehr viele Leute, dass sie in der Tat Liebende geworden waren.

Er trieb sein Pferd neben ihre Stute und ergriff ihren Arm. „Das ist eine überraschende, aber erfreuliche Wendung, Lady Margaret.“ Bevor sie Widerspruch einlegen konnte, zog er sie von ihrem Pferd und setzte sie vor sich in seinen Sattel.

Hitze entflammte ihre Wangen. Er schlang den Arm fest um ihre Hüfte und galoppierte zurück über die Zugbrücke und durch den Eingangsturm. „Ich möchte dringend Eure Geschichte hören, Lady Margaret, denn ich kann mir gar nicht vorstellen, wie Ihr es geschafft habt, Alexander davon zu überzeugen, Euch freizulassen.“

Sie spürte seinen Atem an ihrem Ohr und erschauerte vor Abscheu. „Ich habe gar nicht vor, zu fliehen, Sir Guy, falls das der Grund ist, weshalb Ihr mich von meinem Pferd gezogen habt. Ich bin aus freien Stücken hier, Sir.“

„Ich will kein Risiko mehr eingehen.“ Er klang sehr erfreut. „Mein Gott, ich habe Castle Fyne – und ich habe Euch.“

Sie erschauerte wieder, doch sie sagte lieber nichts, denn alles, was ihr einfiel, würde ihn nur verärgern oder provozieren. Eins war jedoch klar: Zweimal hatte er von ihrer Freilassung gesprochen; er glaubte offensichtlich, Alexander hätte sie gegen ihren Willen festgehalten.

Also wusste er nichts von der Affäre. Jedenfalls noch nicht.

„Könnt Ihr mich bitte sofort zu meinem Bruder bringen, Sir? Bitte!“, bat sie so ruhig und besonnen, wie sie konnte.

„Selbstverständlich. Und danach werden wir … über die Dinge … reden.“

Sie schloss die Augen vor schierem Ekel. Sie erinnerte sich wieder, wie er sie aufgrund des Heiratsversprechens in Balvenie einfach nehmen wollte, und es konnte kaum Zweifel geben, dass er beabsichtigte, sie zu heiraten und die Ehe so schnell wie möglich zu vollziehen.

Aber wegen Sir Guy konnte sie sich später noch Gedanken machen. Zunächst einmal musste sie William sehen.

Als sie über den Innenhof ritten, winkten ihr viele Leute zu. Die meisten davon erkannte sie wieder.

„Winkt zurück“, sagte Sir Guy leise. „Sie beten Euch an. Das wird mir jetzt klar. Sie beten die Herrin von Castle Fyne an.“

Pflichtbewusst winkte Margaret zurück.

„Alexander war ein Narr, dass er Euch freigelassen und zu mir gebracht hat“, flüsterte er ihr ins Ohr.

Sie hielten vor der Treppe, die zum großen Saal führte. Sir Guy ließ sie los, und Margaret sprang sofort vom Pferd. Sie wollte gar nicht darüber nachdenken, was er damit meinen könnte. „Wo ist William?“

„In dem Zimmer neben meinem.“

Margaret raffte die Röcke und rannte die Treppe hoch, durch den Saal. Mehrere Mägde eilten ihr nach. „Können wir Euch helfen, Lady Margaret?“

Sie erkannte die Schwester von Eilidh, Marsaili. „Ist meine Truhe noch da? Ich werde bestimmt meine Kräuter und Tränke brauchen, um meinen Bruder zu pflegen.“

„Ja, ich hole sie Euch gleich“, sagte eine weitere Frau.

Jetzt erkannte Margaret auch sie, sie hatte während Alexanders Belagerung neben ihr auf den Zinnen gegen die Eindringlinge gekämpft.

Vor der offen stehenden Tür zu Williams Zimmer blieb sie stehen. Überall war Blut. William war entsetzlich blass. Und er schien bewusstlos zu sein.

Margaret machte sich auf das Schlimmste gefasst und trat ins Zimmer.

Sie musterte den blutgetränkten Verband an seinem Schenkel. Offenbar hatte ein Schwert eine Arterie zerrissen. Wenn er immer noch blutete, musste er ganz sicher sterben.

„Ich brauche mehr Tücher", sagte Margaret, erleichtert darüber, dass sie ganz ruhig klang. „Und ein paar kräftige Männerhände, falls wir die Wunde noch einmal abbinden müssen."

William schlug die Augen auf. „Meg?" Er klang schwach und unsicher.

Sie kniete neben ihm, umfasste sein Gesicht und küsste ihn auf die Wange. „Ja, ich bin es. Ich werde mich jetzt um dich kümmern, Will."

„Ich kann es nicht glauben … Wie bist du denn hierhergekommen? Und habe ich das nur geträumt, oder ist Sir Guy auch da?"

William konnte ja nicht ahnen, wie zerrissen sie innerlich war. „Sir Guy hat Castle Fyne dem Wolf wieder abgenommen, Will. Aber du darfst jetzt nicht sprechen, du darfst deine Kraft nicht vergeuden! Ich werde mir gleich dein Bein ansehen."

„Dem Himmel sei Dank", murmelte er und schloss die Augen wieder.

Sie berührte seine Stirn, sie war schweißbedeckt und fiebrig erhitzt. Er hatte sich bereits eine Infektion geholt.

Margaret wartete, bis die Magd mit einem jungen Burschen zurückkam, bevor sie vorsichtig den blutigen Verband löste. Zu ihrer Erleichterung war die Wunde ausgebrannt und die Blutung gestoppt worden. Aber der schreckliche Schnitt hatte sich entzündet.

Marsaili brachte ihre Truhe. Margaret lächelte sie entschlossen an. „Jetzt werden wir das Leben meines Bruders retten", sagte sie.

Sir Guy saß immer noch im großen Saal am Tisch, als sie mehrere Stunden später an der Schwelle verharrte. Sie versuchte, ihren Abscheu nicht zu zeigen. Sie hatte gehofft, er wäre längst zu Bett gegangen, obwohl sie nicht daran geglaubt hatte.

Sie hatte befürchtet, dass er auf sie warten würde – und sie hatte recht gehabt.

Sir Guy sah ihr entgegen, einen Becher Wein in der Hand. Er erhob sich nicht. Doch sein Blick glitt über ihr blutbeflecktes Gewand.

„Ich muss mich für meine Aufmachung entschuldigen, Sir Guy“, sagte Margaret, noch an der Schwelle stehend. Alle anderen im Saal schliefen auf ihren Pritschen, außer zwei Dienstmägden, die sich in der Nähe von Sir Guy aufhielten.

„Ist Euer Bruder noch am Leben?“

Margaret verkrampfte sich. Sie glaubte nicht, dass es Sir Guy interessierte, ob ihr Bruder lebte oder starb. „Ja. Aber er hat sehr viel Blut verloren, und die Wunde hat sich entzündet.“

„Glaubt Ihr, dass er es schaffen wird?“

„Er wird überleben!“, brauste Margaret auf, doch sofort rief sie sich in Erinnerung, dass sie ihre Gefühle unter Kontrolle behalten musste.

Sir Guy erhob sich langsam. „Wenn Ihr zornig seid, dann seid auf MacDonald zornig, nicht auf mich. Es waren seine Männer, die William den Hieb verpassten, nicht meine.“

Sie zitterte. Natürlich, William hatte mit Sir Guy gegen Alexanders Leute gekämpft, um die Burg zu befreien. Sie hatte noch nicht die Zeit gehabt, sich dieser Tatsache bewusst zu werden.

„Und William war sowieso nur hier, weil MacDonald sich geweigert hat, ihn auszutauschen“, fügte Sir Guy mit einem leichten Lächeln hinzu.

Wollte er einen Keil zwischen sie und Alexander treiben? Warum sollte er? Er hatte ja keine Ahnung, dass längst mehr aus ihnen geworden war als eine Gefangene und der Mann, der sie in seiner Gewalt hatte. Doch was er sagte, war die Wahrheit.

Wenn Alexander William gegen ein Lösegeld ausgetauscht oder ihn einfach freigelassen hätte, dann würde er jetzt nicht um sein Leben kämpfen müssen. „William wird hier seit Februar gefangen gehalten. Sobald es ihm wieder besser geht, würde ich ihn gern nach Balvenie schicken."

„Bittet Ihr mich um meine Erlaubnis?" Sir Guy schien überrascht. „Ich bin der Herr dieser Burg, aber ich bin nicht der Herr Eures Bruders. Übrigens habe ich Buchan bereits eine Nachricht zukommen lassen, dass ich die Burg erobert habe und William verletzt wurde."

Sie wünschte, das hätte er nicht getan. „Dann werden wir bald etwas von ihm hören." Sie lächelte gezwungen. „Sir Guy, ich muss Euch bitten, mich zu entschuldigen. Wir sind zwei Tage durchgeritten, und danach habe ich für Stunden meinen Bruder versorgt. Ich bin völlig erschöpft, ich muss die Kleider wechseln – und dann möchte ich bei William bleiben. Er braucht meine Fürsorge."

Sir Guy setzte ein merkwürdiges Lächeln auf. „Wir haben viel zu besprechen, Lady Margaret. Eure blutdurchtränkte Kleidung könnt Ihr auch später noch wechseln." Er deutete auf die lange Sitzbank. „Nehmt Platz."

Es war keine Bitte, es war ein Befehl. Margarets Herz verkrampfte sich vor Abscheu, als sie langsam durch den Raum schritt. Sir Guy rührte sich nicht und ließ sie nicht aus den Augen. Nachdem sie sich gesetzt hatte, goss er Wein aus einem Krug in einen Becher, den er ihr reichte. Dann befahl er den Mägden, die nervös in einer Ecke standen, Margaret etwas zu essen zu bringen.

Sie starrte finster in den Wein, als Sir Guy sich neben sie auf die Bank setzte. „Im ganzen Land brodeln die Gerüchte", sagte er.

Sie verkrampfte sich, aber nicht, weil er seinen harten Schenkel gegen ihren drückte. Sie sah zu ihm auf und betete, dass der Klatsch über ihre Affäre ihm noch nicht zu Ohren gekommen war.

Seine grauen Augen ruhten auf ihr. „Bruce ist in Scone zum König gekrönt worden", sagte er. Es war keine Frage.

Sollte sie zugeben, dass sie dabei gewesen war? Alexander hatte sie hierhergebracht, also musste sie auch dort gewesen sein.

„Nicht nur einmal, sondern zweimal", fuhr er mit beinahe sanfter Stimme fort. „Wollt Ihr das abstreiten? Wollt Ihr abstreiten, dass Ihr Zeuge der Krönung gewesen seid?"

Sie umklammerte den Becher mit beiden Händen. „Nein."

„Und die Countess of Buchan hat ihn zum Thron geführt?"

Sie atmete aus. Die Nachricht hatte sich also bereits verbreitet. „Ja."

Sir Guy lächelte. „Man sagt, MacDonald wäre mitten in der Nacht in Balvenie eingedrungen und hätte sie direkt aus ihrem Bett entführt."

Sie zitterte. „Ja, genauso ist es geschehen."

„Man sagt auch, dass er sie gar nicht zwingen musste – man sagt, sie sei mehr als willig gewesen, mit ihm zu kommen."

Sie fuhr sich mit der Zunge über die Lippen und schüttelte den Kopf. „Nein."

„Nein?" Er hob die Brauen.

Ich muss Isabella unbedingt schützen, dachte Margaret verzweifelt. „Bruce wollte sie benutzen, Sir Guy. Sie hat sich entschlossen, mitzuspielen. Aber sie hatte keine andere Wahl."

Er musterte sie. „Der Klatsch ist bösartig, Lady Margaret, wirklich fürchterlich. Man sagt, sie wäre begeistert gewesen, ihn krönen zu dürfen – und dass sie das Bett mit ihm teilt."

Margaret starrte ihn hilflos an.

„Ich habe Spione", erklärte Sir Guy, „an verschiedenen Orten, hauptsächlich im Süden. Aber mein Bruder Aymer hat Spione unter den Männern, denen Bruce am meisten vertraut."

Margaret erstarrte und musste sofort an Atholl denken.

„Ihr seid ja ganz blass", sagte er leise. „Ihr habt doch bestimmt nichts zu verbergen?"

„Nein", brachte sie heraus. Dann fügte sie hinzu, um das Thema zu wechseln: „Isabella hatte keine andere Wahl."

„Sie hatte keine andere Wahl, als Bruce die Krone aufs Haupt zu setzen – oder mit ihm ins Bett zu gehen? Erzählt mir doch bitte nicht, dass der große Bruce sie in sein Bett gezwungen hat! Der Mann hat mit der Hälfte aller Frauen in England geschlafen. Bald wird er auch mit der Hälfte aller Frauen in Schottland geschlafen haben."

Sie blieb stumm und wünschte, sie hätte Isabella nicht mit Bruce im Bett sehen müssen – dann wäre es viel leichter, das abzustreiten. Doch wenn Sir Guy das alles bereits wusste, dann musste es auch ihr Onkel wissen.

Ihr wurde klar, dass Isabellas Ehe nicht mehr zu retten war. Aber das wollte Isabella ja auch gar nicht.

„Und Ihr, Lady Margaret?", fragte Sir Guy sanft.

Sie zuckte zusammen. „Ich bitte um Entschuldigung?"

„Welche Wahl habt Ihr gehabt?"

Seine grauen Augen waren wie hypnotisierend. „Ich verstehe nicht, was Ihr meint." In Wahrheit verstand sie ihn sehr gut. Sie wusste genau, worauf er hinauswollte.

„Ihr wart auch bei der Krönung zugegen."

„Ja."

„Und Ihr habt keine andere Wahl gehabt?"

Sie spürte, wie ihre Wangen glühten. „Ich war neugierig. Und da ich sowieso da war – in der Abtei von Scone …" Der Satz blieb in der Luft hängen. *Oh Gott, was wird er als Nächstes sagen oder tun?*

„Ja, Ihr wart da … Als er wegen Isabella nach Balvenie kam, hat er da auch Euch aus dem Bett heraus entführt?"

Sie wollte seinem Blick ausweichen, doch der war so unerbittlich, dass sie nicht zur Seite sehen konnte. „Ich habe tief geschlafen, als sie dort eindrangen."

„Ich kann es mir vorstellen", sagte er ohne zu lächeln. „Ihr habt geschlafen, und wodurch seid Ihr aufgewacht? Von Kampfgeräuschen im Saal unten?"

Sie blickte in seine ausdruckslosen grauen Augen. „Der Kampf hat mich nicht geweckt. Ich erwachte … als er mich packte."

Er gab ein belustigtes Geräusch von sich. „Natürlich hat er Euch in Eurem Bett gepackt. Ihr müsst fürchterliche Angst ausgestanden haben."

Inzwischen brannten ihre Wangen regelrecht. „Ich hatte keine Angst, Sir Guy. Ich war ja bereits über einen Monat lang in seiner Gewalt gewesen. Hätte er den Wunsch gehabt, mir etwas anzutun, dann hätte er das erledigen können, als ich hier seine Gefangene war."

„Ihr seid eine sehr kluge Frau", murmelte er. „Und jetzt wollt Ihr mir erzählen, dass er auch Euch entführt hat?"

„Nein." Sie schüttelte mit klopfendem Herzen den Kopf. „Ich hatte Angst um Isabella. Ich wusste ja, was sie vorhatten. Ich habe mitgehört, wie sie darüber sprachen, in dieser einen Nacht, als Bruce hier auf Castle Fyne war. Sie ist so jung und so unbekümmert! Ich beschloss, mitzukommen, um sie vor sich selbst zu beschützen – und vielleicht verhindern zu können, dass sie sie ausnutzen. Doch wie Ihr wisst, ist mir das nicht gelungen."

Er musterte sie. Dann wandte er endlich seinen unbarmherzigen Blick ab. Als er nach seinem Becher griff, wäre Margaret beinahe zusammengebrochen.

Sie wusste, er legte nur eine kurze Atempause ein. Gleich würde der nächste Angriff kommen.

Er nippte am Wein und warf ihr einen Blick zu. „Ihr seid freiwillig mit ihm gegangen."

„Nur wegen Isabella."

„Ja, wegen Isabella, weil Ihr so eine treue Freundin seid."

„Sie ist die Gattin meines Onkels. Ich habe ihr wieder und wieder gesagt, dass ihre Ehe in Gefahr ist, wenn sie seinem schlimmsten Feind hilft."

„Und Ihr habt ihr auch geraten, nicht zu ihm ins Bett zu steigen?"

„Jawohl, das habe ich."

„Und Ihr selbst, Lady Margaret? All diese guten Ratschläge, die Ihr aus Loyalität erteilt, habt Ihr Euch auch selbst daran gehalten?“ Er erhob sich und stand breitbeinig da.

Sie war zu müde, um aufzustehen, doch es gefiel ihr gar nicht, wie er sie bedrohlich überragte, und sie hatte Angst vor seinen Andeutungen. „Ich versuche, in diesen schwierigen Zeiten mein Bestes zu tun, Sir Guy.“

„MacDonald hat Euch lieb gewonnen. Lieb. Ich kann seinen Heiratsantrag ja verstehen – er begehrt dasselbe wie ich, die rechtmäßige Herrschaft über diese Burg. Aber jetzt hat er Euch lieb gewonnen. Wie lieb hat er Euch denn gewonnen?“

Sie schaffte es, sich zu erheben. Wusste er nun etwas oder nicht? Angelte er nur nach Hinweisen, oder spielte er Katz und Maus mit ihr? „Ich habe seinen Antrag abgelehnt, Sir Guy!“, rief sie aus. „Nicht nur einmal, sondern mehrmals.“

„Er hat Euch direkt gefragt?“ Er riss die Augen auf. „Da drängt sich eine Frage auf: Hat er Euch verführt?“

Panik überwältigte sie. Wie sollte sie das beantworten, wo sie doch so eine schlechte Lügnerin war? Obwohl die einzig mögliche Antwort nur eine Lüge sein konnte?

„Warum frage ich das überhaupt?“ Er schüttelte den Kopf. „Ihr seid ja allen so treu ergeben – sogar Isabella –, Ihr seid Buchan viel zu treu ergeben, um ihn damit zu verraten, dass Ihr mit seinem Feind schlaft! Aber er hat es versucht, nicht wahr? Er hat versucht, Euch zu verführen.“

Tränen standen ihr in den Augen, so verzweifelt war sie. Warum bloß hatte sie Alexander nicht geheiratet? Dieser Mann hier würde irgendwann die Wahrheit herausfinden, und dann würde er ihr etwas Entsetzliches antun! Sie nickte zaghaft.

„Wieso hat er euch freigelassen?“, wollte Sir Guy wissen. „Habt Ihr ihn betört oder habt Ihr ihn überlistet?“

„Nein! Ich war nicht mehr seine Gefangene – eben weil er mich lieb gewonnen hat! Ich bin aus freiem Willen mit Isabella nach Scone gegangen! Und Alexander MacDonald hatte mir bereits die Rückkehr nach Balvenie erlaubt, als wir von Eurem Angriff hier erfuhren." Sie zitterte am ganzen Körper und hatte Angst, gleich zu Boden zu stürzen.

Sir Guy war sehr überrascht. „MacDonald hat Euch erlaubt, hierher zurückzukehren – und zuvor schon hatte er Euch die Rückkehr nach Balvenie erlaubt? Dabei seid Ihr für ihn doch von größtem Wert!" Sir Guy wurde nachdenklich. „MacDonald muss ein Trottel geworden sein. Doch warum sollte Bruce Euch freilassen?"

„Ich habe Bruce angefleht, mich mit MacDonald ziehen zu lassen, als wir von Eurem Angriff hörten. Warum er zustimmte, weiß ich nicht. Aber auch er wünscht sich eine Verbindung zwischen mir und ihm – ich glaube, er nahm an, Alexander MacDonald würde Castle Fyne wieder von Euch zurückerobern und dann sollte ich ihn heiraten."

„Da hat er sich aber schwer verrechnet – und das wird nicht sein letzter Fehler bleiben", sagte Sir Guy. Mit dem Becher in der Hand schritt er langsam vor ihr auf und ab.

Margaret musste sich wieder setzen. Sie brachte das Zittern nicht unter Kontrolle. „Sir Guy? Ich fühle mich nicht gut." Und das war die reine Wahrheit. Sie war wie benommen, und ihr war schwindelig. Der Raum schien sich zu drehen.

Er stemmte die Fäuste in die Hüften. „Ich kann nicht fassen, dass sie Euch haben gehen lassen! Doch genau das haben sie getan – MacDonald, der berühmte Wolf, und Bruce, der mächtige König! Und dies alles ist zu meinem Vorteil." Er setzte ein zufriedenes Lächeln auf.

Sie befürchtete, gleich vor Erschöpfung in Ohnmacht zu fallen, doch das durfte ihr auf keinen Fall passieren, denn Sir Guy war der Feind, und William brauchte sie!

„Lady Margaret, wir werden noch heute Nacht die Ehe vollziehen", sagte er.

Margaret vernahm entsetzt seine Worte, und dann wurde alles schwarz.

## 16. KAPITEL

Als Margaret erwachte, wusste sie sofort, wo sie sich befand. Es war einmal das Schlafzimmer ihrer Eltern gewesen, dann hatte es für kurze Zeit ihr selbst gehört, bis Alexander Castle Fyne eroberte. Ihr Blick glitt zu der Ritterrüstung, die an einem Haken an der Wand hing.

Nun war es das Schlafgemach von Sir Guy.

Sie erschauerte. Sie war wieder auf Castle Fyne, als Sir Guys Gefangene, ob er das nun aussprach oder nicht, und William war schwer verletzt.

„Mylady!", rief Marsaili und eilte zu ihr. „Hier, nehmt einen Schluck Wein."

Vor Furcht und Abscheu sank ihr das Herz. Sie musste an die entsetzliche Unterhaltung mit Sir Guy denken. War er misstrauisch geworden? Zumindest hatte sie den Eindruck. Und er hatte gesagt, dass sie noch in der Nacht die Ehe vollziehen würden.

Margaret sah sich um, doch zu ihrer Erleichterung war außer der Dienstmagd niemand im Raum. Atemlos setzte sie sich auf, doch sie fühlte sich nicht mehr so erschöpft. War es möglich, dass sie Sir Guy abgewehrt hatte? Es musste wohl so sein – doch wie war ihr das gelungen? Selbst wenn sie ihm jetzt den Vollzug der Ehe verweigert hatte, was sollte nur geschehen, wenn ihm Gerüchte über ihre Liebschaft mit Alexander an die Ohren drangen? Würde er ihr ihre Lügen abnehmen?

Denn früher oder später musste er von diesen Gerüchten hören.

Margaret nahm einen Schluck Wein. Schon einmal war sie unten im Saal ohnmächtig geworden und war von Alexander hinaufgetragen worden. Sie hatte das Gefühl, als ob seitdem eine Ewigkeit vergangen wäre.

Sie musste diese beiden Vorfälle und die beiden Männer miteinander vergleichen, sie konnte gar nicht anders. Als Alexander sie auffing, hatte sie eine merkwürdige Dankbarkeit empfunden. So etwas wollte sich jetzt nicht einstellen. Selbst als sie noch Alexanders Gefangene war, hatte sie sich sicher und beschützt gefühlt. Zwar hatte Sir Guy sie nicht zu seiner Gefangenen erklärt, doch sie bezweifelte nicht, dass er ihr nur wenig Bewegungsfreiheit zugestehen würde, was sie eben doch zu einer Gefangenen machte. Und dieses Mal fühlte sie sich weder sicher noch beschützt. Sie hatte sogar das Gefühl, in ernsthafter Gefahr zu schweben.

Und sie war ja auch wirklich in Gefahr, oder etwa nicht? Ihre ganze Zukunft stand auf dem Spiel. Was sollte sie nur tun?

Würde Sir Guy bald zu ihr kommen?

Wenn er sie in sein Bett zwang, würden sie der Tradition der Highlands zufolge noch lange nicht als Mann und Frau gelten. Die Tradition verlangte, dass sie, Margaret, in die Ehe einwilligen musste. Doch jederzeit könnte er behaupten, dass alles mit ihrem Einverständnis geschehen war, niemand würde je die Wahrheit erfahren.

Margaret stieg aus dem Bett. „Habe ich lange geschlafen?" Sie hoffte, dass bald der Morgen dämmerte.

„Nur einen kurzen Augenblick, Mylady." Marsaili lächelte besorgt.

Margaret wusste nicht, ob die Magd sich Sorgen machte, weil ihre Herrin in Ohnmacht gefallen war oder weil sie in Sir Guys Bett gelegen hatte.

„Ich möchte mich wieder um meinen Bruder kümmern." William brauchte sie, und sie konnte ihn als Entschuldigung vorschützen, um sich nicht in Sir Guys Gesellschaft aufhalten zu müssen. „Aber erst einmal möchte ich aus diesem Gewand heraus."

„Ich kann es morgen für Euch waschen, Mylady, aber bis dahin habe ich leider nur ein Leinentuch für Euch."

Margaret blickte zu dem safranfarbenen Tuch, das am Fußende des Bettes lag. „Das reicht völlig. Ich bin ja die Kleidung der Highlander gewohnt."

„Ja, ich weiß noch, so etwas Ähnliches habt Ihr auch getragen, als Ihr das letzte Mal bei uns gewesen seid", sagte Marsaili lächelnd. „Wie geht es denn meiner Schwester?" Sie half ihr aus dem Gewand.

„Eilidh ist mir eine große Hilfe, ich wünschte, sie wäre auch jetzt bei uns", erwiderte Margaret mit vollem Ernst. Peg und Eilidh mussten längst wissen, dass sie mit Alexander nach Scone gegangen war, wo Bruce gekrönt wurde. Sie würden sich keine großen Sorgen um sie machen.

„Sie ist ein gutes Mädchen", sagte Marsaili voller Stolz.

Margaret zitterte vor Kälte, als sie nur im Hemd dastand, das ihr bis zur Mitte der Schenkel reichte.

„Ich schiebe noch etwas Holz ins Feuer, ehe Ihr Euch wieder zu Bett begebt, Mylady."

Margaret wollte ihr gerade sagen, dass es nicht notwendig sei, da sie den Rest der Nacht bei William verbringen wollte, als sie draußen etwas hörte. Dann wurde die Tür geöffnet.

Sir Guy lächelte ihr entgegen.

Margaret packte das Tuch und hielt es sich vor die Brust, während Sir Guy sich an den Türrahmen lehnte. „Verschwinde!", sagte er zu Marsaili.

Margaret bekam es mit der Angst zu tun. Außerdem war sie beinahe nackt. Sie mochte nicht, wie Sir Guy sie anstarrte und anlächelte, sie wollte nicht, dass die Magd hinausging, doch sie konnte sie kaum darum bitten, zu bleiben. Marsaili sah Margaret fragend an, doch die konnte den Blick nicht von Sir Guy abwenden.

„Verschwinde schon!", fuhr er Marsaili barsch an, verärgert, weil sie ihm nicht sofort gehorchte.

Die Magd floh aus dem Zimmer.

Sir Guys herbes Gesicht wurde weicher, als sein Blick über das Tuch glitt und dann zum Saum ihres Hemdes, als ob er hindurchsehen konnte auf ihre bloßen Beine. „Ich habe Euch immer für sehr schön gehalten", sagte er schlicht.

Oh, mein Gott! dachte Margaret und umklammerte das Tuch. Sie wusste genau, was er wollte. „Sir Guy, bitte gestattet mir, mich anzukleiden."

Er stieß sich vom Türrahmen ab und kam auf sie zu. „So sittsam seid Ihr?" Er nahm ihr das Tuch aus der Hand und warf es auf den Boden. „Euer Anblick gefällt mir sehr. Ihr erfreut mein Auge, Margaret – und bald sind wir sowieso verheiratet."

Margaret wich zurück. Sie war sich sicher, dass er durch das dünne Hemd blicken konnte. Sie überlegte, ob sie ihm sagen sollte, dass sie ihn niemals heiraten würde – doch sie hatte Angst, das könnte ihn in Rage versetzen. „Unsere Hochzeit ist im Juni." Sie versuchte, so ruhig wie möglich zu sprechen.

Er packte sie am Arm und zog sie an sich. „Ihr braucht doch keine Angst vor mir zu haben, meine Teure."

„Wenn Ihr den Wunsch habt, Euch mit mir zu unterhalten, erlaubt mir bitte erst, mich anzukleiden."

Sein Blick wanderte über ihre kaum bedeckten Brüste. „Ich habe Castle Fyne erobert, Margaret, wie ich es Euch versprochen habe – ich habe den verfluchten Wolf geschlagen, ich bin hier der Sieger."

„Das weiß ich", hauchte sie und wies ihn lieber nicht darauf hin, dass er Alexander genau genommen gar nicht besiegt hatte. Denn der war schließlich nicht hier gewesen, um Castle Fyne persönlich gegen Sir Guy zu verteidigen.

„Wisst Ihr, wie sich ein Triumph im Kriege anfühlt?", fragte er leise, seine Hand lag noch immer warm auf ihrem Arm.

„Nein", erwiderte sie atemlos.

„Es ist ein wunderbares Gefühl – es gibt kein anderes, das so wäre."

Sie biss sich auf die Lippe und antwortete nicht – dazu hatte sie nichts zu sagen. Aber sie wusste, was das Glühen seiner Augen zu bedeuten hatte.

„Ich begehre Euch sehr, Margaret."

„Ihr begehrt Castle Fyne.“ Kaum hatte sie das ausgesprochen, war sie über sich selbst entsetzt. Aber sie konnte sich nicht mehr zurückhalten. „Und Ihr habt Castle Fyne.“

„Ich will Castle Fyne und meine Braut.“

Seine harten Schenkel drängten sich an ihre. Sie bemerkte, in welchem Zustand er sich befand, eine grobe, lieblose Begierde; Alexander hatte ihr dazu etwas anderes beigebracht. „Ihr tut mir weh!“, keuchte sie.

„Aber wenn ich Euch loslasse, werdet Ihr vor mir flüchten, dessen bin ich gewiss. Ihr dürft Euch dem Mann nicht entziehen, den Ihr heiraten werdet, Margaret.“

„Ihr tut mir weh!“, rief sie noch einmal aus, auch wenn dies nicht ganz der Wahrheit entsprach.

Mit verwundertem Gesichtsausdruck lockerte er den Griff ein wenig. „Warum mache ich Euch denn solche Angst? Warum habe ich das Gefühl, dass Ihr Euch mir verweigern wollt?“ Er fuhr ihr mit dem Daumen übers Kinn. Margaret wusste, dass er sie küssen wollte, und sie versteifte sich.

Sein Mund bedeckte ihre Lippen, und seine andere Hand umfasste ihre Brust.

Margaret schrie auf und wand sich panisch. Seine Arme umklammerten sie, er küsste sie heftig und fordernd. Margaret wollte ihn anbrüllen, doch sie schaffte es nicht, ihn von sich zu schieben.

Endlich ließ er schwer atmend von ihr ab, heiße Gier in den Augen. Doch er ließ sie nicht los. „Warum meint Ihr, plötzlich die Jungfrau spielen zu müssen? Eine Verbindung zwischen uns ist doch in unser beiderseitigem Interesse.“

„Mein Bruder könnte sterben. Er braucht mich.“

„Und ich brauche Euch“, fuhr er sie barsch an. „Ich muss nun ohne Aufschub diese Ehe vollziehen, damit mir kein anderer Mann das Recht streitig machen kann.“ Jetzt hatte er keine Gier mehr in den Augen, sondern nur noch wilde Entschlossenheit.

„Niemand macht Euch Euer Recht streitig!“ Ihre Gedanken rasten. „William ist todkrank, und Buchan will, dass wir in aller Öffentlichkeit heiraten, in einer englischen Kirche.“

„Großer Gott, Ihr weist mich tatsächlich zurück!“ Er starrte sie fassungslos an. „Buchan würde zustimmen – alles hat sich verändert, Margaret. Ich hätte von Euch erwartet, dass Ihr genauso begierig darauf seid, unsere Verbindung zu vollziehen, um meinen Anspruch hier zu untermauern, damit kein Mann, nicht einmal der Wolf, auf den Gedanken kommen kann, uns Castle Fyne wieder abzunehmen.“

„Solange William so schwer krank ist, kann ich nicht klar denken! Aber ich weiß, dass ich meinem Onkel gehorchen muss, Sir Guy.“ Zitternd versuchte sie, etwas Raum und Zeit zu gewinnen, doch das ließ er nicht zu. „Vielleicht solltet Ihr ihm einen Brief schreiben?“ Doch damit konnte sie auch nur für kurze Zeit aufschieben, was unausweichlich erschien.

„Ich werde ihm keinen Brief schreiben, Margaret.“ Er zog sie in seine Arme. „Ihr seid hier. In wenigen Minuten werden wir Mann und Frau sein.“ Er schlang die Arme um sie und küsste sie wieder.

Margaret wehrte sich gegen ihn. „Ich willige nicht in diese Ehe ein!“, schrie sie.

Er riss überrascht die Augen auf. Sein Griff wurde brutal, so als wolle er ihr das Rückgrat brechen. „Ihr willigt nicht ein?“

Sie schüttelte den Kopf. „Ich kann Euch nicht heiraten. Ich kenne Euch nicht, und Ihr seid Engländer – ich will nicht!“

„Also ist Eure Treue zu Buchan nur vorgeschoben?“ Nackte Wut stand ihm im Gesicht. Er schüttelte sie heftig. „Ihr werdet meine Pläne nicht durchkreuzen!“

Er drängte sie mit seinem Körper rückwärts aufs Bett. Sie begann zu weinen und prügelte mit beiden Fäusten auf ihn ein. Er achtete gar nicht darauf und legte sich auf sie. Er riss so fest an ihrem Haar, dass sie erstarrte. Sein Blick war unbarmherzig. „Ist es MacDonald?“, fragte er leise.

Er würde ihr sowieso wehtun, doch sie hatte Angst davor, was er erst mit ihr anstellen könnte, wenn sie ihre Liebe zu Alexander einräumte. „Zwingt mich nicht“, flüsterte sie.

Er riss noch fester an ihrem Haar und drückte ihr die Schenkel mit den Knien auseinander. Sie fuhr zusammen, doch sich weiter zu wehren würde bedeuten, ihn erst recht zu provozieren. Sie schloss die Augen, um wenigstens nicht in sein verzerrtes, hässliches Gesicht blicken zu müssen.

Plötzlich waren draußen Schritte zu hören, jemand rannte die Treppe hoch und dann den Gang entlang. Sir Guy hatte es auch gehört und erstarrte.

Die Schritte waren fast schon an der Tür. Dann flog die Tür auf, und ein Mann stand an der Schwelle.

„Sir Guy! Ein Bote von Eurem Bruder ist eingetroffen!“

Sir Guy riss die Augen auf.

Margaret lag ganz still da, sie hatte Angst, sich zu bewegen.

Er warf ihr einen kurzen Blick, hart und drohend. Er würde wiederkommen! Ohne Zweifel! Dann sprang er vom Bett, und eine Sekunde später war er verschwunden.

Margaret konnte sich immer noch nicht rühren.

Dann wurde ihr klar, dass ihr ein Aufschub geschenkt worden war – das Wunder, um das sie gebetet hatte, war eingetreten.

Margaret richtete sich auf, griff nach ihrem Gewand und streifte es sich über den Kopf, so schnell sie konnte. Sie wollte schon zur Tür rennen, doch schluchzend brach sie an der Wand zusammen, sie zitterte unkontrolliert und würgte.

Er hatte vorgehabt, ihr Gewalt anzutun!

Sie keuchte und schluckte und rollte sich auf dem Boden wie ein Neugeborenes zusammen.

Im Morgengrauen ließ Williams Fieber nach.

Margaret konnte es nicht fassen, als sie ihm über die feuchte Stirn strich. Vor einem Augenblick noch war er glühend heiß gewesen, doch auf einmal war seine Haut kühl – das Fieber war weg!

War das ein weiteres Wunder?

Stumm schloss sie die Augen und dankte Gott.

Als sie sie wieder aufschlug, erblickte sie ihren Bruder, der friedlich ruhte. Helles Morgenlicht drang in das Zimmer. Seit sie nach der Ankunft von Aymers Boten aus Sir Guys Gemächern gekommen war, hatte sie hier gesessen. In den letzten Stunden hatte sie in eiskaltes Seewasser getauchte Wickel um Williams Körper geschlungen, ihn viel trinken lassen und ihn angefleht, wieder gesund zu werden. Das hatte sie davon abgehalten, an das denken zu müssen, was Sir Guy ihr hatte antun wollen – und was er ein weiteres Mal versuchen könnte.

Nun ergriff sie die feuchte, aber kühle Hand ihres Bruders. „Will! Du hast das Fieber besiegt!" Sie küsste seine Hand.

Seine Augenlider zitterten.

Sie beugte sich vor und küsste ihn auf die Schläfe. „Ich bin es, Margaret. Du hast ein schlimmes Fieber gehabt – die Wunde hatte sich entzündet. Wir sind auf Castle Fyne."

Er hob die Lider und sah sie verschwommen an. „Meg?"

Bevor sie etwas erwidern konnte, wurde hinter ihr die Tür aufgerissen. Sie verkrampfte sich und rührte sich nicht, während sich ihr der Magen umdrehte und eisige Furcht sie überwältigte.

„Wird er leben?", fragte Sir Guy.

Sie holte tief Luft und nahm allen Mut zusammen, den sie aufbringen konnte. Fest entschlossen, so zu tun, als sei ihr letztes Aufeinandertreffen gar nicht vorgefallen, wandte sie sich zu ihm um. „Ja, ich glaube schon."

Er warf William einen kurzen Blick zu. Sir Guy war unrasiert und triefäugig, auch er hatte offenkundig die ganze Nacht nicht geschlafen. „König Edward hat meinen Bruder zum Obersten Verwalter von ganz Schottland ernannt."

Margaret sah ihn nur ausdruckslos an. Seit Monaten schon wurde darüber geredet, dass Aymer de Valence die Befehlsgewalt über Schottland übertragen bekommen könnte. Sie wusste nicht, was für Auswirkungen das auf sie, auf Alexander oder auf den

Krieg gegen Bruce haben könnte, doch es würde sicherlich Sir Guy noch größere Macht verschaffen. Hatte man ihn vielleicht fortberufen? Auf jeden Fall hoffte sie das inständig. Sie betete darum, dass es so sein möge!

„Seid Ihr denn gar nicht erfreut? Mein Bruder vertritt hier nun die ganze Macht Englands! Ich werde zu einem der mächtigsten Herren in Schottland, Margaret. Ihr werdet eine der herrschenden Damen sein."

Sie würde niemals seine Frau werden, jedenfalls nicht, wenn es in ihrer Macht lag, das zu verhindern. „Dann ist das eine glückliche Wendung."

„Sehr glücklich – wenn auch nicht gänzlich unerwartet. Aymer ist einer der Günstlinge des Königs, was er auch sein sollte. Bruce kann ihn niemals besiegen."

Margarets Blick blieb völlig ausdruckslos; sie wünschte sich nichts sehnlicher, als dass Robert Bruce die beiden Krieger Aymer de Valence und Sir Guy im Kampfe schlagen würde.

Sie empfand nun eine andere Loyalität. Daran konnte kein Zweifel mehr bestehen.

Die Engländer waren der Feind; Sir Guy war der Feind.

Ihre Anspannung wuchs ins Unermessliche, als ihr das endgültig klar wurde.

Sir Guy warf William, der ihrer Unterhaltung stumm und reglos gefolgt war, noch einen Blick zu. „Ich muss mein Heer wieder nach Berwick führen, um mich meinem Bruder anzuschließen. Doch wenn es Euch besser geht, wollt Ihr sicher wieder zurück nach Balvenie, um von dort aus zu uns zu stoßen."

Sie betete um ein weiteres Wunder – nämlich dass er sofort aufbrechen würde.

William nickte. „Ich kann es kaum erwarten, mit dem Rest meiner Familie gegen Bruce zu kämpfen."

Margaret schaffte es, nach außen teilnahmslos zu erscheinen, doch in ihr zog sich alles zusammen. So schnell standen sie in diesem Krieg auf gegnerischer Seite, genau wie sie es befürchtet hatte.

Sir Guy sah sie an. „Bruce hat seine Gemahlin und die Hofdamen nach Aberdeen eskortieren lassen. König Edward aber will sie in seine Gewalt bringen. Aymer hat mir den Befehl dazu erteilt."

Entsetzen stieg in ihr auf, und sie befürchtete, er könnte ihr das ansehen. „Ist es denn überhaupt möglich, sie gefangen zu nehmen? Die Frauen werden doch sicher sehr gut beschützt."

„Man hat mir gesagt, sie würden nicht besonders gut beschützt. Sie seien in der Obhut von Robert Bruces Bruder Sir Nigel, der nur eine Handvoll Männer zur Verfügung haben soll. Habt Ihr etwa auch Elizabeth de Burgh lieb gewonnen?"

Sie fragte sich, ob sie der Königin eine Nachricht zukommen lassen und sie warnen konnte, dass Aymer de Valence sie und ihre Hofdamen in seine Gewalt bringen wollte. „Ich habe kaum ein Wort mit ihr gewechselt."

„Ach ja, ich vergaß", höhnte Sir Guy, „Ihr habt Angst um Isabella."

Bis zu diesem Augenblick hatte sie nicht eine Sekunde an Isabella gedacht, doch plötzlich befürchtete sie, dass ihrer Freundin ein schreckliches Schicksal bevorstand, wenn sie zusammen mit der Königin und den Hofdamen in Gefangenschaft geraten würde. Margaret beschloss, lieber den Mund zu halten.

„Wir müssen noch einige Dinge klären, ehe ich aufbreche", sagte Sir Guy. „Ich möchte unten mit Euch sprechen." Er nickte knapp, machte auf dem Absatz kehrt und stolzierte davon.

Margaret begann zu zittern. Er wollte unten mit ihr sprechen? Er hatte sie also nicht in seine Gemächer befohlen. Lieber Gott, würde sie einen weiteren Aufschub bekommen? Erleichterung überkam sie. Ihre Augen wurden feucht, die Bilder seines rabiaten Vergewaltigungsversuchs stiegen vor ihr auf. Doch jetzt war nicht die Zeit, an so etwas zu denken.

„Du hast Angst vor ihm", bemerkte William kraftlos.

Sie sah ihn an und nickte. Doch sie glaubte nicht, dass sie William alles anvertrauen sollte, was geschehen war – nicht weil er dazu noch zu schwach war, sondern weil es ihn in Wut versetzen würde.

„Ich wusste gleich, dass du keinen Engländer heiraten solltest. Was ist denn passiert?“

Sie beugte sich vor. „Mach dir darum jetzt keine Gedanken! Du bist noch zu geschwächt, um dich aufzuregen!“

William keuchte. „Wenigstens hat er Castle Fyne für uns zurückerobert.“

Sollte sie es wagen, ihm von Alexander zu erzählen? Ihm ihre Gefühle zu beichten? Hatte Alexander vielleicht sogar recht? Würde er ihr seinen Segen geben?

„Willst du Sir Guy wirklich heiraten, Meg? Steht die Hochzeit immer noch bevor?“, fragte William matt.

Sie strich ihm übers Haar. „Ich soll ihn heiraten, aber ich kann es nicht. Selbst wenn das bedeutet, dass ich Castle Fyne verliere, ich kann ihn nicht heiraten – ich verachte ihn.“ Ihr wurde wieder übel. Allein bei dem Gedanken an ihn befürchtete sie, sich übergeben zu müssen.

William starrte sie verblüfft an. „Ist er denn so fürchterlich?“

„Ich kann ihn nicht ausstehen, ich konnte es von Anfang an nicht.“ Sie unterbrach sich, als ihr wieder Tränen in die Augen stiegen. Sie wollte unbedingt Williams Unterstützung und seinen Segen haben. „Ich liebe einen anderen.“ Und das war wirklich wahr. Irgendwie hatte sie schon eine ganze Weile gewusst, dass sie Alexander liebte.

Sie wusste nicht genau, wann sie sich eigentlich in ihn verliebt hatte. Vielleicht in Balvenie, als er mitten in der Nacht gekommen war, um sie und Isabella zu holen. Oder vielleicht am Morgen nach der ersten gemeinsamen Nacht, als beide einander eingestanden, dass sie nicht im Geringsten bedauerten, was passiert war.

Doch er war so wütend und enttäuscht gewesen, als sie ihn verließ, um sich um William zu kümmern. War er immer noch zornig auf sie? Irgendwann musste er ihr vergeben und verstehen, warum sie das getan hatte.

Aber was nun? Sie sah ihren Bruder an, der fassungslos war. „Du hast dich verliebt? In der kurzen Zeit?“

„Ja. Ich möchte einen anderen heiraten.“

Und es war wirklich wahr. Ihr Herz hüpfte vor Aufregung. Sie wollte Alexander heiraten. Auch wenn das hieß, im Krieg auf der anderen Seite zu stehen – sie hatte ja längst die Seiten gewechselt! – und jede Loyalität aufzugeben, die ihr ihr ganzes Leben lang wichtig gewesen war. Die Zeit war gekommen, eine Entscheidung zu treffen. Dafür hatte Sir Guy gesorgt.

„Und wer hat dein Herz erobert?“, fragte William rau.

Sie zögerte einen Moment aus Furcht vor seiner Reaktion und betete um seinen Segen. „Alexander MacDonald.“

William schluckte fassungslos. „Meg? Soll das ein Scherz sein?“ Sie sagte nichts, sie saß nur ganz steif da, und ihm stieg die Zornesröte ins Gesicht. „Bist du wahnsinnig? Er ist nicht nur unser Todfeind, ihm klebt nicht nur das Blut der MacDougalls an den Händen, er steht auch in einem Krieg gegen uns auf der Seite von Robert Bruce. In einem Krieg gegen mich – und gegen dich!“

Sie zitterte. „Bruce ist unser König, Will. Er wurde vor ein paar Tagen in Scone gekrönt.“

William setzte sich auf, kreidebleich im Gesicht. „Und dafür wird er hängen, als der Verräter, der er ist! Du hast völlig den Verstand verloren! Wir kämpfen gegen Bruce, Meg – wir, du und ich!“

„Hast du nicht selbst gesagt, dass ein Schotte, dass jeder Schotte ein besserer König von Schottland sein würde als König Edward von England?“

„Du wagst es, mir zu widersprechen?“ Er fiel schwer atmend auf die Kissen zurück.

„Du vergeudest doch nur deine Kraft!“, rief sie. Rasch tauchte sie ein Tuch in das kalte Wasser und drückte es ihm auf die Stirn.

„Du wirst wieder krank werden! Bitte, wir sollten jetzt nicht darüber reden.“

„Weiß Buchan davon? Nein, natürlich weiß er das nicht!“ Er schloss die Augen.

Sie schwieg lieber, doch eins war klar geworden: William hielt überhaupt nichts von ihren Gefühlen für Alexander, er würde einer Ehe mit ihm nicht seinen Segen geben.

„Es tut mir leid“, flüsterte Margaret.

Aber William war bereits wieder eingeschlafen.

Als Margaret den Saal betrat, war Sir Guy in eine Unterhaltung mit drei von seinen Männern versunken, sie konnte hören, dass sie über den Transport von Belagerungs- und Kriegsgerät sprachen. Sie verschränkte die Arme und verharrte an der Schwelle. Sie war außerstande, normal auf ihn zu reagieren; bei seinem bloßen Anblick war sie von tiefer Abscheu und Angst erfüllt.

„Wo ist Bruce jetzt?“, fragte ihn einer seiner Ritter.

„Auf dem Marsch nach Dundee, wo es eine große und langwierige Schlacht geben wird.“ Sir Guy hatte ihre Anwesenheit gespürt und wandte sich um.

Margaret erwiderte seinen Blick, doch ihr war übel. Sie musste dieses entsetzliche Gefühl verdrängen. In der Hitze des Kampfes hatte sie jede Selbstbeherrschung verloren und ihm ihre wahren Gefühle ins Gesicht geschrien. Dadurch waren sie zu Feinden geworden.

Ihre Gedanken rasten. Wenn er davon überzeugt war, dass sie ihn tatsächlich nicht heiraten wollte, würde sie mit Sicherheit hier zur Gefangenen werden. So oder so würde sie künftig seine Gefangene sein. Es konnte nichts Gutes daraus erwachsen, dass sie ihm ihre wahren Gefühle offenbart hatte. Irgendwie musste sie Sir Guy davon überzeugen, dass sie ihm trotzdem demütig gehorchen würde, selbst wenn sie das insgeheim nicht so meinte.

Sir Guy starrte sie an. Ohne zu seinen Rittern zu blicken, sagte er: „Diese Dinge können warten. Lasst uns allein.“

Die drei Ritter erhoben sich und eilten aus dem Saal, in dem Sir Guy und Margaret nun allein zurückblieben. „Wann wollt Ihr aufbrechen?“, fragte sie.

„Sobald wir können, in einigen Stunden, vielleicht noch früher“, sagte er und kam auf sie zu. „Wie sehr Euch das erfreuen muss.“

Sie gab keine Antwort und gestattete ihren Gesichtsmuskeln keine einzige Regung.

Er lächelte unangenehm. „Ich lasse eine sehr starke Besatzung hier zurück. MacDonald wird nicht erneut angreifen – falls das Eure Hoffnung ist. Er zieht mit Bruce nach Dundee. Castle Fyne bleibt unser.“

Sie verharrte ausdruckslos, doch betete sie um Alexanders Sicherheit. Es war ihrer Aufmerksamkeit nicht entgangen, dass Sir Guy die Festung „unser“ genannt hatte. „Ich habe ja wohl kaum den Wunsch, dass Castle Fyne noch einmal angegriffen wird.“

„Dann bin ich endlich einmal zufrieden mit Euch.“

Das war ihre Gelegenheit. „Ich möchte mich dafür entschuldigen, Euer Missfallen erregt zu haben.“

„Wirklich?“ Dieses eine Wort war die reinste Herausforderung. „Ich bin ein Ritter, wenn man mich zur Schlacht ruft, dann breche ich auf“, sagte er barsch. „Aber ich werde so schnell wie möglich zurückkehren, um die Ehe zu vollziehen. Außerdem werde ich sofort an Buchan schreiben.“

Natürlich würde er das tun. Vielleicht könnte sie ihm auch selbst eine Nachricht zukommen lassen, um sich zu verteidigen und ihn anzuflehen, seinen Plan, sie mit Sir Guy zu verheiraten, aufzugeben. Wenn sie Buchan dazu überreden könnte, würde das alles ändern. Doch ihr war klar, die Wahrscheinlichkeit war gering.

„Ihr seid lediglich eine Frau. Es liegt nicht an Euch, zu entscheiden, wen Ihr heiratet und wen nicht.“ Er kniff die Augen zusammen. „Während ich fort bin, solltet Ihr über die bevorstehende Hochzeit nachdenken und darüber, wie Ihr Euch bei meiner Rückkehr mir gegenüber verhalten wollt. Gegen mich anzukämpfen, kann nicht in Eurem Interesse liegen."

„Mir ist klar, dass es mir nicht zusteht, einen Gemahl auszuwählen oder abzulehnen. Ich bedauere sehr, dass ich die Beherrschung verloren habe, Sir Guy, doch Ihr habt mir große Angst eingejagt."

„Also war alles mein Fehler?"

„Selbstverständlich nicht", sagte sie vorsichtig. „Sir Guy, ich habe letzte Nacht Angst bekommen. Ich habe eine Hochzeit im Juni erwartet. Außerdem befürchte ich, dass wir nicht zueinanderpassen – dass ich immer wieder Euer Missfallen erregen werde. Ich habe den Verstand verloren. Ich möchte mich entschuldigen."

Er gab ein abschätziges Grunzen von sich. „Ich habe Euch immer für ziemlich schlau gehalten – für zu schlau. Glaubt Ihr etwa, Ihr könntet mich davon überzeugen, dass Ihr nicht gegen unsere Ehe seid? Da werdet Ihr Euch schon mehr anstrengen müssen. Ihr werdet Euer Wesen und Euer Verhalten ändern müssen. Und, Margaret, falls Ihr nicht aufrichtig gewesen seid, solltet Ihr eins zur Kenntnis nehmen: Eure Wünsche spielen keine Rolle. Wir werden heiraten – entweder vollziehen wir die Ehe hier, oder wir heiraten im Juni."

Sie nickte.

„Zumindest seid Ihr heute gehorsam." Sein Blick wurde hart. „Ich kann nur hoffen, dass Ihr aufrichtig seid. Man sagt, Ihr seid eine Frau von Ehre. Wenn das zutrifft, werdet Ihr froh und glücklich Eure Pflicht erfüllen und Euren Widerstand einstellen."

„Ich bin eine Frau von Ehre."

Doch er schien immer noch nicht überzeugt. „Das wird die Zeit erweisen. Bis dahin bleibt Ihr hier, hinter diesen Mauern, wo Ihr in Sicherheit seid. Ihr seid nach wie vor von unschätzbarem Wert, für MacDonald, für Bruce – und für mich." Damit drehte er sich um und marschierte aus dem Saal.

Margaret hörte, wie er draußen Befehle bellte. Langsam schritt sie zum Tisch und ließ sich auf die Bank sinken.

In ein paar Stunden würde er fort sein. Sie konnte es kaum erwarten.

Die ganze Burg lag im Tiefschlaf. Margaret saß allein im Saal am Tisch, eine einzige Kerze brannte. Sie tunkte den Federkiel ins Tintenfass und schrieb auf das Pergament, das vor ihr ausgebreitet lag.

*15. April 1306*

*Meine liebste Freundin Isabella,*

*ich bin sicher auf Castle Fyne angekommen, wo ich mich um meinen Bruder kümmere. William wurde verwundet, als Sir Guy die Festung angriff, doch er ist inzwischen außer Lebensgefahr. Sir Guy hat befohlen, dass ich hierbleiben soll, während er selbst nach Berwick marschiert, um sich seinem Bruder Aymer anzuschließen. Er hat eine starke Besatzung zurückgelassen, sodass wir sicher sind und uns verteidigen können. William wird es bald gut genug gehen, um nach Balvenie zurückkehren zu können. Ich werde hier Sir Guys Rückkehr erwarten.*

Margaret glaubte, Schritte gehört zu haben, sie erstarrte und lauschte. Sir Guy würde ihr niemals erlauben, an Isabella zu schreiben, doch Marsaili sollte den Brief aus der Burg schmuggeln und hinunter ins Dorf am Ufer des Loch Fyne bringen. Einer der Dorfbewohner würde gut bezahlt werden, um den Brief zum nächsten Boten im nächsten Dorf zu bringen, und irgendwann würde der Brief Aberdeen erreichen.

Wenn man nicht einen einzelnen berittenen Boten losschicken konnte, war es eine mühselige Angelegenheit, Isabella eine Nachricht zukommen zu lassen, und darüber hinaus bestand auch die Möglichkeit, dass der Hof samt Königin und Isabella sich nicht mehr in Aberdeen aufhielt, wenn der Brief eintreffen würde. Aber es war nun einmal nicht einfach, an ihre Freundin zu schreiben, wenn die sich hinter feindlichen Linien befand.

Auch musste Margaret damit rechnen, dass ihre Botschaft abgefangen werden konnte. Es war ihr klar, dass sie sehr aufpassen musste, wie sie sich ausdrückte. Sie wollte die Königin warnen, dass Aymer de Valence den Auftrag hatte, sie gefangen zu nehmen, außerdem wollte sie sich nach Alexander erkundigen. Sie fuhr fort.

*Ich bete, dass es Dir gut geht und Du in diesen Zeiten des Krieges und der Intrigen, wo es überall Spione gibt und selbst Frauen als Verräter verfolgt werden können, in Sicherheit bist. Hast Du Dich mit einigen der Damen an Deinem Aufenthaltsort anfreunden können? Richtest Du bitte Elizabeth meine besten Grüße aus?*

Sie wagte es nicht, Elizabeth als Königin zu bezeichnen, und bezweifelte, dass Isabella überhaupt verstand, was sie ihr zwischen den Zeilen mitteilen wollte. Margaret konnte nur hoffen, dass ihre Freundin den Brief der Königin zu lesen geben würde.

*Ich bin hier von allem abgeschnitten und freue mich über jede Neuigkeit, die Du mir zukommen lassen kannst. Wir erfahren hier nichts vom Krieg, hören nichts von Freunden oder der Familie, was diese Zeiten noch schwieriger macht. Ich kann nur für uns alle beten.*

*Deine treue Freundin*
*Margaret Comyn*

„An wen schreibst du da?“

Margaret sprang auf, warf dabei das Tintenfass um, doch zum Glück floss nichts auf den Brief. Erschrocken sah sie William an.

Zehn Tage waren vergangen, seit Sir Guy Castle Fyne verlassen hatte. William war es mit jedem Tag besser gegangen, doch bisher hatte er noch nie allein mehr als ein paar Schritte gemacht. „Wie bist du denn heruntergekommen?“, rief sie aus.

Er lächelte. „Wie man das gewöhnlich tut.“ Er stützte sich auf einen Stock. „Mir geht es viel besser, Meg.“ Seine Augen leuchteten. „In ein paar Tagen werde ich nach Hause aufbrechen können. Nun?“

Sie wollte ihren Bruder nicht anlügen. „Ich schreibe an Isabella.“

Sein Lächeln erstarb. „Sie ist eine verfluchte Hure – der verdammte Feind!“

William wusste inzwischen, dass Margaret und Isabella mitten in der Nacht aus Balvenie geholt worden waren und an der Krönung von Robert Bruce teilgenommen hatten – und dass Isabella bei der Zeremonie eine wichtige Rolle gespielt hatte. Die Gerüchte über ihre Liebschaft mit Bruce waren ihm ebenfalls zu Ohren gekommen.

Er war zuallererst ein Comyn, in einem einzigen Augenblick hatte sich seine Zuneigung zu ihr in Feindseligkeit verwandelt. „Wie kannst du ihr nur schreiben?“, fragte er ziemlich kühl.

„Sie ist und bleibt meine Freundin“, erwiderte Margaret.

Mit angewidertem Blick humpelte er zum Tisch.

„Willst du jetzt etwa meine privaten Briefe lesen?“

Er riss den Kopf hoch. „Eigentlich nicht. Ich bin dein älterer Bruder, Meg, ich könnte dir schlicht verbieten, ihr zu schreiben. Wir wissen doch beide, dass weder Buchan noch Sir Guy so etwas erlauben würden.“

„Ich bin kein Lakai, den man herumkommandieren kann“, sagte sie gereizt. Doch dann milderte sie ihren Ton. „Will, bitte.

Die arme Isabella. Sie hat ihr Leben ruiniert. Ich bin ihre Freundin. Sie braucht mich!“

Er seufzte. „Sie ist nicht nur eine Hure, sondern auch eine Närrin.“

„Will!“

„Das ist die schlichte Wahrheit.“ Er musterte sie fragend. „Ist das der einzige Brief, den du schreibst?“

„An Buchan habe ich bereits geschrieben.“ Und das schon an dem Tag, an dem Sir Guy aufgebrochen war – und nicht nur, um Isabella zu verteidigen. Sie hatte ihn gebeten, mit William nach Balvenie zurückkehren zu dürfen. Auf Castle Fyne zu bleiben und voller Furcht Sir Guys Rückkehr zu erwarten, schien ihr ausgeschlossen zu sein. Einmal zurück, würde sie deutlich machen, dass sie Sir Guy auf keinen Fall heiraten konnte, vielleicht würde sie sogar den Grund dafür verraten.

Einmal in Balvenie, wäre sie jedenfalls nicht länger Sir Guys Gefangene – und sie wäre viel näher am Krieg. Näher an Alexander.

Bisher hatte sie keine Antwort erhalten. Aber einige Gerüchte über den Kriegsverlauf waren ihr zu Ohren gekommen. Bruce war oben im Norden und verursachte Aufruhr. Er hatte Dundee eingenommen und mehrere Festungen in der Nähe von Banff belagert. Er nahm Geiseln und verlangte maßlose Lösegelder, um seinen Krieg zu finanzieren.

Einer ihrer Onkel war ihm zum Opfer gefallen. Der Earl of Strathearn hatte sich geweigert, ihm Männer zur Verfügung zu stellen, folglich hatten Bruce und Atholl ihn gefangen genommen.

Ihr Bruder musterte sie. „Über ein Thema haben wir nicht wieder gesprochen, seit es mir besser geht“, sagte er schließlich.

Sie erstarrte vor Entsetzen. Er hatte Alexander nicht ein einziges Mal erwähnt, und sie glaubte schon, er hätte ihre Unterhaltung vergessen, weil er noch so krank gewesen war, als sie davon sprachen.

Nun hatte sie das ungemütliche Gefühl, dass er ebendieses Thema zur Sprache bringen wollte. „Willst du wirklich jetzt mit mir reden, jetzt um Mitternacht?"

Er ließ sich unbeholfen auf die Bank sinken. „Ja, will ich, denn in den letzten Wochen habe ich viel zu lange im Bett gelegen. Weißt du, Meg, ich bin mir nicht sicher, ob ich diese seltsame Unterhaltung, an die ich dauernd denken muss, nur geträumt habe."

Also weiß er es noch, dachte sie finster. Margaret setzte sich, nahm das Pergament und blies sorgfältig darüber.

Er packte sie am Handgelenk. „Warum hasst und fürchtest du Sir Guy so sehr? Was ist passiert?"

Obwohl sie erleichtert war, dass er nicht nach Alexander fragte, wurde ihr sofort wieder übel. Seit Sir Guy weg war, hatte sie an diese gewalttätige Begegnung nicht mehr denken wollen. Und das wollte sie auch jetzt nicht. „Du hast ihn auch noch nie leiden können. Er ist Engländer. So einfach ist das."

Er lächelte selbstironisch. „Aber nun brauchen wir ihn. Wir brauchen die verdammten Engländer nun mal. Wir müssen Bruce besiegen."

Warum? wollte sie fragen. *Ist Bruce denn wirklich ein so schlechter König?* Aber sie hielt sich zurück. Sie kannte seine Antwort bereits. Bruce hasste die Familie Comyn. Sein Gewinn wäre ihr Verlust.

„Hast du mir tatsächlich erzählt, dass du dich verliebt hast?", fragte William ganz ernst. „Habe ich so etwas wirklich von dir gehört?"

Er erinnerte sich also doch. Sie wünschte, sie könnte ihn einfach anlügen und es abstreiten. Aber das konnte sie nicht; Margaret nickte.

Er schüttelte den Kopf. „In MacDonald? Unseren Todfeind?"

„Unsere Tante Juliana hat Alexanders Bruder geheiratet", erinnerte sie ihn.

Er war voller Abscheu. „Du bist aber nicht Juliana! Er kämpft auf der Seite von Bruce!"

„Ich weiß. Glaubst du, ich hätte es mir ausgesucht, mich in ihn zu verlieben?“ Sie ergriff seine Hand und drückte sie. „Er hat meine Burg angegriffen und sie mir geraubt. Er hat mich gefangen gehalten. Selbstverständlich wollte ich mich nicht in ihn verlieben!“, rief sie aus.

Ihr Bruder starrte sie nur an.

„Er ist ein großer Krieger, Will, und ein sehr tapferer und ehrenhafter Mann.“

William riss die Augen auf. „Du bist wirklich verliebt.“

Sie nickte und spürte, wie sie errötete. „Ich kam hierher, weil ich Angst hatte, du könntest sterben. Aber nun bin ich in Gefahr, Will. Wenn Sir Guy je die Wahrheit erfährt, bin ich sogar in sehr großer Gefahr.“

William erbleichte. „Du hast mit ihm geschlafen.“

Sie nickte. „Ich bin verliebt, und wir waren Liebende.“

Sein Gesichtsausdruck wurde hart. „Du hast Sir Guy betrogen, Meg – und du hast auch Buchan verraten.“

„Ich wollte nicht treubrüchig sein. Ich bin eine Comyn. Und darauf bin ich stolz! Ich habe lange gegen meine Gefühle angekämpft, das kannst du mir wirklich glauben.“

„Vielleicht findet Sir Guy es ja niemals heraus“, fing William an. „Du könntest ihm etwas vormachen.“

Margaret erhob sich. „Aber andere wissen Bescheid.“

Auch William stand auf und vergaß seinen Stock. „Was?“

Sie fuhr sich mit der Zunge über die Lippen. „Isabella weiß es. Ein paar von seinen Männern haben es mitgekriegt. Auch Atholl weiß es.“

William stand das Entsetzen ins Gesicht geschrieben. „Dann wird bald das ganze Land davon erfahren.“

„Deshalb habe ich ja solche Angst“, sagte sie, ein Geständnis, das schon lange überfällig war.

William riss sich zusammen. „Was willst du jetzt tun?“ Er stützte sich auf die Tischkante. „Hier kannst du jedenfalls nicht bleiben. Wenn Sir Guy herausfindet, dass du ihm untreu warst, wird er dir etwas antun – dich vielleicht sogar umbringen."

Margaret starrte ihn an. „Ich habe Buchan gebeten, mit dir nach Balvenie zurückkehren zu dürfen. Aber eigentlich möchte ich zu Alexander."

William war fassungslos. „Du würdest uns verlassen?"

„Nein. Nicht ganz. Ich bin eine Comyn – und ich bleibe immer deine Schwester."

Seine Augen wurden feucht. „Aber wenn du ihn heiratest? Willst du ihn denn heiraten?"

„Wenn er mich will. Aber ich bleibe trotzdem deine Schwester!"

„Nein. Dann wirst du seine Frau sein, und wir werden gegeneinander Krieg führen", sagte William. „Aber ich werde dir trotzdem beistehen – so wahr mir Gott helfe."

# *17. KAPITEL*

*Anfang Mai 1306, Kildrummy Castle, Schottland*

Mit großen Augen blickte Margaret den Hügel hinauf zur mächtigen Festung Kildrummy Castle. Sie schien den Himmel zu beherrschen mit ihren riesigen Rundtürmen und Achtung gebietenden Mauern; Kildrummy Castle hatte den Ruf, uneinnehmbar zu sein, weshalb sich sogar König Edward in der Vergangenheit schon dort aufgehalten hatte. Weil die massiven Mauern nicht überwunden werden konnten, war die Königin mit ihren Hofdamen hierhergebracht worden.

Margaret hatte diese Festung noch nie gesehen. Sie holte tief Luft. Vor ihr stiegen Bilder auf von einem ganzen Leben, das sie in Treue und Pflichterfüllung gegenüber ihrer Familie verbracht hatte

Aber weil sie Sir Guy nicht heiraten konnte, sondern sich eine Zukunft an der Seite von Alexander wünschte, war dies nun ihre Wahl.

Sie war eine Comyn, doch nun musste sie die Königin bitten, ihr Zutritt zu ihrem Hofstaat zu gewähren. Wenn die Regentin Margaret erst einmal als eine ihrer Hofdamen aufgenommen hatte, gab es kein Zurück mehr. Ihr Onkel würde ihr diesen Seitenwechsel – diesen Verrat! – niemals verzeihen.

Sie spürte eine ungeheuerliche Beklemmung. Denn nun musste Margaret sich ihrer größten Angst stellen; ohne ihre Aussteuer besaß sie nicht den geringsten Wert. Ohne Castle Fyne hatte sie als Braut jeden Nutzen verloren. Sie glaubte fest daran, dass Alexander viel an ihr lag. Aber war seine Liebe groß genug, um sie auch ohne ihre Ländereien zur Frau zu nehmen?

Kein Mensch heiratete, ohne einen Vorteil davon zu haben. Kein Mensch heiratete aus Liebe.

Nur in der Hoffnung, dass Alexander sie noch immer wollte, suchte sie Zugang zum Hof der Königin; sie ließ ihre Familie im Stich, ohne die Sicherheit zu haben, dass in der Zukunft eine Ehe auf sie wartete.

Margaret musste sich eingestehen, dass sie wirklich große Angst hatte.

Ihr Bruder, der neben ihr auf seinem Pferd saß, streckte plötzlich die Hand nach ihr aus. „Ich wage es nicht, mich hier noch länger aufzuhalten, Meg."

Damit riss er sie aus ihren Gedanken. Sie musste sich dem Augenblick stellen. Sie musste sich von ihrem Bruder verabschieden, möglicherweise für eine sehr lange Zeit. Wie William schon befürchtet hatte, würden sie nun im Krieg auf gegnerischen Seiten stehen. Sie wollte gar nicht daran denken, dass sie einander vielleicht nie wiedersehen würden. „Ich kann dir gar nicht genug dafür danken, dass du mich nach Kildrummy gebracht hast", flüsterte sie. Aber er hatte recht – für ihn war es zu gefährlich, sich hier auf dem Hügel im Blickfeld der Burg aufzuhalten.

William setzte eine stoische Miene auf. „Buchan wird vor Wut kochen, wenn er davon erfährt."

Sie hatten bereits ausführlich darüber gesprochen, was es für Auswirkungen haben konnte, dass Margaret sich sowohl über Buchan als auch über Sir Guy hinwegsetzte – und William ihr dabei half. Sie hatten darüber gesprochen, dass sie die Familie Comyn auf eine Weise verriet, die ihr jede Rückkehr verwehrte. Doch dies alles verblasste angesichts der Folgen, die sie würde erleiden müssen, wenn sie bei ihrer Familie blieb.

Buchan hatte ihr befohlen, mit William nach Balvenie zurückzukehren. Margaret jedoch vermutete, dass Sir Guy ihm von ihrem schlechten Benehmen berichtet hatte. Doch William unterstützte sie nun. Er fürchtete um ihr Leben, sollte Sir Guy jemals von ihrer Liebschaft mit Alexander erfahren.

Sie hatten diese entsetzliche Entscheidung gemeinsam getroffen – Margaret würde versuchen, sich den Hofdamen der

Königin anzuschließen in der Hoffnung, Alexander heiraten zu können und so doch noch ihr verdientes Glück zu finden.

Währenddessen würde William behaupten, er hätte sie nach Balvenie bringen wollen, doch sie hätte sich kurz vor ihrer Ankunft mitten in der Nacht davongestohlen. Kildrummy lag nur einen kurzen Tagesritt südlich vom Sitz ihres Onkels. William wollte außerdem abstreiten, dass an den Gerüchten irgendetwas dran sei, und steif und fest auf ihrer Unschuld bestehen; dies für den Fall, dass Alexander seine Meinung geändert hatte und Margaret nicht länger heiraten wollte. Trotzdem glaubten sie beide nicht, dass sie je wieder zu Hause willkommen wäre, falls Alexander seine Meinung tatsächlich geändert hatte.

Ihr tat es im Herzen weh. Sie wollte Williams Hand gar nicht wieder loslassen. „Ich liebe dich so“, wisperte sie. „Bitte, pass auf dich auf. Lass nicht zu, dass dir etwas zustößt.“

„Ich tue mein Bestes, aber du musst mir versprechen, dass du deinem Gemahl immer gehorsam sein wirst, dann sorgt er bestimmt für deine Sicherheit.“ William klang forsch, doch sie wusste, damit wollte er nur seine Gefühle verbergen. „Und wenn er dich nicht heiratet, bringe ich ihn eigenhändig um.“

„Das wirst du bleiben lassen – weil ich ihn liebe. Ich werde versuchen, dir eine Nachricht zukommen zu lassen.“ Margaret schluckte. „Ach, Will. Ich werde dich so sehr vermissen! Ich vermisse dich jetzt schon!“

Er beugte sich über sein Pferd und schloss sie kurz in die Arme. „Du hast deine Entscheidung getroffen. Nun liegt unser aller Schicksal in Gottes Hand. Gott segne dich, Meg. Gott beschütze dich.“ Er ließ ihre Hand los, wendete sein Pferd und nickte den zwölf Rittern zu, die sie begleiteten.

Margaret unterdrückte ein Schluchzen und konnte sich kaum rühren, als ihr Bruder mit seiner Eskorte den Hügel hinuntergaloppierte. Sie sah ihnen nach, bis sie hinter einer Wegkehre verschwunden waren.

Und dann war sie plötzlich ganz allein, so allein wie noch nie in ihrem Leben.

Tränen stiegen ihr in die Augen. Hatte sie soeben alles und jeden aufgegeben, der ihr teuer war, mit Ausnahme von Alexander? Obwohl sie gar nicht wusste, ob er sie noch haben wollte und ob er ihr einen weiteren Antrag machte?

Sie hatte sich noch nie so zerbrechlich und ohnmächtig gefühlt. Wahrscheinlich könnte jede Windböe sie umreißen.

Über ihr zwitscherte ein Vogel. Es klang hell und fröhlich. Sie wischte sich die Tränen aus den Augen und sah auf zu einer Eiche mit frischem Laub, dann hoch in den strahlend blauen Himmel, an dem zwei Habichte kreisten. Einen Augenblick sah sie ihnen zu. Es war unbestreitbar ein wunderschöner Mainachmittag. Die Habichte wirkten so frei und unbekümmert, und sie beobachtete sie, bis sie aus ihrem Blickfeld verschwunden waren.

Sie blinzelte die letzten Tränen weg und nahm ihren ganzen Mut zusammen. Sie würde es schon schaffen. Sie musste es schaffen!

Langsam trieb sie ihre Stute voran. Das Torhaus war ebenso eindrucksvoll wie die ganze Festung. Zwei Türme sicherten den Eingang, an den Ecken der Mauern erhoben sich größere, höhere Rundtürme. Die Wachposten hatten Margaret inzwischen entdeckt. Doch sie trottete auf ihrer Stute weiter, bis sie nur noch einen Steinwurf von dem verschlossenen Tor entfernt war. Dann blickte sie auf zu den beiden Männern in einem der Wachtürme. Der Anblick einer einzelnen Reiterin schien diese zu verblüffen.

„Wer ist da?“, rief einer von ihnen.

„Lady Margaret Comyn, eine Freundin der Countess of Buchan und Fife.“ Die Männer berieten sich, dann verschwand einer von ihnen, wahrscheinlich, um einen Befehlshaber zu fragen, ob sie hereingelassen werden sollte. Etwa zehn Minuten später tauchten mehrere Bogenschützen oben auf den Wällen auf, während das Tor aufschwang und zwei Männer auf sie zugaloppierten.

Den ersten Reiter konnte sie bereits erkennen. Er trug eine Kettenrüstung, aber keinen Helm, sein Haar glänzte schwarz in der Sonne. „Lady Margaret!", rief Sir Neil mit breitem Lächeln.

Sie konnte kaum glauben, dass es tatsächlich Sir Neil war – ihr Sir Neil! „Sir Neil!" Sie war ganz aufgeregt. „Aber Ihr reitet doch mit Alexander! Was macht Ihr denn hier?"

Seine blauen Augen blitzten. Er ritt zu ihr und ergriff ihre Zügel. „Der Wolf hat mich hiergelassen, Mylady, um die Countess of Fife zu beschützen."

Margarets Herz machte einen Satz. Alexander wusste, dass ihr viel an Isabella lag – und er hatte einen seiner besten Männer zurückgelassen, um auf sie aufzupassen. Sie war überzeugt, dass er das wegen ihr getan hatte, nicht wegen Isabella.

„Ich bin sehr erfreut, Euch zu sehen", sagte sie. Nebeneinander trabten sie über die gesenkte Zugbrücke und durch das Torhaus.

„Und ich bin genauso erfreut, Euch zu sehen! Sir Guy hat Euch gehen lassen?" Sir Neil war verblüfft. „Warum kommt ihr denn zur Königin?"

„Sir Guy hat mich nicht gehen lassen. Ich habe ihm den Gehorsam verweigert", sagte Margaret. „Und ich bin gekommen, um mich um Isabella zu kümmern, falls man mir das erlaubt."

Sir Neil blickte sie überrascht an.

Er konnte ja nicht wissen, dass sie nicht mehr vorhatte, Sir Guy zu heiraten, und dass sie den Folgen ihrer Verweigerung entgehen wollte. Es war jedoch nicht die Zeit, über solche Dinge zu reden. Sie zupfte an seinem Ärmel. „Was ist mit Alexander?"

Sir Neil lächelte stolz. „Er hat viele Festungen erobert, Mylady, oftmals sogar, ohne überhaupt das Schwert heben zu müssen. Er ist weit oben im Norden gewesen, wo auch Bruce die letzten Wochen verbracht hat."

Seit ihrer Rückkehr nach Castle Fyne hatte es Gerüchte über Alexanders Aktivitäten gegeben, auch darüber, dass er viele kleinere Burgen ganz ohne Schlacht eingenommen hatte; sein bloßes

Erscheinen verängstigte die Feinde so sehr, dass sie sich ergaben. Sie war froh, dies nun auch aus erster Hand zu vernehmen. Sonst hatte sie nichts von ihm gehört, aber sie hatte auch nichts anderes erwartet. Sie hatte ihm schreiben wollen, doch William riet ihr davon ab. Es wäre ja möglich gewesen, dass ihre Nachricht abgefangen wurde und Sir Guy von ihrem Vorhaben erfuhr.

„Nun marschieren sie nach Süden“, fügte Sir Neil hinzu. „Bruce wird Strathearn nicht aufgeben.

Margaret dachte an den Earl of Strathearn, einen angeheirateten Onkel, dem sie noch nie begegnet war, und an ihre Tante, die sie bisher auch nur zweimal gesehen hatte. Deren Ländereien wurden belagert, und der Earl selbst war gefangen genommen worden. Sie sollte sich Sorgen machen, doch sie tat es nicht. Sie konnte sich vorstellen, dass Buchan sie mit aller Macht bei der Verteidigung unterstützte. „Ist der Earl noch immer in Gefangenschaft?“

„Ich glaube schon, doch seine Männer halten durch, und Bruce will die Burg unbedingt haben.“ Sir Neil grinste. Dann wurde er plötzlich ernst, als wäre ihm die Verbindung zu ihrer Familie eingefallen. „Es tut mir leid, Mylady, aber ich vergesse dauernd, dass wir in diesem Krieg auf verschiedenen Seiten stehen.“

„Vielleicht nicht“, sagte sie. „Wie geht es Isabella?“ Sie hatte keine Antwort auf ihren Brief erhalten und fragte sich, ob die Königin Isabella verboten hatte, an Margaret zu schreiben. Oder ihr von vornherein die Entgegennahme des Briefes verweigert hatte.

Sie befürchtete das Schlimmste, als Sir Neil nicht sofort etwas erwiderte, während sie ihre Pferde über den gepflasterten Innenhof führten. „Ich mache mir große Sorgen um sie, Mylady.“

„Ist etwas vorgefallen, von dem ich wissen sollte?“

Er zögerte. „Im April waren die Hofdamen in Aberdeen. Auch Bruce hat eine Woche dort verbracht.“

Margaret spürte, wie Bestürzung in ihr aufstieg. War die Affäre etwa immer noch im Gange?

„Es gibt Gerüchte“, sagte Sir Neil und hob die Schultern. „Ich bin sicher, Ihr werdet auch davon hören. Man sagt, die Königin habe die beiden in flagranti ertappt.“ Er wurde rot und sah zur Seite.

Margaret konnte nur hoffen, dass dem nicht so war. „Hat die Königin sie von ihrem Hof fortgeschickt?“

„Bruce hat befohlen, dass sie bei der Königin und den Hofdamen bleiben soll. Selbst wenn die Königin wollte, könnte sie sie gar nicht aus Kildrummy fortschicken.“

Vor einer großen Doppeltür brachten sie die Pferde zum Stehen. Sir Neil stieg ab und trat zu ihr, um ihr dabei zu helfen. Sie blickte zu ihm hinab. „Was beschäftigt Euch sonst noch, Sir Neil?“

Er lächelte kläglich. „Bin ich so leicht zu durchschauen? Alle sagen, Isabella würde sich nach Bruce verzehren. Mylady, sie schreibt ihm beinahe täglich – und von mir verlangt sie, ihm die Briefe zu überbringen.“

Margaret ließ zu, dass er ihr vom Pferd half. „Habt Ihr das auch getan?“

Wieder errötete er. „Ich muss ihr gehorchen, Mylady. Selbstverständlich habe ich ihre Briefe an den König überbracht. Aber ich glaube, die Königin weiß, dass sie ihm schreibt – es ist nicht klug.“

Es ist sogar sehr unklug, dachte Margaret grimmig. *Alles, was Isabella anstellt, ist unklug.* „Ich bin froh, dass Ihr hier seid, um Isabella in dieser schweren Zeit beizustehen. Und nun müsst Ihr auch noch mir helfen.“

„Ich will nichts anderes“, sagte er entschlossen. Dann sank er auf ein Knie. „Mylady, ich habe zwar dem Wolf Gefolgschaft geschworen, doch Euch bleibe ich immer treu ergeben.“

Beinahe wäre sie in Tränen ausgebrochen. Dann kam ihr ein Gedanke. „Sir Neil, wenn es Euch möglich ist, Briefe an den König zu senden, könnt Ihr dann auch Alexander eine Nachricht zukommen lassen?“

Er sah sie an. „Selbstverständlich."

Margarets Begeisterung flaute schnell wieder ab. Nun musste sie darüber nachdenken, was sie ihm mitteilen wollte – und wie sie es ausdrücken sollte.

Margaret folgte Sir Neil durch die Burg. Vor ihnen erstreckte sich ein großer Saal mit geöffneten Holztüren. Auf dem steinernen Fußboden lagen wunderschöne Teppiche, die Decke schmückten mächtige Balken. In zwei riesigen Kaminen brannten Feuer. Die Wände bedeckten kostbare Wandbehänge.

Die Königin hielt sich im Saal auf, umgeben von etwa zwanzig Hofdamen. Elizabeth saß auf einer Art Thron. In ihrem dunkelroten, mit goldenen Borten besetzten Gewand mit gebauschten Ärmeln war sie eine prächtige Erscheinung. Rubine hingen an ihren Ohren und Granatsteine schmückten ihren Hals. Ihr rötliches Haar war unter einer goldenen Krone fest zurückgebunden, doch sie wirkte nicht streng. Sie erschien elegant und königlich – jeder Zoll eine Königin. In der Hand hielt sie ein Pergament.

Ihre Hofdamen saßen oder standen um sie herum, eine spielte auf einer Flöte, andere waren mit Stickereien beschäftigt, manche unterhielten sich mit ihr. Die meisten waren etwa im gleichen Alter wie die Königin, nur zwei Frauen waren deutlich älter. Einige trugen die Gewandung der Highlander – schlichte Leinenkleider mit karierten Umhängen –, andere steckten in eleganten französischen Kleidern. Margaret erkannte Marjorie Strathbogie, die Gattin des Earl of Atholl.

Sie saß zusammen mit Christina Seton und Mary Campbell, den Schwestern des Königs, bei der Königin.

An der Schwelle des Saales standen zwei Wachposten, die ihnen den Weg versperrten. Margaret sah an ihnen vorbei zu Marjorie, die sie auch erblickt hatte und sofort anlächelte.

Ihr Herz hämmerte. Könnte Atholl einer der Spione von Aymer de Valence sein? Sollte sie ihren Verdacht der Königin mitteilen? Und was, wenn sie damit falschlag?

Sie hatte Marjorie, eine angenehme, gutherzige und hübsche Frau, immer gemocht. Und Marjorie hatte sie immer herzlich willkommen geheißen und bei Besuchen in Bain oder Balvenie gern mit ihr geplaudert. Doch auch ihren Gatten hatte Margaret gerngehabt, und der hatte offensichtlich seinen treuen Freund verraten, ihren Onkel Buchan.

Entweder verriet er König Edward, oder er verriet König Robert, doch ein Verräter war er auf jeden Fall.

Nun erblickte Margaret auch Isabella, die weit hinter den anderen Damen stand, fast an der Wand. Sie strahlte – die einzige Frau im Saal, die erfreut war, sie zu sehen.

„Euer Majestät", sagte Sir Neil mit einer tiefen Verbeugung. „Lady Margaret Comyn wünscht, Euch ihre Aufwartung zu machen."

Auf einmal wirkte die Königin gar nicht mehr königlich – sondern bitter. Während sie einander ansahen, erinnerte sich Margaret wieder an die merkwürdige Bemerkung nach der Krönung von Robert Bruce. Elizabeth hatte ihrem Mann vorgeworfen, er spiele nur den König – wie ein Kind.

Margaret sank auf ein Knie. „Euer Majestät", sagte sie.

„Erhebt Euch, Lady Margaret."

Margaret stand auf. Die Königin winkte mit einer Hand, und alle außer Marjorie, Mary und Christina entfernten sich ein Stück. Die Königin bedeutete Margaret, näher zu treten. „Eure Gegenwart hier ist eine Überraschung."

Margaret trat näher. „Ich bin aus Castle Fyne geflohen, Euer Majestät, mit der Hilfe meines Bruders. Ich hoffte, mich Euch und Euren Hofdamen anschließen zu dürfen."

Die blauen Augen der Königin blickten kalt. „Wirklich? Warum sollte ich eine Comyn in meinem Hofstaat zulassen?"

Margaret zögerte. „Ich bin vor Sir Guy geflohen, Euer Majestät. Ich bin außerstande, ihn zu heiraten, und suche hier Zuflucht."

„Wirklich? Könnt Ihr ihn nicht heiraten oder werdet Ihr das tatsächlich nicht tun?"

Margarets Wangen glühten. „Ich kann es nicht, und ich werde es nicht, Euer Majestät."

„Ihr wollt also Eure schöne Burg aufgeben, einfach so?" Die Königin konnte es nicht glauben.

„Ich hege die Hoffnung, dass Alexander, der um meine Hand angehalten hat, Castle Fyne zurückerobern kann."

Aufgeregtes Flüstern war zu hören.

Die Königin starrte sie aus großen Augen an. „Sprecht geradeheraus, Lady Margaret", verlangte sie. „Habt Ihr beschlossen, dem Wunsch Eurer Familie zu trotzen? Ist MacDonald Euch wichtiger als Buchan? Wollt Ihr von nun an meinen Gemahl unterstützen?"

Margaret fuhr sich mit der Zunge über die ausgetrockneten Lippen. „Ja, Euer Majestät", erwiderte sie. „Ich habe mich für Alexander entschieden, und ich unterstütze von nun an Robert Bruce."

Plötzlich begannen alle auf einmal zu reden.

„Ruhe!", befahl die Königin. „Das soll ich Euch glauben?"

„Sie ist eine Spionin", sagte Christina Seton scharf. „Sir Guy und der Earl of Buchan haben sie geschickt, um uns auszuspionieren. Vielleicht ist sie nur aus diesem Grund zu Alexander ins Bett gestiegen."

Margaret schluckte. „Ich bin keine Spionin!"

Die Königin erhob sich. Sie war eigentlich eine zierliche Frau, weder größer noch stattlicher als Margaret, doch ihre physische Präsenz war beeindruckend. „Ganz Schottland spricht gut von Euch, Lady Margaret. Ihr seid bereits eine Legende, die große Herrin von Castle Fyne, eine kleine Frau, die so tapfer war, sich dem mächtigen Wolf in den Weg zu stellen, eine Dame, die aus Treue für ihre Familie in den Tod gehen würde. Entspricht diese Legende nicht der Wahrheit?"

„Ich bin mein ganzes Leben lang treu gewesen. Es liegt in meiner Natur, treu zu sein."

„Dann müsst Ihr als Spionin hierhergeschickt worden sein", folgerte die Königin.

Ich werde schon wieder zu einer Gefangenen werden, dachte Margaret entsetzt. *Diesmal zu einer Gefangenen der Königin.* „Ich wurde nicht als Spionin geschickt, Euer Majestät. Ich musste eine furchtbare Wahl treffen!"

„Und Ihr habt Euch entschieden, Buchan zu verraten?" Königin Elizabeth klang ungläubig und höhnisch.

Margaret zitterte. „Könnte ich unter vier Augen mit Euch sprechen, Euer Majestät?"

Es verstrich ein Moment, bis die Königin nickte. Alle verließen den Saal, außer Marjorie, Christina und Mary. „Sie werden uns nicht verraten", sagte die Königin entschieden.

Margaret wollte nicht offen vor Marjorie sprechen, denn sie befürchtete das Schlimmste, falls ihr Gemahl ein Spion für ihren Onkel und König Edward sein sollte. „Ich war entschlossen, meinem Onkel zu gehorchen. Ich war entschlossen, Sir Guy zu heiraten. Aus diesem Grund habe ich Alexanders Antrag abgelehnt, nicht einmal, sondern zweimal."

„Fahrt fort", sagte die Königin und hob die Brauen.

Margaret biss sich auf die Lippe. „Ich möchte nicht närrisch klingen. Doch meine Eltern haben mich beeinflusst. Auch ihre Ehe war arrangiert, aber sie respektierten einander, und sie liebten sich sehr."

Die Königin war amüsiert. „Wollt Ihr mir etwa erzählen, dass Ihr in der Ehe die Liebe sucht – mit dem gut aussehenden Wolf von Lochaber?"

Margaret wusste, dass sie tiefrot geworden war. „Ich möchte eine Verbindung mit jemandem eingehen, dem ich vertrauen kann und den ich respektiere, Euer Majestät. Es hat sich ergeben, dass mir ebenfalls sehr viel an ihm liegt."

„Sie ist nicht von verschlagenem Wesen", sagte Marjorie leise.

Margaret schluckte. „Euer Majestät, darf ich versuchen, Euch von meiner Aufrichtigkeit zu überzeugen?"

Elizabeth kniff die Augen zusammen. „Bitte tut das."

„Ich habe Isabella einen Brief überbringen lassen. Hat sie ihn bekommen?“

„Sie hat ihn bekommen.“

„Ich hatte gehofft, sie würde Euch seinen Inhalt mitteilen.“

„Ich habe die Nachricht gelesen, Lady Margaret. Das sollte eine Warnung sein?“

„Ja.“ Sie warf Christina, die sie kalt anstarrte, einen Blick zu. „Aymer de Valence hat von König Edward den Befehl erhalten, Euch gefangen zu nehmen, Euer Majestät. Sir Guy soll den Auftrag ausführen.“

Christina beugte sich vor und flüsterte mit der Königin. Dann sagte die Königin: „Das wissen wir alles, Lady Margaret. Was habt Ihr noch erfahren?“

Margaret zögerte. „Aymer hat Spione unter den engsten Freunden von König Robert.“ Sie sah Marjorie nicht an.

Christina wirkte überrascht, doch die Königin blieb teilnahmslos. „Woher wollt Ihr das wissen?“, fragte Mary Campbell, die andere Schwester von Robert Bruce.

„Sir Guy hat es mir gesagt.“

Christina wandte sich an Elizabeth. „Wir müssen Robert warnen.“

Die Königin nickte. Dann traf sie ihre Entscheidung. „Es gibt einen Weg, mit dem Ihr Eure neue Treuepflicht ein für alle Mal unter Beweis stellen könnt. Werdet Ihr auf die Knie gehen und mir und König Robert Gefolgschaft schwören?“

Margaret erschauerte. Doch sie sank auf die Knie, hob das Kinn und sagte: „Eure Majestät, ich schwöre Euch und Robert Bruce Gefolgschaft.“

Margaret war auf dem Weg zurück in den Saal, den sie nur kurz verlassen hatte, um einem Bedürfnis nachzugehen. Eine der Wachen der Königin war ihr nicht von der Seite gewichen und hatte vor der Aborterkertür gewartet. Sie gehörte zwar nun zu den Hofdamen der Königin, doch man vertraute ihr nicht restlos.

Am Sonntag nach der Messe würde sie ihrer neuen Lehnsherrin ein weiteres Mal in aller Öffentlichkeit Gefolgschaft schwören, doch wahrscheinlich würde man ihr selbst dann nicht trauen.

Als sie um eine Ecke des Korridors bog, fühlte sie sich an beiden Schultern gepackt. „Ich bin ja so froh, dass du da bist!", rief Isabella aus.

Nach der qualvollen Befragung hatte Margaret zunächst hinter Marjorie und Christina Platz genommen und für den Rest des Nachmittags kein weiteres Wort mehr gesagt. Eigentlich hatte sie sich zurückziehen wollen, denn sie war erschöpft und erleichtert zugleich, doch Margaret war auch klar, dass sie besser nicht sofort darum bitten sollte. Außerdem durfte sie sich nicht in aller Öffentlichkeit an Isabella wenden, das würde nur das Missfallen ihrer neuen Lehnsherrin erregen.

Nun umarmten sich die beiden erfreut, und Margaret lächelte; sie hatte ihre teure Freundin sehr vermisst. „Wie geht es dir?", fragte sie.

Isabellas Lächeln erstarb, Tränen stiegen ihr in die Augen. „Margaret! Ich bin in höchster Gefahr!"

Margaret sah sich um, doch außer einem einzelnen Wachposten war niemand in der Nähe. „Können wir uns offen unterhalten?", fragte sie. „Hast du die Erlaubnis der Königin erhalten, dich zurückzuziehen?"

„Dazu brauche ich keine Erlaubnis, sie wissen, dass ich keine Spionin bin. Ich bete zu Gott, dass du nicht aus irgendeinem fürchterlichen Zweck hier bist."

„Das bin ich nicht", erwiderte Margaret entschieden; sie war entsetzt, denn wenn sogar Isabella einen solchen Verdacht hegte, dann mussten die Königin und ihre Hofdamen noch viel misstrauischer sein. „Es ist die volle Wahrheit, dass ich Sir Guy verlassen habe, Isabella. Ich verweigere mich ihm und Buchan."

„Da bin ich aber froh! Komm mit mir", drängte Isabella.

Margaret hielt das für keine gute Idee. „Isabella", begann sie, doch ihre Freundin zog sie bereits zur Treppe. „Ich glaube, dass ich die Erlaubnis der Königin brauche, um den Saal verlassen zu dürfen."

„Die hat sie dir doch gegeben", schnappte Isabella mit einem vernichtenden Blick. Es war offenkundig, dass sie Elizabeth verabscheute. Sie lief einen Gang entlang und zog Margaret mit sich. Dann betraten sie ein kleines Schlafgemach. „Hier nächtige ich mit drei anderen Damen", sagte sie. „Wir müssen sicherstellen, dass du und ich uns ein Zimmer teilen können."

Das hielt Margaret für sehr unwahrscheinlich angesichts der Tatsache, dass die Königin Isabella nicht leiden konnte und Margaret nicht vertraute. Isabella schloss ihre Freundin wieder in die Arme. „Ich bin so froh, dass du jetzt da bist! Mit der Königin ist es ganz furchtbar, sie hasst mich!"

„Selbstverständlich verabscheut sie dich. Du gehst mit ihrem Gemahl ins Bett. Das musst du sofort beenden!"

„Ich kann es nicht. Ich liebe ihn!"

„Isabella! Du musst wieder zur Vernunft kommen! Aus einer Liaison mit Robert Bruce kann nichts Gutes erwachsen. Du machst dir deine eigene Königin zur Feindin – und aus Sicherheitsgründen musst du außerdem in ihrer Nähe bleiben. Du weißt doch, dass es falsch ist, was du tust", fügte Margaret etwas freundlicher hinzu.

Isabella brach in Tränen aus. „Er antwortet mir nicht auf meine Briefe."

Margaret war erleichtert. Hatte Bruce das Interesse an Isabella verloren? Das konnte sie nur hoffen.

Isabella warf ihr einen sonderbaren Blick voller Tränen zu, ging zum hintersten Bett und griff unter die Matratze. Mit einer Pergamentrolle in der Hand richtete sie sich wieder auf. „Aber ich bin hier nicht in Sicherheit", sagte sie angespannt.

Margaret bekam es mit der Angst zu tun. Bevor sie fragen konnte, ob das Briefe von Bruce waren, sagte Isabella: „Er hasst mich, Margaret." Mit zitternden Fingern reichte sie ihr die Rolle.

Margaret holte tief Luft. „Ist das von Buchan?"

Sie nickte, ganz bleich im Gesicht. „Er verdammt mich zur Hölle. Er nennt mich eine Verräterin und eine Hure." Tränen liefen ihr über die Wangen. „Er stößt sogar Drohungen aus, sollten wir uns je wiedersehen."

Margarets Gedanken rasten. Aber dass Buchan vor Wut kochte, war zu erwarten gewesen.

Mit finsterem Gesicht überflog sie die bitteren Sätze ihres Onkels. Er hatte seine Frau verstoßen. Eine Verräterin und eine ehebrecherische Hure als Gemahlin könne er nicht hinnehmen; er wünschte ihr, sie möge bis in alle Ewigkeit in der Hölle schmoren.

„Du kannst nur beten, Isabella", schrieb er weiter, „dass der Tag niemals kommen wird, an dem wir einander von Angesicht zu Angesicht gegenüberstehen. Denn wenn dieser Tag kommt, wirst Du wie die verräterische Hure behandelt werden, die Du bist. Ich werde Dir die Kleider vom Leibe reißen, Dich nackt und in Ketten durch die Straßen führen und Dich am nächsten Galgen hängen lassen, wo Dein Leib auf ewig vermodern wird."

Margaret erschauerte. War ihr Onkel wirklich fähig, Isabella so grausam zu bestrafen?

„Ich bin nirgends sicher", flüsterte Isabella. „Er meint jedes Wort ernst."

„Er ist wütend. Das kann man ja auch verstehen. Aber wir dürfen die Hoffnung nicht aufgeben, dass sein Zorn wieder verraucht. Wieso hebst du das überhaupt auf?"

„Ich will, dass Rob es zu sehen bekommt."

„Bruce ist der König, Isabella. Für private Drohungen hat er gar keine Zeit."

„Aber ich habe alles für ihn aufgegeben."

Margaret legte einen Arm um sie, als sie an der Tür ein Geräusch hörte. Beide fuhren herum. Margaret hoffte, es wäre nur der Wachmann. Doch da stand Christina Seton.

„Elizabeth wünscht zu wissen, warum Ihr beide verschwunden seid. Vielleicht, um Euch gegen sie zu verschwören?", sagte sie kalt zu Margaret. Dann wandte sie sich an Isabella und wurde viel freundlicher. „Isabella, Ihr müsst es doch besser wissen. Ihr könnt nicht einfach den Kronsaal verlassen, nur weil Ihr Euch mit Eurer Freundin allein unterhalten wollt.“

Margaret spürte, dass Christina eine gewisse Zuneigung für Isabella empfand und sie vor den Torheiten ihres ungestümen Wesens schützen wollte. Bei aller Erleichterung glaubte sie, auch den Grund zu kennen – Christina war zweifellos dankbar dafür, dass Isabella ihren Bruder gekrönt hatte.

„Wenn ich gefragt hätte, hätte sie mir doch nie auch nur einen Augenblick mit Margaret gestattet“, sagte Isabella trotzig und klang auf einmal viel jünger, als sie war. „Sie erlaubt mir nichts, außer allein in einer Ecke zu stehen.“ Sie wandte sich an Margaret. „Sie hat dafür gesorgt, dass alle Hofdamen mich nicht leiden können. Ich bin eine Ausgestoßene in ihrem Saal.“

„Ihr seid nicht ausgestoßen“, sagte Christina entschieden. „Ich bin Eure Freundin, und das gilt auch für viele der Hofdamen, doch wir müssen der Königin unseren Respekt erweisen. Wenn das mit Robert in aller Öffentlichkeit so weitergeht, dann musst du den Zorn der Königin erdulden.“ Sie sah Margaret an. „Wenn Ihr sie in Eure Ränke ziehen wollt, dann lasst das bleiben. Sie hat schon genug zu ertragen.“

„Ich plane keinerlei Ränke“, sagte Margaret. Aber sie war erfreut, dass Christina Seton den Versuch unternahm, Isabella wenigstens ein bisschen zur Vernunft zu bringen. „Wenn Ihr Euch um sie kümmert, bin ich Euch sehr dankbar.“

Christina zuckte die Achseln. „Wenn Ihr Euch wirklich von Buchan und König Edward abgewandt habt, gibt es nichts, was zwischen uns stehen könnte.“

„Es gibt nichts, was zwischen uns steht“, erwiderte Margaret.

Christina sah ihr einen Moment in die Augen, dann lächelte sie Isabella an. „Wir müssen wieder in den Saal. Es wird Zeit fürs abendliche Mahl.“

Isabella schob die Pergamentrolle wieder unter die Matratze.

Margaret musste an den Inhalt des Briefes denken. Sie warf Christina einen Blick zu und spürte, dass sie sich ebenfalls um Isabellas Schicksal Sorgen machte.

Margaret erschauerte, ihr war plötzlich furchtbar kalt. Von Anfang an hatte sie eine schreckliche Vorahnung gehabt, was aus Isabella werden würde, wenn sie Bruce beim Griff nach der Krone half. Mit großer Mühe schob sie das entsetzliche Bild von Isabella beiseite, wie sie nackt am Galgen hing.

Ein Reiter näherte sich, und die Hofdamen der Königin wurden ganz aufgeregt. Auch Margaret spürte, wie ihr Herz schneller klopfte. Die einzige Verbindung zur Außenwelt, die es hier gab, war gelegentlich ein fahrender Händler oder ein Wandermönch, und natürlich der Klatsch der Dörfler außerhalb der Burgmauern. Ein einzelner Reiter, der auf die Burg zugaloppierte, konnte nur ein Bote sein.

Wie üblich hielt sich die Königin mit ihren Damen im Kronsaal auf. Es war mitten am Nachmittag. Seit Margarets Ankunft war eine ereignislose Woche vergangen. Die Tage zogen sich hin, da es kaum etwas zu tun gab – auf Castle Fyne und selbst auf Balvenie hatte sie immerhin nach einem Haushalt sehen müssen. Die Hofdamen lasen, stickten, sangen, tanzten, einige spielten Musikinstrumente. Meistens unterhielten sie sich nur, und das Gespräch drehte sich immer um alle möglichen Spekulationen voller Furcht und Beklemmung, während sie begierig auf Neuigkeiten vom Krieg warteten.

Königin Elizabeth saß auf dem Thron und flüsterte mit den beiden Schwestern des Königs, ihren üblichen strengen Ausdruck im Gesicht. Margaret hatte sie nun eine ganze Woche beobachten können und fand, dass Elizabeth de Burgh eine unnahbare und fast immer unglückliche Frau war. Sie war ständig von Marjorie, Mary und Christina umgeben; diese drei waren ihre Vertrauten und ihre Favoritinnen.

Margaret setzte sich zu Isabella auf eine Bank an der Wand. Das hatte sie sich so angewöhnt. Die anderen Damen gingen der Mätresse des Königs in Anwesenheit der Königin aus dem Weg; sie wollten nicht deren Missfallen erregen, um dann womöglich vom Hof fortgeschickt zu werden. Die Königin selbst nahm Isabella größtenteils gar nicht zur Kenntnis, und wenn sie ihr einmal ihre Aufmerksamkeit schenkte, dann auf geringschätzige und zornige Weise. Außer Christina und Margaret selbst hatte Isabella hier keine Freundinnen. Sie tat Margaret leid, doch andererseits hatte Isabella sich selbst in diese Lage gebracht.

Als ihre Freundin war Margarets Lage nicht so viel anders. Nach der Messe am Sonntag hatte sie der Königin Gefolgschaft geschworen, aber die anderen Hofdamen trauten ihr immer noch nicht. Doch Margaret hatte beschlossen, auf Königin Elizabeth zuzugehen, denn sie wollte nicht zulassen, dass sie eine Ausgestoßene wie Isabella wurde. Sie hatte sich absichtlich die Zeit genommen, die Bekanntschaft der anderen Damen zu machen, sie war jederzeit hilfsbereit und sorgsam darauf bedacht, eine angenehme Gesellschaft zu sein.

Und dann war da noch Marjorie. Sie hatten sich nicht ein einziges Mal unter vier Augen unterhalten, was seltsam war. Manchmal wechselten sie ein Wort im Vorbeigehen. Margaret hatte den Verdacht, dass Marjorie ihr aus dem Weg ging, um die Königin zu erfreuen.

Draußen waren eilige Stiefelschritte zu hören. Margaret lächelte Isabella zu, doch ihre Freundin war ganz bleich geworden. „Vielleicht eine Nachricht von Bruce", flüsterte sie.

Auch Margaret hoffte, dass es Neuigkeiten vom Krieg gab. Eventuell sogar eine Nachricht des Königs höchstselbst. Allerdings hoffte sie auch auf einen Brief von Alexander.

Gleich am Tag ihrer Ankunft bei Hofe hatte sie ihm geschrieben. Der Brief war ihr sehr schwergefallen, denn sie wusste ja nicht, ob er noch Gefühle für sie hegte. Sie erzählte ihm, dass sie aus Castle Fyne geflohen war und Sir Guy verlassen hatte; sie verlieh ihrer Hoffnung Ausdruck, er möge gesund und in Sicherheit sein. Eigentlich hatte sie noch viel mehr schreiben wollen! Doch sie hatte sich lieber mit größter Vorsicht ausgedrückt. Sir Neil hatte am nächsten Tag einen Boten losgeschickt.

Ein ziemlich zerzauster und vor Dreck starrender Highlander marschierte in den Saal, gefolgt von Sir Neil und dem jüngeren Bruder des Königs, Sir Nigel. Alle Damen verstummten sofort. Der Highlander sank vor Königin Elizabeth auf ein Knie.

Sir Nigel Bruce war genauso groß wie sein Bruder, das Haar eher braun als dunkelblond; er trug eine leichte Kupferrüstung. Seit Bruce den Thron bestiegen hatte, war er für die Sicherheit der Königin und ihrer Hofdamen verantwortlich. „Rob hat uns Nachrichten geschickt“, sagte er. Er reichte der Königin eine Pergamentrolle. Der Reiter erhob sich, eine weitere Pergamentrolle in der Hand.

Margarets Herz machte einen Satz. War das ein Brief für sie?

Die Königin bedachte ihn mit einem Nicken, streifte das Band ab und entrollte das Pergament. Während sie den Brief las, waren aller Augen auf sie gerichtet. Endlich sah sie auf. „König Robert geht es gut. Auch der Krieg läuft gut.“

Erleichtertes Murmeln war zu hören.

„Wir sollen hierbleiben, wo kein Heer uns angreifen kann“, fuhr sie fort. Ihre Stimme klang kräftig und tief.

Als sie weiter nichts sagte, fragte Christina: „Das ist alles?“

Die Königin lächelte verkniffen.

Margaret musterte Sir Neil und vermutete, dass er bestimmt noch weitere Neuigkeiten hatte. Auch die Königin wandte sich ihm zu. „Was habt Ihr für Nachrichten?“

„Einzelheiten, meine Königin, Einzelheiten aus dem Krieg.“ Offenbar wollte er nicht darüber sprechen, zumindest nicht vor allen anderen.

Die Königin erhob sich. „Ich muss mit Lady Comyn und Lady Isabella allein sprechen“, sagte sie.

Margaret erstarrte. Ihre Enttäuschung darüber, keine Mitteilung von Alexander erhalten zu haben, verwandelte sich in Beklemmung. Aus welchem Grund wollte die Königin mit ihnen sprechen?

Sir Nigel trat einen Schritt zurück, damit die etwa zwanzig Damen an ihm vorbeischreiten konnten. Margaret sah Sir Neil an. Er schenkte ihr ein beruhigendes Lächeln, das jedoch nicht echt war. Sie verkrampfte sich.

Die Königin winkte sie und Isabella heran.

Margaret ergriff Isabellas Hand und trat zu ihr. „Euer Majestät, ich befürchte das Schlimmste."

„Das solltet Ihr auch." Sie klang schroff. Der Saal war inzwischen leer bis auf die Königin, ihre drei Vertrauten, die beiden Ritter sowie Margaret und Isabella. „Der Earl of Buchan verlangt die Rückkehr seiner Gemahlin. Auch Eure Rückkehr wird verlangt, Lady Margaret."

Margarets Herz raste. Wenn man sie zurück zu Buchan schicken sollte, würde sie schwer bestraft werden, und sie hatte keine Ahnung, was danach aus ihr werden würde. „Gibt es keine Nachricht von Alexander?", fragte sie.

Sir Nigel wandte sich ihr zu. Er war beinahe genauso Achtung gebietend wie sein älterer Bruder und von sogar noch männlicherem guten Aussehen. Doch sein Blick war distanziert. „Sir Neil unternimmt nichts ohne meine Zustimmung, Mylady. Eure Botschaft könnte den Wolf vielleicht in diesem Augenblick erreichen. Es ist noch viel zu früh für eine Antwort."

Margarets Enttäuschung war unsagbar groß.

„Er dürfte jedoch mit Sicherheit bereits davon unterrichtet sein, dass Ihr aus Castle Fyne geflohen seid und Euch der Verpflichtung gegenüber Sir Guy verweigern wollt."

Bestimmt hat er davon gehört, dachte sie. Wenn ihr Onkel ihre Rückkehr verlangte, musste auch Alexander wissen, dass sie sich bei der Königin aufhielt. Sie wagte es, Königin Elizabeth offen anzusehen. Wenn die Königin sie zu ihrem Onkel schickte, war dies ihr Untergang. „Darf ich das Wort ergreifen, Euer Majestät?“

Elizabeth kniff die Augen zusammen. „Bitte sehr.“

„Ich flehe Euch an, in Erwägung zu ziehen, dass ich alles aufs Spiel gesetzt habe, um an Euren Hof kommen zu können. Ich habe Euch und König Robert Gefolgschaft geschworen. Ich kann unmöglich zu Buchan zurückkehren. Und Isabella kann das auch nicht.“

Die Königin warf Isabella einen vernichtenden Blick zu. Dann musterte sie Margaret sehr ernst. „Ich kann Isabella nicht fortschicken. Solange sie lebt, steht sie unter dem Schutz meines Gemahls.“

Margaret sah Isabella an, die bleich geworden war wie ein Gespenst, doch nun stand ihr die Erleichterung ins Gesicht geschrieben.

„Bitte schickt Margaret nicht zu ihm zurück“, flüsterte sie.

„Ich habe Euch nicht die Erlaubnis erteilt, das Wort zu ergreifen“, sagte die Königin mit unterdrücktem Zorn. Dann wandte sie sich wieder an Margaret. „Ich werde mir etwas Zeit nehmen, um zu entscheiden, was mit Euch geschehen soll.“

Margaret spürte einen scharfen Stich im Herzen. Sie wagte es nicht, etwas zu sagen.

„Doch bisher habt Ihr Euch auf eine Weise benommen, die sowohl erfreulich als auch angenehm ist. Meine Damen scheinen Euch alle zu mögen, obwohl Ihr eine Comyn seid. Ihr scheint freundlich und aufrichtig zu sein. Aber ich traue Euch nicht.“

Margaret sah voller Sorge zu Sir Neil. Er blickte finster.

Elizabeth wandte sich an die Ritter. „Sir Nigel? Hat Robert eine Entscheidung gefällt, was wir mit Lady Comyn machen sollen?“

„Bruce hat befohlen, dass Lady Comyn hier bei Euch am Hof bleiben soll, bis er eine Entscheidung trifft.“

Das ist zumindest ein Aufschub, dachte Margaret erleichtert. *Doch für wie lange?*

Bruce hatte gewollt, dass sie Alexander heiraten sollte. Hatte er seine Meinung geändert?

Castle Fyne war nicht mehr in ihrem Besitz, als Braut war sie nicht mehr von Wert. Wahrscheinlich wollte er, dass einer seiner besten Heerführer eine andere Erbin ehelichte, die ihm weitere strategisch wichtige Festungen einbrachte.

Die Königin entließ Margaret und Isabella mit einem Wedeln ihrer Hand. Sir Nigel trat auf sie zu. Sir Neil folgte den beiden Frauen, die aus dem Saal eilten. An der Tür ergriff er ihre Hände. „Ich werde nicht zulassen, dass Ihr zurückgeschickt werdet", sagte er.

Margaret sah zurück zum Thron, wo man sich flüsternd unterhielt, doch sie hatte das Gefühl, dass man nicht länger über sie sprach; sie war nicht wichtig, man hatte sie bereits vergessen. „Vielleicht werdet Ihr gar keine andere Wahl haben", sagte sie mit angespannter Stimme. „Ihr steht jetzt in Alexanders Diensten, wie Ihr wisst, Sir Neil."

„Ich werde Euch immer beschützen."

„Ich muss unbedingt von Alexander hören", erwiderte sie. Doch schon als sie es aussprach, wurde ihr klar, wie töricht das war. Er wollte sie bestimmt nicht länger heiraten. Die Politik und der Krieg verlangten etwas anderes. Doch sie hoffte – und glaubte –, dass sie ihn trotzdem um seinen Schutz bitten konnte.

Die Tage vergingen quälend langsam und wurden zu Wochen. Der Sommer zog ins Land, und Margaret wartete immer noch auf eine Nachricht von Alexander, doch sie erhielt keine. Sie begann, das Vertrauen in ihren Traum, ihn doch noch heiraten zu können, zu verlieren.

Doch nach und nach traf eine Reihe von Neuigkeiten ein. Bruce belagerte jetzt Kenmore mit einem gewaltigen Heer, seine engsten Vertrauten waren an seiner Seite, die Earls of Lennox und Atholl, Sir Christopher Seton, Neil Campbell, der Gemahl seiner Schwester Mary, und Alexander. Margaret fragte sich, ob die Schlacht um Kenmore so bedeutend war, dass Alexander ihren Brief gar nicht erhalten hatte.

Langsam wurde es schwierig, weiterhin eine fröhliche Miene zur Schau zu stellen. Isabella wollte wissen, was mit ihr nicht in Ordnung wäre. Auch Marjorie und Christina warfen ihr fragende Blicke zu.

Am ersten Tag des Junis rief die Königin sie zu sich. „Was ist denn passiert, das Euch so unglücklich macht, Lady Margaret? Zu Beginn Eures Aufenthalts hier habt Ihr in einem fort gelächelt. Und damit auch meine Damen zum Lächeln gebracht. Nun wirkt Ihr, als würdet Ihr Trauer tragen."

Irgendwie hatte Margaret eine Antwort zustande gebracht. Sie hatte Angst vor ihrem Onkel, sie machte sich Sorgen um ihren Bruder – und natürlich auch um Alexander.

Weitere Nachrichten trafen ein. König Edward hatte den Aufständischen den größten Teil ihrer Ländereien abgenommen. Bruce kochte vor Zorn. Kenmore fiel. Er wandte seine Heere nach Norden, um mehrere kleinere Festungen in Aberdeenshire anzugreifen.

Doch die Ländereien von Atholl wurden nicht angerührt. Margaret hatte ihn immer noch in Verdacht, ein Verräter zu sein. Oder hatte er sich doch aus ganzem Herzen dem Aufstand angeschlossen, obwohl König Edward voller Hoffnung war, ihn wieder auf seine Seite ziehen zu können?

Die riesigen Heere König Edwards waren weiter auf dem Vormarsch und griffen die Aufständischen an, wo sie nur konnten. Nach einer heftigen Schlacht bei Cupar musste Bischof Wishart sich auf Castle Fife ergeben. Aymer de Valence marschierte unaufhaltsam auf Perth.

Der Hof wurde langsam nervös. Von Perth könnte Aymer ein Heer in den Norden nach Kildrummy entsenden und den Versuch unternehmen, sie zu belagern. Kildrummy hatte den Ruf, unbezwingbar zu sein, doch jede Festung konnte eingenommen werden, und Bruce war anderswo viel zu beschäftigt, um ihnen zu Hilfe eilen zu können. Noch bedenklicher war, dass ihre Vorräte zur Neige gingen. Die Keller waren nicht einmal mehr zur Hälfte gefüllt, bis zur Ernte dauerte es noch Monate. In dieser Zeit konnte eine Belagerung durchaus erfolgreich sein – man würde sie einfach aushungern.

Die Hofdamen warteten auf die Nachricht, dass Aymer de Valence zurückgeschlagen worden war. Doch eine solche Mitteilung wollte nicht eintreffen.

Eines Abends saß Margaret in ihrem Zimmer, das sie sich mit Marjorie und Christina teilte – nicht mit Isabella –, auf dem Bett. Sie hatte ein kleines Schreibpult auf dem Schoß, einen Federkiel in der Hand, das Tintenfass neben sich auf dem Boden. Sie wusste, dass sie nicht betteln durfte, sondern ihre Würde und ihren Stolz bewahren musste. Trotzdem konnte sie dem Drang nicht widerstehen, Alexander einen weiteren Brief zu schreiben. Zumindest nach seinem Wohlergehen konnte sie sich erkundigen.

Aber sie hatte das Gefühl, als ob sie hinter ihm her wäre – und das war alles andere als ein gutes Gefühl.

„Willst du dich von uns absondern? Es ist Essenszeit", sagte Marjorie, die in der Tür stand. Wie immer klang sie freundlich und nett.

Trotz Margarets Sorgen gingen sie freundlich miteinander um. Doch da war eine gewisse Spannung zwischen ihnen, die es vor dem Krieg nicht gegeben hatte. Margaret legte das Schreibpult aufs Bett. „Ich habe keinen Appetit, Marjorie."

„Du musst essen, Margaret, solange wir noch etwas haben, um die Teller zu füllen."

Margaret musterte sie. „Du hast neulich einen Brief von Atholl bekommen."

„Ja, tatsächlich, und dem Himmel sei Dank, dass es ihm gut geht", sagte Marjorie mit plötzlicher Heftigkeit. „Ich vermisse ihn ganz furchtbar." Sie kam herein und setzte sich auf das Bett gegenüber.

Margaret zog die Knie an die Brust. Es stand außer Frage, dass Marjorie ihren Mann liebte. Sie hatte ihm geschrieben, und er hatte ihr geantwortet, Krieg hin oder her.

„Du vermisst Alexander", sagte Marjorie sanft. Es war keine Frage.

Margaret errötete, doch sie beschloss, offen zu sein – obwohl Marjorie mit einem Spion verheiratet sein könnte. „Ja, sehr."

„Er hat immer noch nicht geschrieben?"

Margaret biss sich auf die Lippen und hob die Schultern.

„Ich habe mich nach ihm erkundigt", sagte Margaret zu ihrer Verblüffung. „Es geht ihm gut, Margaret."

„Warum solltest du dich nach Alexander erkundigen?"

„Weil wir Freundinnen sind ... Und ich bin entschlossen, unsere Freundschaft zu bewahren."

Margaret starrte sie an. Sie sah wieder vor sich, wie sie auf Atholls Besitz Strathbogie von Buchan und seinen Verbündeten ausgefragt worden war, und alle, einschließlich Atholl, hatten Robert Bruce Rache geschworen. „Ich hoffe, dass wir Freundinnen sind", sagte sie vorsichtig.

„Was willst du damit wirklich sagen?", fragte Marjorie genauso vorsichtig.

„Dein Mann war einmal mit meinem Onkel verbündet, Marjorie. Sie waren viele Jahre lang befreundet. Aber jetzt steht er auf der Seite von Bruce. Er kämpft gegen meinen Onkel."

„Macht dich das wütend?"

„Es wirft Fragen auf", sagte Margaret. Ihr Puls raste. „Warst du auch dafür, dass dein Mann zu Bruce überläuft?"

Marjorie schwieg einen Moment, doch ihr Blick blieb standhaft. „Ich weiß, dass du ihn für einen Verräter hältst, dem man nicht trauen darf." Sie sagte das ganz ohne Groll und stand wieder auf. „Er ist kein Spion, Margaret."

Auch Margaret kam auf die Füße. „Ich habe niemals einen derartigen Vorwurf erhoben."

„Aber du denkst es. Obwohl du selbst die Seiten gewechselt hast und es Leute gibt, die dich für eine Spionin halten. Deshalb ist unsere Freundschaft so verkrampft geworden."

„Dann können wir jetzt ganz offen sprechen?"

„Das halte ich für das Beste."

„Ich wusste nicht, was ich denken sollte … Er war so viele Jahre lang ein treuer Verbündeter und Freund von Buchan."

„Wir hassen die Engländer", sagte Marjorie langsam. „Das haben wir schon immer getan. Es lag einfach nicht in unserer Absicht, plötzlich Verbündete von König Edward zu sein."

Marjorie hasste die Engländer, daran hatte Margaret keinen Zweifel. Und bis zum letzten Jahr, als König Edward dem Land einen Waffenstillstand aufgezwungen hatte, hatte Atholl gegen die Engländer gekämpft – so wie auch Buchan. Bis vor Kurzem hatten sie alle gemeinsam die Engländer und König Edward verabscheut.

„Es ist nicht leicht gewesen", sagte Margaret angespannt, „an diesem Abend mit deinem Onkel und Ingram und den anderen gemeinsam zu essen. Zu dem Zeitpunkt waren wir bereits zu Bruce übergelaufen."

Margaret wollte ihr gern glauben. „Ich habe es auch gehasst, meinen Onkel verraten zu müssen. Und nun bin ich hier, am Hof der Königin von Schottland, während mein Onkel und mein Bruder mit König Edward Krieg gegen uns führen."

Marjorie kam zu ihr und ergriff zögernd ihre Hand. „Und du hast geglaubt, du könntest Alexanders Frau werden."

Der Schmerz in Margarets Brust wurde unerträglich. „Er wird mich jetzt nicht mehr heiraten wollen. Meine Aussteuer ist zum Teufel. Ich hatte geglaubt, er würde noch eine gewisse Zuneigung empfinden, er würde mich in diesen schwierigen Zeiten beschützen, aber das muss ich mir wohl aus dem Kopf schlagen. Wenn er so etwas tun wollte, hätte er mir längst eine Nachricht geschickt."

„Es tut mir so leid. Ich habe auch geglaubt, er würde dich heiraten. Aber vielleicht solltest du noch nicht alle Hoffnung aufgeben. Eines Tages wird dieser Krieg vorbei sein. Dann könnte der Wolf Castle Fyne noch einmal angreifen, falls Bruce es ihm nicht schon vorher erlaubt.“

Margaret wollte sich nicht einer solchen Hoffnung unterordnen. Wenn Alexander etwas an ihr lag, hätte er sie das wissen lassen. „Ich habe in Kriegszeiten meine Familie verraten.“

„Wünschst du dir jetzt, du hättest das nicht getan?“

„Ich befürchte, ich habe es für nichts und wieder nichts gemacht.“

„Alexander ist ein Narr, wenn er beschlossen haben sollte, dich nicht mehr haben zu wollen. Es tut mir sehr leid, dass du so einsam bist, Margaret, aber John und ich werden für deine Sicherheit sorgen.“ Ihr Blick war voller Entschlossenheit.

Margaret konnte es nicht glauben. „So etwas würdest du tun? Obwohl ich gerade so einen schlimmen Verdacht gegen dich geäußert habe?“

„Wir beide kennen uns fast unser ganzes Leben lang, und auch John kennt dich, seit du ein kleines Mädchen warst. Natürlich würde ich so etwas tun.“

Margaret zögerte, denn ihr Verdacht gegen Atholl war zwar etwas beschwichtigt – völlig verschwunden war er jedoch nicht. Doch dann fiel sie Majorie in die Arme.

Marjorie ließ als Erste los. „Es war gut, dass wir einmal offen miteinander reden konnten“, sagte sie. „Wenigstens haben wir unsere Freundschaft wiedergefunden.“

Margaret lächelte. Falls Atholl tatsächlich kein Spion war, hatten sie ihre Freundschaft in der Tat gerettet. Trotzdem gab es immer noch die Möglichkeit, dass sie Marjorie nicht trauen konnte. „Ich bin froh, dass wir miteinander gesprochen haben.“

Marjorie ergriff ihre Hand, und sie gingen hinunter zum Essen.

Die niederschmetternde Nachricht kam ein paar Tage später: Aymer de Valence hatte die große Stadt Perth besetzt.

Der Feind befand sich nun ganz in der Nähe der Burg von Kildrummy.

„Wieso lässt Bruce uns hier?“, fragte Isabella, aschfahl im Gesicht.

Margaret ergriff ihre Hand. An diesem Morgen wurde im Saal kaum gesprochen. Seit die Nachricht eingetroffen war, dass das riesige Heer von de Valence in Perth stand mit Abertausenden gut ausgebildeter Soldaten und Rittern, war der Hof wie betäubt. Außerdem war die Königin nicht anwesend. Sie beriet sich hinter verschlossenen Türen mit Sir Nigel, den wichtigsten Rittern, Marjorie und den Schwestern von Robert Bruce. Dort war offenbar eine heftige Diskussion im Gange.

Der Hof würde die Flucht ergreifen müssen, dachte Margaret beklommen. Bei so wenig Vorräten konnten sie unmöglich hierbleiben und auf einen Angriff von de Valence warten.

Mit Sicherheit gehörte auch Sir Guy weiter zu den Befehlshabern seines Bruders. Sie war überzeugt, dass er schon mit den Füßen scharrte, um endlich auf Kildrummy losgelassen zu werden – und damit auch auf sie.

„Du bist so still!“, warf Isabella ihr vor. „Kannst du nicht wenigstens so tun, als wärst du zuversichtlich in Bezug auf unser Schicksal?“

Margaret hätte sie am liebsten angeschrien, stattdessen sagte sie ruhig: „Wir müssen endlich erwachsen werden. Wir befinden uns in höchster Gefahr, da will ich mir gar nichts vormachen. Hier stehen fünfzig Ritter zu unserer Verteidigung zur Verfügung. Aymer de Valence hat sechstausend Männer. Seine Ritter sollen die besten Englands sein. Und –“, sie hielt inne, der Schweiß brach ihr aus, „– Sir Guy ist einer davon. Da bin ich sicher. Und wenn man uns gefangen nimmt, dann gnade mir Gott.“

Isabella riss den Mund auf. „Wie gedankenlos von mir!“ Sie umarmte sie. „Um Himmels willen, er wird dich dafür bestrafen wollen, dass du ihn verlassen hast! Aber vielleicht weiß er ja nicht, dass du eine Liebschaft mit Alexander hattest?“

Margaret schloss die Augen. Dass Alexander sie im Stich gelassen hatte, könnte sie am Ende vor Sir Guys Zorn bewahren. Aber sehr wahrscheinlich war das nicht.

Plötzlich wurden die Türen wie von einem Rammbock aufgestoßen. Mehrere Frauen schrien auf. Sir Neil und fünf seiner Männer kamen hereingestürmt. Er war totenbleich.

Margaret raffte ihre Röcke und lief auf ihn zu. „Was ist passiert?“

Er rannte zu den Türen am anderen Ende des Saals, hinter denen sich die Königin, Sir Nigel und die anderen aufhielten. Doch plötzlich drehte er sich um und packte Margaret an beiden Armen. „Das Heer von Bruce ist niedergemetzelt worden!“

Sie hatte ein Gefühl, als ob der Boden unter ihr schwanken würde. „Was?“

„Bei Methven hat es ein entsetzliches Massaker gegeben“, schrie Sir Neil.

Der einzige Gedanke, zu dem sie fähig war, galt Alexander. War er noch am Leben?

Die Frauen fingen an zu weinen, jemand schrie sogar, Bruce wäre getötet worden. Margaret blickte in Sir Neils panische Augen, als die Türen geöffnet wurden. Die Königin, Sir Nigel und die Schwestern von Bruce eilten zu ihnen.

„Was ist los?“, rief Christina. „Ist Robert tot?“

„Der König lebt!“, rief Sir Neil über den Lärm hinweg. Er sah aus, als würde er gleich in Tränen ausbrechen. „Aber er ist bei Methven in einen Hinterhalt geraten, sein Heer wurde abgeschlachtet wie schlafende Schafe.“

Margaret bekam keine Luft mehr. Endlich ließ Sir Neil sie los, keuchend vor Verzweiflung. Sir Nigel nahm seinen Arm. „Beruhigt Euch und erzählt mir, was vorgefallen ist.“

Sir Neil nickte; eine Träne lief ihm über die Wange. „Bruce kam in Perth an und ritt sofort zu den Stadttoren, um Aymer de Valence aufzufordern, entweder herauszukommen und zu kämpfen oder sich zu ergeben. De Valence erwiderte, es wäre schon zu spät, um eine Schlacht anzufangen, doch der Kampf solle am nächsten Morgen beginnen."

Sir Nigel nickte grimmig. Die Königin stand genauso steif und reglos da wie ihre Hofdamen. Niemand im Saal rührte sich – dazu war die Anspannung viel zu groß.

Sir Neil wischte sich die einzelne Träne von der Wange. „Bruce zog sich mit seinem Heer nach Methven zurück, um dort die Nacht zu verbringen. Einige seiner Männer besorgten Futter für die Pferde, andere machten das Essen, wieder andere hatten bereits die Waffen abgelegt und schliefen. Und dann fiel das englische Heer über sie her."

Christina würgte. Mary, genauso aschfahl im Gesicht, legte den Arm um sie.

„Sie sind in einen Hinterhalt geraten, es gab einen schrecklichen Tumult", berichtete Sir Neil. „Viele schliefen schon, die meisten waren unbewaffnet, außerdem waren sie in der Minderzahl. Bruce wurde dreimal vom Pferd gerissen! Sir Christopher hat ihn vor der Gefangennahme bewahrt." Er warf Christina einen kurzen Blick zu. Dann wandte er sich wieder an Sir Nigel. „Es folgte ein Massaker."

Sir Nigel war genauso blass geworden wie alle anderen. „Aber der König hat überlebt?"

„Atholl, Euer Bruder Edward und Neil Campbell konnten ihn schützen. Sie entkamen in die Wälder."

„Großer Gott!", sagte Christina. „Was ist mit all den anderen?"

„Die meisten wurden getötet. Einige wurden gefangen genommen – doch auch Sir Christopher konnte entkommen."

Christina begann zu weinen und konnte sich nur noch mit Marys Hilfe auf den Beinen halten. Doch auch Mary weinte. Marjorie war weiß im Gesicht.

„Was ist mit Alexander?", wisperte Margaret.

Sir Neil drehte sich zu ihr um. „Ich weiß nicht, ob er gefangen genommen wurde, fliehen konnte oder einer der Toten ist."

Margaret zitterte so sehr, dass sie befürchtete, gleich zusammenzubrechen. Isabella ergriff ihre Hand.

Sir Nigel war so entsetzt, dass er kaum sprechen konnte. „Wollt Ihr damit sagen, dass das ganze Heer abgeschlachtet wurde? Dass über viertausend Männer tot sind?"

„Vielleicht hundert Männer konnten in die Wälder fliehen."

Margaret taumelte, blind vor Tränen. Es war vorbei – und Alexander konnte tot sein.

Sie ballte die Fäuste. Aber war ihr nicht schon immer klar gewesen, dass Bruce sich unmöglich gegen England behaupten konnte? Und doch hatte er Alexander in diesen sinnlosen Krieg mit hineingezogen! Bruce war noch am Leben, und sie hatte keine Ahnung, was mit Alexander war.

„Es gibt noch mehr, Sir Nigel", sagte Sir Neil heiser.

Was konnte es denn noch geben? Margaret drehte sich um und erkannte, dass die sonst immer so stoische Königin genauso entsetzt war wie alle anderen. Auch Elizabeth kämpfte mit den Tränen.

„König Edward hat eine königliche Proklamation herausgegeben." Sir Neil räusperte sich. „Jede Ehefrau, jede Schwester und jede Tochter ist genauso des Hochverrats schuldig wie wir Männer."

Entsetzte Aufschreie überall.

„Alle müssen bis zu ihrer Ergreifung gejagt werden", fuhr er erschüttert fort und sah zu Margaret, „doch die Strafe wird nicht der Galgen sein."

Die Königin schrie auf. Marjorie und Christina stützten sie, damit sie sich auf den Beinen halten konnte.

„Was hat König Edward für eine Strafe für uns vorgesehen?", keuchte Margaret.

„Durch königlichen Erlass seid Ihr alle für vogelfrei erklärt worden. Jedermann hat die Erlaubnis, Euch auszurauben, zu vergewaltigen oder zu ermorden."

## 18. KAPITEL

Ein schrecklicher Lärm weckte sie.

Margaret brauchte einen Moment, bis sie begriff, wo sie war. Seit dem Massaker war die Schlafordnung geändert worden. Margaret durfte nun gemeinsam mit Isabella das Schlafgemach der Königin teilen, denn sie war in der Achtung der Königin gestiegen. Was Isabella betraf, so vermutete sie, dass die Königin von ihrem Gemahl den Befehl erhalten hatte, sie immer in der Nähe zu haben.

Es war mitten in der Nacht. Draußen war es direkt unter dem königlichen Schlafgemach zu einem Aufruhr gekommen. Margaret erstarrte, ihr Herz raste vor Angst. Sie hörte, wie Männer brüllten und in den großen Saal stürzten.

„Werden wir angegriffen?“, schrie Isabella und suchte auf der Pritsche, die sie miteinander teilten, nach Margarets Hand.

Jemand hielt eine Kerze hoch. Margaret sah zum nächsten Bett. Christina hatte die Kerze erhoben, Mary saß neben ihr. Ihre Augen waren vor Angst weit aufgerissen.

Auch Elizabeth war schon auf den Beinen, sie war ganz weiß im Gesicht, Marjorie half ihr mit hektischen Bewegungen in einen Umhang.

Margarets Gedanken rasten. Griff Aymer de Valence wirklich schon an?

Unten erhoben sich viele Stimmen in hektischem Durcheinander, doch das Klirren von Schwertern oder Schlachtrufe von Soldaten waren nicht zu hören. Auch die anderen merkten, dass es noch kein Angriff war.

Es wurde scharf an die Tür geklopft. „Tretet ein!“, rief Elizabeth laut.

Die Tür wurde von Sir Nigel aufgerissen. „Ihr müsst sofort nach unten kommen, Euer Majestät“, bat er.

Die Königin lief bereits mit Christina und Mary hinaus; die Frauen verschwanden mit Sir Nigel in einem Korridor.

Margaret stand schnell auf und zündete eine andere Kerze an. Auch Isabella und Marjorie schlüpften aus den Betten. Sie sahen sich ängstlich an. „Wer könnte das sein – mitten in der Nacht?“, flüsterte Isabella.

„Ich weiß es auch nicht.“ Margaret legte sich einen Überwurf um die Schultern. Sie konnte sich nicht vorstellen, wer es wagte, die Königin mitten in der Nacht aus dem Schlaf zu reißen, und sie glaubte nicht, dass es gute Nachrichten sein könnten. Sie eilte mit den beiden hinaus. Der Korridor war hell erleuchtet.

Sie liefen die Treppe hinunter. Im großen Saal wurde jetzt leiser gesprochen. Als Margaret die Schwelle erreichte, taumelte sie zurück.

Und dann explodierte ihr das Herz.

Alexander stand bei der Königin und kehrte ihr den Rücken zu.

*Alexander ist in Kildrummy! Alexander ist noch am Leben!*

Vor lauter Tränen konnte sie kaum noch etwas sehen. Isabella ergriff ihre Hand. „Er lebt“, hauchte sie.

Margaret nickte, sprachlos und überwältigt vor Erleichterung. *Alexander lebt!*

Doch Alexander redete schnell und drängend auf die Königin ein. Die Königin hörte mit finsterem Gesichtsausdruck aufmerksam zu. Bei ihr waren die Schwestern des Königs sowie Sir Nigel und Sir Neil. Noch ein weiterer Mann stand dabei, den sie nicht erkannte, doch er sah Bruce ähnlich, sodass sie ihn für einen weiteren seiner Brüder hielt. Alle wirkten furchterregend grimmig.

Ihre Erleichterung und ihre Freude waren nicht von langer Dauer. Warum war er hier? Sie musterte die Frauen in ihren Nachtgewändern, die Männer mit ihren Schwertern und Dolchen. Alexander und die übrigen Ritter kamen direkt aus dem Krieg – aus den Wäldern, wo sie sich seit dem Massaker von Methven versteckt hielten.

„Was er wohl für Nachrichten bringt?“, flüsterte Isabella. „Die Königin wirkt völlig verängstigt.“

Das stimmt tatsächlich, dachte Margaret. Und in wenigen Augenblicken würde Alexander sich umdrehen und sie erblicken. Ihre freudige Erregung schwand dahin. Sie hatte ihn seit drei Monaten nicht mehr gesehen, und er hatte ihren Brief nie beantwortet.

Sie überlegte nicht mehr, was er für Nachrichten brachte. Stattdessen war ihr ganz beklommen zumute. Was würde geschehen, wenn er sich zu ihr umwandte?

„Was willst du tun?“, flüsterte Isabella ihr ins Ohr.

Sie konnte ihre Freundin nicht einmal ansehen. Und sie hatte keine Ahnung, was sie tun würde – oder tun sollte.

Nun sagte die Königin etwas, dann Sir Nigel. Alexander drehte sich um und warf Margaret einen Blick zu.

Als ihre Blicke sich trafen, erstarrte sie.

Er lächelte nicht. Er sah sie einfach mit undurchdringlicher Miene an. Dann sagte die Königin etwas zu ihm, und er wandte wieder ihr seine Aufmerksamkeit zu.

„Ich weiß nicht, was ich tun soll“, sagte Margaret endlich zu Isabella. Angst stieg in ihr auf, doch das durfte sie nicht zulassen.

„Ich frage mich, wieso er hier ist. Vielleicht ist er wegen dir gekommen“, erwiderte Isabella.

Endlich sah Margaret sie an. „Er ist hier auf Befehl des Königs, Isabella.“

Isabella traten die Augen aus dem Kopf, sie zerrte an Margarets Ärmel.

Margaret drehte sich wieder um. Alexander kam mit großen Schritten auf sie zu.

Sie erstarrte. Die Königin und ihre Damen, die mit den drei Männern in schneidendem Ton sprachen, sah sie nicht mehr. Auch Isabella war nicht mehr vorhanden. Sie hatte das Gefühl, als hinge ihre ganze Zukunft an einem seidenen Faden.

Alexander blieb vor ihr stehen. „Lady Margaret", sagte er höflich, aber formell.

In ihr kämpfte Enttäuschung mit Hoffnung. „Alexander", flüsterte sie.

Er ließ seinen Blick über sie gleiten. „Ich war sehr erfreut, als ich hörte, dass Ihr aus Castle Fyne geflohen seid."

Sie nickte nur, obwohl es so vieles gab, das sie gern gesagt hätte. „Es scheint Euch gut zu gehen", brachte sie heraus.

„So gut, wie es einem Mann in diesen Zeiten gehen kann."

„Es tut mit furchtbar leid. Wir waren alle entsetzt, als wir von dem Massaker bei Methven hörten."

Sein Blick flackerte. „Viele tapfere Männer mussten sterben. Andere Männer wurden gefangen genommen. Doch der König ist am Leben."

„Und auch Ihr seid noch am Leben", sagte sie.

„Habt Ihr daran gezweifelt?"

Sie blinzelte heftig, als ihr plötzlich der Schwur wieder einfiel, den er vor ihr abgegeben hatte – solange sie auf ihn wartete, würde er immer aus dem Krieg zurückkehren. Sie wusste nicht, ob ihm das überhaupt noch bewusst war.

„Ich war ebenfalls erfreut zu erfahren, dass William überlebt hat."

Er drückte sich so schrecklich vorsichtig und höflich aus, als ob sie niemals Liebende gewesen wären. „William war sehr schwer verletzt – wahrscheinlich wäre er gestorben, wenn ich seine Wunden nicht versorgt hätte."

Er nickte und musterte sie. „Dann bin ich froh, dass Ihr Euch zu ihm begeben habt." Er zögerte, warf einen kurzen Blick zur Königin und zu dem Kreis, der sie umgab. „Ich bin froh, dass es Euch gut geht, Margaret."

Ihre Blicke trafen sich, und ihr Herz klopfte.

„Wir haben Dinge zu besprechen, doch jetzt ist dafür nicht die Zeit. Sobald die Sonne aufgeht, brechen wir auf."

„Wo sollen wir denn hin? Was ist passiert?"

„Ihr seid hier auf Kildrummy nicht länger sicher, seit König Edward die Damen für vogelfrei erklärt hat. Bruce möchte, dass die Königin und ihre Hofdamen sich bei ihm aufhalten."

„Aber er versteckt sich doch in den Wäldern!"

„Er ist jetzt in Aberdeen, und dort soll ich Euch hinbringen."

Wären sie in der Gegenwart des Königs wirklich sicherer? Auch der verbliebene Rest seines Heeres musste größer sein als die Handvoll Ritter, die hier auf Kildrummy zu ihrem Schutz bereitstanden. Sie sah ängstlich auf. Alexander starrte sie mit blitzenden Augen an.

„Keine Frau sollte sich verstecken müssen wie ein Gesetzloser." Der Zorn stand ihm ins Gesicht geschrieben. „Packt Eure Sachen zusammen. Es wird bald hell werden." Er wollte sich abwenden.

Sie griff nach seinem Arm, was sie beide überraschte. Allein die Berührung brachte so viele Erinnerungen zurück, die nun wohl verboten waren. „Habt Ihr meinen Brief bekommen, Alexander?" Der Satz war noch nicht ausgesprochen, als sie schon wünschte, sie hätte nicht gefragt.

„Ja." Er wich ihrem Blick aus. „Ich wollte antworten, aber diese letzten drei Monate sind sehr schwierig gewesen."

Sie ließ ihn los. Er hatte nicht die Zeit gefunden, ein oder zwei Zeilen zu schreiben? Das konnte sie nicht glauben. Sie wusste ja längst, dass keine Antwort in Wirklichkeit auch eine Antwort war.

Er nickte ihr noch einmal zu, dann schritt er eilig zurück zur Königin und ihren engsten Beratern. Margaret sah ihm nach.

Alles hatte sich verändert. Sie waren nicht länger Liebende – stattdessen waren sie beinahe zu Fremden geworden. Sie musste die Tränen unterdrücken.

„Dem Himmel sei Dank, dass Bruce nach uns geschickt hat", flüsterte Isabella.

Margaret hatte ihre Anwesenheit ganz vergessen. Isabella legte den Arm um sie, und dafür war Margaret dankbar.

Als Erstes erblickte Margaret das rot-gelbe Banner, das über dem Zelt des Königs am wolkenlosen blauen Himmel wehte.

Es war kurz nach der Mittagsstunde. Bruce hatte sein Lager unmittelbar vor den Stadtmauern aufgeschlagen, und Margaret war überrascht, dass sein Heer viel größer erschien, als sie nach dem Massaker bei Methven erwartet hatte. Die grünen Abhänge rund um die Stadt waren von Zelten bedeckt. Die Schlachtrösser grasten zwischen Schafen und Kühen. Die Stadttore waren offen, Männer und Frauen gingen unbehelligt hinein und hinaus. Alles wirkte angenehm, beinahe fröhlich.

Aber daran, dass der mächtige Robert Bruce nun zu einem König geworden ist, der sich verstecken muss, kann es nichts Fröhliches geben, dachte sie finster.

Der Tross der Königin wurde langsamer, als er sich dem Lager näherte. Die Königin ritt mit den beiden Brüdern von Robert Bruce voran, Sir Nigel und Sir Edward – dem Mann, der in jener Nacht neben Alexander gestanden hatte. Christina, Mary und Marjorie folgten, umgeben von einigen Rittern.

Alexander ritt jetzt einige Pferdelängen vor ihr. Er hatte immer wieder seine Position verändert, war manchmal ganz vorn geritten, um mit Sir Nigel und Sir Edward zu sprechen; dann wieder hatte er sich bis zur Nachhut zurückfallen lassen. Sie kannte ihn gut genug, um überzeugt zu sein, dass er überall an der Strecke Späher postiert hatte, um ihre Sicherheit zu gewährleisten.

Einmal war er direkt an ihr vorbeigeritten. Sie hatten sich lediglich einen kurzen Blick zugeworfen. Obwohl sonst nichts weiter passiert war, kam ihr der Augenblick doch bedeutungsvoll vor.

Sir Nigel half der Königin vom Pferd. Bruce kam aus seinem Zelt, und die Männer begannen zu jubeln: „König Robert! König Robert!"

Auf den Stadtmauern wurde der Ruf aufgegriffen von den Männern und Frauen, die das Lager beobachteten. „König Robert von Schottland!"

Isabella ritt neben ihr, und Margaret warf ihr einen Blick zu. „Er wird also immer noch hoch geschätzt, zumindest hier oben im Norden."

Isabella gab keine Antwort, und Margaret musterte ihr erstarrtes Gesicht genauer. Sie war alles andere als glücklich.

Sie sah nach vorn und erblickte Bruce, der Elizabeth in die Arme schloss, so wie ein Mann seine Frau nach langer Zeit der Trennung umarmte. Elizabeth lächelte und berührte kurz seine Wange, eine schlichte Zärtlichkeit.

Margaret sah wieder zu Isabella, die wütend zu sein schien. „Sie ist schließlich seine Frau", bemerkte Margaret.

Isabella war klug genug, nicht darauf zu antworten, doch ihr Gesicht war rot vor Zorn.

Eine Frau rief plötzlich: „John! John!"

Marjorie lief durch das Lager. Atholl rannte mit geöffneten Armen auf sie zu.

Margaret sah zu, wie sie einander in die Arme schlossen und sich küssten, als wären sie ein Liebespaar, nicht Eheleute.

Margaret freute sich für sie. Sie glaubte nicht mehr, dass Atholl ein Spion für König Edward war. Auch er war bei Methven vom Tode bedroht gewesen. Wenn er ein Agent der Engländer gewesen wäre, hätte er während des Massakers zu ihnen überlaufen, nicht gegen sie kämpfen müssen.

Margaret spürte, dass auch sie genau beobachtet wurde.

Alexander starrte sie an. Sie spürte, wie ihre Wangen sich erhitzten. Wusste er, wie sehr sie sich danach sehnte, auch so in die Arme geschlossen zu werden?

Er ritt zu ihr. „Zwei Pferde sind für die Frauen vorbereitet." Er glitt aus dem Sattel, reichte die Zügel einem jungen Highlander und streckte die Hände nach ihr aus.

Ihr Herz raste. Er musste doch merken, was jede seiner Berührungen immer noch in ihr auslöste. Er half ihr vom Pferd, dann tat er das Gleiche bei Isabella. Er bedeutete ihnen, ihm zu folgen. Margaret musste Isabella beinahe mitziehen. Sie wusste, dass Isabella sich am liebsten von ihnen entfernen würde, um zu Bruce gelangen. Sie konnte nur hoffen, dass Isabella sich vernünftig verhalten würde.

Margaret betrachtete Alexanders breite Schultern, sein zerzaustes dunkles Haar. Sie hasste diese merkwürdige Unbeholfenheit, ja Fremdheit, mit der sie miteinander umgingen. „Wisst Ihr, wie lange wir hier bleiben sollen?", fragte sie vorsichtig.

Er wandte sich um, und sie schloss zu ihm auf. Sie gingen an einer Kochstelle und mehreren Pferden vorbei. Kleine Jungs spielten mit einem Stock und einem Wollknäuel. „Nein, das weiß ich nicht. Aber Bruce hat vor, die Frauen zu den Orkney-Inseln zu schicken."

Margaret riss entsetzt den Mund auf. Sie wollte unter keinen Umständen auf den Orkneys leben!

Ihr Entsetzen muss ihr im Gesicht gestanden haben. „Er muss dafür sorgen, dass die Königin in Sicherheit ist, Lady Margaret. Seine Schwester Isabel ist die Königinwitwe von Norwegen. Er hat bereits Boten zu ihr geschickt."

Margaret bekam Kopfschmerzen. Sie wollte nicht mit, obwohl ihr vermutlich keine andere Wahl blieb. Die Orkneys waren viel zu weit weg von Alexander.

„Dieses Zelt ist für Euch und sechs andere Damen", sagte er.

Sie sah es sich gar nicht erst an. „Bin ich auch gezwungen, auf die Orkney-Inseln zu gehen?"

„Wo solltet Ihr denn sonst hin? Es ist kein Geheimnis, dass Ihr Verrat begangen und Euch Königin Elizabeth angeschlossen habt. Ganz Schottland weiß, dass Ihr Euch geweigert habt, Sir Guy zu heiraten, als Ihr aus Castle Fyne geflohen seid."

Er hatte recht. Wenn die Königin sich mit ihren Hofdamen dorthin begab, dann musste sie mit. Schließlich konnte sie sonst nirgends hin. „Ich habe solche Angst, Alexander."

„Ich weiß. Margaret …" Er unterbrach sich.

„Was ist? Wenn Ihr etwas zu sagen habt, dann sprecht es bitte aus!", rief sie.

„Ich habe sehr viele Fragen“, sagte er scharf. „Doch selbst jetzt mag ich es nicht, wenn Ihr Angst habt.“

Was sollte das denn heißen? Sie durfte nicht dauernd so gefühlvoll sein. Doch am liebsten wäre sie in Tränen ausgebrochen, hätte sich ihm in die Arme geworfen und selbst Antworten verlangt. „Ich werde alle Eure Fragen beantworten. Ihr müsst sie nur stellen“, brachte sie heraus.

Er nahm sie beim Arm und geleitete sie weg von dem Zelt, zum Rand des Lagers. Margaret bemerkte, dass Isabella sich bereits entfernt hatte. Sie sah sich nicht nach ihr um, denn sie konnte sich vorstellen, wo sie war. „Ich mag diese Unbeholfenheit zwischen uns nicht“, sagte sie. „Wie konnte es geschehen, dass wir zu Fremden geworden sind?“

Sie näherten sich einigen majestätischen Tannen. „Es ist drei Monate her, seit wir zum letzten Mal miteinander gesprochen haben.“

„Ich habe Euch einen Brief geschrieben. Ihr habt nicht geantwortet.“ Sie zuckte zusammen, als ihr bewusst wurde, wie verzweifelt sie klang.

„Ich weiß nicht, was Ihr von mir wollt, Lady Margaret“, sagte er abrupt.

„Ihr habt mich einmal ins Herz geschlossen. Ihr wolltet mich einmal heiraten. Gibt es eine andere Frau, die Ihr jetzt heiraten wollt – eine, die noch eine wertvolle Aussteuer mitbringt?“ Sie schaffte es nicht, den Blick abzuwenden.

„Nein. Wir sind im Krieg“, bemerkte er unnötigerweise.

„Auch Bruce wollte einmal, dass wir heiraten. Hat er seine Meinung geändert?“

Er starrte sie an. „Castle Fyne zu erobern ist immer noch mein Ziel.“

Und was hieß das jetzt wieder? Er antwortete einfach nicht auf ihre Fragen.

„Und was ist mit Euch, Margaret? Habt Ihr Euch in jemand anderen verliebt – vielleicht Sir Neil?“

Es gibt nur einen Mann, den ich liebe, dachte sie, verblüfft, dass er ihr so eine Frage überhaupt stellen konnte. „Nein“, erwiderte sie.

Er wurde rot. „Wenn Ihr keinen anderen liebt, warum habt Ihr mir dann so einen Brief geschrieben?“

„Ich bin nicht sicher, was Ihr damit meint, Alexander.“

„Ihr habt mir geschrieben, als ob wir Fremde wären! Ich konnte kaum glauben, dass Ihr das geschrieben habt.“

Seine Worte trafen sie wie Schläge. Sie holte tief Luft. „Habt Ihr mir deshalb nicht geantwortet?“

„Die Dame, die mir auf diese Art geschrieben hat, ist jedenfalls nicht die Frau, die ich in den Armen gehalten habe“, sagte er mit Entschiedenheit.

Sie schüttelte den Kopf. „Hätte ich Euch meiner ewigen Liebe versichern sollen? Euch anflehen, meine Zuneigung zu erwidern, obwohl Ihr so zornig davongeritten seid? Ich bin eine stolze Frau, Alexander. Ohne Aussteuer habe ich als Braut keinen Wert, und das wissen wir beide. Die meisten Männer hätten jedes Interesse an mir verloren, als Sir Guy Castle Fyne eroberte. Ihr seid nicht wie die meisten Männer, doch Ihr wünscht Euch doch bestimmt eine Braut mit Ländereien.“

„Das ist es, was Ihr wissen wolltet – ob mir noch etwas an Euch lag? Ob ich Euch noch als Braut haben möchte?“

„Ja.“

Er riss die Augen auf. Es verging einige Zeit, bis er langsam sagte: „Und du liebst mich wirklich – bis in alle Ewigkeit?“

Sie erschauerte. „Ich liebe dich wirklich, Alexander. Natürlich tue ich das.“

Plötzlich trat Leidenschaft in sein Gesicht. „Ich habe dich schrecklich vermisst, Margaret.“

Ehe sie ein weiteres Wort herausbringen konnte, riss Alexander sie in seine Arme und presste seine Lippen auf ihren Mund. Margaret drückte sich so fest an ihn, wie sie konnte, und erwiderte seinen Kuss. So standen sie ziemlich lange da.

Hinterher blickte er auf sie hinunter. „Ich werde heute Nacht zu dir kommen."

„Ich hatte ganz vergessen", sagte Alexander, „wie schön du in Wirklichkeit bist."

Margaret lag in seinen Armen, ihre nackten Körper waren ineinander verschlungen. Er hatte angekündigt, er würde erst nachts zu ihr kommen, doch er kam noch am selben Nachmittag, und sie waren in seinem Zelt. Das teilte er sich mit mehreren Männern, die er offensichtlich angewiesen hatte, sie eine Stunde lang in Ruhe zu lassen.

Sie hatte ihn so sehr vermisst. „Ich habe allerdings nicht vergessen, wie gut aussehend du bist", neckte sie ihn. Dann wurde sie ernst. „Ich habe so viel Angst um dich gehabt."

„Ich habe mir auch um dich Sorgen gemacht." Er rückte etwas weg von ihr, damit sie einander ansehen konnten. „Ich habe gehört, dass dein Onkel seine Frau verstoßen hat – und dass er auch auf dich sehr wütend ist."

„Er stößt wilde Drohungen gegen Isabella aus. Ich kann nur beten, dass die beiden sich nie wiedersehen."

„Du bist deiner Familie so lange Zeit so treu ergeben gewesen. Und besonders deinem Onkel. Was ist auf Castle Fyne passiert?"

Auf einen Schlag wurde ihr wieder ganz übel, fast drehte sich ihr der Magen um. Seit Monaten hatte sie nicht mehr an Sir Guys Versuch, ihr Gewalt anzutun, gedacht – im Gegenteil, sie hatte die Erinnerung bewusst tief vergraben. Jetzt sah sie wieder die Bilder vor sich, konnte regelrecht spüren, wie sie brutal gepackt und gewaltsam geküsst wurde, und erinnerte sich an die Angst.

„Hat Sir Guy dir wehgetan?", fragte Alexander.

Sie stieß sich von ihm ab und setzte sich auf. Sie wollte ihn jetzt eigentlich weder ansehen noch über diese Angelegenheit sprechen. Doch ihre Blicke trafen sich.

„Wieso willst du nicht antworten?"

Sie zitterte und holte tief Luft. „Er wollte gegen meinen Willen die Ehe vollziehen – ich habe ihn abgewiesen."

„Was genau ist passiert?"

Sie rückte ein Stück von ihm ab. „Ein Bote kam und hat ihn gestört. Ich habe großes Glück gehabt."

Auch Alexander setzte sich auf. Die Decke rutschte herab. „Hat er versucht, dir Gewalt anzutun, Margaret?"

Sie sah ihn wieder an und nickte.

Alexander rührte sich nicht, nur seine Brust hob und senkte sich langsam. „Ich werde ihn umbringen."

„Es ist vorbei, Alexander", flüsterte sie. Aber in Wirklichkeit fühlte es sich überhaupt nicht so an, als ob es vorbei sei.

„Es ist erst vorbei, wenn er tot ist." Er zog ihren widerstrebenden Körper wieder an sich. „Ich war nicht da, um dich beschützen zu können, Margaret. Was er da tun wollte, wird mich verfolgen, bis ich sterbe."

Ihr kamen die Tränen.

Er strich ihr übers Haar. „Wenn die Königin und ihre Hofdamen auf der Reise zu den Orkney-Inseln in Gefangenschaft geraten sollten, wird sie alle ein schreckliches Schicksal erwarten. Und du könntest mit ihnen gefangen genommen werden."

Sie versteifte sich. Was er sagte, war nichts als die Wahrheit, doch sie hatte keine Ahnung, worauf er hinauswollte.

Wenn sie gefangen genommen würde, könnte sie Sir Guy in die Hände fallen. Oder er könnte verlangen, dass sie ihm ausgeliefert wird, damit er sich an ihr rächen konnte. „Wenn ich in Gefangenschaft gerate, könnte man mich Sir Guy aushändigen."

„Falls du gefangen genommen wirst, musst du laut und deutlich schreien, dass du Buchans Nichte bist."

„Es weiß doch jeder, dass ich Sir Guy entflohen bin und Bruce Gefolgschaft geschworen habe."

„Du wirst abstreiten, König Robert jemals die Ehre erwiesen zu haben. Und du bist immer noch die Nichte von Buchan – dem mächtigsten Herrn der Comyns, der noch lebt.“ Er merkte, dass sie völlig überrascht war und schlimmste Befürchtungen hegte. „Ich will dich immer noch heiraten, Margaret. Aber solange diese Proklamation des englischen Königs gegen die Frauen aufrechterhalten wird, werde ich das nicht tun. Ich werde dich auf keinen Fall heiraten, wenn das bedeutet, dass ich damit dein Leben in Gefahr bringe. Wenn du die Leute überzeugen kannst, dass du Buchan immer noch treu ergeben bist, genießt du als seine Nichte und sein Mündel einen gewissen Schutz.“

Sie war erschüttert. „Ich weiß nicht, ob Buchan überhaupt versuchen wird, mir das Leben zu retten. Vielleicht lässt Buchan mich sogar hängen.“

„Sir Guy wird immer noch eine Ehe mit dir anstreben – wegen Castle Fyne und um sein Bündnis mit Buchan zu festigen.“

Konnte das wahr sein? „Ich kann ihn auf keinen Fall heiraten“, betonte sie mit Bestimmtheit.

„Wenn du in Gefangenschaft gerätst, hast du vielleicht gar keine andere Wahl – es ist auf jeden Fall besser als der Tod.“ Er klang genauso bestimmt. „Wenn wir jetzt heiraten, wirst du sofort als Verräterin gehängt, denn dann bist du die Gattin des Wolfs von Lochaber.“

Sie erkannte, dass er daran keinen Zweifel hegte, und er war in diesen Dingen viel welterfahrener als sie, besonders wenn es um Krieg und Politik ging.

„Und du, Alexander?“, flüsterte sie. „Wer rettet dich, wenn du je in Gefangenschaft geraten solltest?“

„Ich lebe durch das Schwert, Margaret. Eines Tages werde ich durch das Schwert umkommen und den Heldentod finden.“

Sie fragte sich, ob er je daran gedacht hatte, dass er als Hochverräter ebenfalls gehängt oder auch gevierteilt werden konnte, was alles andere als ein Heldentod, sondern eine Schande war. Und das Heer von Bruce bestand nur noch aus einigen Hundert Männern. Das englische Heer hingegen zählte nach Tausenden. „Wird Bruce jemals aufgeben? Glaubte er wirklich, König Edward irgendwie besiegen zu können? Wenn er diesen Krieg verliert, werden er und alle seine Verbündeten gehängt werden!"

„Bruce wird sich niemals ergeben – er ist König von Schottland." Alexanders Blick war hart. „Ich habe keine Angst vor dem Tod, Margaret, doch auch ich will leben. Und Bruce ist entschlossen, mit der Hilfe meines Bruders ein neues Heer aufzustellen. Er wird sich vor den Engländern verbergen, bis wir wieder stark genug sind, um kämpfen zu können. Ich bezweifele, dass es vor dem nächsten Frühling zu weiteren Kämpfen kommt. Manchmal verliert man eben eine Schlacht, Margaret, bevor man den Krieg gewinnt."

Sie erschauerte. Dieser Krieg wird noch jahrelang weitergehen, dachte sie entsetzt. *Und wenn er einmal vorbei sein wird, werden sehr viele Menschen ihr Leben verloren haben.* Alexander glaubte aus irgendeinem Grund, die Sache sei noch nicht verloren. Wenn sie das doch auch nur glauben könnte!

Er zog sie an sich. „Wir haben hier vielleicht ein paar Tage für uns, vielleicht auch ein paar Wochen. Ich will nicht mit dir streiten. Ich will dich nur in den Armen halten, solange ich kann."

Der Sommer ließ den Norden Schottlands in all seiner Pracht erstrahlen.

Jeden Tag gab es Sonnenschein und blauen Himmel mit nur ein paar weißen Wölkchen. Die Vögel sangen vergnügt in den Bäumen, Habichte kreisten über dem Lager, die Truppe brachte ihre Waffen wieder in Ordnung, die Männer führten Manöver durch, fischten und jagten und stellten den Frauen aus der Stadt nach.

Es war, als ob es gar keinen Krieg um Schottlands Unabhängigkeit gäbe.

Margaret beschloss, jeden Augenblick dieses merkwürdigen Aufschubs zu genießen. Ihr war bewusst, dass die Boten von Robert Bruce irgendwann aus Norwegen zurückkommen würden, woraufhin die Königin mit ihren Hofdamen, also auch mit ihr, zu den Orkney-Inseln geschickt werden würde. Doch jetzt hatten sie viel Zeit zur eigenen Verfügung. Alexander nahm sie mit zum Schwimmen, brachte ihr bei, mit Pfeil und Bogen besser zu treffen, schenkte ihr einen kleinen Degen und unternahm lange Ausritte mit ihr in die Wälder, wo sie sich zum Klang trippelnder Eichhörnchen und singender Blauhäher liebten. Die Nächte verbrachten sie in ihren jeweiligen Zelten, er bei den Männern, sie bei den Frauen. Doch so angenehm der Sommer auch war, jedermann wusste, dass es nur eine Frage der Zeit war, bis sie wieder vor den Heeren König Edwards fliehen mussten.

Margaret hatte Angst vor der bevorstehenden Trennung, erwähnte das jedoch nicht.

Zum ersten Mal seit ihrer Ankunft in Aberdeen war der Himmel grau, es drohte ein Sommersturm. Alexander wollte wie üblich nachmittags mit ihr ausreiten, sie eilte durch das Lager auf der Suche nach ihm. Als sie am Ende des Lagers, wo der Waldrand nur noch einen Steinwurf entfernt war, um ein Zelt bog, standen ihr plötzlich Marjorie und Atholl gegenüber.

Der Earl hatte den Arm um die Hüften seiner Frau gelegt, sie kamen offenbar gerade von einem eigenen Beisammensein im Wald. Margaret lächelte ihnen entgegen. „Habt Ihr Alexander gesehen?"

„Nein, haben wir nicht", erwiderte Atholl. „Es wird bald regnen, Margaret, an Eurer Stelle würde ich lieber nicht in den Wald gehen."

Da hatte er vollkommen recht, also schloss sie sich ihnen auf dem Rückweg ins Lager an. In diesem Augenblick sprang unmittelbar vor ihnen ein Hirsch aus dem Wald und floh.

Dann war Hufgetrappel zu hören. Als ein Reiter aus dem Wald galoppiert kam, riss Atholl seine Frau und Margaret an den Armen aus dem Weg.

Ein Mann in der Kluft der Highlander stürmte an ihnen vorbei. Das Pferd hatte Schaum an der Schnauze und war schweißbedeckt.

Einen Augenblick standen sie wie angewurzelt und sahen dem Reiter nach, der mit halsbrecherischem Tempo durch das Lager galoppierte.

„Neue Nachrichten!“, rief Atholl und rannte los.

Margaret und Marjorie folgten ihm, so schnell sie konnten. Ihre Gedanken überstürzten sich. Ein Bote war eingetroffen. Der Sommer war vorüber. Der Krieg ging weiter.

Das Lager wirkte seltsam verlassen – jeder eilte zum Zelt des Königs, um herauszufinden, was für Neuigkeiten der Reiter bringen mochte. Margaret glaubte, ihre Lungen würden zerspringen. Sie konnte nur beten, dass die Botschaft wenigstens einen Funken Hoffnung enthielt.

Endlich erblickten sie Robert Bruce, der bei dem im Sattel gebliebenen Reiter stand. Das Pferd schnaubte. Der Hof hatte sich um den König und den Boten versammelt, einschließlich der Königin, den Brüdern und Schwestern des Königs, den übrigen Adeligen, Isabella und Alexander.

Margaret und Marjorie verlangsamten den Schritt und stützten sich gegenseitig, beide zu sehr außer Atem, um etwas sagen zu können. Doch sie ließen Bruce und sein Gefolge nicht aus den Augen.

Der Reiter beendete seine Rede und glitt vom Pferd. Bruce stand einfach nur reglos da, offenbar in höchster Anspannung.

„Großer Gott“, hauchte Margaret, noch immer atemlos. Die Botschaft enthielt anscheinend schlimme Nachrichten.

Alexander bemerkte sie. Sie lief zu ihm. „Was ist los? Was ist passiert?“, rief sie.

Er packte sie an den Schultern. „Aymer de Valence ist hier im Norden. Er weiß, wo wir sind, und ist nur zwei Tagesmärsche entfernt.“

„Aber wie ist das möglich?“ War Sir Guy bei ihm? Ganz bestimmt!

„Einige unserer Späher wurden gefangen genommen, der Folter unterzogen und dann gehängt.“

Margaret blickte ihm in die Augen und merkte, wie besorgt er war. „Und was jetzt? Was sollen wir tun?“

„Ich weiß es auch nicht. Aber wir müssen einen Plan entwickeln, und zwar sofort.“

Er hatte kaum zu Ende gesprochen, als der Schrei einer Frau den Nachmittag zerriss. Es war ein Schrei der Verzweiflung, ein Wehklagen, wie Margaret es noch nie gehört hatte.

Christina Seton lag vor Robert Bruce auf den Knien und schrie sich die Seele aus dem Leib. Bruce sank ebenfalls auf die Knie und zog sie in seine Arme. Sie schrie weiter und hieb mit den Fäusten auf ihn ein.

Margaret hatte bereits Tränen in den Augen, als sie zu Alexander aufblickte. Er legte einen Arm um sie. „Sir Christopher wurde gefangen und gehängt.“

Sie hatte gelernt, den Wald zu hassen.

Der Tross durchquerte im Gänsemarsch eine enge Schlucht in Dalry, Margaret saß auf ihrer Stute. Der König und seine Leibwache ritten im Schritt voran, gefolgt von der Königin und ihren Hofdamen. Hinter ihnen weitere Ritter, denen die Fußtruppen folgten. Sie hatten weder Wagen noch Nachschubkarren dabei. Sie waren in aller Eile aus Aberdeen geflohen und hatten lediglich mitgenommen, was sich auf den Armen oder dem Rücken tragen ließ.

Der Morgen war erschreckend still. Kein Vogel zwitscherte in den Bäumen an den steilen Abhängen, kein Eichhörnchen huschte umher. Kein Mensch sagte etwas – das war nicht erlaubt. Die einzigen Geräusche waren das ständige Klappern der Hufe, das Klirren des Zaumzeugs, das Knarren der Sättel.

Die Stille hasste sie ebenfalls – sie jagte ihr Angst ein.

Hatte der Feind sie überholt und lag hinter der nächsten Biegung auf der Lauer? Oder war es das Heer von Bruce selbst, das das Wild verjagt hatte?

Sie konnte die Tage gar nicht mehr zählen, die sie nun schon in dieser Stille durch den Wald ritten. Und die Nächte auch nicht mehr. Sie lag in Alexanders Armen, konnte jedoch nicht schlafen. Unter freiem Himmel lauschten sie auf Laute von Verfolgern unter den Geräuschen der Nacht, wenn der Wald wieder zum Leben erwachte. Zweige wisperten, Laub seufzte, Eulen riefen, Wölfe heulten … In der Nacht war es fast unmöglich, unter diesem Konzert einen Feind herauszuhören, der ihnen auf der Spur war.

Wie lange sollte das noch weitergehen?

Bruce glaubte, er könnte den Engländern ausweichen und in Argyll Schutz finden – auf den Ländereien der MacDonalds. In Argyll befanden sie sich bereits. Aber nicht auf dem Land, das dem Lord of the Isles gehörte, sondern auf den Ländereien der MacDougalls.

An Alexander MacDougall of Argyll, den Bruder ihrer Mutter, wollte Margaret lieber nicht denken. Doch sie konnte nicht anders. Letzten Februar, als Alexander MacDonald Castle Fyne belagerte, hatte er auf ihre Bitte um Unterstützung nicht geantwortet. Er führte Krieg gegen Bruce und gegen Alexander. Sie konnte es kaum erwarten, sein Land endlich hinter sich zu bringen.

Sie blickte zu Christina, die tief in Trauer versunken war. Ihr ganzer Körper krümmte sich, tief ließ sie den Kopf hängen. Hin und wieder weinte sie. Christina war so verzweifelt, dass sie seit dem überstürzten Aufbruch aus Aberdeen nicht ein Wort gesprochen hatte.

Margaret wusste, dass sie selbst genauso untröstlich wäre, wenn Alexander etwas zustoßen sollte. Aber vielleicht gab es noch Hoffnung. Vielleicht konnten sie sich bis zu einer Festung der MacDonalds durchschlagen.

Plötzlich zerrissen Kriegsrufe der Engländer den Tag.

Margaret brachte ihr Pferd zum Stehen. Pfeile pfiffen von den Baumkronen der Bäume über der Schlucht herab, Soldaten sprangen von den Felsen über ihnen, Ritter galoppierten die gefährlich steilen Abhänge herunter. Vor ihr bäumte sich ein von einem Pfeil getroffenes Pferd auf und brach zusammen. Entsetzt stellte Margaret fest, dass es Marjories Pferd war. Entlang der ganzen langen Marschkolonne begannen Kämpfe zwischen den Angreifern und den Männern von Bruce. Überall gellten Schreie, von Pferden und von Menschen. In blankem Entsetzen musste sie mit ansehen, wie mehrere ihrer Ritter vom Pferd stürzten, getroffen von den englischen Bogenschützen.

Panisch wollte sie fliehen, doch in der engen Schlucht gab es keinen Fluchtweg!

Ein Mann riss sie vom Pferd. Erleichtert klammerte sie sich an Alexander.

Er schleppte sie die Schlucht entlang, vorbei an kämpfenden Männern, sich aufbäumenden Pferden, umherliegenden Leichen, und schob sie in eine schmale Felsspalte. „Marjorie!", schrie sie.

„Bleib hier!", befahl er, wirbelte herum und stürzte sich in das Getümmel.

Margaret beobachtete, wie er sich einen englischen Ritter vornahm, einige Schwerthiebe mit ihm tauschte und ihm dann geschickt das Schwert aus der Hand schlug. Er riss den Ritter vom Pferd und rammte ihm das Schwert in die Brust. Dann sprang er auf das Pferd des Engländers und stellte sich mit erhobenem Schwert dem nächsten Feind. Er bewegte sich so schnell und mit so geübter Gewandtheit, dass die Bilder vor ihren Augen verschwammen.

Hektisch sah Margaret sich nach Marjorie um. Hunderte Männer waren in der Schlucht in Kämpfe verstrickt, die meisten zu Fuß, doch einige ganz in ihrer Nähe noch zu Pferd, darunter Alexander. Alle kämpften auf Leben und Tod.

Endlich entdeckte sie Marjorie, die vornübergebeugt versuchte, an den Kämpfenden vorbeizukommen.

„Marjorie!", schrie Margaret. Doch bei dem ganzen Lärm, dem Schreien und Wiehern, dem Surren der Pfeile war sie nicht zu hören.

Margaret sah zu Alexander, doch der war inzwischen weiter hinten in der Schlucht, noch immer hoch zu Ross, und tötete jeden, der sich ihm in den Weg stellte. Sie verließ die Felsspalte.

Margaret sprang über einen Gefallenen und sah, wie Marjorie von einem englischen Ritter gepackt wurde. „Marjorie!"

Ihre Freundin wehrte sich verzweifelt. Bis zu diesem Augenblick war Margaret nicht klar gewesen, dass sie den kurzen Degen in der Faust hielt. Mit einem Aufheulen sprang sie hoch und trieb den Degen mit aller Kraft dem Ritter in den Nacken, zwischen Helm und Rüstung. Brüllend ließ er Marjorie los. Margaret packte ihre Hand, und beide Frauen rannten los.

Sie schob Marjorie in die Felsspalte. Sie wollte gerade hinterherschlüpfen, als sie auf einmal ein Prickeln auf der Haut spürte.

Margaret wirbelte herum und drückte sich mit dem Rücken an die Felsen.

Ein riesiges graues Schlachtross stand ihr schnaubend und hufestampfend gegenüber. Darauf saß ein englischer Ritter mit geschlossenem Visier und starrte sie an.

Margaret konnte sich nicht bewegen. Sie wusste, wer das war, noch bevor er sein Visier hob.

„Heimtückische Hure!", sagte Sir Guy verächtlich. Er zog sein Schwert aus der Scheide und lächelte sie kalt an.

Er wollte sie umbringen, daran gab es keinen Zweifel. Er besaß keine Ehre.

Sie war wie gelähmt. Sie konnte auch nicht wegsehen. Seine grauen Augen brannten voller Hass. Und er trieb sein Pferd an …

Margaret drückte sich an den Felsen, Vielleicht konnte sie sich irgendwie rückwärts in die Felsspalte quetschen, denn wenn sie sich umdrehte, würde er ihr mit dem Schwert den Rücken aufschlitzen.

„Wie lange bist du schon MacDonalds Hure?", schrie er und drängte sie weiter gegen den Felsen.

Sie spürte den Atem des Pferdes im Gesicht, konnte ihn riechen. Sie gab keine Antwort.

„Sag es mir, du Hure!“, rief er.

„Ich liebe ihn“, schrie sie zurück.

Sir Guy trieb das Schlachtross vorwärts. Margaret schrie das Pferd an, das sich aufbäumte, seine tödlichen Hufe über ihr …

„A Donald!“, brüllte Alexander.

Margaret schützte ihren Kopf mit den Armen. Die Hufe des Pferdes verfehlten sie um wenige Zoll. Dann hörte sie das Klirren von Schwertern. Sie sah auf. Alexander und Sir Guy hieben mit den Schwertern aufeinander ein; beiden stand die wilde, grausame Wut im Gesicht.

„Margaret!“ Marjorie wollte, dass sie sich zwischen den Felsen verbarg.

Margaret beachtete sie nicht. Beide Männer waren großartige Kämpfer. Beide waren wild entschlossen. Beide wollten den anderen töten.

Sir Guys Schwert traf Alexanders Arm, und das Blut rann an der Klinge hinab. Margaret erschauderte vor Grauen. Doch Alexander parierte die Angriffe seines Gegners mit solcher Gewalt, als ob er nicht verwundet wäre. Nach einigen schrecklichen Hieben von beiden Seiten trieben sie ihre Pferde ein paar Schritte zurück. Beide keuchten schwer. Keiner ließ den anderen aus den Augen.

Gleichzeitig sprangen sie vom Pferd und schwangen die Schwerter. Die Pferde wieherten und machten sich voller Angst aus dem Staub. Alexander und Sir Guy umkreisten sich. Alexanders Lächeln war grausam und bösartig, das von Sir Guy teuflisch.

Gleichzeitig schlugen sie zu.

Hieb um Hieb wurde ausgeteilt und pariert. Margaret konnte es kaum noch ertragen, doch plötzlich verlor Sir Guy sein Schwert.

Sir Guy erstarrte, Todesangst im Gesicht.

Alexander lächelte mitleidlos und triumphierend, hob sein Schwert und schlug unbarmherzig zu …

Margaret schloss die Augen, doch sie konnte das entsetzliche Geräusch einer Klinge hören, die durch einen menschlichen Körper getrieben wird. Und sie hörte Sir Guy schreien.

Dann noch ein schreckliches Geräusch, und ein Körper stürzte zu Boden. Augenblicke später legte Alexander ihr die Hände auf die Schultern. „Es ist vorbei; sieh lieber nicht hin."

Sie riss die Augen auf und blickte in seine glühenden blauen Augen. Sie achtete darauf, nicht an ihm vorbeizusehen, wo der tote Sir Guy liegen musste, wahrscheinlich geköpft. Margaret nickte, doch sie zitterte vor Grauen.

Sir Guy war tot. Sie konnte es nicht glauben.

Plötzlich bemerkte sie, dass die ganze Schlacht vorbei war. Überall in der Schlucht lagen tote und sterbende Männer und Pferde. Erleichtert sank sie an Alexanders Brust, der sie für einen kurzen Moment in die Arme nahm.

*Die Königin! Isabella!*

Margaret sah sich hektisch um, und endlich entdeckte sie Sir Nigel mit Königin Elizabeth, beide zu Fuß und beide anscheinend unverletzt. Nun erblickte sie auch Isabella, Sir Neil, Christina Seton und dann Robert Bruce. Er saß auf seinem mächtigen Schlachtross und brüllte Befehle.

Alle, die ihr teuer waren, hatten diese Schlacht überlebt – doch für wie lange?

Alexander legte wieder seinen Arm um sie. „Wir müssen uns um die Verwundeten kümmern", sagte er. „Falls du dazu in der Lage bist, könnten wir deine Hilfe brauchen."

Margaret riss sich zusammen und nickte. „Selbstverständlich."

## *19. KAPITEL*

Margaret saß völlig erschöpft da, Arm in Arm mit Isabella. Sie hatten ihre Verwundeten zusammengetragen und waren schnell aus der Schlucht geflohen. In besser zu verteidigendem Gelände hatten sie Rast gemacht, und Margaret und die anderen Frauen hatten den ganzen Nachmittag damit verbracht, die Verletzten zu versorgen.

Margaret legte müde den Kopf an Isabellas Schulter. Vor ihnen breitete sich das Lager aus, auf einer Seite die Verwundeten, die Frauen in der Nähe, während jeder, der dazu in der Lage war, Nahrung besorgte. Die Pferde grasten. „Ich bin zu keiner Bewegung mehr fähig."

„Ich habe Angst", flüsterte Isabella.

Margaret ergriff ihre Hand. „Wir haben alle Angst."

Sie war so müde, dass sie nicht einmal mehr denken mochte. Doch der Zukunft konnte sie nicht ausweichen. Bruce hatte erneut Hunderte Männer verloren. Sein Heer existierte eigentlich nicht mehr. Seine ihm noch verbliebenen Männer waren erschöpft. Die Pferde ebenso. Es gab keinen Nachschub und nichts zu essen. Was nun?

Sie hatte einige Gespräche mitbekommen. Der Angriff war nicht von Sir Guy angeführt worden. Er war erdacht und befehligt worden von Argylls Sohn – John der Lahme wurde er genannt. Sie befanden sich noch immer auf dem Land der MacDougalls. Alle erwarteten einen weiteren Angriff.

Bruce zog nun einen anderen Fluchtweg in Erwägung, die sie auf das Land eines seiner engsten Verbündeten führen sollte, dem Earl of Lennox. Aber von Lennox hatte man seit Methven nichts mehr gesehen oder gehört …

Alexander kam langsam auf sie zu. Auch er war völlig erschöpft. Das konnte sie nicht nur an seinem schleppenden Gang erkennen, sondern auch an seinen hängenden Schultern.

Trotzdem lächelte er ihr zu. „Können wir miteinander reden?"

„Natürlich." Er legte ihr einen Am um die Schultern und geleitete sie ein wenig zur Seite. „Was werden wir jetzt machen?"

Er lächelte noch einmal und hob ihr Kinn an. „Bruce hat beschlossen, die Frauen zurück nach Kildrummy zu schicken. Hier sind sie nicht mehr sicher, und er muss mit seinen verbliebenen Truppen jetzt schnell manövrieren können, wenn er denen entkommen will, die ihn jagen und töten wollen."

Margaret konnte es nicht fassen. Kildrummy war wieder sicher? Seit wann das denn? „Ich möchte nicht zurück nach Kildrummy", begann sie.

Er hob eine Hand, um sie zum Schweigen zu bringen. „Bruce schickt zusammen mit den Frauen auch die Pferde zurück. Es wird zu schwer werden, Futter für sie aufzutreiben."

Margaret hatte die Lage ja bereits für sehr ernst gehalten. Nun aber hatte der König vor, sich in den Wäldern zu verstecken, zu Fuß! „Aber zu Fuß sind sie doch nicht besonders schnell."

„Doch, wenn sie ihre Rüstungen ablegen."

Sie holte tief Luft. Die Ritter wollten ihre Rüstungen aufgeben? „Sie fliehen also bloß mit Schwert und Degen?"

Er nickte.

Auf einmal wurde sie wütend. Wenn ein englisches Heer sie trotzdem aufspüren konnte, würde man sie alle vernichten. Ein Mann zu Fuß konnte sich kaum gegen einen Berittenen verteidigen. Dann würde es keine Überlebenden geben.

„Mein Gott. Und du fliehst mit ihnen?"

„Nein. Er schickt mich nach Kintyre, um Angus davon zu unterrichten, was geschehen ist, und ihn um Hilfe und einen Zufluchtsort zu bitten."

Sie war erleichtert – Alexander würde nicht bei Bruce und seinem dezimierten Heer bleiben!

„Ich möchte, dass du mit mir kommst, Margaret."

Sie holte erneut tief Luft, doch er fuhr fort, bevor sie etwas sagen konnte. „Kildrummy ist noch nie belagert worden. Aber Aymer hat jetzt einen großen Teil von Schottlands Norden in seiner Gewalt. Ich könnte in Gefangenschaft geraten, Margaret“, warnte er. „Und wenn du bei mir bist, wird man auch dich gefangen nehmen.“

Sie nickte. „Das ist mir gleich. Ich werde mit dir kommen, Alexander.“

Sie sahen sich lange in die Augen. „Ich werde es Bruce sagen.“

*Dunaverty Castle – später August 1306*

„Ich will dich unbedingt meinem Bruder vorstellen“, sagte Alexander mit einem Lächeln.

Margaret war immer noch verblüfft darüber, dass sie es tatsächlich geschafft hatten, die große Festung der MacDonalds zu erreichen. Sie schritt neben Alexander, er hatte seinen Arm um sie gelegt. Sie war erschöpft gewesen, denn vier Tage lang waren sie fast pausenlos geritten, hatten nur nachts einige wenige Stunden Rast gemacht.

Vor Kurzem erst hatten sie in einem von einem Fischer geborgten Kutter den Firth of Clyde überquert. Die See war rau gewesen, eine steife Brise bauschte das einzige Segel, sie kamen schnell nach Kintyre. Margaret hatte im Bug des kleinen Kutters gesessen. Als Dunaverty Castle in Sicht kam, eine wuchtige Burg hoch über dem Meer auf gewaltigen Klippen, war die Erschöpfung von ihr gewichen und hatte sich in Aufregung und Ehrfurcht verwandelt.

Sie hatten es geschafft, aus dem Land zu fliehen. Sie hatten den Krieg hinter sich gelassen.

Endlich waren sie in Sicherheit!

Vielleicht konnte das sogar ein neuer Anfang werden …

Nun schlenderten sie über den riesigen Innenhof der Burg. Margaret lächelte zu Alexander auf, und er lächelte zurück.

Er glaubt auch, dass es ein neuer Anfang ist, dachte sie.

Die dunkle Flagge der MacDonalds mit ihrem roten Drachen flatterte stolz von einem der hohen Türme im Wind. Die

Highlander standen oben auf den Zinnen und riefen Alexanders Namen.

„Der mächtige Wolf kehrt zurück!"

Ihr lief es kalt über den Rücken, und Tränen stiegen ihr in die Augen. Diese Männer waren seine Leute, und sie beteten ihn an.

Wieder und wieder erscholl sein Name und hallte von den Mauern wider, verwandelte sich in einen Singsang.

„Alexander! Der mächtige Wolf ist heimgekehrt! Lang lebe der mächtige Wolf des Clan Donald!"

Er umfasste ihre Schultern und beugte sich zu ihr. „Willkommen auf Dunaverty, Margaret."

Sie sah zu ihm auf, überwältigt vor Erleichterung. Sie ergriff seine Hand und drückte sie. „Sie lieben dich", flüsterte sie.

Er lächelte und zwinkerte ihr zu – das hatte sie noch nie an ihm gesehen. „Und bald werden sie dich genauso lieben", sagte er. „Komm mit."

Sie musste an ihre Mutter Mary MacDougall denken. Irgendwie war sie überzeugt, dass Mary sich für sie freuen würde und glücklich wäre.

Dann wurde ihre Aufmerksamkeit abgelenkt. Der große Saal hatte hohe Decken und zwei steinerne Kamine. Ansonsten war er nur spärlich eingerichtet, ein Tisch, Sitzbänke, ein paar Stühle, Teppiche auf dem Boden, Banner hingen von den Dachsparren. Am Ende des Saals stand ein großer dunkelhaariger Mann. Selbst ohne den MacDonald'schen Überwurf an den breiten Schultern hätte Margaret ihn sofort erkannt. Er sah Alexander sehr ähnlich – es war sofort klar, dass sie Brüder waren.

Margaret hielt ihn für Anfang dreißig. Er war größer als die meisten Männer, mit gewölbtem Brustkorb und Armen, denen man ansah, dass er jahrelang Schwerter und Streitäxte geschwungen hatte. Das Haar trug er schulterlang. Seine Augen waren himmelblau. Er war ein anziehender Mann, der große Macht ausstrahlte.

Angus Og, Lord of the Isles, kam mit strahlendem Lächeln auf sie zu.

Alexander eilte ihm entgegen. Die beiden umarmten sich mit großer Herzlichkeit. Dann legte Angus seinem Bruder die Hände auf die Schultern. „Ich habe dich nicht erwartet. Bringst du neue Nachrichten?"

Alexander wurde ernst. „Keine guten, Angus. Bruce ist in diesem Sommer zweimal geschlagen worden, bei Methven und bei Dalry. Er versteckt sich jetzt mit den wenigen verbliebenen Truppen in den Wäldern. Bei Methven gab es ein Massaker – dort hat er den größten Teil seines Heeres verloren. Bei Dalry haben John der Lahme und Sir Guy de Valence uns aus dem Hinterhalt angegriffen. Sir Guy ist tot."

Angus blickte grimmig. „Von Methven haben wir vor ein paar Wochen gehört. Aber nicht von Dalry. Wo ist Bruce denn jetzt? Wie viele Männer hat er noch übrig?"

„Ich habe ihn in Argyll zurückgelassen, nicht weit von Dalry entfernt. Er hat nur noch wenige Männer, keine Pferde, und die Frauen hat er nach Kildrummy zurückgeschickt, mit ein paar Rittern als Eskorte, doch ohne Vorräte."

„Stimmt es, dass Aymer de Valence sechstausend Männer hat?"

„Ja, und er hat sehr viele Burgen zurückerobert, die einmal Bruce gehalten hat. Außerdem hat er immer noch Perth in seiner Gewalt."

„Und Bruce?", drängte Angus.

„Bruce hat vor, ihn westlich von Loch Lomond zu umgehen und sich zu den Ländereien von Lennox durchzuschlagen. Aber wir wissen nicht, ob Lennox Methven überlebt hat. Er hat Neil Campbell vorausgeschickt, um Schiffe aufzutreiben. Falls er es auf das Land der Campbells schafft, braucht er Schiffe für die Überfahrt nach Dunaverty."

Angus sah seinen Bruder mit undurchdringlichem Gesichtsausdruck an.

„Ich wurde hierhergeschickt, um dich um deine Hilfe zu bitten", sagte Alexander.

„Bruce ist der rechtmäßige König von Schottland. Ich habe ihm schon vor langer Zeit meine Unterstützung zugesagt. Die wird er nun, in seiner dunkelsten Stunde, auch bekommen.“ Als ob die Sache damit erledigt wäre, wanderte sein Blick kurz zu Margaret. Angus wirkte überrascht, sah noch einmal hin, bevor er sich wieder an Alexander wandte.

Alexander nickte zufrieden. „Es liegt also jetzt an Bruce selbst – und an Lennox, wenn er noch lebt, und an Campbell. Aber ich habe den Auftrag, mit dem Aufbau eines neuen Heeres für ihn zu beginnen.“

Angus lächelte wissend. „Hier auf den Inseln gibt es viele, die ihn unterstützen. Wir werden uns später darüber unterhalten.“ Er wandte sich Margaret zu. „Stell mich bitte deiner Begleitung vor, Alexander.“

Alexander lächelte. „Bruder, es gibt nichts, das mir lieber wäre. Das ist Lady Margaret Comyn.“

Angus Og trat auf sie zu. „Die Herrin von Castle Fyne.“

Margaret war unglaublich angespannt. Alexander hatte vor, sie zu heiraten, dazu brauchte er die Zustimmung seines Bruders. Doch sie war eine MacDougall – der Todfeind seines ganzen Clans. „Mylord“, grüßte sie. „Ich bin Lady Margaret Comyn. Ich kann nur hoffen, dass es Euch keinen Kummer bereitet, wenn ich Eure Gastfreundschaft in dieser bedrängten Zeit in Anspruch nehmen muss.“

Er musterte sie und wirkte amüsiert. „Ich weiß, wer Ihr seid, Lady Margaret. Ich habe davon gehört, wie tapfer Ihr Eure Burg gegen meinen Bruder verteidigt habt.“

Margaret hoffte, dass das ein Lob war. „Zu diesem Zeitpunkt war er der Feind, da gab es keine andere Wahl.“

„Wie alt seid Ihr?“

„Ich werde bald achtzehn.“

„Die meisten Frauen Eures Alters hätten gar nicht erst den Versuch unternommen, mit nur einer Handvoll Männer eine Burg zu verteidigen.“

„Sie ist nicht wie die meisten Frauen“, sagte Alexander. „Sie ist eine sehr ungewöhnliche Frau.“

Angus schenkte ihm ein Lächeln. „Ungewöhnlich tapfer und ungewöhnlich schön. Ich verstehe, warum du sie behalten hast. Ihr erinnert mich an Eure Tante, Lady Margaret.“

Margaret war überrascht.

„Ihr seht Juliana sehr ähnlich. Eine weitere MacDougall, die tapfer und schön ist – und die es wagt, einen meiner Brüder zu lieben.“

Margaret wusste nicht, was sie darauf erwidern sollte.

„Liebt Ihr meinen kleinen Bruder?“, fragte Angus.

„Ja.“ Sie biss sich auf die Lippe. „Ich liebe ihn sehr und hoffe, dass Euch das angenehm ist.“

Er musterte sie. „Es würde mich freuen, zu erfahren, dass Ihr wirklich keine Treuepflicht gegenüber den MacDougalls mehr empfindet.“

Natürlich war ihm ihre Treue zu dem Clan, den er mehr als alles andere auf der Welt hasste, besonders wichtig. „Ich werde William, meinem einzigen noch lebenden Bruder, immer treu bleiben. Ich werde immer meinem Vater und meiner Mutter treu bleiben, Gott segne sie, denn sie sind tot. Aber …“, sie blickte zu Alexander, und Tränen stiegen ihr in die Augen, „… ich liebe Alexander. Das war niemals meine Absicht, doch es hat sich so ergeben. Als ich dem Engländer entfloh, den ich heiraten sollte, war mir klar, dass ich damit alle alten Treuepflichten aufgab. Nun bin ich Alexander treu ergeben, Mylord. Jetzt und in alle Ewigkeit.“

Alexander legte seinen Arm um sie. „Ich habe sie gebeten, mich zu heiraten – sogar mehrere Male. Erst kürzlich hat sie zugestimmt.“

Angus’ nachdenklicher Blick ruhte auf ihr. „Als das letzte Mal eine MacDougall einen MacDonald heiratete, wurden damit alte Treuepflichten infrage gestellt. Es ist nicht leicht, den Feind zu lieben.“

„Das ist mir klar“, flüsterte Margaret.

„Doch Juliana hat nie geschwankt – auch mein älterer Bruder hat nie geschwankt –, und Ihr erinnert mich an sie.“ Er trat zu Alexander und legte ihm eine Hand auf die Schulter. „Wenn du sie so sehr liebst, wie unser Bruder Juliana liebt, wird sie eine glückliche Frau werden.“

Margaret erschauerte und konnte gerade noch die Tränen zurückhalten. Sie hatten soeben den Segen von Angus Og erhalten.

Er lächelte ihnen zu, und dann drehte er sich plötzlich um und marschierte aus dem Saal, in dem sie allein zurückblieben.

Alexander streckte seine Hand aus. Margaret ergriff sie.

„Willst du mich nun heiraten?“

Sprachlos und mit klopfendem Herzen nickte sie.

Er lachte und zog sie in seine Arme. Er legte seine Stirn an ihre und sagte mit belegter Stimme: „Jetzt kann ich dir ja verraten, dass ich glaubte, dazu würde es niemals kommen.“

„Ich auch“, erwiderte sie.

Er hob sie hoch. Margaret japste vor Überraschung, als er sie aus dem Saal trug. „Alexander!“

„Du hast doch Ja gesagt“, neckte er sie und trug sie eine schmale Treppe hinauf.

„Es ist noch nicht einmal Mittag!“, protestierte sie und klammerte sich an seine Schultern.

„Na und? Zufälligerweise weiß ich, dass dir die Liebe am Morgen noch besser gefällt als nachts.“

Sie konnte es nicht fassen, dass er so unbefangen redete, und spürte, wie ihre Wangen glühten. Zum Glück war kein Mensch in der Nähe, der es hören konnte. Im nächsten Stockwerk trug er sie einen langen Korridor entlang. Sie hatte nicht mehr das Bedürfnis, zu protestieren.

Die Tradition, die Ehe schon vor der offiziellen Eheschließung zu vollziehen, war so alt wie die Zeit selbst. Margaret hatte der Verbindung zugestimmt. Sobald sie die Ehe vollzogen hatten, waren sie Mann und Frau.

Er stieß eine Tür auf, betrat ein dunkles Schlafgemach, und sie wusste sofort, dass es sein eigenes sein musste. An einer Wand hing ein alter, rostiger Schild, und eine Strohfigur steckte in einer abgenutzten Ritterrüstung. Sie wusste auch, dass Schild und Rüstung seinem Vater gehört hatten, Angus Mor, dem vorherigen Lord of the Isles.

Er trat die Tür zu, hob erst sie aufs Bett und legte sich dann zu ihr. Sie sah ihm in die blauen, dunkel verschleierten Augen.

„Willst du mich jetzt heiraten?"

„Ja."

Sein Blick flackerte nicht. „Willst du mir so treu ergeben sein, wie Juliana meinem Bruder treu ergeben ist?"

„Ja."

„Bis zum Tod?" Seine Stimme war belegt.

Sie konnte nicht sprechen, deshalb nickte sie nur, bis sie schließlich doch noch ein Ja herausbrachte. „Ich werde dich für alle Zeit lieben, Alexander. Und du? Willst auch du mir treu ergeben sein, willst du mich lieben für alle Zeit?"

„Ja." Er bedeckte ihren Mund mit seinen Lippen.

Margaret hatte ihn niemals mehr geliebt als in diesem Moment. Sie legte ihm die Hände an die Wangen und erwiderte seinen Kuss. Als er endlich aufhörte, wurde ihr klar, dass sie weinte.

Er wischte ihr zärtlich die Tränen weg, öffnete ihren Gürtel und warf ihn beiseite.

Margaret bekam keine Luft mehr. Heiß stieg das Begehren in ihr auf und verband sich mit der immer intensiver werdenden Aufwallung von Gefühlen und Liebe.

Er zog ihr den Überwurf und das Gewand aus, hob das Hemd an und schob sein muskulöses Bein zwischen ihre Schenkel. Tief stieß er in sie hinein, blickte ihr dabei direkt ins Gesicht, und Margaret rührte sich nicht. Die Lust raubte ihr den Atem. Und die Liebe auch.

„Jetzt sind wir Mann und Frau", sagte er.

Ein paar Wochen später kam Bruce auf Dunaverty Castle an.

Die Nachricht von seiner Ankunft versetzte die ganze Burg in Aufregung. Margaret verstaute gerade frisch gewaschene Wäsche, als eine junge Magd an ihrem Gemach vorbeilief und immer wieder laute Stimmen zu hören waren: „Bruce ist gekommen!“ Margaret ließ die Wäsche fallen und rannte hinter ihr her.

Sie stürmten hoch auf die Zinnen, wo die Männer und Frauen schon über die Mauern blickten. „Bruce!“, schrie ein Mann.

„Der Bruce!“, rief ein anderer.

„König Robert Bruce!“, jubelte die Menge.

Margaret beugte sich atemlos über die Mauer. Es war ein kühler Herbsttag, die See unter ihr aufgewühlt, die Wellen waren von weißem Schaum bedeckt, Wolken jagten über den Himmel. Sechs Galeonen wurden auf Strand gesetzt, und dann erblickte sie Bruce, der den Weg hinauf zu den Toren von Dunaverty marschierte.

Ihm folgten etwa drei Dutzend Männer. Alle trugen Schwerter, waren aber sonst nicht bewaffnet. Bruce war dünn geworden, geradezu erschreckend dürr, und seine Männer ebenso. Viele waren barfuß. Ihr Haar war lang, und ihre Kleider hingen in Fetzen an ihnen. Margaret war entsetzt.

Als sie und Alexander Bruce in Dalry zurückgelassen hatten, waren er und seine Ritter längst nicht so abgemagert gewesen; damals hatte er nicht mehr als zwanzig Männer gehabt. Tränen stiegen ihr in die Augen. Sie konnte sich nicht einmal vorstellen, was sie durchgemacht haben mussten, bis es ihnen gelungen war, nach Kintyre zu fliehen.

Doch der Jubel ließ nicht nach. Ansonsten hatte sich Bruce nicht sehr verändert. Er trug den Kopf hoch erhoben und hatte die Schultern gestrafft. Er wirkte nicht wie ein Mann, der eine Niederlage nach der anderen erlitten hatte. Er lächelte und hob eine Hand. Der Lärm wurde noch lauter. Die Menschen tobten vor Begeisterung.

Als Bruce im Eingangsturm und damit aus ihrem Blickfeld verschwand, eilte Margaret wieder hinein und lief hinunter in den Saal, um zu erfahren, was passiert war.

Bruce stand mit Alexander und Angus vor einem der Kamine, seinen Männern wurde bereits Wein gereicht. Margaret verlangsamte ihren Schritt, als sie sich näherte.

Der König erblickte sie und lächelte. „Lady MacDonald. Meinen herzlichen Glückwunsch. Ihr habt eine gute Wahl getroffen."

Margaret beugte das Haupt. „Euer Majestät." Dann erwiderte sie seinen durchdringenden Blick. Sie erkannte die Entschlossenheit in seinen Augen, die Festigkeit in seinem Auftreten.

Robert Bruce war besiegt worden, doch das hatte nichts daran geändert, dass er der König von Schottland war.

Er wandte sich wieder an Angus und Alexander. Sie lauschte und erfuhr, wie er und seine Männer von Wurzeln, Beeren und Kleinwild leben mussten. Da der Winter bevorstand, war es jeden Tag kälter geworden, und alle wurden krank. In Höhlen hatten sie Zuflucht gefunden.

Bei Loch Lomond war es ihnen gelungen, den gefährlichen Weg durch das Land der MacDougalls zu umgehen, indem sie ein gesunkenes Boot entdeckten, das sie heben und wieder flottmachen konnten, um damit in mehreren Etappen den See zu überqueren. Aber inzwischen waren sie fast verhungert. Bruce teilte seine Leute in zwei Jagdgruppen auf. Es war das schiere Glück, dass der Earl of Lennox, der an diesem Tage auch gerade auf der Jagd war, ihre Jagdhörner hörte – ein frohes Wiedersehen folgte, denn sowohl Lennox als auch der König hatten den anderen für tot gehalten.

Auch Lennox musste sich verstecken. Bruce schloss sich ihm in seinem Lager an, wo alle zu essen und zu trinken bekamen, dann marschierten sie weiter, um an der Küste auf Neil Campbell zu treffen, der nach dem Hinterhalt in Dalry ausgesandt worden war und bereits mit zwei Galeonen auf sie wartete.

Bruce hielt inne und hielt seinen Becher einer Magd hin, die ihm Wein nachschenkte. Angus legte ihm eine Hand auf die Schulter. „Aber Ihr lebt. Der König von Schottland ist noch am Leben.“

„Habt Ihr je daran gezweifelt?“, fragte Bruce, hochmütig wie immer. „Wir dürfen jetzt nicht zögern. Ich schicke meinen Bruder nach Irland, um dort auf meinen Besitzungen Männer anzuheuern, und ich selbst werde meine Schwägerin Christiana of the Isles aufsuchen, die mir ebenfalls Männer zur Verfügung stellen wird.“

Margaret hörte mit, wie sie über eine Invasion Schottlands im nächsten Frühjahr sprachen. Sie war fassungslos. Das Heer bestand aus nicht mehr als einem Haufen hungernder Ritter. Und Bruce hatte vor, in wenigen Monaten erneut in Schottland einzufallen und den Krieg gegen König Edward wieder aufzunehmen! Entsetzt wandte sie sich von den Männern ab.

Als Margaret nach oben ging, musste sie jedoch daran denken, dass Bruce es immerhin geschafft hatte, den schottischen Thron zu erringen und danach Angriff um Angriff des mächtigsten Heeres auf den Britischen Inseln zu überstehen. Sein Ehrgeiz kannte keine Grenzen. Wenn es jemandem gelingen würde, ein neues großes Heer aufzustellen, dann war es Robert Bruce.

Sie saß allein mit einer Stickerei in ihrem Schlafgemach, als Alexander viele Stunden später hereinkam. „Wie kannst du denn jetzt sticken?“ Lediglich zwei Kerzen brannten, im Kamin knisterte ein Feuer.

Sie legte die Stickerei hin. In ihrem Herzen stieg Wärme auf. Sie liebte ihn, in guten wie in schlechten Zeiten. „Ist Bruce wirklich in der Lage, ein neues Heer aufzustellen – eins, das stark genug ist, um damit gegen König Edward kämpfen zu können?“

„Zweifelst du etwa daran?“ Alexander nahm sie in die Arme. „Ich weiß, dass du den Krieg hasst.“ Er küsste sie auf die Schläfe. „Aber du hast einen Krieger geheiratet, Margaret. Bedauerst du das jetzt?“

Sie umarmte ihn. „Ich werde es nie bedauern, dich zu lieben oder deine Frau geworden zu sein.“ Sie legte ihr Gesicht an seine Brust. Dann sah sie auf. „Ich bin froh, dass Bruce noch am Leben ist, Alexander.“ Und das meinte sie wirklich ernst.

„Langsam wirst du zu einer MacDonald, Margaret“, sagte er lächelnd.

„Das will ich doch hoffen.“

Alexander war derjenige, der ihr das Schreiben ihres Bruders brachte. Es war ein kalter Oktobertag, der Himmel grau, die See dunkel, die Wellen hoch. „Du hast einen Brief von William bekommen, Margaret“, sagte er lächelnd.

Das Lächeln kam ihr seltsam vor, aber sie achtete nicht darauf vor freudiger Erregung, endlich von ihrem Bruder zu hören. Kurz nach der Hochzeit hatte sie ihm geschrieben und ihm mitgeteilt, dass sie nun Alexanders Gemahlin geworden war. Einen ähnlichen, aber längeren Brief hatte sie auch an Buchan geschickt. Sie hatte keine Ahnung, ob ihr Onkel ihr jemals antworten würde, aber sie war begeistert, eine Nachricht von William zu erhalten.

Eifrig las sie jedes Wort. „Er ist wieder in Balvenie“, berichtete sie Alexander. „Er verbringt seine Tage mit Jagen und Fischen.“ Sie las weiter. „Aber er schreibt kein Wort darüber, wie Buchan auf meinen Brief reagiert hat.“

Alexander setzte sich neben sie. „Gibt es sonst noch etwas?“, fragte er leise.

Plötzlich fiel ihr auf, dass sein Blick sich verdüstert hatte und seine Miene finster war. Sie las die beiden letzten Absätze, und der Magen drehte sich ihr um. „Kildrummy ist gefallen.“

„Ja“, sagte er.

Entsetzt las sie, was William geschrieben hatte.

„Sir Nigel und Sir Neil haben Kildrummy Castle tapfer verteidigt, aber am zehnten September ist es gefallen“, las sie vor. Und weiter: „Es hat innerhalb der Burg einen Verräter gegeben, Margaret, ohne den sie vielleicht über Aymer triumphiert hätten.“

Dann wechselte William das Thema, erkundigte sich nach ihrem Wohlbefinden und teilte ihr am Schluss mit, in Schottland ginge das Gerücht um, dass Bruce zurückkehren würde; er erwarte eine Wiederaufnahme des Krieges im Frühjahr.

Margaret starrte Alexander entsetzt an und zerknüllte den Brief.

„Die Frauen waren nicht da, Margaret."

Sie stöhnte erleichtert. „Aber wie ist das möglich?"

„Sie sind gar nicht erst nach Kildrummy gezogen. Sir Nigel und Sir Neil ritten dorthin, um die Festung zu verteidigen, während die Frauen mit Atholl nach Norden flohen."

Kildrummy war belagert worden, doch die Königin, Isabella und die anderen Hofdamen hatten sich dort nicht aufgehalten. Dafür war Margaret unendlich dankbar. „Sir Neil? Sir Nigel?"

Alexander zögerte.

Sie sind tot, dachte sie, einer Ohnmacht nahe.

„Sie wurden gefangen genommen und gehängt, Margaret. Frag nicht nach Einzelheiten."

Sie hätte weinen und schreien können. Ihr großartiger, wunderbarer Sir Neil, gehängt! Und Sir Nigel, der stattliche und mutige Bruder des Königs, war mit ihm gehängt worden!

„Wir sind im Krieg, Margaret. Männer sterben im Krieg."

Sie sah ihn voller Verzweiflung an, zugleich aber auch voller Wut. „Wenn es noch mehr schlechte Nachrichten gibt, musst du es mir sagen. Jetzt, sofort! Ist die Königin in Sicherheit? Und Isabella?"

Er betrachtete sie einen Augenblick, dann entzog er sich ihr.

„Alexander!", schrie sie, doch sie kannte die Antwort bereits.

Er ging an ihr vorbei und schloss die Fensterläden. „Es ist wirklich kalt hier drin."

„Was ist ihnen zugestoßen?"

Langsam drehte er sich zu ihr um. „Sie suchten Zuflucht in St. Duthac. Dort wurden sie alle gefangen genommen. Sie befinden sich in der Gewalt von König Edward."

Tränen liefen Margaret über die Wangen. „Was wird er mit ihnen machen?“

„Ich weiß es nicht.“

„Lügner.“

„Margaret!“

„Sag mir die Wahrheit!“, schrie sie. „Glaubst du, ich wüsste nicht, wie rachsüchtig König Edward ist? Ich weiß, was er mit Sir Christopher gemacht hat, sie haben ihn noch gevierteilt, nachdem er gehängt wurde! Was hat er mit Sir Neil und Sir Nigel gemacht?“

Er zog sie in seine Arme. „Ich werde es dir nicht sagen.“

„Ich finde es trotzdem heraus!“

„Lass die Sache ruhen, Margaret“, versuchte er sie zu besänftigen.

Sie weinte an seiner Brust. Er hielt sie fest in seinen Armen und strich ihr übers Haar. Endlich sah sie zu ihm auf. „Wo sind sie jetzt? Isabella? Marjorie? Christina?“

„Zunächst wurden sie in Aberdeen festgehalten. Wo sie jetzt sind, weiß ich nicht.“

Sie wischte sich die Tränen ab. „Ich will sie sehen. Ich will Isabella sehen.“

„Nein. Das werde ich nicht erlauben.“

Sie sahen sich an. Margaret wurde klar, dass man ihrer Forderung unter keinen Umständen nachkommen konnte. Sie würde auch in Gefangenschaft geraten, und Alexander ebenfalls, wenn er sie begleitete.

Ihre Gedanken überstürzten sich. Buchan würde Isabella bestimmt aufsuchen.

„Ich muss meinen Onkel sehen, Alexander.“

Er riss die Augen auf. „Zu welchem Zweck?“ Dann begriff er. „Damit du ihn anflehen kannst, Isabella zu verschonen? Das kannst du nicht tun, Margaret.“

„Ich muss ihn anflehen, Gnade walten zu lassen! Buchan ist ein Verbündeter von König Edward. Wenn er seine Frau wiederhaben will, wird König Edward bestimmt einverstanden sein! Bitte! Ich muss meinen Onkel überzeugen, dass er Isabella wieder aufnimmt! Sie ist besser dran, wenn er es ist, der über ihre Strafe entscheidet. Der Himmel weiß, was ihr sonst für ein Schicksal blüht."

Alexander schüttelte gottergeben den Kopf. „Ich muss ein Narr sein, so einen Wahnsinn zuzulassen."

*Kilmory Knap Chapel, Loch Sween – November 1306*

Alexander und seine Männer betraten die kleine steinerne Kapelle, wo Margaret ihren Onkel treffen sollte. Trotz der abgegebenen Versprechungen wollte er sichergehen, dass sie dort nicht in einen Hinterhalt gerieten. Schließlich befand sich die Kapelle auf dem Land der MacSweens, und die waren mit den MacDougalls verbündet – sie hatten die Waffen gegen Bruce erhoben.

Doch das Treffen war von Alasdair Og und seiner Frau Juliana in die Wege geleitet worden. Man war übereingekommen, dass Juliana am ehesten in der Lage wäre, beide Seiten an einen Tisch zu bringen, da sie von Geburt eine MacDougall und mit einem MacDonald verheiratet war.

Für Buchan stellte ein solches Treffen keine große Gefahr dar. Obwohl es Alasdair Og durch seine Frau gelungen war, sicheres Geleit für sie zu garantieren, befanden sie sich mitten in Feindesland. Alexander traute niemandem, und Margaret auch nicht.

Sie wartete auf ihrem Pferd vor der Kapelle und zitterte vor Kälte, obwohl sie in Pelz gehüllt war. Es war ein eisig kalter Tag. Auf dem Boden lag Schnee, der die Zweige des Immergrüns herabdrückte, und auch die Gipfel waren schneebedeckt. Der See war grau wie Eisen. Die Wellen schwappten hinaus in den Sund.

Alexander kam mit wehendem Umhang wieder heraus. Margaret atmete schwer, als er auf sie zukam.

Er war alles andere als glücklich; seine Mundwinkel waren nach unten gezogen. „Sie sind drin und warten auf dich."

Sie war so angespannt, dass sie kaum noch Luft bekam und nur ein Nicken zustande brachte.

Alexander half ihr vom Pferd. „Du musst da nicht hineingehen, Margaret. Es ist noch nicht zu spät, um die Sache abzubrechen."

„Ich will sie aber nicht abbrechen", sagte sie. Sie hoffte, dass ihr Onkel ihr vergeben würde, dass sie sich in Alexander verliebt hatte. Seit Monaten sehnte sie sich danach, ihm erklären zu können, was und wie es geschehen war. Doch ihre eigenen Bedürfnisse waren im Moment nicht so wichtig.

In Wirklichkeit hatte sie nur ein einziges Ziel – Isabella zu retten!

Alexander geleitete sie über den schneebedeckten Steinpfad zur Tür der Kapelle. Er öffnete die Tür für sie, doch dann trat er zuerst ein. Margaret folgte ihm, als er ihr ein Zeichen gab, dass alles in Ordnung sei.

Margaret betrat die jahrhundertealte kleine Kirche. Sie erblickte einige Männer, die am anderen Ende standen, darunter William und ihren Onkel.

Buchan musterte sie voller Zorn. Sie erschauerte.

William lief auf sie zu. „Meg!"

Die Anspannung fiel von ihr ab. Sie konnte nicht fassen, wie erwachsen er geworden war, seit sie ihn das letzte Mal gesehen hatte. Damals hatte er noch eher wie ein Junge gewirkt, doch nun stand ein erwachsener Mann vor ihr. „Will!"

Sie umarmten einander lange. Dann trat er zurück und musterte sie verwundert. „Wie schön du bist!"

Sie lächelte. „Du siehst auch gut aus. Ich bin sehr glücklich, Will." Er blickte zu Alexander, und sie beobachtete, wie die beiden Männer, die sie auf dieser Welt am meisten liebte, einander ansahen. Sie war sehr erleichtert, feststellen zu können, dass es zwischen den beiden eine Art stummer Versöhnung gab – und zwar ausschließlich wegen ihr.

Sie wandte den Blick zu ihrem Onkel. Er war immer noch

schrecklich wütend auf sie. Krank vor Angst und zitternd ging sie langsam zu ihm. „Onkel John."

Er atmete schwer. „Du hast mich verraten."

„Ich hatte nicht vor, mich in ihn zu verlieben."

„Liebe? Liebe hat mit einer Ehe nicht das Geringste zu tun!", sagte Buchan barsch.

„Mein Onkel, ich liebe dich, ich habe dich immer geliebt, und ich werde dich immer lieben. Aber in Alexander habe ich mich verliebt. Ich wollte das nicht. Und ich habe gegen meine Gefühle angekämpft."

„Du hast gegen deine Gefühle angekämpft? Du hast ihn geheiratet!"

„Ich musste eine Wahl treffen."

„Da gab es keine Wahl zu treffen!", schrie er. „Ich habe die Wahl für dich getroffen!"

Sie kämpfte aufsteigende Tränen nieder. „Ist es zu viel verlangt, dich um Vergebung zu bitten?"

„Du hast uns allen den Rücken zugekehrt, deiner Mutter, deinem Vater, deinem Bruder und mir!", sagte Buchan. Seine Nase war gerötet und seine Augen glänzten feucht. „Das werde ich dir nie verzeihen, Margaret. An dem Tag, als du Sir Guy entflohen bist, habe ich dich verstoßen – und du hast Bruce Gefolgschaft geschworen."

Sie zitterte. Sie holte tief Luft. „Ich habe so sehr auf deine Vergebung gehofft, aber wenn du mir nicht verzeihen willst, dann ist dem eben so. Du sollst nur wissen, Onkel, dass ich sehr traurig darüber bin, dich zu verlieren."

Er gab ein abschätziges Grunzen von sich. „Hast du deshalb um dieses Treffen gebeten? Um mich um Vergebung zu bitten? Wenn das so ist, hast du nur meine Zeit verschwendet."

„Ich musste dich sehen, um es dir zu erklären, und ich musste wenigstens versuchen, dass du meine Bitte um Vergebung erhörst. Aber ich habe noch mehr zu sagen." Sie wartete.

Er lächelte träge, doch es war ein kaltes und unangenehmes Lächeln, als ob er bereits wüsste, was jetzt kommen würde. „Natürlich."

„Onkel, ich möchte mit dir über Isabella reden."

„Erwähne diesen Namen nicht!"

„Bitte, vergib Isabella. Sie ist jung und töricht, impulsiv und unbekümmert. Sie wusste nicht, was sie von ihr wollten – und sie hat die Sache nicht durchdacht. Bruce hat sie benutzt, eine junge, unwissende Frau. Und wenn sie es nicht getan hätte, hätte er sie dazu gezwungen."

„Sie ist eine Hure!", schnaubte er.

„Sie wurde benutzt und ausgenutzt von einem älteren, mächtigen und sehr gerissenen Mann! Du hast sie einmal geliebt! Ich weiß das – es ist mir wieder und wieder aufgefallen! Wie kannst du jetzt aufhören, sie zu lieben?"

„Ich habe schon vor langer Zeit aufgehört, sie zu lieben."

Margaret glaubte ihm das aufs Wort. Aber sie hatte auch gar nicht angenommen, dass die Ehe noch zu retten war. Sie wollte lediglich Isabellas Leben retten. „Sie steht vor einem schrecklichen Schicksal. Wie kannst du dich weigern, ihr zu helfen? Ich kann verstehen, warum du sie nicht wieder als deine Frau zurücknehmen willst, auch wenn sie in den Augen Gottes immer deine Frau bleiben wird. Aber willst du sie wirklich hängen sehen? Bewahre sie vor dem Zorn des Königs, Onkel, rette sie vor der Hinrichtung!"

Er zitterte, doch er lächelte böse. „König Edward lässt sie nicht hinrichten. Was für ein Glück für Isabella."

Margaret erstarrte. Sein Lächeln war jetzt so grausam, dass sie befürchtete, Isabella könnte ihre Strafe bereits erlitten haben, was immer für eine Strafe es sein mochte.

„König Edward hat befohlen, sie in einem Käfig zur Schau zu stellen."

Margaret glaubte, sich verhört zu haben. „In einem Käfig zur Schau stellen?"

„In Berwick steckt sie in einem Käfig! Wie ein Tier, wo jeder sie sehen, sie verhöhnen, sie verfluchen kann als die heimtückische, verräterische Hure, die sie ist! Und in diesem Käfig wird sie bleiben bis an ihr Lebensende!“

Margaret starrte ihn fassungslos an.

„Gott verdamme sie auf ewig, möge sie in der Hölle schmoren! Und Gott verdamme auch dich, Margaret“, knurrte er. „Ich habe dir vertraut!“

„Es tut mir leid“, brachte sie heraus. Sie sahen sich an, beide mit Tränen in den Augen, und für einen kurzen Moment dachte sie, er würde ihr vielleicht doch noch vergeben. Doch dann drehte er sich abrupt um und stolzierte durch eine Hintertür aus der Kapelle.

William eilte zu ihr. „Ich liebe dich“, sagte er.

Sie konnte nichts sagen und nickte nur.

„Und ich bin glücklich für dich!“ Damit wandte er sich ab und eilte dem Earl of Buchan hinterher.

Margaret rührte sich nicht. Alexander legte seinen Arm um sie. Sie sah zu ihm auf. „Jetzt bin ich wirklich eine MacDonald.“

„Jawohl.“

*Castle Fyne, Schottland – Januar 1307*

An der Schwelle zu dem Schlafgemach, das einmal das ihrer Eltern gewesen war, hielt Margaret inne und legte beide Hände an ihren leicht gewölbten Bauch. Sie blickte nach unten und lächelte ihrem ungeborenen Kind zu. „Wir sind zu Hause, Kleines“, flüsterte sie. „Willkommen.“

Es war alles ganz unglaublich – und sie war ungeheuer erleichtert. Castle Fyne gehörte wieder ihr. Sie waren heimgekehrt.

Sie konnte hören, wie Alexander sich unten im großen Saal mit seinen beiden Brüdern unterhielt. Seit dem Treffen mit ihrem Onkel und ihrem Bruder William in der Kapelle der MacSweens hatte er den Angriff auf Castle Fyne geplant. Eine Belagerung im

Januar wurde ersonnen. Der Plan war, Castle Fyne zurückzuerobern und zu sichern, und dann würde Alexander sich wieder Bruce anschließen.

Bruce hatte dann doch noch aus Dunaverty fliehen müssen, weil die Engländer selbst dort hinter ihm her waren, und er hatte sich auf Rathlin Island versteckt. Doch er warb weiter bei vielen Clans um Unterstützung, auch bei jenen auf den westlichen Inseln. Die versprochenen Männer und Waffen trafen tatsächlich langsam ein. Bruce hatte ein kleines Heer entsandt, um die Burg bei Arran zu überfallen, als sie gerade von den Engländern mit Nachschub versorgt wurde. Der Überfall war ein Erfolg, und nun zog Bruce mehrere Heere zusammen, außerdem viele Schiffe, um eine Offensive auf England vorzubereiten.

Der Angriff auf Castle Fyne war sehr schnell erfolgreich gewesen. Da Sir Guy tot war, waren viele seiner Männer einfach nur geflohen. Die wenigen Zurückbleibenden waren nicht in der Lage gewesen, die Festung zu verteidigen. Die Burg war an einem einzigen Tag den Brüdern MacDonald zugefallen.

Margaret war sich bewusst, dass sie eigentlich kein Recht auf das Glück hatte, das sie empfand. Aber durch den Zustand froher Erwartung änderte sich alles. Obwohl der Krieg wieder ausbrechen würde, war sie glücklich wie nie, und sie liebte Alexander mehr denn je. Sie trat ans Fenster und blickte hinunter auf den See. Eisschollen trieben im Wasser. Die Bäume am Ufer waren schneebedeckt.

Sie dachte an ihre Mutter, und ihr Herz machte einen Satz. Margaret hatte keinen Zweifel, dass ihre Mutter ganz entzückt gewesen wäre. Auch sie hatte ihren Gatten geliebt, und sie hatte ihrer Tochter Castle Fyne vermacht. Nun trat Margaret in ihre Fußstapfen. Sie liebte Alexander, und sie war wieder in der Lage, eines Tages ihrer Tochter dasselbe Geschenk zu machen.

Es war vielleicht töricht, doch fast konnte sie die sanftmütige Anwesenheit ihrer Mutter spüren, so als ob sie ganz in der Nähe wäre und sie anlächeln würde.

Die Männer unten im Saal unterhielten sich lebhaft. Die drei Brüder waren Krieger, sie feierten ihren Sieg. Weinbecher wurden erhoben, man prahlte und scherzte und verlangte nach Essen.

Margaret dachte an das erste Mal, als sie Alexander erblickt hatte, unten an der Burgmauer, als er zu ihr gekommen war und von ihr die Aufgabe der Burg verlangt hatte. Sie lächelte vor sich hin. Auch damals schon war er ein stolzer und großartiger Kämpfer gewesen, und der war er geblieben. Und jetzt war er ihr Gemahl.

Wie verängstigt sie damals gewesen war! Wie ein einziges Jahr ihr Leben verändert hatte! Was für ein Glück sie hatte, dass sie beide die ersten Monate des Krieges überlebt hatten!

Beim Gedanken an Christina Seton und Marjorie wurde sie wieder traurig. Atholl war mit der Königin und ihren Hofdamen gefangen genommen worden – er wartete nun in London auf seinen Prozess. Niemand glaubte, dass er mit dem Leben davonkommen würde; der Prozess sollte zu einem Spektakel werden. Jeden Tag betete sie für ihn, für die Königin und für die Hofdamen.

Natürlich betete sie auch für Isabella.

Sie wünschte sich so sehr, sie könnte sie einmal besuchen. Oder wenigstens einen Brief senden. Aber das war ausgeschlossen. Margaret konnte nichts weiter tun, als ihr ihre Gebete und ihre Liebe zu widmen.

Ein sachtes Klopfen an der Tür riss sie aus ihren Gedanken. Margaret wandte sich um, und Wärme stieg in ihr auf.

Da stand Juliana MacDougall. Sie sah Margarets Mutter unglaublich ähnlich, niemand konnte daran zweifeln, dass sie Schwestern waren. Juliana war eine schlanke, wunderschöne Frau mit rotbraunem Haar und leuchtenden blauen Augen. Sie waren einander zum ersten Mal begegnet, als Alasdair Og mit ihr nach Kintyre gekommen war, und sie waren sofort Freundinnen geworden. Juliana wusste genau, was es hieß, einen Feind zu lieben, sich für diesen Feind und gegen die eigene Familie zu entscheiden.

Nun betrat sie das Zimmer. „Was für ein wundervoller Tag. Mary wäre stolz auf dich."

Margaret ergriff ihre Hand. „Vor einem Augenblick glaubte ich, ich könnte ihre Anwesenheit hier spüren. Albern, oder?"

„Glaubst du etwa nicht an Geister?" Juliana lächelte.

Selbstverständlich tat sie das. Der Glaube an Geister war eine uralte schottische Tradition. „Vielen Dank für deine Hilfe – und auch für die Hilfe von Alasdair."

„Wir haben uns gefreut, dir bei dem Treffen mit Buchan helfen zu können, und wir haben uns erst recht gefreut, den jungen Alexander dabei zu unterstützen, Castle Fyne wiederzuerobern."

„Ich bin so froh, eine neue Freundin gefunden zu haben!", rief Margaret aus.

Juliana ergriff ihre Hand. „Wenn es so weit ist, lass nach mir schicken. Ich möchte dann hier sein."

Margaret war zu gerührt, um etwas sagen zu können, und nickte nur.

Draußen waren rasche Stiefelschritte und klirrende Sporen zu hören. Mit klopfendem Herzen wandte Margaret sich um. Alexander betrat mit einem sehr zufriedenen Lächeln das Gemach.

„Mein Bruder fragt nach dir, Juliana. Er möchte, dass du dich bei Tisch zu uns gesellst. Er sagt, er hätte dich schon zwei ganze Tage nicht mehr gesehen." Er lachte.

Margaret liebte das; es war so selten.

„Männer!", verdrehte Juliana mit gespielter Erschöpfung die Augen. „Wenn du niemals vergisst, dass du deinem Gatten jederzeit auf Abruf zur Verfügung stehen musst, wirst du eine gute Ehe führen." Juliana küsste Margaret auf die Wange, tätschelte Alexanders Arm und ging.

Margaret sank in seine starken Arme. „Danke."

Er hob die Brauen, als ob er keine Ahnung hätte, wovon sie redete. „Wofür denn?"

„Dass du Castle Fyne für uns zurückerobert hast – für unsere Tochter."

Er riss die Augen auf. „Es wird ein Mädchen?"

„Das weiß ich doch nicht … Aber irgendwie weiß ich, dass wir eines Tages auch eine Tochter haben werden, und Castle Fyne wird ihre Aussteuer werden, so wie es meine gewesen ist."

„Und was ist mit unseren Söhnen?"

„Für die wirst du eben noch mehr Ländereien erobern müssen", neckte sie ihn, doch gleichzeitig meinte sie das ganz ernst.

Er lächelte. „Das werde ich tun, Margaret, wenn es dein Wunsch ist."

Sie nahm sein Gesicht in beide Hände. „Was habe ich für ein Glück!"

„Ich bin derjenige, der Glück hat", erwiderte er.

Dann schlenderten sie gemeinsam zum Fenster, um die erhabene Schönheit eines Tages in den verschneiten Highlands im Winter zu genießen.

Der See unten funkelte in der Sonne wie ein Diamant. Das Land war von üppigen Wäldern bedeckt. Schneebedeckte Berggipfel ragten in den Himmel, an dem Adler kreisten.

Sie hielten sich an den Händen. Margaret flüsterte: „Es ist so wunderschön – so ruhig und so friedlich."

„Ja, das ist es."

Sie wusste, was ihm durch den Kopf ging. Die Atempause im Krieg um Schottlands Unabhängigkeit war fast vorbei. „Wir müssen die nächsten Tage und Wochen genießen."

Er zog sie an sich. „Habe keine Angst."

Sie sah zu ihm auf. „Habe ich auch nicht."

Sie dachte an Robert Bruce – so tapfer, so tollkühn, von so großem Ehrgeiz. Er hatte die Krone an sich gerissen und war gegen die mächtigsten Heere des ganzen Landes zu Felde gezogen, er hatte Niederlagen und Massaker überstanden, und nun würde er wiederkehren, um ein weiteres Mal für Schottland zu kämpfen.

Und Alexander würde an seiner Seite sein. Er war in seinem Herzen und in seiner Seele durch und durch ein Krieger. Das war ihr schon bewusst gewesen, bevor sie sich in ihn verliebte, und auch bei ihrer Hochzeit war es ihr bewusst. Sie konnte sich ihn auch gar nicht anders vorstellen. In Zeiten des Krieges würde er in die Schlacht ziehen; in Zeiten des Friedens wie diesen würde er an ihrer Seite sein.

Sie hoffte sehr, dass Robert Bruce diesmal die Engländer würde besiegen können, damit wirklich und dauerhaft Frieden in Schottland einzog.

Manchmal glaubte sie daran, dass er erfolgreich sein würde.

Ihr wurde klar, was solche Gedanken bedeuteten, und sie musste lächeln. „Ich bin eine richtige MacDonald geworden."

„Das ist gut." Er erwiderte ihr Lächeln.

Bruce kam zurück, weil er der rechtmäßige König von Schottland war. Er würde das Land vom englischen Joch befreien. Wenn es Gottes Wille war, würde er triumphieren, mit Alexander an seiner Seite.

Während sie auf Castle Fyne für ihr neugeborenes Kind sorgte.

Von nun an würde sie die Politik und die Kriege den Männern überlassen. Sie hatte für den Rest ihres Lebens genug von den Machenschaften in Zeiten des Krieges.

– ENDE –

Liebe Leserin, lieber Leser,

als mein Verleger mich fragte, ob ich mir vorstellen könne, eine Reihe von Romanen zu schreiben, die im schottischen Hochland spielen, habe ich sofort Ja gesagt – unter der Voraussetzung, dass ich sie im Mittelalter ansiedeln darf. Als ich anfing, mich in diese Epoche zu vergraben, hätte ich nie gedacht, dass das Ergebnis eine solch heroische Geschichte wie „Wilde Rose der Highlands" werden könnte. Nichts auf der Welt inspiriert mich so sehr wie eine arglose Heldin, die sich plötzlich inmitten historischer Geschehnisse wiederfindet, die sich ihrer Einflussnahme völlig entziehen. In diesem Fall handelt es sich dabei um den Krieg um die Krone Schottlands.

Dieser Roman ist ein fiktives Werk. Trotzdem habe ich versucht, die historischen Ereignisse so sorgfältig wie möglich darzustellen. Es muss jedoch gesagt werden, dass es über diese Periode der schottischen Geschichte nur so wimmelt vor widersprüchlichen Berichten; auch gibt es große Lücken in der Überlieferung, sodass es mir überlassen blieb, auszusuchen, über was ich schreiben wollte und wo ich die Lücken füllte. Markant für diese Epoche sind außerdem die ständig wechselnden politischen Strategien und Allianzen, über die man leicht den Überblick verliert. Ich habe getan, was ich konnte, um halbwegs Ordnung in das zu bringen, was wie eine furchtbar verwirrende Abfolge von Geschehnissen und widerstreitenden Charakteren erscheinen muss. Sämtliche Irrtümer, wenn es denn welche geben sollte, gehen auf meine Kappe.

Zum Vorteil meiner Geschichte habe ich mir bewusst einige künstlerische Freiheiten herausgenommen.

Margaret Comyn ist eine fiktive Figur, doch die bedeutende Familie Comyn mit den Earls of Buchan und Badenoch hat wirklich existiert. Die Familie Comyn wurde im dreizehnten Jahrhundert im Norden und Süden Schottlands mächtig, und ihre Macht vergrößerte sich noch, als einer der Ihren, John

Balliol, im Jahre 1292 König wurde. Unter König John erlangte auch der große Clan Dougall Bedeutung. Alexander von Argyll war mit einer Comyn verheiratet, woraus eine mächtige Allianz zwischen der Familie Comyn und dem Clan Dougall entstand.

Die Comyns und die MacDougalls kämpften in den Schottischen Unabhängigkeitskriegen gegen die Engländer – bis zu jenem Tag, an dem Red John Comyn, Lord of Badenoch, in einer Kirche von Dumfries von Robert Bruce ermordet wurde. Am selben Tag wurden alte Bündnisse gebrochen und neue geschlossen. Am selben Tag zogen die Comyns und die MacDougalls gegen Robert Bruce ins Feld und unterstützten damit den englischen König Edward.

Eine Figur wie Margaret hätte durchaus existieren können. Zu dieser Zeit hatten Frauen es nicht leicht. Es ist nicht ungewöhnlich, auf Familienstammbäume zu stoßen, auf denen die Namen der Söhne verzeichnet sind, während die der Töchter fehlen – obwohl deren Ehegatten durchaus aufgeführt sein können. Mitunter wurden Geburten von weiblichen Säuglingen schlicht nicht vermerkt.

Margarets Vater, William Comyn, sollte als Bischof das Bistum von St. Andrews bekommen und war enttäuscht, als es ihm vorenthalten wurde. Sonst konnte ich nichts über ihn herausfinden. Aber das ist ja gerade das Schöne an dieser Epoche: Manchmal stößt man zuhauf auf historische Einzelheiten, sehr viel öfter findet man jedoch keine Informationen. Und dann darf der glückliche Autor – in diesem Fall also ich – die Lücken füllen.

Alexander MacDougall von Argyll hatte wirklich zwei Schwestern, Mary und Juliana. Als ich Margaret zunächst „erfand", gab ich ihr eine Mutter aus dem Clan Dougall, eine Mary MacDougall. Sie können sich sicher meine Verblüffung vorstellen, als ich entdeckte, dass Alexander von Argyll tatsächlich eine Schwester namens Mary hatte, und er somit in der Tat Margarets Onkel war – obwohl das ursprünglich auch nur eine Erfindung von mir sein sollte. In Wirklichkeit war Mary jedoch nacheinander mit drei anderen Männern verheiratet; sie mit William die Ehe schließen zu lassen, ist pure künstlerische Freiheit meinerseits. Es sei denn, sie wäre ein viertes Mal verheiratet gewesen …

Alexander MacDonald, der Wolf von Lochaber, ist ebenfalls eine fiktive Figur. Meine erfundene Legende dieses Kriegers basiert lose auf einer anderen Legende. Im späten vierzehnten Jahrhundert wurde der berüchtigte Wolf von Badenoch exkommuniziert, weil er seine Geliebte seiner Frau vorzog; aus Rache brannte er eine Kathedrale nieder – und das nächste Dorf gleich mit. Dergleichen war unvergessen, und so entsprang der Wolf von Lochaber meiner Fantasie.

Aber auch einen Mann wie ihn hätte es geben können. Angus Mor hatte zwei Söhne, Alexander „Alasdair" Og und Angus Og, genau wie von mir beschrieben. Die Feindschaft zwischen dem Clan Donald und dem Clan Dougall beruhte auf einer Blutfehde. Trotzdem heiratete Alexander Og Juliana MacDougall, irgendwann vor 1292. Es ist nicht mehr festzustellen, wie oder warum diese Verbindung zustande kam. Einige Historiker glauben, dass Alexander Og im Jahre 1299 bei dem Massaker am Clan Donald zu Tode kam. Andere vertreten die Ansicht, dass er erst 1308 starb, im Krieg gegen Robert Bruce – wo er sich auf die Seite der Familie seiner Frau geschlagen hatte. Falls er tatsächlich schon 1299 gestorben sein sollte, hat niemand eine Erklärung dafür, wer wohl im Jahre 1308 der andere Alexander MacDonald gewesen sein soll oder wo er herkam.

Im Jahre 1309 übte Robert Bruce Rache an der Familie Comyn im Norden Schottlands und setzte damit ihrer Macht ein für alle Mal ein Ende. Die Schlacht im Spätsommer 1306 von John dem Lahmen of Argyll gegen Robert Bruce, als Bruce und sein Heer sich nach dem Gemetzel bei Methven in ihren Verstecken aufhielten, ist eine bewusst falsche Darstellung von mir. In Wahrheit gab es zwei Schlachten, nicht bloß eine. Nach dem ersten erfolgreichen Angriff ließ Bruce die Frauen zu einer Burg an einem nahegelegenen See in Sicherheit bringen; erst dann kam es zu der zweiten vernichtenden Attacke. Danach schickte er, wie von mir beschrieben, die Frauen und zu ihrem Schutz einen Teil seiner Männer zurück nach Kildrummy, während er selbst sich auf den Weg quer durch Schottland nach Dunaverty machte.

Auch Sir Guy ist eine fiktive Figur, denn Guy war damals ein Familienname; Aymer hatte einen Onkel dieses Namens. Aber den mächtigen und so beeindruckenden Aymer de Valence gab es wirklich. Er war der Befehlshaber der Truppen von König Edward in Schottland und wurde im folgenden Jahr zum Earl of Pembroke.

Und schließlich ist da noch Isabella, die Countess of Buchan und zugleich Countess of Fife.

Die arme Isabella! Mitten in der Nacht ritt sie davon, um bei der Krönung von Robert Bruce zugegen zu sein und somit ihren Bruder, den Earl of Fife, zu vertreten. Man darf annehmen, dass ihr Gatte, der Earl of Buchan, vor Wut kochte. Zu jener Zeit ging das Gerücht, dass Bruce ihr Liebhaber sei. Schließlich sollte es Isabellas Schicksal sein, mit den anderen Frauen bei St. Duthac gefangen genommen und vier Jahre lang in einem Käfig festgehalten zu werden. Am Ende steckte man sie in ein Kloster, vielleicht, weil sie noch immer eine bedeutende Gefangene war, doch von diesem Zeitpunkt an verliert sich ihre Spur.

Der Kampf der Frauen, in diesen längst vergangenen Zeiten voll großer Not und schrecklichem Elend die Kraft und den Mut zum Überleben zu finden, hat mich schon immer fasziniert. In Zeiten, als alle Macht den Männern vorbehalten war und Frauen nichts anderes waren als ein Pfand oder ein beweglicher Besitz, und die ansonsten nur Ehefrauen und Mütter zu sein hatten. Ich hoffe, Sie haben Margarets Geschichte von Mut und Herausforderung, Kampf und Überleben – und, ja, auch von Liebe – genossen.

Herzlich
Brenda Joyce

Band-Nr. 25778
7,99 € (D)
ISBN: 978-3-95649-055-2
368 Seiten

*Lynsay Sands*
Im Bann des stürmischen Eroberers

Das kann doch nicht wahr sein! Lady Helen Tiernay kann die Botschaft des Königs kaum fassen: Schon nächste Woche soll sie Lord Hethe, den berüchtigten „Hammer von Holden", heiraten. Einen kaltblütigen Krieger, der grundlos die Häuser seiner Bediensteten niederbrennt und mit dem Helen schon lange auf Kriegsfuß steht. Vielleicht kann sie Lord Hethe dazu bringen, die Verbindung zu lösen? Dazu bedient sich Helen einiger pikanter Manöver. Womit sie nicht gerechnet hat: Ihr erklärter Erzfeind ist ein überaus attraktiver Mann! Als er mit seinen Reitern in ihren Burghof einzieht, raubt es ihr beinahe den Atem – und ihr verwegener Plan gerät ins Wanken …

**„Sie werden Tränen lachen und gleichzeitig spüren, wie der Roman ihr Blut zum Kochen bringt."**

*Romantic Times Book Reviews*

Band-Nr. 25757
7,99 € (D)
ISBN: 978-3-95649-025-5
336 Seiten

*Elizabeth Hoyt*
Leidenschaft
eines Highlanders

Gesellschaft – nein danke! Nach einem Schicksalsschlag hat Sir Alistair Munroe sich auf sein Schloss in den Highlands zurückgezogen und eine Mauer um sein Herz errichtet. Als die schöne Helen den Dienst als Haushälterin bei ihm antritt, ist sie wie ein Lichtstrahl in der Finsternis: Nicht nur den ursprünglichen Glanz des Hauses bringt sie zum Vorschein, sondern auch die lange unterdrückten Gefühle des Hausherrn. Ihre Berührungen, ihre Küsse lassen ihn wieder an die Liebe glauben. Doch je näher er Helen kommt, desto deutlicher spürt Alistair: Seine bezaubernde Haushälterin ist nicht das, was sie vorgibt zu sein …

**„Hoyt schreibt fast zu schön, um wahr zu sein.“**

*Lisa Kleypas, New York Times-Bestsellerautorin*